Louise, loin du pays

Du même auteur

La Ferme des hautes terres, collection Romans, De Borée, 2005.

Imprimé en U.E. en mars 2010
Dépôt légal : avril 2010
ISBN : 978-2-84494-931-8
ISSN : 1769-1788

ISABELLE JAILLER

LOUISE, LOIN DU PAYS

De Borée

Le XXe siècle s'était forgé dans l'enfer des tranchées. Pendant trois jours, la rumeur, partie de l'état-major, avait survolé le front mouvant qui progressait vers l'Allemagne. Les lignes avaient été enfoncées et la déroute de l'ennemi ne faisait aucun doute. Dans la plaine de la Woëvre, en Artois, au-delà de la Champagne, de la Somme, de l'Argonne, les hommes guettaient l'appel imminent du clairon qui, pour la plupart d'entre eux, sonnerait le retour au pays. Mais à l'est, dans les plaines d'Ukraine, les soldats français avaient déjà changé d'adversaire…

Première partie

COURIR LE VASTE MONDE

I

L'ARMISTICE AVAIT BIEN ÉTÉ SIGNÉ le 11 novembre 1918. Quatre mois plus tard, il devenait rare de rencontrer des hommes en uniforme, d'ailleurs il n'y en avait pas dans ce train. Au départ de Seyssel vers Lyon, la voie longeait le Rhône sur sa rive droite entre la montagne du Grand-Colombier et celle du Gros-Foug, dans la vallée encaissée où il allait s'élargissant jusqu'au marais de Chautagne. La locomotive crachotait, le ciel lourd rabattait la fumée en tourbillons capricieux qui abandonnaient des escarbilles sur les fenêtres des wagons. Le brouillard masquait les berges mais Louise ne cherchait pas à voir le paysage. Son regard allait de la photographie qu'elle tenait précautionneusement de sa main droite au reflet fugitif de son visage sur la vitre de la voiture. Elle voulait vérifier si l'image entre ses doigts était fidèle ou flatteuse : le photographe s'entendait à gommer les défauts des modèles en développant ses épreuves. De très légères griffures avaient estompé les rides du front de son père et le grain de beauté de Marisa avait disparu.

C'était un jour exceptionnel ! Pour la première fois, elle voyageait seule ; pour la première fois, elle quittait la Savoie et, pour la première fois, elle se voyait non comme sujet mais comme objet, telle que les étrangers la voyaient, sur cette photographie que son père lui avait remise à la gare.

Il l'avait laissée seule quelques minutes, prétextant devoir parquer le char à bancs et le cheval à l'écart. Il lui avait dit de l'attendre au guichet. Ce n'est qu'au moment de monter dans le train, après lui avoir donné sa petite malle d'osier et son baluchon, qu'il lui avait tendu l'épreuve. Le photographe l'avait collée sur du carton fort et elle était protégée par une feuille de papier pelure blanc qui formait comme un voile.

« Tiens, elle était prête finalement ! Ça te tiendra compagnie pendant le voyage. Pense à nous écrire bien vite, tu sais que ta mère se fait vite du mouron ! Enfin, cette Mme Chanaz m'a paru tout à fait correcte et le père Verollet la connaît… Allez ! fais-moi la bise, ma petite Louise, le train va partir ! »

Le chef de gare avait déjà sifflé. L'émotion avait submergé Louise qui avait juste pu murmurer : « Bien sûr ! » Elle avait reculé d'un pas dans le wagon quand l'homme s'était approché pour fermer la portière, tandis que son père reculait en miroir de deux pas sur le quai. Elle avait envoyé des baisers du bout des doigts et, lorsque le train s'était ébranlé, elle avait choisi une place près de la fenêtre, fait glisser la malle sous le siège, posé le baluchon à côté d'elle et s'était abîmée dans la contemplation de la photographie.

Il s'agissait d'un portrait de groupe où elle figurait à l'arrière-plan au côté de son frère Étienne, derrière sa sœur Marisa, tous trois debout autour de leur père, Noël Rossillon, assis dans un fauteuil en rotin. Elle bougea légèrement la tête pour retrouver la position exacte du cliché. Elle était donc cette jeune fille brune dont le photographe avait capturé l'expression de curiosité mêlée d'inquiétude. Le visage légèrement penché vers l'avant, les lèvres entrouvertes, elle ressemblait à ces animaux farouches qui, devant la main tendue, hésitent entre la confiance et la fuite. Ses joues gardaient les rondeurs de l'enfance mais sa chevelure épaisse, pourtant soigneusement nattée, ses grands yeux sombres, ombrés de longs cils courbes, étaient ceux d'une femme. Elle seule semblait naturelle sur la photo posée, diablement vivante, même en partageant avec les autres le sérieux qui sied à toute représentation. Ils s'étaient habillés pour l'occasion. Personne ne souriait.

Étienne portait son uniforme de zouave ; sa pose détendue, une jambe légèrement pliée, traduisait son assurance de soldat, d'homme, d'aîné. « Repos ! » avait-il déclaré. Mais son visage régulier et ses yeux bleus étaient vides de toute expression. Marisa, figée au premier plan, ressemblait à une statue de sel. Les cheveux tirés, les lèvres pincées, le dos raide, elle affectait cette dignité qui faisait sa défense lorsqu'elle souhaitait mettre de la distance avec son entourage. Quant à son père, si élégant dans son costume sombre, la chemise blanche, la cravate, le fauteuil ouvragé en faisaient un patriarche bourgeois bien éloigné du paysan débonnaire qu'il était en réalité. Le regard clair, le grand nez étroit, la moustache argentée qui dissimulait sa bouche lui donnaient un aspect sévère que Louise trouvait aristocratique. À longtemps côtoyer le beau monde, il en avait acquis l'allure. Ou peut-être était-ce un talent naturel ?

Elle fut surprise par le sifflement de la locomotive à l'approche de Culoz. Elle connaissait l'endroit : c'est ici que l'on changeait de train pour se rendre à La Ravoire, le pays de son père, près de Chambéry, où vivait sa tante Élisabeth. Elle se serra contre la fenêtre et se pencha pour observer les voyageurs frileux sur le quai de la gare. Une grosse dame étreignait une mince jeune femme. Un sac de cuir marron était posé à leurs pieds. La jeune femme saisit la poignée du sac et se dirigea vers le wagon de Louise. Elle ouvrit la porte et fit glisser le sac sur le sol. La grosse dame la suivait, elles s'embrassèrent de nouveau mais c'est la grosse dame qui monta en soufflant. De l'intérieur, elle prodiguait des conseils dont Louise ne saisit que la dernière phrase :

« Et mange bien ! Il faut te soutenir !... »

Lorsque le train démarra, elles restèrent à se faire signe de la main jusqu'à ce que la gare disparaisse. La dame regarda autour d'elle et s'approcha.

« La place est-elle libre ? »

Louise hocha la tête en souriant et attrapa son baluchon pour le mettre sur ses genoux. Mais en voyant la dame agrippée à son sac, elle se ravisa et se leva pour l'aider à le ranger dans le porte-bagages.

« Vous êtes bien gentille ! Merci beaucoup. Ce sac est très lourd, il contient des livres ! C'est ma fille qui me l'a transporté jusqu'ici...

– La jeune femme de la gare ? questionna Louise, plus par politesse que par curiosité.

– Oui ! Vous l'avez vue ? C'est une jeune femme admirable. Elle est institutrice. »

Elle poursuivit en s'installant :

« Elle a eu son certificat d'études bien avant la guerre et elle a été nommée ici, à Culoz. Je suis venue lui rendre visite, m'occuper quelques jours de ses petites affaires... »

Louise avait failli lui dire qu'elle aussi avait eu son certificat d'études, en 1915. Mais cela ne faisait pas d'elle une femme admirable. Malgré l'insistance de l'instituteur, qui s'était déplacé jusqu'à la ferme, ses parents n'avaient pas pu financer les études complémentaires. Elle aurait bien aimé être institutrice...

« Et vous, mademoiselle, vous voyagez seule aussi ? »

La dame questionnait sans malice. Quand elle avait parlé de sa fille, Louise avait décelé dans son regard quelque chose de doux qu'elle avait souvent vu dans les yeux de sa mère.

« Oui, je me rends à Lyon... mais une cousine m'attend à la gare.

– Vous vous rendez en visite aussi, affirma la dame.

– Oh non ! j'ai trouvé une place là-bas. Chez des gens de la Croix-Rousse.

– Une place ! Mais vous êtes toute jeunette !

– J'ai tout de même seize ans... »

Voyant le visage perplexe de la dame, elle ajouta précipitamment :

« ... et demi !

– Ah !... bien sûr... c'est aussi un âge pour travailler... »

La dame fronçait les sourcils ; le cheminement de sa pensée se lisait sur son visage. Elle dodelinait de la tête et de tout son corps dodu, en cadence avec le tressautement du train dont le souffle de la locomotive semblait donner le tempo. Elle demanda :

« Mais vous êtes d'ici ?

– Je suis de Chaumont, à côté de Frangy ! Je suis savoyarde !

– Et vos parents vous laissent... »

La dame n'osait pas poursuivre ; elle craignait peut-être de commettre une indélicatesse. Louise devina.

« Vous savez... »

Elle n'osa pas dire qu'ils n'avaient pas vraiment le choix. Elle biaisa :

« ... ils commencent à prendre l'habitude ! »

Elle s'empara de la photographie qu'elle avait glissée dans le baluchon. Elle releva le papier pelure.

« Regardez : c'est la photo des absents. »

La dame prit délicatement le carton et détailla les personnages avec un sourire un peu contraint. Louise indiqua :

« Là, c'est mon père, qui m'a amené à la gare. Là, ma sœur Marisa. Mon frère... Étienne...

– Et vous... avec la robe nervurée... »

La dame semblait mal à l'aise. Elle ajouta :

« Vous avez dit "les absents" ? Il n'est pas revenu votre frère ? »

Louise ne comprit pas tout de suite.

« Si, en fait, il est reparti... »

Subitement, elle réalisa ce que voulait dire la dame.

« Oh ! rassurez-vous, il est en bonne santé ! Il a été mobilisé en 16. D'abord il est resté à Annecy, puis au camp de Sathonay jusqu'au moment de partir pour la zone des armées. Mais comme il est loin d'avoir rempli ses trois ans, il fait maintenant partie des troupes d'occupation en Allemagne !

– En Allemagne ! Avec cet uniforme !

– Oui, oui ! Il est à Idstein, dans le Taunus... »

Devant la moue d'ignorance de la dame, elle compléta :

« C'est près d'une grande ville qui s'appelle... Wiesbaden.

– Euh… je connais Baden-Baden…

– Voyons… Il m'a dit près de Mayence et de Francfort…

– Ah ! Mayence…

– Oui, il vient de changer de régiment. Il était au troisième zouaves et il vient de passer au premier zouaves. Il est question qu'ils quittent l'Allemagne pour le Maroc.

– Ah ! ben alors ! Il voyage votre frère… »

La dame avait les yeux dans le vague. Elle dit à voix basse :

« Le fiancé de ma fille est tombé en Argonne en 15. Elle fait face… elle est admirable… »

Louise n'osait pas reprendre la parole mais la dame sourit en baissant le visage vers la photographie.

« Et votre sœur ?… Elle est plus âgée que vous ou… »

Louise sourit en pinçant les lèvres pour ne pas rire. Elle savait ce qui avait fait hésiter sa voisine. Marisa était brune et petite. C'était une sorte de caricature de Louise : les cheveux encore plus épais, les yeux plus foncés, les sourcils et les cils si fournis qu'ils donnaient à croire qu'elle utilisait un quelconque mascara. Mais surtout, Marisa était dotée d'une gorge plantureuse ; au-dessus de la jupe sombre, sa blouse blanche, soigneusement boutonnée jusqu'au cou, se gonflait sur cet encombrant trésor sans parvenir à en dissimuler la masse. « Tu as un très beau buste de nourrice », disait Annette Rossillon, leur mère. Dans sa bouche, il s'agissait, certes, d'un compliment, mais la pauvre Marisa aurait préféré être moins bien pourvue et éviter les inconvénients qu'engendraient ses appas en allumant des lueurs gaillardes dans les yeux des hommes. C'est pourquoi elle se protégeait si souvent derrière ce maintien strict. Louise expliqua :

« Ma sœur a deux ans de plus que moi. Elle a été placée à seize ans aussi. Mais elle vient de changer de patron, c'est pour cela qu'elle était à la maison quand mon frère est venu en permission.

– Une belle petite famille ! commenta la dame.

– Et il manque ma petite sœur qui a treize ans, ma grand-mère, et la maman, bien sûr ! Mais elles n'ont pas besoin d'être sur la photo parce qu'elles se voient tous les jours ! Le papa a posé avec nous parce que… »

Pourquoi, au fait ? Peut-être simplement parce que les trois jeunes gens n'avaient pas osé affronter seuls l'objectif. Certes, Étienne était majeur mais, en tant que soldat non dégagé des obligations militaires, il n'était pas encore un homme à part entière. C'est donc bien comme les enfants de Noël Rossillon qu'ils avaient posé.

« … parce que ça faisait plus famille, conclut Louise. Et puis maman n'était pas venue, sinon on l'aurait prise avec. »

Après une longue inspiration, elle demanda :

« Et vous, vous avez d'autres enfants, à part la demoiselle de la gare ? »

Louise sentait la nostalgie la gagner et écoutait à peine la dame lui répondre que non, elle n'avait que cette fille à qui elle avait consacré toute son affection, tous ses soins, et qui faisait désormais sa fierté.

La voie ferrée avait abandonné le Rhône à Culoz et, après un court arrêt en gare de Virieu, s'engageait dans une succession de cluses qui débouchait sur la plaine du Bugey. Le train se faufilait à côté de la route entre les deux versants escarpés d'une vallée où le soleil ne descendait pas en hiver. La masse menaçante de la forêt coulait jusqu'au fond de la combe. Le brouillard restait accroché à la cime des arbres, bornant le regard. Le lieu était inhospitalier, hostile même, et Louise commençait à ressentir un léger malaise malgré la présence de la grosse dame qui avait entrepris de lui raconter les débuts professionnels de sa fille dans un village inconnu, avant la guerre, et sa nomination à Culoz. Louise était habituée aux espaces dégagés du haut Rhône et se sentait confinée dans le wagon clos glissant dans ce tunnel de brume. Elle s'éloignait vers l'inconnu avec la sensation de descendre au fond d'un labyrinthe.

Tout à coup, elle commença à redouter ce qui l'attendait à l'arrivée. Elle savait si peu de chose… Elle allait descendre à la gare des Brotteaux où la cousine Émilie devait l'attendre pour la conduire à la Croix-Rousse chez Mme Chanaz. La Croix-Rousse était une ancienne commune réunie à Lyon en 1852, soit huit ans avant que la Savoie ne soit rattachée à la France. Ce parallèle lui semblait de bon augure : un point commun, une petite ressemblance... Les Chanaz étaient originaires de Pologny, un hameau tout proche de Seyssel-Savoie. Ils venaient régulièrement y séjourner, dans la maison que le père de M. Chanaz avait fait bâtir à la fin du siècle dernier grâce aux revenus de l'affaire de fumisterie qu'il avait créée. Après l'armistice de 1918, par l'intermédiaire du curé, Mme Chanaz avait fait savoir qu'elle recherchait une bonne car ses trois fils allaient être démobilisés. Cette offre tombait au bon moment. Louise avait atteint l'âge où sa mère avait elle-même commencé à travailler chez les autres. Depuis deux ans déjà, Marisa était placée dans une grande maison bourgeoise du Beaujolais, où elle aidait en cuisine. C'est à la fin des vendanges que les parents Rossillon avaient commencé à chercher une place pour Louise. Quand Noël avait pris connaissance de la proposition, il s'était rendu à Pologny pour faire la connaissance de l'éventuelle patronne. Cette dernière avait elle-même, dans un premier temps, souhaité venir jusqu'à la ferme de Chaumontet, probablement pour estimer sa future employée ou contrôler la bonne tenue du foyer familial. Toutefois, à l'issue de l'entretien avec Noël, elle avait renoncé. Il ne savait pas si l'inconfort de sa voiture découverte ou le mauvais état de la route en cette période hivernale étaient en cause. Un trajet d'une quinzaine de kilomètres aller et retour, par temps de pluie, n'était pas vraiment un voyage d'agrément. Peut-être avait-elle simplement été convaincue par la réserve respectueuse de son interlocuteur.

Louise n'avait donc jamais rencontré sa future patronne. À ses questions sur l'allure et le caractère de cette dame, son père avait répondu :

« C'est une bourgeoise ! Une belle femme, grande, froide, le cheveu rare.

– Grande comment ? avait demandé Louise un peu inquiète.

– Oh ! il me semble qu'elle est plus grande que moi ! Mais ne te laisse pas impressionner, ma petite fille ! La dignité et la taille n'ont rien à voir. D'ailleurs, quand elle m'a dit : "J'espère que votre fille est sérieuse. J'y attache une grande importance car, voyez-vous, nous sommes en ville. Les tentations ne manquent pas. Je ne pourrai pas passer mon temps à jouer les chaperons !", je lui ai répondu : "Madame, si je n'étais pas sûr de la moralité de ma fille, croyez-vous que je la laisserais aller dans une maison où trois jeunes gens reviennent de guerre ?" Ça l'a un peu surprise, je crois. Mais elle a souri ! »

Il restait à Louise le détail du « cheveu rare » qui l'intriguait et l'amusait. Pourquoi son père avait-il donné cette précision ? Mme Chanaz était-elle à demi chauve ? Dans ce cas, il n'aurait pas dit « une belle femme ». Avait-il trahi une préférence personnelle pour les chevelures de sauvageonne, abondantes et rebelles ? Avait-il voulu confier à sa fille une botte secrète qu'elle dégainerait le jour où un duel l'opposerait à cette « bourgeoise, grande, froide » ? Elle n'aurait qu'à penser au cheveu rare, et la superbe de l'autre s'évanouirait comme un songe.

A priori, Mme Chanaz n'avait pas la rondeur bonhomme de la voisine de train qui expliquait combien sa fille avait du mal à lutter contre le patois qu'employaient certains de ses élèves. L'instituteur de Louise s'acharnait aussi sur le patois. Il avait fini par gagner. À la maison, on employait peu le savoyard : le français s'était immiscé quand Étienne était entré à l'école. Les parents avaient fait l'effort de reprendre la langue des maîtres. Seule la grand-mère, qui n'était pas née française, doublait encore ses phrases quand la première version n'était pas conforme. Plus tard, quand les grands avaient quitté la maison, le français avait triomphé ! Les lettres, les cartes postales qu'ils envoyaient presque chaque semaine étaient rédigées dans la seule langue qui s'écrit. Et si elle leur paraissait moins apte à transmettre leurs émotions, elle convenait mieux à la rigueur du papier.

« Ah ! je crois que nous arrivons à Ambérieux, annonça la dame. Vous voici pratiquement à mi-chemin. Quant à moi, je suis arrivée !

– Déjà ! Je n'ai pas vu passer le temps », avoua Louise.

Elle était déçue que la dame l'abandonne si vite. Sa compagnie volubile la distrayait et la rassurait.

« C'est toujours comme ça quand on bavarde !

– Vous habitez Ambérieux même ?

– Oui, entre la gare et la route nationale : quincaillerie Grangier. Si vous êtes de passage, un jour, n'hésitez pas à entrer !

– Quincaillerie Grangier…

– Vous ne pouvez pas nous manquer ! Eh bien ! ma petite… c'est comment votre nom ?

– Louise !

– … Ma petite Louise, je vais vous souhaiter une bonne installation. J'espère que vous vous plairez à Lyon, et que tout se passera bien avec vos patrons. Mais je n'en doute pas : vous êtes tout à fait charmante… »

La dame lui tapotait le bras.

« … Vous me faites penser à ma fille… »

Louise se demanda ce qu'elle avait de commun avec la jeune femme de la gare.

« … Les premiers temps seront peut-être un peu difficiles, comme pour elle, mais vous vous ferez vite des amis, en dehors de votre travail. Et lorsque vous aurez un peu de temps… vous avez bien un jour ?

– Oui ! dimanche après-midi…

– Allez au parc de la Tête d'Or !

– Ah ?

– Lyon est une très belle ville, mais peut-être un peu… effrayante pour une jeune fille. Le parc n'est pas très éloigné de la Croix-Rousse, à mon souvenir : de l'entrée aux grilles on voit la colline. Dans le parc, il y a une ménagerie… avec des singes.

– De vrais singes ? »

Un sourire s'épanouit sur les lèvres de Mme Grangier qui hochait la tête en contemplant le visage radieux de Louise.

Lorsque le train s'immobilisa, Louise aida Mme Grangier à récupérer son sac et à le descendre sur le quai où un homme l'attendait. Par deux fois, la grosse dame se retourna pour lui faire signe de la main. Louise reprit sa place en se demandant quand elle pourrait aller voir les singes.

Et dire que Marisa ne lui avait jamais parlé des singes !

II

La sœur de Louise ne s'appelait pas plus Marisa que son père ne s'appelait Noël. Tous deux avaient eu la malchance de porter le prénom de leur patron. Ils avaient tout aussitôt été rebaptisés, comme les novices entrant en religion, et ils avaient conservé leur nom de domesticité.

Édouard, Noël Rossillon était né en 1864 à La Ravoire, département de la Savoie, benjamin tardif d'une famille de cinq enfants. Ses parents avaient disparu à quelques mois d'intervalle alors qu'il sortait à peine de l'enfance. Ses trois frères, Jules, Émile et Jean, avaient déjà quitté la ferme familiale et sa sœur, Élisabeth, qui avait repris les rênes de l'exploitation avec son mari, s'était chargée de lui. Deux fils étaient nés. Édouard, l'enfançon, avait pu jouer le rôle de grand frère sous l'œil bienveillant du couple qui profitait des bras du jeune homme sans avoir eu à l'élever.

À l'âge de vingt ans, il tira le numéro 47 dans le canton de Chambéry-Sud, et fut donc incorporé dans le deuxième régiment d'artillerie, stationné à Grenoble, le 1er décembre 1885. Ce qu'il avait pris dans un premier temps pour un coup du sort se révéla être un coup de chance.

Le jeune appelé impressionnait favorablement. Sa haute taille, ses cheveux blonds foncés détonnaient dans cette assemblée de Savoyards. Il fut détaillé, toisé, jaugé. On nota qu'il savait lire, écrire et compter, qu'il était un nageur ordinaire. Son instruction commença par l'école du canonnier à pied. Au printemps 1886, il fut affecté à l'école du canonnier à cheval. Édouard découvrit alors, dans ce contexte guerrier, le bonheur d'apprivoiser les lourds chevaux de trait : ces bêtes puissantes, en parfaite condition physique, qui déplacent les canons jusqu'au champ de bataille. On lui apprit à les nourrir et à les panser, mais il découvrit seul comment les dominer par la confiance.

Les canons de campagne de Bange nécessitaient un attelage de trois couples de chevaux. Quatre chevaux auraient pu suffire sur un chemin carrossable mais six chevaux devenaient vite indispensables pour faire évoluer l'attelage vers les positions de tir en terrain dévasté par les pluies ou les combats. Chaque couple avait son conducteur, monté sur le cheval de gauche.

Édouard avait commencé son apprentissage de deuxième canonnier conducteur en montant Hebraïssant, un vieil animal expérimenté, résistant et docile. Il resta longtemps perplexe sur la signification de ce nom mais n'osa pas en demander l'origine de peur d'être suspecté de faire du mauvais esprit, d'autant que le second cheval, celui qui était seulement guidé, s'appelait Maçonnerie. Damassé succéda à Hebraïssant, puis Mutation vint à son tour parfaire son apprentissage de cheval porteur.

Édouard termina son temps avec le vieux Parfois, cheval polyvalent qui acceptait les guides ou la selle, et le splendide Safran, un comtois à l'allure souple et énergique. Ses supérieurs avaient noté son calme et sa réserve, et n'avaient pas décelé en lui la moindre aptitude au commandement. Les hommes ne se mènent pas comme les chevaux. Édouard passa premier canonnier conducteur en février 1889 et fut renvoyé dans ses foyers aux premiers jours de l'automne.

Il allait avoir vingt-cinq ans et s'en retourna vivre chez sa sœur. Ses neveux en avaient fini avec l'école. Quand ils atteindraient l'âge d'homme, Édouard serait de trop à la ferme, et ce moment ne tarderait guère.

Après quatre ans de caserne, il eut du mal à replonger dans cette vie de famille où il devait se plier à une autorité sans grade. Son beau-frère gérait l'exploitation, sa sœur gérait la maison, les garçons avaient commencé à poser leurs marques, et il débarquait dans un lieu qui avait été son foyer mais où il se sentait désormais un étranger. La nostalgie des écuries de la caserne se fit sentir, et notamment le moment où il prodiguait les soins aux chevaux.

Il regrettait cet instant d'autonomie et de solitude relative créé par les gestes répétitifs du pansage. Il revoyait le reflet moiré de la robe après le passage de la brosse, le tressaillement de la peau sous la pression de la main, le roulement des muscles du poitrail quand il effaçait la trace de la bricole, ou de ceux des cuisses lorsqu'il faisait disparaître celle de l'avaloire ; il entendait les ébrouements, les piétinements des bêtes impatientes ; il lui semblait sentir encore leur odeur chaude et rassurante que ne remplaçait pas celle, plus sucrée, des vaches, ou celle, plus aigre, des chèvres de la ferme. C'était comme un rêve étrangement présent qui s'imposait le plus souvent le soir, à la veillée, lorsque Élisabeth et son mari évoquaient les travaux à venir : pommes de terre à planter, jardin à bêcher, clôture à réparer…

Il abattait largement sa charge de travail lors de la fenaison, des moissons ou des récoltes, mais jamais il n'éprouvait le sentiment du devoir accompli qu'il ressentait lorsqu'il quittait ses chevaux après s'être assuré que leurs sabots et leurs yeux étaient exempts de toute souillure, leurs crins démêlés, qu'ils avaient eu leur compte d'eau et de fourrage. Non, ce qu'il éprouvait, c'était seulement de la fatigue.

En septembre 1892, il repartit pour Grenoble suivre sa première période d'instruction de quatre semaines dans le cadre de la réserve.

Il retrouva avec bonheur les Équipages, chaussa avec plaisir ses bottes éperonnées et se mit à la recherche de Safran. L'animal poursuivait son service tandis que Parfois avait probablement pris le chemin de la réforme.

Il prit connaissance des perfectionnements apportés au matériel de Bange, plus particulièrement dans le domaine du pointage. Ces nouveautés amélioraient, certes, l'efficacité des canons mais ne changeaient en rien les techniques d'attelage. Édouard retrouvait sa place.

L'attitude des gradés envers les réservistes était sensiblement différente de celle qu'ils observaient vis-à-vis des appelés. Moins de formalisme, plus de complicité.

Un soir, après une journée de manœuvres d'entraînement à la mise en batterie dans une campagne défoncée à dessein, un petit groupe s'était réuni autour d'un feu de camp censé tenir à l'écart l'humidité montant de la terre. Ils étaient plusieurs réservistes, servants d'artillerie ou conducteurs d'attelage. Le sous-officier responsable de la pièce s'était joint à eux, ainsi que Morissot, chargé de l'approvisionnement en fourrage. Plusieurs hommes avaient bourré leur pipe, certains chiquaient, la conversation roulait sur les chevaux de cavalerie et d'artillerie.

« Vous en faites quoi, après ? » demanda abruptement Édouard.

Un silence surpris suivit sa question : il prenait si peu souvent la parole.

« Après quoi ? Tu veux dire…

– Les chevaux d'artillerie, après leur temps de service, quand ils ne font plus l'affaire ? »

Morissot et le gradé s'interrogèrent du regard ; Morissot, directement relié aux écuries, répondit :

« Ben, ils sont vendus !

– Vendus à qui ?

– À qui en veut. En général, nous traitons toujours avec les mêmes maquignons. On les connaît, ils sont habitués à nos bêtes. Ils nous prennent aussi bien les blessés que les chevaux de réforme. Cela simplifie les discussions.

– Et eux, ils en font quoi ?

– Oh ! la plupart sont envoyés “au couteau”. J’imagine qu’ils se rattrapent sur ceux qui peuvent encore travailler. Nous, on les réforme entre quinze et vingt ans, sachant qu’ils peuvent vivre jusqu’à vingt-cinq…

– Je pourrais en acheter un ? »

Morissot haussa les épaules.

« Ma foi… probablement. Je crois que rien ne s’y oppose.

– Oui, c’est possible ! »

Le petit homme brun qui venait d’intervenir se glissa vers eux, en obligeant les autres à se déplacer autour du feu. Édouard ne se rappelait pas l’avoir côtoyé pendant ses années de service. L’homme tendit la main en se présentant :

« Dunant !

– Rossillon ! répondit Édouard en serrant la main tendue. Tu en as acheté un ?

– Non, pas moi, mais mon patron, oui ! Je conduis une diligence et l’un de mes chevaux est un réformé. Je crois bien qu’il l’a acquis directement.

– Écoute, Rossillon, reprit Morissot, si ça t’intéresse vraiment, je peux te mettre en cheville avec le responsable !

– Oh ! pas pour le moment. C’était pour parler. »

Morissot haussa les sourcils et fit un petit sourire :

« Pour parler !… »

Il hocha la tête et se tourna vers les autres hommes du groupe qui commentaient maintenant l’avantage du nouveau collimateur de visée. Édouard et Dunant restèrent un moment silencieux à regarder les flammes. Le jour baissait rapidement.

« C’est ta première période ? demanda Édouard.

– Non, c’est déjà la deuxième, je suis de la classe 80. Ça me fait d’ailleurs maronner de venir encore.

– Ah bon ?

– Ah oui ! Déjà avec la diligence je ne vois pas beaucoup ma femme, et là, elle attend notre premier, ça me turlupine. Elle est loin…

– Dans quel coin ?

– Elle est à Cruseilles, chez mes parents. »

Il ajouta en voyant les sourcils froncés d'Édouard :

« C'est entre Annecy et Saint-Julien-en-Genevois.

– Je ne connais pas mais je situe. Je suis de Chambéry, La Ravoire…

– Et tu fais quoi ?

– J'ai une ferme… à dire vrai, avec ma sœur, mais je me demande… Si j'étais certain de rester aux chevaux, je me serais bien engagé !

– Prends plutôt ma place ! »

C'était sorti comme un cri du cœur. Édouard regarda Dunant avec circonspection. L'homme portait une moustache noire relevée aux extrémités mais elle ne dissimulait aucun sourire.

« Tu es sérieux ?

– Écoute. J'ai un bon patron à Annecy, un brave type. Mais je voudrais bien lâcher maintenant. J'ai mis assez de sous de côté. Le turbin est vraiment bien pour quelqu'un qui aime les chevaux comme moi… ou toi. Pas vrai ? »

Édouard se contenta de hocher la tête ; Dunant poursuivit :

« Je crois qu'il est temps pour moi de faire une fin. Je voudrais dormir avec ma petite femme tous les soirs. Mais je sais que trouver un cocher expérimenté pour mener trois chevaux sans postillon, c'est un problème. Je t'ai vu faire. Tu te débrouilles bien. Ça t'intéresse ? »

Si cela l'intéressait ! Son cœur s'était mis à cogner comme la première fois qu'il était monté en selle. Il n'osait pas croire à une telle chance, craignait d'avoir mal compris ou que l'autre se soit trop avancé. Il bégaya :

« Mais que… comment… qu'est-ce qu'il faut faire ?

– Écoute ! Après la période, descends avec moi jusqu'à Annecy, je te présenterai. Ou mieux : tu feras une rotation avec moi, on s'arrangera. Si ça te convient, je te présenterai. »

Saint François apparaissant en majesté ne lui aurait pas apporté plus de bonheur que Dunant venait de le faire.

C'est ainsi qu'il trouva sa première embauche en tant que cocher chez Baud, à Annecy.

M. Baud était propriétaire des diligences, des chevaux, mais aussi de l'*Hôtel des Voyageurs* à Annecy, de l'*Hôtel de la Poste* à Cruseilles. Il était en affaires avec le *Relais des Voyageurs* à Saint-Julien-en-Genevois, l'*Hôtel Moderne* à Frangy et l'hôtel *Le Terminus* à Bellegarde-sur-Valserine. Ses diligences innervaient le Genevois.

Il s'agissait de gros véhicules tirés par trois chevaux pouvant transporter jusqu'à vingt personnes. Les bricoles des harnais d'artillerie avaient depuis longtemps été remplacées par des colliers, et si les routes étaient moins accidentées que les terrains de manœuvre une main experte était néanmoins nécessaire pour tenir le fouet, le long « perpignan » qui, à sa manière, encourageait les chevaux. En effet, les trajets étaient minutés de sorte que les bêtes devaient trotter en terrain plat. Les chevaux étaient changés aux relais de Cruseilles et Genève pour la première ligne, de Frangy et Bellegarde pour la seconde. Deux dessertes secondaires étaient aux mains d'entrepreneurs locaux. Celle de Cruseilles à la gare de Groissy, où le train rejoignait également Genève, était principalement destinée au transport de colis et de matériaux. Celle de Frangy à Seyssel desservait également la gare ferroviaire vers Bellegarde ou Culoz. En sus des voyageurs et des marchandises, toutes les voitures transportaient le courrier.

Pendant trois ans, Édouard sillonna ce pays où se succèdent de douces collines dominées par les chaînons isolés du mont Salève ou de la montagne du Vuache. Il tournait le dos à Chambéry, à sa ceinture de montagnes escarpées que les caprices du temps occultent ou révèlent, comme autant de menaces pesant sur le bonheur tranquille de l'enfant qu'il avait été avant la mort de ses parents. À La Ravoire, sa sœur avait accouché d'un petit retardataire qui n'avait pas vécu. Son frère aîné, Jules, et sa femme étaient entrés au service d'un militaire qui vivait à Beauchastel, en Ardèche. Ils n'avaient pas d'enfant. Son frère Émile était instituteur à Albertville. C'était le seul à avoir fait l'école complémentaire. Quant à son frère Jean, il était paysan près de La Ravoire mais il était brouillé avec le reste de la famille depuis la mort des parents ou, plus exactement, depuis la liquidation de leur succession. Parfois Édouard pensait à sa famille dispersée mais il rejetait vite la bouffée de nostalgie qui lui encombrait la poitrine. Il claquait la langue, encourageait ses chevaux, se plaisant à regarder leurs oreilles mobiles guetter l'ordre et s'orienter à nouveau vers la route. Les muscles de leur croupe roulaient en cadence, l'attelage l'emportait plus loin, vers des lieux vierges de souvenirs.

L'endroit qu'il préférait était le pont de la Caille, situé sur la route d'Annecy à Genève. L'élégant pont suspendu enjambait les gorges du torrent des Usses, à près de cent cinquante mètres de hauteur, et franchissait quelque deux cents mètres d'une seule volée. Tout le savoir-faire du cocher résidait dans la confiance qu'il inspirait à ses bêtes. En effet, le vide résonnait sous les sabots des chevaux qui martelaient les traverses de bois. Si l'affolement venait à les gagner, le pire était à craindre. Édouard les mettait au pas bien avant la première pile du pont et vérifiait la position des œillères. Dès les premières planches, il les encourageait d'une voix basse et vibrante, captant leur attention pour la détourner du précipice. Ce n'est qu'après avoir franchi le pont qu'il observait un petit arrêt et leur distribuait un croûton de pain. Bien souvent, des passagers descendaient pour admirer l'ouvrage et, plus encore, la vue vertigineuse. Lorsque le soleil déclinant semblait se coucher au fond de la gorge en allumant des lueurs d'incendie, Édouard éprouvait une exaltation proche de l'extase devant la beauté de la création.

Il avait une chambre à Annecy, sous les combles de l'*Hôtel des Voyageurs*, où il n'avait pas la sensation d'habiter, seulement celle de passer. Il lui arrivait régulièrement de dormir dans l'un des relais où il prenait aussi ses repas. Il se demandait parfois s'il ne faisait pas partie, lui aussi, de l'attelage. Il aimait les rencontres avec les voyageurs, d'autant que certains étaient des habitués. Il pouvait se montrer attentif et courtois mais jamais ces relations ne venaient envahir sa vie : les clients montaient à l'intérieur, lui restait dehors, sur la banquette, les rênes en main. Quelquefois, l'un d'entre eux s'asseyait à ses côtés, partageait la couverture qui lui couvrait les jambes lorsque le temps était vraiment froid, mais le moment venait où l'autre descendait, et lui poursuivait sa route. Somme toute, il s'agissait de relations paradoxalement sincères et superficielles. Édouard demeurait un solitaire.

À Annecy pourtant, il fit la connaissance d'une jeune femme qui travaillait à l'hôtel. Elle était jolie, vive et souriante. Elle semblait s'intéresser à lui, avait un mot gentil lorsqu'il rentrait de course. Il cherchait des anecdotes à raconter pour la distraire. Elle riait sans la complaisance qu'il avait trouvée chez les filles d'auberge ou les filles à soldats qui lui avaient parfois ouvert les bras. Il laissa le rêve trotter au rythme des chevaux, en pensant à Dunant qui faisait maintenant le maréchal-ferrant à Cruseilles. Le rêve vola en éclats le soir où il la vit sortir subrepticement de la chambre d'un riche négociant suisse alors qu'il regagnait la sienne. Elle n'avait pas de complaisance pour lui : elle visait plus haut.

En juin 1895, au départ d'Annecy pour Bellegarde, un homme d'une bonne cinquantaine d'années monta s'installer avec lui. Il le connaissait pour l'avoir transporté à maintes reprises, parfois en compagnie de son fils. Il s'agissait de M. Millon, gros propriétaire terrien du canton de Frangy. L'homme ne s'embarrassa pas de circonlocutions ; dès que l'attelage eut pris un train régulier, il déclara :

« Rossillon, voilà un moment que je vous connais. Je veux vous débaucher ! »

Édouard détourna, un moment seulement, son regard de la route et attendit la suite.

M. Millon expliqua qu'il venait de perdre son cocher en manquant de perdre une partie de sa famille. L'homme avait laissé le cheval s'emballer sans pouvoir le maîtriser, la voiture avait versé dans le fossé, l'essieu arrière brisé. Par chance, sa femme et sa belle-fille s'en étaient tirées avec des contusions mais le cheval avait eu un postérieur fracturé et il avait fallu l'abattre. Le cocher avait été remercié.

« Remercié, belle récompense ! laissa tomber Édouard. Il arrive que les chevaux s'emballent...

– Certes. Mais ce gugusse avait passé la nuit à boire Dieu sait où, et n'avait pas encore dessoûlé !

– Ah ! alors il faut voir... Toutefois, il faut que je vous dise... »

Il s'interrompit le temps d'éviter une ornière.

« ... j'ai une nouvelle période d'instruction de quatre semaines à faire. Je suis réserviste. Elle commence le 30 juillet. Enfin, dites !... »

Bien entendu, il ne s'agissait pas seulement d'être cocher ; les Millon n'avaient pas les moyens d'engager un palefrenier. Il lui faudrait s'occuper de l'entretien de la voiture, des visites chez le maréchal-ferrant et le bourrelier, selon les besoins. Il prendrait en charge quelques livraisons professionnelles, certains approvisionnements de la maison, outre la conduite des membres de la famille. On lui demanderait peut-être de s'acquitter de menus travaux en prêtant la main à Ernest, l'homme à tout faire, mais en aucun cas il n'aurait à travailler sur les terres ou dans les vignes. D'ailleurs, elles étaient toutes en fermage. Il aurait une chambre pour lui seul, dans un bâtiment indépendant. La cuisinière, la femme d'Ernest, était un cordon-bleu. Pour les gages, M. Millon s'alignait sur Baud.

Millon descendit à Frangy en lui proposant de laisser sa réponse à l'*Hôtel Moderne* lors de son voyage retour.

« Je suis d'accord pour vous prendre après votre période, je peux conduire tout de même, mais je compte sur vous. Je ne veux plus jamais avoir peur quand elles partiront ! »

Quand Édouard quitta Bellegarde en direction d'Annecy, la silhouette de la fausse amoureuse se profila dans ses pensées comme un repoussoir. Il descendit à l'*Hôtel Moderne* et posa quelques questions sur la maison Millon. On lui parla de petits notables de bonne moralité qui habitaient une grosse demeure bourgeoise, près de Saint-Jean, que l'on nommait le Château. Ils avaient une fille mariée à un commerçant de Seyssel. Le fils était un bon garçon, dévoué à son père. La jeune belle-fille était quelqu'un de simple, pas prétentieuse pour deux sous, un peu chétive peut-être, mais ce n'est pas un défaut… On avait craint pour elle après l'accident, mais à tort. Mis à part le fameux cocher, le personnel était stable. La cuisinière y travaillait depuis plus de trente ans. Les bonnes pouvaient y demeurer plusieurs années.

Le fait d'évoquer les bonnes fit ressurgir le fantôme d'Annecy. Édouard eut soudain envie d'un faux foyer, un foyer sans attache, une caserne sans arme. L'endroit lui plaisait. Il laissa son accord sans même voir la maison. Il allait, comme Dunant, tâcher de recruter un remplaçant parmi les canonniers conducteurs de Grenoble…

Il débarqua à Saint-Jean à la fin de la première semaine de septembre. Les vendangeurs avaient pris possession du pays. Auparavant, il était passé à La Ravoire. Sa sœur avait vieilli ; le fils aîné serait bientôt bon pour le service militaire…

Madame Millon, toute en rondeurs, l'accueillit avec une aisance souriante :

« Eh bien ! mon garçon, nous étions impatients de faire votre connaissance ! Mon mari nous a tant parlé de vous. »

Elle lui jeta, sans fausse honte, un regard appréciateur et hocha la tête.

« Vous êtes bien grand ! »

Sans attendre de réponse, elle poursuivit :

« Je vais vous montrer vos quartiers, comme on dit chez les militaires, non ? Puis vous viendrez vous désaltérer à la cuisine ; vous ferez la connaissance de notre intendant, Ernest. Laissez votre malle, vous la prendrez tout à l'heure ! Quand mon époux rentrera, il vous mettra au courant. Venez ! »

Elle sortit de la maison et traversa la cour en direction d'un bâtiment de ferme qui tournait le dos au Château. C'est aussi là que logeaient les domestiques. Elle se retourna tout à coup.

« Ah ! j'oubliais ! Il y a un petit problème, rien qu'un détail, je vous rassure… »

Elle lui adressa son large sourire et lui posa légèrement la main sur le bras.

« … Vous portez le même prénom que lui… que mon époux ! Avouez que c'est un peu gênant… Cela peut prêter à confusion. Vous n'avez pas un autre prénom ? »

Plus surpris que choqué, Édouard répondit :

« Ben si ! je m'appelle Noël. Édouard, Noël…

– Noël ! Quel joli nom ! » s'exclama-t-elle.

Elle reprit sa marche en répétant « Noël… ». Elle ouvrit la porte basse du bâtiment secondaire et s'engagea dans un vestibule en disant :

« Eh bien ! Noël, vous voilà chez vous ! »

III

NOËL AVAIT SOUVENT PARLÉ des chevaux aux noms insolites et de sa vie sur les routes de Savoie en compagnie de ces silencieux compagnons. Il en émanait un parfum d'aventure qui donnait envie d'aller à la découverte du monde. Louise, dans le train qui la conduisait à Lyon, avait le sentiment de suivre les traces de son père comme on suit une initiation. La première étape en était partir, la seconde servir.

La maison Millon tournait rondement sous l'autorité souriante de la maîtresse de maison. Cette femme s'entendait à donner des ordres comme autant de suggestions, mais la pression de son regard ne laissait pas place à la tergiversation.

Le vieux M. Millon père habitait au Château une chambre en rez-de-chaussée car il se déplaçait avec de grandes difficultés. Une sœur aînée de Mme Millon occupait une chambre à l'étage depuis la mort de son mari. Le fils Millon, François, était marié depuis deux ans mais sa descendance se faisait attendre. Sa femme, Catherine, était d'une maigreur maladive et d'une tristesse qui déroutait Noël, jusqu'au moment où il comprit que l'accident de voiture qui avait motivé son embauche avait coûté la vie à l'enfant qu'elle portait. Sa grossesse en était à ses débuts, et le pays n'en avait rien su.

Les domestiques le savaient. Marthe, la bonne, une jeune fille de dix-neuf ans, avait su tenir sa langue ; les Millon recrutaient leurs employés au sein de familles qu'ils connaissaient. Marthe avait succédé à sa sœur et attendait à Saint-Jean le moment du mariage. D'ici là, elle économisait ses gages pour se constituer un trousseau. C'est Maria, le cordon-bleu, qui avait évoqué le drame. Elle et son mari, l'« intendant » à tout faire, avaient largement dépassé la soixantaine. À en juger par l'importance de son tour de taille, Maria n'était pas la dernière à profiter de ses propres talents culinaires. La grosse femme souffrait des jambes. Été comme hiver, elle les entourait de bandes censées atténuer la sensation de lourdeur qui la handicapait de plus en plus. Lorsque des invités étaient attendus, une jeune femme du pays, Annette Revillard, venait l'assister en cuisine et assurait le service à table.

Noël était parfois chargé d'aller chercher et de raccompagner certains convives. C'est en aidant le patron de l'*Hôtel Moderne* à descendre, après un déjeuner bien arrosé, qu'il se blessa suffisamment pour solliciter l'aide de Maria.

Noël avait pourtant ouvert largement la portière, mais le bonhomme rata le marchepied, s'accrocha à la barre verticale pour ne pas tomber, l'arracha et s'écroula sur Noël qui réussit à l'empêcher de s'affaler dans la poussière. L'hôtelier se remit debout avec un sourire d'excuse et, d'un pas mal assuré, rejoignit sa femme qui avait déjà disparu dans le hall en ignorant la scène.

Le choc avait été rude ! Noël porta la main à son bras gauche, tout en considérant le morceau de métal au sol, là où l'autre l'avait laissé tomber. La manche de sa chemise était poisseuse. Il ouvrit la main, elle était tachée de sang. Avec un soupir d'irritation, il referma la portière, ramassa la barre à laquelle pendait encore une vis agressive poudrée d'éclats de bois et se hissa sur la banquette. Il considéra les dégâts : sa chemise était déchirée ; une plaie, assez nette, lui sembla-t-il, laissait échapper un sang vermeil dont la couleur lui plut l'espace d'un instant. Il sortit son mouchoir et, s'aidant des dents, il le noua sur la coupure. Puis il desserra le volant du frein et fit démarrer la voiture.

Arrivé au Château, il prit le temps de dételer et de conduire le cheval à l'écurie avant de se diriger vers la cuisine.

Maria était assise à la grande table, occupée à éplucher des légumes pour le repas du soir, tandis qu'Annette s'affairait à ranger les ustensiles de cuisine. Lorsqu'il entra par la porte extérieure, elles tournèrent machinalement le regard vers lui et se figèrent aussitôt.

« Grand Dieu ! Qu'est-ce qu'il vous arrive ? » s'exclama la cuisinière.

Elle prit appui sur ses deux mains pour se lever et vint à sa rencontre. Tout en s'approchant, il tendait le bras gauche en avant et essayait de dénouer le mouchoir.

« La rampe de la portière s'est décrochée d'un coup lorsque le père Thévenet s'y est appuyé. Je me la suis prise. C'est ma faute. Cela faisait quelque temps qu'elle avait du jeu...

– Attendez monsieur Noël ! Laissez-moi faire. Approchez-vous de l'évier ! Faites voir... »

La grosse femme défit le pansement improvisé avec une grande délicatesse. Annette s'était approchée aussi et demanda :

« Vous avez mal ? C'est profond ? »

Noël répondit par une moue. Maria avait déboutonné la manche et tentait d'écarter le tissu pour dégager la blessure. Il finit par admettre :

« Ce n'est pas trop douloureux. Je crois que le coup m'a endormi le bras.

– Ça ne va pas ! déclara Maria. Je ne peux rien faire avec votre chemise. Quittez-moi-la !

– Là... tout de suite ?

– Ben oui ! Là, tout de suite ! »

Il déboutonna son gilet, le retira avec l'aide d'Annette qui le déposa sur le dossier d'une chaise pendant que Maria s'occupait de la manche droite. Avec la même délicatesse, elle l'aida à se débarrasser de sa chemise et la tendit à la jeune fille qui la garda entre les mains, contemplant la déchirure.

« Bon ! Faites voir maintenant !... La ferraille était propre ?

– Oui ! »

Elle le fit pivoter pour amener le bras à la lumière de la fenêtre. Il se laissait faire docilement. Elle l'examina.

« C'est bien enflé mais ça n'a pas l'air trop méchant. Juste une bonne coupure... et je pense que vous aurez un sacré bleu. Bon, je vais vous laver et je vous ferai un pansement ! »

Annette compléta :

« L'accroc est récupérable : la déchirure est bien droit-fil. Je suis certaine de vous la ravoir ! »

Surpris par cette prise en main rapide, Noël se sentit décontenancé :

« Alors... dans mon malheur, j'ai de la chance, on dirait !

– Ah oui ! vous pouvez le dire ! Vous êtes entre de bonnes mains », déclara Annette.

La jeune fille éclata de rire. Elle avait de jolies dents, petites, blanches, bien alignées ; les lèvres charnues, colorées, les cheveux et les yeux bruns et brillants. Depuis des mois, ils se côtoyaient au château et il ne l'avait encore jamais vraiment regardée. Il avait eu tort.

Maria avait disposé une bassine sous le robinet et actionnait le bras de la pompe. Annette s'avança, curieuse, se pencha vers lui et tendit la main vers son coude pour vérifier le diagnostic.

C'est alors que la porte de communication intérieure s'ouvrit. Catherine Millon fit un pas en avant mais la phrase qu'elle avait commencée mourut sur ses lèvres :

« Maria, ne comptez... »

Noël sentit le regard de la jeune patronne passer de ses épaules à son torse et glisser vers la ceinture de toile de son pantalon. Machinalement, il porta la main droite à sa poitrine et le contact de ses propres poils sous ses doigts accentua sa sensation de nudité. Annette recula, comme si l'expression qu'elle lisait sur le visage de Catherine Millon lui faisait prendre conscience de l'indécence de la proximité de ce corps d'homme à demi nu. Catherine parut retrouver ses esprits, esquissa un sourire courtois et demanda, inquiète :

« Que s'est-il passé, vous êtes blessé ? »

Elle avait vu le linge taché, le sang sur le bras.

« Oui, excusez-moi, madame ! »

Il avait répondu avec gêne ; il alla chercher son gilet et l'enfila pour mettre un écran entre les yeux des dames et son corps. Maria rompit le silence :

« Je m'apprêtais à le panser. Je pense que ce ne sera pas grave.

– C'est bien, c'est bien, bégaya la jeune patronne. Je vais chercher ma belle-mère. »

Elle repartit sans refermer la porte, les laissant un peu interloqués.

« Mais... ce n'est pas la peine... »

Maria haussa ses épaules rondes et reprit :

« ... Ce n'est pas la peine, j'ai tout ce qu'il faut !... Allez ! approchez... là, baissez-vous... mettez votre bras au-dessus, oui, comme ça... »

Elle prit le mouchoir, le rinça rapidement et essuya la plaie avec précaution.

« Bon, c'est bien propre. Tenez ça appuyé. Je vais chercher le nécessaire, j'ai l'habitude avec mes jambes... »

Noël acquiesça et obéit tandis que la cuisinière quittait la pièce en se dandinant. Annette le regardait avec un sourire entendu. Elle finit par dire :

« Eh bien ! on peut dire que vous l'avez impressionnée !

– La pauvre Mme Catherine ! Elle a dû penser à un nouvel accident de voiture... Et puis j'étais bien indécent.

– Pensez-vous ! »

Elle se mit à examiner la manche de la chemise, comme pour préparer le travail de ravaudage, mais Noël remarqua le coup d'œil qu'elle jeta de biais dans l'entrebâillement de son gilet.

C'était la première fois qu'il se retrouvait seul avec cette petite femme décidée. Il savait que ses parents étaient fermiers dans le voisinage. Il s'agissait d'une exploitation modeste car Annette louait aussi ses bras pour les lessives : quand elle arrivait au Château, elle avait parfois les mains rouges et gonflées. Noël se demanda si, alors, elle pouvait tenir une aiguille. Elle était petite mais robuste ; elle avait la taille bien prise et de petits pieds. Elle pouvait avoir vingt-cinq ans…

Mme Millon entra, armée de son sempiternel sourire :

« Alors, mon petit Noël, ma bru me dit que l'on vous a arraché le bras ?

– Mais non, madame ! répondit-il en boutonnant au hasard quelques boutons de son gilet.

– Ah ! je me disais aussi… Nos amis sont-ils bien arrivés ?

– Mais bien sûr, madame !

– La voiture a-t-elle quelque chose ?

– Non. Enfin… si !

– Enfin si ?

– C'est simplement la barre d'appui, à côté de la portière, qui a cédé.

– Mais comment ? »

Noël balança la tête et lâcha :

« M. Thévenet a manqué le marchepied ; il a voulu se retenir… et voilà ! »

Mme Millon passa la main sur son menton.

« Mm… Évidemment, notre ami est très fort… et c'est cette barre qui vous a égratigné.

– C'est cela même. »

Il ajouta avant qu'elle ne pose une autre question :

« Maria est allée prendre chez elle de quoi me panser ; tout est en ordre. Je réparerai la voiture au plus tôt.

– Vous pourrez encore mener le cheval, Noël ?

– Madame, je suis rentré seul ! »

Mme Millon hocha la tête.

« Bon. Eh bien ! je m'en vais rassurer Catherine. La pauvre en était toute bouleversée. Ah ! vous voilà, Maria… Vous nous le raccommodez bien notre Noël ! Nous en avons encore besoin !

Et servez-lui une petite goutte, ça le ragaillardira ! Au fait, je ne sais pas si Catherine vous l'a dit, mais ne comptez pas sur mon beau-père pour le dîner. Marthe lui apportera un bouillon dans sa chambre. »

Elle se dirigea vers la porte mais, se ravisant, elle se retourna vers Annette.

« Ah ! Annette ! Je vois que vous avez pratiquement terminé. Heureusement que j'y pense avant que vous ne partiez. J'aimerais que vous veniez demain, ou après-demain, nous aider à nouveau. Les fruits sont à point pour les confitures. Au besoin, vous aiderez Ernest à terminer la cueillette. Vous n'avez pas d'autre engagement, je pense ?

– Non, madame.

– Parfait ! Maria vous vérifierez pour le sucre. Si nécessaire, il faudra aller en chercher, n'est-ce pas Noël ? Alors à demain, ma petite fille. »

Elle disparut dans un froissement de jupe.

Était-ce dû à la chaleur du fourneau assoupi, à l'odeur mêlée des poireaux et navets demeurés sur la table, à la présence papillonnante de toutes ces femmes bavardes ? Noël pâlit et son visage se couvrit de sueur. Il s'appuya à l'évier. Annette se précipita :

« Monsieur Noël, venez vous asseoir ! »

Elle lui passa le bras autour de la taille et le guida jusqu'à la première chaise. Puis elle poussa les légumes à l'autre bout de la table.

« Maria, sans vous commander, je crois que vous pouvez sortir la goutte !

–Voilà, voilà ! Laissez-moi arriver. Oh ! vous êtes bien pâle, monsieur Noël ! Elle a raison la petite, je vais vous la donner cette goutte. »

Elle avait déposé des bandes de tissu, de la charpie, un flacon de teinture d'iode et des épingles de nourrice sur la table. Elle se retourna et ouvrit le buffet, prit la bouteille de marc d'une main et, de l'autre, deux verres guillochés.

« Je t'en sers une larme, Annette ?

– Non merci, Maria. Je ne goutte pas trop l'eau-de-vie.

– Eh bien ! notre pauvre Noël va devoir trinquer tout seul, alors ! Je ne peux pas l'accompagner non plus, le docteur me l'a défendu. »

Elle versa l'alcool dans un petit verre qu'elle fit glisser vers Noël. Puis elle approcha une chaise et s'assit à sa gauche, attira vers elle ce qu'elle avait apporté et commença à tamponner la plaie avec la teinture d'iode.

« Vous êtes drôlement outillée, constata Noël.

– M'en parlez pas ! C'est à cause de mes jambes : j'ai là un bobo qui ne veut pas guérir… »

Elle tendit la jambe. Un peu au-dessus de la cheville, sur la face interne, une tache maculait le bandage.

« … et je me demande s'il ne va pas m'en venir un à l'autre jambe ! Enfin, heureusement ce n'est pas douloureux… Le docteur de madame appelle ça un ulcère. Il dit que je mange trop, mais il faut bien que je goutte ce que je sers, 'pas ? »

Noël avait levé le verre qui jetait de petits éclats de lumière.

« Ils sont beaux ces verres, admira Annette. Je ne les connaissais pas.

– C'est le service de feue Mme Millon, la grand-mère. Il n'en reste que quatre ou cinq, alors ils restent en cuisine. Ils viennent d'Autriche-Hongrie, quelque chose comme ça… C'est du verre spécial, du cristal de Bohême. Elle y tenait beaucoup, mais petit à petit… Enfin !

– En tout cas, ce que vous avez mis dedans est bien bon ! » reconnut Noël.

Maria enroulait maintenant avec dextérité une bande de tissu autour de son bras.

« Bon, ne bougez plus. Pliez un peu… vous allez être gêné pour mener, non ?

– Hum ! non. Pas si je peux garder le coude un peu plié comme ceci.

– D'accord. Ce soir au souper, je vérifierai si ça n'a pas saigné. Je vous le referai demain matin.

– Après l'écurie, peut-être ?
– Oui, ce sera mieux ! Ah ! zut ! j'ai fait tomber mes épingles ! J'ai dû les pousser avec le coude. Nanette, viens à mon secours, tu sais que je ne vois plus bien dans l'ombre ! »
Annette trouva sans peine les épingles dont le métal luisait faiblement sur le plancher. Effectivement, Maria, qui marchait de plus en plus mal, voyait aussi de moins en moins.
« Merci, ma petite. Allez ! j'attache le bout. Voilà, c'est terminé ! »
Noël se leva en tâtant son bras gauche.
« Merci, Maria ! Merci bien. Sans vous, je ne sais pas comment…
– Allez ! allez ! économisez votre salive ! Ça va ? La tête ne vous tourne pas ?
– Non, non ! C'est passé. Ce devait être… l'odeur du sang ? Ou…
– C'est sûr ?
– Mais oui ! Ne vous tracassez plus ! Je vais m'habiller et m'occuper du cheval : je l'ai juste attaché en arrivant, tantôt. Vous me direz pour le sucre ?
– Oh ! il y en a bien assez. On en a fait rentrer en prévision, vous pensez !
– Et… euh… pour la chemise… »
Il s'était tourné vers Annette qui posa fermement la main sur le linge.
« Je m'en occupe ! Vous me laissez quelques jours, tout de même ? »
Il acquiesça en souriant. Puis il rangea sa chaise contre la table et prit congé avec un bref salut de la tête.
« Bon après-midi, Maria ! Bon après-midi, mademoiselle Annette ! »

Il sortit par la porte de service sans se retourner. Annette se précipita vers la fenêtre et le suivit des yeux jusqu'aux communs. Elle déclara :

« C'est bon. Il s'est remis.

– Il est costaud, compléta Maria. Tu l'as vu ! Et senti quand tu l'as conduit à la chaise, hein ?

– Oui, avoua Annette avec un petit rire. Et Mme Catherine l'a bien vu aussi !

– Chut, chut ! chuchota Maria, complice. Déjà qu'elle était obnubilée par ses mains !

– Ah bon ? encouragea Annette.

– Oui, oui. Tu as remarqué qu'il a de belles mains, grandes ? »

Annette hocha la tête.

« Elle dit qu'avec de telles mains pour tenir les rênes elle se sent parfaitement en confiance, qu'elle pourrait aller jusqu'au bout du monde !

– Au bout du monde ! Rien de moins ! Et M. François, il est d'accord ?

– Oh ! le brave garçon, il est tout content que sa femme ait surmonté sa peur de la voiture. »

Les yeux plissés de malice, Annette roula la chemise en boule contre sa poitrine et la jeta dans son panier demeuré près de la porte. Elle soupira :

« Tout de même, M. Noël, il a de la branche… »

Après avoir déposé les pansements sur le buffet, Maria avait repris son tri. Elle tourna la tête vers la jeune femme en souriant.

« Une certaine distinction naturelle ? Oui ! Organisé, habile, sobre, pas coureur… un cœur à prendre, Annette ! »

Annette rougit, toute honteuse d'avoir été devinée.

« Un cœur à prendre ? Qu'en savez-vous ?

– Écoute. Je vois son courrier et ses sorties depuis plus de six mois qu'il est là. Il a une sœur qui lui écrit de La Ravoire, près de Chambéry, un frère à Albertville. Pour les sorties : la messe. Après il va boire un coup chez Jeantet avec Ernest, mais il est peu causant. Pas sauvage… mais… il ne fait pas durer, tu vois. Il reste plutôt là, à la cuisine. Cet hiver, il a taillé un char dans du petit bois. Un jouet tout pareil à un vrai. Ou alors, il est à l'écurie, après les chevaux ou leur fourniment. Je te dis que c'est un cœur à prendre ! Si cela te tente...

– Comme vous y allez, Maria ! Un cœur à prendre ! Et la bourse alors ? D'abord, je ne sais même pas si je lui plairais...

– C'est ça, attends qu'une autre veuille bien s'en occuper, et tu coifferas Sainte-Catherine à l'église... »

Maria taillait les poireaux en menus morceaux, étendant les bras pour les éloigner de ses yeux, mais elle devait s'interrompre de temps en temps pour essuyer ses larmes.

« Ah ! tu me fais pleurer de rire, coquine ! Si tu crois que je n'ai pas vu ton manège avec la chemise...

– Je pouvais lui rendre ce service !

– Avec tout ce que tu as à faire : tes parents qui ne sont guère forts, les lessives, la broderie à la pièce pour les bourgeoises de Seyssel... Toi aussi, pauvre Nanette, tu n'as guère le temps d'aller au bal ! »

La blessure de Noël guérit sans autre séquelle qu'une large cicatrice blanche en forme de sourire. Annette lui avait rapporté sa chemise, trois jours plus tard, si parfaitement lavée, repassée et reprisée qu'il avait tout d'abord douté qu'il s'agisse du même vêtement. Elle lui avait montré la double couture, à ourlet rentré, qui diminuait légèrement la largeur de la manche, mais passait inaperçue. Il s'étonna de la « délicatesse » des points et osa une comparaison avec la petitesse de ses mains et de ses pieds. Annette en rosit de confusion : il l'avait regardée.

La conversation devint plus facile, dans la cuisine de Maria. La jeune fille remarqua qu'elle l'y rencontrait plus souvent. Le dimanche, à la sortie de la messe, il lui faisait quelques minutes de conversation près du clocher décentré de l'église, avant de prendre congé jusqu'à sa prochaine venue au Château.

De fait, Annette était de plus en plus souvent sollicitée. En effet, la santé de Maria se dégradait. Les ulcérations avaient gagné le pied, la station debout lui devenait pénible. Mme Millon voyait, avec un grand embarras, venir le moment où il lui faudrait remplacer la domestique qui servait la famille avec bonhomie depuis plus de trente ans. D'autant qu'avec la cuisinière elle risquait de perdre le majordome. C'est pourquoi elle n'avait pas hésité à demander à son médecin personnel, qui suivait régulièrement le vieux M. Millon, de veiller sur elle. Hélas ! le praticien ne lui avait pas caché que l'évolution du mal de la grosse femme pouvait la conduire à la cécité, sinon au pire.

Mme Millon considérait donc avec un intérêt certain l'éclosion de relations cordiales entre son cocher et son aide-cuisinière. De bonnes relations entre les membres du personnel sont gage d'une certaine stabilité des effectifs. Certes, Annette habitait près de la tour de Mons, à plus de six kilomètres. Cela représentait un trajet quotidien un peu important, surtout à la mauvaise saison, mais peut-être pourrait-on s'arranger et la prendre à Frangy lors des courses de la matinée… L'idée était à creuser, mais la patronne se réjouissait d'avoir une solution au cas où la maladie de Maria deviendrait un réel problème.

Tout au contraire, la santé de sa bru s'améliorait. Elle avait recouvré l'appétit et, en conséquence, des couleurs et des formes. Catherine avait montré une grande sollicitude à l'égard de Noël, s'inquiétant de l'évolution de sa blessure, de la persistance de douleurs éventuelles. Un jour, elle avait même tenu à le regarder bouchonner le cheval après une course à Seyssel. Elle disait vouloir s'assurer qu'il ne lui cachait rien, car il n'était pas homme à se plaindre, et qu'en le voyant faire elle saurait tout de suite à quoi s'en tenir. Noël avait dû s'exécuter sous le regard indiscret de la jeune femme, debout à la porte de l'écurie. La course avait été longue ; les soins l'avaient été en conséquence. Il n'avait rien négligé : le dos, le flanc, le poitrail, la croupe. Il était passé de l'autre côté du cheval pour sécher l'autre flanc, lui faisant ainsi face, et il avait surpris son regard sur lui, sur ses mains caressant le pelage de la bête. Leurs yeux s'étaient croisés et il en avait ressenti une telle gêne qu'il n'avait plus osé relever la tête, s'interrogeant sur ce que cette femme attendait, se reprochant de lui prêter des pensées qu'elle n'éprouvait peut-être pas. Il décida d'éviter les tête-à-tête, ce qui était aisé au Château car la seule pièce où ils pouvaient se croiser, la cuisine, était rarement déserte. Il y avait, en revanche, les courses devenues plus fréquentes, car la fin de sa neurasthénie s'accompagnait d'une soif de sorties en ville, achats, visites et promenades où elle ne se rendait pas toujours accompagnée. Quand elle était seule, il lui arrivait de dire en fanfaronnant : « Allez ! Noël ! Emmenez-moi au bout du monde. » Il s'abritait derrière un « Ferons-nous notre première étape chez M. Untel ou Mme Telle autre ? » qui lui évitait de laisser l'invite sans réponse.

Il finit par confier à Annette que le comportement insolite de leur patronne l'intriguait. Il imaginait que Catherine éprouvait un sentiment de compagnonnage d'infortune au sujet de cette voiture. Quand elle entendit ces élucubrations, Annette rit et assura :

« Je crois plutôt qu'elle vous veut du bien ! »

Ne sachant comment comprendre la phrase, il répondit :

« Heureusement qu'elle ne me veut pas de mal ! »

Les yeux malicieux, elle répliqua :

« Vous ne voyez le mal nulle part, je parie !

– Non, le mal ne m'intéresse pas », conclut-il laconiquement.

La remarque d'Annette dut faire son chemin car il se mit à afficher pour cette dernière un intérêt plus ostensible devant les membres même de la famille Millon. Mme Millon ne put que se réjouir de cette inclination qui résolvait ses problèmes domestiques.

Pour la Saint-Martin, Noël invita officiellement Annette au bal. En la raccompagnant à la ferme familiale, il lui fit l'exposé de ses quelques biens, une parcelle de terre et un pré à La Ravoire, le compte de ses économies, et lui proposa le mariage. Il ne parla pas de quitter le Château. Elle donna son accord la semaine suivante et il rencontra ses parents pour fixer les conditions de la noce.

La cérémonie fut prévue pour le mois de janvier 1897, sous le patronage de saint Vincent, le protecteur des vignerons. Il convenait, en effet, d'éviter la période de l'avent, carême qui conduit à Pâques, et mai, mois de Marie et de la virginité, où les unions sont à proscrire.

Mme Millon se trouva fort satisfaite de cet arrangement car Maria avait décidé, à contrecœur, de s'installer chez son fils pour y finir ses jours. Le pauvre Ernest n'avait pas d'autre possibilité que de suivre son épouse. Et c'est le cœur gros qu'il envisageait de quitter une maison et un jardin qu'il considérait comme siens.

Le sort ne permit pas à Maria de goûter un repos qu'elle n'avait pas souhaité. Avant qu'elle ne quitte le Château, un de ses ulcères du pied se gangrena et il fallut l'amputer. Hélas ! une septicémie l'emporta quelques jours plus tard, laissant la maison Millon, patrons et domestiques, choqués et désemparés.

Mme Millon annonça qu'elle n'aurait pas le cœur de renvoyer ce bon Ernest et de le priver ainsi de la présence immatérielle de Maria qui imprégnait les murs du Château. En femme pratique, elle revit rapidement l'organisation de la maisonnée : Annette remplaça définitivement Maria. Après la noce, le jeune couple prendrait possession du petit logement d'Ernest, à qui serait désormais attribuée la chambre de Noël. Le vieil homme, trop content de conserver sa place, remercia sa patronne avec humilité.

Lors de la préparation des bans, Annette Revillard découvrit avec amusement que son futur époux portait également le prénom de son patron.

IV

Le savoir-faire d'Annette transparaissait dans le soin qu'elle avait mis à préparer le casse-croûte de Louise. Après le départ de sa compagne de voyage, la jeune fille avait senti poindre une curieuse sensation au creux de l'estomac, sensation qu'elle avait préféré imputer à la faim plutôt qu'à l'inquiétude de se retrouver seule. Un bon nombre de voyageurs étaient d'ailleurs occupés à se restaurer d'un morceau de fromage ou de quelques rondelles de saucisson. Elle tira de son baluchon la serviette où sa mère avait soigneusement emballé deux tartines de pâté de foie, agrémentées de cornichons taillés en fines lamelles. En croquant dans le pain, Louise eut l'illusion d'être attablée chez elle, tant la note de serpolet, si particulière, lui rappelait la cuisine maternelle. Elle se sentit réconfortée. Maman Nanette était décidément une vraie mère nourricière. Elle mettait ses talents culinaires au profit de son entourage, qu'il s'agisse de ses propres enfants ou de ceux des autres…

Au moment de leur mariage, Noël Rossillon était âgé de trente-deux ans et Annette Revillard de vingt-sept ans. Pour l'un comme pour l'autre était largement venu le temps de s'établir. Et pourtant, tous deux savaient que leur placement chez Millon était aléatoire, en dépit de la bonne opinion de leur patronne à leur égard.

Ils espéraient que leur contrat se prolongerait le plus longtemps possible. Ils étaient logés convenablement, nourris mieux qu'ils ne l'avaient jamais été, parfois même vêtus car, même si Marthe était bonne couturière, il venait un moment où les vêtements des nombreux membres de la famille n'étaient plus jugés dignes d'être portés. Ils avaient tôt fait d'être transformés aux mesures de leurs nouveaux propriétaires. Élargis, raccourcis, reprisés, transformés, ils commençaient une nouvelle existence de labeur sur le dos des domestiques ou des gens de leur famille. En effet, Mme Millon veillait à ce que la répartition fût équitable et Marthe, elle-même, recevait parfois des vêtements d'homme dont elle savait faire bon usage. Noël avait toutefois eu droit à une redingote neuve, sur mesure, car sa taille n'avait pas permis d'adapter un vêtement existant, et les Millon tenaient à ce que leur cocher ait bonne présentation lorsqu'il leur ouvrait la portière en public. En somme, les Millon étaient de bons patrons.

À cela venaient s'ajouter des raisons encore plus prosaïques. Les maigres biens de Noël ne lui permettaient pas de s'installer à La Ravoire ; il ne l'avait d'ailleurs jamais envisagé. Ils étaient loués à sa sœur qui n'avait probablement pas les moyens de les lui acheter. Noël n'avait pas envie de lui causer des ennuis pécuniaires en souvenir du temps où elle avait remplacé sa mère. Un jour, peut-être, si elle venait à disparaître, il pourrait essayer de récupérer son capital : il ne se sentait pas obligé vis-à-vis de ses neveux. D'ici là…

Annette, quant à elle, n'avait pratiquement pas de dot, en dehors de quelques économies. Elle était la dernière d'une famille de trois enfants. C'est à elle qu'il reviendrait de s'occuper de ses parents le jour où ils ne pourraient plus exploiter la petite ferme qu'ils louaient depuis le départ des aînés et qui les faisait vivre tous les trois. En réalité, depuis de nombreuses années, elle avait largement contribué à son propre entretien. Son frère aîné, Jean, était parti s'embaucher à la construction de la ligne ferroviaire Annecy - Annemasse - Saint-Gingolph à la fin des années quatre-vingt et avait trouvé dans le rail de quoi assurer sa subsistance et son bonheur. Sa sœur, Léonie, était établie aux limites des communes de Frangy et de Mons, sur le « quai des Usses » où son mari Auguste Miège, tailleur de pierre, fournissait les maçons de la région en moellons. Léonie n'avait plus guère le temps de veiller sur ses parents car son mariage s'avérait très fécond : il lui venait un enfant tous les deux ans ; elle en était à son cinquième et l'Auguste n'avait pas l'air d'avoir dit son dernier mot… Annette serait le bâton de vieillesse de ses parents : le pépé Joset, aux mains déformées mais habiles à la vannerie, et la Nêne, toute petite grand-mère au visage fripé encadré de la coiffe de dentelle qu'elle portait du lever au coucher. La Nêne était extrêmement pudique : l'arrière de sa tête et sa nuque devaient rester secrets, non seulement en public, mais aussi dans l'intimité !

Jusqu'alors, Annette n'avait pas trouvé l'homme qui accepterait de partager cette mission. Puis Noël était arrivé au Château. C'était un homme mûr, sans attaches, sans charges pour ne pas dire sans famille, un cocher, certes, mais qui avait travaillé la terre. Il avait un caractère égal, aimait les plaisirs simples ; il était pieux. Elle s'était dit que celui-là pourrait prendre la suite, à la ferme, lorsque les parents seraient trop usés pour assurer leur subsistance. S'il acceptait de venir, elle lui serait aussi dévouée qu'elle l'était pour eux. Ce serait facile, il était si bel homme ! Elle s'était appliquée à le séduire, à lui montrer ses talents, son courage, et le moment venu, quand il lui avait enfin parlé après le bal de la Saint-Martin, elle lui avait fait part de ce projet de succession. Il avait répondu : « Pourquoi pas ! Je suppose que les Millon aiment les couples, mais moins les familles ! »

Ils avaient donc cette possibilité de reprendre la ferme, mais il s'agissait d'une bien petite ferme pour quatre personnes et ils gagnaient mieux leur vie en travaillant au Château.

Ils s'installèrent dans la grande chambre de Maria et Ernest, après la noce, en se disant que, lorsque des enfants arriveraient, Mme Millon saurait bien leur donner congé. N'ayant guère les moyens de choisir, ils s'apprêtèrent à subir et profitèrent néanmoins de plusieurs mois de quiétude.

La sœur de Mme Millon, Mme Bordon, osait désormais s'aventurer dans la cuisine, audace qu'elle ne se serait jamais permise du vivant de Maria qui considérait toute intrusion sur son territoire comme une offense. Fort désœuvrée dans la maison où sa sœur l'avait recueillie, elle avait timidement poussé la porte pour échanger quelques mots avec Annette. Puis, enhardie par le bon accueil de cette dernière, elle était venue plus souvent, jusqu'au jour où elle avait cuisiné une simple tarte aux prunes sèches. Elle avoua à Annette combien elle avait été privée. Elle n'avait pas les moyens de se distraire en dépenses ; la broderie ou la lecture l'intéressaient moins que la préparation d'un saladier de rissoles aux poires Blesson ou celle d'un clafoutis aux cerises noires, sa préférence allant vers la crème au chocolat accompagnée de poires cuites au vin doux. Depuis lors, elle se chargeait du dessert familial une ou deux fois par semaine, rangeant scrupuleusement les ingrédients à la fin de la préparation, mais n'allant pas toutefois jusqu'à faire la vaisselle. Elle faisait de chacune de ses interventions une petite fête qui égayait la maisonnée.

Au printemps suivant, Annette s'aperçut qu'elle était enceinte. Heureusement, elle n'éprouvait aucun de ces effets secondaires communs aux premières semaines de grossesse, à part une légère somnolence si elle restait assise. Elle décida de repousser le moment de l'annoncer à sa patronne, espérant retarder ainsi la recherche d'une remplaçante.

Il se confirma bientôt que Mme Catherine portait enfin l'héritier tant attendu : l'absence de serviettes tachées dans la lessive mensuelle n'avait pas échappé à Marthe. Bien avant l'annonce officielle de l'état de la jeune patronne, une bouffée de bonne humeur vint chasser la morosité consécutive au décès de Maria.

Lorsque Annette fit part de sa grossesse à Mme Millon, celle-ci n'évoqua pas de renvoi. Elle était préoccupée par sa bru qui, contrairement à Annette, vivait assez mal ses premiers mois. Par ailleurs, le vieux M. Millon ne quittait plus sa chambre et seul l'espoir de voir naître son arrière-petit-fils semblait le maintenir en vie. Toute organisatrice qu'elle était, Mme Millon se sentait un peu débordée par les événements qui se précipitaient et qu'elle aurait, cette fois, du mal à maîtriser.

L'été 1897 ne fut qu'une longue attente. Mme Catherine fut contrainte par le médecin de rester allongée car il craignait un accouchement prématuré. Lors de ses visites, il ne manquait pas de s'enquérir de l'état de santé d'Annette, et devant son visage enjoué et son teint éclatant il lui tapotait paternellement l'épaule en lui rappelant qu'elle faisait sans doute partie des femmes faites pour avoir des enfants. Cette phrase la plongeait dans la perplexité. Toutes les femmes n'étaient-elles pas faites pour enfanter ? Depuis plus de dix ans qu'elle était en âge d'être mère, elle avait attendu l'instant où elle sentirait la vie en elle, et elle avait redouté, les années passant, que la maternité ne fût pas pour elle. Oui, elle était faite pour avoir des enfants !

Malgré les précautions prises, Catherine Millon accoucha d'un garçon un mois et demi avant la date prévue. L'enfant était un peu petit, certes, mais en bonne santé. Sa mère tint à lui donner le prénom de son grand-père, Édouard, désir tout naturel qui fut exaucé avec un plaisir partagé par tous les membres de la famille. Durant la semaine qui suivit, le vieux M. Millon s'éteignit paisiblement, laissant sa place au nouveau venu.

Dix jours plus tard naquit Étienne, le premier enfant de Noël et Annette Rossillon.

Lorsque les premières douleurs de l'enfantement avaient saisi sa femme, Noël avait demandé l'autorisation de l'emmener chez ses parents en voiture. Mme Millon avait accepté sans hésitation et lui avait même accordé le droit de retourner l'assister jusqu'à sa délivrance dès qu'il aurait ramené l'attelage.

Il rentra le lendemain, le regard attendri, et se borna à assurer que tout s'était bien passé. La Nêne, sa belle-mère, avait déclaré : « Pour un premier, ça n'a pas traîné. » Pendant les quelques jours qu'Annette passa chez ses parents, il entreprit la construction d'un nouveau char car il avait offert son premier modèle au petit Édouard, en cadeau de naissance. Il y travaillait sur la table de la cuisine où Marthe, libérée des soins qu'elle donnait au grand-père, avait remplacé Annette au pied levé. Sous les directives de la patronne, elle préparait des repas simples qui sentaient la ferme.

Annette revint tenir sa place au bout de quelques jours, son fils étroitement bordé dans un petit berceau qu'elle pouvait poser au ras du sol dans la cuisine et emporter dans sa chambre le soir venu. Ils allaient passer confortablement la morte-saison.

Son lait était abondant et Étienne fit ses nuits au bout de trois semaines, ce qui permit à sa mère de récupérer assez rapidement. Il n'en allait pas de même pour le petit Édouard que sa mère nourrissait toujours huit fois par jour, et dont les pleurs résonnaient souvent dans la maison. Annette en avait le cœur serré d'impuissance.

Un matin, après la première tétée, elle se mit à la recherche de Mme Millon car elle hésitait sur ses intentions pour le repas de midi. Elle pensait la trouver dans la chambre de l'aïeul, occupé à trier ses affaires avec l'aide de Marthe, mais la pièce était vide et rangée. Elle entendit des murmures provenir de l'étage, couverts par les cris du nourrisson. Elle appela sans succès et dut se résoudre à monter à la chambre de Mme Catherine. Après avoir frappé, elle ouvrit la porte. Mme Millon était bien là. Catherine donnait le sein à l'enfant sous le regard consterné de sa belle-mère. La jeune femme pleurait car le petit se mettait à crier dès qu'il lâchait le sein, se précipitait pour téter à nouveau et, tout aussitôt, reprenait ses cris. Catherine tourna vers elle un regard affolé qui semblait appeler à l'aide.

« Je ne comprends pas pourquoi il pleure ! Je ne sais plus quoi faire ! Il vient de téter pendant vingt minutes ; il a peut-être mal au ventre, ce n'est pas la faim ! »

L'enfant avait le visage rouge, crispé, et la bouche avide. Ses poings étaient serrés. Son dos s'arquait et son petit menton tremblait lorsqu'il criait. Annette ressentit une immense pitié pour ce tout-petit. Négligeant la pudeur de sa patronne, elle s'approcha, les larmes aux yeux.

« Peut-être que si, madame Catherine ! Si j'osais… »

Elle avait porté la main à sa poitrine douloureuse car Étienne avait bu si goulûment ce matin qu'il avait refusé le second sein, laissant à sa mère une gorge tendue. Catherine avait compris :

« Vous croyez ? »

Annette, intimidée, interrogea du regard Mme Millon qui répondit avec un geste évasif :

« Si vous pouviez… »

Elle s'assit sur le lit, déboutonna son corsage, sa chemise de jour et dégagea un globe blanc si gonflé que le mamelon faisait à peine saillie. Elle prit l'enfant des bras de sa mère fascinée par ce spectacle. Elle lui caressa les cheveux et l'approcha de sa poitrine. Le petit avait reconnu la position et cherchait avidement la source de son bonheur. Il se mit à téter. Après deux ou trois succions, le lait se mit à jaillir au point que l'enfant, surpris et étouffé, ouvrit la bouche. Les fins jets de lait lui aspergèrent le visage. Annette sourit et le replaça contre son sein. Cette fois, il ne le lâcha plus. Pendant qu'il buvait, en poussant de profonds soupirs, elle se servit d'un coin de son mouchoir pour essuyer les larmes et les gouttes de lait sur son visage. Il saisit son auriculaire, comme pour la retenir. Elle découvrait, attendrie, ce petit Édouard qu'elle connaissait encore si peu. Il avait les traits fins, la peau et les cheveux clairs, les yeux bleus de sa mère. C'était un très joli enfant, moins fort que son Étienne, un peu minçolet même ; il n'avait peut-être pas mangé à sa faim ces derniers temps. Après quelques minutes, il s'interrompit, reprit sa tétée, s'interrompit à nouveau et s'abandonna : il s'était endormi, la main diaphane aux ongles mauves toujours serrée autour du doigt d'Annette. Il desserra les mâchoires et sa tête roula. Annette sourit, rabattit ses vêtements sur sa poitrine, se leva, interrogea des yeux Catherine pour savoir quoi faire de l'enfant.

« Il s'est endormi ? » demanda la mère.

Sans attendre la réponse, elle poursuivit d'un ton las :

« Vous n'avez qu'à le recoucher… »

Pendant qu'Annette reposait le nourrisson dans son berceau aux voiles protecteurs, elle entendit Mme Millon murmurer : « Je le savais. » Tout en reboutonnant son vêtement, elle se retourna vers sa patronne, retrouvant tout à coup la raison de sa présence dans cette chambre, et demanda :

« Madame ! Pour midi, je n'ai pas compris ce que vous voulez que je fasse. »

Mme Millon hocha la tête longuement comme si elle suivait une conversation en elle-même. Elle regarda attentivement sa belle-fille et sa domestique et finit par dire en hésitant :

« Laissez-nous un petit moment, Annette… Je vais descendre à la cuisine… Je crois qu'il faut que nous parlions. »

Annette n'avait pas compris avec qui sa patronne voulait parler, mais elle sortit en fermant la porte silencieusement pour ne pas réveiller l'enfant.

C'est donc un peu par hasard qu'Annette Rossillon devint nourrice. L'avisée Mme Millon s'était peut-être doutée que la fragile constitution de sa bru ne lui permettrait pas d'assurer l'allaitement de son petit-fils et, effectivement, dès le deuxième mois le petit avait cessé de profiter. Ses jambes et ses bras marbrés offraient un contraste saisissant avec les membres potelés d'Étienne. Mme Millon avait observé la forme insolente d'Annette pendant sa grossesse, le gonflement saisissant de sa poitrine après ses couches, les taches humides qui marquaient son corsage malgré le linge qu'elle disposait sous sa chemise pour éponger les fuites de lait. « Je le savais », avait-elle dit. Elle était sûre désormais d'avoir bien fait de garder sa cuisinière malgré l'enfant qui allait naître et compliquer singulièrement le service.

Mme Millon était une femme pleine de ressources : elle avait gardé la nourrice sous le coude en la personne de sa cuisinière. Marthe, sa femme de chambre à tout faire, venait d'être libérée de ses fonctions de garde-malade et ferait fonction d'apprentie cuisinière ! La jeune femme avait certainement une cousine qui serait ravie d'être embauchée au Château ! Mme Millon ne doutait pas que la famille de Marthe mettrait un point d'honneur à lui dénicher une nouvelle petite perle, à former, certes, mais elle était très patiente pour ce qui concernait la formation de son personnel. Il s'agissait d'un investissement dont l'effet bénéfique se faisait sentir de nombreuses années.

Elle alla tout de même se renseigner à la mairie du chef-lieu, car la réglementation concernant les nourrices était assez stricte. La grande vogue de l'allaitement mercenaire était à l'origine de ce luxe administratif : la France était le seul pays européen à réglementer l'industrie nourricière.

Elle glana, en sus des renseignements légaux, une multitude de conseils pratiques sur le choix d'une nourrice, où se mêlaient conditions morales, médicales et préjugés. On lui apprit que la nourrice devait pouvoir présenter deux certificats. L'un, établi par le maire, donnait des renseignements sur la conduite et les moyens d'existence de la candidate. L'autre était, bien entendu, un certificat médical qui écartait les risques de maladie rachitique, dartreuse, tuberculeuse ou syphilitique.

On lui précisa que si elle choisissait une nourrice « sur lieu », c'est-à-dire si elle confiait l'enfant, celle-ci devait lui présenter un autre certificat du maire attestant que son dernier enfant était âgé de sept mois révolus, et donc en âge d'être sevré. En revanche, si elle préférait une nourrice « sur place », c'est-à-dire chez elle, la loi était « muette sur l'âge du lait ».

Mme Millon regagna le Château sans trop savoir comment considérer le cas d'Annette. Étienne n'avait pas l'âge requis mais sa mère avait visiblement assez de lait pour deux enfants. Quant aux certificats… elle pouvait se passer de celui du maire, mais le certificat médical… syphilis, tuberculose… Elle aurait tout de même remarqué ! Elle décida néanmoins de demander un avis à son médecin. Elle pensait pouvoir trouver un arrangement discret avec les Rossillon. Elle ignorait encore que, à la demande de sa femme, Noël avait accompli la même démarche.

Ils trouvèrent un terrain d'entente pour un complément de rémunération, et Mme Millon souligna qu'elle mettait Marthe à la disposition d'Annette, de façon qu'elle s'économise et ne mette pas en péril sa si précieuse production. Pendant quelque temps, Catherine continua d'allaiter son fils, mais quand il s'avéra qu'Annette subvenait aux besoins des deux enfants elle se déchargea définitivement de cette servitude. Elle reprit rapidement sa silhouette élégante et ses sorties, encouragée par son époux, désormais comblé par une paternité valorisante. Il avait assuré la pérennité du nom, la succession du domaine.

Dès que le sevrage d'Étienne fut achevé, ses parents le donnèrent en garde à la Nêne pour pouvoir prolonger leur contrat au Château.

Dans le courant de l'année suivante, Annette fut de nouveau enceinte ; quant au couple Millon, il devait connaître les moyens de limiter sa progéniture. Il fallut se résoudre à abandonner le Château pour la petite ferme exiguë de Mons. Les Rossillon jugèrent préférable de prendre la suite du bail des parents plutôt que de chercher un autre fermage : dès que le nouveau-né aurait atteint ses sept mois, Annette prendrait un nouveau nourrisson. Le bouche à oreille lui permettrait de trouver un enfant de bonne famille car elle ne se sentait pas le courage de se charger d'un enfant assisté, et ce pour deux raisons. D'une part, elle voulait s'occuper d'un enfant désiré, aimé. Elle voulait lire dans l'œil de ses parents la joie de voir leur petit grandir et se dégourdir après les mois passés chez elle. Elle voulait sentir leur reconnaissance qui abolirait la différence de milieu. Elle donnait une part d'elle-même et tenait à ce qu'il en reste un souvenir, ne serait-ce que dans la mémoire des parents, puisque l'enfant ne garderait probablement pas d'image de ce temps intime. D'autre part, les petits abandonnés avaient une effrayante propension à mourir pendant le premier mois de leur mise en nourrice. Ils arrivaient souvent affaiblis d'avoir attendu, avant d'être placés, que l'on déniche une nourrice disponible. Le Service des enfants assistés du Rhône inondait le pays de demandes pour des enfants qu'il avait déjà en charge. Peut-être avaient-ils aussi été abandonnés par une maman nécessiteuse qui attendait de voir le petit s'étioler pour consentir à s'en séparer. Annette ne souhaitait pas côtoyer ces malheurs : ni celui de l'abandon ni celui de la mort des nourrissons. Elle n'était pas assez riche pour être généreuse, et pas assez pauvre pour être mercenaire car elle n'ignorait pas que les nourrices touchaient une prime fixe à l'arrivée du petit, prime qui restait acquise en cas de décès prématuré…

Marie-Rose naquit en avril 1900. Quelque six mois plus tard, elle laissa sa place dans le giron maternel à la fille de commerçants de Seyssel, relations de la fille Millon. Le complément de revenus tiré de l'activité de nourrice fut bienvenu car la ferme de Mons était vraiment d'un faible rapport. Il fallait absolument contrôler toutes les dépenses pour accumuler l'annuité de fermage. Jusqu'au dernier moment, les Rossillon ne purent avoir la certitude que la vente de la vendange de la petite vigne viendrait couvrir le loyer.

En fin d'année, Noël fut convoqué pour une ultime période d'instruction militaire à Grenoble. Il eut la déconvenue d'être affecté au 12e bataillon d'artillerie à pied. À trente-six ans, il était désormais trop vieux pour monter, juste bon à être servant. Il eut en revanche le privilège de découvrir le successeur des canons de Bange : le canon de 75, qui avait vu officiellement le jour trois ans plus tôt. Ce « 75 » l'impressionna par sa cadence de tir, qui pouvait atteindre vingt coups par minute, ce qui en faisait le premier canon de campagne à tir rapide. Cette puissance de feu lui fit réellement prendre conscience de la capacité destructive de l'arme. La vibration des tirs résonnait dans tout son corps et n'avait pas le temps de s'éteindre entre deux coups.

Il mit une semaine pour revenir à Frangy. Il était passé par La Ravoire où sa sœur lui avait remis le paiement d'une de ses deux parcelles. Et il était rentré avec un cheval. Il n'avait pas pu se procurer un animal de réforme, mais il avait retrouvé Morissot qui lui avait indiqué un bon maquignon. « Enfin, un maquignon pas trop malhonnête ! avait-il corrigé. Tu lui diras que c'est moi qui t'envoie ; il te trouvera bien une bride d'occasion ! » L'animal s'appelait Mousquet. Il s'agissait d'un postier de petite taille, extrêmement docile. Noël fit la route pour partie à pied, pour partie en voiture après avoir attaché le cheval à l'arrière, et parfois sur son dos, lorsque les chemins étaient peu fréquentés. Lors de son voyage de retour, il eut la sensation d'une longue récréation qui prendrait définitivement fin lorsqu'il retrouverait femme et enfants. Il éprouvait à la fois la hâte de retrouver une Annette rieuse et active, et une envie de prolonger cet intermède de liberté, sans autre contrainte que de trouver à boire et à manger pour son cheval.

Annette fut un peu surprise de le voir revenir accompagné, alors qu'il lui avait pourtant annoncé son intention de se renseigner sur les chevaux réformés. Elle avait vite oublié ce qu'elle considérait comme un caprice, ils avaient tant d'autres dépenses différées, plus indispensables : du matériel agricole neuf, une petite parcelle de vigne peut-être. Toutefois elle dut admettre qu'elle ne pouvait le priver du compagnon qui avait fait le sel de sa vie avant leur rencontre.

À la Saint-Martin, les Rossillon réglèrent leur fermage, mais une des familles du voisinage fut dans l'impossibilité de le faire et ses biens furent vendus pour éponger la dette. Noël fit l'acquisition à bon compte d'un char à bancs qu'il passa l'hiver à restaurer, ajoutant même un banc supplémentaire. Il était enfin à son affaire et pensait pouvoir, lui aussi, arrondir les revenus familiaux en véhiculant des particuliers en dehors des horaires ou des itinéraires de la diligence.

Le 12 novembre 1902 naquit une autre fille que l'on nomma Louise, comme sa grand-mère, la Nêne. Elle eut pour frère de lait un petit Marcel Lacraz que les parents envisageaient de laisser en nourrice jusqu'à ce qu'il ait l'âge d'aller à l'école car il n'y avait pas d'aïeul vivant pour s'occuper de lui.

Le pépé Joset passa d'une mauvaise grippe à la fin de l'hiver 1904. La quatrième grossesse d'Annette était déjà bien avancée. Lors de la messe de funérailles, c'est avec surprise et reconnaissance qu'elle aperçut Mme Millon, accompagnée de son mari, son fils et son petit-fils. Au moment des condoléances, celle-ci lui apprit que sa bru attendait un second enfant et qu'elle était à nouveau bien fatiguée. Annette admira le garçon souriant qu'elle avait nourri mais elle n'osa pas le prendre dans ses bras, tant il lui parut étranger. Il portait des culottes à mi-jambes, de longs bas et des souliers lacés qui l'impressionnaient. Son propre fils ne portait que des sabots. Elle avait vu Édouard grandir de loin, le croisant parfois au marché hebdomadaire de Frangy, mais, depuis qu'il était en âge d'aller à l'école, il était pensionnaire à Annecy.

En mai 1905, c'est encore une fille, Séverine, qui vit le jour. Annette n'eut pas le temps d'aller voir le médecin contrôleur pour son certificat de nourrice, car M. Millon fit irruption au petit matin, au début du mois de septembre, le visage défait. Il ne dit pas bonjour mais seulement : « Nous avons encore besoin de vous ! » Étienne était assis à la table devant un bol de lait. Sans dire mot, la Nêne le fit lever et le conduisit dans la pièce à côté. Noël tira la chaise vide, invitant du geste M. Millon à s'asseoir. L'homme s'assit mécaniquement et garda le regard fixé sur les miettes de la table. D'une voix monocorde, il expliqua que Catherine avait accouché, la veille, d'une petite fille, mais qu'au moment du décollement de l'arrière-faix une hémorragie s'était déclarée. Le médecin avait été impuissant à l'enrayer. Ils l'avaient perdue en quelques minutes. Bien sûr, son mari était effondré. Mme Millon était restée avec lui et la petite, quant à lui-même il avait attendu le jour pour venir leur demander de s'occuper de l'enfant.

« Comment s'appelle-t-elle ? » demanda Annette.

M. Millon hésita, ses yeux semblaient chercher le prénom de la fillette dans les recoins de la pièce.

« Euh... elle... je crois... il devait s'appeler Jules ou Juliette comme le père de cette malheureuse Cathy...

– Allez la chercher ! Amenez-la-moi, pauvre petitoune ! »

Après le départ de M. Millon, Annette se laissa tomber sur sa chaise vide, les mains aux genoux, muette. Puis elle se mit à pleurer en silence. Surpris, Noël remarqua :

« Je ne croyais pas que tu étais si attachée à cette femme ! »

Elle poussa un gros soupir avant de répondre :

« Elle avait l'âge que j'avais quand Étienne est né. Ma vie commençait et la sienne est finie... »

Noël s'approcha et posa la main sur son épaule.

« Chaque vie a son prix. Il ne faut pas comparer. »

Entre deux sanglots contenus, elle confessa :

« Et dire que je l'ai enviée, quand tu l'emmenais loin de Saint-Jean... »

Noël accentua la pression de sa main et soupira :

« C'était une enfant inquiète qui avait besoin d'être rassurée. »

La vie commune, l'intimité partagée avaient tissé des liens particuliers entre les Rossillon et leurs patrons. Il ne s'agissait en aucun cas d'une relation d'égalité mais d'un rapport de confiance où les deux parties assument les devoirs qui incombent à leur condition de maîtres ou de valets, ce qui n'empêchait pas une sorte d'admiration réciproque.

De leur expérience de domestiques, les Rossillon ne gardaient pas de souvenir dégradant. Ils concevaient donc, sans amertume, que leurs enfants partent un jour travailler chez autrui.

V

La tête appuyée à la fenêtre du train, Louise traçait des arabesques dans la buée née de son souffle. La description que son père avait faite de Mme Chanaz n'avait finalement rien de rassurant. Il lui était facile de dire que la dignité n'avait rien à voir avec la taille, étant donné la sienne ! Encore que la petite Marisa ait réussi à tenir tête à ses patrons ! Elle avait été placée à Ouroux, dans le Beaujolais, sur la recommandation des Millon. Louise connaissait la légende familiale qui rapportait que ses parents s'étaient connus en travaillant chez eux, au château de Saint-Jean, avant que sa mère ne devienne la nourrice des petits-enfants. À Ouroux, les Guinchay habitaient l'un des deux châteaux de la commune, le château du Gros-Bois. Ce n'était pas le plus beau des deux mais, à en croire les cartes postales que Marisa avait expédiées, il s'agissait tout de même d'un vrai château, contrairement à celui de Saint-Jean. Hélas ! les châtelains n'avaient pas un comportement digne de leur rang. Marisa avait tenu dix-huit mois. Depuis lors, les Rossillon avaient appris que les Guinchay ne parvenaient pas à garder leur personnel. La patronne était lunatique et son époux avait une tendance aux amours ancillaires. C'est chez eux que Marisa avait gagné son nouveau prénom : la fille de la maison se prénommait Rosemarie. Les Guinchay avaient proposé Maria, mais Marie-Rose avait préféré l'exotique Marisa, au point que le surnom avait été adopté par toute la famille. En dépit de l'atmosphère délétère qui y régnait, elle était demeurée à Ouroux jusqu'à ce qu'elle trouve un nouvel engagement ; on avait trop grand besoin de ses gages ! Tant qu'elle travaillait, elle ne coûtait rien à la famille, et elle envoyait parfois de petites fournitures qui étaient les bienvenues. La dernière fois, il s'agissait de serviettes de toilette en nids-d'abeilles que Louise avaient ourlées et chiffrées en gardant les bêtes en champ.

Marisa avait trouvé une place de cuisinière à Lyon, chez une dame Delorme. Louise ne partait pas tout à fait vers l'inconnu. Un dimanche, Marisa était montée jusqu'à la Croix-Rousse reconnaître les lieux. Bien sûr, le magasin de la Grande Rue était fermé mais elle avait tout de même été impressionnée par le fait qu'il occupait tout le rez-de-chaussée du 50 *bis*. Son commentaire était arrivé par carte quelques jours avant le départ de Louise, mais quel qu'il eût pu être la décision avait été prise. Louise avait soigneusement rangé la carte pour sa sœur car cette dernière avait commencé une collection en 1916, après avoir reçu les vœux de bonne année de son parrain, Émile Rossillon, l'instituteur. Il avait expédié une carte où un bouquet de roses enrubannées se dessinait en relief au-dessus d'un paysage romantique représentant un lac bordé de grands saules ; devant les marches d'un embarcadère, un cygne se reflétait dans l'eau calme. Une calligraphie précisait : *Bonne et heureuse année.* Cette carte avait fait l'admiration de tous jusqu'à ce qu'une remarque de Louise les plonge dans la perplexité. Sur l'envers de la carte était imprimé *Made in Germany.* Si le sens exact leur échappait, ils comprenaient toutefois qu'il s'agissait de l'Allemagne. Dans son texte, le parrain s'inquiétait du départ d'Étienne dont il savait qu'il était de la classe 17. Or le gouvernement avait décidé d'anticiper la mobilisation de la classe 17, en raison du carnage de Verdun. Il fallait regarnir le front… Depuis près de dix-huit mois que durait cette guerre, on pouvait donc se procurer des cartes de vœux écrites en français et qui avaient quelque chose à voir avec la *Germany.*

Cette carte avait été la première de sa collection. Tant pis si un angle gardait la trace de l'épingle qui avait maintenu deux « petits bleus » que le parrain conseillait de mettre « à la Caisse d'épargne ». Le sens de l'économie s'apprenait tôt dans la famille ! Marisa était bien la seule à avoir un parrain aussi généreux ; celui de Louise, Auguste Miège, avec sa nichée de sept enfants, n'avait guère l'occasion de voir s'arrondir son porte-monnaie…

Aussi loin que Louise se souvienne, ses parents avaient toujours tiré le diable par la queue. Elle avait peu de souvenirs de la première ferme, celle de Mons. Les jeux derrière la ruine de la Tour ; les tablées d'enfants, Étienne, Marisa, Marcel, Séverine, Juliette et elle-même, devant un pot de soupe ou un bol de lait ; ces nuits où ils couchaient à trois ou quatre, tête-bêche, au chaud dans le grand lit, bercés par la voix des adultes qui leur parvenait de l'autre côté du mur, accompagné du petit bruit sec des noix que l'on casse, au moment des gromailles, avant de les apporter au moulin. Quand Étienne avait quitté l'école, ses parents s'étaient mis à la recherche d'une exploitation plus importante. Ils l'avaient trouvée en 1909 à Chaumontet, hameau de la commune de Chaumont blotti au pied du Vuache. Bien entendu, les enfants avaient été enrôlés pour les travaux de la ferme, à la mesure de leurs capacités. Ils commençaient par jeter le grain aux poules, nourrir les lapins, puis ils gardaient les chèvres, les vaches. Ils apprenaient à traire, à effeuiller les vignes, c'est-à-dire à supprimer la pousse secondaire qui naît à l'aisselle des premières feuilles du sarment principal. Cette corvée était réservée aux écoliers après le repas de midi et avant la reprise de la classe, car elle pouvait facilement être interrompue et reprise. Ils apprenaient les soins à donner au jardin, comment fabriquer les fromages avec le lait des chèvres, celui des vaches étant ramassé chaque soir par la « Mène » qui l'apportait à la fruitière de Frangy. Tous savaient manier le râteau et la fourche ; Étienne savait tenir la bêche, la faux et la serpette. C'était une question de force. Celle d'Étienne allait en grandissant tandis que celle de Noël commençait à flancher. Ce phénomène était dans l'ordre des choses ; il était entendu que le fils prendrait la suite du père et assurerait à son tour la subsistance de la famille, mais la guerre était venue bouleverser ce projet.

En 1914, Étienne était âgé de dix-sept ans et son père de cinquante ans tout juste. Comme les autres, ils avaient espéré que cette guerre serait de courte durée, que les soldats seraient de retour à la Noël. Mais il y avait eu cette suite d'hécatombes : Vimy, l'Artois, les Vosges pendant l'été 1915 ; la Champagne et l'Argonne en automne ; la Somme en été 1916, Verdun et les Éparges en automne. Ces boucheries avaient éclaboussé de noir les fermes désertées et de nouveaux contingents de bleus se pressaient vers les gares apporter un sang neuf, un sang de vingt ans, à la bête vorace qui œuvrait sur le champ de bataille. Les récits des premiers permissionnaires, tout mesurés qu'ils fussent, dessinaient un tableau apocalyptique de cette nouveauté que constituait la guerre de positions. Noël sentait battre le cœur de la mitraille à raison de vingt pulsations à la minute et chaque fibre de son être tressaillait encore à l'écho des tirs du « 75 ».

La crainte de voir son unique fils partir pour cette guerre meurtrière paralysait sa capacité à imaginer l'avenir. L'achat d'une terre, d'un matériel, tout était suspendu au départ et au retour d'Étienne. Noël avait passé quatre ans au régiment ; il y avait vu les ravages de l'artillerie et ne doutait pas que ceux d'en face possédaient aussi des canons.

Cette torpeur l'avait déjà atteint à la Saint-Jean de 1915 lorsque l'instituteur de Louise avait pris la peine de monter jusqu'à la ferme pour rencontrer ses parents. Louise avait brillamment réussi son certificat d'études et M. Laplace avait tenté de les convaincre de la laisser suivre le cours supérieur qui pouvait la mener à une carrière d'institutrice. Elle était intelligente, appliquée, jouissait d'une bonne santé, et elle était bonne camarade. Il y voyait autant d'atouts pour un métier qui recrutait désormais de plus en plus de femmes. Noël avait écouté en silence l'homme aux cheveux grisonnants, sans toucher au verre de vin blanc qu'Annette leur avait servi sur la table de bois aux veines saillantes. Il avait hoché la tête quand M. Laplace avait évoqué l'existence de bourses d'études pour les familles modestes. Et lorsque l'instituteur, gêné par cette apathie, avait fini par se taire, il avait simplement dit :

« Ce n'est pas possible. Il y a le fils... »

Il n'avait pas pu, ou pas su expliquer qu'il était impensable que Louise poursuive des études alors que le destin de son frère était en suspens. Si Noël avait évoqué l'argent, l'instituteur se serait battu, mais il s'inclina devant l'effort de guerre. Le soir, Louise pleura en cachette sous ses draps.

Il arrivait encore qu'elle en veuille confusément à son frère : somme toute, la guerre l'avait épargné, et son sacrifice à elle avait été sans objet. Mais ce ressentiment était de courte durée et elle se reprochait aussitôt son égoïsme. Certes, la guerre était terminée, mais tandis qu'elle roulait vers la grande ville de Lyon, bercée par le chuchotement de la locomotive, Étienne allait s'embarquer pour le Maroc en lointaine terre d'Afrique. Il n'était pas encore tiré d'affaire.

La petite Séverine n'avait pas eu plus de chance qu'elle. Après son certificat, Louise n'avait pas perdu le contact avec l'école : c'est elle qui surveillait le travail scolaire de sa sœur. Elle lui faisait réciter ses leçons, corrigeait ses devoirs, lui faisait faire, par jeu, tous les exercices d'arithmétique ou de géométrie de son livre d'école, couvrant l'ardoise de chiffres et de symboles pour économiser le papier. Séverine avait réussi son certificat à l'âge de douze ans en 1917. Étienne était parti depuis plusieurs mois mais il avait échappé à la désastreuse offensive Nivelle du Chemin des Dames. M. Laplace n'avait, cette fois, pas eu à faire le déplacement jusqu'à la ferme. C'est Louise qui lui avait expliqué qu'Étienne était soldat et Marie-Rose aide-cuisinière chez des bourgeois. Il n'y avait aucune chance que ses parents acceptent de financer des études pour Séverine. D'autant que leur petit pécule de la Caisse d'épargne avait déjà perdu la moitié de sa valeur d'avant-guerre…

La Caisse d'épargne ! Toute l'année les Rossillon économisaient la moindre pièce pour payer le fermage, et s'il restait un bénéfice, petit ou gros, il prenait le chemin de la Caisse d'épargne… d'où il sortait rarement. C'était la réserve pour le coup dur, le gros coup dur : le décès, l'invalidité. Mais les Rossillon espéraient bien qu'ils auraient accumulé suffisamment pendant leur vie de labeur pour, au seuil de la vieillesse, acheter une petite exploitation qu'ils géreraient avec l'un de leurs enfants.

Ils l'avaient pourtant ouvert, leur bas de laine. Pour Louise. Ils avaient dépensé de quoi lui constituer un petit trousseau à l'occasion de son départ pour Lyon. Une paire de souliers, une paire de savates à semelle de feutre pour l'intérieur, un coupon de linon pour des chemises de corps, un coupon de coton plus fin pour des chemises de jour, une pièce de drap sombre pour une jupe. De la laine pour les bas. Bref, de quoi être présentable sans être obligée de laver chaque soir. Elle compléterait sur place avec ses gages. Annette et Louise avaient tricoté et cousu dans l'effervescence. La Nêne ne voyait plus assez bien pour les aider ; quand elle tricotait, elle perdait des mailles. On regretta l'absence de Marisa, si habile à broder, mais les fioritures seraient pour plus tard. Il convenait seulement d'être propre et soignée.

Louise étendit les jambes pour contempler ses chaussures neuves. Il s'agissait de souliers montants à lacets pourvus d'un talon de trois ou quatre centimètres dans lesquels elle se sentait très féminine. On aurait dit des bottines… Elle avisa soudain une trace de boue sur son pied droit et se pencha pour l'essuyer du bout des doigts, après quoi elle frotta le devant de sa chaussure derrière sa jambe gauche pour faire briller le cuir.

Elle estimait à sa juste valeur le sacrifice qu'avaient consenti ses parents pour l'équiper ainsi avant son départ, d'autant que leur épargne s'était encore dévaluée : le franc n'avait plus, désormais, que le tiers de sa valeur de 1914. Leur rêve de ferme se ratatinait comme une vieille pomme. Mais elle savait que ce serait probablement les derniers frais qu'ils feraient pour elle. Mis à part pour ses noces, peut-être. Pendant quelques jours, sa mère s'était occupée d'elle exclusivement. Elle avait eu l'impression d'être, à défaut de la fille unique, l'enfant préféré. Louise estimait qu'elle occupait la plus mauvaise place dans la fratrie. Chacun de ses frère et sœurs avait une position privilégiée : l'aîné, l'aînée, la benjamine ; elle était juste au milieu.

Étienne était l'aîné, le fils unique. Par jeu, il disait parfois « je suis le fils préféré ». C'était vrai en un sens, la concurrence faisait défaut… Et pourtant, ce fils n'avait rien d'exceptionnel. Certes, il était assez beau garçon, de bonne taille, robuste. Il avait les yeux bleus de son père, mais son regard manquait de la vivacité qui donne de l'expression à un visage. En somme, c'était un jeune homme un peu terne. Pourtant, il avait toujours été l'adjudant des enfants, exerçant une autorité par délégation que Louise lui contestait. Elle considérait qu'il savait mieux répartir les petites corvées, aller chercher l'eau, traire les chèvres ou nourrir les lapins, que prendre de réelles initiatives. Elle sourit en pensant aux contes pour enfants qui expliquaient que le héros quittait la maison « pour courir le vaste monde et chercher fortune ». Elle quittait la maison pour courir le vaste monde et chercher fortune… en devenant bonne chez les Chanaz ! Étienne ne l'aurait pas fait.

Un épisode lui revint en mémoire, qui datait d'avant son départ pour la garnison et celui de Marisa pour le château du Gros-Bois. Les deux grandes sœurs s'étaient rendues à pied à Bellegarde-sur-Valserine, à une vingtaine de kilomètres, représenter la famille aux obsèques de Marie Franciso, fille de l'oncle Jean Revillard, le frère d'Annette. À cette occasion, elles firent la connaissance des nombreux enfants et petits-enfants de leur oncle, mais il manquait son fils, Joseph Revillard, frère Cyrille en religion. Cet homme était prêtre missionnaire en Chine. Âgé de moins de quarante ans au début de la guerre, il avait reçu comme les autres son ordre de mobilisation dans son lointain exil mais avait mis plusieurs mois pour rejoindre son régiment, frôlant le conseil de guerre pour désertion. Heureusement, les choses s'étaient arrangées pour lui et il avait pu assurer ses fonctions guerrières avant de pouvoir retourner évangéliser les sauvages d'Extrême-Orient. C'est dotées d'une photographie du missionnaire, assis devant un décor exotique, sa barbe noire follette étalée sur la poitrine, que Louise et Marisa reprirent le chemin de la maison après le repas de funérailles qui s'était prolongé fort tard dans l'après-midi. Elles étaient encore au beau milieu de la forêt de Semine quand le jour se mit à décliner. Elles commencèrent à avoir peur, sans oser se l'avouer, des bêtes, des rôdeurs ou des revenants qui pouvaient hanter le bois, n'ayant pas emporté de bâton et n'ayant pour tout viatique que la photographie de frère Cyrille. Une silhouette se dessina soudain dans le chemin devant elles. Elles se rapprochèrent l'une de l'autre. Marisa pointa le menton en avant, les lèvres serrées, ce qui ne rassura pas Louise qui comprit que sa sœur s'armait pour se défendre. C'est avec soulagement qu'elles reconnurent Étienne. Avant qu'elles ne l'aient rejoint, il déclara :

« C'est la maman qui m'envoie à votre rencontre, elle se faisait du mouron pour vous ! Allez ! les filles, pressez le pas, je crois qu'elle nous prépare un gâteau cocotte. Et croyez-moi, avec ce qu'on a pioché avec le papa aujourd'hui, je me serai passé de cette balade. Enfin… »

Ils les prit chacune par un bras et ils finirent la route en chantant « trois pommes dans un panier », marchant à la cadence des « pommes faisaient rouli-roula ». Ce soir-là, Louise avait aimé son frère avec gratitude. Le grand garçon de dix-huit ans la soulevait presque à chaque enjambée, elle, la petite sœur de treize ans que le certificat ne protégeait pas des ombres menaçantes de la forêt à la nuit tombante. Mais, avec le jour, la figure chevaleresque s'estompa pour faire place au frangin autoritaire.

Il y avait aussi cette carte toute récente où il leur annonçait son départ d'Idstein pour le Maroc. Il y écrivait : *Je vais aller voir si les petites Marocaines sont aussi bien plaisantes que les petites Boches.* Comme cette phrase lui avait déplu !...

Louise reprit la photographie familiale dans son baluchon et regarda son frère. Elle trouvait qu'il avait l'air d'un veau avec son regard vide. Mais aussitôt elle se reprocha cette pensée peu charitable. Tant qu'il était soldat, elle ne devait pas le juger.

Elle regrettait que Séverine ne figure pas dans le groupe. Sa jeune sœur était celle qui ressemblait le plus à leur père, ce qui en faisait la préférée de sa mère, à moins qu'il ne s'agisse de la tendresse particulière que l'on accorde au dernier-né puisqu'il reste toujours le petit dernier. Séverine était grande, blonde aux yeux bleus. Son nez long et étroit lui donnait le même air sévère que son père. Elle était calme et parlait peu. Louise avait une grande tendresse pour sa cadette, probablement née de leur goût commun pour l'étude. Mais maman Nanette avait décrété qu'il lui fallait une photographie de ses enfants éloignés. Noël les avait donc emmenés à Seyssel et il avait bien fallu que quelqu'un reste pour garder le troupeau !

Combien de jours, de semaines, de mois peut-être, faudrait-il patienter pour que la famille soit de nouveau réunie ? Permission, jour de congé, tout était bien aléatoire...

Le temps qui passerait lui ouvrirait peut-être un avenir meilleur que celui qui l'attendait si elle restait à Chaumontet. C'est ce qu'elle attendait de cet exil vers la grande ville qu'elle imaginait bruissant d'activité humaine ; Marisa ne lui avait-elle pas expliqué que de petits trains circulaient dans les rues sous le nom de tramway ? Les semaines et les mois qui la rapprocheraient de la fortune des contes pèseraient bien lourd pour ses parents. Déjà son père se voûtait, et la raideur gagnait son dos. À cinquante-cinq ans, il avait encore la force de maintenir le soc de la charrue enfoncé dans le sol sec et pierreux des vignes. Mais viendrait le temps où ses bras musclés, piquetés de lunes rousses, faibliraient. Viendrait le temps où la grande cicatrice nacrée deviendrait une crevasse flétrie. Louise, enfant, aimait suivre du doigt le sourire mystérieux qui ornait le bras de son père. Elle avait plusieurs fois tenté d'en connaître l'origine. Chaque fois, son père riait et répondait :

« La bête qui m'a pris avait de jolies dents blanches et bien rangées. Regarde, on en voit encore la trace... »

Alors elle cherchait dans les irrégularités de la balafre la trace des dents de la bête fabuleuse. Louise aimait encore cette dérobade ; elle devinait qu'il ne s'agissait pas de l'empreinte d'une morsure mais d'un événement que son père voulait garder secret et qui le faisait encore sourire bien des années plus tard.

Sa mère avait cinq ans de moins mais la différence s'était peu à peu effacée. Seuls quelques fils d'argent parsemaient sa chevelure sagement contenue en un chignon bas, mais sa taille s'était épaissie et les ceintures ne servaient qu'à contenir la masse affaissée de sa poitrine. Un dicton populaire dit : « un enfant, une dent ». Annette avait allaité huit enfants, le dicton donnait une idée de l'étendue des dégâts... Louise craignait qu'un jour sa mère ne ressemble à la Nêne dont la bouche semblait tout aspirée, au point que son menton succédait directement à son nez. Et pourtant, s'il n'était pas le plus beau, le visage de sa mère était le plus doux qu'il lui ait été donné de contempler. Ses yeux bruns encadrés de ridules horizontales paraissaient toujours sourire ; ils étaient empreints de cette tendresse inquiète qui rassure les enfants sur leur propre importance. Annette se souciait des enfants. Elle s'en souciait au point d'exiger des absents au moins un courrier hebdomadaire auquel elle répondait elle-même ou, par délégation, en la personne de Séverine et de Louise, jusqu'alors.

Après l'arrêt en gare de Miribel, Louise s'aperçut que la voie ferrée longeait un large cours d'eau. Il devait s'agir du Rhône qu'elle avait abandonné à Culoz et qu'elle devait retrouver à Lyon. Le paysage avait changé. Au bout de la morne plaine de la Dombes où paressait l'Ain se dressait la masse sombre du massif des monts d'Or, précédant celle des monts du Lyonnais. Désorientée, Louise crut un moment que la Savoie surgissait de nouveau devant elle. Mais les courbes arrondies du mont Thou et du mont Cindre n'avaient rien de l'austérité des chaînes alpines.

Déjà les constructions devenaient plus nombreuses, une colline s'élevait sur la rive droite du fleuve alors que la rive gauche ressemblait à une friche d'où jaillissait des roseaux. Le train traversa le Rhône au moment où elle entrevoyait les premiers immeubles chapeautés de tuiles rouges. Tout à coup, elle s'aperçut que la voie ferrée avait été rehaussée car le train circulait bien au-dessus de la circulation automobile et hippomobile. Les passages à niveau avaient été remplacés par des viaducs. Le train se faufila entre terrains vagues, villas au crépi noirci et hangars devant lesquels s'entassaient des grumes, du sable ou des graviers. Puis il longea ce qui semblait être un vaste jardin planté de grands arbres que Louise ne connaissait pas, entre lesquels elle devinait des étendues herbeuses. Il lui sembla voir miroiter la surface d'un lac. S'agissait-il du fameux parc dont avait parlé Mme Grangier ? Elle devina la gare lorsque la voie se dédoubla, se multiplia, pour desservir plusieurs quais. À peine avait-elle eu le temps de s'étonner de l'immensité de la surface couverte par les rails et les entrepôts que le train ralentit pour s'arrêter sous une haute verrière. Du quai, un homme répéta : « Lyon-Brotteaux ; Lyon-Brotteaux. » Voilà. Elle y était. Tout en tirant sa malle d'osier vers la portière, elle cherchait, parmi les personnes attendant les voyageurs, qui pouvait être la cousine Émilie.

VI

Intimidée, Louise leva les yeux vers la halle de métal et de verre qui enjambait les voies. La construction, qui remplaçait l'ancienne « gare de Genève », avait été achevée en 1908 et témoignait des dernières audaces architecturales en matière de bâtiments publics. Sa voûte, culminant à plus de vingt mètres de hauteur, protégeait les quais sur toute la longueur des trains. Elle doublait le bâtiment de la gare proprement dite, situé en contrebas, qui s'étirait sur quelque cent cinquante mètres.

La locomotive à l'arrêt laissait échapper un petit panache blanchâtre qui se diluait rapidement dans l'espace démesuré.

Louise estima que l'église de Frangy tiendrait en entier sous la voûte, y compris le clocher, mais elle ne parvenait à déterminer si la flèche percerait ou non la verrière.

Personne ne semblait l'attendre sur le quai. Un peu inquiète, elle coinça sa malle contre sa hanche et se décida à suivre le flot des voyageurs. Elle descendit un escalier et déboucha dans la vaste salle des pas perdus qui la séparait encore de la ville. Elle déposa la malle à ses pieds, face à l'arcade centrale, serra son baluchon contre elle et se mit à scruter le visage des passantes. Son regard s'arrêta sur une petite femme d'une cinquantaine d'années qui venait de franchir la porte de l'arcade d'un pas pressé, avant de se figer au beau milieu du passage. Elle aussi tournait la tête de droite et de gauche à la recherche de quelqu'un. Louise sourit et attendit que les yeux de l'arrivante se posent sur elle pour faire un léger signe de tête. Le visage de la femme s'éclaira, un soupir de soulagement gonfla sa poitrine pendant qu'elle s'approchait. Elle affirma plus qu'elle ne demanda :

« Vous êtes bien Louise ? »

Louise hocha la tête et ajouta :

« Et vous la cousine Émilie ? »

Elles s'embrassèrent. La cousine gardait ses mains posées sur les épaules de Louise.

« Je t'ai reconnue tout de suite ! Tu ressembles tellement à ta sœur !

– Ah bon ? »

Louise était surprise ; il lui semblait que la photographie que son père lui avait donnée prouvait le contraire, mais la cousine confirma :

« Oh oui ! vous avez la même façon de vous tenir droite, le même regard... farouche !

– Ah !

– Et vous ressemblez à votre maman quand elle était jeune. Ton voyage s'est-il bien passé ?

– Oui, oui.

– Excuse-moi, je suis un peu en retard mais il y a eu un problème : le tram a heurté une charrette dans un virage. C'était la faute de la charrette : on voit quand même les rails ! Et le conducteur a donné la cloche, l'autre devait être distrait ! Il a fallu calmer le cheval avant de remettre la carriole sur ses roues, elle était toute soulevée, une partie du chargement avait débaroulé. Heureusement qu'on n'allait pas vite, il y a eu plus de peur que de mal... »

Louise, abasourdie par le flot de paroles, hochait la tête avec sérieux sans trop se figurer l'accident.

« Je t'ai trouvée, c'est l'essentiel ! Tes patrons t'attendent toujours ce tantôt ?

– Oui, papa a dit dans l'après-midi.
– Bien. On va aller manger chez moi. Tu ne peux pas arriver là-haut le ventre creux. Je te conduirai en début d'après-midi. Dis-moi, tout le monde se porte bien au pays ? La maman, le papa, la tante Louise ? »

Il fallut quelques secondes à Louise pour comprendre que la cousine Émilie parlait de la Nêne. Le surnom de sa grand-mère n'avait rien à voir avec son prénom, elle était tout simplement la marraine d'un petit Miège qui, tout enfant, avait déformé le mot pour faire naître le curieux sobriquet.

« Ils vont tous bien. La Nên... grand-mère souffre un peu de ses rhumatismes en cette saison, mais elle trotte encore !
– Parfait ! Alors, allons-y ! Je vais te faire prendre le tram. Ce sera la première fois, 'pas ? C'est tes affaires ? »

Elle avait pris la malle par l'une des poignées latérales.

« ... Oh ! ce n'est pas bien lourd ! »

Louise prit l'autre poignée et elles se dirigèrent vers la sortie. La jeune fille hésita mais, avant même qu'elles n'aient franchi l'arcade, elle demanda :

« On passe près du parc Tête d'Or ?
– Du parc de la Tête d'Or ? corrigea la cousine. Non. On va tourner avant. Si on allait à la Croix-Rousse à pied, ce serait le chemin, note bien ! On longerait le parc, on prendrait le pont de la Boucle et on monterait. Mais le pont doit être trop étroit, aucun tram ne le traverse. La ligne tourne cours Vitton et traverse le pont Morand en face de la place des Terreaux. J'habite après, près de la Martinière.

Louise était un peu déçue. Déjà la cousine Émilie l'entraînait hors de la gare. Lorsqu'elle déboucha de la salle des pas perdus face à la ville, elle s'immobilisa, bouche bée. La place était à la démesure de la gare. Elle se prolongeait entre les premiers immeubles par deux parterres fleuris. Au-delà, la rue trouait la masse régulière des constructions sans que Louise n'en devine la fin. De la droite, un tramway arrivait ; elle lut *Pernod* sur l'enseigne rectangulaire qui le coiffait. Sur le trottoir de gauche, des hommes étaient rassemblés autour d'un kiosque sans qu'elle puisse déterminer si l'on y vendait des boissons ou des journaux. À l'angle, un grand café exhibait sa salle derrière une large vitrine, protégée par un store déroulé en dépit du temps maussade. De l'autre côté de la malle, la cousine s'était arrêtée et attendait en souriant que la jeune fille se ressaisisse.

Louise avait vu des immeubles à Seyssel, à Frangy même : l'*Hôtel Moderne* avait deux étages, avec des fenêtres à balcon ! Elle avait accompagné sa mère à Annecy, lors du transfert des reliques de saint François de Sales jusqu'à la crypte de la Visitation en 1911. Elle conservait le souvenir de la foule fervente au cœur d'une cité ancienne au tissu urbain dense. Mais rien ne s'approchait de ces immeubles qui comptaient jusqu'à cinq étages. Elle laissa échapper :

« Qu'elles sont hautes ces maisons !

– Attends d'être à la Croix-Rousse, prévint la cousine. Les étages sont encore plus hauts ! »

Émilie l'entraîna vers l'arrêt du tramway. Celui dans lequel elles montèrent portait une réclame pour *Picon*. Louise s'installa près de la fenêtre pour mieux découvrir la ville.

Le wagon taillait sa route dans un trafic hétéroclite où se mêlaient les automobiles, les voitures à cheval, les charrettes à bras et même quelques vélos. Elle regarda ces derniers avec curiosité car ils étaient rares en Savoie, aussi inutiles que peu appropriés au relief. Les chevaux semblaient définitivement relégués au transport de marchandises ; les gens circulaient en auto ou, comme elle, en transports en commun. Le tramway tourna à gauche dans une grande artère, plus large encore que la rue qui faisait face à la gare.

« Nous sommes cours Vitton, annonça Émilie. Après il s'appelle cours Morand et au bout il y a le Rhône ! »

Grâce aux rails bien visibles entre les pavés, Louise devinait le trajet à venir, mais elle s'étonna lorsqu'elle remarqua qu'ils pouvaient se dédoubler et suivre deux directions différentes sans qu'elle puisse découvrir l'existence d'un appareil d'aiguillage. Assurément, le tramway ne fonctionnait pas tout à fait comme un train ; d'ailleurs elle réalisa qu'il n'y avait pas non plus de locomotive et qu'elle n'entendait pas le bruit habituel des engins à moteur, seulement celui des roues métalliques sur l'acier des rails et une sorte de mugissement quand le véhicule prenait de la vitesse. Elle interrogea :

« Mais comment fonctionne-t-il ce tram ? Il ne fait même pas de fumée ! »

La cousine se trémoussa sur son siège, trop heureuse de pouvoir expliquer ce mystère.

« Regarde là-haut ces câbles qui suivent la rue et qui sont attachés aux façades des maisons par des fils plus petits : ce sont des câbles électriques. Le tram est relié au câble par une perche. Les trams qui ont une perche s'appellent aussi des trolleys. »

En effet, Louise remarqua les perches sur les trams qu'elles croisaient, et aussi toutes les réclames qu'ils promenaient : *Byrrh, Cusenier, Ricqlès*… Elle ne connaissait pas tous ces noms mais, après *Picon* et *Pernod*, il lui semblait qu'il s'agissait surtout de boissons que l'on trouve dans les cafés. Chez Jeantet, à Frangy, elle avait vu les bouteilles colorées derrière le comptoir du café-restaurant. La plus belle était celle de Chartreuse verte, la liqueur des moines ! Bien sûr, elle n'y avait jamais goûté : elle se rendait chez Jeantet pour apporter les fromages de chèvre de sa mère, car l'établissement faisait aussi le négoce au détail de beurre, fromage et primeurs. Elle fut presque étonnée de lire *Chocolat Menier* sur la face latérale d'un tram qu'elles croisèrent, mais elle vit peu après *Gaufrettes Lactées Bussy* accompagnées latéralement par *Biberon Robert* ! Les véhicules n'étaient pas les seuls à solliciter l'intérêt des passants. Partout, en tous sens, de toutes tailles, sur tous les supports, fleurissaient des écrits colorés : des avis, des annonces, des messages publicitaires, peints ou imprimés ! Ici, les immeubles étaient mitoyens et leurs fenêtres donnaient sur rue ou sur cour, de sorte que les murs latéraux étaient aveugles. Lorsqu'un espace existait entre deux immeubles, du fait de la présence d'une construction plus basse, ou en retrait, ces murs étaient recouverts du toit au trottoir d'annonces peintes, dans la partie haute, et d'affiches collées, sur la partie facilement accessible. *À la Grande Maison*, qui vendait de l'habillement pour homme, occupait les deux derniers étages et le grenier du pignon d'un des immeubles du cours Vitton. L'annonce avait été partiellement recouverte par les *Biscuits Olibet*, un mystérieux *Palais de Glace* et l'*Absinthe Berger*, tandis que l'*Alcool de menthe Ricqlès*, qui s'étalait au premier étage, restait exempt de toute superposition… Plus bas, une invitation à un bal de catherinettes voisinait avec un écolier se régalant d'un biscuit *Lefèvre-Utile*. Louise n'eut pas le temps d'en lire la date qui, étant donné l'état de l'affiche, devait être passée. Elle remarqua à haute voix :

« Les murs sont drôlement bavards, dis donc ! »

Émilie haussa les épaules.

« Peut-être plus que les gens, au fond… Nous allons passer le Rhône. »

Le tramway contourna une place plantée de platanes ocellés dont les branches conservaient quelques fruits en pompons et s'engagea dans le mitan du pont. Louise dut se contenter d'apercevoir au loin, traversé par d'autres ponts, le lit du fleuve encombré de galets. Elle ne s'étonna pas. À cette époque de l'année, les Usses aussi étaient en période de basses eaux. Il fallait attendre la fonte des neiges pour voir la rivière enfler et occuper l'espace enjambé par les deux arches du Grand Pont. Elle savait qu'il en était de même pour le Rhône à Seyssel : la frontière entre la France et la Savoie était plus ou moins infranchissable, selon le caprice du fleuve tumultueux.

Émilie poursuivit son commentaire :

« Nous sommes presque arrivées. Tu vois, après le pont à droite, ça monte : c'est la Croix-Rousse. À gauche, c'est plat : c'est la Presqu'île ; c'est Lyon, entre le Rhône et la Saône. Tout de suite à gauche, ce bâtiment, c'est le Grand Théâtre. Là, on passe à côté de l'hôtel de ville... »

Le tramway débouchait sur une nouvelle place.

« ... de l'autre côté, le palais Saint-Pierre... c'est un musée avec un jardin public.

– Tu y es allée ?

– Au jardin, oui ! Allez ! on descend ! J'habite en bas des pentes. »

Dès qu'elles furent dehors, elle désigna du doigt :

« Tu vois la rue, droit devant ? Au bout, c'est la Saône et de l'autre côté c'est le vieux quartier de Saint-Jean où se trouve ta sœur.

– Ah !

– C'est très facile de se repérer ici. Deux fleuves, deux collines. Je t'expliquerai. »

Louise n'avait d'yeux que pour la fontaine gigantesque qui faisait face à l'hôtel de ville. Quatre chevaux, menés par une femme très dévêtue, surgissaient de l'eau au grand galop, les naseaux dilatés, leurs sabots griffus battant l'air !

« Mais que c'est beau ! »

Émilie eut un sourire satisfait comme si le compliment lui était destiné.

« Oui, reconnut-elle modestement. Mais tu n'as pas tout vu ! Tu auras le temps. Allez ! on y va ! »

Docile, Louise suivit la cousine en observant la multitude de pigeons qui arpentaient le centre de la place en troupeau compact. Les oiseaux familiers s'écartaient devant les passants et se regroupaient tout aussitôt d'un petit pas mécanique. Parfois deux ou trois d'entre eux s'envolaient sur quelques mètres, comme soulevés par un coup de pied distrait. Mais ils rejoignaient bientôt leurs congénères en un ballet à la chorégraphie répétitive. Louise les trouva laids. Les pigeons qu'elle connaissait étaient plus gros ; ils avaient une nuance rosée sur le poitrail et bleutée sur les ailes que ces tristes oiseaux citadins avaient troquée pour une livrée en camaïeu de gris. Ils s'étaient adaptés à leur milieu naturel !

Elle se demanda pourquoi tant de ces bêtes se rassemblaient sur cette place. L'eau de la fontaine les attirait peut-être. Puis elle vit les miettes éparses que certains picoraient. Il se trouvait des gens pour les nourrir ! Elle eut soudain l'envie de lâcher la poignée de la malle et de courir au milieu des volatiles pour les faire s'envoler et voir en combien de temps ils reprendraient leur petite marche saccadée sur les pavés de la place. Mais elle suivit sagement la cousine.

« Qu'est-ce que c'est, ça sert à quoi ces tours sur la place, avec leur joli petit toit ouvragé ?

– Les tours ? »

Émilie leva les yeux vers les toits mais Louise lui désigna deux colonnes, l'une près de la fontaine, l'autre face à l'entrée du palais Saint-Pierre. La cousine sourit, elle avait la réponse :

« Ce sont des colonnes Morris où sont affichés les spectacles de la saison théâtrale. Il doit y en avoir une pour l'opéra, enfin le Grand Théâtre, et l'autre pour les Célestins.

– Et ça ne sert qu'à coller des affiches ?

– Oui ! Les gens intéressés savent où regarder…

– Tu y es allée déjà ?

– Oh non ! ce n'est pas pour des gens comme nous ! Il faut s'habiller. Si tu voyais les femmes qui viennent à l'opéra… les fourrures, les bijoux… Les hommes portent le costume et le haut-de-forme… Non, c'est pour les bourgeois du VIe ! »

Et elle l'entraîna sur la droite par des rues en pente, vers une petite place où s'amorçait un large escalier dont la raideur n'avait rien à envier à celle de la rue Haute de Frangy. Elles étaient au pied de la Croix-Rousse.

« Émilie ! Tu y montes souvent à la Croix-Rousse ?

– Pour quoi faire ? Depuis que j'ai quitté Gindre, si j'ai envie de voir Lyon d'en haut je vais plutôt à Fourvière. C'est de l'autre côté de la Saône. On l'appelle la "colline qui prie" par opposition à la "colline qui travaille". C'est là-haut qu'il y a la basilique ! Je t'y emmènerai… »

La cousine avait visiblement ses petites habitudes et son petit programme pour la campagnarde fraîchement débarquée ! La basilique… elle en avait plein la bouche de la basilique, tandis que la Croix-Rousse… Louise était tiraillée entre l'impatience de connaître son nouveau domaine et la crainte que l'endroit ne soit pas à la hauteur des lieux qu'elle venait de traverser. La réaction d'Émilie avait un peu refroidi son enthousiasme. Pourtant, elle était ravie. Vivre ici lui semblait un privilège dont la cousine ne pourrait bientôt plus se targuer. Elle allait faire son trou ici, elle connaîtrait aussi la géographie de la ville, elle s'approprierait le nom des lieux. Parc de la Tête d'Or. Gare des Brotteaux. Cours Vitton. Cours Morand. Place Morand. Pont Morand…

« Comment s'appelle la place de l'Hôtel-de-Ville déjà ?

– Les Terreaux ! »

Les Terreaux. Le Grand Théâtre ou l'opéra. Le palais Saint-Pierre. La basilique de Fourrière… non, de Fourvière ! Apprivoiser la ville lui semblait chose aisée. La grande cité se montrait si familière avec ses invites colorées. Elle ouvrait largement ses rues et ses places, découvrant son plan en damier. Elle exposait ses perspectives depuis ses quais et ses ponts. Elle s'offrait à la contemplation de ses amoureux depuis au moins deux sites concurrents… Louise avait à peine traversé Lyon d'ouest en est mais elle se sentait prête à aimer cette ville, même si certains lieux ne lui étaient pas destinés…

Émilie la conduisit à son petit appartement en étage sur cour. Elle fit réchauffer le repas qu'elle avait préparé le matin. Elle expliqua que Bébert, son mari, avait emporté sa gamelle à l'usine Gillet où il travaillait, quai de Serin, au bord de la Saône. C'était le jour où se tenait la réunion de l'amicale. Au moment du café, Louise sortit la photographie de famille qui leur donna l'occasion de parler du pays. Hélas, l'uniforme d'Étienne fit monter les larmes car tous les cousins n'avaient pas eu cette veine : la sœur d'Émilie avait perdu l'un de ses fils en 1914 et le second avait été tué en novembre 1918, au moment où ses parents le croyaient tiré d'affaire. En décembre 1917, l'un de ses beaux-frères avait perdu un fils à Saint-Jean-de-Maurienne, dans le déraillement du train de permissionnaires qui le ramenait du front de Salonique avec, officiellement, 427 autres de ses camarades. Les Chanaz avaient bien de la chance de voir rentrer leurs trois fils...

Depuis qu'elle était installée chez Janin, Louise sentait l'appréhension la gagner. Tant qu'elle découvrait la ville, l'enthousiasme lui avait fait oublier le but de son voyage. Elle n'était pas en visite ; dans quelques heures, elle pénétrerait dans un appartement dont elle ignorait tout, probablement un peu plus grand que celui de la cousine qui ne comptait que deux pièces, lui semblait-il. L'odeur de cet appartement s'insinuerait dans ses narines, comme ici, la contraignant à une intimité de fait avec la famille dont elle allait désormais partager le quotidien. Odeurs de cuisine, de charbon, de poussière ; odeur de literie, odeur de ce linge qui séchait sur un fil tendu au-dessus de l'évier. Il lui était arrivé de ressentir une sorte d'étourdissement en pénétrant dans certaines maisons : elle avait eu le sentiment gênant d'être serrée contre un grand corps. Oui, certaines maisons avaient une odeur impudique ! Elle espéra que Mme Chanaz aérait bien...

Après avoir bu le café, la cousine Émilie déclara :

« Eh bien ! ma petite Louise, je crois qu'il faut y aller ! »

Le cœur de Louise se serra un peu. Elle se raisonna : si elle devait conquérir la ville, elle n'allait pas déjà commencer à avoir peur !

Émilie la conduisit jusqu'à une nouvelle petite gare. Cette fois, il s'agissait d'un funiculaire qui les déposa directement sur le boulevard de la Croix-Rousse.

« C'est la ficelle à deux sous, expliqua la cousine. Il y a la ficelle à un sou qui monte du côté des quais du Rhône. Quand tu viendras me voir, tu pourras emprunter la montée de la Grande Côte. Là, j'avoue que ça m'aurait fait peine de la prendre, surtout avec ta malle, même si elle n'est pas bien lourde. Et puis, ça me fait plaisir de te faire visiter... »

Cette confession attendrit Louise.

« ... Et ça me distrait aussi ! Oh ! là, là ! j'avais oublié que le boulevard était aussi large. »

Les immeubles qui leur faisaient face étaient encore plus impressionnants que ceux des Brotteaux ou de la Presqu'île. Leurs façades étaient plus uniformes car les propriétaires, comme les occupants, y avaient consacré des moyens plus modestes. Leur particularité tenait dans leurs fenêtres. Les immeubles bénéficiaient de larges ouvertures pour laisser passer la lumière du jour nécessaire aux tisseurs. Les fenêtres avaient une hauteur proche du double de leur largeur ; elles étaient disposées à intervalles réguliers et identiques du premier au dernier étage, ce qui contribuait à l'homogénéité des façades. Elles inondaient de lumière les appartements ateliers qui abritaient encore des métiers à tisser la soie, de près de quatre mètres de hauteur, calés par des madriers de bois coincés dans les poutres de plafonds à la française.

Après avoir traversé, elles longèrent une première place pratiquement rectangulaire. Entre les platanes, Louise devina la statue en bronze d'un homme pensif : Joseph-Marie Jacquard, l'inventeur des fameux métiers.

« Bon, on est place de la Croix-Rousse, la Grande Rue doit commencer là... Voyons le panneau... »

De l'angle nord-est de la place naissaient deux rues, la Grande Rue de la Croix-Rousse et la rue du Mail, qui s'écartaient pour passer de part et d'autre du premier pâté d'immeubles, dessinant une seconde place nettement triangulaire. De nombreux édicules de bois, formant une allée, occupaient la majeure partie de sa surface. Les volets en étaient rabattus ; Louise supposa qu'il s'agissait des étals d'un marché couvert. Autour de cette placette, chaque rez-de-chaussée abritait une boutique, et la plupart d'entre elles étaient équipées d'un store surmonté d'une enseigne. Les immeubles qui constituaient la base du triangle et qui leur faisaient face portaient en lettres peintes gigantesques le nom de leurs magasins. Si l'attention de Louise n'avait pas été distraite par la statue de la grande place, elle aurait pu les lire depuis le boulevard : *Au Tisseur – magasin de nouveautés, Graineterie, Herboristerie, Triperie.*

Elle n'avait jamais vu autant de magasins en un même lieu. La plupart étaient, pour l'heure, désertés à cause du déjeuner mais elle imagina l'animation qui devait régner ici au moment du marché. Elle avait déjà hâte d'y revenir. Elle espérait que Mme Chanaz se ravitaillait ici et qu'elle pourrait l'accompagner... À la pointe de la place, elle crut reconnaître une colonne Morris mais un détail la chagrina :

« Regarde Émilie ! Il y a un théâtre ici aussi ? Mais on ne peut pas lire, ils ont mis une sorte de clôture en métal autour ! »

Elle voyait, sous la clôture, les jambes de messieurs captivés, croyait-elle, par la lecture des affiches qu'elle imaginait collées sur la large colonne.

La cousine fut prise d'un fou rire déconcertant. Elle attira Louise vers le haut du trottoir, posa la malle au sol et sortit un mouchoir pour s'essuyer les yeux. La jeune fille était un peu gênée de ne pas pouvoir partager l'hilarité de sa compagne. Elle avait bien l'impression que celle-ci se moquait d'elle. Enfin, Émilie demanda, incrédule :

« Louise, tu n'en as vraiment jamais vu ou c'est pour rire ?

– Ben quoi ? Ce n'est pas... »

Elle regarda de biais la petite construction et se rendit compte que certains messieurs en sortaient en achevant de rajuster le haut de leur pantalon par un geste qui ne laissait aucun doute sur leur activité derrière le paravent de métal... Elle détourna précipitamment le regard et sentit son visage s'empourprer.

« Mon Dieu ! c'est...

– C'est un urinoir, une pissotière quoi !

– Devant tout le monde !... Au beau milieu de la place !

– C'est pas vraiment au milieu... C'est plutôt dans le petit coin ! »

Louise consentit à rire à son tour.

« … Et c'est mieux que s'ils se soulageaient dans les allées d'immeuble. Surtout ici : il y a beaucoup de traboules, l'accès aux cours est libre. »

Cette fois, elles s'étaient engagées dans la Grande Rue, les yeux rivés aux numéros pairs, guettant le 50 *bis*. Après une centaine de mètres, la rue se mit légèrement à descendre. Les commerces étaient toujours aussi nombreux : commerces de bouche, pharmacie, librairie, vêtements, dégraissage, quincaillerie, droguerie, graineterie, fleuriste, horlogerie, bijouterie…

En revanche, l'harmonie architecturale du boulevard et de la place commençait à perdre de sa superbe. Les constructions, plus anciennes, n'avaient plus que deux ou trois étages.

Après le numéro 48, le trottoir s'élargit devant deux immeubles bourgeois faux jumeaux, construits en retrait.

« Mince ! je crois qu'on y est ! » chuchota Émilie.

Ces simples mots eurent pour effet d'intimider Louise.

Les deux bâtiments avaient la même hauteur, la même ligne de toit, quatre étages de hautes fenêtres, mais le 50 comptait huit fenêtres par étage alors que le 50 *bis* n'en comptait que quatre. Comme dans les autres constructions croix-roussiennes, elles étaient pourvues de stores à lamelles de bois dont la partie haute était dissimulée par une traverse ouvragée. Seules celles du numéro 50 étaient équipées d'un garde-corps en fonte. C'est à ce détail que l'on pouvait estimer qu'il s'agissait de deux immeubles et non d'un seul. C'était sans conteste les deux plus belles constructions de la Grande Rue depuis qu'elles avaient quitté la place. L'allée du 50 *bis* s'ouvrait à gauche, et, comme l'avait dit Marisa, la boutique occupait tout le rez-de-chaussée.

« On y va ? interrogea Émilie, elle-même impressionnée.

– Attends !… »

Louise vérifia sa tenue, s'humecta les lèvres et lissa ses cheveux.

« … Je suis bien ? Tu viens avec moi !

– Mais oui ! Allez ! Ils ne vont pas te manger quand même ! Et puis n'oublie pas que tu viens à la maison avec Marisa dimanche après-midi.

– Oui », répondit la jeune fille dans un murmure.

Après une brève hésitation, Émilie appuya prudemment sur la poignée de la porte du magasin, comme si elle avait craint de la trouver fermée. Elles entrèrent l'une derrière l'autre dans la pièce déserte, s'approchèrent du bureau massif qui devait servir de comptoir et posèrent la malle. Plusieurs poêles étaient alignés de part et d'autre. Louise remarqua un petit fourneau aux portes de céramique peinte. Sur la table de cuisson, divers exemplaires de portes étaient présentés ; les fleurs voisinaient avec les paysages. Entre les différents modèles de poêle, on avait disposé quelques seaux à charbon de forme conique. Contre le mur gisaient des tronçons de tuyaux d'évacuation. Sur une barre horizontale pendaient pique-feu et pincettes. Sur une étagère derrière le comptoir s'alignaient les manches en bois de petites pelles rectangulaires aux bords relevés, destinées à alimenter les poêles en charbon.

Les deux femmes n'osèrent pas s'asseoir sur les chaises disposées devant le bureau, mais leur attente prit fin rapidement quand s'ouvrit la porte de l'arrière-boutique.

La femme qui entra était grande, svelte. Ses cheveux étaient relevés en un chignon haut qui dégageait un visage aux pommettes saillantes. Elle avait les yeux noisette, mis en valeur par des sourcils bien dessinés.

« Mesdames ? »

Son sourire révéla de surcroît une denture parfaite. Avant même que cette femme ne le confirme, Louise avait deviné qu'il s'agissait de Mme Chanaz et la première pensée qui lui vint était qu'elle ne paraissait pas son âge.

Le regard de la commerçante se posa sur la malle. Son sourire disparut un court instant avant de reprendre mécaniquement sa place.

« Bonjour madame ! Je suis Louise Rossillon… »

Louise avait ébauché une petite révérence.

« ... Voici une parente : Mme Janin, qui m'a conduite jusqu'ici.

– Je vous attendais. Bonjour Louise, bonjour madame ! répondit aimablement Mme Chanaz en se tournant vers Émilie. Vous habitez la Croix-Rousse également ?

– Je n'habite pas loin : près du quai Saint-Vincent, rue Bouteille.

– Ah ! le quai Saint-Vincent est un endroit très agréable... »

Elle écouta patiemment Émilie évoquer la Saône, le marché Saint-Antoine, la proximité des Terreaux, de Fourvière. Elle hochait la tête régulièrement sans se départir de son léger sourire. À la première pause d'Émilie pour reprendre son souffle, elle déclara :

« Vous n'avez donc pas eu beaucoup de trajet pour monter jusqu'ici ! »

Et, se tournant aussitôt vers Louise, elle ajouta :

« Votre voyage s'est-il bien passé ? Je vous attendais un peu plus tard dans l'après-midi, mais c'est très bien que vous arriviez de bonne heure : je vais pouvoir vous montrer les lieux... »

Louise n'eut pas le temps de lui confirmer que son voyage s'était passé sans histoire. Déjà, elle ajoutait :

« Il va falloir que vous passiez par l'allée, sur le côté. Vous allez jusqu'à la montée d'escalier où vous trouverez la porte de l'appartement. Je vous ouvrirai. »

À nouveau, elle s'adressa à Émilie :

« Je vous propose un rafraîchissement avant votre départ ? »

Déconcertée, Émilie hésita et conclut :

« Oh non ! merci madame ! Ce n'est pas la peine.

– Alors, je vous dis au revoir, et à bientôt peut-être ? Voyez, nous sommes spécialisés dans tous les appareils de cuisson et de chauffage, y compris les derniers modèles de poêle à charbon à feu continu. Ils sont très petits, mais très calorifiques. Mon époux et mes fils prennent tout en charge, l'étude, la fabrication et l'installation : vérification et ramonage des conduits d'évacuation des fumées, construction sur mesure ou commande d'appareil standard. C'est le bon moment pour réfléchir à un renouvellement de vos appareils car la mauvaise saison va toucher à sa fin. Cela laisse tout le temps d'effectuer d'éventuels travaux avant le prochain hiver ! Après c'est la bousculade ! »

Émilie s'était un peu raidie et fuyait le regard de Mme Chanaz. Elle concéda :

« Bien sûr, c'est mieux de s'en occuper avant d'en avoir besoin. Je vais en parler à mon mari. »

Elle prit une inspiration.

« Bon ! ma petite Louise, je vais t'aider à porter ta malle dans l'allée puis j'irai.

– Au plaisir de vous revoir, madame Janin ! »

Louise et la cousine saisirent la malle et sortirent du magasin sous le regard attentif de Mme Chanaz, droite derrière le comptoir.

« Elle est bien aimable ta patronne, déclara Émilie. Et puis c'est une belle femme !

– Ça oui ! J'ai peine à croire qu'elle a trois fils qui ont fait la guerre.

– Tu seras bien ici ! »

Les deux femmes s'engagèrent dans l'allée de l'immeuble qui longeait le magasin, jusqu'à ce qu'elle s'élargisse pour laisser place à la montée d'escalier dans l'angle du bâtiment. L'allée débouchait sur une cour par une large porte métallique aux vitres dépolies. La lumière coulait à flots de l'escalier, pénétrant par les immenses fenêtres des paliers intermédiaires.

Sur le mur avaient été accrochées, côte à côte, les boîtes aux lettres des occupants de l'immeuble. Comme elles n'avaient pas toutes la même forme, ni la même couleur, l'ensemble ressemblait à un empilement de cubes réalisés par un enfant maladroit.

Entre les boîtes à lettres et la première marche, la porte des Chanaz restait close. La cousine en profita.

« Écoute Louise, je vais y aller. J'ai peur de vous encombrer… »

Depuis quelques minutes, Louise avait compris que la cousine Émilie ne lui serait d'aucun secours : n'avait-elle pas déjà décrété qu'elle « serait bien ici ».

« Merci de m'avoir amenée, Émilie. Et merci pour le repas !

– Tu penses, c'était si peu de chose. Alors à dimanche ! »

Elles s'embrassèrent, et ce n'est qu'au moment où le bruit des pas d'Émilie se fut éteint que Mme Chanaz ouvrit sa porte.

« Votre cousine est déjà partie ? »

Au lieu de faire entrer Louise, elle sortit et se dirigea vers le portail vitré.

« Je profite de ce qu'il n'y a pas encore trop de clients pour vous montrer votre chambre. Venez ! »

Louise souleva sa malle et la coinça à nouveau contre sa taille avant de suivre sa patronne. Celle-ci ouvrit et s'effaça pour laisser passer la jeune fille. Elle déclara :

« J'avoue que je suis un peu surprise... Je ne vous imaginais pas comme ça !

– C'est peut-être parce que je ressemble plutôt à ma mère...

– Eh bien ! tant mieux ! On m'a dit que c'était une personne extrêmement dévouée. »

C'est au moment où Mme Chanaz refermait la porte que Louise remarqua qu'elle était chaussée de bottines à boutons.

Deuxième partie

LES HOMMES DE MADAME CHANAZ

VII

LA COUR ÉTAIT ENTIÈREMENT CLOSE. À droite, le mur d'un bâtiment adossé occultait tout vis-à-vis. À gauche, un muret surmonté d'une grille laissait deviner le haut des fenêtres du rez-de-chaussée du 50. Le long de ce muret, on avait planté des végétaux décoratifs de part et d'autre d'une sorte de grotte artificielle, peu profonde certes, mais qui n'en dégageait pas moins une atmosphère de mystère romantique. Le feuillage persistant d'un aucuba masquait l'angle de la troisième fenêtre de l'appartement des Chanaz ; ses feuilles vert et jaune apportaient une touche de gaîté dans la morosité du jour. Les tiges nues d'un chèvrefeuille s'entortillaient dans les pierres qui formaient la grotte. Une petite table de jardin et ses trois chaises pliantes donnaient à l'endroit une certaine intimité, en dépit des quatre étages de fenêtres qui dominaient la cour.

Le fond de la cour était occupé par une maison basse à un étage, dont le rez-de-chaussée servait d'atelier. À en juger par le silence qui y régnait, l'activité tournait au ralenti, à moins que ces messieurs ne fussent en déplacement à domicile. Mme Chanaz se dirigea vers une porte située à droite de l'entrée de l'atelier.

Cette porte donnait sur un escalier étroit et raide qui desservait l'étage. Louise ne pouvait pas monter avec sa malle sous le bras. Elle la souleva donc devant elle, résolue à prendre appui sur les marches. Sa patronne se décida enfin à saisir l'anse de la malle et l'aida à gagner le palier. À gauche s'ouvrait une pièce où régnait un joyeux désordre. Du linge était entassé, étendu, empilé un peu partout.

« Je vous ai installée ici, mais ce sera sûrement temporaire. Un seul de mes fils a été démobilisé pour le moment. Cette pièce me sert de lingerie et la cuisine, juste à côté, de buanderie. »

Elle entraîna Louise sur la droite, ouvrit la porte d'une chambre meublée de lits jumeaux et précisa :

« Vous dormirez là ! C'était la maison des garçons avant guerre. Mais nous nous sommes complètement réorganisés depuis. J'avais pensé vous installer rue Hénon, à deux pas d'ici : nous possédons un petit logement. Mais dans la mesure où la maison est vide, ce sera plus pratique pour votre mise en route. Lorsqu'ils seront de retour, il sera temps… Excusez-moi, j'entends la cloche du magasin ! »

Soulevant légèrement sa jupe de la main gauche, elle dévala l'escalier avant que Louise n'ait perçu le moindre tintement.

La jeune fille poussa la malle dans la chambre. La fenêtre donnait du côté de la table de jardin. Celles de l'immeuble n'étaient pas en vis-à-vis car la hauteur des étages ne correspondait pas. En ajustant les lamelles du store, elle profiterait de la lumière tout en se protégeant de la vue plongeante des étages supérieurs. N'osant pas choisir, elle laissa la malle entre les deux lits et posa son baluchon dessus. Elle déboutonna son manteau en se demandant si elle devait passer sa blouse tout de suite ou attendre le lendemain. Elle décida d'enlever le manteau, de prendre la blouse dans la malle mais de la garder à la main, en attendant sa patronne.

En sortant de la chambre, Louise passa devant la cuisine et aperçut l'évier, pourvu d'un robinet. Après avoir jeté un coup d'œil dans la cour, elle l'ouvrit doucement et se pencha pour boire dans le creux de sa main. Elle fut surprise par le goût de l'eau, mais n'y prêta pas plus attention. Elle décida d'attendre dans la lingerie.

Contre le mur, la cheminée d'origine avait été remplacée par un tout petit poêle à charbon cylindrique sur lequel reposaient deux fers à repasser et des pinces à tuyauter. Au fond de la pièce, un lit étroit était poussé contre le mur à la manière d'une banquette. Une petite fenêtre en hauteur s'ouvrait sur le toit de la maisonnette qui occupait le fond de la cour contiguë. Sur des fils tendus d'un mur à l'autre, des chemises finissaient de sécher. Une travailleuse voisinait avec une chaise près de la fenêtre ; le molleton oublié sur la table achevait de donner à l'endroit une curieuse ambiance d'activité et d'abandon, propre à ces pièces domestiques à usage intermittent.

Compte tenu de l'exiguïté de la ferme de ses parents, Louise s'estima très satisfaite de son logement, en dépit du désordre. Machinalement, elle enfila sa blouse. La porte de l'escalier s'ouvrit, la voix de Mme Chanaz résonna :

« Louise ! Voulez-vous bien venir ? »

La jeune fille descendit rapidement, les deux pans de son tablier flottant derrière elle. Mme Chanaz haussa légèrement les sourcils mais se contenta de lui prendre le bras pour la diriger vers l'appartement.

« Mon mari et mon fils sont rentrés. Je vais vous présenter. »

Arrivée au portail de l'allée, Louise ouvrit le vantail, laissant passer sa patronne. Elle le referma en prenant soin de ne pas le faire claquer. Mme Chanaz avait déjà ouvert la porte de l'appartement. La jeune fille se dépêcha de la rejoindre en se maudissant d'avoir enfilé sa blouse par-dessus son gilet : les manches n'étaient pas assez larges. Elle se sentait engoncée, gênée dans ses mouvements au moment même de faire connaissance de son patron… Il n'était plus temps de se déshabiller pour rattraper son erreur.

On entrait dans l'appartement par la souillarde mais Mme Chanaz ne s'attarda pas et pénétra aussitôt dans la salle de séjour où attendaient les deux hommes.

« Voilà la petite Louise Rossillon ! » annonça Mme Chanaz.

Puis, se tournant vers Louise :

« M. Chanaz, mon époux ; mon fils François. »

M. Chanaz se leva pour venir lui serrer chaleureusement la main.

« Alors voici ma petite payse ! Bonjour mademoiselle Louise. En plus nous avons le même saint patron ! Vous êtes de Frangy, n'est-ce pas ? Mon père était de Pologny, au-dessus de Seyssel, ce n'est pas bien loin ! Nous nous y rendons encore souvent ! »

Louis Chanaz avait les ongles noirs, les mains rêches et calleuses d'un homme habitué au travail manuel. Il avait cinquante-sept ans mais paraissait beaucoup plus âgé que sa femme. Maintenant qu'il était debout, Louise remarqua même qu'il était plus petit qu'elle, à moins que l'écart ne soit dû au talon des bottines ! Il avait des yeux marron très doux dans un visage rond agrémenté d'une petite moustache grise en bataille.

« Bonjour monsieur ! Oui, je viens du canton de Frangy, mais je n'ai jamais habité le chef-lieu. Mes parents tiennent une ferme à Chaumontet, sur la commune de Chaumont, et j'ai aussi vécu à Mons, sur la commune de Vanzy… »

Comme M. Chanaz ne semblait pas connaître, elle ajouta :

« Vous connaissez peut-être la tour de Mons et celle de Chaumont ? Elles sont très anciennes…

– Je connais Frangy : c'est sur la route de Genève…

– Bonjour mam'zelle ! » interrompit François en tendant la main.

Il désigna son père du menton :

« Vous avez devant vous le plus savoyard des Lyonnais ! Il est né à la Croix-Rousse mais, à l'écouter, il serait même plus savoyard que saint François ! Et pourtant… vos tours ne lui disent rien… ne seraient-elles pas suisses ou italiennes par hasard ?

– Pas du tout ! »

François Chanaz était très grand et plutôt beau garçon. Il avait les hautes pommettes de sa mère, mais tenait de son père ses yeux bruns où brillait une pointe d'espièglerie. Il était, comme lui, vêtu d'une veste à double boutonnage sur un pantalon de velours à côtes, mais ses mains étaient plus soignées, ou moins usées.

« Il doit être tout déçu que vous ne portiez pas votre frontière ! »

Louise se demanda s'il était sérieux.

« Mais, monsieur, la frontière ne se porte pas chez nous ! C'est plutôt la coiffe en dentelle !

– Oh ! vous m'en voyez désolé, d'autant que vous êtes en cheveux ! »

L'expression désappointée de François gagna le visage de Louise qui ne sut que dire. M. Chanaz s'apprêtait à protester mais sa femme intervint :

« Ne l'écoutez pas, Louise ! Mon fils est un plaisantin. Il adore taquiner les gens. Bon. Vous parlerez de la frontière et des Savoies plus tard. Ne m'aviez-vous pas dit que vous deviez préparer le fourneau de Mme Passot de Montessuy ?

– Maman, ce n'est pas très urgent ! C'est pour sa cuisine d'été ; pour ses conserves... Il nous reste un peu de temps.

– Eh bien ! si tu as du temps, garde-moi le magasin. Je vais en profiter pour faire visiter les lieux à Louise. Louis, as-tu reporté votre intervention sur le Grand Livre ? »

M. Chanaz fit non de la tête.

« François, ordonna Mme Chanaz, tu en profites pour le faire ! Je te rappelle qu'il est dans le tiroir central du bureau. »

François se mit au garde-à-vous, inclina la tête et dit gravement :

« À vos ordres, mère ! »

Il se dirigea au pas cadencé vers la porte du magasin et, juste avant de sortir, il adressa à Louise un petit clin d'œil complice. Mme Chanaz, à qui ce petit manège avait échappé, secoua la tête, désabusée.

« Un vrai gamin... à vingt-quatre ans... »

Louise crut discerner une pointe de tendresse dans sa voix. M. Chanaz s'était éclipsé. Il avait regagné l'atelier où le devoir l'appelait. Louise était partagée entre la crainte respectueuse que lui inspirait sa patronne et l'amusement né de la fantaisie de son fils… Elle évita prudemment tout commentaire et se composa un visage indifférent. Tout de même, il avait dû la trouver un peu boudinée…

« Bon. Nous prenons généralement nos déjeuners et nos dîners ici, en famille. »

Mme Chanaz désigna la table recouverte d'une nappe en toile basque. Elle traversa la pièce et ouvrit une porte.

« Ici, la chambre de François… »

Louise s'avança. La chambre, dont la fenêtre donnait sur l'aucuba de la cour, était très étroite. Entre le pied du lit et le mur, il restait un tout petit passage pour accéder à une autre porte. Elle demanda s'il s'agissait d'un accès au magasin ou d'une autre chambre.

« Non, répondit sa patronne. C'est une alcôve ; nous ne nous en servons plus que pour le rangement. »

Une table de toilette surmontée d'un miroir bénéficiait de la lumière du jour. Mme Chanaz replaça sur son barreau une serviette de toilette oubliée sur une chaise et sortit de la pièce.

« L'accès à la boutique se fait par ici. »

Elle ouvrit la porte du fond de la salle de séjour mais, là aussi, une alcôve faisait office de sas entre l'appartement et le local commercial. Louise distingua vaguement dans la pénombre une série de rayonnages couverts de papiers, un plan et un calendrier accrochés au mur, du matériel remisé et un balai. Mme Chanaz referma la porte.

« Bien. Je vais vous montrer l'appartement du premier. »

Elle alla prendre un trousseau de clefs dans l'un des tiroirs du buffet de bois sombre assorti à la table et précisa :

« Nous rangeons toujours les clefs dans ce tiroir ! »

Louise suivit sa patronne qui monta l'escalier de pierre d'un pas alerte, sans s'aider de la rampe de métal. La jeune fille compta dix marches jusqu'au palier intermédiaire où s'ouvrait une grande fenêtre sur la cour, puis treize pour arriver au palier du premier étage. Mme Chanaz glissa la clef dans la massive porte moulurée qui faisait face à l'escalier et desservait l'appartement sur rue. Perpendiculairement, une seconde porte donnait sur un appartement qui devait correspondre à celui du rez-de-chaussée. À côté de chacune des portes, une petite fenêtre bâillait derrière un barreau défensif.

Mme Chanaz entra et referma rapidement après le passage de Louise. Elles se trouvaient dans un couloir qui faisait face à une porte à panneaux vitrés avant de tourner à gauche. Dans l'angle, un poêle répandait une chaleur douillette. Mme Chanaz ouvrit sans hésitation la porte immédiatement à gauche de l'entrée. Elle annonça :

« Le cabinet d'aisances ! »

Louise découvrit le siège de céramique pourvu d'une lunette de bois, le réservoir d'eau suspendu hors d'atteinte d'où pendait une chaînette. Pour bien en faire comprendre l'usage, Mme Chanaz tira sur la chaînette, engendrant une cataracte qui disparut dans la cuvette avec un bruit de siphon qui résonna dans toute la montée d'escalier ! La petite fenêtre du palier était donc celle du cabinet. Louise en resta bouche bée. Elle n'avait encore jamais vu de chasse d'eau.

« C'est mon beau-père qui a fait installer ce cabinet. Avant, les lieux étaient sur le palier intermédiaire et ne disposaient pas d'eau courante.

– Et les voisins ont fait la même chose », commenta Louise, désireuse de montrer qu'elle était observatrice.

Mme Chanaz sourit.

« Non. Mon beau-père, Antoine Chanaz, a fait rentrer tous les cabinets en même temps… »

Et, devant la mine éberluée de Louise, elle ajouta :

« Il a entrepris ces travaux au moment où il a transféré son atelier du 85. Il a fait agencer le magasin, et comme les maçons étaient là… et il a pu augmenter les loyers ! »

Ainsi donc les Chanaz étaient propriétaires de l'ensemble de l'immeuble ! Elle poursuivit :

« Il s'est installé dans la petite maison et nous dans l'appartement. Les jumeaux étaient tout petits. Lorsque mes fils ont grandi, nous leur avons laissé la maison, nous avons partagé l'appartement avec le grand-père. Il faut dire que l'escalier est bien raide… »

Elle se dirigea vers la porte vitrée.

« … Il est décédé l'an dernier à l'âge de quatre-vingts ans. Mon mari croit qu'il s'agissait de la grippe espagnole mais je pense plutôt qu'il est mort de vieillesse, à son âge… Cet appartement s'est libéré récemment ; nous l'avons fait toiletter… La cuisine ! » annonça-t-elle en ouvrant la porte.

La cuisine, en longueur, surplombait l'allée de l'immeuble. Elle était fraîchement repeinte. À l'entrée, un grand placard montait jusqu'au plafond. Le petit fourneau de céramique n'était pas encore raccordé. Ici aussi l'évier était pourvu d'un robinet.

« Mon époux et mon fils n'ont pas encore terminé l'installation. Ne dit-on pas que les cordonniers sont les plus mal chaussés ? »

Mme Chanaz referma la porte et avança dans le couloir jusqu'à une vaste salle de séjour. Les battants de la porte avaient été retirés, ce qui lui interdit sa mise en scène rituelle. Cette pièce aussi venait d'être refaite. Elle était très claire malgré la teinte assez sombre du papier peint aux guirlandes fleuries et la présence d'une boiserie encadrant une cheminée de marbre le long du mur de la cuisine. Au-dessus de la cheminée, un haut miroir renvoyait la lumière des deux fenêtres. Pour le moment, la pièce était principalement meublée d'un salon recouvert d'une tapisserie fleurie, composé d'un canapé de trois places, deux fauteuils Voltaire assortis et d'une table violon au plateau de marbre. Un piano droit luisait doucement face à la cheminée ; le couvercle était rabattu, les bougeoirs vides, et nulle partition n'était visible.

Immobile dans le couloir, Louise n'osait pas avancer sur le parquet ciré où deux patins de feutre semblaient monter la garde. Mme Chanaz évoluait, telle une gracieuse patineuse, vers les boiseries, ouvrait la porte d'un placard à gauche de la cheminée, puis sa réplique, à droite, qui dissimulait en fait un accès dérobé à la cuisine. Sous la rosace et les moulures du plafond, la vaste pièce prenait l'aspect d'une salle de bal pour lequel Louise n'aurait pas reçu d'invitation.

Elle retira résolument sa blouse, déboutonna et enleva sa veste pour pouvoir renfiler le tout dans l'ordre inverse. Mme Chanaz la regarda faire, détaillant le chemisier blanc et la jupe sombre à large ceinture. Louise posa précautionneusement les pieds sur les patins et avança jusqu'à sa patronne.

« J'étais mal à l'aise, les manches sont trop étroites, crut devoir expliquer la jeune fille.

– Je compte recevoir mes amies ici, de temps en temps. Le mercredi, je pense. Je vous fournirai un petit tablier… de ville pour le service. Votre ensemble ira très bien. »

Louise venait de remarquer, sur la cheminée, deux photographies dans leur cadre de bois marqueté. La plus petite figurait à la place d'honneur, légèrement de biais, de façon qu'elle fût visible du salon. Trois enfants, trois garçons aux cheveux ras, fixaient l'objectif, dignes, presque hautains. Ils pouvaient avoir entre six et douze ans. Un souvenir de communion privée peut-être… Le plus grand portait une veste croisée dont le revers plus sombre s'ornait d'une étoile, les deux autres étaient identiquement vêtus et cravatés de blanc. Mme Chanaz avait parlé de jumeaux. Pourtant leur différence de taille était assez importante et le grand jumeau ressemblait plus à son aîné qu'au gamin aux yeux sombres en qui Louise crut reconnaître François Chanaz.

« Ce sont vos garçons ?

– En effet, ce sont mes fils… Mes trois vaillants soldats…

– Est-ce bien monsieur François ? » hasarda Louise en désignant le plus petit.

Mme Chanaz sourit et compléta les présentations :

« Oui. Son jumeau, Philippe, et Luc, mon fils aîné…

– C'est une bien belle photographie ! Ce sont de beaux enfants ! »

Elle avait failli dire que Philippe et Luc étaient particulièrement beaux, mais elle s'était retenue à temps, mesurant ce que son avis pouvait avoir de déplacé.

Mme Chanaz reprit son pas glissant vers le couloir.

« De beaux enfants ?… Oui ! Mais maintenant les jumeaux ont tous deux dépassé leur frère. En taille, je précise, parce qu'en sagesse… »

Louise se demanda si elle pouvait continuer à interroger sa patronne sans paraître indiscrète. Mais elle pensa au linge à blanchir dans la petite maison et se rappela que l'indiscrétion n'était pas dans ce qu'elle pouvait apprendre, mais dans ce qu'elle pourrait répéter.

« Ils ont combien d'années d'écart ?

– Cinq ans. Les jumeaux sont de 95. Luc est de 90 ; il a été mobilisé en 14, à Nice, avec d'autres colombophiles. Il a fait pratiquement toute la guerre dans le même secteur, à l'est de Verdun. Il s'occupait des pigeons, pour les messages… Je ne comprends d'ailleurs pas pourquoi il n'est pas démobilisé alors que François est déjà rentré. »

Elle poussa la porte entrebâillée au bout du couloir. La silhouette des deux femmes se refléta dans le miroir d'une armoire.

« Ma chambre. Avec l'alcôve, au fond. Je laisse ouvert pour profiter du feu. »

La chambre était aussi étroite qu'au rez-de-chaussée. En dépit du parquet, Mme Chanaz négligea les patins. Elle passa au pied du lit et ouvrit la fenêtre pour modifier l'inclinaison des lamelles du store grâce à une chaînette. En refermant, elle dit :

« Je vous expliquerai plus en détail pour le ménage et je vous montrerai comment orienter les stores : le soleil entre au premier l'après-midi et il risque de décolorer les bois et les étoffes. Mais pas aujourd'hui… Qu'est-ce que je disais… Ah oui ! la guerre… Les jumeaux ont été mobilisés en 15. Ils étaient tous deux dans un régiment du génie où François est resté. Mais Philippe a été versé dans l'infanterie et il a fait Verdun. En 17, il s'est porté volontaire pour l'armée d'Orient. Il est à Odessa. Lui, on ne sait pas trop quand il rentrera car l'armistice n'a pas été signé avec les Russes ! »

Louise crut avoir mal compris.

« Les Russes ?

– Oui ! les Rouges, quoi ! C'est contre les Rouges qu'ils se battent là-bas !

– Ah !... Je ne savais pas...

– Cela ne m'étonne guère. Les gens ne s'y intéressent pas. Pour eux, l'armistice avec l'Allemagne est signé, la guerre est finie !

– Mais... les combats sont violents ?

– Voilà la grande alcôve ! »

Mme Chanaz venait d'ouvrir les deux battants de la large porte qui faisait face au salon. Un lit double et deux tables de nuit occupaient tout l'espace de la pièce aveugle. Elle referma et poursuivit :

« Selon les lettres qu'il envoie, il ne se passe pas grand-chose depuis que les Bulgares ont capitulé ; ils sont cantonnés, pas trop bien nourris. Ce sont les Serbes et les Ukrainiens qui combattent, enfin je ne sais plus trop ; ce sont les Blancs, en tout cas. François vous dirait mieux. On dit tellement de choses sur ces coins perdus. Il semble tout de même que l'on s'oriente vers un retrait mais il s'agit plus d'un problème de diplomates que de militaires. Vous allez voir qu'ils vont laisser la place à ces athées de bolcheviks et nos pauvres poilus d'Orient se seront battus en vain...

– Mais il va rentrer sain et sauf comme ses frères ! Le bon Dieu va continuer à le protéger ! »

Au moment même où cette phrase lui échappa, Louise eut le sentiment d'avoir commis sa première bévue. Avant son retour, Philippe Chanaz avait largement le temps de passer l'arme à gauche. En cas de malheur, sa mère ne pardonnerait pas cette fausse prophétie. Mais, contre toute attente, Mme Chanaz répliqua avec conviction :

« Mais j'espère bien ! Avec tout ce qu'on a fait ! »

Et devant la mine interdite de Louise qui ne comprenait rien à ce marchandage, elle ajouta :

« Ne serait-ce que la souscription pour la restauration de l'église… »

Mme Chanaz ouvrit la porte contiguë à la grande alcôve et alluma la lumière.

« Bon, ici c'est vraiment le chantier ! Nous aménageons une salle de bains, mais le maçon nous a laissés en plan… »

Ce n'est qu'au moment où elle découvrit, voilés de tissus protecteurs, la baignoire et le lavabo sur pied sous l'éclat blafard d'une ampoule électrique que Louise prit conscience du fait que tout l'immeuble devait bénéficier de l'électricité. Des caissettes de carrelage gisaient au milieu des gravats. Dans son inachèvement même, cette salle de bains représentait le comble de la modernité. Pour elle, le concept était si nouveau qu'il ne pouvait qu'en être à sa phase de mise en œuvre. Elle laissa échapper une exclamation admirative qui dut plaire à sa patronne car cette dernière prolongea quelques instants encore le spectacle avant d'éteindre la lumière et de refermer la porte.

Elles étaient revenues devant la cuisine. Mme Chanaz ouvrit la dernière porte qui faisait l'angle du couloir. Il s'agissait d'un placard où étaient remisés le seau à charbon et une pile de journaux soigneusement repliés.

« Je vous montrerai la cave plus tard. En général, c'est mon époux qui monte le charbon. Ses vêtements ne craignent rien. Bon ! la visite est terminée. Retournons à l'appartement libérer François. Encore que tenir le magasin ne doit pas lui déplaire. Voyez-vous, Louise, nous sommes en pleine période d'incertitude et de réorganisation. Je ne parle pas seulement de notre emménagement au premier. Mes fils ne vont probablement pas tous travailler avec leur père. Même si mon époux se retire d'ici quelques années, je n'imagine pas trois familles cohabiter sur une même affaire. Mon époux et son frère se sont d'ailleurs rapidement séparés après notre mariage. Luc pourrait tout à fait travailler dans des bureaux... Mais avant de faire intervenir mes relations, je dois savoir ce que chacun compte faire... et donc attendre qu'ils soient tous démobilisés. Cette incertitude est pesante... Attendre, attendre... depuis le temps qu'on attend ! »

Mme Chanaz avait refermé la porte à clef et descendait l'escalier. Louise, sur ses pas, n'osait plus le moindre commentaire. Elle était encore abasourdie par sa visite au premier étage. Les bribes de sa conversation avec sa patronne dessinaient d'elle un portrait déroutant, dont elle avait du mal à distinguer les éléments profonds sous les traits superficiels. Après quelques marches, elle remarqua qu'elle la voyait pour la première fois de haut... Elle observa le chignon rond qui couronnait sa tête... Pourquoi son père avait-il dit qu'elle avait le cheveu rare ?... En tout cas, elle n'avait guère de cheveux blancs, alors qu'elle devait approcher la cinquantaine : son fils aîné avait vingt-neuf ans... Quel âge pouvait-elle avoir ? Le curé de Seyssel avait donné celui de son mari mais pas le sien. Son visage lisse, son corps mince et souple, son sourire intact étaient ceux d'une femme d'une quarantaine d'années, épargnée par le retour d'âge... Ses manières, le ton de sa voix étaient directs. Froide, avait dit Noël... Elle s'était un peu livrée, avec un mélange de franchise et d'épate, de classe et de trivialité. Serait-elle sincère ou manipulatrice ? Louise hésitait entre la confiance et la méfiance ; si son patron lui avait plu, sa patronne la laissait un peu perplexe. Cette femme était très différente de la Mme Millon que sa mère évoquait avec respect et reconnaissance, voire une peu d'admiration. Au fond, ce que Louise avait espéré, c'était une figure maternelle, bienveillante, auprès de qui elle apprendrait le monde sans marchander son dévouement. Elle savait maintenant qu'elle allait beaucoup apprendre au contact de la famille Chanaz, mais Mme Chanaz n'avait pas grand-chose d'une mère. Du moins à ses yeux. Sans se l'avouer, elle se demandait si elle pourrait suffisamment l'aimer... Car il s'agissait bien de cela : elle souhaitait pouvoir aimer sa patronne pour ne pas avoir à mesurer sa peine. La beauté, l'aisance de Mme Chanaz l'inclinaient à l'admiration. Cette femme avait de la superbe mais avait-elle du cœur ?

Par la fenêtre du palier, elle put voir, au-delà du toit de la petite maison, le rempart d'immeubles qui bordait la rue du Mail. Contrairement à ceux de la Grande Rue, ils étaient tous très hauts, semblables à ceux qui s'élevaient à proximité de la place. Elle ferma les yeux et la ligne du Grand Colombier obstruant l'horizon se superposa à celle des constructions, comme lorsqu'elle descendait vers Saint-Jean. Le claquement des bottines sur les marches la ramena à la Croix-Rousse.

Au bas des escaliers, Mme Chanaz parut hésiter. Elle proposa à Louise d'aller s'installer, préparer son lit et déballer ses affaires. Elle lui dit de prendre la paire de draps qu'elle avait laissée sur la table de la lingerie et de ranger son linge dans la partie droite de l'armoire de la chambre. Le repas était servi à 7 heures et demie, après la fermeture du magasin.

En sortant dans la cour, Louise leva le visage vers le ciel. Un léger vent d'altitude poussait les nuages vers l'est. Ils disparaissaient derrière le toit de l'immeuble et elle eut la sensation que la façade allait basculer sur elle. Dans un mouvement de réflexe, elle écarta les pieds pour assurer sa propre stabilité, les sens soudain en alerte. Mais elle n'entendit que le pépiement grinçant d'un moineau ; des immeubles de la rue du Mail lui parvenait un bruit mécanique et rythmé qu'elle ne parvint pas à identifier. Elle sourit de sa frayeur. Bien souvent, lorsqu'elle était en champ, elle avait joué, couchée dans l'herbe, à regarder le Vuache s'avancer vers les nuages qui filaient vers le Genevois. Là-bas un jeu d'enfant, ici une menace...

Dans l'atelier, M. Chanaz limait quelque chose de métallique. Seule la luminosité déclinante indiquait que cette longue journée touchait à sa fin. Louise avait perdu ses repères. Elle allait se dépêcher de préparer sa chambre ; ses vêtements seraient vite rangés. Elle prendrait seulement le temps d'écrire une petite carte à maman Nanette pour lui dire qu'elle était bien installée. Ensuite, elle rejoindrait Mme Chanaz et l'aiderait à préparer le repas du soir. Certes, elle n'était embauchée qu'à compter du lendemain, mais elle n'imaginait pas rester seule dans la petite maison, à ne rien faire. Surtout, elle n'avait aucun moyen de savoir quand regagner l'appartement : ici, elle ne connaissait pas les ombres, elle ne savait pas où situer l'église et elle n'avait pas de montre.

VIII

« AH ! MON PÈRE L'A VU devenir ce qu'il est, ce quartier ! Lorsqu'il est descendu de Pologny pour faire le ramoneur dans les années cinquante, la commune de la Croix-Rousse venait d'être rattachée à Lyon. Il n'y avait ni l'adduction d'eau ni le gaz ; les rues n'étaient pas pavées. Il a vu construire l'hôpital, le premier funiculaire : celui de la rue Terme. Il était même à l'inauguration du chemin de fer Croix-Rousse-Sathonay… Tenez ! vous avez la Grande Rue, la place… tout ceci existait déjà. Vous traverserez tout droit et vous descendrez la montée de la Grande Côte. Elle est parallèle au funiculaire que vous avez pris pour monter. »

Louise avait demandé à M. Chanaz de lui indiquer le chemin le plus simple pour descendre rue Bouteille, chez sa cousine, et voilà qu'il avait décroché le plan du cagibi et commençait un cours d'urbanisme.

« Voyez, poursuivait-il, dans le temps la Grande Rue et la Grande Côte étaient la seule voie importante qui reliait Lyon à la Dombes, la Savoie, Paris même ! Elles sont toutes droites, dans le prolongement l'une de l'autre. De plus, Lyon était alors protégée par des remparts qui couraient au bord du plateau, du Rhône jusqu'à la Saône où se trouve encore le fort militaire de Saint-Jean. La seule porte importante de ces fortifications s'ouvrait devant la place et, de ce côté-ci, les taxes sur les marchandises, surtout sur le vin, étaient dix fois moindres que de l'autre côté !

Ici, c'était le Franc-Lyonnais… C'est pour cette raison que tant d'auberges, de commerces et de bistrots se sont installés tout le long de la Grande Rue, de la place au carrefour de la Boucle. D'ailleurs, le père de mon épouse, qui est pourtant issu d'une vieille famille lyonnaise, possédait une affaire de négoce de vins en bas de la Grande Rue. Dame ! les clients ne manquaient pas.

– Ce que vous me racontez, les remparts, c'était au Moyen Âge !

– Mais non ! Je les ai vu détruire ! Je me rappelle très bien, j'étais tout gone, en 1867, mon père m'y emmenait le dimanche. J'étais son aîné, comprenez-vous ? Il était passionné par les travaux de construction. La large bande occupée par les fortifications est devenue un gigantesque chantier qui a duré toute mon enfance, y compris les places triangulaires qui correspondaient aux demi-lunes. Nous allions voir pousser les hôtels particuliers du boulevard sur leurs décombres ; ils ont des jardins avec vue sur la Presqu'île. On a bâti la nouvelle mairie du IVe arrondissement, les écoles normales. Les nouveaux logements fournissaient de nouveaux clients et les belles maisons donnaient l'occasion de vendre du beau matériel comme les fourneaux plaqués en céramique. Il en a fait des affaires ! En un peu plus de cinquante ans, il a dû placer, réparer ou ramoner des cheminées, des poêles et des fourneaux dans presque tous les appartements du plateau. C'est qu'ici on n'allume pas seulement les poêles pour cuisiner ou pour le confort des bourgeoises oisives ! La soie et les métiers craignent l'humidité… »

Ils échangèrent un sourire complice. Louise n'allumait pas le poêle de la petite maison, se satisfaisant de la chaleur dégagée par le repassage. Elle était accoutumée aux froides nuits hivernales de Frangy.

« Mon père était une force de la nature ! Hélas ! je suis loin d'avoir sa constitution. Il a vécu jusqu'à l'âge de quatre-vingts ans mais il a été emporté l'an dernier… »

La voix de Louis Chanaz se troublait ; Louise hasarda :

« Par la grippe espagnole…

– Comment le savez-vous ?

– C'est madame qui m'en a parlé. »

M. Chanaz hocha la tête en souriant tristement.

« Et je suis resté dernier… Mon frère, Joseph, est mort juste avant la guerre. Mon père en avait été très affecté. Pensez donc : voir son enfant partir… Quant à ma pauvre mère, Dieu la garde, elle nous a quittés il y a si longtemps… Il en aura connu des misères, tout de même, au cours de sa longue vie… »

Il soupira et reprit :

« Les derniers temps, il restait alité, sans que l'on sache s'il avait toujours toute sa connaissance. Mais il y a une chose qui le faisait sourire tous les matins… »

Les yeux attendris, il ménagea un petit suspens.

« C'est lorsqu'il entendait les premiers coups de marteau sur le métal. C'était un bourreau de travail ; le bruit de l'atelier, voilà ce qui le rendait heureux. »

En évoquant son père, Louis Chanaz retrouvait les intonations de l'enfant éperdu d'amour et d'admiration qu'il n'avait probablement jamais cessé d'être. Sur son visage fatigué, Louise décela une candeur qui la surprit : elle pensait que ces élans de sincérité étaient l'apanage des petits enfants. Elle comprit que le patriarche, le modèle inégalable, le héros paternel n'avait pas pu mourir de vieillesse. À défaut d'un combat, il avait fallu pour l'abattre rien de moins que la redoutable pandémie qui avait causé plus de ravages encore que la Grande Guerre elle-même… La grippe espagnole avait emporté le vieil Antoine Chanaz en épargnant sa famille… La légende avait trouvé son apothéose.

En cette matinée de samedi, Louis Chanaz n'avait pas endossé ses vêtements de travail. Son épouse s'était rendue à une réunion des Dames zélatrices de la paroisse et il s'était attardé à lire *Le Nouvelliste* sur la table de l'appartement. Ce n'était pas lui qui avait souhaité occuper le premier après le départ des locataires pour le nouveau quartier plus résidentiel des Brotteaux. Il n'y avait même pas pensé ; c'était elle qui l'avait suggéré. Lui préférait naviguer entre l'atelier et l'appartement, au contact des mânes de son père et des souvenirs de sa propre jeunesse. Il reconnaissait que son épouse avait raison, une fois de plus. La vie ne reprendrait jamais comme avant. Ses enfants étaient devenus adultes.

Déjà, avant la guerre, les garçons avaient commencé à secouer le joug de l'autorité maternelle. Chacun à sa manière, avec plus ou moins d'habileté. Philippe était déjà frondeur et, à son retour, l'affaire de son transfert au front n'allait pas arranger leurs relations. François savait mieux s'y prendre, en mêlant douceur, humour et enfantillage. Quant à Luc, il approchait de la trentaine et il voudrait probablement fonder rapidement une famille. Louis Chanaz avait pu constater, lors de leurs permissions, comment la guerre les avait transformés peu à peu au cours de ces quatre longues années où ils s'étaient croisés à la Croix-Rousse, sans jamais se rencontrer. Il savait que les jumeaux avaient mis au point un stratagème pour se laisser des messages en cachette de leur mère. Luc lui avait semblé s'éloigner ; son visage s'était durci. Le rêve qui habitait le regard du jeune homme élégant, préoccupé de pigeons voyageurs, avait disparu au profit d'une expression désabusée qui témoignait de la dure réalité des combats. La vie dans la promiscuité de l'appartement et de la petite maison n'était plus tenable. De plus, le rendement des loyers pouvait suffire à faire vivre un couple vieillissant aux besoins mesurés. Louis Chanaz se résignait volontiers à une petite vie de rentier, surtout lorsque ses fils auraient repris le flambeau familial. Il devait trouver le temps de finir d'installer la cuisine du premier. Oui ! De la fenêtre de la cuisine, on avait une très bonne vue sur la Grande Rue en raison de l'élargissement du trottoir. De ce point d'observation, il ne perdrait pas tout à fait le contact avec les va-et-vient de la clientèle et des autres habitants du quartier.

Louis Chanaz se sentait fatigué, surtout depuis la mort de son père, Antoine. Son épouse et lui avaient mérité une vieillesse tranquille. Il se réjouissait de pouvoir enfin lui offrir un logement digne de la respectabilité à laquelle elle aspirait depuis sa prime jeunesse. Lorsque Antoine Chanaz était allé demander sa main au père Servient, la seule question de l'élue avait été « c'est pour lequel ? ». Il avait répondu « Louis, l'aîné », en craignant qu'elle ait souhaité que ce fût le second. Joseph portait beau, il avait du bagout et de l'entregent. « Tant mieux, il est sérieux, il ressemble à son père ! » avait-elle répondu, et elle avait accepté. Les familles se côtoyaient de longue date, les commerces étant voisins. Les Servient avaient trois enfants, dont un fils, noceur notoire. Les dettes de ce dernier avaient déjà réduit à néant les espoirs de dot de ses sœurs. L'homme était mort jeune, emporté par une maladie dont on taisait le nom en dehors des milieux littéraires... La demoiselle avait-elle fait un rapprochement entre son frère et Joseph ? Toujours est-il que Louis avait épousé cette jeune fille superbe dont il avait toujours été amoureux. Le caractère affirmé de la jeune femme avait plu à Antoine Chanaz ; elle avait pris en main l'organisation domestique de la maison, quelque peu à l'abandon depuis le décès de sa propre épouse. Ces deux-là se ressemblaient, jusque dans leur façon de négocier, de marchander devrait-on dire, avec le bon Dieu ! Finalement, à défaut d'être dotée, elle avait tout de même été héritière. Elle avait reçu en partage des entrepôts, à Vaise, destinés à l'origine aux barriques de vin qui arrivaient du Beaujolais par la Saône. Maintenant, ces locaux étaient loués ; le développement industriel de ce quartier, aux portes de Lyon, permettait d'en retirer un bon rapport.

Vêtu d'habits de ville, Louis Chanaz paraissait plus vieux. La chemise blanche contrastait avec les traces noires sur ses mains, les cernes bistre sous ses yeux. Le col empesé le gênait : il passait régulièrement l'index entre le pied de col et son cou. Il avait feuilleté distraitement le quotidien, dans l'attente d'un éventuel client, et l'avait abandonné sans hésitation lorsque Louise lui avait demandé comment rejoindre Émilie. Il restait à contempler le plan du quartier constellé de petites étoiles symbolisant autant de logements où il était intervenu. Enfant, il avait suivi son père ; il l'avait accompagné, épaulé puis remplacé. Ses fils, bientôt réunis, allaient faire de même ; l'atelier familial d'avant-guerre reprendrait vie et la notoriété de la fumisterie Chanaz, revigorée par le retour des jeunes gens, résonnerait à nouveau sur le Plateau. Les tisseurs aussi revenaient. Louis Chanaz ne doutait pas que l'activité économique redeviendrait florissante, même si les ateliers de métiers mécaniques avaient largement pris le pas sur les anciens métiers Jacquard à bras des authentiques canuts, ceux pour qui les immeubles de la Croix-Rousse avaient été construits.

Louise était occupée à la vaisselle de la veille. Elle essuyait et rangeait les couverts dans le second tiroir du buffet. Elle s'acquittait de cette tâche avec déférence, encore impressionnée par le poids du métal argenté comparé à celui de l'usuel fer-blanc. Cuillères et fourchettes étaient gravées des lettres *C* et *S*. Elle osa poser la question à son patron.

« Dites, monsieur, ces lettres sur les couverts, il s'agit d'un chiffre, n'est-ce pas ? Le *C* est pour Chanaz...

– Mm ?... »

M. Chanaz avait relevé le visage vers la jeune fille, tout à ses rêveries. Elle sourit et répéta :

« Sur les couverts, le *C* est pour Chanaz, et le *S* ?

– Oh non ! ma petite Louise ! C'est le chiffre de mon épouse : *CS*, Claudine Servient. La ménagère faisait partie de son trousseau. Mais c'est vrai, cela aurait pu être Chanaz Servient... »

Louis Chanaz répéta en souriant le prénom de sa femme et se replongea dans la contemplation du plan.

Ainsi donc, Mme Chanaz se prénommait Claudine ! Depuis son arrivée, Louise avait cherché en vain à le savoir. Elle n'avait entendu que « Mme Chanaz », « mon amie », « maman », et avait fini par prêter à sa patronne toutes sortes de prénoms, Hortense, Eugénie, Marie-Antoinette, Joséphine, avant de réaliser qu'il s'agissait là de prénoms royaux. Claudine paraissait plus plébéien mais gardait une certaine allure dans la ville natale de l'empereur Claude. Quand Louis Chanaz le prononçait, il semblait évoquer le murmure d'une source.

La sonnette du magasin retentit, importune. Louis Chanaz quitta le rêve pour la réalité. Louise acheva de ranger la cuisine et la salle de séjour en fredonnant.

Mme Chanaz lui avait dressé un emploi du temps qu'elle n'avait encore jamais pu respecter. Comme il avait fallu venir à bout du linge amoncelé dans la petite maison, Louise n'avait pas pu l'accompagner au marché où sa patronne devait la présenter à ses fournisseurs habituels. Ainsi, depuis son arrivée, n'avait-elle pas eu le loisir d'aller plus loin que l'angle de la rue Hénon. Elle avait dépassé la boulangerie à la recherche d'un nouvel horizon. Hélas ! elle n'avait entrevu que d'autres constructions ; pas le moindre échantillon de verdure en dehors de trois buissons en bacs devant la vitrine d'un boucher. Pavés, ciment, enduit, tuiles. Où étaient la terre, les pierres, les arbres, l'eau ? Sur ce petit périmètre, la borne-fontaine, située devant le magasin d'ameublement *Cadoux* qui faisait l'angle, aurait pu donner une idée de nature. Encore aurait-il fallu faire pression sur le levier latéral pour que la tête de lion qui l'ornait dégueule l'eau du Rhône dans le caniveau. Elle n'avait reconnu l'église qu'à la croix qui coiffait le dôme d'un clocher sans flèche, où seuls les abat-sons laissaient deviner la présence de cloches. L'horloge évoquait plutôt un bâtiment public, d'autant que la tour, percée de trois fenêtres superposées, ne faisait pas corps avec l'église proprement dite. C'est d'ailleurs cette parenté avec l'église de Frangy qui l'avait mise sur la voie. Le clocher s'élevait à gauche de la façade nue, exempte de sculpture, simplement percée d'un portail et de deux baies inégales en oculus, somme toute assez modestes, eu égard aux proportions de l'ensemble. Un fronton légèrement saillant apportait une touche de solennité ; rien ne distinguait le toit de celui des immeubles avoisinants. La maison de Dieu lui parut bien austère. Un instant elle eut envie de franchir la cinquantaine de mètres qui la séparaient de l'entrée, pour voir si l'intérieur de l'édifice démentait sa pauvreté apparente. Mme Chanaz avait évoqué des travaux de restauration… Mais elle eut peur de prendre du retard et repoussa ses découvertes à la prochaine messe.

Sa journée prenait fin après le repas du soir, lorsque la vaisselle sale avait été remisée sur l'évier dans l'attente du jour. Louise regagnait alors la petite maison, ne sachant où se rendre dans ce quartier inconnu. Elle se couchait de bonne heure, le foulard du baluchon roulé en boule contre sa joue, et elle s'endormait dans l'odeur de sa mère.

Elle avait hâte d'être à dimanche. Elle allait descendre en ville après le repas de midi. Mme Chanaz avait dit après les vêpres, selon de prétendues recommandations de son père, mais Louise avait très envie de grappiller quelques précieuses minutes de liberté. C'est qu'elle avait « le vaste monde » à découvrir !

Certes, le travail chez Chanaz n'était en rien pénible. Elle n'avait qu'à se remémorer la dernière journée de taille avec son père, pour s'estimer heureuse de son sort. C'était au mois de février. Il devait terminer de tailler la parcelle de vigne et c'est elle qui, faute de bras masculins, avait été chargée de l'accompagner pour ramasser les sarments et les fagoter. La journée était froide, le joran soufflait de Bellegarde en s'accompagnant par intermittence d'un crachin qui tournait au grésil, leur criblant le visage et les mains d'aiguilles glacées. Elle avait travaillé des heures, courbée entre les rangs, les mains au ras du sol, le dos, les reins contre le vent qui cherchait à s'infiltrer sous sa veste et lui plaquait la jupe le long des jambes. À la fin de la journée, l'arrière de la jupe était raide et mouillé, ses jambes aussi engourdies que ses doigts. Pourtant, elle n'avait pas vraiment ressenti le froid : arc-boutée, les coudes aux genoux, elle résistait aux assauts du vent tout en liant les fagots avec des brins de chanvre dont elle s'était aussi servi, en guise de ceinture, pour ajuster ses vêtements. À leur retour à la ferme, ses lèvres, ses joues, ses mains avaient été envahies de fourmillements qui l'avaient mise au supplice. Elle avait dû s'écarter du poêle ; ses oreilles, libérées du fichu humide, étaient devenues brûlantes. La fatigue tissait un voile cotonneux autour d'elle, estompant la netteté des images et des sons. Elle avait à peine eu la force d'avaler sa soupe. Elle s'était endormie avec la sensation que le vent la balançait encore, la conscience traversée de visions fugaces de sarments épars sur la terre sombre.

Tout ce que Mme Chanaz pouvait lui trouver à faire n'était qu'un jeu après une telle journée !

Mme Chanaz avait été très précise dans l'emploi du temps car, avait-elle dit, « l'emploi du temps, c'est le budget des heures et, lorsqu'il est suivi avec une volonté ferme, la maison est bien tenue ». La matinée devait être consacrée, après la toilette, à la vaisselle et au ménage. Aérer, faire les chambres, balayer, s'occuper chaque jour d'une pièce à fond de sorte que chacune soit impeccable une fois par semaine. La patronne établissait le menu des repas de la journée, la bonne se chargerait de certaines courses. La fin de la matinée était évidemment dévolue à la préparation de repas. La priorité allait au magasin puis, dans cet ordre, à l'appartement, au premier et à la petite maison. Mme Chanaz avait fait grâce à Louise des pièces en chantier et l'atelier restait le domaine des hommes. L'après-midi, avant la préparation du repas du soir, offrait plus de variété ! Lundi était consacré à la lessive, qui pouvait être poursuivie le mardi si nécessaire. Mercredi serait le jour du reprisage et du repassage. Jeudi serait celui des tâches mensuelles : vitres, conserves de saison, encaustiquage des meubles et du parquet. À moins que les amies de Mme Chanaz ne vinssent prendre le café, auquel cas l'ensemble de ces travaux seraient reportés au vendredi. Samedi après-midi, Louise devait nettoyer la cuisine à fond, fourneau compris, après la préparation d'une partie des repas du dimanche, de façon que le jour du Seigneur puisse être consacré, après la messe, à jouir d'un repos bien gagné ! Il restait en somme un après-midi flottant, le joker de la maîtresse de maison, dont l'usage varierait au coup par coup.

Ce n'est qu'à cette étape de son programme que Claudine Chanaz réalisa qu'elle n'avait pas prévu le jour de congé de

Louise. Noël avait négocié un après-midi par mois, en plus du dimanche. La jeune fille n'avait pas osé faire de remarque mais le froncement de ses sourcils noirs trahissait sa contrariété. La patronne se rétablit habilement par une pirouette :

« Joker de la maîtresse de maison, après-midi de libre pour vous ! Nous déterminerons à l'usage si nous convenons donc du mardi ou du jeudi. Non, du vendredi ! »

Louise avait acquiescé en souriant. Une telle précision dans la monotonie, pour des tâches d'un intérêt si secondaire, avait quelque chose d'amusant, voire de dérisoire. À la ferme, certes, un certain nombre de travaux revenait avec régularité : le pansage des bêtes, les travaux de saison. Toutefois, les plus importants étaient soumis aux caprices du temps : les foins, les moissons, le regain, la vendange. Ici, pas de surprise. En se levant le matin, elle saurait de quoi sa journée serait faite, aussi sûrement qu'au pays, chaque soir, le cheval de la Mène passait récolter la traite du jour pour l'apporter à la fruitière... Ce samedi après-midi, ce serait mine de plomb et laine de fer pour le dessus du fourneau !

François était sorti la veille ; l'air de sa chambre était chargé de relents de tabac et d'alcool. Elle ouvrit largement la fenêtre avant de faire le lit. Elle remit en ordre la table de toilette et fourra le linge abandonné au sol dans la cuvette de faïence qu'elle devait nettoyer dans l'évier. Elle posa le linge sur l'égouttoir ; elle l'emporterait à la petite maison quand elle en aurait terminé avec l'appartement.

Louis Chanaz rentra du magasin avec quelques lettres qu'il posa négligemment sur la table de la salle de séjour, sauf une, qu'il garda entre les mains, la tournant et la retournant sans l'ouvrir. Son manège intrigua Louise qui époussetait le buffet. Lorsqu'il la vit le regarder, il sourit comme pour s'excuser et dit :

« Je crois qu'il s'agit d'une lettre de mon fils Luc. Je ne suis pas sûr, mais...

– Vous ne l'ouvrez pas ? s'étonna-t-elle.

– Mm… c'est mon épouse qui s'occupe du courrier en général… et puis j'ai oublié mes lunettes au premier. »

Il approchait et éloignait l'enveloppe, en plissant les yeux à la recherche d'un indice. Finalement, il tendit la lettre à Louise.

« Vous êtes jeune, vous lisez le tampon ? »

Elle prit l'enveloppe et jeta un coup d'œil rapide à l'adresse. L'écriture était élégante, les majuscules élaborées. Elle porta son attention sur le cachet postal.

« Je n'arrive pas à lire le nom du bureau. Il commence par Menil… il me semble… Le département c'est *Mthe et Mlle…* ce doit être Meurthe-et-Moselle !

– Ah ! s'écria M. Chanaz. C'est bien Luc ! Il est cantonné là-haut, près de Flirey. Sa mère va être contente ! »

Louise lui rendit la lettre mais il ne se décida pas à l'ouvrir. Il la tenait par un angle, tapotant la paume de son autre main avec impatience.

« Voulez-vous que j'aille chercher vos lunettes ? » questionna-t-elle gentiment.

Il tira sa montre de sa poche.

« Non, c'est inutile ; elle ne devrait pas tarder. Elle va être tellement contente… »

M. Chanaz s'assit en gardant la lettre à la main et se mit à feuilleter distraitement *Le Nouvelliste.* Dépourvu de lunettes, il ne pouvait guère en lire que les têtes d'articles, ce qui expliquait probablement son manque de concentration. Bientôt, il demanda :

« Vous avez eu un frère mobilisé, n'est-ce pas ? »

Ce buffet était un nid à poussière : corniches à bobines, colonnes torsadées, moulures, sculptures. Louise répondit sans s'interrompre :

« Oui. Il est de la classe 17. Il est en Allemagne, mais il est question qu'il parte pour le Maroc.

– C'est votre aîné ? »

La réponse était si évidente qu'elle se demanda s'il était maladroit ou s'il s'en fichait. Il avait l'amabilité de s'intéresser à sa famille… Elle opta pour la maladresse.

« Oui ! Étienne est l'aîné, mais j'ai aussi une grande sœur, Marisa, qui a dix-huit ans, et une petite sœur, Séverine, de treize ans.

– Mm… » encouragea-t-il.

Elle comprenait qu'il avait besoin d'être distrait pour ne pas penser à cette lettre qu'il avait décidé de ne pas ouvrir avant le retour de sa femme. Elle poursuivit en passant l'angle du chiffon dans la crinière de l'une des têtes de lion qui ornaient les panneaux des portes du corps inférieur du buffet.

« Ma sœur Marisa est placée à Lyon aussi. Enfin, je veux dire du côté du vieux Saint-Jean, à Lyon, pas à la Croix-Rousse… »

Louis Chanaz hocha la tête, appréciant le détail.

« Ma sœur Séverine a eu son certificat d'études à onze ans. Moi, j'en avais douze, et en plus je suis de la fin de l'année. Elle aide mes parents à la ferme. Je l'aime beaucoup…

– Vous avez tous votre certificat ! s'exclama-t-il, incrédule.

– Non, non ! Seulement Séverine et moi !

– Mais… vous n'auriez pas aimé faire quelque chose après ? »

Louise laissa passer quelques secondes avant de laisser échapper un « si » un peu triste. Louis Chanaz regretta de s'être laissé emporter par son enthousiasme et d'avoir posé cette question indélicate. Quelle jeune fille pouvait choisir de devenir bonne sans y être poussée par la nécessité ? Déjà Louise reprenait :

« En fait, je crois que j'aurais aimé être institutrice… mais bon ! En temps de guerre, les petits désirs égoïstes ne comptent pas, surtout quand on est une fille. »

Louis Chanaz pensa à l'école normale de jeunes filles bâtie sur le boulevard. L'entrée se faisait par un portail de pierre, surmonté des armoiries de la noble famille qui avait possédé le terrain en deçà des remparts. Restait-elle un lieu privilégié ? Il considéra la jolie gamine qui essuyait consciencieusement, à genoux, la gueule du lion de bois. Il inspira longuement.

« La vie est longue, Louise. Vous êtes intelligente, courageuse. Vous ne serez peut-être pas institutrice, mais vous irez loin. Voyez mon père ! Il a parcouru un sacré chemin depuis qu'il est descendu, tout jeune, de sa Savoie. Gardez confiance, l'avenir vous offrira l'occasion de mettre en œuvre vos capacités. »

Il désirait tant l'encourager, cette petite jeune femme dont l'accent un peu traînant lui rappelait d'heureux moments d'enfance, à Pologny. Il confia :

« Vous savez, le seul à avoir son certificat ici, c'est Luc ! Les jumeaux ont eu une fin de scolarité un peu... mouvementée, à cause de la loi de 1904. Ils étaient chez les Frères. Leur école a été fermée. Mon épouse leur avait trouvé un pensionnat en Suisse, à Saint-Gingolph. Vous connaissez, non ? C'est au bord du lac, à la frontière. Mais ils se sont sauvés... Enfin ! elle vous le racontera peut-être un jour... Toujours est-il qu'ils ne l'ont pas ce certificat... »

Il avait terminé sa tirade d'une voix moins enjouée, comme s'il regrettait déjà d'avoir été si bavard au sujet de la scolarité de ses fils. De plus, son discours l'avait mené à une impasse. Louise était plus instruite que les jumeaux, mais elle était la bonne de leur mère. Il hésita un peu avant d'ajouter :

« Enfin... dans notre métier, nous n'en avons pas besoin. Ce qui compte, c'est le savoir-faire... et le bon contact avec les clients ! »

Il laissa passer un moment avant de poursuivre :

« Tenez : vous ! Vous présentez bien, vous êtes affable. Vous pourriez être amenée à tenir le magasin de temps à autre, quand vous connaîtrez mieux la maison.

– Moi ? »

La surprise de Louise ébranla la conviction de M. Chanaz. Il craignit de s'être aventuré à lui donner de faux espoirs en l'absence du consentement de sa femme. Il tempéra :

« Oui, vous !... Pas tout de suite, bien entendu. Vous êtes encore un peu trop jeune ; les clients attendent une personne d'expérience, digne de confiance. Mais... »

Il cherchait le juste équilibre entre l'espoir à préserver et la patience à privilégier.

« … Je pense que vous avez d'ores et déjà les qualités nécessaires. Il n'y a qu'à les laisser mûrir. »

La jeune fille le gratifia d'un sourire reconnaissant qui le rassura.

Il se passa plusieurs minutes avant qu'il ne lui demande si elle savait cuisiner les pâtes « comme au pays ». Elle lui répondit par l'affirmative et lui proposa de lui en préparer un plat à sa convenance. Ravi, il prit commande pour le jour où madame serait « en Savoie ». Il lui arrivait de s'y rendre seule ou en compagnie de sa sœur.

Il tira à nouveau sa montre de son gousset, la remonta et la rangea en soupirant. Puis il demanda :

« C'est bien votre mère qui travaillait pour les Millon ?

– Eh bien ! en fait, ce sont mes deux parents. C'est chez eux qu'ils se sont connus : mon père était cocher et ma mère cuisinière. Plus tard, maman a été la nourrice des petits-enfants.

– Ah oui ! c'est ça ! Mon épouse m'a parlé de cette terrible histoire de la bru morte en couches.

– C'était pour Juliette. L'aîné, Édouard, est le frère de lait d'Étienne, mon frère. La petite est la sœur de lait de Séverine. Lui, il a fait la guerre dans les hôpitaux de campagne. Il avait commencé sa médecine. Il en a réchappé. Juliette est toujours l'amie de Séverine, car on l'a gardée à la maison, tandis qu'Édouard… Je ne sais même pas si je pourrais le reconnaître. Ce doit être un monsieur maintenant.

– En tout cas, ces gens pensent beaucoup de bien de votre famille. Le curé de Frangy aussi d'ailleurs, d'après ce que le père Chevalier, c'est le curé de Seyssel, a dit à mon épouse.

– Ça ! ma mère est très pieuse », commenta Louise.

Tout en passant la serpillière sur le sol recouvert de carreaux de Verdun, elle se demanda qui avait renseigné le curé de Seyssel. Juliette avait une tante à Seyssel ; pouvait-il s'agir d'elle ?

À Frangy, le père Verollet savait que maman Nanette avait été nourrice, mais Louise l'imaginait mal interrogeant les Millon sur ce qu'ils pensaient de la famille, d'autant que les principales intéressées avaient disparu : Catherine Millon, voici quatorze ans et Françoise Millon, la patronne, en 14 ou 15, au début de la guerre en tout cas. Maman Nanette avait été bien peinée, et le père Millon l'avait même embrassée au cimetière, comme si c'était elle, et non lui, qui devait être consolée ! La sœur de Mme Millon était restée au Château. Il y avait aussi Marthe, la bonne, une vieille fille d'une quarantaine d'années qu'avaient connue ses parents. François Millon menait une vie assez retirée et on ne lui connaissait aucune autre passion que les automobiles. Il avait d'ailleurs été l'un des premiers à en acheter une, en 1906, résolvant définitivement la question de l'embauche d'un cocher. Il n'avait jamais refait sa vie après la disparition de sa femme. De méchantes langues suggéraient qu'il n'avait pas besoin de chercher au-dehors ce qu'il pouvait trouver à bon compte chez lui ! Louise n'aimait pas ces médisances. La Marthe était une brave femme, toute dévouée à la famille Millon. Si elle n'avait pas été la seconde épouse de François, elle avait été la seconde mère de ses enfants, faisant preuve d'autant de patience et de tendresse que s'ils avaient été les siens. Elle était devenue l'intendante de la maison et les petites bonnes qui s'étaient succédé au Château depuis quinze ans n'avaient jamais rien révélé qui fût contraire aux bonnes mœurs. Mais il est difficile d'empêcher les gens de jaser dès lors qu'un homme et une femme vivent sous le même toit.

Le pas sonore de Claudine Chanaz résonna dans l'allée. Louis se précipita au-devant de sa femme, la lettre à la main. Tandis qu'elle rangeait son manteau et son chapeau, il expliquait, plein d'impatience :

« Ah ! ma bonne amie ! Tu vas être contente : le facteur nous a apporté une lettre de Luc ! C'était le petit Gaston. Il a repris sa place. Il est un peu estropié, le pauvre, à l'oreille et à la main gauche, mais cela ne l'empêche pas de distribuer le courrier. On a causé un moment.

– Donne ! »

D'un coup d'ongle précis, Claudine Chanaz ouvrit l'enveloppe, sortit le feuillet et s'assit avant de commencer sa lecture. Elle commenta à haute voix :

« Il est libéré… Il rentre dans deux semaines… Il dit qu'il ne restera que quelques jours… Quoi ! Non, ce n'est pas vrai !… »

Elle retourna la lettre, les lèvres tremblantes. Inquiet, Louis Chanaz demanda :

« Qu'est-ce qu'il écrit ? Qu'est-ce qu'il se passe ? Dis-moi ! »

Les lèvres pincées, les yeux humides, elle reposa la lettre sur la table et jeta d'une voix blanche :

« Cela ne se passera pas comme ça ! »

Retenant ses larmes, elle se leva brusquement et s'en fut s'enfermer dans la chambre de François en claquant la porte.

Interdit, son mari ramassa la lettre abandonnée sur la table. Il se tourna lentement vers Louise qui venait de ranger le balai dans le cagibi et lui lança un regard suppliant.

« Louise, pouvez-vous me dire ce qu'il y a dans cette lettre pour qu'elle se mette dans un tel état ! »

Louise avait entendu la scène et était curieuse de savoir ce que Luc annonçait, tout en craignant d'avoir à transmettre une mauvaise nouvelle.

Elle passa rapidement sur le début du courrier.

« … Donc, il ne reste que quelques jours… Voilà ! “En effet, mes chers parents, je compte m'établir dans ce pays martyrisé où, depuis quatre longues années, j'ai vu tomber tant de mes camarades. Ici, j'ai noué des liens d'amitié si forts qu'ils m'ont sauvé du désespoir qui gagnait mon cœur face à tant de carnages. La mort m'a épargné ; j'ai juré de consacrer mes forces à effacer les ravages de cette guerre effroyable. Je veux que ce champ de bataille redevienne une terre fertile où s'élèvent des arbres fruitiers. Leur floraison immaculée sera l'hommage dû au souvenir des camarades disparus. Leurs fruits seront la réponse de la vie à la tentation du néant qui a dû saisir tant de nos grands hommes pour qu'une telle folie ait perduré si longtemps. Ne croyez pas toutefois, mes chers parents, que ces combats ont fait de moi un utopiste. J'ai trouvé de l'embauche à Toul, à l'usine métallurgique Bouvron, pour assurer ma subsistance. J'ai également le grand honneur de vous annoncer que j'ai fait la connaissance d'une jeune fille nommée Clémence Humbert, dont je vous parlerai plus longuement lors de mon séjour à la Croix-Rousse..." »

Louise s'interrompit et jeta un coup d'œil à M. Chanaz. Mais ce dernier, figé, attendait la suite.

« ... "Sa famille est propriétaire d'une ferme à Andilly, à une dizaine de kilomètres de Flirey. Je pense lui demander de devenir mon épouse et cette union pourrait se concrétiser, avec votre consentement, dès le retour de Philippe. Comment imaginer un tel événement sans la présence des jumeaux ! À bientôt vous revoir, mes chers parents, ainsi que mes chers frères. Votre fils dévoué." Après, il indique l'adresse où vous pouvez lui écrire... »

Louise hésita, mais termina la lecture :

« "Chez Mme veuve Joseph Humbert à Andilly, par Ménil-la-Tour, Meurthe-et-Moselle". »

M. Chanaz resta un moment silencieux avant de conclure :

« Eh bien !... en voilà des nouvelles ! »

Il demeurait immobile, embarrassé, sans que Louise ne parvienne à déterminer ce qui le déconcertait le plus : l'annonce du mariage et du départ définitif de son fils ou la réaction de sa femme.

Comme le silence devenait gênant, elle replia la lettre et remarqua :

« C'est curieux, derrière le Vuache, près de chez moi, il y a un village qui s'appelle Andilly ! »

Au même moment, Claudine Chanaz sortit de la chambre, les yeux secs. Elle avisa Louise qui tenait encore la lettre et la lui arracha.

« Dans tous les coins de France, il doit y avoir des villages de pignoufs qui s'appellent Andilly, dit-elle rageusement. Occupez-vous plutôt du linge sale que vous avez oublié sur l'évier !

– C'est moi qui lui ai demandé de me lire la lettre, intervint Louis Chanaz, effrayé d'affronter la colère de sa femme. J'ai oublié mes lunettes au premier.

– Tu ne pouvais pas monter les chercher, peut-être ? » répliqua-t-elle avec mépris.

Sans dire un mot, Louise quitta la pièce en veillant à se tenir très droite. Elle espérait que la bouffée de chaleur qui lui montait au visage passerait inaperçue et tentait de maîtriser les tremblements de son menton. Elle rassembla les vêtements de François, tandis que Mme Chanaz laissait éclater sa colère.

« Il pense nous mettre devant le fait accompli ! "Avec votre consentement…" Il peut toujours courir ! Non mais ! Ce garçon a perdu la raison ! »

Louis Chanaz essayait bien d'intervenir, mais sa voix était couverte par les imprécations de sa femme.

« S'il croit qu'on éduque nos fils pour en faire des paysans ou des manœuvres dans les usines !

– Mon amie, attendons d'en savoir davantage…

– En plus, si ça se trouve, il est démobilisé depuis un moment ! Oh ! mais attends ! Il croit peut-être que nous allons financer son projet de forêt d'arbres fruitiers ! Tu ne vois pas qu'il réclame sa part de l'affaire. Je m'en vais prendre rendez-vous avec maître Soulier. S'il nous arrivait quelque chose, il ne s'agirait pas qu'il démembre la propriété !

– Allons ! ma chère, il ne peut être question de cela !… »

Louise n'attendit pas la fin de la conversation pour quitter l'appartement. L'humiliation laissait place à une colère rentrée qui lui nouait l'estomac.

Elle avait trouvé la lettre de Luc bouleversante : cet homme voulait, à lui seul, effacer les horreurs de la guerre !… Claudine Chanaz avait tout gâché !

IX

LOUISE AVAIT TRAVERSÉ le boulevard en courant et s'engageait d'un pas pressé dans la rue des Pierres-Plantées, portion horizontale de la Grande Côte. Dans son poing fermé, elle tenait encore les deux sous que lui avait glissés M. Chanaz avant les vêpres.

« Pour ce tantôt, gamine, avait-il murmuré. Tu prendras la ficelle pour remonter. »

Avec une mimique de conspirateur, il lui avait suggéré la discrétion, comme s'il avait quelque chose à se faire pardonner.

Tout en serrant les deux piécettes, elle ne voulait pas penser au retour ce soir : elle n'aspirait qu'à s'échapper.

Le restant de la journée du samedi avait été pénible. Louise n'avait pas ouvert la bouche de peur que le ton de sa voix ne recèle une insolence qui aurait pu lui coûter sa place. Il était hors de question de remonter à Chaumontet après cinq jours ! Qu'auraient pensé ses parents ? Marisa avait subi bien pire que cette vexation et elle avait tenu tête deux ans avant d'abandonner sa place, pourvue, au demeurant, d'une nouvelle embauche.

Curieusement, dès le déjeuner, Mme Chanaz ne lui avait pas témoigné plus d'animosité, comme si l'attaque du matin n'avait été qu'une éclaboussure de fiel, un éclat de colère jeté au hasard.

Certes, elle n'avait pas accepté la désertion de son aîné. Elle avait établi son plan de bataille, en espérant que la venue prochaine de Luc lui permettrait de le convaincre de renoncer à ses projets arboricoles... Dans le cas contraire, elle comptait mettre les biens familiaux à l'abri de la rapacité supposée de son fils. Déjà germait dans son esprit l'idée que Clémence Humbert était peut-être à l'origine de la folie douce de Luc. Avant même la fin du repas, elle était convaincue que cette femme le manipulait. Elle s'était tournée vers François et lui avait dit :

« J'espère que je ne verrai pas mes trois fils perdre la tête pour une intrigante !

– Voyons maman, avait-il répondu en posant sa main sur la sienne, tu sais bien que je n'aime que toi ! »

Et si le ton avait été un peu moqueur, le sourire que le garçon avait adressé à sa mère était sincère.

Louise venait d'assister à une nouvelle scène d'un jeu de rôle rodé de longue date : la mère souveraine, rassurée par un fils réduit en servitude volontaire.

Tandis que Louise lavait la vaisselle, Mme Chanaz avait écrit une lettre pour son notaire, que Louise dut porter tout aussitôt au bureau des Postes et Télégraphes.

« Ne traînez pas en chemin, Louise ! Rappelez-vous que vous avez les pommes de terre à égermer avant de vous occuper du fourneau. »

La course avait calmé la jeune fille. La colère avait fait place à une rancune qu'elle avait attisée tout l'après-midi, à la cave en éborgnant les tubercules, puis devant le fourneau en retirant les cendres ou en étalant la mine de plomb diluée sur la table de cuisson. Elle était Cendrillon pliant sous l'autorité de la marâtre en attendant la venue de la marraine. Elle souriait en se disant qu'elle se passerait de fée pour tirer sa révérence dimanche après-midi.

Un détail la tracassait. Elle repensait à la formule que son père avait employée : « une belle femme, grande, froide, le cheveu rare ». Le détail du cheveu l'intriguait...

Elle avait ralenti l'allure en abordant la Grande Côte car la pente était trop raide pour permettre une marche rapide. À chaque pas, elle sentait son corps peser sur les talons de ses souliers neufs et eut peur de les gâcher. En vérité, elle n'était pas si pressée… Elle n'avait pas attendu la fin des vêpres pour fausser discrètement compagnie à la famille Chanaz qui disposait d'un banc dans les premiers rangs. Elle n'avait pas pu vérifier si la petite plaque de cuivre vissée au dossier du banc précédent portait leur nom, mais elle avait remarqué dès le matin que la place était restée vacante jusqu'à leur arrivée, ce qui revenait au même. Louise savait, en revanche, que Marisa assisterait à l'office jusqu'au bout : Marisa suivait scrupuleusement les règles. On pouvait même dire qu'elle manquait un peu de fantaisie… C'était peut-être dû à son rang de fille aînée et aux responsabilités qui en sont l'apanage… comme montrer l'exemple…

Elle prit appui sur l'une des hautes tablettes métalliques qui jalonnaient la rue. Ces reposoirs laïques permettaient aux canuts de se décharger, un court moment, du lourd rouleau de tissu qu'ils descendaient livrer aux Soyeux au pied des Pentes de la Croix-Rousse. La rue était bordée de modestes maisons mitoyennes, de deux étages tout au plus, abritant de nombreux petits commerces. Leurs toitures successives formaient une sorte d'escalier de tuiles rouges. En bas, par-delà les toits, elle distingua soudain les façades hautes et régulières des immeubles d'un quai, nimbées d'une brume lumineuse qui semblait sourdre de la rivière. Les arches irrégulières d'un pont enjambaient un croissant d'eau qui n'avait ni origine ni issue, comme un lac enclavé dans la ville. L'eau venait mourir au pied d'une cathédrale dont la rosace et les arcs-boutants émergeaient des cheminées du quartier Saint-Jean. La masse sombre du pont se reflétait sur la surface lisse. Louise savait que la Saône, au débit paresseux, orientée vers le Rhône par la colline de Fourvière, se heurte au quai Saint-Vincent et poursuit quelque temps un cours parallèle avant de rejoindre le fleuve impétueux. C'est ce coude qu'elle avait sous les yeux. L'illusion d'une eau captive la mit mal à l'aise.

La rivière paraissait prisonnière de la ville, comme elle-même, depuis la veille, se sentait prisonnière chez les Chanaz. Lyon s'étendait loin au-delà de la Saône. Elle ne put distinguer le Rhône mais en devina le cours à l'alignement des façades au ton pierre, partiellement dissimulées par les ramures dénudées des platanes. À l'arrière-plan, d'autres maisons se pressaient avant de s'éparpiller dans d'indistinctes collines basses moutonnant en camaïeu de gris.

Elle inspira profondément et souffla lentement pour chasser l'oppressante sensation d'enfermement qui l'avait gagnée en quelques jours. Les murs de l'appartement, du premier, de la petite maison ; les murs de la cour ; ceux de la Grande Rue, de la rue Hénon, et encore ceux de l'église. Devant elle, des maisons, des immeubles, des cheminées, des clochers, des dômes. Des arbres réduits à leur squelette ou à une masse sombre de feuillage persistant... Et une pauvre rivière immobile... Et là-bas, loin devant ou loin derrière, le pays.

Le carillon d'une cloche monta, repris en écho sur les Pentes et le Plateau. Quelque part, dans la Presqu'île ou sur la rive droite de la Saône, Marisa allait sortir de l'église et se rendre chez la cousine. Tout à coup, cette immensité urbaine s'humanisa grâce à la présence invisible de sa sœur. Elle reprit sa plongée vers le cœur de la ville, s'enfonçant entre les constructions plus hautes et plus anciennes dans la partie inférieure de la rue. Elle hésita à peine avant de retrouver la place Sathonay sur sa droite, puis le chemin du logement d'Émilie. Elle décida d'attendre un moment devant l'allée dans l'espoir d'avoir quelques minutes d'intimité avec Marisa. La main dans la poche, elle faisait glisser les deux sous l'un contre l'autre, s'amusant à faire coïncider les trous avant de reprendre le frottement impatient.

Elle ne reconnut pas immédiatement la silhouette de sa sœur lorsque celle-ci déboucha dans la rue. Depuis son placement en Beaujolais deux ans plus tôt, ce n'était pas la première fois que Louise était surprise par sa petite taille. Dans la mesure où il s'agissait de l'aînée qui avait si longtemps imposé son autorité, Louise se la figurait toujours plus grande qu'elle n'était. Non seulement elle était petite, mais encore elle était fort ronde. Louise se demanda si elle avait grossi ou si la cohabitation avec Mme Chanaz avait modifié son sens des proportions. De plus, elle lui parut d'une pâleur aristocratique qui détonnait quelque peu avec ses formes rebondies. Son métier de cuisinière la mettait à l'abri des ardeurs du soleil. Sa peau avait perdu le hâle des filles de la campagne et retrouvé ce teint de lys encore tant recherché. Au pays, les femmes se dissimulent sous des chapeaux de paille lorsqu'elles vont en champ pour retarder le moment où leur visage prendra l'aspect fripé des pommes du fruitier à la fin de l'hiver ! Le duvet brun qui bordait sa lèvre supérieure devenait plus visible et accentuait son expression sévère.

Marisa l'avait aperçue et accéléra le pas, sans aller jusqu'à courir, serrant l'anse d'un sac à main que Louise ne connaissait pas. La jeune fille sentit son cœur battre, un sourire envahit son visage tandis que les larmes lui montaient aux yeux. Elle se précipita à sa rencontre :

« Ah ! sœurette ! »

Elle lui passa les bras autour du cou et la serra en faisant claquer plusieurs petits baisers contre sa joue fraîche. Marisa, un peu étonnée de cette démonstration de tendresse en pleine rue, attendit que Louise se détache avant de répondre d'une voix faussement grondeuse :

« *Adieu* ma Louise ! Te voilà bien affectueuse ! Tu m'as embrassée dans l'oreille, ça siffle maintenant ! »

Elle se frotta l'oreille en grimaçant mais remarqua les yeux exagérément brillants.

« … Alors, comment cela se passe-t-il ? Ils ne t'en font pas trop voir ces Chanaz ? »

Marisa avait souri et ce sourire franc, qui s'étirait largement et plissait ses yeux, la transfigurait. Louise secoua la tête crânement. Elle déclara :

« Non, je me défends… Enfin, le père Chanaz est bien gentil, mais la mère Chanaz, elle… »

Louise hésita ; elle n'allait pas déballer son histoire ici, en vrac, à la sauvette dans une allée d'immeuble. Elle eut un éclat de rire moqueur et conclut :

« C'est la mère Chameau qu'on devrait l'appeler ! »

Marisa laissa échapper un « oh ! » moins réprobateur que complice et les deux jeunes filles eurent le même réflexe de regarder autour d'elles pour s'assurer que personne n'avait pu surprendre leur conversation. Marisa lui prit le bras.

« Allez ! viens, on monte ! Tu me raconteras en haut. Elle aime bien les histoires, la cousine. Elle n'a jamais travaillé en maison bourgeoise, tu sais. Elle était ouvrière en tissage chez Gindre à la Croix-Rousse. Les filles étaient logées et surveillées comme dans un pensionnat. Tiens, cela me fait penser que j'ai reçu un mot d'Étienne. Il est à Bordeaux, je te montrerai sa carte. On pourrait lui faire une réponse ensemble. Il maronne un peu parce que sa perme va lui passer sous le nez. On pourrait aussi écrire une lettre à la maman ; elle serait bien contente de voir qu'on pense à elle ensemble. Au fait, tu lui as envoyé un mot au moins ?

– Bien sûr ! affirma Louise, que ces perspectives épistolaires ne réjouissaient guère. Dis-moi, d'où sort-il ton sac ?

– Oh ! c'est ma patronne qui me l'a donné ! Elle en a un nouveau…

– Il est rudement beau !

– Mm… oui, il est pas mal. Il avait quelques éraflures, mais à cheval donné, on ne regarde pas les dents ! Je l'ai bien ciré… et puis comme ça, je garde mes sous pour mon trousseau. »

Louise savait bien que Marisa employait une partie de ses gages à compléter l'ordinaire du foyer de Frangy. Sa sœur était économe pour son propre compte, et si sa patronne n'avait pas changé de sac Marisa aurait continué à transporter ses affaires dans ses poches comme elle le faisait elle-même. Louise n'avait même pas de porte-monnaie ; une simple bourse serrée par un lien de chanvre contenait sa maigre fortune. Elle n'avait pas pris la peine d'y glisser ses deux sous car elle n'avait pas encore décidé si elle allait les utiliser ce soir ou si elle en ferait l'économie. En tout cas, si Mme Chanaz ne lui donnait pas de sac, elle avait désormais très envie de s'en acheter un. Elle trouvait l'accessoire très féminin et infiniment élégant… un peu comme les bottines à boutons…

La cousine Émilie avait préparé la cafetière et démoulé un gâteau un peu compact qu'égayaient des cubes de fruits confits. Elle leur avoua que son époux ne les avait pas attendues pour se rendre à sa partie de boules dominicale. Tandis que la maîtresse de maison emplissait les tasses, Marisa tira de son sac les dernières cartes d'Étienne et les tendit à Louise. Aux vues d'Idstein avaient succédé deux châteaux de Margaux en Gironde. Louise sourit : sur chacune, il redonnait son nom et son adresse en guise de signature. Sur celle datée du 20 mars, représentant le château Malescot, il leur apprenait qu'il y faisait chaud, que les arbres étaient fleuris, et leur confiait son espoir de partir en permission avant de prendre le bateau à Bordeaux pour le Maroc. Quelques jours plus tard, il avait repris le crayon et noirci le verso du château d'Issan :

Chère sœur, deux mots pour te donner de mes nouvelles qui sont toujours très bonnes pour le moment ; j'espère que ma carte te trouvera de même. Chère sœur, je puis te dire que j'ai un grand cafard de n'avoir pu aller en permission avant de partir pour le Maroc, mais tant pis. Un jour viendra où l'on se retrouvera tous ensemble.

Il avait encore eu la place d'ajouter : *Pas plus grand-chose à te dire pour le moment* avant de conclure : *Ton frangin, Rossillon Étienne, 1er zouaves 4e Bataillon, 1re C.M. à Casablanca, Maroc.*

Le sourire de Louise disparut. Elle venait de comprendre pourquoi il recopiait si scrupuleusement son adresse. Lui aussi se sentait isolé au milieu de ses compagnons d'armes, comme elle, quelque temps plus tôt, devant l'immensité de la ville. Après l'Allemagne il allait connaître l'Afrique et il aurait eu besoin de reprendre des forces au sein de sa famille avant d'affronter le vaste continent.

« Tu as raison, Marisa. On va lui écrire un petit mot de réponse.

– Le pauvre Étienne ! Je ne pense pas qu'il reviendra avant la fin de son temps... Il est bon ton gâteau, Milie !

– Il en a encore pour long ? interrogea Émilie.

– Il devrait être de retour au bout de l'an, puisqu'il est parti par anticipation en novembre 16, répondit Marisa, la bouche pleine. Mais tant que la paix n'est pas vraiment signée, les fins de période sont incertaines.

– C'est vrai, renchérit Louise. Regarde les fils Chanaz : l'un des jumeaux est démobilisé mais pas le second, et l'aîné est seulement sur le point de rentrer... à moins qu'il ne soit démobilisé depuis un certain temps, après tout...

– À propos des Chanaz, raconte-nous un peu...

– En tout cas, moi j'ai vu sa patronne, claironna la cousine. Quelle allure elle a, cette femme ! »

Émilie devenait irritante avec sa dévotion pour Mme Chanaz. Louise répliqua :

« En tout cas tu n'as pas tout vu ! Elle s'est débrouillée pour que tu n'entres pas chez elle par la souillarde. Tu comprends, l'appartement n'est pas encore terminé. Madame ne peut pas encore recevoir... »

Heureuse d'avoir éveillé l'intérêt de ses interlocutrices, Louise détailla les trois appartements en insistant particulièrement sur le salon du premier. Elle précisa qu'elle n'avait encore entendu personne jouer du piano, mais la simple évocation de l'instrument avait impressionné son hôtesse.

« Au Gros-Bois aussi, ils avaient un piano, remarqua Marisa. Ce n'est pas pour autant qu'ils étaient des gens bien... »

Louise poursuivit sa description par le cabinet d'aisances pour faire valoir le fait que les Chanaz étaient propriétaires de l'immeuble dans son ensemble. Elle décrivit aussi la grotte et le salon de jardin sans donner de précision sur leurs dimensions relativement modestes. Elle ne pouvait s'empêcher de mettre les lieux en valeur, comme s'il s'agissait de son bien propre. Elle établissait, sans s'en rendre compte, un parallèle entre la qualité des personnes chez qui elle travaillait et sa propre importance. Elle suivait en cela l'exemple de ses parents qui avaient toujours enjolivé Saint-Jean, sans parler de l'oncle et de la tante de Beauchastel, qui avaient voué leur existence à leurs patrons, au point de ne jamais avoir eu d'enfant. L'ancien militaire était désormais veuf et, comme lui non plus n'avait pas eu de descendance, il était possible qu'il envisage de les coucher sur son testament… N'était-ce pas l'aboutissement rêvé d'une digne carrière de serviteur ? L'autre solution était d'épouser son patron, mais même à Saint-Jean cela ne s'était pas produit. La Marthe était restée la Marthe. À tout prendre, pour épouser un fils de famille, il valait mieux être la Dame aux camélias que Cosette !

« Si je comprends bien, ils ne t'ont pas encore donné ta chambre ?

– Non, reconnut Louise. Madame attend le retour des garçons car je dois aller coucher rue Hénon. J'ai compris qu'ils avaient aussi un petit logement là-bas. Mais tant qu'il y a la place, je peux loger dans la petite maison. Je ne me plains pas, c'est très confortable : il y a l'eau et le poêle.

– Bon, si cela t'accorde…

– Allez ! Louisette, reprends du gâteau ! À moins que tu ne le trouves pas bon ? »

Louise avait horreur que l'on écorche son nom ; elle était reconnaissante à ses patrons de continuer à l'appeler Louise malgré le prénom de M. Chanaz. Toute à sa colère de la veille, elle avait eu envie de dénigrer la famille entière. À cause de ce détail, elle changea d'avis. Elle se servit une petite portion de gâteau et déclara :

« Finalement, ils sont plutôt agréables ces Chanaz. D'ailleurs mon patron m'a donné tantôt deux sous pour la ficelle !

M. François est un drôle de gars ! Il aime bien faire le Jacques. On dirait qu'il n'est jamais sérieux…

– Il n'est pas sérieux ! Il se comporte mal ? s'alarma la grande sœur.

– Non ! Je voulais seulement dire qu'on ne sait pas s'il plaisante ou non, comme s'il nous faisait marcher. Tiens, à midi par exemple, je suis sûre que pendant le *benedicite* il essayait de me faire rire. Il m'a semblé qu'il regardait, en douce, son reflet dans la fenêtre en faisant des mines. Il faisait de petits hochements de tête avec un air pénétré… »

Un silence circonspect accueillit la révélation de cette extravagance.

« … Enfin… c'est ce qu'il m'a semblé, d'autant qu'en s'asseyant il souriait dans sa moustache. »

Elle tut le clin d'œil qu'il lui avait adressé de peur que sa sœur se méprenne. Elle était convaincue qu'il ne s'agissait que de gaminerie. Elle reprit :

« Il faut dire que sa mère a été un peu rosse avec moi hier, alors… je faisais un peu la tête.

– Tu boudais, quoi !

– Pas vraiment, disons que je n'étais pas très souriante ! »

Louise raconta la scène de la lettre en essayant de reproduire le ton de sa patronne lorsqu'elle avait dit : « dans tous les coins de France il doit y avoir des villages de pignoufs qui s'appellent Andilly. Occupez-vous donc plutôt du linge sale que vous avez oublié ! » Elle ajouta :

« Elle a dit Andilly mais j'ai bien compris qu'elle pensait Frangy ! Depuis, elle n'a qu'une idée en tête : déshériter son fils. Elle a écrit à son notaire un courrier que j'ai dû aller porter dans l'instant…

– Eh bien ! la pauvre femme ! » s'apitoya Marisa.

La cousine Émilie murmura, pensive :

« Andilly… derrière le Vuache… je ne vois pas où c'est !

– Mais comment "pauvre femme" ? s'exclama Louise interloquée.

– Imagine un instant la maman, si Étienne nous annonçait qu'il demeure au Maroc ou même seulement à Bordeaux ! Tu vois le papa, depuis le temps qu'il attend pour acheter un autre cheval ou prendre une autre ferme ? Ce sont tous les projets qu'ils font depuis bientôt cinq ans qui s'évanouiraient. Et je ne parle même pas de la distance… Ta mère Chanaz aura plus de la moitié du pays à traverser pour le voir, surtout s'il décide aussi de travailler dans la ferme des beaux-parents, ce n'est pas lui qui viendra : le travail commande… Quoique cela m'étonnerait tout de même, de la part d'un petit bourgeois de Lyon… »

Louise était décontenancée. Elle n'avait évidemment pas fait de rapprochement entre ses patrons et ses parents qui attendaient de même le retour de leur fils.

« Ce n'est pas tout à fait pareil, protesta-t-elle. D'abord, les Chanaz ont trois fils. Il n'était sûrement pas prévu qu'ils restent à trois sur l'atelier. M. Luc n'a pas parlé de faire le paysan, il a seulement dit qu'il voulait planter un verger, en plus de son embauche à l'usine. Mais je suis tout de même persuadée que c'est cela qui a déclenché la colère de la mère Chanaz : il va rejoindre les “pignoufs” d'Andilly ! Je suis sûre qu'elle aurait préféré qu'il trouve une bonne place dans les bureaux grâce à ses relations. Elle m'en a parlé dès le premier jour !… »

Marisa fronçait les sourcils en évaluant les arguments. Louise poursuivit en souriant après une petite pause :

« Et puis maman ne déshéritera jamais un de ses enfants !

– Ah ! c'est sûr ! » se récria Marisa.

Puis elle considéra ce que l'affirmation de sa sœur avait de saugrenu. Elle ajouta en hésitant :

« D'autant que l'héritage… »

Elle réalisa soudain que Louise plaisantait.

« Oh ! la fouaise ! dit-elle en lui donnant une tape. C'est sûr que les parents ne nous déshériteront pas ! Il y aura ce qu'il y aura, mais on l'aura tous. »

Émilie s'était inquiétée de la tournure prise par la conversation, craignant une dispute. Lorsqu'elle vit les deux sœurs rire, soulagée, elle rit à son tour. Elle était le genre de personne qui espère que tout va pour le mieux dans le meilleur des mondes possibles. Elle aurait aimé que tous les gens soient gentils, que les sœurs soient altruistes, les patrons paternalistes, les employés et les épouses dévoués et les soldats courageux jusqu'au sacrifice !

Marisa sortit de son sac un petit paquet de cartes postales. Elle en choisit une pour son frère et en donna trois ou quatre à Louise en lui recommandant de s'en servir si elle avait une commission à lui faire entre deux dimanches. Elle l'assura qu'elle recevrait son message sous deux jours si elle prenait la peine de mettre la carte sous enveloppe. C'est Émilie qui fournit le papier de la lettre qu'elles adressèrent à leurs parents. Louise se contenta d'ajouter quelques phrases à la fin du texte de Marisa, essentiellement destinées à rassurer sa mère. Elle n'oublia pas de mentionner la Nêne qui était si contente d'entendre lire son nom dans le courrier de ses petits-enfants.

Lorsqu'elles eurent terminé, Louise crut que le jour commençait déjà à décliner et une légère angoisse lui étreignit la poitrine. Certes, elle était heureuse de retrouver sa sœur dans la quiétude de cet appartement, mais c'était oublier qu'elle avait tant de choses à découvrir dans la ville. Que resterait-il de l'après-midi, à son retour à la Croix-Rousse, si elle restait enfermée ici ? Encore de la mélancolie…

« Nous pourrions aller nous promener. Au parc de la Tête d'Or, peut-être ? Une dame dans le train m'a dit qu'il y a des singes !

– Au parc ? Mais il est un peu tard maintenant, commenta Émilie.

– Mais ce n'est pas si loin, il me semble », hasarda Louise, déçue.

Marisa prit son ton de grande sœur :

« Nous avons largement le temps d'y aller mais pas celui d'aller jusqu'à la ménagerie, qui se situe tout au fond, et encore moins de faire un tour en barque ! Il aurait fallu partir tout de suite.

Franchement, cela ne vaut pas le coup. Allons plutôt jusqu'à Bellecour… Allons ! ne fais pas cette tête, on ira la prochaine fois !

– S'il fait beau, je viendrais bien avec vous, annonça Émilie. Nous pourrions aussi monter à Fourvière !

– Allez ! Allons à Bellecour en passant par le quai Saint-Vincent, décida Marisa. Tu viens avec nous Milie ? »

La cousine hésita : il y aurait le repas à préparer en rentrant. Aurait-elle le temps ?

« Vous mangez avec nous ce soir ? À la bonne franquette : il reste du rôti froid de midi et je ferais un barboton avec le reste de jus.

– Moi, je veux bien, répondit Marisa. Là-bas, tout est prêt. Je leur prépare leur repas samedi après-midi et je range tout dans la glacière. C'est bien pratique, madame n'a qu'à faire réchauffer ! Je ne suis pas vraiment attendue… mais je t'aiderai à préparer, ce sera vite fait. Et toi, Louise ? Comment t'es-tu arrangée avec les Chanaz ? Ils t'attendent pour manger ou non ?

– Madame m'a dit : "On mange à 7 heures et demie. Si vous dînez avec nous, soyez à l'heure !".

– Bon ! Alors que décides-tu ? »

Louise fit une petite grimace d'incertitude :

« Je ne sais pas ce qui est le mieux. Si je rentre, j'en suis quitte pour passer ma veillée toute seule, étant donné l'ambiance de la maison… Je suis à peu près sûre que, ce soir encore, M. François va sortir voir des "poteaux", comme il dit. Il n'a pas l'air d'aimer beaucoup rester tout seul avec ses parents. Avant la guerre, il y avait le grand-père et les deux autres frères. Je ne sais pas qui lui manque le plus. Son jumeau peut-être ? Et si je ne rentre pas, j'ai peur qu'elle le prenne mal, ou qu'elle considère que j'ai décidé de ne pas rentrer le dimanche. Ma pauvre Milie, je ne voudrais pas t'obliger à me faire à manger toutes les semaines ! »

Faute d'avoir un avis, surtout sur le fait d'avoir à la nourrir tous les dimanches, la cousine écarta les mains avec une mimique d'ignorance, mais Marisa fut catégorique :

« Écoute, sœurette ! Il ne faut pas te poser la question en ces termes. Tu peux dîner ou ne pas dîner. Tu n'as pas besoin de te demander ce qui est le mieux. Cette décision t'appartient et tu peux changer d'avis tous les dimanches si cela te chante ! Il faut poser tes conditions pour certaines choses, sinon c'est la mère Chanaz qui décidera pour toi, et pour tout. Elle te donne du travail, elle ne te fait pas la charité ! Crois-tu que c'est si simple de trouver du personnel de confiance ? Je les écoute parler, les patronnes, de leur femme de chambre, de leur cuisinière, de leur bonne d'enfants. Elles m'ignorent, mais je les entends quand elles sont entre elles pour le café, ou lorsque je vais au marché pour mes repas, elles ont toujours une connaissance à qui se plaindre, quand ce n'est pas au marchand ! Comprenez-les ces pauvres dames… Elles endurent celle qui n'a pas inventé le fil à couper le beurre et celle qui a deux mains gauches. Mais il y a aussi la feignante, la voleuse, celle qui fait des histoires avec les autres gens de maison. Il y a la malhonnête, bien sûr ! Mais si Milie ! Cela existe aussi, ce n'est pas toujours le patron qui court la gueuse !… Et il y a encore celle qui n'a pas de santé et gémit pour un rien. Et n'oublions pas celle qui se néglige… qui sent… Si tu savais le temps qu'elles passent à parler de nous. Ce qu'elles aiment, c'est avoir déniché “la perle” ! Mais attention, une perle bien rustique : la domestique trop élégante est soupçonnée d'arrivisme, quand on ne dit pas qu'elle pète plus haut qu'elle n'a le derrière. La perle comprend vite mais ne montre pas trop d'intelligence : elle serait taxée de présomption. La perle est donc modeste, discrète et diligente. Comme moi ! Je suis une perle, et une perle se traite avec certaines précautions. »

Le discours de Marisa avait fait naître une ébauche de sourire sur le visage de Louise qui commençait à se dire que sa sœur ne se mouchait pas du coude.

« Tu souris, sœurette, mais crois-moi, lorsque l'une de ces dames a déniché la perle, elles sont toutes prêtes à se l'approprier. Bon, il faut un certain temps pour qu'elles remarquent à quel point tu pourrais rehausser leur maisonnée, mais dès lors qu'elles t'ont remarquée elles sont prêtes à te faire des propositions. Tiens, comme Millon l'avait fait avec papa !

– On t'a déjà fait des propositions ? » s'étonna Louise.

Marias hocha la tête.

« Une des voisines de ma patronne m'a fait une remarque allusive…

– Que t'a-t-elle dit ?

– Quelque chose dans le genre : “Je connais bien Mme Delorme ; elle m'a confié qu'elle était très heureuse de vous avoir…” Oui, elle a dit “de vous avoir” ! “Je vois qu'elle vous confie le ravitaillement. Elle a beaucoup de chance de pouvoir compter sur une personne de confiance. Si un jour vous êtes libre, pensez à moi. Vous savez où je réside…”

– Et cela t'intéresse ?

– Pas tout de suite ! Je ne la connais pas bien celle-là, et puis madame est une dame bien réglo. Je suis quelqu'un de loyal, si elle me traite comme elle l'a fait jusqu'ici je n'ai pas de raison de la laisser en plan. »

Louise acquiesça : la loyauté lui paraissait une qualité importante. Émilie aussi pensait qu'elle aurait tort de lâcher la proie pour l'ombre.

« On est les mêmes, poursuivit Marisa. Comme la maman nous a faites : consciencieuses, dures à la peine, honnêtes voire scrupuleuses. Tu sais ce que tu vaux. Très vite ta mère Chanaz aura toute confiance en toi. Elle se sentira obligée de te faire quelque reproche de temps en temps, pour mettre en évidence le lien de subordination, mais cela t'amusera. Tu resteras digne, tu entends ? Il ne faudra pas faire ta tête de cochon ! Et ne me fais pas ce regard qui tue ! Je sais que tu as mauvais caractère !

– Oh ! mais je rêve ! C'est l'hôpital qui se moque de la charité !

– Chère sœur ! Je n'ai pas mauvais caractère, j'ai du caractère ! Moi, je ne boude pas. Et ta bonne femme, si elle te fait une remarque injustifiée, dis-toi qu'elle fait sa crise d'autoritarisme ! Bouder, c'est laisser voir qu'elle t'a atteinte. Ne lui laisse pas cette satisfaction. Laisse glisser ! Tiens, comment dit-on déjà ?... Le chien aboie et la caravane passe !

– Tu es marrante, toi ! C'est difficile !

– Je sais que c'est difficile. Mais on apprend... »

Louise resta un moment silencieuse. Elle était impressionnée par le portrait idéal de la fille Rossillon qu'avait dressé sa sœur. Elle n'était pas certaine que toutes ces qualités fussent vraiment les siennes. Elle ne doutait pas que Marisa fût consciencieuse, travailleuse, honnête, « voire scrupuleuse ». Elle se sentait beaucoup moins vertueuse. Elle se savait pour le moins rancunière et probablement un peu désobéissante... et gourmande aussi. Il est vrai que là-haut les occasions de se régaler étaient rares... mais elle prit la résolution de se conformer à cette belle description pour faire honneur à ses parents. Au moins d'essayer.

« Alors, que décides-tu pour ce soir ?

– Je crois que je préfère rentrer.

– Tu crois ou tu es sûre ?

– J'en suis sûre, confirma-t-elle sur un ton hésitant. Je n'ai pas les clefs de la petite maison.

– Alors, allons vite faire notre tour ! »

X

AU MOMENT DE SORTIR, Émilie décida de les laisser « entre sœurs ». Dans la rue, elles se prirent le bras d'un même élan et chacune régla son pas sur celui de l'autre. Louise fredonna *Il était une fermière qui allait au marché*, en souvenir du vieux temps où elles étaient petites filles au pays. Elles s'amusèrent à marcher au pas un moment, mais, arrivées sur le quai de la Pêcherie, elles s'approchèrent du parapet et se mirent à flâner en contemplant la colline par-delà la rivière. La basilique blanche dressait ses tours octogonales au sommet du coteau, isolée du quartier Saint-Jean par un écrin végétal.

« On dirait un château fort en guimauve ! remarqua Louise en s'appuyant au muret.

– Tout de même ! C'est beau ce blanc ! Et quand tu verras la nef, tu changeras d'avis. C'est très haut, lumineux et magnifiquement décoré ! Ce n'est pas du tout comme un château fort ! Quant à la vue sur Lyon…

– Ça j'ai compris ! C'est Milie qui t'a amenée ?

– La première fois, oui. En vérité, ce n'est pas très loin de chez Delorme. J'y monte seule parfois, mettre un cierge pour Étienne. J'aime être là-haut. Il me semble que j'y respire mieux qu'en ville. C'est peut-être parce que nous avons toujours habité sur des hauteurs, à Mons ou Chaumontet. Tiens, même le Gros-Bois se situait en haut du bourg. J'aime voir le monde d'au-dessus. Je crois que cela ne me plairait pas de vivre en plaine.

– Oh ! c'est drôle ce que tu dis ! Moi aussi je ressens cette sensation et pourtant c'est seulement quand tu l'as dis que j'en ai pris conscience. La platitude de la Dombes me semblait étouffante dans le train. Faute de pouvoir voir au loin, on a l'impression d'être enfermé sous le couvercle du ciel ! Ce que c'est que d'être sœurs ! »

Elle regardait la Saône couler tranquillement en dépit d'un niveau printanier assez haut. La rivière ne se laissait pas aller aux convulsions de son fougueux voisin. Quelques curieux bateaux, rectangulaires et massifs, étaient amarrés le long du quai. Elle reprit.

« Et les Miège, qui vivent au quai des Usses, tu crois qu'ils préféreraient demeurer ici, au bord de Saône ? »

Marisa fit une moue dubitative.

« J'imagine que la question ne se posera jamais…

– C'est quoi ces bateaux tout ouverts ? » coupa Louise.

Marisa s'accouda et se pencha avant de répondre :

« Ce sont des “plates”. Des bateaux-lavoirs à fond plat. En fait, ils ne naviguent pas. La grande cheminée que tu vois n'est pas celle du moteur mais celle de la chaudière pour faire chauffer l'eau. Tu passes par la passerelle et tu laves ton linge à la rivière. Ensuite, tu peux l'étendre sur le toit sur ces sortes de tringles. Selon ce que j'ai constaté, cela concerne surtout les grosses pièces comme les nappes ou les draps.

– Tu y vas ?

– Ah non alors ! D'abord une, ce n'est pas moi qui m'occupe de la lessive. Et deux, on le fait à la maison. D'ailleurs il y en a de moins en moins de ces plates. Il paraît qu'à une époque il y en avait en tout plus de cent sur la Saône ou le Rhône. Mais on n'en construit plus depuis avant-guerre. Et, avec l'eau sur l'évier, de moins en moins de ménagères viennent laver ici. Elles perdent la causette, mais elles gagnent sur le poids du linge mouillé à porter… et elles n'exhibent plus leurs taches ! »

Louise se redressa et regarda sa sœur avec confiance.

« Tu connais tout déjà ! »

Sans attendre de commentaire, elle ajouta :

« On peut voir la maison des Delorme d'ici ? On pourrait y passer ? »

Marisa leva les yeux, cherchant un itinéraire derrière les façades et les toits.

« C'est par là, à gauche, vers Saint-Georges. Ce n'est pas très loin, mais ça grimpe. Je préférerais te montrer une autre fois, le jour où nous monterons à Fourvière. Avançons vers Bellecour mais je doute que nous voyons la maison car d'aucune fenêtre on n'aperçoit la Presqu'île. Qui sait, le toit peut-être ? »

Elles reprirent leur marche le long des quais.

Ni du quai Saint-Antoine ni de celui des Célestins il ne fut possible d'entrevoir la demeure. Marisa dirigea sa sœur vers la place Bellecour avec la certitude que Louise allait être stupéfaite par les proportions de cet espace vide au cœur de la ville. Le bourg de Frangy s'y serait logé aisément. Mais Louise traversa la place en diagonale d'un pas vif, sans prêter la moindre attention aux nombreux promeneurs déambulant autour de la statue équestre.

Elle avait repéré un groupe d'enfants cernant de près une voiture miniature attelée de trois chèvres. Six bambins pouvaient monter à bord et la concurrence était vive pour être au départ du prochain tour de place.

« Regarde la grande noire ! La taille de ses cornes ! Et la petite chamoisée ! On dirait notre Bouton d'Or. »

Six élus avaient pris place et l'attelage s'ébranla sous le regard attendri des parents endimanchés. Louise regarda la voiture s'éloigner, laissant derrière elle l'odeur familière des bêtes et des billes de crottin luisantes.

Au fond de sa poche, elle avait largement de quoi payer un tour. L'envie la saisit : l'envie de monter dans la voiturette, l'envie d'être encore petite, d'avoir deux sous en poche, et de pouvoir s'offrir un tour de chèvres !

C'était une envie très raisonnable, somme toute, une envie à laquelle elle pouvait se laisser aller puisqu'elle était bien trop grande désormais. Les quelques sous qu'elle ne gaspillerait pas lui procuraient un plaisir un peu mélancolique : celui de la nostalgie de l'enfance passée. Elle avait seize ans.

« J'aimerais que Séverine soit là. Je lui paierais un tour, elle serait rudement contente ! confia-t-elle à voix basse.

– Tu plaisantes ! Elle est trop grande ! »

Marisa était vraiment trop raisonnable !

« Mais elle n'a que treize ans ! protesta-t-elle.

– Ce n'est pas une question d'âge, tempéra l'aînée. Elle est trop grande. Elle ne tiendrait pas dans la voiture. »

Marisa avait raison. De même qu'elle la grandissait en souvenir, Louise rapetissait sa cadette qui demeurait toujours la petite sœur. Mais Séverine tenait de son père. Maman Nanette disait que bientôt elle leur mangerait la soupe sur la tête !

« C'est bien vrai ! avoua-t-elle à regret.

– Allez ! sœurette, on continue ! »

Les deux jeunes filles prirent la rue de la République et, faute d'en connaître l'existence, passèrent sans y prêter attention devant les locaux du journal républicain quotidien *Le Progrès*. À l'instar des Chanaz, les Delorme devaient être lecteurs du *Nouvelliste* ! Marisa ne laissait pas à Louise le temps de s'attarder aux devantures des boutiques closes : elle avait décidé de lui montrer le *Grand Bazar*, place des Cordeliers, établissement qu'elle appréciait tout particulièrement. Le grand magasin était, depuis plus de trente ans, une véritable institution populaire. Il avait été rénové et agrandi d'un étage six ans plus tôt, en 1913.

Cette fois, elle avait réussi à impressionner sa sœur. Sur trois niveaux, plus un sous-sol, le *Grand Bazar* proposait tout ce dont une jeune fille bonne à marier, de condition modeste, pouvait avoir besoin : des articles d'ameublement, de voyage, de la vaisselle de porcelaine, des cristaux, des objets d'art, des jouets, des bijoux et, bien entendu, des vêtements de confection, chapeaux, foulards, gants et chaussures ! Il ne restait qu'à trouver le fiancé… Pour le cas où la tentation aurait épargné le passant, l'invitation *Entrée libre* entendait faire concurrence à sa proche voisine, l'église Saint-Bonaventure. Dans ce temple du commerce, il était aussi possible d'entrer pour passer un moment, sans avoir forcément besoin de quelque chose. D'ailleurs, les vendeurs avaient pour consigne de n'intervenir que sur demande du visiteur.

Louise était éberluée. Elle reprit son antienne :

« Et… tu y es allée ? »

Enfin, Marisa répondit par l'affirmative. Elle était entrée au *Grand Bazar*, avait déambulé dans les rayons, avait fait provision d'envies et n'avait acheté que des vues de Lyon, ces cartes postales qu'elle utilisait si couramment.

« Ils vendent des sacs à main, là-dedans ?

– Je pense bien !

– Oh ! il faudra que je vienne voir un jour ! Lorsque Mme Chanaz me laissera mon vendredi.

– Ah ! c'est vendredi qu'elle a choisi ! Zut ! moi c'est le mercredi ! Je ne pourrais pas venir avec toi… enfin, pas tout de suite. »

Elles reprirent leur marche en direction des Terreaux en évoquant les achats qu'elles pourraient faire dès qu'elles en auraient le temps… et les moyens. Marisa avait repéré un foulard à offrir, sans savoir à qui. Il n'était peut-être pas en soie, mais il était tout de même très joli et d'un prix abordable. Louise pensa aussitôt à celui dont sa mère avait fait son baluchon lors de son départ. Oui, ce serait une idée de cadeau pour maman, le jour où toutes deux pourraient rentrer ensemble à Chaumontet. Louise n'aurait qu'à venir à son tour en repérage. Elle pourrait laisser une consigne au vendeur et se mettre d'accord avec sa sœur sur la couleur le dimanche… Elles trouveraient un moyen.

La rue débouchait entre l'opéra et l'hôtel de ville. Louise eut un frisson lorsqu'elle reconnut l'endroit et réalisa qu'elle était au pied de la colline. Le moment de se séparer était-il déjà venu ?

Marisa s'apprêtait à se diriger vers la place ; Louise ralentit son allure en lui prenant le bras.

« Attends, attends encore un peu !

– Attends quoi ? » répondit-elle avant de lire la réponse sur le visage de sa sœur.

Sans mot dire, elles marchèrent jusqu'à la fontaine, dérangeant à peine le troupeau de pigeons affairés. Elles s'amusèrent à observer un vaillant mâle occupé à séduire une frêle pigeonne grisâtre. Les plumes gonflées, le jabot proéminent, il tournait sur lui-même en roucoulant, redressant et abaissant la tête en courtoise révérence, puis poursuivait sa belle en écartant les plumes de sa queue qui balayaient le sol à la manière d'une traîne. La pigeonne trottinait alors plus vite, semblant l'ignorer ou le fuir, mais cette superbe n'était peut-être qu'une ruse féminine pour mettre à l'épreuve l'assiduité du soupirant.

« Il se donne du mal ! remarqua Louise, moqueuse.

– Mm… il fait le beau ; mais tu as vu, elle s'en fiche, il ne l'intéresse pas ! Il n'a même pas de bague !

– À lui offrir ?

– Non ! Il n'est pas bagué. C'est un embusqué ! Elle, elle veut un pigeon voyageur, un héros. Lui, c'est un pigeon casanier, tout juste bon à faire le beau ! »

La pigeonne s'envola soudain. Abandonnant son prétendant qui dégonfla sous le regard amusé des deux sœurs.

« Tu vois ce que je disais ! » conclut Marisa.

La déconfiture du malheureux animal les fit rire mais leur rire finit par sonner faux car rien ne les distrayait plus de la séparation prochaine. Louise soupira :

« Bon ! eh bien !… je vais devoir m'en aller aussi !

– Je t'accompagne à la ficelle ?

– Je ne sais pas. Je me demande si j'ai le temps de monter à pied. »

Marisa jeta un coup d'œil à l'horloge de l'hôtel de ville.

« Oh ! oui… Mais j'ai une idée. Je vais t'emmener à la ficelle à un sou, place Croix-Paquet. Tu arriveras au bout du boulevard de la Croix-Rousse et tu économiseras un sou ! Tu ne diras rien à ton patron, hein ?

– Oui, oui. »

Arrivées à la gare du funiculaire, elles s'étreignirent et s'embrassèrent plusieurs fois en se promettant de visiter le parc de la Tête d'Or la prochaine fois. Une dernière fois Louise embrassa sa sœur qui finit par la pousser vers le wagon de deuxième classe en lui annonçant :

« Au parc, il y a aussi un ours ! »

Louise voulut lui demander si elle l'avait vu mais le train démarra en cliquetant.

La pente était plus importante encore que celle du funiculaire de la rue Terme. Le trajet se faisait en grande partie dans un tunnel ; aussi, Louise sentit d'autant mieux les hoquets de la crémaillère. En trois minutes, les quelque quatre cents mètres du parcours furent avalés et la jeune fille déboucha, comme sa sœur l'avait annoncé, à l'extrémité est du boulevard qui formait à cet endroit un cul-de-sac pompeusement appelé place Bellevue. Un énorme rocher, dégagé au cours des travaux de percement du tunnel, en constituait l'ornement. Le bloc de quartzite, charrié par les glaciers alpins des milliers d'années auparavant, avait reçu le sobriquet de « Gros Caillou ». Les gones de la Croix-Rousse aimaient la dérision pour faire d'un train funiculaire une « ficelle » et d'un bloc erratique de plusieurs tonnes un « gros caillou ».

Louise avait encore un peu de temps avant de rejoindre les Chanaz. Elle s'avança vers le bord dégagé de la place et découvrit le panorama qu'elle avait cherché en vain le matin même.

D'ici, elle voyait le Rhône filer vers le sud. Dans le jour déclinant, il ouvrait une large brèche de lumière entre les rives sombres à peine pailletées des lueurs des premiers réverbères. Le fleuve était large et profond. Ses eaux tumultueuses créaient des remous autour des piles de la demi-douzaine de ponts qui s'étiraient sur l'eau, alors que les ponts sur la Saône encastraient plus encore la rivière dans ses quais. Le fleuve libre se riait de la ville, simple étape dans sa course vers la mer. Il charriait les eaux des

Alpes, grossi de tous les torrents que Louise connaissait et qui se jetaient dans les Usses. Il traçait sa route vers les ports, l'ailleurs, l'aventure. Il était porteur de promesses. La jeune fille retrouva le goût du dépaysement, de la nouveauté et c'est presque avec exaltation qu'elle contemplait la ville à ses pieds.

Elle crut reconnaître le quadrilatère de la place Bellecour et eut le sentiment d'avoir apprivoisé la ville. C'était un bon début. Il lui fallait maintenant regagner le 50 *bis*. Curieusement, elle pensa à la chèvre de M. Seguin, tout heureuse d'apercevoir la ferme si petite du haut de la montagne. Elle sourit. Ici, le loup ne l'attendait pas au coucher du soleil.

XI

Luc Chanaz était arrivé la veille. Il s'était rendu directement à l'atelier mais il était resté un moment à observer son père et son frère depuis la porte restée grande ouverte à la tiédeur de ce bel après-midi d'avril. François était occupé à découper des orifices rectangulaires dans de grandes plaques d'acier qui constitueraient la face avant des fourneaux. Il y perçait également des trous où viendraient se fixer les charnières des portes du four, de l'étuve, de la prise d'air et du tiroir à cendres. Assis sur un tabouret, une petite enclume carrée installée entre ses genoux, M. Chanaz jouait du maillet pour achever de mettre en forme les éléments qui viendraient s'adapter à ces orifices, autant de parallélépipèdes qu'il avait préalablement préparés en pliant, en forme de boîtes, d'autres plaques de métal. Certaines de ces boîtes seraient ensuite fixées à la façade grâce à la grande riveteuse colonnaire qui constituait l'outil le plus élaboré de l'atelier. À ce moment, l'intervention simultanée de deux hommes était nécessaire à la manipulation de pièces encombrantes.

Les éléments constitutifs des fourneaux étaient découpés, pliés, emboîtés, vissés ou rivetés, jusqu'aux plaques décoratives qui viendraient enjoliver les portes. M. Chanaz et son fils en étaient à la phase la plus bruyante de la mise en œuvre, et c'est la raison pour laquelle ils ne remarquèrent pas tout de suite la présence de Luc à la porte.

Quatre ans de guerre n'avaient pas réellement modifié son apparence. Luc était presque aussi grand que François, mince et d'allure élégante. Il avait le visage carré, les hautes pommettes et le nez droit de sa mère. Les femmes s'accordaient à le trouver beau. Seul son regard avait changé. Ses yeux verts très clairs avaient perdu l'insolence de la jeunesse et s'étaient chargés d'une douceur mélancolique. Ou était-ce de la lassitude ? Il contemplait, incrédule, la scène familière qui gommait les presque cinq ans qu'il avait passés loin d'ici. Tout, du vacarme à l'odeur de la limaille, lui rappelait le temps béni de l'insouciance, l'illusion de l'âge d'or. Ses préoccupations d'alors lui parurent dérisoires : ses petits pigeons, la longueur de ses pointes de col et la hauteur du bas de ses pantalons quand il se piquait de jouer l'élégant, sa détermination à faire semblant d'être indépendant en occupant un appartement au cinquième étage, sous les toits. Il en découchait lorsqu'il faisait trop froid ou lorsqu'il rentrait tard et que le courage d'affronter l'escalier lui manquait ! Il se rabattait sur la petite maison et se sentait tout dépité, au matin, de se retrouver à égalité avec ces gamins de jumeaux ! Dérisoire ! La guerre avait tué l'innocence et les illusions. La légèreté avait fait place à la gravité, l'insouciance à la conscience. Finalement, il ne regrettait pas le temps où il flottait à la surface des choses, gaspillant sa jeune vie en projets futiles. Les événements avaient donné une profondeur à ses exigences, qui déterminait son choix de s'établir loin de ce cocon rassurant.

Il s'était avancé ; le bruit avait cessé.

Louise avait été chargée de ranger et de nettoyer seule l'appartement du cinquième, Mme Chanaz ayant décidé qu'elle ne mettrait pas les pieds « dans ce capharnaüm ». Puisque Luc était résolu à partir, il convenait de débarrasser les lieux pour pouvoir les louer au plus tôt.

Armée de deux seaux, balai, serpillière et savon noir, elle avait attaqué l'escalier. Au-delà du premier étage, la hauteur sous plafond passait à plus de quatre mètres pour permettre l'installation de métiers Jacquard. L'immeuble avait été construit assez tardivement et c'est peut-être la raison pour laquelle il n'avait jamais accueilli de canut.

La grande vague d'installation des tisseurs à bras sur le Plateau avait eu lieu au début du XIXe siècle, alors que la Croix-Rousse était encore une commune indépendante. Les parcelles riveraines de la Grande Rue avaient précisément été loties pour les accueillir. Ces façonniers du luxe travaillaient en famille à domicile, dans les appartements-ateliers. Les canuts tissaient pour leurs donneurs d'ordres : de grandes maisons de soyeux installées pour la plupart au bas des Pentes. Ils n'étaient propriétaires ni des fils de chaîne, ni des cartons de dessins, ni du tissu, bien entendu. Leur voisinage ne pouvait convenir qu'à des personnes de condition assez modeste pour s'accommoder des nuisances sonores de leur activité, du fameux « bistanclaque-pan », surnom proche de l'onomatopée qui avait échu au métier lui-même – « bistanclaque » pour le bruit du déplacement des pièces qui soulèvent certains fils de trame selon le dessin à reproduire et « pan » pour le heurt de la canette au bout de sa course entre les fils. L'immeuble était vraisemblablement contemporain de l'hôpital dont la construction en bas de la Grande Rue avait débuté en 1856. C'est à cette époque qu'avaient été mis au point les premiers métiers mécaniques. Quelques années plus tard, le premier atelier de fabrication de ces machines avait été ouvert sur le Plateau par l'ingénieur Verdol. À la Croix-Rousse ne s'installèrent plus que des ateliers de tissage modernes dont les métiers étaient mus par des moteurs à gaz puis à l'électricité. Ni la force ni l'expérience des chefs de famille n'étaient plus nécessaires pour les activer, et c'étaient essentiellement des femmes qui assuraient une production certes de moindre qualité, mais bien meilleur marché. Toutefois, au moins quatre métiers mécaniques étaient nécessaires pour rentabiliser un atelier ; les nouveaux ateliers ne pouvaient donc trouver place qu'en rez-de-chaussée. Nul canut ne viendrait jamais s'établir au 50 *bis* ; lorsque la guerre avait éclaté, il y avait sur la colline six fois moins de métiers qu'en 1856.

La pente de l'escalier était douce mais les marches accumulées commencèrent à se faire sentir, et c'est d'un pied moins alerte que Louise arriva au quatrième étage. Elle eut la surprise de constater que les marches de calcaire gris, où l'on distinguait des coquillages fossiles, des gryphées, faisaient place à de vulgaires marches en ciment, pourvues d'un nez métallique pour les protéger de l'érosion. Quant à la rampe de métal soutenue par des barreaux verticaux, elle était remplacée par une double lisse de bois qui joignait les paliers d'une seule volée. Louise considéra cette pseudo-rambarde avec méfiance. Les deux poutrelles lui paraissaient trop minces et beaucoup trop écartées pour prévenir une chute. Les occupants du cinquième n'avaient-ils donc pas d'enfants ? Elle acheva son ascension en longeant le mur mais, arrivée à destination, elle ne put s'empêcher de se pencher précautionneusement par-dessus la balustrade ; elle distingua la boule qui coiffait le départ de la rampe au rez-de-chaussée et remarqua que la cage d'escalier n'était pas d'équerre ; la rampe s'enroulait de biais. Un léger frisson parcourut ses jambes et elle eut l'illusion que la rampe bougeait. Le cœur battant, elle s'éloigna et c'est presque accrochée à la clef qu'elle ouvrit la porte du logement faisant face à l'escalier.

Elle s'attendait à retrouver la disposition de l'appartement du premier, mais seul le cabinet était situé au même endroit. Le logement était entièrement mansardé et perdait plus de la moitié de sa surface. Le couloir avait disparu ; les pièces se succédaient en enfilade. Seule la salle de séjour était pourvue d'une fenêtre, en chien-assis ; la cuisine et la chambre ne disposaient que d'une lucarne. Louise observa avec intérêt deux portes coulissantes, équipées de roulettes en partie haute, qui glissaient sur un rail le long du mur. Cet aménagement judicieux permettait un gain de place appréciable ; elle regarda par la fenêtre mais, au-delà du toit, ne vit que d'autres toits, la cime étalée d'un vieux cèdre et la croix du clocher de Saint-Denis.

C'était donc le domaine de M. Luc ! Il avait tenu à y coucher cette nuit, rejetant en riant la proposition de dormir avec son frère ou de s'enfermer dans l'alcôve. Elle trouva le lit en bataille. Les draps froissés n'avaient pas été changés depuis longtemps. Depuis 14 peut-être ? De toute façon, il n'y dormirait plus. Avant de commencer à plier le linge, elle ouvrit tiroirs et placards pour jauger le travail qui l'attendait. La plupart des vêtements de M. Luc étaient déjà dans la petite maison et la batterie de cuisine était des plus sommaires. Elle douta qu'il se fût jamais préparé un repas ici. En revanche, le sol était jonché de gravillons qui crissaient sous ses pieds. Elle en ramassa quelques-uns et reconnut, avec étonnement, de toutes petites graines. Il s'agissait de plantain ou de millet. Elle réalisa qu'il avait dû entretenir des pigeons ici, avant guerre. Les oiseaux avaient probablement été réquisitionnés comme tant d'autres bêtes : chevaux, ânes, mulets.

Ils en avaient longuement parlé, hier soir, tous les trois, entre hommes. Mme Chanaz, devant leur bonheur d'être à nouveau réunis, n'avait pu manifester sa mauvaise humeur qu'en se retirant de bonne heure dans ses appartements. Y avaient-ils seulement prêté attention ? Louise s'était débrouillée pour rester. Elle avait fait la vaisselle avec discrétion, préparé et servi le café, sorti le bocal de griottes à l'eau-de-vie, spécialité de Mme Lacaze, la sœur de madame, et fini par trouver du linge à repriser. Assise sur une chaise un peu trop éloignée de la lampe, elle s'appliquait à se faire oublier plutôt qu'à coudre.

Ils avaient évoqué Philippe, l'autre jumeau, sa dernière lettre, qui datait de plusieurs semaines. Il leur avait avoué qu'il avait dépensé pour sa propre subsistance la somme que sa mère lui avait confiée pour qu'il lui rapporte de quoi se faire un manteau ! La fourrure d'astrakan était, paraît-il, de fort belle qualité en Crimée. Claudine Chanaz confondait, dans leur éloignement, la mer d'Azov et la Caspienne, les champs de bataille et les souks. Elle avait derechef envoyé de l'argent. Ils n'étaient pas trop inquiets : après les mutineries des marins de la mer Noire, tant à Odessa qu'à Sébastopol, le retrait de l'expédition militaire d'Ukraine et de Crimée avait été décidé. Il n'était plus temps d'envoyer des troupes en renfort, comme en décembre 18 où 40 000 hommes avaient débarqué à Odessa pour combattre l'Armée rouge de Trotski. Le gouvernement se contenterait d'une aide indirecte à l'opposition antibolchevique ! Le rembarquement avait commencé, les Dardanelles ne constituaient plus le piège redoutable des mois antérieurs. Ils étaient confiants dans la bonne étoile de la forte tête de la famille !

Contrairement à son puîné, Luc avait expliqué comment il avait passé la majeure partie des hostilités sur le front courant de Flirey à Apremont.

L'offensive allemande de 14 en direction de Nancy avait permis à l'ennemi d'occuper la basse plaine de la Woëvre, sur la rive droite de la Meuse. La contre-offensive française, couronnée par la victoire de la Marne, avait fait refluer les troupes allemandes vers le nord, mais n'avait pas pu les déloger du vieux fort de Saint-Mihiel. Ainsi, la ligne de front qui longeait la frontière de l'Alsace-Lorraine annexée dessinait ensuite une longue pointe entre Nancy et Verdun, « le saillant de Saint-Mihiel », qui coupait les communications par la vallée de la Meuse. Dès la fin septembre 14, la ligne de front se fixa. La moitié des pertes de toute la guerre dans ce secteur avaient déjà été enregistrées. Toutefois, l'activité guerrière resta violente jusqu'au printemps 17 au nord de Flirey, là où la route Toul-Verdun pénétrait la zone occupée. L'endroit portait le nom lugubre de bois de Mort-Mare et, selon Luc, après quatre ans d'offensives malheureuses, de guerre de tranchées, tout le secteur était ravagé. « Du village de Flirey, il ne reste plus un mur debout, plus un arbre ; même le cimetière n'a pas été épargné ! » Il expliqua comment, au plus fort de l'offensive d'avril 1915, une compagnie de 250 hommes, tirée au sort pour un nouvel assaut, refusa de suivre son capitaine au prétexte que ce n'était pas son tour d'attaquer. Cette compagnie avait subi de lourdes pertes deux semaines auparavant, mais ce refus d'obéissance fut lourdement sanctionné par le conseil de guerre. Quatre hommes furent passés par les armes. « Ils étaient cinq à comparaître : deux caporaux et trois soldats ; deux tirés au sort, trois désignés par leurs supérieurs ! » Il raconta encore que, d'avril 15 au printemps 17, les tranchées étaient si proches que les Allemands s'étaient lancés dans la guerre souterraine. Au moins 130 explosions de mines avaient eu lieu sur quelque 300 mètres de front. L'abandon des tranchées inutilement proches de l'ennemi avait neutralisé le réseau souterrain allemand et fait cesser définitivement la guerre des mines. Hélas ! au début de l'été 17, les gaz avaient fait leur apparition...

Luc parlait d'une voix monocorde. Son résumé s'adressait surtout à l'autre poilu, son frère, qui le laissait déballer son histoire comme on purge un abcès. François avait vidé plusieurs petites tasses d'eau-de-vie qu'il versait directement du bocal en retenant les cerises. Ses pommettes étaient congestionnées et ses yeux brillaient. M. Chanaz ponctuait les épisodes d'un « mon pauvre gars ! » compatissant.

Louise était sidérée. Étienne n'avait jamais rien raconté de tel, les hécatombes, les tirages au sort. Il avait peut-être simplement tenté d'épargner l'horreur à ses sœurs et à ses vieux parents. Les hommes attablés l'avaient oubliée.

Lors de ses cantonnements à l'arrière, Luc Chanaz était arrivé à Andilly, dix kilomètres en retrait du front, en compagnie de son copain, Francis Monge, instituteur dans le civil, poète et féru de botanique, même sous l'uniforme militaire. C'est Francis qui lui avait fait connaître Clémence Humbert, la sœur de sa propre fiancée, Germaine. D'une voix étranglée, il leur apprit que son grand ami avait... « disparu » après l'Armistice, probablement victime d'un obus enfoui. Francis s'était rendu seul à Flirey pour y trouver quelque chose. Ce quelque chose concernait son prochain mariage avec Germaine qui, l'espérait-il, pourrait avoir lieu au printemps, « à l'époque où les arbres sont en fleurs ». La mère des sœurs Humbert était native d'une ferme qui s'élevait quelque part sur cette commune...

« Comme tu as souffert, mon garçon ! avait conclut M. Chanaz en lui posant la main sur le bras.

– Je ne sais plus si j'ai souffert, déclara Luc. Ce qui est sûr, c'est que j'ai mûri ! Je sais où est l'essentiel !

– Ah ! mûrir à la guerre, déclara François, emphatique, c'est tout de même préférable à mourir à la guerre ! »

Luc le dévisagea, incrédule. Il osait plaisanter ! François avait les paupières lourdes. Pesamment accoudé à la table, il dodelinait de la tête. L'eau-de-vie avait fait effet ! Attendri, Luc ne put s'empêcher de sourire et se mit à le frapper à l'épaule.

« Non mais, il est toujours aussi ballot, ce gone-là !

– Aïe, aïe, aïe, arrête ! Tu vas me taler ! »

Le calembour de François avait eu le mérite de détendre l'atmosphère. M. Chanaz reprit conscience de la présence de Louise, lui demanda si elle n'était pas fatiguée et fit remarquer qu'une journée de travail les attendait le lendemain.

La veillée avait prit fin.

Elle avait achevé de vider les placards lorsqu'elle entendit du remue-ménage dans l'escalier. On devait lui monter les valises pour le déménagement. Elle sortit sur le palier et aperçut M. Chanaz assis sur une malle, le dos appuyé au mur près de la fenêtre du palier intermédiaire. Luc, la main posée sur son épaule, l'enjoignait de respirer profondément. Louise descendit prestement la volée de marches.

« Ça va, monsieur ? Que vous arrive-t-il ? »

Louis Chanaz avait le visage blême et couvert de sueur. Il paraissait oppressé. Il grimaça :

« J'ai un poids sur la poitrine. Ah ! je déteste vraiment monter ici ! Mais cela va passer ! Je vais déjà mieux, sauf que j'ai mal au bras… J'ai du faire un faux mouvement, cette malle n'est pas si lourde !

– Je la monterai avec M. Luc. Voulez-vous vous reposer un moment sur le lit, en haut ?

– Oh non ! non !… »

Il se leva précautionneusement.

« Je vais redescendre. François passera tantôt aider Luc à récupérer les affaires. »

Comme il s'appuyait au mur, Louise lui prit le bras droit.

« Je vous accompagne au palier du quatrième. Après, vous vous tiendrez à la rampe. »

M. Chanaz se laissa docilement conduire. Elle lui avait laissé le côté du mur, mettant son malaise sur le compte du même vertige qui l'avait saisie un peu plus tôt.

Elle remonta rapidement, loin de la rampe, et aida Luc à porter la malle jusqu'à la salle. À l'intérieur, il y en avait une autre, ainsi qu'une valise.

« Vous avez tout sorti ? » lui demanda-t-il.

Il tripotait les piles, écartait les vêtements, le linge de maison, comme pour en faire l'inventaire.

Tandis qu'elle répondait par l'affirmative, il ouvrit les portes du buffet bas, tira les tiroirs, se rendit dans la chambre et farfouilla dans les tiroirs de la malle de voyage verticale qui tenait lieu de commode. La malle était ouverte en deux moitiés de même profondeur. Du petit linge de corps était rangé dans les tiroirs, quelques chemises pendaient aux cintres qui occupaient l'autre côté.

Un peu vexée qu'il vérifie son travail de manière si pointilleuse, elle précisa :

« Je n'ai pas touché votre malle car j'avais cru comprendre que vous l'emporteriez telle quelle ! »

Il ouvrit le tiroir supérieur divisé en trois casiers où il avait rangé des lettres, ses mouchoirs et quelques babioles. Il finit par répondre distraitement :

« Vous avez bien fait, Louise ! C'est bien... »

Il ajouta pour lui-même :

« Je me demande ce que j'en ai fichu !... »

Il soupira et tira sa montre.

« Mince ! Louise, je vous laisse, j'ai à faire à la mairie et à la cure aussi ! »

Il disparut avant qu'elle n'ait eu le temps de lui demander de l'aider à déplacer le bahut pour pouvoir mieux nettoyer la pièce.

« Eh bien ! tant pis ! Je me le coltinerai toute seule, comme une grande ! » dit-elle à voix haute pour s'encourager.

Elle commença par laver le sol de la chambre. Elle avait replié le matelas et écarté le lit du mur. La pièce était très exiguë. Luc Chanaz avait dû se trouver bien à l'étroit dans ce logement si bas de plafond ! Louise se tenait courbée et cela lui fit penser aux singes du parc de la Tête d'Or.

Elle s'y était enfin rendue avec Marisa, le dimanche précédent, et avait été séduite malgré leur visite au pas de course ! Elles avaient seulement longé le lac, frôlé le vélodrome, rasé la roseraie et côtoyé le boulodrome. Mais, en revanche, elles avaient fait plusieurs fois le tour de la fosse à ours, appuyées à la rampe, pour mieux le voir de face, faire le beau pour mériter des friandises que les gens lui jetaient. Le reste de l'après-midi s'était évanoui devant la cage des singes. Elle était si haute qu'ils pouvaient grimper aux barreaux, s'agripper à des poutres transversales comme ils avaient dû le faire dans leur jungle natale. C'est du moins ce que Louise se figurait. Elle avait été fascinée, moins par leurs « pieds », que par leurs petites mains brunes si parfaites, aux doigts longs et habiles, un peu fripées, qui lui firent penser à celles de la Nêne décortiquant les noix pendant les gromailles. Elle avait été attendrie et troublée par les petits ; troublée parce que la rondeur de leur face et la finesse de leurs poils accentuaient leur ressemblance avec les petits hommes. Elle avait ri de les voir se déplacer dans cette posture ridicule, les jambes à demi pliées, le dos rond, qui était la sienne alors qu'elle passait la panosse. Ah ! on ne disait pas la panosse ! La mère Chameau l'avait reprise lorsqu'elle avait parlé de panosser… Elle avait prétendu ne pas comprendre que Louise devait laver le sol, car elle ne comprenait pas le patois ! Et lorsque Louise avait parlé du chiffon de par terre, elle lui avait appris le nom exact de la chose : serpillière. On ne

« panossait » pas, on « passait la serpillière », en bon français, car en réalité Mme Chanaz ne faisait ni l'un ni l'autre !

Louise fit une grimace simiesque et sautilla hors de la chambre. Elle allait attaquer la salle de séjour. Elle s'agrippa à un angle du buffet et le tira vers l'avant plus qu'elle ne le souleva. Il lui fallait venir à bout de ces graines qui avaient investi le moindre interstice. Un bruit de chute précéda l'éparpillement de divers papiers sous le meuble. Louise essuya ses mains humides sur son tablier et s'agenouilla pour ramasser ce qu'elle avait fait tomber. Une grosse enveloppe était encore coincée contre le dos du buffet, mais des photographies et des lettres s'en étaient échappées. Au regard de l'épaisseur de poussière accumulée sur le bord supérieur de l'enveloppe, elle devait avoir glissé là depuis un bon moment… Elle ramassa l'ensemble des documents dans l'intention de les ranger, mais elle ne put s'empêcher de regarder les photographies.

Deux d'entre elles étaient des prises posées de groupes de militaires où elle reconnut sans peine Luc Chanaz. Sur la première, datée du 23 août 1914, quatorze soldats en capote, presque tous moustachus, se groupaient autour d'une ardoise qui annonçait : *Les colombophiles mobilisés à Nice – guerre 1914*. Elle remarqua avec amusement qu'une peau de lapin, écartelée sur quatre tiges de bois, pendait au mur du bâtiment le long duquel la photographie avait été prise. Assurément, ce détail n'avait pas gêné le photographe ! Sur la seconde, ils n'étaient que quatre et la prise avait été faite en atelier. Ils portaient, piquée au bras de leur uniforme, une petite broche en forme de colombe en vol. Luc, assis sur un banc, le poing sur la hanche, écartait le coude pour que l'insigne soit bien visible. Il souriait. Il avait l'air content de lui, content d'être là. Il avait encore les joues rondes…

Une autre photo posée regroupait six femmes. Trois jeunes filles derrière trois vieilles femmes assises. Louise ne reconnut personne et passa aux deux suivantes qui étaient de tout autre facture…

Le papier était fin, la teinte un peu jaune, mais c'est surtout le sujet qui la surprit. L'une montrait à nouveau un groupe de soldats, à l'intérieur d'une pièce, devant une fenêtre ouverte. Trois hommes à contre-jour se tenaient devant un bureau sur lequel était ouvert un cahier. Un fusil était pendu au mur. Un pigeon était enfermé dans une cage en osier, un deuxième s'était posé à côté du cahier et un troisième, un peu flou, trottinait sur une desserte. Le soleil qui entrait par la fenêtre en demi-lune éclairait le toit d'autres maisons. Elle en conclut que la pièce se trouvait en pignon sous le toit. Elle pensa reconnaître Luc parmi les trois hommes mais sans en être certaine. Il s'agissait là d'une vue prise sur les lieux même de l'action. Louise ignorait que cela fût possible. Pour la première fois, elle était témoin des opérations qui s'étaient tenues aux frontières du pays, si loin de l'arrière, si loin des yeux et de la conscience de la majorité des citoyens, ou du moins de ceux qui n'étaient pas mobilisés : femmes, enfants, vieillards, malades et planqués !

Elle passa à la seconde photographie sépia, de taille plus importante, et connut pour la première fois la sensation d'être indiscrète. Involontairement, elle regarda autour d'elle et tendit l'oreille pour déceler une présence dans la cage d'escalier. Elle était bien seule. Elle examina la photographie avec la même gêne qu'elle aurait éprouvée en ouvrant un courrier destiné à une tierce personne. Alors même qu'elle n'aurait pas lu, respectant en cela les interdits prônés par son confesseur à Frangy, elle ne put s'empêcher de détailler la scène comme une voyeuse. Deux femmes étaient assises, côte à côte, dans l'herbe d'un talus, les jambes allongées. Un soldat en capote sombre, qui devait être assis à côté d'elles, s'était accoudé en se tournant vers l'objectif. En arrière-plan se dressaient de petits arbres aux branches nues sur lesquelles pointaient de minuscules taches blanches, des pruniers en fleur vraisemblablement. La jeune femme du premier plan, aux cheveux châtains ou bruns, riait, les yeux à demi fermés, le visage de profil légèrement penché sur le côté. Ses avant-bras étaient nus et ronds, sa gorge plantureuse, sa taille fine. La seconde était blonde et n'offrait à l'objectif qu'un profil perdu car son visage était tourné vers le soldat brun et moustachu qui devait être en train de parler. Tout, dans cette scène, exprimait la spontanéité, l'instant ; Louise avait l'illusion qu'elle se déroulait sous ses yeux. Elle distingua le mouchoir de la brune, serré dans sa main gauche, puis la main gauche de la blonde : elle était posée sur la main droite du soldat qui reposait sur sa jupe ! Les deux femmes étaient bien habillées. La brune portait un corsage sombre dont le col et le revers des manches formaient des pointes de couleur claire. Le cuir de ses fines bottines brillait. Elle était assise sur une veste militaire qui devait être bleu horizon. Ce détail frappa Louise ; le vêtement plié sous... le siège de cette dame ne pouvait être que de cette teinte claire. Une musette était renversée dans l'herbe, près d'elle. Avait-elle contenu l'appareil braqué sur eux ? La veste appartenait... au photographe. La femme blonde, à la mâchoire un peu lourde, portait un tablier de dentelle noué à la taille ; un camée fermait son col. Louise chercha fébrilement la photographie du groupe de femmes. Elles étaient là, de face, bien sérieuses et bien raides ! La brune au visage ovale, probablement la plus âgée, au milieu ; la blonde à la mâchoire carrée à gauche ; et à droite, une toute jeune fille ressemblant à l'aînée, la taille soulignée d'une longue chaîne... Trois sœurs ?... Trois sœurs ! Au premier plan, la vieille femme assise au centre ne pouvait qu'être la mère de la blonde ! Les deux autres devaient être des tantes.

Louise fouilla l'enveloppe. Il restait une dernière photographie qui lui donna la clef de ce puzzle : M. Luc y figurait, debout, en uniforme bleu, entre la femme brune et la jolie petite jeune fille, deux sœurs assurément, au sourire si semblable. La brune devait être Clémence Humbert ! Louise se sentit tout excitée d'être la seule à connaître le visage de celle pour qui M. Luc quittait la Croix-Rousse, sa famille et son métier. Elle reprit les trois photographies, cherchant des détails à la manière d'un entomologiste, pour comprendre ce que cette femme avait de si particulier pour l'avoir ainsi captivé. Sur la dernière photo, elle portait un ensemble formé d'une jupe et d'une veste longue cintrée dont les bords étaient gansés d'un ruban qui brillait un peu, vraisemblablement du satin. La dentelle du col de sa chemise moussait sur son cou. Elle tenait l'anse longue et fine d'un sac à main et, là encore, ses bottines luisaient. Clémence Humbert était peut-être une paysanne, mais une paysanne qui avait les moyens de s'offrir une bien belle garde-robe. Elle portait les cheveux séparés de manière asymétrique, relevés en un chignon aplati derrière la tête. C'était une femme solide, au visage doux et ouvert, exempte de toute morgue. Louise regretta de ne pas pouvoir la rencontrer car elle avait le sentiment de la connaître un peu. Mais elle se dit bien vite qu'il y avait probablement une grande différence entre la petite paysanne pauvre qu'elle avait été, et qu'elle était encore, et cette fille de propriétaire qui devait avoir coiffé Sainte-Catherine. Louise était au demeurant assez satisfaite du choix de M. Luc.

Pensivement, elle rassembla les photographies et les glissa dans l'enveloppe. Elle se demanda s'il serait fâché qu'elle ait pu mettre le nez dans ses affaires. Elle se rappela son air préoccupé et sa contrariété lorsqu'il fouillait partout avant de partir. C'est cela qu'il cherchait.

Elle se dit qu'il serait sûrement content qu'elle les lui remette en main propre, sans qu'elles transitent par Mme Chanaz. Trop heureuse de marquer un point contre sa patronne, elle se remit au travail en songeant aux autres personnages. La blonde était-elle Germaine ? Le soldat, l'ami perdu ?...

En fin de matinée, Luc poussa la porte de l'appartement. Louise essaya de rester naturelle en lui annonçant :

« Monsieur, j'ai trouvé quelque chose qui était tombé derrière le meuble de la salle, je vous l'ai mis de côté ! »

Elle lui tendit l'enveloppe en ajoutant :

« Lorsque j'ai tiré le meuble, tout s'est éparpillé, j'ai peut-être mal rangé... »

Luc n'écoutait pas. Il avait sorti les photographies et les regardait avec gravité. Il s'attarda sur celle où figuraient les pigeons. Louise regretta de ne pas avoir comparé le visage du soldat accoudé avec ceux de la pièce ou des groupes de colombophiles. Il passa à la grande photographie sépia, celle du talus. Il laissa échapper un profond soupir. Il serrait et desserrait les lèvres en un monologue muet. Son émotion gagnait Louise. Il s'agissait certainement de son ami Francis, et donc de Clémence et Germaine. Louise se demandait quoi dire, quoi faire. Luc passa à une autre photographie, puis une autre, et revenait à son ami.

Heureusement, François arriva pour l'aider à descendre quelques colis avant le déjeuner. Cela signifiait que Louise devait partir aider sa patronne à préparer le repas. Elle eut néanmoins le temps d'entendre Luc expliquer à son frère en lui tendant le grand cliché :

« Regarde ! Voilà Clémence, Germaine sa sœur, et mon ami Francis Monge, qui a disparu comme je te l'ai raconté hier… Germaine est… enfin ! Tu comprendras quand vous monterez pour la noce.

– C'est vraiment sérieux ce mariage en Lorraine ? Tu t'en vas vraiment ? Tu ne peux pas la faire venir ?

– Non ! Je vais m'établir là-haut. Je me suis occupé des papiers ce matin… »

Louise était arrivée à l'allée. Elle écoutait encore.

« … Tiens, une autre photographie… là, c'est sa petite sœur Francine… là, le poste de transmissions en 15…

– Qui a tiré ces clichés ? Vas-tu les montrer aux parents ? »

Louise ne pouvait pas rester à espionner ainsi. Si elle traînait trop, Mme Chanaz serait de mauvaise humeur et l'ambiance du repas risquait d'en pâtir. Oh non ! elle ne voulait pas être à l'origine d'un mauvais moment pour ces deux jeunes hommes qui avaient désormais si peu de temps à partager.

XII

LOUISE N'AVAIT PAS VU arriver le printemps. Étrangère à cet environnement urbain, elle n'avait pas décelé les signes de la fin de la morte-saison.

Au pays, le tout premier indice était peut-être les larmes de la vigne. Avant même le démarrage de la végétation, la sève figée par l'hiver reprenait sa circulation secrète dans les vaisseaux du bois. Des plaies de taille sourdaient des gouttes limpides que les rayons du soleil faisaient miroiter. On disait : « La vigne pleure. » Et, aux petits enfants qui, ayant compris le phénomène, corrigeaient : « la vigne saigne ! », on répliquait : « Non, elle pleure, de joie. » Un mois plus tard, les yeux des sarments conservés se gonflaient en bourgeons blanchâtres qui éclateraient en pousses vert clair bordées de rose.

Le long des rus, les rameaux des saules se couvraient de chatons gris et soyeux qui allaient éclore en inflorescences jaunes. Au quai des Usses, la ligne de peupliers faisait la nique à l'automne qui les avait dépouillés dès le début du mois d'octobre, sans laisser à leur feuillage le temps de changer de couleur. C'est au printemps qu'ils se couvraient de jeunes feuilles rousses qui les distinguaient des autres arbres. En dépit de leur taille, les peupliers sont des arbres modestes au cœur pâle et tendre, fort peu résistant. Très vite, la ramée virait au vert, les rendant à leur anonymat.

Sur les pentes du Vuache, les chênes, arbres au cœur dur, étaient parmi les derniers à s'émouvoir du retour de la douceur. Leur longévité les rendait plus indifférents au cycle des saisons. Lorsqu'ils étaient jeunes, ils conservaient même leur feuillage marcescent malgré les rigueurs de l'hiver. Cette arrogance disparaissait avec l'âge !

La vallée passait du gris-jaune au vert tendre, lorsque l'herbe nouvelle pointait dans les prés. Sous quelques jours, les bêtes quittaient l'étable pour brouter sous la surveillance de pâtres qui avaient fort à faire. Lors des premières sorties, les vaches s'enivraient de lumière et d'espace, et certaines prenaient l'envie de folâtrer. Leurs gambades pesantes faisaient vibrer le sol autour d'elles. Heureusement, leur propre balourdise les calmait bientôt et elles retrouvaient leur placidité coutumière. Les chevaux, qui ne se couchent même pas pour dormir, se roulaient, les quatre fers en l'air, pour se frotter l'échine à la pâquerette ou au pissenlit, exhibant leur bedaine ronde de manière impudique. Quant aux chèvres, elles n'en font jamais qu'à leur tête !

Au pays, le printemps sonnait le retour des travaux agricoles. À la Croix-Rousse, le printemps ne modifiait guère l'activité de la maison Chanaz.

En traversant la cour, Louise fut figée sur place par un parfum qui fit surgir une image familière. Elle vit les grappes mauves du lilas qui bordait le mur sud de la chapelle Saint-Jean. Ce petit bâtiment s'élevait au beau milieu des champs, le long de la route qui monte de Frangy à Chaumont. S'il accueillait toujours les élans de piété individuels, il prenait surtout vie aux rogations. Peu avant l'Ascension, avant que Notre-Seigneur ne reprenne la voie des cieux pour rejoindre le Père, des processions avaient lieu à travers la campagne, de manière à attirer la sollicitude divine sur les cultures à venir. L'eau bénite, les cierges et les fleurs couvraient de petites tables nappées de blanc que l'on installait temporairement au pied des croix érigées à la croisée des chemins. Ces autels chrétiens étaient les héritiers de cultes païens millénaires aux dieux de la fertilité. La chapelle Saint-Jean était une étape des rogations. Toutefois, sa grande particularité, pour ne pas dire sa renommée, tenait dans le pouvoir magique de ses cloches. Lorsqu'elles sonnaient, elles figeaient pour l'éternité les grimaces des enfants ! Ainsi, lorsqu'un petit louchait ou tirait la langue, les parents, très sérieusement, prévenaient : « Attention ! si les cloches de Saint-Jean sonnent, tu resteras comme cela pour toujours ! »

Louise ferma les yeux et plissa plusieurs fois le nez comme un lapin, mettant au défi les cloches de faire entendre leur carillon. L'odeur suave des fleurs lui faisait légèrement tourner la tête. Elle provenait d'un jardin, au-delà des murs, de ces jardins secrets qui longent les traboules et s'épanouissent entre la rue du Mail et la Grande Rue.

Le lilas, Saint-Jean, les rogations... Le printemps était là. Elle avait remarqué l'allongement des jours, la tiédeur de l'air. Ces indices n'étaient pourtant que des éléments de confort. Ils n'avaient guère d'incidence sur sa vie quotidienne, l'organisation de sa journée, la nature des tâches à accomplir.

Et pourtant, dans la cour aussi le printemps avait apporté sa touche ! Le chèvrefeuille lançait ses vrilles vers les barreaux de la grille et, au creux des rochers de la grotte, trois fougères déroulaient leurs crosses. Louise s'accroupit pour mieux regarder les frondes découpées. Elle trouvait curieux que ces plantes de clairière poussent au milieu de cette rocaille quelque peu artificielle !

« Cela vous intrigue, hein ! »

La remarque de François Chanaz dans son dos la fit sursauter et elle faillit tomber à la renverse. Elle trébucha et se rattrapa à la table après avoir bousculé une chaise. François se précipita.

« Hé ! Louisette, vous ne vous êtes pas fait mal ? »

Louise, gênée, rajusta sa jupe et lissa ses cheveux.

« Non, pas du tout. Vous m'avez fait peur ! Je regardais ces fougères ; je me demandais comment elles pouvaient pousser dans cette cour... »

François sourit.

« C'est parce qu'il y avait un puits autrefois, au centre, comme dans la plupart des cours de la Grande Rue. Depuis l'adduction d'eau, ils ont été fermés ou bouchés. Ici, l'ancien puits donne de l'humidité qui plaît à ces petites plantes. Elles sont venues toutes seules après que maman a fait construire cette grotte. Elle a fait faire ces travaux lorsque nous avons déplacé l'atelier du 85 au 50 *bis*. D'ailleurs, c'est elle-même qui a planté le chèvrefeuille. C'est une personne qui a beaucoup de goût et, dans sa jeunesse, la mode était au romantisme…

– C'est… très charmant », répondit Louise, maladroitement.

Elle cherchait comment tourner sa phrase.

« … Monsieur François…

– Oui ?

– Comment dire ?… Soyez gentil, ne m'appelez pas Louisette ! Ce n'est pas que cela me gêne vraiment, mais je crois que madame n'apprécierait pas tellement ! »

François eut un sourire contrit.

« Ouais ! vous n'avez pas tort. Elle a horreur des diminutifs et des surnoms en général. Cela fait "peuple" selon elle. Et c'est vrai qu'elle est un peu à cran en ce moment ! »

La gêne avait gagné le jeune homme. Le sujet rappelait la dernière altercation entre Luc et sa mère. Il reprit :

« Elle est déçue. Luc était un peu son préféré ; elle fondait beaucoup d'espoirs sur lui. Nous, les jumeaux, nous étions plus durs à mener. Ce n'est pas que nous étions polissons, mais deux garçons du même âge, cela donne beaucoup de travail. D'ailleurs, elle a toujours dit qu'elle "ne souhaiterait pas ça à sa pire ennemie" ! »

Louise pensa à sa mère qui avait, chaque fois, élevé un nourrisson en plus de son propre enfant, mais se garda de tout commentaire. François ajouta :

« Elle espérait qu'à son retour il accepterait de faire carrière dans la banque. Il aurait pu profiter de l'appui de mon oncle Lacaze. Mais déjà avant d'être mobilisé, il avait préféré travailler chez Verdol.

– Ah bon ? Je croyais que vous travailliez tous les trois à l'atelier !

– Il y a travaillé aussi, avec grand-père. Mais une fois que nous avons su nous débrouiller, je veux dire Philippe et moi, il s'est fait embaucher là-bas. Il allait même passer contremaître, mais bon... 14... Cela lui fait toujours un pécule pour s'installer là-haut, à Andilly... »

À la fin du dernier repas pris en commun, Mme Chanaz avait clairement dit à son fils qu'il ne devait pas compter sur ses parents pour son installation dans « sa » campagne :

« La guerre a rendu les affaires difficiles. Ton père était tout seul. Nous n'avons pas d'argent à gaspiller pour planter des arbres dans les tranchées ! Je crois que le mieux serait que tu renonces à cette lubie. »

Luc s'était raidi. Son regard vert était devenu glacial. Il avait répliqué sèchement :

« Maman ! je ne vais pas planter des arbres ; je vais planter des mirabelliers ! C'est une spécialité de la Woëvre, comme les noix en Isère. Qui plus est, les Humbert ont un privilège de bouilleur de cru. Évidemment, il faut le temps que les arbres donnent... »

Il n'avait pas précisé que cela pouvait prendre une dizaine d'années.

« Mais enfin, Luc ! Tu as ta place toute trouvée à la Société lyonnaise. Et c'est quand même un métier plus lucratif et moins pénible ! »

Luc ignora sa remarque et poursuivit imperturbablement son exposé.

« Je sais que grand-père nous a légué directement la rue Hénon et le 85. Mais comme nous sommes tous les trois en indivision, avec les jumeaux, je ne vais pas en disposer comme j'aurais pu le faire si j'en avais été seul propriétaire ! Une aide de votre part aurait été bienvenue, mais je peux tout à fait me débrouiller sans ! C'est d'ailleurs la raison pour laquelle j'ai pris des contacts à Toul. »

Mme Chanaz haussa le ton :

« Pourquoi t'entêtes-tu à vouloir quitter la Croix-Rousse ? Tu craches sur la mémoire de ton grand-père. Ne me dis pas qu'Andilly-les-Bains c'est mieux ! »

Toujours aussi calmement, il répondit :

« Quand grand-père a quitté Pologny, ce n'est pas parce qu'il crachait sur la Savoie, sinon il n'aurait pas fait construire cette grande maison de campagne que tu aimes tant ! Il est parti parce qu'il voulait réaliser autre chose que ce à quoi sa condition le destinait. »

Elle l'interrompit avec violence :

« Justement ! Il a quitté sa cambrousse pour s'établir en ville. C'était un homme clairvoyant : il n'y a pas d'avenir chez les péquenots ! Et toi, du haut de ta petite expérience, tu prétends faire le contraire ?

– Maman, tout le monde ne peut pas avoir une rue à son nom ! Grand-père a tout créé ici, en partant de rien. Moi, j'estime que j'ai quelque chose à créer ailleurs... Et je ne partirais pas tout à fait de rien... Mais en tout cas, je le ferai seul. Enfin, pas tout à fait : je me suis occupé des formalités ; je ne veux pas de main gauche ! D'ailleurs papa m'a donné sa bénédiction ! »

La phrase sibylline avait clos la discussion. Louis Chanaz avait baissé le nez. Sa femme avait regardé alternativement le père et le fils, deux traîtres ligués, en cherchant en vain un argument cinglant. Elle sortit de la pièce en jetant :

« Vous ne le valez ni l'un ni l'autre. Jamais vous ne serez à la hauteur ! »

Pendant l'algarade, François et Louise s'étaient faits tout petits. Quand la colère de Claudine Chanaz tonnait, la foudre tombait à tort et à travers.

Dans la cour, François et Louise restèrent un moment en silence à regarder les fougères avant qu'il ne reconnaisse :

« Maman n'est pas très diplomate. »

C'était le moins que l'on puisse en dire ! Louise s'étonna d'entendre François tenter de justifier sa mère.

« … C'est une personne très directe. Elle n'est pas du genre à embobiner les gens. Alors elle sort tout à trac ce qu'elle a sur le cœur. Comme elle est extrêmement sensible, elle se laisse emporter, et parfois ses mots dépassent sa pensée. Je sais qu'ensuite elle le regrette et elle essaye de se faire pardonner.

– Oh ! je n'en doute pas, monsieur François ! répondit Louise en essayant de prendre un ton convaincant. Madame est tout sauf une hypocrite !

– Oui ! Elle est extrêmement sincère… Luc le sait bien. Il aurait pu s'y prendre autrement, la ménager un peu… »

Louise resta à hocher la tête faute de trouver un autre compliment à adresser à sa patronne. Pourtant, elle aurait aimé faire plaisir à son fils en décelant une autre qualité… Elle se contenta de répéter ce qu'il avait dit un peu plus tôt :

« En tout cas, elle a vraiment beaucoup de goût. »

D'un geste vague, elle désigna les végétaux. Elle avait réussi à faire renaître le sourire de François qui précisa :

« Et vous verrez, lorsque le chèvrefeuille est en fleur, c'est un paradis ! »

Ils retournèrent chacun à leur tâche. En ce jour de mercredi, Louise se consacrait au repassage. Elle versa un peu de charbon dans le poêle de la petite maison, ouvrit la fenêtre et vérifia la propreté des fers avant de les mettre à chauffer. Elle déroula le linge et estima son degré d'humidité. C'est sa patronne qui lui avait appris comment enrouler le tas de linge en cylindre serré, après l'avoir humecté s'il était très sec, de manière à aplanir les fibres et faciliter ainsi le repassage. On pouvait concéder à Claudine Chanaz le mérite d'être une bonne maîtresse de maison ! Quant à ses autres qualités…

À entendre François, elle recelait une âme sensible et exaltée, desservie par sa grande franchise ! Pour le moment, Louise la considérait plutôt comme une femme soupe au lait, pour ne pas dire irascible. Toutefois, ses emportements avaient eu par deux fois la même cause : le retour à la terre de Luc. « Elle est déçue », avait dit François. Mais déçue de quoi ? Luc avait le certificat d'études ; il pouvait compter sur l'appui de son oncle pour « faire carrière à la Société lyonnaise ». Était-elle déçue parce qu'il gaspillait ses chances ou parce qu'il choisissait une voie moins valorisante selon sa propre appréciation ? Elle ne pourrait se prévaloir d'être la mère de celui qui a fait carrière... *et cetera.* M. François trouvait beaucoup d'excuses à sa mère ; les défauts de celle-ci n'étaient que le revers de ses qualités... Mais peut-on être objectif lorsque l'on considère ses parents ? Les enfants, par leur proximité, cernent-ils mieux leur personnalité ou, au contraire, leur amour les empêche-t-il de les voir tels qu'ils sont ? Il était indéniable que François Chanaz aimait profondément sa mère. La devinait-il ou la sublimait-il ?

Louise pensa à ses propres parents. Que savait-elle réellement de leurs aspirations, de leurs désirs profonds, de leurs regrets. Elle ne les envisageait même pas comme des personnes mais comme deux piliers intangibles de sa propre existence. Comment apparaissaient-ils aux yeux des étrangers ? Probablement comme de braves gens, courageux et dignes de confiance. Voilà qu'elle en faisait un lot : « les parents » ! Ils étaient pourtant deux, un homme, une femme. Sa mère était organisée, affable, altruiste, dévouée. Elle était pieuse, avait la main verte... Elle était excellente cuisinière, bien sûr ! Son père était distingué, constant, psychologue, habile de ses mains... Louise alignait les éléments positifs, tout comme François. Allons ! ses parents avaient aussi leurs défauts ! Que pouvait voir un étranger ? L'exercice lui donna le tournis. Sa mère était vieille avant l'âge et terre à terre. Son père était taciturne, rêveur et velléitaire. Les tracas du quotidien avaient usé leur corps, dispersé les rêves de sa mère, brisé l'enthousiasme de son père. L'image qu'ils donnaient d'eux maintenant n'était que le reflet des difficultés passées. Au temps de leur jeunesse il devait en être tout autrement. Louise pouvait-elle en être certaine ? Et si tel était le cas, l'excuse était aussi valable pour Claudine Chanaz. Peut-être avait-elle été une jeune fille au tempérament d'artiste que le prosaïsme d'une vie dans la fumisterie avait rendu quelque peu… aigrie. Louise s'interrogeait en pliant les serviettes. Le repassage a cela d'agréable : il laisse l'esprit libre de vagabonder sur des sentiers parfois peu balisés. Qui sommes-nous ? Une personnalité fixée au sortir de l'enfance, qui réagit aux événements en fonction de tendances immuables ou, au contraire, un être en perpétuel devenir, façonné par la vie au point de changer du tout au tout ? La jeune fille romantique et la mégère sont-elles une seule et même personne ? La question la troublait pour ce qui la concernait. Elle allait sur ses dix-sept ans. Allait-elle être fidèle à elle-même ou se renierait-elle ?

Elle finit par hausser les épaules. Elle n'avait pas de réponse à ces sottes questions. Une chose était évidente : les éventuels défauts de ses parents ne pouvaient porter tort qu'à eux-mêmes tandis que le caractère de Mme Chanaz empoisonnait ses rapports avec sa propre famille !

Luc avait eu de la chance. En contant ses misères le premier soir, il avait ému son père et l'avait gagné à sa cause. Louis Chanaz n'aurait pas eu le cœur de refuser son accord au mariage d'un fils qui venait d'endurer tant de malheurs. Ces expériences guerrières avaient fait de lui un homme. Le vieux monsieur ne se sentait plus le droit d'imposer un avis à son fils. Ce que Luc avait vécu l'émancipait de son autorité car lui n'avait jamais risqué son existence pour le salut de ses compatriotes. Si Claudine Chanaz avait joué sa scène dès le premier soir, il est probable que son mari n'aurait pas osé la contredire. Elle avait cru que le fait de lui couper les vivres suffirait à le faire renoncer. Elle s'était trompée. Luc voulait prouver qu'il était capable de construire sa vie en dehors de l'héritage moral ou matériel de l'aïeul vénéré dont l'ombre le faisait douter de lui-même.

La grande question demeurait : si sa mère s'était opposée fermement à ce mariage, serait-il passé outre ? Son milieu, son éducation chez les Frères laissaient penser que non. La teneur du courrier qu'il avait expédié d'Andilly était claire : il espérait leur consentement. Après un refus, aurait-il osé demander la main de Clémence Humbert en expliquant que ses parents ne voulaient pas d'elle ? La mariée n'était pas belle, les parents n'étaient pas méritants ! La belle union qu'une union honteuse… Luc avait réellement eu de la chance ! Louise était persuadée qu'il serait impossible à l'un des quatre enfants Rossillon de conclure un mariage hors du consentement de leurs parents, et que si ceux-ci refusaient ils auraient raison.

Troisième partie

UNE JEUNE FILLE AMOUREUSE

XIII

Claudine Chanaz étrennait enfin son appartement. François et son père avaient pris le temps de raccorder le poêle de la cuisine et un second maçon avait terminé l'installation de la salle de bains. Elle avait invité sa sœur Françoise à boire le café. Il s'agissait d'une sorte de répétition générale avant la première que constituerait une invitation à déjeuner en famille. Viendraient plus tard le café entre Dames zélatrices. Elle allait également poser quelques jalons avant de solliciter son beau-frère pour François.

Elle n'était pas très à l'aise avec celui que sa sœur avait épousé en secondes noces, après un veuvage précoce. Lui-même était également veuf et élevait à l'époque un garçon âgé de sept ou huit ans. Les Lacaze vivaient à Caluire, dans une villa un peu à l'écart du centre. Ils n'avaient pas eu d'autre enfant. Cyprien Lacaze était un homme d'importance. À tout point de vue. Il était corpulent et plein d'assurance. Il arborait des moustaches démesurées, étirées latéralement à la Napoléon III, que Claudine Chanaz trouvait ridicules. C'était un homme affable et prévenant. Ce qui gênait le plus sa belle-sœur, c'était cette façon qu'il avait de toucher sa femme à tout moment. Il ne s'agissait certes pas de gestes déplacés ; il posait sa main sur son bras, son épaule, derrière son dos ou sur sa taille, toujours très légèrement. Mais ces attouchements traduisaient une relation charnelle, une intimité dont elle ne souhaitait pas être témoin.

M. Lacaze était désormais retiré des affaires mais il avait occupé un poste important à la Société lyonnaise de dépôt et de crédit industriel qui gérait notamment les finances de paroisses ou de congrégations religieuses lyonnaises comme Saint-Augustin, Saint-Denis ou les Chartreux. C'est d'ailleurs grâce aux liens des sœurs Servient avec la paroisse de Saint-Denis qu'il avait connu Françoise. Bien entendu, il y avait gardé d'excellentes relations. Il lui était facile de recommander son neveu pour un poste dans cet établissement où la bonne moralité était un élément déterminant lors de l'embauche.

Au rez-de-chaussée, Louise surveillait la cuisson de langues-de-chat, accessoires de la répétition générale. Sa patronne n'avait pas souhaité allumer le fourneau du premier pour quelques biscuits. Elle ouvrit la porte du four. Les petits gâteaux avaient pris la teinte dorée souhaitée. Armée d'un torchon, elle retira la plaque. La porte de l'allée s'ouvrit mais personne n'entra. Elle se retourna. Un grand jeune homme en habit militaire l'observait en souriant. Dans l'instant, elle sut qu'il s'agissait de Philippe Chanaz et son cœur chavira. Il était très grand, mince et carré d'épaules. Il ressemblait à Luc de façon frappante, toutefois son visage dégageait plus de douceur. Il avait les mêmes pommettes hautes mais sa mâchoire était moins anguleuse. Ses yeux verts étaient piquetés de taches rousses qui réchauffaient son regard. Ses lèvres étaient mieux ourlées. Il avait le teint hâlé et des mèches blondes dans les cheveux. Elle pensa : « Un prince slave ! » C'était stupide, elle n'avait jamais vu de prince slave mais c'est ainsi qu'elle les imaginait.

Comme elle le dévisageait en souriant, il se méprit et dit gentiment :

« Je te connais ? Excuse-moi, tu dois avoir beaucoup changé. Cela fait longtemps que je suis parti ! »

Il avait la voix grave et bien timbrée. Elle bégaya :

« Je… je suis la… Lou…

– Lalou ? »

Elle se reprit. Il allait la trouver ridicule !

« Je suis Louise, la bonne !

– Ah ! et moi, je suis Philippe, le fils prodigue ! »

Il fit glisser un gros sac sur le sol et ferma la porte.

« Oh ! j'avais deviné, monsieur ! »

Il répéta en riant :

« Monsieur !... Et dis-moi, Louise, la bonne, où sont-ils donc tous passés ? Il n'y a personne à l'atelier.

– Monsieur et madame... vos parents se sont installés au premier, et aujourd'hui justement votre tante, Mme Lacaze, est venue prendre le café. M. François est là-haut aussi.

– Ma tante Lacaze ?... eh bien ! eh bien !... voilà un moment que je ne l'ai vue... C'est donc en son honneur que tu prépares ces petits machins ?

– Des langues-de-chat ! »

Elle reprenait ses esprits. Elle fit glisser les biscuits dans une assiette plate et les disposa harmonieusement du bout des doigts. Philippe déboutonnait sa veste.

« Écoute, Lalou, tu vas aller leur dire de tuer le veau gras pendant que je me lave les mains. »

Devant son air ahuri, il corrigea :

« Mais non, je plaisante ! Dis-leur seulement que j'arrive. Au fait, je fais comment maintenant ?

– Vous pouvez aller vous rafraîchir dans la chambre de M. François. Excusez-moi de ne rien avoir préparé, mais nous ne vous attendions pas aujourd'hui ! Je vous apporte un broc.

– Ne t'inquiète pas, Lalou ! Je vais me débrouiller ! Je vais me laver dans l'évier, à la guerre comme à la guerre ! Allez ! apporte-leur vite ces petites mignardises. »

Louise noua à sa taille le petit tablier blanc que sa patronne lui avait fait coudre. Ainsi, elle était une bonne très identifiable. Elle allait sortir lorsque Philippe vola un gâteau par-dessus son épaule.

« Hum ! c'est délicieux ces petites choses. C'est toi qui les as cuisinées ?

– Oui.
– Chapeau ! »
Avant qu'elle ne referme la porte, il chipa un autre gâteau.

Elle gravit les marches allègrement, le cœur battant la chamade. Philippe Chanaz était drôle, beau. Il l'avait appelée Lalou ! Voilà qui était original ! Qu'elle était contente d'avoir été seule à son arrivée : sans savoir qui elle était, il s'était montré gentil. Ah ! les Chanaz allaient être heureux de la nouvelle !

Elle entra sans frapper et déposa l'assiette sur la table du salon. Les mains posées à plat sur son tablier, elle annonça très calmement :

« M. Philippe vient d'arriver. Il dépose ses affaires et il monte. »

François se leva d'un bond en bousculant le canapé. À la main de Mme Chanaz, le café déborda dans sa sous-tasse.

« Mais tu es malade, François ! Regarde ce que tu fais !

– Maman ! Pilou est là !

– Pilou, Pilou... Philippe ! Tu es un peu grand, non ? »

François n'écoutait pas et se précipitait au-devant de son frère. Ce dernier avait fait vite. Il était déjà arrivé dans le couloir. François lui tomba dans les bras.

« Ah ! ma vieille branche ! Que je suis content, que je suis content... »

Il répétait « que je suis content » avec des grelots dans la voix et voilà qu'il se mit à pleurer.

« Mais alors, mon petit François ! dit Philippe, ému. Ce n'est pas maintenant qu'il faut pleurer ! Je suis revenu ! Eh ! Fanfounet, arrête ! »

Ils s'étreignirent à nouveau. Enfin, François prit une longue inspiration et regarda son jumeau.

« Eh bien ! mon colon, ce n'est pas possible, tu as encore grandi ! Tu fais combien ?

– 183 sous la toise !

– Foutre ! Moi 178, Luc 176. On l'a eu tous les deux. Allez ! viens ! »

Philippe embrassa sa mère et sa tante d'une manière que Louise trouva assez froide alors que les embrassades se reproduisirent entre Louis Chanaz et son fils. Elle le vit chercher du regard où s'asseoir et elle s'empressa d'aller chercher une autre tasse. Elle demanda avec discrétion à Mme Chanaz s'il restait suffisamment de café. Sa patronne lui répondit d'un ton détaché :

« Oui, ce sera suffisant, Louise. Vous pouvez vous retirer ! »

Elle reçut l'ordre comme un soufflet.

Comme Louise quittait le salon, Louis Chanaz proposa timidement :

« Mon amie, ne pourrais-tu nous jouer quelque chose en l'honneur du retour de nos garçons ?

– Oh oui ! renchérit Françoise Lacaze. Cela fait si longtemps que je ne t'ai pas entendue jouer.

– Allons ! répondit-elle en s'adressant à son mari, tu sais bien que ce piano est désaccordé. Je ne peux pas.

– Encore ! s'exclama François. Pourquoi ne fais-tu venir personne ? Tu n'as pas joué depuis... Eh bien oui ! Au moins depuis que grand-père nous a quitté !

– Qu'en sais-tu ? Tu n'as pas toujours été là !

– Mais déjà lors de ma première perme, tu disais qu'il était désaccordé !

– Je crois que le fait de le monter au premier n'a pas arrangé les choses. Et puis avec toute cette réorganisation, je n'ai pas eu le temps de contacter M. Böhm... Mais je vais le faire. »

Sa dernière phrase avait été prononcée sans conviction.

Louise avait envie de rester, mais fut bien obligée de quitter l'appartement. En descendant, elle réalisa que, désormais, c'était chacun de ses jours qu'elle passerait en compagnie de Philippe Chanaz !

Lorsque le soir arriva, on décida que Philippe dormirait avec son frère. On avait donné son congé au locataire de la rue Hénon pour la fin du mois. Les jumeaux avaient partagé le même lit jusqu'à l'âge de treize ans ; ils pourraient se supporter quelques jours encore...

Après le repas du soir, Philippe ne semblait pas en veine de confidences. Il n'avait pas rapporté la pelisse escomptée par sa mère, ayant à nouveau utilisé la somme pour améliorer son ordinaire et celui de ses camarades. Claudine Chanaz n'osa rien dire car il s'était amaigri depuis son départ, et avait tout de même rapporté une toque d'astrakan aux boucles soyeuses. Philippe demanda comment tournaient les affaires et confirma qu'il reprendrait le travail à l'atelier dès le lendemain. Les parents regagnèrent le premier et Louise la petite maison avant la fin du jour.

Louise se préparait à se coucher, prête à rêver du sourire de Philippe quand il avait dit « je te connais ? » comme s'il avait voulu l'apprivoiser. L'air était doux en ce soir de mai et elle avait laissé la fenêtre entrouverte derrière les stores baissés. Le parfum capiteux du chèvrefeuille s'insinuait dans sa chambre, évoquant le paradis.

Elle entendit des murmures dans la cour et regarda entre les lames. Les jumeaux s'installaient à la table. François avait apporté le bocal de griottes, Philippe les tasses et les cuillères. Louise discerna une odeur de tabac. Elle glissa un œil prudent pour ne pas se faire remarquer et aperçut une petite mouche incandescente. Philippe fumait donc.

« Passe-moi ta tasse ! Elle les réussit bien ses griottes, la tante. Elles restent bien gonflées.

– Pauvre tante ! Elle n'a pas pipé mot, là-haut tout à l'heure ! Tu as vu ? La dernière fois que nous nous sommes rencontrés, je l'ai fichue dehors sans trop prendre de gants !

– C'est lorsqu'elle est venue avec maman nous voir à la caserne ?

– Ouais ! Je crois que la *mater* l'avait plus ou moins obligée à l'accompagner. Elle restait pis que plante, tandis que l'autre m'expliquait que je devais rompre avec Gabrielle sous prétexte que la fille d'un capitaine ne convenait pas à notre famille, que l'on ne savait pas qui étaient ces gens ! Enfin, un truc dans ce goût-là. Je me rappelle que je les ai attrapées toutes les deux par le manteau et que je les ai poussées dehors en disant : "Chaque seconde supplémentaire que vous passez ici, c'est une heure de plus que je passerai avec elle !" Tu la connais, la mère Chanaz, elle se débattait, elle essayait de me frapper jusqu'à ce qu'on croise du monde. Et à partir de ce moment, elle a joué la dignité bafouée. Elle se tenait toute droite et elle m'a dit entre ses dents : "Crois-moi, je ne te laisserai pas faire. Tu n'es même pas majeur. Je suis ta mère et tu me dois le respect ! " Je me demande encore à qui elle a écrit pour me faire changer d'arme.

– L'oncle Lacaze devrait pourvoir te le souffler !

– Quelles vaches !

– Oh ! rappelle-toi ! À l'époque, personne ne savait que ce merdier durerait aussi longtemps. En plus, à l'arrière, ils n'étaient au courant de rien. Et nous non plus d'ailleurs, nous n'étions pas encore affectés à nos régiments. *Génie*, c'est tout ce qu'on était. Et ils ne savaient pas trop quoi en faire du génie…

– C'est vrai que nous n'étions que de la bleusaille… Quand même, je me demande comment elle l'a su ! »

Louise était collée au store et observait les deux frères en retenant son souffle. Elle ne savait pas ce qu'elle trouvait le pire : l'intervention de Claudine Chanaz pour faire muter son fils ou l'existence de cette Gabrielle. En bas, la braise de la cigarette se raviva. François se racla la gorge.

« Tu as le traître devant toi…

– Quoi ! Tu es allé lui raconter !

– Mais non ! J'en avais parlé à papa. Ce naïf était tout attendri, il n'a pas su tenir sa langue… Comme moi finalement… Si tu savais comme je m'en suis voulu… Surtout quand tu as été versé dans les unités d'infanterie qui sont parties pour Verdun… »

Philippe soupira.

« Écoute ! Je crois bien que les trois quarts de l'armée sont passés à Verdun, avec la noria, sur la Voix sacrée. Alors laisse tomber ! Non, le plus idiot c'est que cela n'aurait peut-être pas duré avec Gabrielle. La *mater* a tout de suite employé les grands moyens… Tu sais, j'y ai pensé depuis, c'était mieux qu'on ne reste pas ensemble, toi et moi. Tu nous imagines là-bas, côte à côte ?

– Bon sang, non !… Tiens, je me ressers une sucée, tu en veux ?

– Non, j'en ai encore. Je vais plutôt aller me chercher une croûte de pain et du fromage, j'ai la dent. »

Pendant que Philippe allait se chercher de quoi manger, François sirotait son eau-de-vie en fredonnant *Plaisir d'amour*. Louise en profita pour placer en catimini une chaise près de la fenêtre afin d'espionner plus à son aise. De retour, Philippe demanda à voix basse :

« Tu n'es pas fatigué ? Tu restes avec moi ?

– Sûr… Je ne suis jamais pressé d'aller me pieuter… Je… »

Ils restèrent un moment sans parler. Louise n'entendait que le claquement d'un couteau sur une assiette. La lueur d'une allumette courut un bref instant entre les lames du store et l'odeur du tabac s'éleva à nouveau. Philippe déclara, pensif :

« Cela fait un drôle d'effet d'être là comme avant, comme s'il ne s'était rien passé… Un rêve… Un cauchemar plutôt…

– Mm…

– C'est incroyable… c'est incroyable ce qu'on a vu, ce qu'on a vécu, 'pas frangin ? Et pourtant, tous les trois revenus sans avoir la cervelle qui grelotte… »

Un tintement de vaisselle. François se servait à boire.

« Tu en as eu combien ? »

Sa voix était sèche et anxieuse. L'alcool ralentissait le débit des mots. Philippe hésita.

« Tu veux dire… »

François précisa crûment :

« Combien dont tu as vu les yeux ? »

Philippe dit, à voix basse, un chiffre que Louise ne comprit pas. Il y avait un « i » dans la réponse. Six, huit, dix, dix-huit ? Elle ne saurait jamais, il n'avait pas l'air d'avoir envie de s'en vanter. François poursuivit comme si le chiffre avait peu d'importance, comme s'il avait juste voulu remettre son frère en situation de comprendre ce qu'il voulait expliquer.

« Moi, un. Un seul. On réparait un pont dans le secteur de Saint-Aubin. Ils étaient quatre. Ils avaient dû se perdre. Je lui ai donné un coup de pioche dans la poitrine. Quand il a passé, il m'a soufflé son dernier soupir en pleine face et j'ai vu ses yeux s'éteindre. Pilou, j'ai respiré son dernier souffle ! C'était horrible, j'ai cru qu'il s'agissait d'André Chanaz. Tu sais, le cousin, le fils de l'oncle Joseph. Il était à l'enterrement en 14. C'est celui qui nous avait expliqué que son père s'était brouillé avec papa à cause de maman. Et ce gars que je venais de tuer lui ressemblait tellement que je suis allé m'imaginer toutes sortes de fariboles... Qu'André avait été fait prisonnier et avait volé un uniforme pour s'échapper... N'importe quoi. C'est le soir, quand je m'endormais : je voyais la figure d'André, j'en rêvais même. Et par la suite, c'est devenu un cauchemar récurrent. Et ce n'était plus André, c'était toi !

– Qu'est-ce que tu racontes, Fanfounet ?

– C'était toi. Avec mes conneries, je t'avais envoyé à Verdun et... »

Des sanglots étouffés montèrent dans la nuit tiède. Louise devina plus qu'elle ne vit Philippe prendre son frère par l'épaule et le serrer contre lui. Il parlait à voix si basse qu'elle comprenait mal.

« ... nigaud... allons... je suis là... Fanfounet... le cousin... une jambe. »

François répondait « oui, oui » d'une voix plaintive. Les sanglots se calmèrent. Philippe conclut :

« Allez ! buvons un coup !

– Tu as raison, répondit son jumeau en reniflant. Il n'y a qu'avec cela que je dors bien. J'espère que ça va aller mieux, maintenant !

– Mais oui ! Et si je dors avec toi cette nuit, tu pourras vérifier que je suis vivant ! Mais ne me colle pas comme quand tu étais petit, sinon tu dormiras par terre !

– Tête de pou !

– Continue et je vais coucher dans la petite maison.

– Allons ! il y a Louise.

– Ah oui ! c'est vrai ! Bah ! il y a deux lits ! La gamine ne me gêne pas. Tu lui presses le nez, il en coule du lait !

– Tu plaisantes ! Tu ne l'as pas bien regardée, elle a dix-sept ans.

– Si, si, je l'ai regardée. Même qu'elle est bien jolie. Et drôlement sérieuse. Une brave petite Savoyarde de Seyssel qui va filer doux. La *mater* a bien choisi !

– Elle n'est pas de Seyssel. Elle vient de la campagne, un peu plus au nord. Des vignerons. Mais elle est plus fine que tu ne crois. Elle a déjà compris qu'avec maman il valait mieux laisser passer l'orage ! Tiens, elle a son certificat !

– Ah ! eh bien ! on va dire, pour changer un peu : "Pourvu que cela dure !"

– À propos, je voulais te poser une question qui me turlupine : pourquoi t'es-tu porté volontaire pour la Crimée ?

– Oh là ! Je me demande encore ! Je ne devais pas y aller mais un pauvre gugusse, je le connaissais un peu, avait été tiré. Il pleurait parce qu'il partait très loin et que sa femme était malade, poitrinaire je crois. En cas de malheur, il n'aurait même pas la possibilité d'assister à l'enterrement. Je ne sais pas ce qui m'a pris. La lassitude, je crois. Il m'a fait pitié. Je me suis porté volontaire à sa place. Au fond, personne ne m'attendait…

– Et moi ?

– Ouais, heureusement que je t'ai, vieille branche ! »

Après un profond soupir, Philippe reprit sur un ton délibérément léger :

« … J'ai eu incidemment des nouvelles de Gabrielle, par un gradé qui connaissait son père. Elle a deux enfants. Elle ne m'aura pas pleuré longtemps… Foutaise ! la mère Chanaz a fait la méchante pour rien !

– Tu sais, si elle n'a rien dit pour le manteau, c'est qu'elle regrette. C'est un moyen de se faire pardonner.

– C'est facile !
– Non, justement, ce n'est pas très facile.
– Et pour Luc ? Elle va s'y prendre comment ? »

Louise n'écoutait plus. Elle éprouvait une douleur mêlée d'allégresse qu'elle n'avait jamais ressentie. Elle avait à la fois envie de rire et de pleurer. Elle avait le souffle court et les mains moites. Elle découvrait en même temps les transports et les tourments de l'amour. Philippe Chanaz l'avait trouvée « bien jolie » mais il la prenait pour une gamine ! Il n'avait vu que la petite campagnarde dénichée par sa mère. Quoi qu'il en dise, il devait avoir la tête encore toute farcie de cette femme, en dépit des deux enfants. Mais elle allait lui montrer qu'il se trompait. Elle serait patiente, prévenante, jusqu'à ce qu'il comprenne que quelqu'un d'autre que son jumeau l'attendrait toujours et partout. Elle lui ferait découvrir qu'il existe des femmes tendres, fidèles et constantes, le contraire des Claudine et des Gabrielle.

Pour commencer, elle allait peut-être remplacer la natte qui disciplinait ses cheveux par un chignon bas. Comme Clémence… Il lui fallait se procurer des épingles à cheveux.

Dans la cour, l'un des deux frères avait estimé qu'il faudrait trois jours pour se rendre au mariage de Luc. Qu'allait-elle faire pendant trois jours ? Ils n'allaient pas l'emmener ! Tout à coup, ce mariage avait des conséquences très concrètes. Elle pourrait rentrer à Chaumontet. Elle voulait bien dépenser le prix du billet de train pour trois jours. Ce serait le moment de rapporter le foulard à maman Nanette.

« Je vais te le chercher ! Attends ! »

François avait parlé fort. Il avait la voix pâteuse. Louise tendit l'oreille. Son frère gronda à voix basse :

« Moins fort, François ! Tu vas réveiller tout l'immeuble ! »

François ouvrit l'atelier. Un fracas de ferraille, accompagné de jurons, précéda son retour dans la cour.

« Tu vois : je te l'ai tout briqué. Tu n'as qu'à changer les boyaux. Parce que ceux-là, ils sont morts ! Foutus ! Tout croûteux !

– Chut ! parle moins fort, nom d'une pipe ! »

François baissa un peu le ton.

« Je m'en suis occupé dès mon retour. Papa l'avait laissé s'empoussiérer. J'ai graissé le pédalier, les moyeux, les câbles de frein. J'ai même ciré les courroies de cale-pied. Mais je ne sais pas où tu te procures les boyaux et je n'y connais rien. Regarde s'il est beau ! »

Le discours s'accompagnait d'un léger cliquetis qui leva les derniers doutes de Louise : il s'agissait d'une bicyclette.

« Houlà ! »

François avait du mal à rester debout. Philippe l'avait rejoint.

« Tu as fais du beau travail ! C'est impeccable. Merci ! Je crois qu'il faut qu'on se couche maintenant. Tu ne vas pas te faire bercer ! »

Le cliquetis indiqua qu'il rangeait le vélo dans l'atelier.

« Allez ! viens, vieux frère ! On ira demain chez Octave en espérant que son atelier a aussi survécu à la guerre ! »

XIV

Avec le retour de Philippe, la longue attente de Claudine Chanaz prenait fin. Rien n'avait tourné comme elle s'y attendait, mais elle avait fait contre mauvaise fortune bon cœur. Luc avait été rayé de ses préoccupations. Elle se rendrait à ses noces sans enthousiasme, mais soulagée de n'avoir pas à faire face quotidiennement à l'homme qu'il était devenu. Jusqu'en août 14, il n'avait occupé qu'un rang subalterne dans la hiérarchie familiale. La disparition d'Antoine Chanaz avait fait apparaître au grand jour l'irrésolution de Louis. Si Luc était demeuré à la Croix-Rousse, il aurait probablement pris l'ascendant sur son père. Claudine ne reconnaissait pas son fils ; c'est un étranger aux projets insolites qui était revenu de Lorraine. Qu'il y reste !

Philippe ne semblait pas avoir d'autre ambition qu'exister. Il travaillait consciencieusement à l'atelier, portant la même attention soutenue à chaque tâche. En retrouvant le plan de ville constellé d'étoiles, il lui était venu une idée de réclame : faire savoir à tous les anciens clients que l'atelier, fort de sa reprise en main par les frères Chanaz, était à leur service pour tous travaux de fumisterie, installation et entretien de matériel. Son intention était d'afficher que ni la guerre ni la grippe espagnole n'avaient porté atteinte à l'affaire. L'idée avait enthousiasmé Louise qui proposa de déposer les plis dans les boîtes à lettres, à ses heures perdues. Mais Claudine Chanaz, soutenue par son mari, s'était demandé si le jeu en valait la chandelle. L'atelier avait de la notoriété et son emplacement dans la Grande Rue valait tous les faire-part. Le projet n'eut pas de suite.

En dehors de son métier, Philippe n'avait d'intérêt que pour le cyclisme. Il considérait avec dédain les politiciens qui l'avaient fait combattre aux confins de l'Europe. Les alliances basculaient au gré des révolutions ; les alliés d'hier devenaient des ennemis et le pauvre quidam restait de la chair à canon. La retraite presque honteuse de la mer Noire l'avait privé du sentiment de victoire qui pouvait exalter certains. Il refusait de lire le journal de ses parents, qu'il trouvait trop conservateur, et portait un regard désabusé sur ses contemporains. Il méprisait les organisations, les grades et les uniformes, en quoi il avait perdu toute confiance. Claudine Chanaz n'avait d'ailleurs pas réussi à lui faire comprendre que l'on ne tutoie pas les domestiques. Il dédaignait l'argent pour autant qu'il ait de quoi se vêtir et entretenir sa bicyclette. Il avait proposé à son père de se rembourser, sur son travail, de la somme que sa mère lui avait avancée en Crimée.

C'est donc à François qu'échut l'honneur, ou la charge, de combler les ambitions maternelles. L'oncle Lacaze s'engagea à lui procurer une place malgré son absence de diplôme. Il pensait pouvoir dénicher un poste d'« employé aux écritures » dans l'une des succursales de la banque, terme que Philippe traduisit par « gratte-papier ». François s'était piqué au jeu. Maintenant que cet avenir était envisageable, il s'imaginait volontiers travailler à heures fixes, en tenue de ville, et garder les ongles propres. Philippe ayant assuré la relève auprès de son père, il se sentait le droit de tenter sa chance dans les bureaux et d'embrasser, qui sait, une carrière prometteuse. Après un entretien avec le directeur du personnel, il se vit proposer un emploi au service Titres, rue de l'Arbre-Sec, tout près des Terreaux. Il négocia de ne débuter qu'au 1er juillet pour pouvoir être présent au mariage de son aîné.

L'installation de Louise au 2 rue Hénon marqua le point final à cette réorganisation. Après avoir méticuleusement nettoyé et rangé la chambre que devait occuper Philippe, elle remballa ses affaires dans la malle en osier et suivit sa patronne vers sa nouvelle demeure. C'est le cœur serré qu'elle quittait le 50 *bis*. Elle se sentait rejetée, comme le bois mort échoué sur la grève lors de la décrue des Usses. Le sentiment de solitude, qu'elle avait apprivoisé peu à peu au début de son séjour, ressurgissait renforcé. Jusqu'alors, à son réveil, son premier geste était de faire basculer les lames du store pour regarder la fenêtre de l'appartement. Son plaisir était de voir les volets clos, signe que les jumeaux dormaient encore. Elle se préparait au plus vite et courait chercher le pain à la boulangerie. Dès son retour, elle préparait le café. Quand Philippe se levait, il trouvait du pain frais, du café chaud et une Louise pimpante qui lui donnait des nouvelles du temps du trottoir d'en face. La boulangerie était située trop près pour en faire un roman ! Le soir, elle surveillait la lumière de leur chambre derrière les lattes des persiennes. Elle voulait s'endormir en même temps que lui et rêver avec lui. Son déménagement allait lui faire perdre de multiples avantages et elle ne voyait pas encore ce qu'elle pourrait y gagner.

À son arrivée à la Croix-Rousse, elle avait espéré qu'elle aimerait suffisamment sa patronne pour ne pas marchander son dévouement. Ce qu'elle n'avait pas fait pour Claudine Chanaz, elle le faisait pour son fils, ses fils et son époux. Elle accueillait dans un même élan de bienveillance tous les éléments masculins de la famille. Les relations avec sa patronne étaient apaisées puisque cette dernière avait toutes les raisons d'être satisfaite de son employée.

Le 2 rue Hénon était une petite maison en retrait, coincée entre l'église Saint-Denis et l'immeuble qui faisait l'angle avec la Grande Rue et abritait la boucherie et le marchand de meubles. Mme Chanaz conduisit Louise jusqu'au deuxième et dernier étage. Elle ouvrit la porte d'un petit appartement de deux pièces mansardées. Dans l'embrasure de la porte, elle eut un léger mouvement de recul. Elle avança de quelques pas et saisit machinalement l'une des deux poignées de la malle pour aider Louise à la poser sur la table. Elle regardait autour d'elle avec consternation.

« Oh ! là, là ! quelle saleté ! J'aurais dû venir voir avant de vous faire apporter cette malle, ma pauvre petite ! Voyons la chambre... »

Après être restée immobile quelques instants à l'entrée de la pièce, elle constata :

« Avec leurs affaires qui traînaient partout, et les quelques meubles qu'ils ont emportés, je n'avais pas vu que c'était dans un tel état ! »

Louise examina la pièce. La cuisine était dotée d'un grand évier très encrassé et d'un petit fourneau qui avait certes besoin d'être récuré, mais qui était de meilleure facture que le poêle de ses parents. Elle reconnut une fabrication maison. La pièce était éclairée par une fenêtre qui donnait sur la petite chapelle Notre-Dame-des-Sept-Douleurs. Elle était sommairement meublée d'un buffet bas, d'une table et de quatre chaises. La peinture était défraîchie, le plancher n'avait pas été brossé depuis longtemps. De la poussière moutonnait le long des plinthes. Dans la chambre, moutons et petits débris jonchaient le sol et le dessus de l'armoire, mais le matelas du lit en fer paraissait convenable.

Le petit logement était sale et défraîchi mais Louise ne douta pas de pouvoir venir à bout de cette crasse. De nombreuses fermes autour de Frangy étaient dans un état bien pire. La terre, la paille, le fumier des étables, la fiente des poulaillers collait aux semelles des sabots et des chaussures. Malgré les précautions, il était difficile de ne pas en rapporter dans les maisons. Sans compter les chiens qui s'ébrouent où bon leur semble... Mme Chanaz vivait dans un appartement récemment rénové, régulièrement entretenu ; le contraste avait été saisissant !

« Écoutez, Louise ! Je vous donne cet après-midi. Dites-moi si vous pensez que cela sera suffisant pour que vous puissiez y coucher ce soir. Je demanderai à l'un des jumeaux de venir vérifier que ce fourneau fonctionne, quoique vous n'en ayez pas besoin immédiatement... Vraiment, je n'aurais pas cru que l'endroit serait dans un tel état. Mon mari était passé et m'avait dit qu'ils n'avaient rien abîmé. Avec lui, cela va toujours bien ! »

Claudine Chanaz n'aimait pas être prise en défaut. Un logement correct faisait partie du marché qu'elle avait passé avec Noël Rossillon. Elle commençait à s'énerver. Louise la rassura.

« Si j'y passe tout l'après-midi, je pourrai dormir et je terminerai la cuisine petit à petit. Ne vous en faites pas ! Ce n'est que de la saleté normale !

– Normale ! »

Au ton dégoûté employé par sa patronne, elle comprit confusément qu'elle venait de commettre une maladresse. Sa réponse allait renforcer le mépris de Claudine Chanaz pour les « pignoufs », ces rustres crasseux... Elle se hâta de corriger :

« Je voulais dire que je pourrai nettoyer avec des moyens normaux : savon noir, brosse en chiendent, paille de fer et huile de coude.

– Ah ! répondit Mme Chanaz dubitativement.

– Si, je vous assure !

– Si vous le dites ! concéda sa patronne. Finalement, c'est vous qui allez y demeurer. Vous êtes mieux placée que moi pour juger. »

Claudine Chanaz avait retrouvé son sens pratique.

« Bon ! revenez à l'appartement prendre de quoi nettoyer et attaquez. Au fait, pour vider votre seau, les lieux sont sur le palier ; vous les partagez avec l'autre locataire de l'étage. Voilà la clef ; j'en ai un double à l'appartement ! »

Quelques jours plus tard, c'est Philippe qui vint réviser le poêle. À son retour, il monta voir Louise occupée à la lessive dans la petite maison.

« Lalou ! Je me suis occupé de ton fourneau. C'est mon grand-père qui l'avait fait, celui-là. Il est impeccable ; tu seras au chaud cet hiver. Dis-moi, est-ce que cela t'intéresse le petit lit de la salle ? »

Hors de la présence de sa mère, il continuait de l'appeler Lalou, mais elle ne savait pas comment l'interpréter.

« Vous parlez de quel petit lit ?

– Celui qui est contre le mur, ici ! Je dois le descendre à la cave, mais je peux tout aussi bien le mettre dans ta cuisine, comme un sofa. Si tu reçois quelqu'un... »

Recevoir quelqu'un ? Devant la stupéfaction de Louise, Philippe insista :

« Ta famille ne viendra pas te voir ? Ce serait pratique. J'ai cru comprendre que tu as une sœur à Lyon. Si tes parents viennent...

– Vous savez, mes parents ne quittent guère la ferme. Il y en a toujours un qui reste pour les bêtes. Ma sœur est un peu jeune pour s'en charger.

– Ta sœur de Lyon ?

– Non, la petite, Séverine. Elle n'a que treize ans.

– Tu as combien de sœurs ?

– Seulement deux. L'aînée, Marisa, a dix-neuf ans. C'est elle qui est placée à Saint-Jean. Et la petite. Et j'ai un frère aussi, qui fait son régiment au Maroc.

– Le zouave ! Mon père m'en a parlé. Et elle te ressemble, ta sœur ? »

Louise se demanda ce qu'il cherchait à savoir.

« Elle me ressemble mais elle est plus petite... et plus grosse ! »

Elle n'avait pas hésité à dresser un portrait peu flatteur au cas où il aurait été intéressé par une Lalou plus âgée. Mais Philippe précisa en riant :

« Non, je parlais de son tempérament : est-ce qu'elle est aussi sérieuse que toi ?

– Non, répondit-elle. Beaucoup plus !

– Oh ! ce doit être un vrai dragon de vertu, alors !

– Tout de même pas ! Elle ne crache pas le feu !

– En tout cas, si l'un de tes parents descend de Savoie un dimanche, ou si ta sœur vient passer une veillée avec toi, tu seras contente de pouvoir les loger. Non ? »

Ces hypothèses étaient trop improbables. Louise hésitait. Jusqu'alors, elle n'avait jamais considéré le 2 comme un territoire privé, d'autant que sa patronne en gardait la clef.

« Mais que va dire madame ?

– Que veux-tu qu'elle dise ? Elle ne va pas aller vérifier ce que j'ai fait de ce lit, d'autant qu'elle n'aime pas aller à la cave. Je crois qu'elle a peur des rats ! Au pire, si une personne bien-pensante jouait au rapporte-paquet, je lui dirais que son meuble se conservera mieux à l'abri des bestioles !

– Mais je ne sais pas si elle serait d'accord pour que je couche du monde !

– Elle ne dira rien si tu reçois ta famille le dimanche, et tu n'as pas besoin d'expliquer à quelle heure ils ont pris congé. Mais attention, Lalou ! Pas de galant ! Ni dans la journée ni le soir. Là, elle sera intraitable.

– M. Philippe ! Je n'ai pas de galant !

– Ah bon ? Même pas un petit galant savoyard ? »

Badinage ? Inquisition ? Paternalisme déplacé ou intérêt plus... sentimental ? Le cœur de Louise se mit à cogner si fort qu'elle craignit qu'il ne s'en aperçoive ; le sang si violement pulsé devait lui monter au front, aux joues, aux oreilles. L'esprit en alerte, elle prit une fraction de seconde de réflexion avant de lui répondre en le regardant dans les yeux :

« M. Philippe ! Je n'ai pas d'amoureux en Savoie ! »

Ses yeux étaient verts, piquetés de roux, comme de la mousse parsemée de feuilles de chêne, et un cercle plus foncé marquait la limite de l'iris. De près, à la lumière, on discernait une multitude de nuances... Louise baissa le regard vers la lessiveuse.

Philippe souriait sans rien dire, le bras appuyé au chambranle de la porte. Il frappa dans ses mains.

« Bon, Lalou ! J'en fais quoi de ce lit ? Tu le veux ? »

Il avait l'air de vouloir le lui donner, alors elle acquiesça.

Que n'aurait-elle pas fait pour lui faire plaisir ? Elle épiait ses moindres gestes, anticipait ses besoins : l'eau, à table, le pain ; sa veste s'il désirait sortir ; la serviette pour s'essuyer lorsqu'il se lavait les mains en sortant de l'atelier. Elle avait remarqué qu'il aimait le fromage doux et les radis au sel. Elle avait donc vanté le goût des fanes mélangées au cresson, pour un potage vert et parfumé, velouté d'une cuillerée de crème. Elle avait introduit les pâtes à la savoyarde au menu hebdomadaire, en dépit des remarques sarcastiques de sa patronne lors de la première préparation :

« Allons, Louise ! les pâtes doivent être cuites lorsqu'on les fait dorer ! Les vôtres brûlent. Je crois que vous avez mal retenu la recette ou votre mère vous aura mal expliqué ! »

Imperturbablement, Louise avait reproduit les gestes de sa mère et de la Nêne avant elle. Faire revenir les pâtes crues jusqu'à ce que certaines roussissent, voire brunissent. Les couvrir d'eau et les laisser gonfler à feu doux en gardant la cocotte couverte. En fin de cuisson, mais avant que l'eau ait été complètement absorbée, ajouter du fromage râpé qui fondra et imprégnera le plat sans faire de croûte.

Louis Chanaz les mangeait religieusement après les avoir saupoudrées de poivre comme le faisait sa mère, trente ans auparavant. Claudine Chanaz avait été séduite par ce plat roboratif et bon marché qui calait l'estomac de ses hommes au dîner et lui simplifiait l'élaboration des menus.

Louise était très attentive lors des repas car elle côtoyait assez rarement Philippe dans la journée et encore moins le dimanche.

C'était en général lui qui se rendait chez les clients pour la visite préparatoire. Son aisance avec les petites gens, aussi bien qu'avec les personnes plus aisées, lui permettait de fixer des prix justes, d'accorder des remises raisonnables. Il ne se formalisait pas de se déplacer pour rien car il considérait la plupart des rencontres comme un enrichissement personnel. Il disait aussi que si l'affaire ne se traitait pas dans l'instant elle pourrait se traiter plus tard et que tout prospect séduit ferait connaître la maison Chanaz dans son entourage. Il aimait plonger, même de façon succincte, dans la vie des autres. Leurs petites histoires empêchaient la remontée de souvenirs nauséeux qui lui faisait parfois secouer la tête à la manière d'un cheval agacé par une mouche.

Le dimanche, il enfilait des vêtements de sport : pantalon court découvrant les genoux, maillot à longues manches et larges bandes colorées, chaussures plates. Il glissait quatre pièces dans sa poche pour son casse-croûte, enfourchait son vélo et filait.

Il avait gagné des courses sur piste avant guerre, comme en témoignaient les médailles jaunes qui gisaient au fond du tiroir de sa table de nuit. Depuis, son intérêt pour la compétition avait disparu. Il ne se battait plus que contre lui-même, contre sa propre fatigue, contre la douleur de ses membres après des kilomètres de course. Le vent sifflait à ses oreilles, lui arrachant parfois des larmes qui glissaient le long de ses tempes ; il glaçait sur sa poitrine la sueur qui trempait son maillot et l'aidait à supporter le soleil de juin à son zénith. La vitesse le grisait. Il suivait des routes asphaltées qui tournaient au chemin de terre, dessinait des boucles car il avait horreur de revenir sur ses pas, comme s'il s'agissait de revivre le passé. Il construisait son itinéraire au hasard des rencontres, des crevaisons et des bris de rayons. Il trouvait toujours quelqu'un pour l'aider à réparer. Les gens éprouvaient de la sympathie pour ce grand jeune homme si acharné à l'effort. Le Tour de France à bicyclette, né en 1903, avait connu sa dernière édition en 1914. Il avait pris fin une semaine avant l'entrée en guerre. Juillet approchait, annonçant le retour de la grande compétition populaire sur des routes dévastées par les combats entre Metz, Dunkerque et Le Havre. De grands champions comme Faber, Lapize et Petit-Breton étaient tombés au champ d'honneur et ne pourraient jamais reprendre son titre au Belge Thys. L'arrivée de Philippe dans un village faisait renaître l'engouement pour ces affrontements pacifiques dont l'innocuité paraissait si délicieuse après quatre années de massacres. Comme il portait un semblant de costume, on lui demandait s'il s'entraînait pour le Tour, s'il connaissait quelque champion. Parfois, il jouait à faire le mystérieux, avant d'admettre qu'il ne savait rien de plus que les autres et courait pour la beauté du sport. Mais il passait de bons moments à évoquer les Six Jours, Paris-Roubaix, Paris-Bruxelles ou Paris-Tours.

Ses retours le dimanche soir étaient parfois tardifs. Louise maudissait ce soleil de solstice qui ne daignait pas se coucher, et il arriva qu'un soir elle fut obligée de quitter l'appartement avant son retour.

La nuit était chaude ; elle laissa la fenêtre ouverte derrière les volets. Elle guettait les bruits de la rue comme si elle avait pu discerner le léger sifflement de la bicyclette. Elle n'entendit que le carillon de Saint-Denis qui sonnait chaque demi-heure passée à attendre. Philippe rentrait parfois exténué, sale, meurtri de courbatures qui le gênaient pour marcher. Un jour, il avait glissé sur des gravillons qu'elle avait retirés soigneusement des plaies suintantes avant de les tamponner à la teinture d'iode. Mme Chanaz l'avait regardé faire, trop incommodée par la vue du sang pour panser son fils elle-même. Son inquiétude lui faisait entrevoir le pire au fur et à mesure que la nuit avançait. Elle imaginait le vélo détruit, un membre brisé, un choc avec une automobile, un corps inconscient. Elle se réveilla à l'aurore mais dut attendre 7 heures pour se rendre au 50 *bis*. L'appartement était désert. Elle se rua vers la petite maison, gravit l'escalier et se figea devant la porte entrebâillée de la chambre. Il était là. Il dormait. Il était allongé à plat ventre, une jambe pliée, le dos légèrement tourné vers elle, découvert, nu. Elle enregistra, dans la lumière oblique qui coulait entre les lames du store, le contraste entre le blanc presque lumineux de sa peau à l'emplacement des vêtements et la teinte dorée de son cou, de ses avant-bras et de ses jambes jusqu'à la marque des chaussettes. Sa surprise fit place à une grande honte de l'avoir découvert dans sa nudité. Cette nudité n'avait pourtant rien d'obscène. Son corps musclé à l'éclat marmoréen évoquait le classicisme des statues antiques. Mais elle n'avait pas le droit de le voir ! Elle prit la fuite en priant pour que son intrusion passe inaperçue. De retour à l'appartement, elle se rappela que, la veille, Louis et François Chanaz avaient parlé d'une livraison dans les monts d'Or. Ils étaient partis tôt et avaient tout simplement laissé Philippe dormir. Elle espéra qu'il dormirait assez longtemps pour lui permettre de chasser, ou d'apprivoiser, la vision de son corps dans le lit ouvert.

XV

F*ERMETURE EXCEPTIONNELLE vendredi et samedi.* C'est tout ce que Claudine Chanaz consentit à indiquer sur l'affichette accrochée à la vitrine du magasin. Le mot mariage devait être banni de toute annonce publique.

« Non mais, tu me vois expliquer que mon fils épouse une vilaine du fin fond de la Lorraine, "avec ses sabots" ! »

Claudine Chanaz avait la dent dure et négligeait la présence de Louise lorsqu'elle faisait ses commentaires acerbes sur la condition de sa future bru. En effet, ces remarques ne s'adressaient pas à sa bonne. Dans la mesure où la jeune fille portait une tenue citadine, sa patronne finissait par oublier qu'elle avait porté des sabots, trait des vaches et manié la fourche. Au sujet de ses parents, elle daignait tout juste évoquer la cuisinière et le cocher.

Louise ne comprenait pas pourquoi Mme Chanaz préférait les voir en tant que domestiques plutôt qu'en agriculteurs. Imaginait-elle les Rossillon comme une lignée de serviteurs soumis à une subordination atavique pour éviter de s'interroger sur leurs relations. Naît-on valet ? Naît-on maître ? S'agissait-il de mépris, d'égoïsme, d'indifférence ? Sa patronne ne lui posait pas de question personnelle autre que purement matérielle ; elle ne souhaitait rien connaître de son existence en dehors de chez elle. Elle savait que, pendant leur voyage, Louise rentrerait en Savoie. Savoir ce qu'elle y ferait ne l'intéressait pas.

La jeune fille avait fermé l'appartement après leur départ et s'était rendue à son tour à la gare. Elle aurait aimé que Marisa l'accompagne mais cette dernière n'avait pas pu se libérer. En revanche, sa sœur viendrait l'attendre lors de son retour. Finalement, elle avait aimé traverser la ville seule, avec pour tout bagage le cabas à provisions qu'elle avait emprunté à sa patronne. Elle y avait déposé, emballé dans du papier de soie, le foulard pour maman Nanette, accompagné d'un mot de Marisa, et quelques bobines de coton mercerisé qu'elle comptait crocheter pendant le trajet. Elle avait décidé de réaliser un couvre-lit et le crochet se prêtait bien à un ouvrage intermittent. Elle achèterait les bobines petit à petit, confectionnerait des carrés qu'elle coudrait ensemble à la fin. C'est en sortant ces fournitures après le départ du train qu'elle réalisa qu'elle n'avait plus besoin d'une Mme Grangier pour endurer le voyage. Elle partait le cœur léger et reviendrait avec la hâte de revoir… de le revoir.

La petite dépense des sœurs Rossillon n'avait rien à voir avec les frais engagés par la famille Chanaz à l'occasion du mariage de Luc. Claudine Chanaz n'était pas revenue sur sa décision de priver son fils de toute espèce de dot. Elle offrait néanmoins aux futurs époux une ménagère complète en métal argenté qu'elle avait refusé de faire graver, accompagnée d'un ensemble de plats. Elle ne pouvait décemment pas faire moins que sa sœur qui offrait le service de table en porcelaine. Les jumeaux avaient eu droit à un costume trois-pièces dont François ferait bon usage à la banque. Les époux Chanaz s'étaient offert gants et chapeaux légers, Claudine ne pouvant arborer sa toque d'astrakan en cette saison.

Lorsque Louise descendit du train à Seyssel, elle se trouvait aux portes de la Savoie. La ville était double, coupée en deux par le Rhône qui marquait la frontière révolue. Sur la rive droite s'éparpillaient les maisons et la gare de Seyssel-France ; sur la rive gauche s'élevaient le bourg, les commerces et l'église de Seyssel-Savoie.

Avant même de passer le pont, elle se sentit arrivée à bon port. La montagne du Grand Colombier, à l'ouest, était celle qui avait toujours fermé son horizon, celle que, petite, elle appelait la « montagne bleue » pour l'opposer aux « montagnes grises » au sud-est, qu'elle appelait aussi les « montagnes de papa ».

Dans le canton de Frangy, elle avait vécu sur la commune de Vanzy, au pied de la tour de Mons, mais elle allait à l'école à Chessenaz. La ferme de ses parents et ce village étaient séparés par une combe au creux de laquelle coulait le ruisseau de Saint-Pierre. Les enfants coupaient à travers champs et le franchissaient par un petit pont de bois branlant. Plus tard, ils avaient emménagé à Chaumontet mais partout la montagne bleue et les montagnes grises avaient constitué les repères de son domaine. Noël lui avait expliqué que ces sommets se situaient en réalité tout près de chez lui. Les pointes rocheuses appartenaient au massif des Bauges qui s'étalait entre La Ravoire, le lac du Bourget et le lac d'Annecy. À La Ravoire, elles se faisaient hautes, sombres et menaçantes ; à Frangy, on n'apercevait qu'une succession de sommets, gris l'été, blancs l'hiver. Elles ne constituaient plus pour lui que la trace familière d'un souvenir apaisé. Le sommet le plus à l'est, isolé de l'ensemble des Bauges, cette falaise qui se découpait, imposante, au-dessus d'un tapis de feuillages, devait être le Parmelan, en réalité moins élevé, mais plus proche. Derrière le Parmelan s'étendaient, invisibles, le plateau des Glières puis la chaîne des Aravis et, plus loin encore, le massif du Mont-Blanc. Voilà bien une chose étrange : le mont Blanc était invisible à Frangy alors que Louise l'avait vu à la Croix-Rousse ! En descendant du cinquième, après avoir terminé le nettoyage, elle avait machinalement regardé par la fenêtre du palier intermédiaire et elle avait vu une grosse masse blanchâtre qu'elle avait tout d'abord prise pour une fantasmagorie des nues. Mais le ciel était clair et elle avait dû admettre qu'il s'agissait d'un sommet montagneux, large, trapu et blanc, et non pas d'une illusion d'optique. Louis Chanaz, le plus savoyard des Lyonnais, lui avait appris qu'il s'agissait du mont Blanc et que c'était signe de mauvais temps à venir ! Elle ne se rappelait pas si la pluie avait suivi.

En ce vendredi, le ciel était assez menaçant. Maman Nanette l'avait prévenue que Noël ne pourrait pas venir la chercher car ils étaient en pleine fenaison. Louise considérait les nuages avec inquiétude car elle savait combien les averses sont néfastes lorsque l'herbe est fauchée. Elle se dirigea vers l'autocar qui avait remplacé la diligence quelques années avant la guerre. Il restait encore une petite quinzaine de kilomètres avant Frangy. Après, il y en aurait quatre autres jusqu'à Chaumontet, qu'il faudrait bien gravir à pied. Elle s'installa confortablement, décidée à profiter de la fin de son voyage, et laissa son ouvrage au fond du cabas.

Au premier arrêt, après le pont sur le Rhône, elle reconnut Marcel Lacraz parmi les voyageurs qui montaient. Elle l'interpella discrètement lorsqu'il passa à sa hauteur. Le jeune homme brun s'assit à côté d'elle.

« Adieu Louise ! Je te croyais à Lyon, avec Marisa.

– Adieu vieux frère ! J'en suis revenue, vois-tu. J'ai une perme de trois jours.

– Maman Nanette va être heureuse de te voir ! Elle se plaint que tu n'écris pas beaucoup… »

Marcel appelait sa mère comme tous les enfants qu'elle avait élevés, qu'ils aient été ou non ses propres enfants. Seul Étienne disait simplement « maman », mais c'était peut-être, justement, parce que la Nêne s'était occupée de lui dans sa prime jeunesse, alors que ses parents travaillaient encore à Saint-Jean. Marcel était le frère de lait de Louise et il était resté à la ferme jusqu'à ce qu'il ait l'âge d'être scolarisé. Cette longue cohabitation avait créé des liens privilégiés entre les deux jeunes gens qui avaient fait leurs premiers pas dans la vie en même temps. Louise le considérait comme un frère plus proche que ne l'avait jamais été Étienne. Elle avait la sensation de le connaître de façon intime. Lorsqu'il lui avait fait la bise, elle avait reconnu son odeur. Cela lui avait procuré le même apaisement que celui qu'elle ressentait à Lyon en sentant le foulard de sa mère, non pas qu'elle ressentît quelque appréhension de rentrer à Frangy, mais l'odeur des personnes aimées lui apportait la quiétude que donnent les souvenirs heureux. Enfants, ils n'avaient pas connu la pudeur des sentiments et avaient longtemps partagé leurs interrogations, leurs enthousiasmes et leurs craintes devant le monde des adultes. Jusqu'au certificat, Marcel était revenu régulièrement à la ferme, car ses parents, commerçants au chef-lieu, le confiaient parfois à Annette durant les vacances scolaires. Le jeune homme la considérait aussi comme la sœur qu'il n'avait jamais eue, lui racontant même ses premières conquêtes amoureuses. Ils ne se jugeaient pas, pas plus qu'ils ne se sentaient responsables l'un de l'autre. Ils étaient donc enclins à partager leurs joies et leurs peines. Louise s'était demandé si c'était cette sorte de relation, faite de respect et d'égalité, qui existait entre les jumeaux Chanaz. Cela aurait pu être la relation parfaite car, entre personnes du même sexe, ils pouvaient même dévoiler certaines choses qui demeuraient interdites entre Marcel et elle.

Séverine avait aussi cette chance d'être restée l'amie de Juliette Millon, sa sœur de lait. Juliette était une jeune fille solitaire qui était maintenant pensionnaire à Annecy où elle poursuivait des études secondaires. Elle supportait mal l'éloignement de sa famille de sang autant que de sa famille de cœur. Les circonstances tragiques de sa naissance avaient fait éclore chez les Rossillon un apitoiement s'accompagnant de démonstrations de tendresse qu'ils ne s'autorisaient guère avec leurs propres enfants. La petite était fine, d'une blondeur lunaire qui contrastait avec la blondeur solaire de Séverine. Les fillettes étaient toutes deux aussi calmes. Cette réserve s'était accentuée avec l'âge sans que l'on puisse déterminer si l'une s'était calquée sur l'autre ou s'il s'agissait de leur nature propre. Noël appréciait tout particulièrement ces petites filles tranquilles. Il aimait les prendre sur ses genoux et leur raconter des histoires de voyage en voiture à cheval, où se succédaient les lacs, les précipices, les plaines fertiles et les forêts profondes. Elles avaient environ cinq ans lorsqu'il les avait sacrées princesses.

« Tes cheveux ont la douceur et la finesse du lin. Ils ont le blond cendré de ses fibres qui blanchit au soleil. Tes yeux ont la couleur de ses fleurs. Tu es ma petite princesse du lin », avait-il dit à Juliette.

« Tes cheveux ont la couleur du blé lorsqu'il est mûr. Ils ont la vigueur des épis bien gonflés. Tes yeux ont la couleur du ciel au moment des moissons. Tu es ma petite princesse du blé », avait-il dit à Séverine.

Il les appelait encore ses princesses, alors que Juliette devenait une jeune fille qui ne venait plus que rarement jusqu'à Chaumontet, et le plus souvent pour leur arracher l'autorisation d'emmener son amie pour la veillée ou le dimanche après-midi à Saint-Jean. Maman Nanette se laissait convaincre par la petite princesse du lin et se chargeait sans trop rechigner des tâches habituellement attribuées à sa fille. La seule à penser que les Rossillon en faisaient parfois un peu trop pour cette enfant qui n'était pas leur fille était la Nêne. Mais, si elle osait la moindre remarque, sa fille répliquait tristement : « Tu ne peux pas comprendre… » Malgré leurs différences, les deux princesses pouvaient passer pour des jumelles.

Louise pensait souvent à la réflexion de Claudine Chanaz qui n'aurait pas souhaité de jumeaux à sa pire ennemie. Maman Nanette avait eu quatre couples de jumeaux. Elle avait élevé des nichées d'enfants. Elle proclamait que les petits s'éduquent plus facilement s'ils sont nombreux : ils apprennent le partage et la tolérance indispensables à la vie en société. Ils s'apportent la compagnie qui fait défaut aux petits solitaires. Marcel avait eu de la chance d'être mis en nourrice par ses parents, en somme !

L'autocar longeait la vallée alluviale des Usses où saules et peupliers dessinaient une forêt lumineuse. Les branches souples dansaient, les feuilles mobiles tremblaient au souffle du vent, découvrant et dissimulant leur face argentée, comme agitées d'une vibration qui les faisait miroiter au soleil changeant. La lumière traversait les frondaisons et éclatait en flaques mouvantes sur les épis des herbes folles.

Louise avait raconté la Croix-Rousse à Marcel, sans s'attarder particulièrement sur Philippe. Cette petite omission était-elle prudence ou trahison ? Elle se promit d'y réfléchir sincèrement. Le garçon lui apprit qu'il pensait aussi partir pour Lyon. Ses rapports avec son père n'étaient pas bons. M. Lacraz était un homme jeune qui n'avait aucune envie de partager l'autorité avec un fils de dix-sept ans. « Il trouve que je fais tout de travers, que mes idées sont mauvaises, et s'il s'avère qu'elles sont bonnes, il refuse de le reconnaître ! Et pourtant, lorsqu'il était "là-bas", on se débrouillait bien avec la maman ! » Marcel avait décidé de partir en apprentissage et de travailler chez les autres jusqu'à son régiment. Dans six ans, il reconsidérerait le problème.

« Tu sais, Louise, ce que j'aimerais, c'est travailler pour l'O.T.L. à Lyon.

– Tu veux conduire des trolleys ?

– Non ! Ce que je voudrais c'est être mécanicien. L'O.T.L., c'est la Compagnie des omnibus et des tramways de Lyon. Ils ont les moteurs électriques et les moteurs à essence. J'imagine qu'ils ont leurs ateliers d'entretien. Mais s'ils n'en ont pas, ils doivent tout de même s'adresser aux mêmes mécanos ! Vois-tu, c'est cela qui me plairait. Je peux loger chez une tante de ma mère, au début. M. Thévenet m'a dit qu'il peut me recommander. Il connaît plein de monde avec son métier... Il faut juste que j'aille à Lyon me présenter et me renseigner, mais j'en ai tellement envie que je suis sûr de convaincre un patron. Et puis j'ai eu mon certificat tout de même, tout juste, mais je l'ai eu ! Je crois que mon père serait bien content que je prenne le large. »

L'autocar avait traversé le pont Rouge ; il allait longer les Usses sous la butte où s'élevait la ruine de la tour de Mons. Sur l'autre rive on devinait le gros hameau de Planaz et le vert franc des premières vignes. Une exploitation devait se libérer à l'automne. Louise savait que son père s'y était intéressé mais n'avait pas osé s'engager avant le retour de son fils. Or, pour cause de transfert d'Allemagne au Maroc, ce dernier n'avait pas remis les pieds au pays depuis plus de six mois. Il ne serait libéré des obligations militaires qu'en fin d'année, ce qui signifiait que Noël devrait se charger seul des labours et des semis d'automne. Le labour de buttage ou chaussage des vignes était probablement la tâche la plus rude. Après la récolte, il convenait de défoncer la terre tassée par les pas des vendangeurs entre les rangs. Une fois ameublie, on la remontait sur le pied du cep de manière à couvrir le point de greffe. Ce buttage était retiré au printemps lors du labour de déchaussage. Cette perspective l'avait fait renoncer ; malgré sa vaillance, Séverine n'était pas en mesure de l'aider pour ce travail. Tous deux venaient tout juste à bout de l'exploitation de Chaumontet et la ferme de Planaz était plus importante.

L'autocar s'arrêtait fréquemment pour laisser descendre ou monter des passagers au hasard des besoins. Il passa lentement le long des maisons du quai des Usses où Louise chercha vainement à apercevoir l'un de ses nombreux cousins Miège, puis reprit de la vitesse en soulevant un petit nuage de poussière. À ce détail, elle comprit que la pluie était tombée en début de matinée car, habituellement, les particules soulevées par les roues atteignaient la vitre arrière du véhicule. Voilà qui allait compliquer le séchage des foins !

Marcel lui confirma qu'un orage violent, mais de courte durée, avait éclaté en fin de nuit, suivi de ce petit vent qui, assurait-il, allait très vite en faire disparaître les méfaits. Marcel n'était pas fils de paysan. L'herbe coupée ne sèche pas aussi vite que sur pied ; il allait falloir la mettre en meule avant de pouvoir la rentrer.

La vallée s'élargissait à nouveau, orientée est-ouest, jusqu'au mont Musiège que le torrent contournait lorsqu'il descendait du pont de la Caille. Le bourg de Frangy, qu'ici l'on nommait le chef-lieu, était blotti au fond de la combe, dominé par le clocher à bulbe de son église. Le fond plat de la vallée accueillait des cultures, la rive droite, face au midi, offrait ses vignes aux plus ardents rayons du soleil. Ce vignoble jouissait d'une bonne renommée depuis plus de deux siècles et trouvait facilement des débouchés à Genève. Les viticulteurs s'enorgueillissaient d'avoir été cités dans ses *Confessions* par le grand Jean-Jacques Rousseau : « Le vin de Frangy parut si excellent que j'aurais rougi de fermer la bouche à si bon hôte. » La phrase se colportait de bouche à oreille car personne n'avait jamais lu la moindre ligne du philosophe des Lumières. Dame ! lorsqu'un monsieur si important parle de nous, la politesse veut que l'on retienne au moins son nom !

Louise aimait l'aspect soigné que la vigne donnait au paysage. Depuis la grande crise du phylloxéra, du mildiou et du black-rot datant d'une quarantaine d'années, les viticulteurs avaient abandonné la traditionnelle plantation en foule et en hautain au profit de la plantation basse et en alignement. Les lignes régulières, perpendiculaires au midi, lui faisaient penser à la trace d'un peigne dans les cheveux brillantinés d'un élégant. Pourtant, lorsque l'autocar s'approcha des cultures, elle remarqua quelques parcelles un peu hirsutes, comme décoiffées par un soufflet de l'orage matinal. Il ne pouvait toutefois s'agir de dégâts dus à l'intempérie. Ces vignes avaient été mal taillées ou n'avaient pas été rognées. Elle fit part de sa réflexion à Marcel.

« Tu as raison, en effet. Ces vignes sont mal tenues, approuva-t-il. J'ai entendu dire que la situation s'est dégradée pendant la guerre. Lorsque les hommes étaient au front, les femmes n'ont pas toujours pu venir à bout de la tâche. En plus, la coutume veut que ce soit les hommes qui taillent. C'est un savoir-faire…

– Mais ce sont les femmes et les gamins qui rognent !

– Le problème est que les femmes et les enfants de ceux qui ne rentreront pas sont occupés aux foins. Tiens ! rien qu'à Frangy, sans compter Vanzy, Chaumont et Chessenaz, on en est à quarante-cinq tués. C'est du moins le nombre de ceux qui doivent figurer sur un monument qu'il est question d'élever en l'honneur de ceux qui sont tombés pour la Patrie. On ne parle que de cela en ce moment, de monument aux morts, dans toutes les communes. Même à Seyssel ce matin ! M. Thévenet dit qu'il est possible de commander des statues toutes prêtes, mais que certains patelins se contenteront de poser une plaque à l'église.

– Et on va le mettre où, ce monument ?

– Euh… je crois qu'ils veulent le mettre au cimetière.

– Au cimetière ?… Oui, bien sûr… Ceux qui seront sur le monument n'y seront pas au cimetière. Je veux dire au cimetière de chez eux. Mes patrons disent qu'on commence à regrouper tous les cimetières des zones de combat dans de grands cimetières militaires qui seront entretenus par l'État.

– Heureusement que l'État s'en occupera, car je ne vois pas comment les familles pourraient le faire : les pauvres morts sont trop loin !

– Tout de même, je me demande une chose : puisqu'on les déterre pour les mettre ailleurs, ne pourrait-on pas les rendre à leurs familles pour qu'ils soient enterrés chez eux ?

– Oh ! Louise ! tu imagines ces convois de corbillards sur toutes les routes de France ! On parle de centaines de milliers de morts. D'un million peut-être !

– Un million !… Le temps que cela prendrait… Tu as raison, ce serait trop funèbre. Il vaut mieux qu'ils restent tous ensemble, entre camarades, là où ils sont tombés. Mais ce sera dur pour les familles de n'avoir pas de lieu où se recueillir ! Cela me fait penser à la Nêne. Bien qu'elle soit toute vieille, elle va au moins deux fois l'an sur la tombe du pépé Joset à Vanzy. Et ma mère l'accompagne… »

Après un bref instant de silence, elle ajouta :

« Si mon père était mort au loin, comment faire sans rien… sans rien pour se recueillir ? Comment vivre sans savoir où il est, comment est sa sépulture ? Sans être vraiment sûr ! »

Soudain, l'ami Francis lui revint en mémoire.

« Et les disparus, ceux qui se sont volatilisés sous un obus ? »

Marcel haussa les sourcils et proposa :

« Ce doit être pour cette raison qu'ils veulent faire des monuments ou des plaques. Il n'y a pas besoin des corps… D'ailleurs j'ai vu que les Duvernay ont fait sceller sur leur tombe une photographie du Maurice en uniforme. »

Toutes les familles recevaient au moins une photographie envoyée par leur soldat. L'armée organisait des séances pour immortaliser les combattants ! Pour beaucoup, il s'agissait de la première photographie. Pour certains, elle demeurerait l'unique…

« Ce n'est pas très gai, notre conversation », constata Marcel.

Louise hocha la tête tristement et lui prit la main comme ils le faisaient naguère lorsqu'ils avaient le cœur gros. Il répondit par une petite pression des doigts, comme avant. Elle avait le sentiment de vivre une drôle d'époque, alourdie d'un deuil démesuré qu'elle percevait mieux ici, dans son environnement familier, mais en même temps toute vibrante de projets d'avenir enfin envisageables dont Marcel, les fils Chanaz, et peut-être elle-même, étaient porteurs.

L'autocar atteignait le Grand Pont dont les deux arches n'enjambaient que des galets. En cette saison, le torrent se réduisait à un ruisselet encore assez vif pour abriter des truites. Tout près s'élevait le gros bâtiment de la fruitière où l'on fabriquait les grosses roues dorées d'emmental ou les petits disques gris de tomme. Le fruitier utilisait le petit-lait d'égouttage pour nourrir un élevage de cochons, ce qui donnait à l'endroit un fumet très caractéristique… Le Grand Pont, qui ouvrait la route vers Rumilly, marquait l'entrée du bourg. La route nationale devint la rue de la Mairie. Le véhicule passa devant les écoles, l'*Hôtel Moderne* de la famille Thévenet, la droguerie-quincaillerie des Lacraz et s'arrêta sur la place du Marché, devant l'église. Au-delà de la place, la rue de la Mairie devenait la route d'Annecy. La rue Basse descendait vers les Usses, la rue Haute montait à Chaumont et, après avoir franchi le Malpas entre le Vuache et le mont Musiège, elle filait vers Saint-Julien-en-Genevois et Genève. Pour la première fois, Louise prit conscience de l'extrême simplicité des noms des rues. Chaque voie était unique ; nul besoin de la baptiser du nom de grands hommes méritants comme Hénon, Rosset, Dumenge ou Dumont d'Urville, pour les différencier. À la Croix-Rousse, seule la Grande Rue et la place avaient conservé la simplicité des temps anciens.

Les deux jeunes gens descendirent tandis que l'autocar poursuivait son chemin vers Annecy. Ils restèrent un moment indécis, n'osant pas encore se séparer. Marcel hasarda :

« Je t'accompagne jusqu'à Saint-Jean ?

– Non. Je vois que tu as un paquet... »

Marcel considéra le colis ficelé qu'il portait sous le bras.

« Une commande... Je te vois demain, au marché ?

– Maman Nanette y descendra sûrement. Moi, je ne sais pas. Je devrai peut-être me rendre utile. Mais si tu viens à Lyon, écris-moi : chez M. Chanaz au 2 rue Hénon, H.E.N.O.N. tu te rappelleras ?

– Hénon ? Eh oui !

– Oh ! bravo pour l'humour ! Attends que je me tienne les côtes !

– Ne sois pas vache ! Mettons que je manque d'inspiration. Avec nos conversations folichonnes...

– Allez ! vieux frère. Je te fais la bise et je monte. Va livrer ton paquet et tiens-moi au courant...

– Adieu sœurette. Je chercherai maman Nanette demain à tout hasard... »

Louise attaqua la montée d'un pas lent et régulier. La déclivité n'était pas aussi importante que celle de la Grande Côte, mais il s'agissait tout de même d'un sacré raidillon. Elle sourit en passant devant chez le sabotier au souvenir des fous rires partagés. L'artisan prenait la mesure à l'aide d'une baguette de bois qu'il glissait sous la plante du pied avant de la sectionner à la longueur adéquate. Ce faisant, il ne manquait pas de chatouiller un peu les petons des petits qui n'attendaient que cela pour se tortiller et rire aux larmes, au grand bonheur des chalands présents dans l'atelier.

Après les dernières maisons du bourg, la vigne reprenait ses droits jusqu'à ce que la pente s'atténue. Elle laissait alors place aux prés et aux cultures qui alternaient sur le plateau protégé par le Vuache.

Louise allait toujours à pas réguliers, soulagée d'atteindre le replat de Saint-Jean. Elle bénissait le vent capricieux qui tempérait l'ardeur du soleil. Il caressait les champs de blé en leur donnant des mouvements de houle, lents et forts, tandis qu'à côté il agitait le carré d'avoine de chez Barbusse de petits frissons vifs, presque féminins. Louise avait l'illusion d'entendre le crissement des épillets blondissants.

Arrivée à la chapelle, elle prit le temps de se retourner et de contempler le panorama. Les montagnes, bleues ou grises, se découpaient avec précision dans l'air lavé par l'orage. C'est là, au milieu des champs, qu'elle se sentait chez elle, plus que dans la ferme de Chaumontet que ses parents quitteraient sûrement un beau jour.

En poussant la porte de la cuisine, elle ne s'étonna pas de trouver la pièce vide. Un petit mot était coincé sous le broc. Séverine avait écrit : *Nous sommes à la parcelle des Daines. La Nêne est en champ les vaches. Change-toi et apporte le casse-croûte.* Le repas de midi était resté au frais dans le placard. Le panier attendait sur la table, déjà chargé d'un morceau de miche enveloppé dans un torchon. Elle ajouta deux petites saucisses cuites – des diots – et deux fromages de chèvre et alla remplir une bouteille à la pompe.

Elle était tout de même un peu déçue. Elle avait espéré, contre toute raison, que sa mère serait restée et qu'elle aurait pu lui offrir le foulard dès son arrivée. Elle se rendit à la chambre et trouva sur son lit une jupe et un corsage de coton léger, aussi propres qu'usés. Sa mère avait cousu une pièce sous l'emmanchure du corsage que Louise avait porté plusieurs années. Le tissu avait craqué sous le bras droit lors de la taille de la vigne en février. Elle se dévêtit, se déchaussa et enfila ses anciens vêtements. Elle passa un tablier et resta nu-pieds, ses sabots étant probablement restés à la porte de l'étable. Elle lissa sur son corps le tissu léger avec la curieuse sensation d'avoir rajeuni. Les quelques mois passés au loin lui semblaient des années. La Louise qui avait usé ces habits était une petite fille. Elle porta la main à ses cheveux et retira les épingles qui maintenaient son chignon. Leur masse chaude se répandit dans son dos. Elle l'emprisonna dans une natte serrée. Voilà. Elle était redevenue la petite paysanne des Usses.

Le lieudit « les Daines » se situait au pied du Vuache, au bord du plateau, à l'écart des fermes. Cette vaste surface, pratiquement plate, était assez humide : plusieurs sources de résurgence y prenaient naissance. L'herbe y poussait plus haute qu'ailleurs et c'est la raison pour laquelle la plupart des parcelles étaient des prés. Lorsque Louise y arriva, de nombreux voisins fanaient. Elle salua en passant les Reverdy dont les deux fils aînés figureraient sur le monument aux morts. Il ne restait que le benjamin, Jean, un ancien camarade de classe de Séverine. De loin, elle aperçut son père qui finissait de monter la structure des meules : il liait en trépied des pieux de la taille d'un homme. Le foin finirait de sécher éloigné du sol trop frais et mieux protégé d'une averse intempestive. Sa mère et sa sœur fanaient.

Ils s'interrompirent à son arrivée et la regardèrent s'avancer, attendant qu'elle eût pénétré dans le pré pour se porter au-devant d'elle. Au travail depuis le petit matin, ils économisaient leurs pas. Après les embrassades, Louise remisa le panier au creux d'un fossé où s'épanouissaient les hampes roses des salicaires. On lui tendit le râteau de bois à tête oblique dont on se servait pour le foin et elle se mit au travail. Maman Nanette avait simplement expliqué qu'on casserait la croûte lorsque Noël aurait terminé. Le soleil et le vent avaient asséché l'herbe coupée en surface. À l'aide du râteau, les faneurs la retournaient en créant de larges andains qu'il faudrait peut-être retourner à nouveau, selon l'évolution du séchage, avant de former les meules. Louise se plaça en retrait de sa sœur, la laissant entamer son rang avant d'attaquer un autre rang latéralement. En quelques pas, elle retrouva le rythme des gestes familiers ; en quelques minutes, son esprit se libéra des gestes, devenus automatiques, pour vagabonder entre les Usses et la Grande Rue.

Lorsque sa mère annonça la pause, elle avait la nuque en sueur sous la tresse épaisse. Ses mains, ramollies pendant son séjour à Lyon, avait perdu l'habitude du manche de frêne : elle avait deux plaques cuisantes entre le pouce et l'index. Un point douloureux travaillait son flanc droit à cause de la dissymétrie de son mouvement. Lorsqu'elle posa son râteau et s'assit au bord du fossé, le vent glaça l'humidité de son corsage. Elle déboutonna ses manches et releva légèrement sa jupe pour que l'air pénètre mieux et vienne encore la rafraîchir. Sa mère et sa sœur avaient fait de même et son père avait roulé les manches de sa chemise au-delà du coude, dévoilant ses bras hâlés. La vision de Philippe dans la petite maison fit une irruption indécente.

Noël s'assit avec difficulté, le visage marqué par la douleur.

« Ah ! je me suis fait un tour de reins en chargeant les pieux. »

Il ne parvenait pas à se redresser et grimaçait en mangeant son pain. Annette proposa :

« Rentre donc t'allonger un peu. Tu as la chance que Louise soit là aujourd'hui.

– M'allonger pendant les foins !

– Qu'as-tu donc tant à faire ? Tu es levé depuis 6 heures ! Si tu insistes, tu risques d'être bloqué plusieurs jours comme en avril ! »

Maman Nanette faisait des cachotteries... Elle n'avait pas évoqué les douleurs de son homme dans ses courriers... Louise se rappelait qu'elle avait parlé de fatigue : « Ces temps, le papa a été un peu fatigué. » Louise en avait retenu : vos parents vieillissent ; soyez courageuses, vous devez subvenir à vos besoins...

Noël admit qu'il valait mieux qu'il aille se reposer.

« Mais avant cela, ma fille, donne-moi un peu de tes nouvelles », dit-il à Louise en s'efforçant de sourire.

La jeune fille eut un peu honte de ne pas avoir eu la constance de Marisa qui écrivait chaque semaine une longue lettre à ses parents et n'oubliait ni les oncles ni les cousins au deuxième, voire troisième degré, dans son courrier de ministre. Ses lettres tissaient au sein de la famille un réseau d'attentions, d'informations dont elle était le cœur. Louise se contentait de cartes au contenu lapidaire…

« Mes patrons sont tout de même partis assister au mariage de leur fils !… »

Elle raconta du mieux qu'elle put, en essayant de rendre l'histoire palpitante. Elle cherchait sur le visage de sa mère ou de sa sœur la trace des sentiments que sa narration faisait naître. À en croire leur mine tour à tour attendrie, apitoyée, choquée, elle ne s'y prenait pas trop mal. Pour la première fois au centre du cercle familial, c'est elle qui avait quelque chose à raconter, qui venait rompre la monotonie du jour sur les Daines…

« … J'ai pris le train après le leur et, arrivée à Seyssel, devinez sur qui je tombe ? »

Encore de quoi dire ! L'O.T.L., les monuments aux morts…

« … Et il viendra te faire la bise au marché ! »

Elle ajouta avec un brin de perfidie :

« Sais-tu qu'il m'a reproché de ne pas t'écrire assez ? »

Le repas était terminé depuis un certain temps. Séverine, qui se tortillait sur place depuis un bon moment, s'éloigna vers un bosquet à l'abri des regards. Tandis qu'Annette rangeait les restes dans le panier, Noël se redressa péniblement en s'appuyant sur ses mains. En regardant son père prendre la route de Chaumontet, Louise demanda :

« Dis maman, quand tu as connu papa, tu es tombée amoureuse de lui tout de suite ? »

Surprise par la question, Annette bredouilla :

« Euh… tout de suite ? Je ne crois pas !

– Tu le trouvais beau ? »

Annette se reprit.

« Qu'est-ce que tu me demandes ? Allons ! ce ne sont pas des discussions !

– Allez !... tu peux bien me le dire ! insista Louise en souriant. Je suis sûre qu'il était beau, papa, quand il était jeune. »

Annette revit Noël torse nu, devant l'évier de Saint-Jean, le sang sur la chemise. Ses joues rosirent. Elle baissa la tête et, avec un demi-sourire, avoua :

« Oui. Il était beau... »

La phrase flotta entre les deux femmes debout, immobiles. Mais Annette rompit le charme en déclarant :

« Mais on n'épouse pas un homme parce qu'il est beau !

– Non, mais on peut en tomber amoureuse !

– Amoureuse ! On n'épouse pas un homme parce que l'on est amoureuse !

– Ah bon ?

– Non. Il faut s'accorder, s'accorder dans la vie.

– Tu n'étais pas amoureuse de papa ? demanda Louise horriblement déçue.

– Mais si, mais... mais cela ne te regarde pas. Pourquoi me poses-tu toutes ces questions ? Hein ? Regarde-moi ! Est-ce que, par hasard, c'est toi qui serais amoureuse ? »

Le moment ne paraissait pas propice aux confidences. D'ailleurs, Louise n'était pas vraiment certaine que maman Nanette serait très réceptive au genre de confidence qu'elle avait à faire. Elle ouvrit de grands yeux.

« Moi ? Amoureuse ? Mais de qui ?

– Qu'est-ce que j'en sais ? De Marcel peut-être !

– Tu plaisantes ! D'abord Marcel n'est pas beau. Il est tout petit. Et puis... »

Comment expliquer qu'elle n'y avait jamais pensé ?

« Et puis c'est ton frère de lait !

– Oui c'est cela, c'est comme mon frère !

– C'est ce que je dis : on ne doit pas tomber amoureux entre frère et sœur, même de lait. Il faut passer de l'autre côté. »

Louise n'était pas sûre de comprendre ce que sa mère voulait dire. Mais l'essentiel était qu'elles étaient d'accord.

« Maman, je te rassure. Je ne suis pas du tout amoureuse de Marcel. Et en plus, je sais de qui il est amoureux, mais je ne peux pas te le dire… »

Elle ne pouvait surtout pas dire que Marcel avait un cœur d'artichaut. La fermeté de sa réponse rassura sa mère.

« C'est bien, ma petite fille… Tu sais, il faut faire très attention. On tombe amoureux et après un malheur est vite arrivé.

– Maman, je sais ! rétorqua Louise sur un ton de reproche. Tu nous as tellement mises en garde que Marisa n'ose même pas sourire dans la rue.

– Oui ? Eh bien ! c'est préférable. »

Heureusement, le retour de Séverine sonna la fin de la leçon de morale.

Lorsqu'elles rentrèrent le soir à Chaumontet, la Nêne avait trait les bêtes et préparé le repas. Louise attendit que sa mère s'assît pour aller chercher le foulard et le petit mot de Marisa. Avant même d'ouvrir le paquet, maman Nanette eut les larmes aux yeux. Elle dégagea le foulard avec précaution, le déplia à demi, le passa sur sa joue, le replia et le remit dans son papier.

« Tu ne l'essayes pas ! souffla Louise.

– Je suis toute sale… Il ne faudrait pas que je l'abîme, il est si joli. Vous avez fait des folies, mes filles… Je le mettrai dimanche à la messe. »

Elles veillèrent jusqu'au crépuscule. Louise leur raconta le parc et le *Grand Bazar*. Le lendemain, il s'avéra que Noël était bel et bien cloué au lit. C'est une journée de labeur qui attendait ses filles.

Quand Louise reprit le train, elle était raidie de courbatures ; le râteau avait fait naître et crever des cloques que sa mère avait badigeonnées de teinture d'iode. Mais elle était heureuse.

Heureuse d'avoir vu sa mère porter le foulard pour se rendre à la messe. Heureuse de s'être rendue utile au moment où son père avait besoin de repos. Heureuse d'avoir passé deux jours face à la montagne bleue. Et heureuse de repartir pour Lyon !

Marisa l'attendait, telle une statue de sel, à la gare. Comme elle était jolie lorsqu'elle souriait !...

« Raconte pour le foulard ! Est-ce qu'elle était contente ? »

Pour la première fois, Marisa vint jusqu'à l'appartement de la rue Hénon et les deux sœurs réalisèrent tout l'intérêt de ce petit logement. Louise en profita aussi pour lui faire visiter le 50 *bis*, sans oser toutefois l'introduire au premier. Marisa l'aida à préparer un petit bouillon dans lequel elle n'aurait plus qu'à jeter quelques vermicelles à l'arrivée des Chanaz. Elle prétendit que sa patronne le lui avait demandé « comme un service ». Elle désirait surtout que certain se sente attendu après un long voyage.

XVI

BIEN ENTENDU, MME CHANAZ ARRIVA fatiguée et de mauvaise humeur. Elle fut heureusement surprise par l'accueil de sa bonne et à la question « Tout s'est-il bien passé ? » elle répondit sèchement :

« Ne m'en parlez pas, ma petite Louise ! C'était probablement une famille bien honorable, mais maintenant tout va à vau-l'eau. Le père et les deux frères : morts. La mère, une dame très comme il faut : complètement dépassée par les événements. Il reste les trois filles. Ma bru : une brave fille, sérieuse. Ce n'est pas vraiment un perdreau de l'année… J'espère qu'elle lui fera quand même de beaux enfants. Mais ses deux sœurs !… C'est simple, l'une est fille mère, l'autre… »

Claudine Chanaz secoua la tête

« … fille à soldats. Vous l'auriez appris tôt ou tard. Je compte néanmoins sur votre totale discrétion. »

Elle inspira profondément, cette confidence lui coûtait. Elle reprit :

« Le pays est ravagé. Les démineurs sont obligés de passer sur les terres avant qu'elles soient rendues aux propriétaires, s'il en reste, ou mises en vente. Et voilà ce que mon fils achète… Ah ! il a du courage ! »

Soudain, elle se redressa, battante comme d'habitude.

« Enfin, quand il en aura assez de jouer le coq de basse-cour, il peut toujours revenir ! »

De sa chambre, François avait entendu le résumé catastrophique de sa mère. Dans les jours qui suivirent, il s'employa à corriger ces révélations. Leur énoncé abrupt était imputable à la fatigue du voyage. Sa mère avait exagéré, n'avait pas donné toutes les clefs pour comprendre la situation. Impressionnée par le caractère tragique des événements, elle en dressait à dessein un tableau plus noir encore, ne laissant à personne le soin de le faire. Dans son for intérieur, elle pouvait ensuite reconsidérer les choses en se disant que tout n'était pas si sombre. Selon François, c'était sa manière de faire face…

Certes, la tâche qui attendait son frère n'était pas une sinécure. C'est vrai, les terrains devaient parfois être déminés, mais ce que le laboureur devait affronter de plus pénible était plutôt la découverte de restes humains. Un ancien soldat connaît les pièges des armes, mais l'homme reste démuni devant le corps supplicié de son semblable. Sa seule satisfaction est alors de pouvoir, même partiellement, matérialiser un soldat disparu. Luc, plus qu'un autre, connaissait la souffrance causée par ce néant qui contrarie la fonction apaisante du deuil. D'ailleurs, la fille mère évoquée par Mme Chanaz n'était autre que Germaine, la fiancée de l'ami Francis. Mettre la charrue avant les bœufs, fêter Pâques avant les Rameaux… La faiblesse de la chair est condamnable, peut-être, mais la peine est lourde eu égard à la faute. Ces deux-là auraient dû être mariés si la guerre n'avait pas compliqué les formalités administratives. C'est qu'il ne suffisait plus de se dire « oui » devant M. le curé. À ce propos, le curé de Flirey, dont l'église était ouverte aux quatre vents, n'avait refusé ni une messe au disparu ni le baptême du petit Jean-René Humbert dont Luc était le parrain. Il n'est pas utile de préciser qu'il n'avait pas demandé à la mère de ne plus pécher…

François avait été moins disert au sujet de l'autre sœur. Il avait tout de même précisé qu'il s'agissait d'une jolie jeune fille, aux manières un peu familières. Cela s'expliquait par le nombre important de poilus qui avaient été cantonnés dans le village et qui avaient accoutumé les dames à leur virile présence. Un cantonnement de soldats est assez éloigné d'un pensionnat d'oies blanches… Francine était serveuse dans un établissement de Metz. Pour autant, il fallait se garder de toute conclusion hâtive : la chèvre broute où l'herbe est verte !

Durant les quelques jours qui séparaient le retour d'Andilly et son entrée à la Société lyonnaise, François n'était guère retourné à l'atelier. Cherchait-il à préserver la netteté de ses mains ? Il tenait le magasin, donnait un coup de main lors des livraisons et, dès la fin de la journée, partait retrouver ses partenaires de manille dans l'un des bistrots du Plateau.

Début juillet marqua enfin le retour de la famille Chanaz à la régularité de la vie d'avant-guerre. Claudine Chanaz avait aussi lancé ses réunions de dames patronnesses. Ces braves personnes distribuaient les enveloppes pour le denier du culte, organisaient des ventes de charité au profit des écoles, collectaient des vêtements pour les familles démunies. Elles épaulaient le père Villebonnet dans la gestion des patronages et des autres associations paroissiales censées distraire les jeunes gens en veillant sur leur santé morale. Toutefois, lorsqu'elles prenaient le café ensemble, elles redevenaient des commères de quartier trop heureuses d'échanger des potins sur leurs concitoyens. Du commerçant à l'enseignant des écoles chrétiennes, du canut libre-penseur à la jeune fille libertine, de la mère de famille méritante au vieux solitaire nécessiteux, personne n'échappait à leurs commentaires. Elles étaient promptes à tresser des couronnes autant qu'à intenter des procès. Louise redoutait de les voir se pencher les unes vers les autres en chuchotant, car elle craignait de faire les frais de leur conversation. Aussi s'efforçait-elle à une grande discrétion lors de ces réunions. Elle n'aimait pas le rôle de domestique de parade que sa patronne lui faisait jouer, costumée de son petit tablier blanc. Elle préférait être simplement la femme de ménage. D'ailleurs, au bout de quelques mois, lui venait l'impression de tenir son propre ménage, du moins lorsqu'elle s'occupait de l'appartement et de la petite maison. Finalement, elle ne faisait guère plus que sa mère, si cette dernière n'avait pas eu les travaux de la ferme. Elle était la maîtresse de maison qui pourvoit au bien-être, à la santé, au bonheur de sa maisonnée. Elle mettait à profit les cours du certificat d'études, sans aller jusqu'aux chapitres « puériculture » et « gestion du budget familial » ! Elle prenait plaisir à ranger la chambre de Philippe, à tendre et lisser les draps de son lit, pour qu'il trouve une couche fraîche lorsqu'il viendrait dormir dans la nuit chaude de l'été lyonnais. Parfois, elle posait son visage sur son oreiller et respirait son odeur en laissant apparaître l'image volée dans l'entrebâillement de la porte. Elle s'occupait avec autant de soin de la chambre de son jumeau. Elle éprouvait de la sympathie pour ce fanfaron au cœur tendre, tout en s'inquiétant de sa tendance pour le petit blanc qui accompagnait les parties de manille. Elle aimait que la salle soit accueillante pour les recevoir au moment des repas. Si elle avait été à Frangy, elle aurait cueilli des bouquets de fleurs des champs pour égayer le bois sombre et apporter un peu de verdure dans ce logement urbain. Heureusement, il y avait le chèvrefeuille de la cour qui poussait ses volutes à l'assaut de la grille. Le parfum de ses fleurs jaunes et blanches créait entre la petite maison et l'appartement une unité qui manquait au premier étage.

Le premier restait un lieu de passage. Les Chanaz n'y prenaient toujours pas leurs repas. Louis Chanaz avait confié que leur installation avait été prématurée, simplement due au déménagement des locataires. Il avait toutefois reconnu qu'il n'avait jamais prévu le départ de Luc. Cet homme vieillissant ne comprenait pas comment son fils avait pu vouloir quitter la Croix-Rousse. Il mettait ce désir d'exil sur le compte d'une prétendue admiration de Luc pour son grand-père Antoine. Il respectait ce souci d'imitation sans en comprendre la nécessité.

Pendant la première quinzaine du mois d'août, Claudine Chanaz partit en villégiature à Pologny, accompagnée de sa sœur et du petit-fils de Cyprien Lacaze. Lorsque ses fils étaient enfants, c'est tout l'été qu'elle passait en Savoie. Elle se contenta de deux semaines afin d'évaluer la capacité de sa bonne à se débrouiller sans elle. Elle avait auparavant dressé une liste type de menus et ouvert une ligne de crédit chez ses commerçants habituels. Pourtant, elle conseilla à Louise de ne pas se formaliser si les hommes préféraient aller déjeuner chez Cinquin, rue du Mail, comme ils avaient l'habitude de le faire en son absence.

Louise connaissait désormais les maraîchers du marché de la Croix-Rousse. Elle aimait retrouver chez eux la mise et les manières de ceux de Frangy. Après avoir achevé ses emplettes, elle allait parfois jusqu'au boulevard où s'installaient de petits marchands qui ne disposaient pas d'un étal fixe comme ceux de la place. Ils venaient du nord de Lyon, Montessuy, Sathonay ou même de l'Ain, en carriole, et présentaient leur marchandise dans de grands paniers. Mais il y avait aussi de vieilles personnes qui venaient vendre le produit de leur jardin : quelques poireaux, un chou, trois poignées de haricots, une botte de radis. Ceux-là, Louise avait l'impression de les connaître. Ils ressemblaient à maman Nanette qui apportait ses fromages de chèvre chez Jeantet. Elle aurait aimé leur acheter quelque chose, mais elle n'était pas maîtresse du porte-monnaie.

Elle ne dut pas trop mal s'y prendre car les Chanaz prirent leurs repas au 50 *bis*.

L'un des premiers soirs, à la fin du repas, alors que Louise avait déjà débarrassé les assiettes, François extirpa de sa poche un morceau de tissu sombre qu'il manipula avec des gestes de prestidigitateur. Il s'agissait d'une sorte de tube légèrement resserré aux extrémités. Il enfila la main à l'intérieur, le retourna à deux reprises puis l'agita en le faisant claquer comme un drapeau. Il présenta le grand manchon à son public et questionna :

« Mademoiselle, messieurs, je vous le demande : de quoi s'agit-il ? »

Il pointa le doigt vers Louis Chanaz qui hasarda :

« Euh… une chaussette ?

– Une chaussette ! Monsieur ! La chaussette est généralement fermée à l'une de ses extrémités !

– Une guêtre ! renchérit Louise.

– Bravo mademoiselle, on chauffe ! Mais il ne s'agit pas d'une guêtre. »

Il interrogea son frère du regard.

« Une poche percée ? suggéra Philippe en souriant.

– Parlez pour vous, monsieur ! On refroidit. »

Il leur présenta de nouveau l'objet et demanda :

« Alors ? Pas d'idée ? Mlle Louise chauffait tout à l'heure… Non ? Je vous donne un indice : Louise s'est trompée de membre ! »

Philippe réprima un sourire ; Louise proposa sans conviction :

« Une guêtre de bras ?

– Une guêtre de bras ! Mais oui ! Il s'agit bien d'une guêtre de bras, dont le nom exact est "lustrine". »

Il se métamorphosa en camelot.

« La lustrine que vous avez sous les yeux se présente normalement par paire ! Vous avez là l'outil de travail indispensable au bureaucrate ; celui qui le protège de l'accident de travail tant redouté : le trou au coude ! La lustrine protège vos vêtements de l'usure prématurée. Grâce à son tissage – il s'agit d'une armure croisée – et à son lustrage – comme le laisse deviner son nom –, votre bras glisse en toute facilité sur le bureau et seule l'usure de votre crayon, ou l'assèchement de votre plume, viendra ralentir votre labeur ! »

Philippe se mit à applaudir, aussitôt suivi de Louise qui commençait à bien s'amuser. François reprit son boniment.

« Mais vous n'avez pas tout vu, mademoiselle, messieurs ! J'ai décidé aujourd'hui de vous présenter l'ensemble du fourniment de l'employé aux Titres. Soyez attentifs ! »

De la poche de son pantalon, il sortit avec précaution un L en métal de la taille d'une main, un dé en caoutchouc à picots et il retira du revers de sa veste une épingle qu'il déposa à côté du reste. Il saisit l'objet métallique entre le pouce et l'index et le présenta avec lenteur à son public ravi.

« Qui peut me dire le nom de cette chose ? »

Louise et Philippe échangèrent un regard complice. Le jeu les amusait. Elle leva le doigt.

« Mademoiselle ?

– Une équerre !

– Une équerre, un peu ouverte peut-être, il manque un côté. Mais nous allons admettre cette réponse. Comme vous le savez, cet objet permet de vérifier que l'angle droit bout bien à 90°. Mais, mais… le bureaucrate en a détourné l'usage. Mademoiselle, messieurs, vous avez sous les yeux, produit dans un métal résistant, en nombre limité, une… équerre à détacher ! »

Le public applaudit à nouveau. Le camelot reprit :

« Cet outil s'utilise couplé avec… »

Il présenta le dé.

« Une tétine, plaisanta Philippe.

– Un dé, corrigea Louise en riant.

– Un dé à picots, bravo mademoiselle ! Un dé de caoutchouc, résistant, souple, qui s'adapte parfaitement à l'index du bureaucrate. On peut le porter à tout autre doigt : le pouce, le majeur, l'annulaire, l'auriculaire… »

Le dé qu'il venait de poser sur son petit doigt tomba sur la table.

« Ah non ! pas à l'auriculaire ! Sa place souveraine reste néanmoins l'index. Nous reviendrons sur l'usage de l'outil car il nous manque le dernier membre de ce trio, j'ai nommé…

– L'épingle, répondirent Philippe et Louise d'une même voix.

– L'épingle… mais pas n'importe quelle épingle. Comme vous le voyez, sa tête n'est point ronde. Elle est formée par une courbure de la… tige en forme de point d'interrogation un peu aplati. Je vois que vous vous interrogez. À quoi sert ce trio : l'équerre de découpe, le dé, l'épingle ? Vous allez avoir la grande chance d'assister à une démonstration de pure bureaucratie ! »

Il alla chercher le journal qu'il déposa sur la table. Il ajusta l'équerre sur l'angle de la première page, de manière à délimiter un petit carré de papier, et chaussa le dé. Il fit un ample mouvement du bras mais s'interrompit subitement.

« J'oubliais le contexte ! »

Assis, les deux coudes sur la table, les doigts joints, le dé juché sur l'index, il adopta un ton professoral.

« Ce que j'ai devant moi n'est pas un journal. C'est un titre. Qu'est-ce qu'un titre ? Une action, une obligation, un emprunt, matérialisé sous la forme d'une feuille de papier. Je vois que mademoiselle ne suit pas… Comment expliquer ?… Voilà ! Les rentiers, comme M. Louis Chanaz, ici présent, devrait l'être dans quelques années, placent leurs économies dans de biens nommés placements qui, l'espèrent-ils, devraient leur rapporter un meilleur rendement que la Caisse d'épargne. Ils ne peuvent pas acheter une entreprise entière comme la Générale Sucrière de Belgique, par exemple. Ils en achètent donc une petite partie, soit quelques actions sur l'ensemble des actions qui représentent la propriété complète de l'affaire, que l'on appelle aussi le capital. Comment notre rentier est-il rémunéré de son placement ? Chaque année, l'entreprise lui donne une partie des bénéfices qu'elle réalise. Cette partie s'appelle le dividende. Et si l'entreprise ne fait pas de bénéfices ? Pas de dividende ! Tout cela est bien aléatoire, me direz-vous… Vous pouvez préférer l'emprunt. L'État lance un emprunt pour reconstruire le pays ; vous confiez votre argent pour quinze, vingt ans, et chaque année l'État vous sert un intérêt au taux convenu d'avance. À l'issue de la période, on vous rend votre argent. Sauf s'il s'agit du gouvernement russe, bien entendu. Là, vous l'avez dans l'os ! S'il s'agit d'une entreprise qui emprunte, les tranches d'emprunt se nomment des obligations. Mais le principe est le même. Les tranches d'emprunt, les actions, les obligations sont donc matérialisées sous la forme d'une feuille qui est, en quelque sorte, un titre de propriété.

Chaque année, notre rentier va donc recevoir son intérêt ou son dividende. Et voyez comme les bureaucrates sont des gens extrêmement astucieux... Au bas de chaque titre figurent des petits cadres correspondant aux années. Ces petits cadres se nomment les coupons. Au moment où le dividende, par exemple, doit être mis en paiement, le rentier doit apporter la preuve qu'il est toujours propriétaire de l'action. Il va donc se servir du coupon de l'année en question, le « détacher » de son support, l'apporter à son banquier qui fera le nécessaire auprès de la banque de l'entreprise pour que ledit dividende lui soit versé, et ne lui soit versé qu'une fois. Chaque coupon a donc la valeur du dividende par action. »

Avant de poursuivre, François s'assura de l'attention de son auditoire.

« Maintenant, soyons pratiques. Le service Titres de la Société lyonnaise gère de nombreuses participations de cette banque dans de multiples entreprises, ainsi que le portefeuille de titres, actions, obligations, emprunts de centaines de clients. Au moment de la mise en paiement des dividendes, c'est donc des milliers de coupons qui doivent être détachés de leur support pour être réglés ! D'où l'existence de l'équerre à détacher – beaucoup plus efficace que la paire de ciseaux –, du dé à soulever le papier qui évite d'épuiser ses glandes salivaires et de s'empoisonner à l'encre d'imprimerie. Attention ! soyez attentifs ! »

François souleva l'angle de papier laissé libre par l'équerre et l'arracha d'un geste vif. Il déplaça légèrement l'équerre, délimitant un autre carré qu'il arracha aussi vivement. Puis il se mit à déchiqueter frénétiquement le journal en faisant voler des petits carrés autour de lui.

« Le papier de ce journal est de piètre qualité, mes coupons ont tendance à se déchirer... Je vous laisse deviner l'usage de l'épingle à tête triangulaire, détournée de son rôle habituel de fixe-liasse de billets. »

Louise, Philippe et M. Chanaz étaient ébahis. Ils souriaient encore, mais leur sourire commençait à se figer car ils n'étaient pas certains que François avait seulement voulu les amuser. Ce dernier finit par s'interrompre. Il les regarda avec une moue désabusée et conclut :

« Eh bien ! vous savez tout. Voilà à quoi je m'occupe depuis le premier jour au service Titres, en compagnie de deux embusqués, dont l'un porte les fameuses lustrines dont je vous ai parlé. Et encore, comme quelqu'un s'est moqué, il n'ose plus sortir son rond-de-cuir pour se protéger le... »

Il jeta un coup d'œil à Louise et se désigna le bas du dos.

« ... verre de montre. Vous ne connaissez pas, Louise ? C'est un anneau rembourré qui évite que le... bombé ne soit en contact avec la chaise ! Dame ! tout s'use ! »

Il commençait à rassembler les papiers épars.

« Nous sommes enfermés à clef, dans une pièce à demi enterrée qui ne dispose que d'une fenêtre à barreaux dont les vitres sont dépolies ! De quoi étouffer ! Et les deux zigs sont bêtes à manger du foin. À croire que tout le monde y entre par protection dans ce service ! Ils m'ont fait la leçon à mon arrivée. Ils se figurent occuper une place capitale : méthode, précision, confiance, secret bancaire, bla-bla. »

Il jeta en l'air les papiers qu'il avait dans la main.

« Tiens, je devrais resservir leur discours à maman, elle sera très fière de moi ! »

Louise se leva pour l'aider à les ramasser. Personne n'osait prendre la parole après lui. Louis Chanaz, visiblement touché par la dérision de son fils, se racla la gorge et demanda :

« Tu ne vas pas lui refaire ton cirque ?

– Mais non, papa. À elle, je parlerai comme mes codétenus. À vous, je peux vous le dire : je m'ennuie, je m'enquiquine, je m'emmerde comme un rat mort ! »

François se servit un verre de vin et le but d'un trait. Son frère rassembla les verres au milieu de la table et demanda :

« Tu tiendras le coup ? »

François soupira.

« Je ne vais tout de même pas me plaindre. Je ne suis pas au bagne. La période des dividendes entraîne un pic d'activité. Je suis arrivé sans expérience, j'ai fait la petite main. À l'issue de cette période, je serai affecté à un poste où l'on aura le temps de me donner une formation, où je ferai quelque chose d'intéressant, enfin j'espère. »

Et pour conclure, il demanda à la cantonade :

« Et si on se goûtait les griottes de la tante Lacaze ?

– Il en reste ? Tu ne veux pas un tilleul plutôt ? » répondit Philippe avec une pointe d'agacement.

François haussa les épaules. Il en restait.

C'est avec grand intérêt qu'ils apprirent que la banque offrait à ses salariés la demi-journée précédant les fêtes carillonnées. Soucieuse de leur salut autant que de la satisfaction de sa clientèle catholique, la Société lyonnaise leur donnait la possibilité d'aller à confesse en toute quiétude. Les Chanaz rejoignirent donc madame à Pologny, dès le jeudi 14 août, à la grande joie de Louise qui se voyait offrir le samedi. Elle profita de la voiture qu'ils avaient commandée pour se rendre à la gare. Philippe poussa la galanterie jusqu'à porter le sac de voyage en carton bouilli qu'elle venait d'acquérir. Arrivés sur le quai, ils se séparèrent : ces messieurs voyageaient en première classe…

Elle retrouva Marisa à Chaumontet. Sa patronne étant en voyage, elle avait eu droit à une semaine complète. Noël était rétabli mais leurs bras furent bien accueillis puisque les moissons n'étaient pas achevées. Les grains de mondeuse commençaient à rougir mais il n'était pas temps de vendanger. Elles passèrent tout de même dans les vignes tailler les pousses qui risquaient de faire un écran aux grappes mûrissantes.

Marisa avait apporté les cartes d'Étienne. Leur lecture occupa toute une soirée. Il écrivait régulièrement à sa sœur des textes courts et factuels :

21 avril–Casablanca : ... je puis te dire que j'ai fait une bonne traversée. Nous avons mis 7 jours pour aller de Bordeaux à Casablanca.

29 avril–Rabat : ... je puis te dire qu'au Maroc il fait chaud. On est presque obligé de passer à quatre pattes sous le soleil, mais je suis tout content de venir faire une tournée ici, de voir Casablanca et Rabat qui est très charmant...

20 juin–Rabat : ... je suis rentré de colonne et nous avons marché 10 jours à 30 kilomètres par jour. Tu peux voir les kilomètres que nous avons faits à pied et sans repos. Mais à part cela, ça ne va pas trop mal. La santé est bonne...

20 juillet–Rabat : ... quant à moi, cela ne va pas trop mal pour le moment. Les furoncles que j'ai eus à la figure sont presque guéris, ce qui ne m'a pas permis de me faire photographier. Ce sera pour plus tard. Maintenant je puis te dire que nous remontons en colonne et que ce sera pour plus longtemps d'après les dit-on qui se disent. On monte pour six mois et après ce sera la quille...

5 août–Remel : ... quant à moi j'ai quitté Rabat le 26 juillet. Nous sommes dans un poste pour six mois et j'ai trouvé une petite embusque. Je suis secrétaire dans un bureau pour recevoir toutes les dépenses et recettes...

La première carte montrait les *Magasins Modernes* de Casablanca : un immeuble récent de quatre étages devant lequel ne stationnaient que des voitures à cheval. La photographie ne permettait pas de savoir ce que l'on y vendait... La deuxième était une vue de la *Darse de Casablanca* : une dizaine d'indigènes, de dos, contemplaient l'entrée du port. Ils étaient curieusement vêtus : leur tête était coiffée d'un linge entortillé et ils portaient des robes ou des toges, blanches ou colorées, qui s'arrêtaient au genou. Leurs jambes et leurs pieds étaient nus. L'un d'entre eux disparaissait sous une sorte de capuche qui lui couvrait le dos comme les livreurs de charbon que Louise avait vus à la Croix-Rousse. Il s'agissait peut-être de débardeurs... La troisième s'intitulait *Rabat : Noria arabe des Oudaïa.* Un cheval, aveuglé par deux œillères en vannerie, faisait tourner une roue horizontale qui, par un système d'engrenage, en actionnait une seconde, verticale, sur laquelle étaient fixés des pots. S'agissait-il d'un puits ?... La quatrième était une vue générale de Rabat « qui est très charmant ». On avait du mal à reconnaître une ville dans cet amoncellement de cubes d'où jaillissait une tour carrée et trois gigantesques palmiers. On finissait par discerner des terrasses, des courettes et de rares fenêtres à colonnes. Ce que l'on avait pris pour des ruines sans toit étaient des maisons... La dernière représentait des « manèges de chevaux de bois hassani ». Sur une place avaient été dressés de hauts tourniquets à quatre branches où étaient pendues, par des cordes, des silhouettes de chevaux. Ces manèges étaient dépourvus de machinerie. Les adultes les faisaient tourner en les tenant par les cordes. Les enfants portaient aussi de longues robes ; certains avaient la tête nue. Les femmes, les premières à apparaître sur les cartes postales d'Étienne, étaient enveloppées d'un drap. Étant donné l'épaisseur de la toile, on ne pouvait parler de voile. Leur visage était dissimulé par un mouchoir...

Les cartes passaient de main en main. Autour de la table où se trouvaient réunis la Nêne, Annette, Noël et leurs trois filles, les commentaires allaient bon train. Le Maroc restait un pays mystérieux. L'inachèvement des constructions présumait d'une certaine pauvreté. Les vêtements amples, surabondants, permettaient-ils un travail efficace ? Les paysans s'habillaient peut-être différemment... La présence de la France dans ce protectorat était certainement une chance pour le développement du pays. À en juger d'après l'architecture de Rabat, jamais les Marocains n'auraient construit les *Magasins Modernes.* Le long séjour d'Étienne trouvait sa justification dans le maintien du rayonnement de la civilisation française... Étienne écrivait qu'il avait fait de longues marches ; qu'il avait eu des furoncles. Noël avait aussi eu des furoncles ; il ne s'agissait pas d'un mal africain ! L'enterrement de la cousine à Bellegarde avait représenté une marche de quarante kilomètres !... Finalement, maintenant que la guerre était finie, le séjour d'Étienne au Maroc apparaissait comme une chance. D'autant plus qu'il avait trouvé « une embusque ». Il finirait peut-être par avoir d'aussi bons souvenirs de son temps militaire que son père. En attendant, c'est ici qu'il faisait faute. Annette et Noël étaient rassurés. Les filles étaient presque, un tout petit peu, jalouses.

Après « l'embusque » d'Étienne, l'autre grande nouvelle était le décès du patron de l'oncle Jules, de Beauchastel. L'ancien militaire s'était éteint en tenant sa promesse de faire de lui son légataire. Le couple héritait de la maison et d'une petite rente qui, jointe à leurs économies, assurait la sécurité financière de leurs vieux jours.

« Vous pouvez aller les voir, conseilla maman Nanette. Beauchastel est en Ardèche. Cela ne vous fait pas long de trajet. Je suis sûre qu'ils seront contents de vous recevoir, maintenant que la maison est à eux. Ils doivent se sentir un peu seuls !

– Tu parles ! répondit Marisa. Depuis le temps qu'ils s'occupent de faire tourner le ménage, ils doivent connaître tout le monde à Beauchastel.

– Probablement, concéda Annette. Mais ils n'ont pas d'enfants. Ils vivent tout seuls dans cette grande maison, ils seraient heureux de voir que leurs nièces pensent à eux ! N'est-ce pas Noël ?

– On ne les connaît même pas ! Ne vont-ils pas trouver curieux que nous débarquions maintenant qu'ils sont propriétaires ? demanda Louise.

– Vous ne pouviez pas le faire avant ! Et puis vous les connaissez : ils sont venus nous voir... euh... à Mons.

– Ah oui ! c'est ça, à Mons ! Je ne me rappelle plus du tout !

– Mais si, fais un effort ! Lui ressemble à papa en plus petit ; et elle a une légère coquetterie dans l'œil. »

Louise interrogea sa sœur du regard. Marisa répondit par une moue de dénégation. Annette insista :

« Rappelle-toi, Marisa ! Ils avaient apporté ce bonbon blanc aux amandes... comment déjà ? Noël ?

– Mm ? Du nougat.

– Ça y est, je me souviens ! Surtout du nougat, reconnut Marisa, penaude.

– Ah ! tu vois ! »

Louise fronça les sourcils, sceptique.

« Mais maman, tu ne crois pas que cela fera un peu… course à l'héritage ?

– Comment donc ?

– Ben oui ! Comme ils n'ont pas d'enfant, ils devront coucher quelqu'un sur leur testament à leur tour !

– Et alors ?

– Si nous allons les voir, ils vont peut-être croire que c'est pour les séduire, pour qu'ils pensent à nous devant le notaire.

– Mais non, assura Annette avec une mauvaise foi évidente. Et quand bien même vous les séduiriez, comme tu dis, je ne vois pas où est le mal. Les gens sont libres de donner à ceux qui leur sont agréables. Comme leur patron. Ce serait bête qu'après eux leur bien soit émietté entre tous les frères et sœurs, neveux et nièces… Autant faire un heureux !… Maintenant, c'est à vous de voir… Moi, je vous dis qu'ils seraient ravis de recevoir la famille. Nous, nous habitons trop loin ; vous pourriez nous représenter. Et puis, nous ne pouvons pas nous absenter. Il faudra attendre le retour d'Étienne.

– L'embusqué ? dit Séverine, taquine.

– Allons ! princesse ! » réprimanda Noël.

Il n'avait pas eu besoin d'en dire plus. Marisa sut apaiser les esprits :

« Nous irons les voir. N'est-ce pas Louise ? J'ai bien envie de la connaître, cette maison. Et je suis persuadée qu'ils seront très contents de nous recevoir chez eux, eux qui ont toujours vécu chez les autres. Ce n'est même pas comme nous, ici, à Chaumontet ; c'est comme Louise et moi, chez Chanaz et Delorme. Toute une vie ! Vous rendez-vous compte ? »

Cette vie de dévouement assurait une retraite sereine au couple de quasi septuagénaires. Noël et Annette n'avaient pas mesuré leur peine et ne pouvaient pas, pour autant, prétendre à une telle sécurité. Ils enviaient la bonne fortune de l'oncle Jules. C'est sans esprit de lucre qu'Annette avait essayé d'inciter ses filles à charmer l'oncle à héritage. C'était simplement une nouvelle tentative pour les mettre à l'abri du besoin. Elle ne croyait pas à l'adage « la fortune vient en dormant ». Tout au plus espérait-elle qu'elle « sourit aux audacieux ». Rendre visite à un vieil oncle était une audace toute relative, quoi que puisse en penser Louise ! Il y avait beaucoup à gagner et rien à perdre...

Beauchastel n'est pas aussi proche qu'Annette voulait bien le dire. La petite ville se situe sur le Rhône, au sud de Valence, presque aussi loin de Lyon que Frangy ! La visite de politesse tiendrait un peu de l'expédition ! Les sœurs allaient devoir coucher là-bas, chez ces vieilles personnes survivantes qui n'avaient pas côtoyé de jeunesse depuis des décennies vraisemblablement. Enfin... Louise était prête à faire cet effort pour faire plaisir à sa mère. En compagnie de Marisa, le voyage serait peut-être plaisant. Elle pensa à François Chanaz qui se morfondait dans sa cellule. Sa mère avait souhaité assurer sa situation. Dès qu'il serait titularisé, il serait à l'abri des aléas de la vie économique, tout comme Étienne, l'embusqué, était à l'abri des aléas de la vie militaire dans son bureau de recettes. Louise se demanda si toutes les mères avaient cette propension à aimer mettre leur enfant sous cloche. Probablement. C'était un prolongement de leur fonction protectrice. Parfois, la protection tournait à la manipulation, plus ou moins habile, plus ou moins consentie. Mais une mère poule, même un peu trop protectrice, ne vaut-elle pas mieux que ces mères qui les laissent livrés à eux-mêmes, perdus dans la forêt, comme celle du Petit Poucet ?

XVII

CHAQUE ANNÉE, DÉBUT OCTOBRE, la vogue s'installait pour plusieurs semaines sur la place de la Croix-Rousse. Héritière de la fête paroissiale de Saint-Denis, elle marquait l'entrée dans l'automne. Les forains dressaient leurs stands parmi les premières feuilles rousses des platanes qui craquaient sous les pas en répandant cette odeur si caractéristique qui reste, pour beaucoup, celle de la rentrée des classes. Leur arrivée coïncidait avec la mise en vente très temporaire du vin bourru, le vin blanc doux nouveau. Il s'agissait d'un jus de raisin n'ayant pas achevé sa fermentation. Il était encore fruité, sucré, déjà alcoolisé, et passait à merveille avec les premières châtaignes. La vogue attirait, bien au-delà du Plateau, tous ceux qui, en cette première année d'après-guerre, ressentaient le besoin de se distraire entre copains, en famille ou seuls. L'atmosphère vibrait du plaisir de la foule de profiter de l'instant sans arrière-pensée, sans trace de culpabilité, sans l'ombre portée du front qui avait obscurci la vie pendant ces longues années. Les survivants, soldats ou civils, se sentaient le droit de jouir à nouveau de la vie, de goûter la légèreté de la fête. Ils étaient avides de ces moments d'insouciance où ils se laissaient aller au simple plaisir d'exister. L'esprit de fête contaminait le quartier. Les magasins faisaient l'effort d'enjoliver leur devanture pour capter l'attention du chaland qui se rendait sur la place. Les stands ouvraient dans la matinée mais l'affluence battait son plein dès la sortie des classes pour s'épuiser à la nuit tombée, en fin de soirée.

Au 50 *bis*, le retour de Claudine Chanaz avait sonné la fin de la récréation estivale. Elle avait trouvé la maison négligée et Louise avait eu fort à faire entre les vitres à passer au vinaigre, les parquets à encaustiquer, les toiles d'araignée à débusquer à la tête-de-loup, sans parler des traces de « doigts aux portes », l'obsession de sa patronne. Chargée de mener à bien le grand nettoyage, Louise avait perdu, à son grand regret, la charge du ravitaillement. Mme Chanaz avait réglé aux commerçants les dépenses faites durant son séjour en Savoie. Son absence de commentaire pouvait être interprétée comme un signe de satisfaction.

Passée la frénésie de récurage, le train-train reprit son cours. À l'atelier, l'activité se trouvait relancée par l'arrivée prochaine de la mauvaise saison. Les gens s'inquiétaient du fonctionnement de leur poêle en feu continu ; les demandes de contrôle ou de réparation affluaient. À la banque, François n'était pas encore venu à bout du traitement physique des titres. Il n'en avait pas soufflé mot à sa mère, préférant se cantonner à quelques anecdotes relevées par ses collègues du guichet. La vogue tomba à point nommé pour renouveler les sujets de conversation.

En rentrant du bureau, François traversait la place et restait à flâner au milieu des forains qui montaient leurs manèges. Il avait goûté le vin bourru chez plusieurs débitants et brûlait d'emmener son frère ou son père pour une petite virée. Mais c'était Louise la plus impatiente de découvrir ce divertissement. Dévorée de curiosité, elle ne se sentait pas le courage d'attendre la fin de la semaine et la compagnie de Marisa pour y faire une discrète promenade.

Un soir après dîner, elle prétexta une grande fatigue pour s'éclipser dès la fin du repas. Arrivée à la porte de l'allée, elle jeta un coup d'œil dans le magasin et, n'ayant vu personne, se hâta de remonter la rue vers la place. Elle avait le cœur battant, comme si elle commettait quelque chose de mal. Pourtant, personne ne lui avait interdit de se rendre à la vogue. Était-ce de la mauvaise conscience due au fait d'y aller en cachette ou d'y aller seule ? Elle n'avait pas envie d'être la cible des plaisanteries de François, ni de se soumettre au jugement de sa patronne, non plus qu'à son autorisation. Elle n'avait pas non plus envie d'attendre Marisa, ne ressentait pas le besoin d'être chaperonnée. Elle désirait simplement voir ce qu'était une fête foraine, ce qu'était un carrousel. Elle avait envie de plonger dans cette ambiance insouciante et enrageait de ne pas avoir l'audace d'assumer cette envie ! En approchant de la place, ses scrupules se dissipèrent dans les flonflons de la musique mécanique.

Elle déambula longtemps entre les attractions, indifférente aux badauds qui la bousculaient parfois. La foule tanguait d'un bord à l'autre des allées, formée de petits groupes familiaux ou de bandes d'amis, soldats fraîchement libérés ou ouvrières célibataires d'un même atelier de soierie. Les gens riaient, s'interpellaient, parlaient fort. Il flottait dans l'air une odeur sucrée qui rendait l'instant gourmand et tendre, très différent de l'ambiance des foires de village que Louise avait pu connaître. Un marchand de guimauve proposait aussi des pommes embrochées sur un bâtonnet et trempées dans du caramel. Un autre vendait des bugnes, petits beignets craquants de forme rectangulaire ; son étal embaumait l'eau de fleur d'oranger. À côté de son brasero, un homme aux mains noircies lui tendit un cornet de papier journal garni de châtaignes éclatées dont elle devinait le cœur jaune sous l'écorce rôtie. Elle refusa de la tête en souriant et continua sans hâte sa promenade. Elle s'émerveillait de découvrir les trésors d'inventivité consacrés au divertissement. Elle regarda tourner un grand manège voltigeur, hypnotisée par la ronde des balancelles tout autant que par la musique qui semblait provenir d'un orgue de barbarie géant. Les sièges étaient peints de couleurs vives, rehaussés d'arabesques dorées qui luisaient dans la lumière des réverbères. Quand la vitesse de rotation s'accélérait, les balancelles s'envolaient au bout de leurs cordes, à la manière d'une jupe de gitane.

Plus loin, elle regarda deux couples se mesurer à un jeu de chamboule-tout. L'une des femmes était très habile lorsqu'elle visait le bas de la pyramide de boîtes de conserve à l'aide du sac rempli de graines, mais la violence des lancers des hommes pulvérisait l'édifice et compensait la moindre précision de leur tir.

« Il ne suffit pas de renverser les boîtes ; elles doivent toutes tomber de la planche ! » rappelait le forain.

Elle découvrit avec stupéfaction le stand d'un photographe. Elle n'imaginait pas que le procédé s'était vulgarisé au point de prendre place dans une fête populaire. Il s'agissait d'une nouveauté et les gens faisaient la queue avant de passer devant l'objectif. L'artiste travaillait sous un dais et, comme en atelier, utilisait des décors peints. Toutefois, au lieu de les utiliser en arrière-plan, il se servait de ces trompe-l'œil pour créer un décor sans réelle recherche de réalisme. Pour l'heure, deux sœurs avaient pris place derrière la carlingue d'un avion. Le haut de leur buste et leur visage apparaissaient dans le trou découpé sous l'aile, alors que leurs pieds dépassaient sous la toile. Le photographe les plaça l'une derrière l'autre comme si elles étaient réellement assises dans l'avion et demanda à la seconde de laisser dépasser son coude dans un souci de naturel. Il proposa un casque d'aviateur à la pseudo-conductrice qui accepta en riant. Puis il passa derrière son appareil pour immortaliser dans un éclair le sourire figé des deux jeunes femmes. La queue se déplaça d'un pas lorsque les premiers avancèrent à leur tour devant l'objectif. Parmi les décors figuraient aussi la nacelle d'un zeppelin, le pont d'un paquebot… Louise n'attendit pas de connaître l'engin choisi par les nouveaux voyageurs.

Elle passa entre une loterie, dont la roue gigantesque cliquetait au rythme du boniment de son animateur, et un jeu de pêche à la ligne quelque peu déserté à l'heure où les enfants doivent être au lit. Elle déboucha sur le manège de chevaux de bois. Il avait un air de famille avec le voltigeur : les dorures, les couleurs vives et la valse mécanique, mais il était encore plus grand. Les chevaux étaient alignés par quatre et certains montaient et descendaient lorsque le manège tournait. La jeune fille les regardait passer avec un sourire ravi. Les cavalières riaient, agitaient la main pour quelque spectateur ; les cavaliers prenaient l'air un peu blasé de ceux que la griserie de la vitesse n'impressionne plus. Louise ne se rendait pas compte qu'elle se balançait au rythme de la musique en se demandant quelle monture était la plus jolie. Peut-être le cheval blanc à la selle rouge, tout à fait à l'extrémité de sa rangée. De l'autre côté du manège, un grand jeune homme la regardait depuis un moment déjà. Il souriait de la voir aussi captivée par la ronde colorée. Il se décida à l'approcher. Ce n'est que lorsqu'il se planta à côté d'elle qu'elle fit attention à lui.

« Ah ! monsieur Philippe ! »

Elle jeta un coup d'œil inquiet derrière lui, pour voir qui l'accompagnait.

« Ne t'inquiète pas, Lalou, je suis tout seul. Moi aussi j'avais envie de venir voir. Ça fait si longtemps… »

Il avait rompu le charme. Elle regardait les chevaux d'un œil distrait où ne brillait plus la petite flamme qu'il avait aimé y voir tout à l'heure. Il tenta de la rallumer.

« Il est magnifique ce manège, n'est-ce pas ? Tu es déjà montée dessus ?

– Non, jamais…

– Et… tu n'as pas envie de faire un tour ? »

Le manège ralentissait, c'était le moment de choisir une place. Le cheval blanc à selle rouge descendit devant eux.

« Oh si ! dit-elle avec envie. Mais je n'ai pas pris mes sous. »

C'était exact. Elle était venue les poches vides. Mais, de toute façon, elle n'aurait jamais osé monter.

« Vas-y, monte. Je te l'offre. »

Comme elle restait immobile, bouche bée, il insista :

« Monte, je te dis ! Je vois bien que tu en meurs d'envie ! Ça me fait plaisir, je t'offre un tour. Choisis ta place, je vais chercher un billet. »

Sans plus réfléchir, elle grimpa sur le manège en vitesse et escalada le cheval blanc, le cœur battant. Philippe arriva juste à temps avec son petit carton : le forain passait collecter les tickets.

« Tiens, amuse-toi ! dit-il en reculant.

– Mais vous ne montez pas, vous ?

– Oh ! Lalou, je suis un vieux soldat… »

La déception se peignit sur le visage de la jeune fille.

« … mais je t'attends. »

Elle voulut lui répondre, mais le manège démarra. Le cheval se mit à bouger, Louise s'agrippa à la barre verticale et la silhouette de Philippe disparut. Les badauds et les lumières se mirent à défiler à une allure si rapide qu'elle n'arrivait ni à se repérer ni à reconnaître Philippe parmi les spectateurs. Elle se laissa emporter par sa monture guindée et ferma les yeux. L'air caressait ses joues, la musique l'isolait. Elle pouvait imaginer qu'elle était en route vers l'inconnu, l'aventure, le « vaste monde »… Elle rouvrit les yeux. Les lumières et les gens se confondaient en lignes discontinues. Elle était à la Croix-Rousse, sur un cheval de bois, et c'était Philippe Chanaz qui lui avait offert le tour ! C'était déjà l'inconnu, l'aventure… Pourquoi n'était-il pas monté avec elle ? Avait-il eu peur d'être reconnu ? Le fils Chanaz avec la bonne ! Ou se sentait-il trop âgé ? Il y avait sur ce manège des personnes bien plus vieilles que lui ! Il n'avait tout de même pas tenu à la surveiller comme une petite fille !…

Le manège ralentit. Le cheval se stabilisa en position basse. Louise s'aperçut qu'il ne s'était pas arrêté à l'endroit où elle était montée. Elle descendit et tituba légèrement, étourdie par la longue rotation. Elle tourna la tête de droite et de gauche pour estimer le plus court chemin pour rejoindre Philippe. Un jeune homme s'approcha avec un sourire avenant.

« Bonsoir mademoiselle ! Vous êtes perdue ? Puis-je vous aider ? »

Elle s'apprêtait à lui répondre qu'elle n'avait pas besoin de lui quand Philippe arriva et dit d'un ton sec :

« Mademoiselle est avec moi ! »

Et il passa ostensiblement son bras sous le sien. L'autre s'en retourna en s'excusant. Philippe haussa les sourcils.

« Non mais, il est culotté celui-là ! Il saute sur les jeunes filles… »

Louise ne put s'empêcher de sourire. Le pauvre garçon n'avait rien fait de mal. Elle était flattée de voir Philippe piqué de sa malheureuse tentative de faire connaissance. Décidément, elle avait bien fait de venir jusqu'ici. Elle passait une soirée inespérée.

« Je vous remercie pour le tour. C'était… merveilleux ! »

La petite lueur de ravissement brillait à nouveau dans ses yeux. Philippe la retrouva avec un plaisir ému. Il confia, en cherchant ses mots :

« Quand je te vois comme ça… toute contente… ça me fait plaisir. C'est moi qui te remercie. Tu ne peux pas savoir le bien que cela me fait de côtoyer quelqu'un d'heureux ! »

Il interrompit sa marche et bifurqua.

« Tiens, je le connais celui-là ! »

Il l'entraîna vers un stand de confiserie où il acheta un sachet de berlingots.

« Tu connais, Lalou ? Donne ta main ! »

Elle tendit la main ; il y fit glisser un bonbon et en prit un pour lui-même. Ils se remirent à marcher mais il ne reprit pas son bras et elle n'osa pas prendre l'initiative de le faire. Le berlingot avait une saveur anisée qu'elle trouva un peu écœurante. Elle le fit glisser contre sa joue.

« Monsieur Philippe, pourquoi dites-vous que vous êtes un vieux soldat ? Vous n'êtes plus soldat et vous êtes jeune ! Regardez les gens autour de vous !

– Tu vois, Lalou, tu me dis “monsieur” ! J'ai l'impression d'avoir cent ans !

– Mais…

– Je sais : ma mère… Elle n'est pas là ! Est-ce que tu ne peux vraiment pas m'appeler Philippe ?

– Ben… si ! »

Elle avait hésité : voilà qui allait compliquer les choses... « Monsieur » au 50 *bis* ; « Philippe » ailleurs... Il n'y avait pas tellement d'ailleurs, mais était-ce bien raisonnable ? C'était plaisant, très plaisant, mais était-ce raisonnable ?...

« Quand elle est partie, cet été, on a vraiment passé de bons moments. C'est curieux comme elle nous réfrigère tous. Pourtant mon père et mon frère l'idolâtrent. En sa présence, ils n'osent pas être eux-mêmes. Ils ont peur de la décevoir. Mon père craint ses colères, alors que plus il se soumet, plus elle le méprise... Avant guerre, je veux dire avant notre départ, mon grand-père était encore là. C'était très différent. Quelque chose circulait entre nous. C'était peut-être lui, le lien. Ou est-ce que la guerre nous a changés ? Je ne sais pas... Nous traînons nos cauchemars. François, c'est à la nuit tombante, et moi, c'est en plein jour. J'ai dit que j'étais un vieux soldat ? C'est vrai ! J'ai passé quatre ans à me battre dans toutes les boues, sur toutes les terres, sous tous les soleils et toutes les tempêtes. J'ai parfois l'impression de n'avoir jamais rien fait d'autre, de n'être bon qu'à ça : j'ai fait ce métier tout ce temps sans même avoir été blessé ! C'est un sale métier, Lalou, crois-moi ! D'ailleurs, je n'ai jamais voulu être le contremaître des galonnés de l'arrière, je suis resté simple soldat par protection ! Quand je suis à l'atelier, ou sur mon vélo, je m'imagine parfois que rien de tout cela n'a existé. Le vélo surtout me vide la tête. J'ai moins de vingt ans et j'ai encore l'illusion que l'homme est bon.

– Mais mons... Philippe ! Il y a encore des hommes bons !

– Des hommes bons, des femmes gentilles... Oui, cet été j'ai eu l'impression que c'était encore possible. Et la mère Chanaz est revenue... Tout le monde est rentré dans sa coquille. »

Il s'arrêta et la regarda.

« Tu veux un autre bonbon ? »

Elle n'osa pas refuser mais fit seulement semblant de le mettre dans sa bouche. Lui en prit un qu'il croqua après quelques pas.

« Je vais être franc avec toi, Lalou. Ce soir, je t'ai suivie. Au début c'était un peu par hasard, par jeu, par curiosité ; je ne sais pas. Mais quand j'ai vu comment tu regardais ces deux femmes qui se faisaient tirer le portrait, ton émerveillement devant les grands manèges, j'ai été... euh... jaloux. Oui, jaloux. Et je me suis rendu compte que, finalement, cette joie était contagieuse. Tu avais l'air tellement heureux sur les chevaux de bois que ça m'a fait un bien fou : je m'y suis revu ! Je crois que tu as un don...

– Ah ? »

Louise était incapable d'articuler autre chose. Elle était avide d'apprendre quel don il lui prêtait mais, après une hésitation, il renonça à poursuivre sa confession.

« Et si nous allions faire un tour de voltigeur ? »

L'émotion la rendait muette ; il se méprit.

« Il est peut-être un peu tard ? »

Il consulta sa montre.

« Oui, bien sûr. Une autre fois peut-être ?

– Oui, d'accord, s'empressa-t-elle de répondre en se maudissant.

– Je te raccompagne. »

Il s'agissait à peine d'une question. Elle s'obligea à dire avec un sourire :

« Volontiers... Philippe. »

Elle se trouvait idiote d'avoir gâché une telle chance. En même temps, elle essayait de se convaincre qu'elle n'avait rien à gagner à brusquer les choses. S'il éprouvait réellement du plaisir à être en sa compagnie, une autre occasion se présenterait. S'il s'agissait simplement de l'impulsion d'une soirée, autant s'en tenir là. Il ne l'avait pas invitée à sortir avec lui et leur attitude n'avait rien eu d'équivoque, mis à part, peut-être, le bref moment où il l'avait prise par le bras.

Ils attaquaient la partie en pente douce de la Grande Rue. Ils passèrent devant la boutique d'un marchand de vin. Les volets étaient mis mais la porte était encore ouverte. Une faible lumière éclairait le trottoir, attirant le regard.

« Vingt dieux ! C'est François, là, sur le tabouret ! »

Sans hésiter, il entra tandis qu'elle restait à la porte. Une femme d'une cinquantaine d'années tricotait derrière son comptoir. De l'autre côté, François, affalé sur ses bras, dormait à moitié.

« Bonsoir, madame Pellegrin ! Qu'est-ce qu'il fiche ici, cet animal ?

– Bonsoir, mon petit Philippe ! Ce n'est pas moi qui l'ai mis dans cet état : je vends du vin, mais on le boit ailleurs ! Il est arrivé avec mon fils Georges qui ne valait pas mieux… Le mien, je l'ai mis au lit, mais ton jumeau, je le laisse se reprendre un peu avant de le mettre dehors. Maintenant, si tu veux me l'emmener, je ne dis pas non. C'est pas des heures pour tricoter, j'ai les yeux qui se brouillent.

– Évidemment qu'on va le ramener ! Merci, madame Pellegrin. Allez ! lève-toi, vieux frère ! Allez ! »

François lui jeta un regard de noyé.

« T'es là ? Je t'ai cherché !…

– Oui, je me doute… Allez ! debout ! On te ramène à la maison. »

Philippe le souleva et l'entraîna dehors.

« Bonsoir madame, et merci encore pour François ! »

La commerçante ferma sa porte à clef sans faire attention à la présence de Louise, dissimulée par le volet. En la découvrant, François prit un air attendri.

« Ah ! vous êtes là aussi, Louise ! Vous me cherchiez tous les deux ?

– Lalou, prends-lui l'autre bras. Il va s'écrouler.

– Tu l'appelles Lalou ? Il y a du favros… du favoritisme !

– Tu es complètement cuit, mon Fanfounet. Tu entends tout de travers. Et maintenant mets-la en sourdine : tu vas ameuter tout le quartier.

– Oui, oui, oui, oui », chuchota François qui replongeait dans son sommeil éthylique.

Ils n'étaient pas trop de deux pour le faire avancer. Philippe l'encourageait à mi-voix comme un cheval rétif : « Allez ! avance, mon beau ! » François buta sur le trottoir de la rue du Chariot-d'Or, échappant au bras de Louise. Il se retrouva à quatre pattes sans esquisser le moindre effort pour se relever. Philippe et Louise l'arrachèrent du sol en contenant une envie de rire.

« Eh bien, mon ballot ! Tu te tiens une sacrée biture ! » constata Philippe à mi-voix.

Il lui souffla à l'oreille :

« Hé ! le banquier ! Tiens-toi bien, le populo te regarde ! »

François se redressa et cligna les yeux plusieurs fois avant de répondre d'une voix traînante :

« Et alors ? Si on ne peut plus s'amuser tant qu'on est jeune… et célibataire ! »

Il s'était un peu réveillé et mettait un pied devant l'autre, tel un somnambule.

« … Parce qu'après, c'est fini ! F.I.fi. N.I.ni… et Fifi et Nini ! »

Il se mit à s'esclaffer en tanguant dangereusement. Louise se mordit la lèvre pour ne pas rire. Elle remarqua que son frère souriait avec indulgence.

« Tu y vas fort, frangin ! Ce ne sera pas facile, demain matin ! Il faudra que je vienne te tirer du lit…

– Oh ! mais, je suis toujours ponctel… tuel, à l'heure ! Hein ! Louise ? Hein ! c'est vrai ?

– Oui, oui, monsieur François. Vous êtes toujours à l'heure.

– Ah ! tu vois ce qu'elle dit, la petite Louise ! Tu peux l'écouter. Elle ne dit pas de bêtise. C'est qu'elle en a là-dedans ! »

Il essayait de mettre son doigt sur son front en restant accroché au coude de son frère et il faillit tomber.

« Oui, oui, oui », répondit Philippe en chuchotant.

François se mit à marmonner :

« Elle est bien gentille, la petite Louise… et la mère Pellegrin, elle est bien gentille aussi… et Madeleine aussi… et Georges aussi, il est gentil. Ça fait beaucoup ! Et toi aussi, mon Pilou, tu es bien gentil de venir me chercher pour me border…

– Alors là, tu rêves ! Je ne vais pas te border !

– Ah bon ? Eh bien, tant pis ! Je t'aime bien quand même, mon Pilou.

– C'est qui Madeleine ? articula Louise en silence à l'intention de Philippe.

– Madeleine, c'est la sœur de Georges, n'est-ce pas ?

– Oui, sa petite sœur. Ouh là ! J'ai un peu mal à la tête. Il faudrait que je fasse attention, tout de même…

– Ah ! je vois que tu redeviens raisonnable ; la marche te fait du bien.

– … C'est mauvais les mélanges ! »

Philippe éclata de rire.

« Bravo ! c'est ta conclusion ? Tu es indécrottable.

– Hein ?

– Rien. Laisse tomber ! On arrive. »

Il baissa la voix devant le 50.

« Maintenant plus de bruit ! Les parents sont juste au-dessus.

– Chut ! » répondit François.

Devant la porte de l'allée, Philippe rajusta le bras de son frère au-dessus de son épaule et l'enlaça étroitement. Puis il regarda Louise droit dans les yeux.

« Merci de nous avoir aidés, Louise. Euh… pour ce dont nous avons parlé tout à l'heure, ce sera pour une autre fois, d'accord ?

– Bien sûr ! répondit-elle, un peu ennuyée par la présence somnolente de François.

– J'y compte ! Je te dirai.

– Entendu… »

Elle se dandinait, ne sachant pas trop comment prendre congé. Philippe aussi ne se décidait pas à rentrer. C'est elle qui rompit l'attente.

« Bon, eh bien ! bonne nuit !

– Bonne nuit, Lalou !

– … nuit », répondit François.

Elle tourna les talons et regagna sa chambre d'un pas vif.

Dès qu'elle eut tourné l'angle de la Grande Rue, elle se mit à sautiller et à exécuter des pas de danse. Elle monta l'escalier en chantonnant et, arrivée chez elle, elle se laissa tomber les bras en croix sur son lit.

Elle revoyait son sourire lorsqu'il lui avait tendu le ticket de manège, ses sourcils froncés devant l'importun. Elle sourit de la façon dont il avait broyé le bonbon écœurant et s'attendrit de la sollicitude qu'il témoignait à l'égard de son jumeau. Elle appréciait la vision réaliste qu'il avait des rapports au sein de sa famille, si différente de l'aveuglement de François.

Elle aimait tout chez lui : son allure, son visage, ses yeux verts, sa voix, son odeur. Elle lui trouvait toutes les qualités : l'humour, la simplicité, la franchise, la droiture, la liberté de pensée, le courage, l'abnégation même, l'épisode où il s'était porté volontaire en Orient en témoignait.

Elle était troublée par la souffrance qu'elle devinait refoulée au plus profond de lui. Contrairement à ses frères, il n'avait rien raconté et elle devinait qu'il avait vécu des moments terribles à Verdun ou ailleurs. Elle se sentait prête à l'aider à reprendre goût à la vie, à ne plus se cantonner aux gestes d'avant-guerre, à découvrir tout ce que ce siècle qui commençait réellement maintenant avait à leur offrir.

Elle avait hâte de raconter cette soirée à Marisa. Peut-être pourrait-elle s'arranger pour que sa sœur le voit dimanche, quand elle monterait à la Croix-Rousse pour la vogue… Plus elle y pensait, moins l'idée lui semblait bonne. Elle entendait Marisa répéter les mots de mise en garde de maman Nanette au sujet des garçons, si aimables jusqu'à ce qu'ils aient ce qu'ils désirent. « Et après, un malheur est vite arrivé ! » Étant donné la mentalité de la famille Chanaz, Philippe n'était sûrement pas ce genre d'homme, mais… Marisa ne manquerait pas de reproduire les leçons de morale. Il y avait fort peu de chances qu'elle s'enthousiasme de la soirée de Louise. Eh bien ! tant pis ! Elle ne lui raconterait rien du tout.

XVIII

LOUISE S'ÉTAIT ATTENDUE à ce que Philippe lui proposât de le retrouver à la vogue, mais le temps passa et les forains démontèrent leurs manèges sans qu'il y fasse allusion. Elle éprouva un mélange de déception et de soulagement. S'afficher en compagnie de Philippe Chanaz était un jeu dangereux. François avait failli mettre le feu aux poudres le lendemain de sa mémorable soirée, en confiant au petit déjeuner :

« Eh bien, mon vieux ! Je ne suis pas prêt de recommencer ! J'étais bien attigé hier, et Georges n'était pas mieux que moi ! Je crois que j'aurais passé la nuit chez Pellegrin sans Louise et Philippe ! »

Claudine Chanaz se raidit et demanda avec agressivité :

« Qu'est-ce que Louise a à voir avec les Pellegrin ? »

Louise s'immobilisa, sentant monter une bouffée de chaleur. Philippe dévisagea son frère en lui lançant un regard d'alerte. À l'expression de son jumeau, François devina qu'il y avait un danger.

« Hein ? Qu'est-ce que j'ai dit ? » bafouilla-t-il, faussement surpris.

Philippe haussa les épaules avec une feinte désinvolture.

« Tu as dis Louise... au lieu de Madeleine... Ça ne te réussit pas trop le vin bourru ! »

François eut un rire gêné.

« J'ai dit… Oh ! pardon ! Excusez-moi, Louise. »

Il n'eut besoin que de quelques secondes pour se rétablir.

« Oui, je disais… Lorsque nous sommes arrivés chez Georges, sa mère l'a emmené tout de suite, et Madeleine m'a tenu compagnie jusqu'à l'arrivée de Philippe, pour m'empêcher de m'endormir… »

Claudine Chanaz restait sur la défensive, promenant un regard méfiant sur les trois jeunes gens. Elle dit sèchement :

« Bravo ! c'est du propre de se donner ainsi en spectacle. Encore heureux que nos familles se connaissent depuis longtemps… »

M. Servient, le père de Claudine, avait aussi exercé le métier de marchand de vin. Au temps où la Croix-Rousse était une commune autonome, les commerçants, exerçant ou non la même activité, ne manquaient pas de tout connaître les uns des autres. Après le rattachement du Plateau à Lyon, et en dépit de la destruction des remparts, l'esprit de village prévalait encore. Rares étaient les Croix-Roussiens qui descendaient faire leurs courses en ville. La Grande Rue restait l'axe commercial principal, le cœur battant d'un quartier dont les tisseurs constituaient la cheville ouvrière.

« Mais rassure-toi, maman ! J'étais capable de tenir une conversation… »

Philippe en doutait un peu, mais il se garda de toute remarque. Quoi qu'ait compris son frère, il jouait le jeu.

« … Tiens ! poursuivit-il. Savais-tu qu'elle joue du piano ? Elle prend des leçons avec M. Böhm !

– Ah bon ? »

François était habile. Il avait réussi à surprendre sa mère et à détourner son intérêt.

L'épisode avait créé une connivence entre Louise et les deux frères. Sans avoir besoin d'en parler, ils avaient décidé que toute rencontre hors du 50 *bis* était un sujet tabou.

Louise ne s'étonna donc pas que Philippe ne réitère pas sa proposition de faire un tour de voltigeur. Elle y était montée avec

Marisa et avait remarqué comment la force centrifuge du manège rapprochait les corps assis sur la même banquette. Il se serait sûrement trouvé une personne bien intentionnée pour rapporter à Claudine Chanaz que l'un de ses jumeaux cherchait le grand frisson avec une jolie demoiselle brune. La notoriété n'a pas que des avantages…

Pourtant, un jour de novembre, il lui proposa de le retrouver place du Commandant-Arnaud vers 20 heures, et lui conseilla de s'habiller « en dimanche ».

Elle s'y rendit pleine d'impatience. Elle avait fait briller ses chaussures et avait dessiné un accroche-cœur avec une boucle de ses cheveux sur le haut de sa tempe. Une voiture attendait. Lorsqu'elle s'approcha, la voix de Philippe l'invita à monter. Le chauffeur les conduisit en ville et les déposa place des Jacobins. Philippe la prit par le bras et l'emmena vers la place adjacente.

« C'est là que nous allons : aux Célestins. J'ai déjà les places. »

Devant eux se dressait un théâtre à l'italienne dont Louise avait vu les affiches de programmation le jour de son arrivée. Elle se rappela les propos d'Émilie et se raidit.

« Mais je n'ai pas de chapeau !

– Pourvu que tu aies des oreilles ! C'est du théâtre musical, de l'opérette. »

Elle voyait bien que les spectateurs qui confluaient vers le grand escalier avaient tous fait un effort vestimentaire. Devant sa mine effarée, Philippe se voulut rassurant.

« Ne t'en fais pas ! Je n'ai pas pris de place à l'orchestre ni en corbeille. Nous serons au deuxième balcon, c'est moins rupin ! Et ici, il y a peu de risques de tomber sur une connaissance. »

Elle essaya de ne pas paraître impressionnée par le hall, au plafond si haut qu'il lui fit penser à la gare des Brotteaux. Les escaliers desservant les balcons étaient moins intimidants ; ils se dépouillaient un peu plus à chaque étage. Ils entrèrent dans la salle de spectacle avant d'atteindre le dernier niveau. Elle laissa échapper une exclamation d'admiration. La coupole, les colonnes, les dorures, le lourd rideau de scène, les rangées de fauteuils couverts de velours pourpre, tout ce décor lui parut le comble du luxe. Un brouhaha montait de l'orchestre ainsi qu'une odeur faite d'un mélange de parfum, de brillantine et de naphtaline propre aux vêtements et aux fourrures qui servent peu. Penchée au-dessus de la rambarde, elle regardait les chignons soignés des spectatrices et les colliers de perles nacrées qui ornaient leur cou. Elle se retourna et regarda le dernier étage. Les sièges étaient placés pratiquement à la verticale et un garde-corps était censé prévenir les chutes. Les spectateurs y étaient moins richement vêtus et s'éventaient avec leur livret. Suivant son regard, Philippe expliqua :

« Là-haut, ça s'appelle le poulailler. On entend très bien, mais on est tellement en hauteur que l'on ne voit que les cheveux des artistes ! Et il y fait une chaleur !... Tu ne me demandes pas ce que nous venons voir ?

– Une opérette ?

– *La Périchole* de Jacques Offenbach. On me la conseillée... »

Il aurait aussi bien pu dire *La Mélissa* de Jean Duruisseau, elle ne connaissait ni l'œuvre ni l'auteur. Le simple fait de voir le théâtre suffisait à son bonheur. Elle hocha la tête en souriant, comme pour approuver son choix.

« Tu es contente ?

– Oh oui !

– Je voulais me faire pardonner ! Je ne t'ai pas accompagnée à la vogue comme je te l'avais dit. Après la réaction de ma mère aux propos de François, j'ai eu peur de te faire du tort. Elle peut se montrer tellement désagréable... Ici, c'est l'anonymat assuré ! On peut fêter l'événement en toute tranquillité !

– L'événement ? »

Il fut surpris par la question et la dévisagea pour deviner si elle plaisantait.

« Ben oui... »

Comme elle n'avait pas l'air de comprendre, il demanda troublé :

« Mais... ce n'est pas ton anniversaire aujourd'hui ? »

Elle se mit à rire et lui posa la main sur le bras.

« Oh ! Philippe ! C'est trop gentil de votre part, mais mon anniversaire, c'était il y a un mois tout juste !

– Ah ! zut ! Je me suis trompé ! Je croyais...

– Ne soyez pas déçu. Je vais quand même profiter de l'événement ! Vous vous rendez compte, c'est mon "mensuelliversaire" ! C'est beaucoup plus rare de le fêter. »

La sonnerie annonçant le début du spectacle retentit dans les couloirs ; les derniers spectateurs gagnèrent rapidement leur fauteuil et le noir se fit.

« Bon moisi... mensuelliversaire, Lalou ! »

Ils sortirent du théâtre des Célestins enchantés. Au-delà de la musique elle-même et des décors, Louise avait été séduite par le thème : au Pérou, la Périchole est une chanteuse des rues. Sa beauté séduit le vice-roi. Elle pourrait devenir sa maîtresse et vivre dans l'aisance. Après maintes péripéties, l'aventure connaîtra une fin heureuse car elle choisira de rester fidèle à son amoureux, Piquillo.

Louise n'avait pas imaginé qu'un bâtiment à l'architecture riche et impressionnante puisse présenter un spectacle si léger, sans prétention, mettant en scène des héros et des sentiments populaires. L'irrévérence atteignait son comble dans une scène de « griserie » où les héros mangent et boivent jusqu'à l'ivresse.

Dans la voiture qui les remontait à la Croix-Rousse, Philippe avoua que c'était la première fois qu'il se rendait à l'opéra. Il avait voulu quelque chose de gai et dépaysant ; il avait été servi. Ils n'en finissaient pas de commenter le spectacle. Louise fredonna.

« Ah ! l'air de la lettre !

– J'ai préféré "Tu n'es pas beau, mais je t'aime, brigand" !

– Et les costumes du mariage !

– Ne trouves-tu pas que Piquillo fait penser à François ?

– Oh si ! savoir qui sera sa Périchole... »

La voiture déposa Louise à l'angle de la rue Hénon sur un : « À demain, Lalou, fais de beaux rêves de Lima. » Philippe régla la course hors de la présence de son invitée.

Deux mois plus tard, en janvier 1920, il l'emmena fêter son « trimestriversaire » à la *Brasserie Georges*, un établissement presque centenaire situé bien au-delà de la place Bellecour. Le maître d'hôtel les plaça face à face et appela Louise « madame », ce qui la fit rougir. Philippe lui expliqua que la politesse voulait que l'on considère une femme accompagnée d'un homme comme son épouse, ou sa mère, qu'elle soit sa fiancée, sa maîtresse ou sa fille !

« Imagine un vieux barbon arrivant avec sa jeune épouse. Le serveur les installe et donne du "mademoiselle" en pensant qu'il s'agit du père et de la fille. Tu vois la gêne pour tous les deux, surtout s'ils ont des convives. Les serveurs doivent faire preuve d'une grande discrétion : ils ne remarquent rien et sont invisibles. Ce doit être pour cela qu'ils sont tous habillés de la même façon. »

Il commanda des cuisses de grenouille suivies d'une choucroute. Louise fut rassurée de voir que la plupart des clients utilisaient leurs doigts pour déguster l'entrée…

Pour la première fois, ils n'avaient que leur propre conversation pour tisser un lien entre eux. Bien entendu, ils abordèrent tout d'abord des sujets généraux. Philippe souligna le ballet muet des serveurs et le compara à une scène de cinéma. Par sa mère, il avait appris que la paroisse de Saint-Denis envisageait très sérieusement d'ouvrir une salle de projection. Il se demandait si le procédé cesserait d'être une curiosité pour devenir un divertissement à part entière. Il lui semblait que les images mobiles étaient, certes, techniquement intéressantes, mais ne tenait pas la comparaison avec le spectacle qu'ils avaient vu ensemble aux Célestins. La dimension sonore était capitale. D'ailleurs, la paroisse était à la recherche d'un piano pour accompagner les projections. Claudine Chanaz, qui refusait de faire accorder son instrument et donc d'en jouer, avait catégoriquement refusé d'en faire don. En faveur du cinéma, il restait l'avantage pécuniaire : l'entrée était moins chère que pour l'opérette. Enfin, des salles de projection commençaient à éclore un peu partout ; la proximité allait probablement jouer un rôle déterminant. Toutefois, ils tombèrent d'accord pour douter que le cinéma puisse remplacer la chaleur, les couleurs et l'ambiance du spectacle vivant. Ni l'un ni l'autre n'osaient remarquer que la salle serait trop proche du 50 *bis* pour qu'ils puissent s'y rendre ensemble…

Louise considéra leurs assiettes jonchées de petits ossements blanchâtres. Dépouillées, les pattes postérieures des batraciens ressemblaient à de minuscules jambes pâles aux longs muscles saillants. Cette similitude ne les avait pas empêchés de les dévorer avec un appétit d'ogre ! Elle raconta qu'avant-guerre, à la période où les grenouilles sont engourdies par le froid, son frère les récoltait au fond de l'étang, à l'aide d'un râteau. Philippe remarqua :

« Finalement, je ne connais rien de ta famille. Encore que… je crois bien que j'ai vu ta sœur Marisa, une fois, à la grille du parc de la Tête d'Or.

– C'est possible ! C'est là que nous nous donnons rendez-vous le dimanche.

– Oui, c'était un dimanche ! Je me rendais au vélodrome pour un entraînement de vitesse. Tu m'as dit qu'elle te ressemble “en plus petit et en plus gros”. J'ai vu une jeune fille très brune qui m'a fait penser à toi. Elle n'avait pas l'air commode !

– Ce doit être elle, alors ! Elle prend toujours l'air revêche, de peur d'être importunée par les coureurs de jupons.

– Parle-moi de tes parents… »

Le serveur avait apporté la choucroute et Louise découvrit avec méfiance la masse molle, jaunasse et filandreuse censée être du chou. Tout en mangeant à petites bouchées, elle raconta comment Noël aimait sillonner la Haute-Savoie, de lac en lac, avant de devenir cocher de maître et faire la connaissance de celle qui allait devenir son épouse. Elle se plut à rapprocher le goût de Noël pour les voyages et celui de Philippe pour ces longues randonnées à bicyclette qui l'occupaient tous les dimanches. Elle décrivit Nanette, l'archétype de la maternité, cuisinière avant d'être nourrice, mère nourricière à proprement parler. Elle conta son talent pour cuisiner les ragoûts, barbotons et autres plats mijotés dont la saveur tient plus du savoir-faire que de la qualité des ingrédients. Sa mère était la reine des bas morceaux et des abats. Elle n'avait pas sa pareille pour rendre appétissant le mou de bœuf en sauce au vin rouge et petits oignons.

À la naissance de Marisa, ils avaient abandonné le château des Millon pour reprendre la ferme des grands-parents. Lorsque les enfants avaient été réellement capables d'aider aux travaux des champs, les Rossillon avaient quitté la petite ferme de Mons pour louer celle de Chaumontet. Ils étaient maintenant à un nouveau tournant de leur existence. Pendant les deux jours qu'elle avait passés chez eux à la Noël, il n'avait été question que de la nouvelle ferme. Les Rossillon comptaient résilier leur bail et jeter les forces qu'il leur restait encore dans une nouvelle exploitation avec l'aide de deux de leurs enfants : Étienne, le fils, et Séverine, la benjamine. Son père s'était enquis des fermes à louer. La belle affaire de Planaz avait déjà été reprise. On disait que la grande ferme de Thiollaz, propriété des Millon, allait devoir changer de main faute d'enfant susceptible de prendre la relève du fermier actuel. On parlait également d'une petite exploitation au Pont-Fornant, au-delà du Malpas, le col situé entre le Vuache et le mont Musiège. Noël avait aussi pris des renseignements sur les propriétés sur le point d'être mises sur le marché. Le notaire avait une idée assez précise de la situation des familles meurtries par la guerre, où la disparition d'un père ou d'un fils conduirait inéluctablement à la vente.

Philippe hochait la tête, les coudes sur la table et les mains jointes avec un sérieux qui l'étonnait. Elle en vint à se demander s'il l'écoutait parler ou s'il la regardait parler. Elle commença à ressentir de la gêne. Ce qu'elle avait à raconter manquait peut-être d'intérêt… Pourtant, il demanda :

« Et quand rentre-t-il ton frère ? Étienne, c'est ça ?

– Étienne, oui ! Il est peut-être sur le chemin du retour ! Le bateau met une semaine pour aller de Casablanca à Bordeaux. Il y a ensuite le trajet jusqu'à Annecy. J'imagine qu'il sera libéré à partir de sa caserne.

– Mm… tout dépend aussi de la périodicité du bateau. Enfin, son retour est imminent, en somme. Les grands projets vont pouvoir s'ébaucher… Mais dis-moi, tu m'as parlé d'Étienne et de ta jeune sœur. Tes parents ne comptent donc pas sur toi pour la ferme ?

– Euh… non ! » répondit-elle, troublée.

La question anodine avait souligné l'évidence sous-jacente : son départ de Frangy était définitif.

« Tu n'y retourneras jamais ? »

Pourquoi insistait-il ? Pourquoi relever qu'elle n'avait plus droit au cocon familial ?

« Ils ne m'ont pas jetée dehors, tout de même ! J'ai le droit de revenir, mais… ils ne comptent pas sur moi pour la nouvelle ferme, c'est vrai ! Ni sur Marisa, d'ailleurs.

– Mais sur la petite sœur, oui ! Veux-tu un dessert ? Ils ont de très bonnes îles flottantes. »

Louise avait trouvé le chou aigre et, peut-être par contraste, la charcuterie délicieuse. Les questions de Philippe finirent de lui couper l'appétit.

« Non merci, je n'ai plus faim. Mais ne vous gênez pas pour moi surtout !

– Oh ! j'ai bien mangé… »

Effectivement, l'assiette était vide, soigneusement raclée.

« Un café me conviendra ! Tu m'accompagnes ?

– Volontiers. »

Il héla un serveur, passa commande, puis reprit son interrogatoire.

« Pourquoi ta petite sœur ? Pourquoi elle et pas toi ? Tu n'aimes pas la terre ?

– Ce n'est pas la question… Je pense qu'ils… que maman surtout, la considère comme son bâton de vieillesse. Elle était elle-même la benjamine de la famille et c'est à elle qu'est incombée la charge de mes grands-parents. Dans certaines familles, c'est le fils aîné ; chez d'autres, c'est la dernière des filles. En général, cette charge va avec le quart !

– Le quart ?

– Oui. La coutume veut que celui qui assure les vieux jours des parents ait une petite prime sur l'héritage. Avec Étienne et Séverine, ils peuvent prendre une grosse affaire comme la ferme de Thiollaz et mettre encore quelques sous de côté pour acheter leur propre exploitation. Si, plus tard, mon frère se marie, selon les rapports qu'ils entretiendront avec leur bru, ils pourront rester ensemble ou miser sur Séverine et le mari qu'elle aura choisi.

– Et si le mari ne veut pas d'eux ?

– Ah ! ça m'étonnerait ! D'abord mes parents sont des personnes plutôt arrangeantes, du bois dont on fait les flûtes, comme on dit. Ils ont eu l'habitude de vivre chez les autres : cela assouplit le caractère. Et ensuite, je vois mal ma sœur prendre un galant qui n'accepterait pas ses parents !

– Ah ! la famille avant tout ?

– Ce n'est pas une théorie ! Nos parents sont de braves gens. Ils ont beaucoup travaillé et se sont beaucoup privés. Ils ont toujours cherché à améliorer notre condition. Nous leur devons respect, obéissance, assistance, certes, mais… c'est surtout que nous les aimons ! »

Philippe sourit et fit mine d'applaudir.

« Bravo Lalou ! Tu me ponds un discours digne d'un moraliste et je n'entends qu'une grande sincérité ! Je suis tout impressionné ! Ils ont de la chance tes parents ! »

Gênée par la réaction de Philippe, Louise baissa les yeux et arrangea la grande serviette blanche sur ses genoux. Le garçon apporta le café. Philippe alluma une cigarette et demanda :

« Si je comprends bien, pour que tu retournes à Frangy, il faut que tu y trouves un mari d'abord !

– Ça ne risque pas ! Le seul ami que j'avais là-bas s'est fait embaucher ici à l'O.T.L.

– Ah bon ? répliqua Philippe soudain devenu sérieux.

– Il s'agit de mon frère de lait, le garçon que ma mère a nourri lorsque je suis née. Il habite du côté de la Guillotière, chez une tante.

– Ah ! c'est un gamin.

– Il a mon âge...

– Oui, mais pour un homme... Je me rappelle lorsque j'avais dix-sept ans ! C'était il y a un siècle ! »

Elle crut voir passer sur son visage l'ombre des années de guerre.

« C'est sûr. Marcel n'est pas encore un homme. Il n'a même pas fait son service.

– Et c'est ton ami.

– C'est une sorte de frère et d'ami. Une sorte de jumeau peut-être, comme M. François et vous. On se comprend à demi-mot.

– Mm... je vois. Et toi, tu es sa sœur et son amie !

– Peut-être bien. Mais en fait, je crois que je suis aussi son frère et son ami ! »

Surpris, Philippe retrouva le sourire et haussa un sourcil interrogateur. Louise poursuivit.

« Oui, frère-sœur, je connais. Ce n'est pas cela, c'est plutôt... complice, faux jumeaux. Enfin c'était, parce que nous nous voyons moins. Cette complicité d'enfants ne résistera peut-être pas au temps... »

Philippe but une gorgée et reposa sa tasse avant de conclure :

« Je crois que les inclinations d'enfance ne se diluent pas. Des années plus tard, il reste au minimum une grande indulgence. »

Les mots flottèrent entre eux comme la fumée de tabac qui montait sous le plafond de l'immense salle. Aux parfums féminins se mêlait l'odeur des cigares et des alcools forts qui accompagnent la fin des repas.

La dernière phrase de Philippe sonnait comme la conclusion d'un chapitre. Il avait tourné la page de l'enfance et, en sa présence, Louise se sentait devenue femme. En l'obligeant à raconter, à mettre des mots sur les événements et les sentiments qui la liaient aux siens, il l'incitait à les considérer de l'extérieur, à s'extraire de son statut d'enfant pour devenir un individu critique. Elle prenait conscience du fait qu'elle était une jeune femme qui aurait à choisir, à diriger sa vie loin d'eux. Cette situation était un peu inquiétante mais la présence de Philippe, son assurance, la rassuraient. Elle avait apprécié son aphorisme de vieux sage qui donnait l'illusion d'une longue expérience pour un homme encore si jeune. Elle était prête à lui faire confiance dans tous les domaines. Et lui ? Comment la considérait-il ?

Philippe contemplait le fond de sa tasse de café.

« Il manque les griottes de votre tante Lacaze ! » plaisanta-t-elle.

Il sourit et avoua :

« Je les aime bien, mais sans plus. Ce que j'aime, c'est que l'on se retrouve tous à ronger les noyaux comme les singes grignotent leurs graines d'arachide au parc ! François, lui, aime vraiment... »

Après un moment de silence, il reprit :

« Je ne suis pas sûr que son nouveau métier lui plaise !

– Ce doit pourtant être un travail très... confortable !

– Confortable ? Certainement. Mais je crains qu'il ne s'y ennuie.

– Finalement, il n'est toujours pas au guichet. Il reste avec les mêmes collègues. Cela doit le changer de l'atelier.

– En tout cas, moi je ne pourrais pas. J'ai besoin de pouvoir aller et venir à ma convenance, pratiquer les horaires que j'ai décidés et, surtout, voir des têtes nouvelles ! Enfin, il peut toujours changer d'avis. Il n'est pas marié avec son patron !

– Madame serait déçue !

– Oui ! Mais il ne peut pas rester à la Lyonnaise seulement pour lui faire plaisir ! C'est comme toi, Lalou. Tu ne resteras pas *ad vitam aeternam* la bonne de la mère Chanaz ! Il viendra bien un moment où tu auras envie de faire autre chose, même si elle doit être déçue. Non ?

– Probablement... »

Il avait l'art de poser des questions qui désarçonnent ! Elle n'avait évidement jamais imaginé passer son existence au service de Mme Chanaz. Ses parents l'avaient placée sous son autorité et sa protection. Il était un peu tôt pour envisager autre chose.

« Qu'est-ce que tu aurais aimé faire, si tu avais pu vraiment choisir ? »

Elle n'hésita pas.

« Institutrice ! Mais bon… »

Il grimaça, contrarié.

« Je crois que ce n'est plus possible, hélas ! Mais, à part institutrice, tu aimerais quoi ? Travailler dans un commerce ? Être embauchée en soierie, peut-être ?

– Je ne sais pas trop. Je n'y ai pas réfléchi. Cela dépend des patrons, du consentement de mes parents. Il y a le problème du logement… Je n'en sais rien ! »

Philippe acquiesça.

« Bien sûr, c'est un peu tôt. Je suis bête ! Tu ne connais personne, tout juste le quartier. Mais si un jour, à ta majorité ou d'ici quelques mois, tu veux que je t'aide à trouver une autre place, n'oublie pas que je connais tout le monde sur le Plateau. Pas aussi bien que mon père, évidemment, mais c'est facile pour moi d'aller à la pêche aux renseignements ! »

Elle ne savait pas quoi répondre. Il ajouta :

« Je dois être honnête ! Ne me demande pas de te chercher une place pour demain. Maintenant que tu es bien rodée à la maison, la mère Chanaz commence à reprendre ses activités paroissiales. Elle se propose même de passer plusieurs semaines à Pologny cet été. Laisse-moi en profiter, c'est si… confortable ! »

Ils éclatèrent de rire, faisant se retourner sur eux les clients des tables voisines.

Comme précédemment, une voiture déposa Louise à l'angle de la rue Hénon. Ils se séparèrent sur un conventionnel : « À demain ! Merci pour cette charmante soirée ! »

Elle monta lentement l'escalier, un peu alourdie par son repas, en se demandant si l'on pouvait dire qu'elle fréquentait Philippe Chanaz. Ils s'étaient rencontrés un peu par hasard à la vogue, puis il l'avait invitée deux fois en quatre mois. Elle aurait aimé y voir le signe d'une « inclination » de Philippe, mais ce manque d'assiduité la laissait perplexe. Il se montrait gentil, attentionné, protecteur… Pourvu qu'il ne la considère pas comme sa sœur et son amie ! Pourtant, quelque chose lui disait que le fait de dissimuler leurs sorties à sa mère n'était peut-être pas seulement dicté par la crainte de « lui faire du tort ».

XIX

L*E 16* JUILLET *1920. Ma chère sœur. Attends-moi sans faute au parc ce dimanche. J'arriverai directement des Brotteaux par le train du soir. J'ai des choses importantes à te dire. En attendant je t'embrasse pour tous. Marisa.*

Louise avait été un peu surprise de recevoir cette carte laconique. De surcroît, *Ma chère sœur* était un peu protocolaire comparé au *Chère frangine, Chère vieille branche* ou *Chère sœurette* habituels. Marisa devait vouloir souligner l'importance de ce qu'elle avait à lui raconter et qui ne pouvait même pas être évoqué dans son courrier. Louise présumait qu'il s'agissait du problème que Marisa affrontait depuis l'attaque cérébrale qui avait rendu sa patronne partiellement hémiplégique.

L'aimable Mme Delorme avait été terrassée par un malaise au mois de juin. Lorsqu'elle eut reprit conscience, on constata qu'elle avait perdu l'usage du bras et de la jambe gauches. Après quelques jours de convalescence, on l'équipa d'une bottine orthopédique et elle retrouva une certaine autonomie ambulatoire. Toutefois, elle avait désormais besoin d'une aide permanente pour les gestes du quotidien, comme le simple fait de se vêtir. Sa fille l'avait temporairement accueillie chez elle, dans le Beaujolais. Marisa avait donc bénéficié de quelques jours de congé que Mme Delorme avait tenu à lui payer. Elle s'était aussitôt rendue en Savoie, prêter main-forte à ses parents pour les travaux de la moisson. Le retour d'Étienne rendait son aide moins précieuse mais ces jours de congé ne pouvaient, pour autant, être des jours de repos. À cette occasion, elle s'était tout particulièrement réjouie de pouvoir profiter de la fête du 14-Juillet dont l'éclat était rehaussé par la victoire de 1918 et le retour de l'Alsace-Lorraine dans le giron de la Nation. Néanmoins, cette joie ne pouvait compenser l'incertitude qui planait sur son emploi. Mme Delorme avait, certes, la ferme intention de demeurer à Lyon, mais pourrait-elle assumer la gestion de sa grande maison malgré son handicap ? Si elle devait emménager définitivement chez sa fille, comme cette dernière le lui avait proposé, il était plus probable qu'elle y emmène sa femme de chambre plutôt que sa cuisinière. Même dans l'hypothèse où sa patronne lui demande de l'accompagner, Marisa n'était pas certaine de répondre par l'affirmative. Ses deux ans à Ouroux ne lui avaient pas laissé de très bons souvenirs et elle confondait dans une même aversion les personnes et les lieux. Elle en était à se demander quand et comment contacter la voisine qui lui avait témoigné de l'intérêt quelques mois plus tôt…

Juillet avait posé son empreinte brûlante sur Lyon. Dans la Presqu'île, l'air était irrespirable, rendu plus chaud et plus sec par la densité des constructions. Les places, les Terreaux, Saint-Nizier, les Cordeliers, les Jacobins, la République étaient dépourvues d'arbres et les éclaboussures des quelques fontaines ne parvenaient pas à tempérer l'atmosphère. Place Bellecour, les rangées d'érables plantés dans deux des angles offraient tout juste une ombre exempte de fraîcheur. L'air semblait vibrer au-dessus de la vaste étendue offerte au rayonnement implacable, et rares étaient ceux qui choisissaient de franchir l'arène plutôt que de la contourner par les trottoirs. Le courant d'air véhiculé par le Rhône et la Saône ne franchissait guère le périmètre des quais et leurs allées de platanes. Des hommes avisés, à l'affût des dernières tendances, avaient imaginé de transformer des plates en

« bèches », sortes de piscines flottantes, qui permettaient de se déshabiller à l'abri des regards indiscrets avant de descendre barboter dans la Saône.

La Croix-Rousse était plus aérée, puisque la colline est une sorte de promontoire qui prolonge la Dombes sans limite naturelle. À l'est, les constructions du siècle précédent faisaient la part belle aux places et aux boulevards arborés. L'ouest et les Pentes avaient de tout temps accueilli les communautés religieuses et les résidences de plaisance de nobles et bourgeois, nommées « les Clos ». La grande famille Gillet, propriétaire de l'usine de teinturerie du quai de Serin, y avait encore une propriété d'agrément. L'atmosphère était moins étouffante qu'en ville, mais les nuits restaient chaudes. Mme Chanaz languissait de la maison de Pologny et son humeur s'échauffait avec le thermomètre. Toutefois, Louise se riait désormais de ses sautes d'humeur : elle avait découvert son secret ! Noël avait raison. Le chignon soigné qui couronnait sa silhouette devait tout à un accessoire que Louise avait trouvé en nettoyant la salle de bains du premier, enfin achevée. Il s'agissait d'un anneau de crin, sorte de bigoudi refermé sur lui-même. À l'odeur de l'objet et à la présence d'épingles à cheveux fichées de part en part, elle en devina l'usage. C'était en quelque sorte un chignon postiche qu'elle recouvrait de ses propres cheveux… rares. Depuis, lorsque la voix de sa patronne montait dans les aigus, Louise pensait aux pintades au cri strident, dont la petite tête s'orne d'une crête ridicule. Les colères de Claudine Chanaz ne l'impressionnaient plus.

Louise était descendue au parc dès le début des vêpres. Elle continuait à se rendre à Saint-Denis en même temps que ses patrons, généralement accompagnés de François, Philippe partant la plupart du temps au petit matin pour rouler « à la fraîche ». Elle entrait dans l'église avec eux, mais sortait discrètement dès qu'ils s'étaient installés à leur banc et que les premières notes de l'orgue retentissaient. Elle se sentait un peu honteuse d'agir de la sorte mais n'osait pas demander à ses parents l'autorisation de lever l'obligation puisque sa mère elle-même se rendait aux vêpres.

Elle avait déniché une place sur un banc à l'ombre, d'où elle voyait le lac. Les arbres centenaires dispensaient une fraîcheur forestière. Leur ombre épaisse, qui gênait la croissance d'autres végétaux à leur pied, offrait un écran efficace à l'ardeur du soleil à son zénith. Elle avait eu la chance d'arriver avant la foule qui devait attendre la fin de la sieste des petits enfants, du café dominical entre amis ou, tout bonnement, l'*ite missa est.* Elle avait emporté son crochet et quelques bobines de coton pour s'occuper les mains. Seuls les enfants restent les bras ballants. L'ouvrage constituait également une barrière symbolique contre les hommes entreprenants. Le regard rêveur d'une jeune fille oisive, sur un banc, près d'un lac, pouvait passer pour une invite. Un visage tourné vers la danse frénétique d'un crochet ou d'une paire d'aiguilles était nettement moins érotique ! Un livre passionnant, autre forme d'ouvrage, aurait peut-être eu la même propriété décourageante, mais Louise ne lisait pas. Elle avait pourtant aimé la lecture tant qu'elle allait en classe. Son instituteur, M. Laplace, lui prêtait parfois un volume de sa bibliothèque personnelle. Plus tard, elle avait senti dans le regard de sa mère une confusion entre la lecture et la paresse. Elle n'avait plus osé demander à Séverine de lui apporter d'autres livres.

Elle poursuivait la confection de son couvre-lit. Elle avait attendu d'avoir réalisé suffisamment de carrés pour les assembler en une première bande de la largeur de l'ouvrage fini et elle était satisfaite du rendu de l'ensemble. Ce travail était une fantaisie. Un trousseau de jeune fille n'avait pas à compter de couvre-lit ! Louise avait commencé à acheter quelques pièces de linge de maison qu'elle chiffrait à son initiale en attendant de pouvoir broder son pendant : celle du futur époux ! Bien entendu, elle avait dessiné des C, lettre des plus simples à broder. Elle se plaisait à croire qu'un jour, à sa majorité ou dans quelques mois, Philippe ferait sa demande. Toutefois, elle n'imaginait pas la visite de M. Chanaz à Chaumontet pour solliciter de Noël et maman Nanette la main de sa bonne.

Après réflexion, elle se dit que Louis Chanaz n'avait pas eu à se rendre à Andilly pour obtenir la main de Clémence. Luc s'en était chargé seul. C'est peut-être la raison pour laquelle la photographie des mariés n'avait pas trouvé place sur la cheminée du salon et était restée reléguée sur l'étagère d'un placard. Il faut dire que seul le bouquet de fleurs blanches épinglé sur leur poitrine indiquait qu'il s'agissait de mariés. Des chaussures, si luisantes qu'elles paraissaient vernies, à la capeline qui mettait en valeur l'ovale de son visage, la mariée était vêtue de noir. La robe, les bas, les gants étaient noirs. On voyait distinctement l'alliance à son annulaire gauche comme si elle exhibait sa main légèrement gonflée de paysanne. Le marié, altier, tenait ses gants d'une main et son chapeau de l'autre, tout en offrant un bras assuré à sa nouvelle épouse. « Regardez comme elle s'accroche ! avait ironisé Claudine Chanaz. Elle a mis le grappin sur lui, elle ne le lâchera pas ! » Louise avait eu de la peine de voir le couple d'amoureux remisé dans l'obscurité alors que la photographie du mariage des Lacaze trônait à la place d'honneur. Louise avait fini par reconnaître Françoise Lacaze dans la svelte jeune femme vêtue de clair qu'elle était alors. À ses côtés, Cyprien Lacaze portait déjà sa moustache second Empire ! La photographie avait été prise à la belle saison dans un jardin domestiqué. Les mariés et un garçonnet d'une dizaine d'années étaient plus intéressés par les fleurs que par l'objectif du photographe que fixaient un prêtre en soutane et une dame âgée, probablement Mme Lacaze mère. Un autre couple se tenait de trois quarts au bord de la photographie. Sur les visages se lisait le plaisir de goûter à nouveau au bonheur. Luc et Clémence, figés devant un mur dans leur posture un peu raide, revendiquaient visiblement leur union comme une victoire. Claudine Chanaz n'avait pas supporté l'allure bravache de son fils ; à moins qu'il ne s'agisse de la couleur de la robe de sa bru…

Louise avait achevé son carré. Elle l'étala sur ses genoux, autant pour vérifier son travail que pour laisser s'évaporer l'humidité due à la moiteur de ses mains. Avant d'attaquer une nouvelle chaînette, elle laissa son regard errer sur le lac. Le parc couvrait plus de cent hectares et le lac prenait plus d'un dixième de sa surface. Une grande barque, abritée d'une bâche, permettait à une dizaine de personnes de le traverser dans sa longueur pour dix centimes. Trois îles émergeaient et seule la plus grande était accessible grâce à un petit pont. Les deux autres servaient de refuge aux cygnes qui venaient y nicher et qui, pour l'heure, devaient s'y abriter de la chaleur. Les îles avaient la grande vertu de dissimuler partiellement l'autre rive et d'accentuer la sensation de profondeur. Leurs arbres masquaient même la présence de la Croix-Rousse, Caluire et Saint-Clair, et donnaient l'illusion d'être en pleine nature à deux pas de la ville. En effet, l'entrée principale se situait face au pont de la Boucle, au pied de la Croix-Rousse, et l'une des entrées secondaires n'était qu'à 500 mètres de la gare des Brotteaux ! Louise regretta que Marisa n'ait pas précisé de lieu de rendez-vous. Elles se retrouvaient par commodité à la grande grille, mais aujourd'hui faire le planton en plein soleil n'allait pas être une partie de plaisir. Louise avait d'ailleurs renoncé à son tour de ménagerie car il se dégageait des cages et de la fosse à ours une odeur bien plus insupportable que celle du tas de fumier au mois d'août !

Le moment était peut-être venu de parler à Marisa de ses sorties avec Philippe. Il l'avait de nouveau invitée au restaurant. Il avait laissé passer son « semestriversaire » mais avait attendu un de ses vendredis libres pour l'emmener dîner dans une petite auberge des bords de Saône, en amont de Lyon. La clientèle était peu nombreuse en ce soir de semaine. Ils s'étaient installés en terrasse et avaient dégusté une classique friture accompagnée d'un petit blanc sec du Mâconnais. Dans un coin de la salle de restaurant, trois musiciens terminaient la mise au point de leur répertoire pour la noce qui devait s'y tenir le lendemain. Le serveur leur avait expliqué que la salle entière avait été réservée de nombreux mois auparavant. Il avait ajouté :

« Je vois que madame bat la cadence. Vous pouvez danser si le cœur vous en dit. »

En effet, un couple s'avançait parfois pour un tour de piste écourté car les musiciens ne jouaient pas toujours les morceaux dans leur intégralité. Toutefois, les danseurs semblaient apprécier cet échantillon de bal qui apportait une pointe d'alacrité à la tranquillité de leur soirée au bord de la rivière. Ils échangeaient quelques propos bon enfant avec les musiciens avant de regagner leur place.

« C'est entraînant ! » constata Louise, cherchant du regard l'assentiment de Philippe.

Il prit un air gêné et recula sur sa chaise avant d'avouer :

« Je suis un piètre danseur ! J'ai appris, un peu. Mais il y a si longtemps ! C'était avant. Je n'oserais pas... »

Louise s'enhardit et posa la main sur la sienne.

« Philippe ! C'est peut-être le moment de raviver vos souvenirs ! Regardez : il n'y a presque personne, les musiciens s'entraînent. Nous pourrions faire un essai. Et ainsi, vous seriez au point pour le bal du 14-Juillet !

– Tu crois ?

– Allez ! on essaie. Il n'y à personne pour nous voir.

– Tu as raison ! Qu'est-ce qu'on risque ? À part pour moi le risque de t'écraser les pieds et de te décevoir, Lalou ! »

Elle se leva en disant :

« Je ne crois pas que vous puissiez me décevoir, puisque je suis prévenue ! Allons-y vite ! »

Elle se dirigea d'un pas vif vers la salle et il lui saisit la main au moment où ils entraient. Ils s'approchèrent du trio qui avait attaqué une valse. Il mit son autre main sur sa taille et elle posa la sienne sur son épaule avec un battement de cœur. Ce simple contact la bouleversait au point de lui faire oublier ce qu'il avait dit. Il restait maladroitement immobile et c'est elle qui donna l'impulsion du départ en comptant à voix basse « un, deux, trois ».

Les musiciens remarquèrent le manque d'assurance de Philippe et ralentirent le tempo. En professionnels avertis, ils savaient s'adapter à l'aisance des danseurs dont la prestation se déroule sous le regard des invités, au moment crucial de l'ouverture du bal. Le tour de piste de Louise et Philippe venait compléter leur répétition générale !

Après quelques mesures, les pas de Philippe se régularisèrent. On n'oublie pas les pas de danse, une chorégraphie peut-être, la dextérité éventuellement, mais pas les pas. Sa main se raffermit sur la taille de Louise et les musiciens accélérèrent l'allure jusqu'à ce qu'un faux pas les fasse trébucher. La danse prit fin dans les éclats de rire ! Ils saluèrent les musiciens et remercièrent sans se lâcher la main. Quelqu'un lança :

« Et embrassez la cavalière ! »

Philippe lui lâcha la main pour poser les siennes sur ses épaules et l'embrasser sans hâte sur chaque joue.

« Tu sens bon », murmura-t-il.

Voilà que le cœur de Louise reprenait ses fantaisies : il doublait de volume, battait comme un tambour et lui faisait monter le rouge aux joues ! Et un mois plus tard, alors qu'elle était assise au parc de la Tête d'Or, le souvenir de cette danse produisait les mêmes effets !

Ils étaient retournés à table, finir leur tartelette aux fraises. Au-delà de la route qui bordait la terrasse, la Saône coulait sans un bruit, large et lente. Dans la lumière déclinante, des martinets piquaient au ras de l'eau, à la chasse d'insectes invisibles. Leurs trilles ponctuaient d'une note intemporelle les accords étouffés du petit orchestre. Louise avait le sentiment de vivre le meilleur moment de son existence, un moment privilégié qu'elle aurait aimé voir s'éterniser sans souci du lendemain. Déjà Marisa et sa patronne paralysée s'invitaient dans ses pensées. Elle décida d'en parler à Philippe.

Perdue dans ses rêveries, elle n'avait pas vu passer l'heure. Sa sœur était arrivée et l'attendait peut-être déjà à la grille. Elle rassembla précipitamment ses affaires et se hâta vers l'entrée du parc. Ce serait une bonne introduction : elle allait lui dire qu'elle avait demandé à Philippe de chercher une place pour elle à la Croix-Rousse. Elle trouverait bien le moyen d'insinuer qu'ils se voyaient de temps en temps et, selon la réaction de sa sœur, elle se confierait plus ou moins.

Marisa était là, sa petite valise à la main. De minuscules gouttes de sueur perlaient sur sa lèvre supérieure. Louise s'attendait à une réprimande, Marisa constata simplement :

« Ah ! te voilà ! Quel cagnard, on se croirait dans la vigne ! »

Elles prirent la direction de l'ombre. Après quelques banalités, Louise s'impatienta :

« Alors ? C'est quoi ces choses importantes ? »

Marisa jeta un coup d'œil soupçonneux aux passants qui déambulaient.

« Attends ! Il y a trop de monde ici. Il nous faudrait un endroit tranquille. »

Louise pensa que sa sœur faisait beaucoup de mystères. Les gens n'étaient pas à leur écoute. Marisa bifurqua alors vers l'endroit où l'on pouvait louer de petites barques. Elle confia sa valise à l'employé de service et grimpa résolument dans un bateau en invitant sa sœur à la suivre. L'homme les repoussa de la rive ; Marisa se mit à ramer vers le large. Elle ne disait rien et son silence inquiétait Louise. Ce n'est tout de même pas une histoire de place qui nécessitait un tel secret ! Jugeant qu'elles étaient à l'écart des oreilles indiscrètes, elle répéta :

« Alors ? Tu le craches, le morceau ? »

Marisa soupira profondément et une grimace déforma son visage. Elle se décida enfin et dit lentement :

« Il y a eu un malheur, un gros malheur…

– Qui ?

– Étienne a fait une grosse bêtise. »

Louise avait pensé à un décès. Elle entendit « bêtise » avec un mélange de soulagement et d'irritation.

« Une grosse bêtise ?…

– Oui… Voilà… »

Marisa avait dû préparer un discours, mais les mots ne sortaient pas.

« Eh ben ! voilà… On était tous descendus au bal du chef-lieu. Il y avait Étienne, Séverine et moi. Et comme il y avait un homme, Juliette est venue avec nous pour la première fois.

– Juliette Millon ?

– Oui… Étienne s'est bien occupé des princesses… Il les a fait danser… Il a rencontré des classards et il a bu un coup… Un coup de trop ! C'était la fête, quoi ! À la fin, on est remonté. On était toute une bande. On rigolait bien, il y avait le petit Reverdy… Lorsqu'on est arrivé au croisement de Saint-Jean, Étienne a dit qu'il raccompagnait Juliette jusqu'au Château. Séverine et moi, nous sommes rentrées avec les autres. »

Marisa soupira de nouveau.

« Après, ce qui s'est passé, je l'ai su par la maman. »

Louise n'osait plus presser sa sœur de raconter. Elle n'avait pas trop envie de connaître la suite.

« C'est Barbusse, le fermier de Thiollaz, qui a entendu des cris et qui a trouvé Étienne en train de… enfin de… avec Juliette. Tu comprends ?

– Tu veux dire… ils faisaient… la chose ? »

Marisa hocha la tête.

« Mais… reprit Louise incrédule, elle était d'accord ?

– Louise ! souffla Marisa dans un murmure. Elle n'a que quatorze ans… »

La honte s'abattit sur Louise comme un voile glacial et elle frissonna dans la chaleur de la fin d'après-midi. Lorsqu'elle jugea que sa sœur avait pris la mesure du drame, Marisa poursuivit, délivrée de l'annonce initiale.

« Barbusse l'a bastonné et l'a ramené au Château. Il est venu chercher maman Nanette… Je pense qu'elle a vécu le pire moment de son existence… Compte tenu des services qu'elle a toujours rendus à la famille Millon, ils ne sont pas allés chercher les gendarmes. Mais ils ont exigé qu'il quitte le pays et ne revienne plus. François Millon a même dit qu'il ne voulait plus jamais voir son nom, même au cimetière…

– Il est où, alors ?

– Pour le moment, au quai des Usses, chez Miège. On leur a dit qu'il s'était battu. Personne ne sait. Même Séverine n'est pas vraiment au courant. Elle sait seulement qu'il s'est mal conduit. Barbusse ne dira rien, par souci de la réputation de Juliette. Pour elle… »

Le menton de Marisa tremblait, ses yeux s'embuèrent et sa voix se brisa.

« … Comme on ne sait pas si… enfin… Ils l'ont envoyée chez son frère, Édouard, qui est docteur et qui pourra trouver quelqu'un pour s'occuper… du problème, si jamais… »

Louise se prit la tête dans les mains. Les conséquences de l'acte de son frère lui apparaissaient dans toute leur ampleur. Étienne banni, c'est tous les projets de ses parents qui s'écroulaient. Toutes ces années d'attente étaient ruinées par ce moment d'égarement. En prime, la victime était leur petite princesse du lin ! Comment Noël pourrait-il supporter cette honte et ce déchirement ? Comment maman Nanette endurerait-elle cette violence doublée, à ses yeux, d'un inceste ? Comment avait-il pu se laisser aller à… ?

« Le salaud ! Malheur de malheur ! »

Marisa ne prit pas la défense de son frère. Elle se contenta de hocher la tête, les lèvres crispées. Elle avait repris les rames et manœuvrait avec des gestes d'automate.

Elles accostèrent et Marisa récupéra sa valise. Lorsque Louise revit ce petit témoin du triste séjour de sa sœur, elle ne put s'empêcher de la serrer dans ses bras comme si elle venait d'échapper à une catastrophe. Elles marchèrent lentement jusqu'à un banc libre. Les gens commençaient à rentrer chez eux. Marisa, qui avait eu le temps de digérer l'affaire, commença à donner des nouvelles du pays. Telle cousine, qui avait perdu sa petite fille au début de la guerre et avait traversé une longue période de dépression, était de nouveau enceinte. Le cousin

Joseph Revillard – frère Cyrille – avait repris le bateau pour la Chine. La tante… Louise écoutait d'une oreille distraite. Une grande rancœur commençait à monter en elle. Elle revoyait son père et M. Laplace attablés devant un verre de vin blanc intact à l'été 1915. Elle entendait encore : « Ce n'est pas possible. Il y a le fils… » Elle n'avait pas démérité ; c'est à cause du fils qu'il n'avait même pas été question d'envisager qu'elle poursuive ses études. Pour Séverine non plus, d'ailleurs, on ne s'était même pas renseigné sur les bourses. Et ce crétin… Elle pensa à la carte d'Allemagne : « Je vais aller voir si les petites Marocaines sont aussi bien plaisantes que les petites Boches. » Et les petites Savoyardes ? Elle poussa un soupir de dépit. Marisa lui parlait de Jean Reverdy, qui avait pris une tête en un an, gamin peu bavard et impressionnant de maturité. Louise se fichait éperdument de Jean Reverdy. Elle mit quelques secondes avant de réaliser que Marisa ne disait plus rien. Un silence morose s'installa. Les promeneurs se dirigeaient vers la sortie alors que les cygnes avaient fait leur retour sur l'eau. Marisa soupira.

« Bon. Je vais m'en aller retrouver ma mémé Delorme. J'ai un peu hâte d'avoir de ses nouvelles !

– À propos, se hâta de répondre Louise, j'ai parlé de ton histoire au fils Chanaz.

– Ah bon ?

– Oui. Il connaît très bien le quartier et il m'a dit qu'il allait se renseigner chez les commerçants susceptibles d'embaucher une jeune fille. Il est prêt à te recommander ! »

Marisa paraissait aussi surprise qu'incrédule.

« C'est quel fils ?

– Sûr que ce n'est pas François, le banquier, c'est Philippe, celui qui travaille avec son père.

– Ah ! le cycliste !

– Si tu veux. »

Le moment n'était pas propice aux confidences sentimentales. Encore une occasion ratée !

« Et pourquoi ferait-il cela ? »

Elle ajouta presque aussitôt :

« Et puis il me faudrait trouver un logement... »

La question prouvait que l'idée faisait son chemin. Louise pensa au petit lit que Philippe avait tenu à installer chez elle. Elle pourrait peut-être héberger sa sœur quelque temps. Elle allait lui en parler pour qu'il obtienne l'accord de son père. Elle était persuadée qu'ils trouveraient un arrangement pour convaincre Claudine Chanaz. Il était trop tôt pour en parler à Marisa ; elle se contenta de répondre :

« M. Philippe est quelqu'un qui aime bien rendre service. Et puis il m'aime bien. S'il peut faire des heureux, il sera ravi. Trois d'un coup : toi, moi et le patron ! Lui, ce n'est pas après l'argent qu'il court !

– Ah oui ! Et c'est après quoi, selon toi ? »

La question prit Louise au dépourvu. Ses mains esquissèrent un mouvement d'offrande. Elle répondit avec hésitation :

« Eh bien !... la bonne vie, je crois.

– La bonne vie, répéta Marisa avec scepticisme. Ma foi, pourquoi pas. Laisse-le chercher. Je risque d'en avoir besoin, même si j'espère que non. Écoute, ma Louise ! Je dois y aller. J'ai vraiment hâte de retrouver ma patronne. J'ai plutôt la bonne vie chez elle ; et puis je ne voudrais pas que tout change en même temps. »

Elles se levèrent enfin et se dirigèrent vers la grille. Louise se dit qu'il était encore tôt et qu'elle pourrait la raccompagner jusqu'aux Terreaux avant de prendre la ficelle pour remonter. Elle n'avait pas envie de rester seule. Elle regarda machinalement dans son sac pour vérifier si elle avait pris son porte-monnaie et constata avec surprise que son carré de crochet n'y était pas. Il avait dû tomber du banc lorsqu'elle s'était précipitée à la rencontre de sa sœur.

« Zut, j'ai perdu mon ouvrage ! Il faut que je retourne à l'autre bout du lac. »

Marisa, contrariée, dodelina de la tête.

« Écoute, sœurette, vas-y toute seule. Je t'enverrai une carte si j'ai d'autres nouvelles. Sinon on se retrouve chez Milie dimanche prochain. C'était convenu, tu te rappelles ? »

Non, Louise ne se rappelait pas. Tant pis, elles monteraient à Fourvière dimanche prochain. On repousserait les confidences à plus tard.

Après le départ de Marisa, Louise retourna à grands pas au banc qu'elle avait occupé au début de l'après-midi. Elle trouva son carré à terre, piétiné. Elle le ramassa, le secoua, mais il garda son aspect pitoyable : chiffonné, terreux, sali. Elle se laissa tomber sur le banc et se mit à pleurer sans savoir pourquoi.

Elle avait reposé le carré sur ses genoux et essayait de l'étaler, de faire disparaître les traces de salissure. Elle ne remarqua l'homme qui appuyait son vélo sur le banc que lorsqu'il s'assit à côté d'elle.

« Eh bien ! Lalou ! Ça ne va pas ? »

La voix de Philippe était empreinte d'une douceur inquiète.

« Vous ? Ici ? »

Il montra une direction de la main.

« J'étais au vélodrome. Entraînement. On a commenté les étapes du Tour de France, avec ce Belge, le "Basset"... »

Elle continuait à frotter son carré.

« Tu as sali ton travail ? »

Il essaya maladroitement de lisser le carré.

« Mais ce n'est pas si grave ! Ça se lave, non ?

– Si ! » répondit-elle d'une petite voix.

Elle savait bien qu'elle ne pleurait pas sur cette souillure.

« Mais alors ? » demanda-t-il en entourant son épaule de son bras.

Il avait fait chaud ; son odeur était si présente qu'elle avait la sensation d'être tout contre lui. Son geste de compassion ouvrit les vannes à son chagrin et elle se mit à sangloter.

« C'est à cause de mon frère. Il a fait une grosse bêtise », répondit-elle en reprenant les mots de Marisa.

Elle avait décidé de lui faire confiance, de tout lui raconter, car il lui semblait que si elle ne pouvait pas compter sur lui le monde entier se serait écroulé.

D'une voix entrecoupée de hoquets, elle raconta la fête, la jeunesse, le bal et l'irréparable commis sur le chemin du retour avec la sœur de lait de Séverine, cette enfant déjà marquée par le destin. Elle lui confia l'humiliation et la honte, les projets anéantis, l'incertitude revenue.

« Et en plus j'ai fait tomber mon carré, conclut-elle d'une petite voix enfantine avant de se remettre à pleurer.

– Oh ! là, là ! Diable, diable ! » souffla Philippe en soupirant pour se laisser le temps de réfléchir.

Il resserra son étreinte autour de son épaule.

« Je comprends ton chagrin, Lalou. Tes parents doivent être extrêmement déçus, c'est sûr. »

Elle lui coupa la parole.

« Je le déteste ! Je le hais même ! Je voudrais qu'il ne soit jamais rentré : on le regretterait !

– Ne dis pas ça, Lalou. Tout homme peut connaître un moment de faiblesse. Je ne dis pas cela pour l'excuser, ajouta-t-il en voyant son regard noir. Tu sais, on dit : “L'esprit est prompt et la chair est faible.” Il s'est peut-être imaginé des choses, en dansant. Que la petite aimait être dans ses bras…

– Quand bien même ! C'est trop facile ! Depuis qu'elle est petite, elle a le béguin pour lui. Tu penses, le grand frère, la référence. Le sien de frère, le vrai, il était en pension à Annecy. C'est Étienne qu'elle admirait, mais ce n'est pas de l'amour ! Elle n'a que quatorze ans. De toute façon, il n'avait pas le droit !

– Oui. Il n'avait pas le droit. Mais garde-toi de la haine. Je l'ai vue à l'œuvre. Elle est destructrice.

– Et qu'est-ce qu'il me reste alors ? La peine ?

– C'est cela. La peine. Je pourrai au moins essayer de te consoler. »

Elle haussa les épaules. Il avait désarmé sa hargne et elle ressentait un grand abattement. Il la serra plus fort et déposa un baiser sur sa tempe. Puis il se leva d'un bond et attrapa le carré.

« D'abord, on va commencer par le plus facile. On va laver cette patte. »

Il se rendit à la rive et le trempa dans l'eau avant de le frotter entre ses mains. Louise le regardait, interdite. Elle rêvait ou il venait de l'embrasser !

« C'est quoi cette chose ?

– C'est du crochet, pour faire un dessus-de-lit, répondit-elle d'une voix mal assurée.

– Ah ! c'est très joli… Bon ! c'est mouillé mais je n'ai pas l'impression qu'il y ait de déchirure. Tiens, regarde ! »

Il lui rendit la chose détrempée à peu près intacte et se rassit sur le banc, les coudes aux genoux.

« En effet…

– Bon. Parlons peu, parlons bien ! Pour ton frère, on dit qu'il s'est battu. L'affaire a quelque chance d'arriver aux oreilles de ma mère à Pologny. Autant s'en tenir à la version officielle. Il a refusé de s'excuser alors qu'il était en tort. Il a la tête dure et a préféré quitter le pays. D'accord ?

– D'accord.

– Pour ce qui concerne tes parents, avaient-ils signé quelque chose ?

– Pas à ma connaissance, c'est trop tôt.

– La ferme de Thiollaz ne sera pas pour eux, mais ils trouveront une exploitation plus petite. Ce n'est pas cela qui les rendra plus malheureux. Heureusement qu'il leur reste leurs filles. Tu vois, comme dit la mère Chanaz, les garçons sont de mauvais sujets ! Il faudra bien les soutenir, mais je n'ai pas besoin de t'expliquer comment faire, 'pas ? »

Elle hocha la tête. Il continua.

« Enfin, pour Marisa : j'ai déjà plusieurs pistes, notamment chez Cinquin, rue du Mail. C'est un petit bouchon qui marche bien pour le déjeuner. Le neveu est en cuisine mais il doit partir au régiment à l'automne, enfin je ne sais plus trop quand, mais c'est avant la fin de l'année. Bien sûr, il y a toujours de l'embauche en tissage, mais c'est plus impersonnel. Enfin, vois avec elle, dimanche prochain. Si elle a vraiment besoin d'une place, fais-moi savoir ce qu'elle préfère et je me fais fort de lui trouver un truc bien. Ce qui serait pas mal, ce serait que nous fassions connaissance cet été, quand la marquise sera à Pologny ! »

Il la regardait en souriant, espérant que ces bonnes paroles lui feraient un peu oublier ce qui s'était passé. Il s'appliquait même à prendre l'air enthousiaste. Il fallait qu'elle ose.

« Est-ce que vous pensez que Marisa pourrait venir coucher rue Hénon ? Au début, bien sûr, juste le temps qu'elle trouve un logement dans le quartier ! »

Il ouvrit des yeux ronds.

« Dans ta chambre ?

– Oui. Vous m'avez monté le lit, pour le cas où je voudrais coucher de la famille ! Je crois que cela la dépannerait bien. Au cas où... »

Il ne pouvait pas se déjuger.

« Euh... je pense que oui. Je ne crois pas que mon père... Au fait, cet appartement ne lui appartient pas. Grand-père nous l'a légué directement, à mes frères et moi. Il faudrait que je voie le régisseur... Oui, cela me paraît possible. »

Avec lui, tout paraissait simple. On aurait pu croire qu'il savait lever tous les obstacles. Elle avait bien fait de tout lui dire : il n'avait pas porté de jugement. Elle sourit enfin.

« Ah ! quand même ! Revoilà ce petit sourire qui te va si bien ! Courage, ma petite Lalou ! Ils vont s'en sortir, tes parents : ils ne sont pas si vieux et ils ont Séverine. On va s'occuper de Marisa. Tu vas voir ! »

Il regarda sa montre.

« Oh ! mais il est temps de remonter à la Croix-Rousse ! Si tu veux, on rentre ensemble par la ficelle Croix-Paquet. Je mettrai mon vélo sur le truck. »

Il attendait qu'elle se lève, les mains sur le guidon. Elle ne remit pas le carré dans son sac de peur de gâcher les autres fournitures. Un sanglot la secouait encore par moments mais elle souriait, heureuse de marcher à ses côtés.

Il commença à lui décrire les nouvelles étapes du Tour et comment l'équipe de Thys les raflait presque toutes, lui permettant de conserver le maillot jaune comme l'année précédente.

Quatrième partie

CHOISIR SA VIE

XX

L'ÉTAT-MAJOR AVAIT FAIT EXHUMER huit corps des cimetières militaires des fronts les plus meurtriers : les Flandres, l'Artois, la Somme, l'Île-de-France, le Chemin des Dames, la Champagne, Verdun et la Lorraine. Sur la tombe de ceux-là, comme de tant d'autres, figurait simplement la mention « inconnu ». On avait spécifié qu'il devait s'agir d'hommes du rang, sans aucun signe distinctif et indiscutablement entiers, trop de sépultures contenant des restes humains parfois incomplets, dont on avait simplement supputé qu'ils appartenaient à une seule et même personne. L'un des corps serait tiré au sort, sans que l'on puisse en connaître la région d'origine. Ce mort, dont on ne saurait plus rien, recevrait l'hommage du pays au nom de tous ceux qui avaient donné leur vie pour la Patrie. On avait choisi ce soldat pour matérialiser les disparus que les familles pleuraient sans trop savoir quel avait été leur sort. Certaines d'entre elles pourraient penser que le leur allait être inhumé sous l'Arc de Triomphe, le 11 novembre 1920. Après les cendres de l'Empereur et le corps de Victor Hugo, la dépouille du Soldat inconnu reposerait au point culminant de la Voie triomphale mais, contrairement aux grands hommes qui avaient rejoint d'augustes mausolées, l'humble Poilu demeurerait dans son tombeau grandiose, ouvert aux quatre vents et à la curiosité du petit peuple.

« Ce ne sera pas un poilu d'Orient ! » avait remarqué Philippe, fataliste.

Ce ne serait pas non plus l'ami Francis, tombé après la fin des combats ; on en avait toujours rien retrouvé. Aucun inconnu ne correspondrait jamais à sa disparition. Depuis près de deux ans, l'endroit avait été déminé et rendu aux civils. En fait d'endroit, il s'agissait d'un vaste terrain vague à la surface dévastée par les entonnoirs. Le village allait être reconstruit, quelques centaines de mètres plus loin. On avait fait appel à un architecte-urbaniste, Émile André, pour en dresser les plans ; une voie de rocade avait été prévue pour épargner la circulation des chars agricoles au centre du bourg. La destruction enfantait la modernité…

Luc écrivait régulièrement à ses parents et à ses frères, Claudine n'en faisait plus un secret et considérait avec un grand détachement les nouvelles qu'il envoyait des confins du pays. Les jumeaux commentaient avec intérêt les lettres de leur aîné, leur ancien modèle. Les péripéties de son existence étaient autant d'épisodes de l'aventure que Luc avait choisie en désertant la Croix-Rousse.

Germaine, sa belle-sœur, avait trouvé du travail à Ménil-la-Tour, dans un hôtel-restaurant. Le petit Jean-René restait à Andilly, choyé par sa grand-mère et sa tante Clémence qui, un an après ses noces, ne voyait toujours pas poindre le moindre espoir de maternité.

« Voilà ce que cela donne d'épouser une vieille ! À moins que ce ne soit lui qui s'épuise à travailler comme un nègre ! L'usine le matin et les champs l'après-midi, ou le contraire au changement d'équipe ! railla Claudine Chanaz. Te rends-tu compte, Louis ? Lorsque ton père avait ton âge, il avait déjà cinq petits-enfants ! »

En général, Louis Chanaz opinait du chef pour avoir la paix mais se gardait de surenchérir. Son épouse savait choisir ses références. À âge égal, son père avait toujours tout fait mieux que lui. C'était un fait. Il n'en concevait aucune jalousie, au contraire. La grande admiration qu'il lui vouait ne se démentait pas. Il aimait à rappeler « mon père disait ceci, grand-père faisait cela ».

Pourtant, lorsque sa femme lui parla des petits-enfants, il fit cette remarque mi-figue mi-raisin :

« Effectivement. Quand il avait mon âge, il était veuf depuis… dix ans déjà », précisa-t-il après un bref calcul.

L'expression outrée de Claudine le contraignit à une mise au point.

« Je n'ai peut-être pas encore de petits-enfants mais j'ai la chance d'avoir toujours mon épouse à mes côtés ! »

Pour couronner le tout, il ajouta :

« Mes fils ont la chance d'avoir encore leur mère ; ils sont moins pressés de fonder une famille. Voilà tout ! »

Un silence sceptique accueillit sa remarque. Ainsi donc, la chaleureuse présence maternelle de Claudine Chanaz comblerait le désir de ses fils d'avoir une épouse, sinon des enfants ! Louis Chanaz était un naïf ou il avait beaucoup d'humour !

François fréquentait assidûment la maison Pellegrin. Georges demeurait son compagnon de sorties préféré mais ses séjours au magasin se prolongeaient au-delà du temps nécessaire à l'évaporation des vapeurs de l'alcool ingurgité au cours de leurs soirées. C'est Madeleine qui attirait François chez Pellegrin. La jeune fille avait vingt ans, la taille élancée, un grand front bombé et les yeux bleus. Elle était d'un naturel gai et appréciait les visites de ce grand jeune homme qui la faisait rire. Pour elle, il avait mis au point une galerie de portraits de Croix-Roussiens qu'il imitait de la voix et du geste. Ses personnages allaient du tonitruant patron du *Café des Écoles* à la volubile marchande d'oignons du petit marché, en passant par le vicaire de Saint-Denis, homme raide et compassé. Il croquait avec acuité les manières de ses modèles et s'entraînait devant le miroir avant de les présenter à Louise ou Philippe. S'ils riaient, il pouvait les ajouter à son numéro d'artiste comique pour Madeleine. Récemment, il l'avait accompagnée au concert des professeurs de l'école de musique municipale, dont M. Böhm accordait les pianos.

Louise et Philippe suivaient avec attention l'évolution de leurs relations car Madeleine était l'exemple même de bru dont Claudine Chanaz rêvait. Elle venait d'une famille honorablement connue, pourvue d'un petit patrimoine ; sa réputation était sans tâche et, pour ne rien gâcher, elle avait de l'allure. Louise avait conscience de son infériorité pour ce qui concernait le patrimoine et l'allure. Néanmoins, elle caressait l'espoir que, si Mme Chanaz était satisfaite du choix de son second fils, comme elle avait été comblée par son entrée à la Société lyonnaise, elle se montrerait moins regardante sur celui du troisième dont elle avait déjà contrecarré les projets.

Philippe ne s'était pas déclaré mais, depuis le jour de juillet où Marisa lui avait annoncé la catastrophe, elle ne doutait plus de l'intérêt qu'il éprouvait pour elle. L'indifférence feinte qu'il affichait devant sa mère l'amusait. Il parlait d'elle en disant « la gamine » sur un ton quelque peu paternel. C'est lui qui avait fait savoir que les parents de « la gamine » avaient des soucis avec leur fils qui avait choisi de quitter la terre pour tenter sa chance en ville. Cela, Claudine Chanaz le comprenait tout à fait.

Après être resté quelques semaines chez Miège, Étienne était parti pour Bellegarde. Un client de son oncle Auguste, maçon, avait accepté de le prendre comme apprenti ; les cousins Revillard l'hébergeaient.

Le 11 novembre, anniversaire de l'Armistice, était aussi la Saint-Martin, époque traditionnelle d'échéance des baux agricoles. Depuis son séjour à Frangy au mois d'août, Louise savait que ses parents allaient s'installer au Pont-Fornant. Ils n'avaient pas évoqué l'affaire avec elle, probablement pour épargner à Séverine des révélations inopportunes. Ils savaient que Marisa avait fait la commission. Elle avait découvert avec consternation que son père ne prévoyait pas d'y semer d'avoine et, sans qu'il ait eu besoin de le préciser, elle en avait conclu qu'il renonçait à garder un cheval. Depuis l'affaire, il se repliait sur lui-même. Il ne parlait presque plus. Son regard ne se portait plus sur ses montagnes chéries et restait souvent dans le vague. Noël n'avait même plus envie de voyager. Louise l'entendait pousser des soupirs lourds de regrets inavoués. Elle espérait qu'après le déménagement, loin des lieux où ils avaient vécu en famille, loin de Saint-Jean, il pourrait prendre un nouveau départ. D'autres voisins, d'autres terres à travailler lui apporteraient, sinon de nouveaux espoirs, au moins une rupture avec les moments douloureux qu'il avait traversés. Quant à maman Nanette, Louise l'avait trouvée ridée, petite, fragile. Elle n'avait pourtant pas changé ; c'est le regard que Louise portait sur elle qui avait changé. Sa mère n'était plus le refuge inébranlable et rassurant de son enfance. C'était une femme vieillissante que son mari déprimé n'était plus en mesure d'épauler, une mère blessée, enfin quelqu'un qui pouvait être mis en danger par les vicissitudes de la vie. Pourtant, Annette ne se plaignait pas, sinon pour constater que la terre est basse. Seule la Nêne restait égale à elle-même, minuscule grand-mère octogénaire, à demi aveugle, quasi sourde, dont les mains déformées savaient encore traire les bêtes, allumer le feu, ramasser les œufs et jeter du grain aux poules.

Malgré la présence de Marisa, le séjour avait été fatigant et morose. L'atmosphère était trop lourde d'attente et de non-dits. Louise avait été soulagée de reprendre le train pour Lyon, tant elle se sentait impuissante. Seul le temps permettrait de surmonter l'immense déception de ses parents. Mais viendrait-il amoindrir leur honte ? C'était au fond ce qu'elle reprochait à son frère : cette honte au front de ses parents. Même si l'affaire demeurait secrète, ils se demandaient ce qu'ils avaient pu faire, ou ne pas faire, pour en arriver là.

De retour à Lyon, elle avait appris que les jumeaux avaient déserté Pologny pour rendre visite à leur frère en Lorraine. Claudine Chanaz leur en avait voulu mais elle avait été rapidement absorbée par l'organisation du patronage de la paroisse, la précédente responsable ayant rejoint le comité pastoral chargé du cinéma.

Louise se sentait un peu chez elle à la Croix-Rousse. L'entretien du 50 *bis* était devenu une routine et il lui arrivait de recevoir des clients au magasin. S'il ne s'agissait que de la vente d'accessoires, elle ne dérangeait plus les Chanaz père et fils. Il lui arrivait aussi de noter les rendez-vous d'entretien sur le carnet. Si Claudine Chanaz arrivait avant qu'elle n'en ait fini, elle la congédiait d'un « Merci, je m'en occupe ! » assez sec. Louise avait alors la sensation d'usurper ses prérogatives. Louis Chanaz, au contraire, s'arrangeait fort bien des visites qu'elle programmait. Elle avait rapidement compris qu'il ne fallait pas prévoir de petites visites les jours de gros chantier. Son patron préférait de toute façon rester à l'atelier plutôt que de fourrer ses mains noircies dans les papiers du magasin. Il lui demandait souvent de reporter les transactions dans le Grand Livre et il lui dictait les noms, adresses et chiffres en gardant les mains croisées dans le dos et en faisant semblant de contrôler ce qu'elle notait alors qu'il ne prenait pas la peine de chausser ses lunettes !

En revanche, lorsque Claudine Chanaz recevait ses amies, Louise faisait très attention à paraître discrète et dévouée. Elle ne craignait plus autant les dames patronnesses, mais elle savait qu'elle n'avait rien à gagner en se montrant familière. Elle avait plutôt tendance à en rajouter dans la froideur et la déférence pour faire plus chic, dans le genre des majordomes de grande maison. Elle en riait intérieurement et sa patronne était ravie !

Quand la vogue était revenue sur la place, Philippe l'avait invitée une nouvelle fois aux Célestins pour voir *Véronique* de Messager. Il lui avait dit que c'était le moment rêvé pour aller au théâtre puisque tous les Croix-Roussiens étaient sur les manèges. Cette fois, elle portait un chapeau, des gants et un sac à main. Il lui avait pris le bras en descendant de la voiture et de nouveau en quittant le théâtre. Ils s'étaient un peu promenés le long des quais de Saône avant de rentrer et Philippe lui avait même fait esquisser quelques pas de valse sur l'air de *Poussez, poussez l'escarpolette, poussez pour mieux me balancer.* Ils avaient ri devant la mine ébahie d'un couple de petits vieux et Philippe avait dit : « Il n'y a pas à dire, c'est une sacrée chouette valse ! Puis-je embrasser la cavalière ? » Elle avait tendu la joue pour qu'il y dépose un baiser léger. Les premières feuilles mortes des platanes craquaient sous leurs pieds en répandant leur odeur de poussière.

Le dimanche suivant, Marisa était montée à la Croix-Rousse tout spécialement pour faire la connaissance de Philippe. Il avait exceptionnellement renoncé à sa sortie cycliste car le départ définitif de Mme Delorme prenait tournure. La vieille dame avait pris la mesure de son handicap : ce qu'elle faisait auparavant sans y penser prenait des proportions épiques. La toilette, les sorties dans les rues pentues de Saint-Jean, les escaliers étaient autant de moments générateurs de fatigue et de frustration. Ses capacités intellectuelles intactes rechignaient à accepter la contrainte de ces membres inertes. Elle avait fini par se faire une raison et avait proposé à Marisa de l'aider à trouver une autre place pour laquelle elle était toute prête à la recommander.

Marisa préférait le restaurant Cinquin, si elle pouvait loger avec Louise. Philippe s'était rendu au cabinet comptable qui administrait les biens de la famille et qui était notamment chargé d'encaisser les loyers. Le régisseur, comme l'appelaient ses parents, lui avait conseillé d'établir un bail qui liait la présence des filles Rossillon au « 2 rue Hénon » au contrat d'employée de maison de Louise, ce qui faciliterait la perception d'un loyer ou une expulsion en cas de rupture du contrat. Philippe avait choisi de temporiser.

Ils s'étaient retrouvés tous les trois au *Café des Écoles,* à l'angle de la place et du boulevard, devant un pot de vin bourru et un cornet de châtaignes. Au début, Marisa, figée sur sa chaise, osait à peine toucher à son verre, impressionnée par ce grand jeune homme sportif qui était aussi à l'aise que s'il avait été chez lui. Il appelait le patron et le serveur par leur prénom et écorçait machinalement des marrons grillés. Il les déposait alternativement à côté du verre de Marisa ou de sa sœur. Lorsqu'il émiettait un fruit, il rassemblait les morceaux au creux de sa main et les enfournait dans sa bouche avec un naturel qui la stupéfiait. Il expliquait que Cinquin était l'une de leurs cantines d'été, qu'il avait une clientèle « ouvrière » composée essentiellement d'hommes seuls ou en équipe – patron, ouvriers, apprentis –, trop éloignés de chez eux pour rentrer déjeuner. Cinquin servait un menu roboratif et bon marché. Il avait besoin d'une aide en cuisine qui pouvait occasionnellement assurer le service en salle, à condition d'avoir du répondant face à ces tablées masculines. Cinquin ne voulait pas plus de demoiselle effarouchée que de serveuse aguicheuse. Il tenait à limiter la rotation de son personnel. Philippe s'était redressé sur sa chaise et avait dévisagé Marisa quelques secondes en souriant. Elle était restée impavide, l'œil charbonneux, puis avait relevé le menton avec une lueur de défi dans le regard.

« Je crois que vous lui plairez bien, reste à savoir si lui vous conviendra ! Ce type est une vraie abeille, toujours affairé.

– Ce n'est pas le travail qui me fait peur, déclara-t-elle.

– Vous allez vraiment bien vous entendre ! Mais ne faites pas trop la méchante : il ne faudrait pas faire peur aux clients !

– Oh ! ben quand même ! Je n'ai jamais mangé personne !

– À la bonne heure ! Vous ne mangez pas les gens ! Vous n'aimez pas les marrons non plus ? »

Elle bredouilla, désarçonnée par sa familiarité.

« Si, si, j'aime ! »

Elle se hâta d'en prendre un au hasard et se mit à le mâcher en souriant enfin, d'une manière un peu contrainte. Ce sourire emprunté ôtait toute sévérité de son visage et laissait apparaître, derrière le masque, le bon cœur.

Philippe regarda Louise en hochant la tête d'un air satisfait.

« Je suggère de vous présenter, dit-il. Le restaurant est fermé, mais je sais où trouver le patron autour de 5 heures. Si vous êtes d'accord ?

– Bien sûr, monsieur Chanaz !

– Ah non ! pas de M. Chanaz, je m'appelle Philippe. Et permettez que je vous appelle Marisa.

– Ah bon ! » se contenta-t-elle de répondre en jetant à Louise un regard contrarié.

Louise sirotait tranquillement son vin blanc doux. Marisa se décida enfin à tremper les lèvres dans son verre.

Il ne se passa pas cinq minutes avant que Philippe ne hèle un couple qui pénétrait dans le café. Il s'agissait de François accompagné de la jolie Madeleine. Il s'approcha, déposa sur la table un cornet de marrons tout chauds et attrapa deux chaises à la table voisine pour élargir le cercle.

« Mlle Madeleine Pellegrin, dit François.

– Mlle Louise Rossillon et sa sœur Marisa », compléta son frère.

Les jeunes femmes firent assaut de sourires, « bonjour » et signes de tête. Louise remarqua que le regard de Madeleine s'attardait un peu sur la silhouette et les vêtements sans grâce de sa sœur. Quelle qu'ait pu être la surprise de la jeune fille de voir le jumeau Chanaz en compagnie d'une personne à l'allure si campagnarde, elle n'en laissa plus rien paraître. D'ailleurs, un numéro de duettiste des jumeaux accapara l'attention du groupe. Tout en décortiquant à nouveau des marrons, qu'il déposait devant son frère ou Madeleine en se réservant les débris, Philippe désignait à voix basse l'un des consommateurs du bar, un passant ou une foraine au-delà de la vitre du café. François l'examinait quelques secondes et se mettait à le singer avec quelques mimiques et deux ou trois gestes économes. Les filles se mirent à pouffer, Marisa comprise, en essayant d'être discrètes car François réussissait à garder son sérieux en exécutant ses pitreries. Philippe avait un rire grave et peu sonore, les demoiselles n'osaient pas se donner en spectacle. François finit par atteindre son but quand le rire perlé de Madeleine éclata enfin et fit se retourner les tablées voisines. Il s'autorisa alors à rire, libérant les autres de leur retenue. La glace était rompue autour de la petite table jonchée de pelures carbonisées.

Peu avant 5 heures, Philippe emmena les sœurs le long du boulevard jusqu'au clos Jouve, fief des joueurs de *longue*, la boule lyonnaise. Cinquin était là. C'était un petit homme rondouillard, aux gestes vifs et à la respiration bruyante. L'entretien fut rapide ; il demanda à Marisa depuis combien de temps elle travaillait, où, si ses patrons avaient l'habitude de recevoir et ce qu'elle avait l'habitude de cuisiner. Elle lui répondit avec la même économie de mots. Il lui indiqua les conditions qu'il lui proposait et précisa qu'elle serait nourrie à midi et pourrait emporter des restes le soir. Marisa se laissa aller à sourire. M. Cinquin écourta la conversation en cherchant du coin de l'œil ses partenaires de longue et demanda à Marisa de se présenter au 1er décembre en précisant qu'il fournissait le tablier.

Au moment de sortir du clos, Philippe se ravisa et décida de rester un peu, suivre quelques parties. Louise fut aussi déçue que Marisa était soulagée. Elles revinrent vers la place en se tenant par le bras. Lorsque Marisa déclara que Philippe Chanaz prenait un peu trop ses aises et qu'elle ne comprenait pas bien ses motivations, Louise comprit que le moment était venu de lui dire la vérité.

« S'il ne se gêne pas, c'est parce qu'on se fréquente un peu !

– Qu'est-ce que cela veut dire, se fréquenter un peu ? demanda abruptement sa sœur.

– Il m'a déjà invitée au restaurant, deux fois... et au théâtre aussi », ajouta-t-elle après une hésitation.

La stupéfaction rendit Marisa muette pendant quelques pas. Puis elle demanda :

« Tu as accepté ?

– Ben oui ! »

Louise lut la réprobation dans les yeux de sa sœur.

« Jusqu'où t'es-tu engagée ? dit-elle sur un ton soupçonneux.

– Je ne me suis pas engagée ! Qu'est-ce que tu imagines ? répondit Louise, sèchement. Il est honnête !

– Ah ? Tu le crois sincère ?

– Bien entendu ! Tu l'as vu ? Tu penses qu'avec sa tête, sa gentillesse et son porte-monnaie il aurait du mal à trouver une cavalière ? »

Marisa dodelina de la tête ; Louise ébranlait ses certitudes.

« Et… qu'en disent ses parents ?

– Ils ne sont pas au courant ! D'ailleurs je ne suis pas sûre qu'ils apprécieraient. Sa mère, du moins…

– Tu m'étonnes ! ironisa Marisa.

– … Je crois que François s'en doute, si son frère ne lui a rien dit…

– Tu t'es mise dans la panade, ma pauvre sœur ! Pourquoi as-tu accepté de sortir avec lui ? En catimini ! »

Louise n'hésita pas.

« C'est tout bête : je l'aime.

– Tu l'aimes ? »

La question traduisait autant d'incrédulité que d'inquiétude.

« Oui. »

Louise ne pouvait pas lui expliquer qu'elle l'avait aimé au premier regard, qu'elle aimait son odeur, sa voix, ses yeux, son corps tout entier, qu'elle aimait sa désinvolture teintée de cynisme, son allant dissimulant une pointe de désespoir, l'absence même d'ambition qu'elle devinait en lui, qui faisait qu'il sortait avec la bonne. Par-dessus tout, elle aimait sentir qu'il avait besoin d'elle pour s'amuser, rêver, danser, être heureux en somme, et pas seulement se distraire comme il le faisait à bicyclette. Non, elle ne pouvait dire cela à sa sœur. C'était trop tôt et trop intime. Elle se contenta de répéter :

« Oui. Je suis amoureuse mais, rassure-toi, il ne le sait pas ! »

Marisa était sceptique.

« C'est vrai qu'il est bel homme. Justement, pourquoi sort-il avec toi ? »

Elle devenait agaçante ! Louise répliqua :

« Probablement parce que je suis un bonnet de nuit ! Et bête à manger du foin ! À moins que ce ne soit pour profiter de mes largesses, j'ai l'argent facile ! Oh ! Marisa, regarde-moi bien ! Il m'invite parce que cela lui fait plaisir et que cela me fait plaisir. Il m'invite parce lorsque nous sommes tous les deux, nous en profitons sans penser à hier ni à demain. Nous sommes juste au plaisir d'être vivants, à ce moment, à cet endroit, sans se poser plus de questions !

– Penses-y quand même à demain, si tu vois ce que je veux dire, ronchonna Marisa.

– Non, je ne vois pas ! »

Depuis l'affaire, il était impossible d'insister sans remuer des pensées pénibles. Toute comparaison devenait intempestive.

« Sois prudente, quoi !

– Marisa, reprocha Louise, tu t'inquiètes pour rien ! Tu ferais mieux de profiter, toi aussi. Dis que tu ne t'es pas amusée, tout à l'heure au café ! Dis que tu n'es pas contente qu'il t'ait trouvé cette place, juste derrière la Grande Rue ! Ce Cinquin a l'air d'un brave type, non ? »

Marisa fut bien obligée d'en convenir. Lui ayant enfin arraché une pensée positive, Louise en profita pour la convaincre de faire un tour de manège avant de regagner leur chambre respective.

Avec l'installation, même temporaire, de Marisa chez elle, Louise se disait que la fin d'année serait bien agréable à Lyon, malgré l'arrivée de la mauvaise saison. Il restait encore la commémoration de l'Armistice. C'était, certes, la fête de la Victoire, mais cette fête était hantée par les fantômes de ceux que François et Philippe avaient vus succomber de trop près. Les associations d'anciens combattants se multipliaient. François avait convaincu son frère de s'inscrire alors que ce dernier était plutôt réticent. Philippe ne voulait plus avoir affaire à la hiérarchie militaire. François avait dû faire valoir l'intérêt de constituer des groupes de pression pour défendre leurs intérêts, puisque, contrairement à ce qui se passe en temps de guerre, les anciens combattants pouvaient revendiquer, et surtout voter. Il lui avait rappelé le sort des gueules cassées et autres estropiés, amputés, gazés, qui ne subsisteraient que grâce aux pensions du gouvernement. Ce ne sont pas ces soldats diminués qui assureraient le mieux leur défense, mais leurs compagnons de combat. De guerre lasse, Philippe avait adhéré à la même association que son frère qui regroupait les anciens de leur régiment d'origine. Bien entendu, il était prévu une cérémonie militaire qui se tiendrait au cimetière de la Croix-Rousse, où un carré militaire avait été créé. L'endroit abritait essentiellement des blessés décédés à l'hôpital de la Croix-Rousse, mais il constituait un lieu de mémoire qui convenait très bien à l'esprit communautaire des anciens combattants. Il s'agirait d'honorer les hommes ensevelis loin de leurs proches, tout comme s'ils reposaient dans l'un des grands cimetières du front.

Au jour dit, la cérémonie eut lieu, après une messe de célébration, dans la matinée. Les jumeaux ne rentrèrent pas pour le déjeuner car un repas devait réunir ceux qui le souhaitaient. Ils ne rentrèrent pas après le repas. Les Chanaz se rendirent prendre le café chez des amis et Louise se retrouva seule à l'appartement. Elle ne voulait pas s'éloigner, espérant à chaque instant le retour des jumeaux, aussi décida-t-elle de faire un peu de repassage dans la petite maison. Le jour déclinait ; les parents rentrèrent, pas les jumeaux. Louise prépara le repas. À 7 heures et demie, Mme Chanaz lui ordonna de retirer leurs assiettes et de servir. Après le dîner, M. Chanaz déclara qu'il se sentait trop fatigué pour les attendre et monta se coucher. Claudine Chanaz ne tarda pas à l'imiter. Elle attendit simplement que Louise ait fini de débarrasser la table pour pouvoir fermer à clef derrière elle.

Louise regagna donc le 2, vaguement inquiète. Elle aurait aimé savoir comment leur journée commémorative s'était déroulée. Elle ne devinait que trop bien comment elle avait fini : François avait dû entraîner son frère chercher l'oubli dans un bistrot quelconque. Elle avait beau se dire que Philippe n'avait pas le penchant de son frère, il éprouvait néanmoins la même sorte d'angoisse au souvenir des années de guerre. Sa patronne était montée contrariée. Jusqu'au brave père Chanaz qui n'avait pas eu le courage d'attendre leur retour, lui qui avait suivi toutes les cérémonies de la matinée. Un malaise latent avait plané sur cette soirée ; elle avait hâte d'être au lendemain.

Elle se réveilla spontanément vers 6 heures, se prépara rapidement et se rendit au 50 *bis* sans omettre de passer prendre le pain. Elle tenait absolument à ce que tout soit prêt pour que chacun puisse commencer sa journée de travail dans les meilleures conditions. Le lever serait probablement difficile pour François, la journée aussi ! Elle fut surprise de trouver la porte de l'appartement entrebâillée. En apercevant François tout habillé, le visage défait, elle comprit que quelque chose d'anormal était arrivé. Elle souhaita ardemment que Philippe ne soit pas en cause et s'approcha, le cœur serré.

« Vous voilà déjà, Louise... Un grand malheur est arrivé ! »

François avait les yeux rouges. Muette d'inquiétude, elle l'interrogea du regard.

« Mon père est mort. Ce matin... »

François se passa la main sur le visage et fondit en larmes. Louise ressentit un soulagement égoïste avant de réaliser ce qu'il venait de lui apprendre.

« Mais... comment ? Je l'ai vu hier soir... »

François se reprit un peu avant de répondre.

« Cela s'est passé de bon matin ; il a eu un malaise en se levant. Il est tombé. Maman a bien essayé de le relever mais il était trop lourd. Elle est venue me chercher, mais le temps que... Lorsqu'on est monté, avec Pilou, on a bien vu qu'il était trop tard.

– Il allait pourtant bien ! Comment est-ce possible...

– Je crois que ma grand-mère était morte subitement aussi... »

Chercher à connaître le pourquoi et le comment ne changeait rien. Mais il fallait bien dire quelque chose. La mort de M. Chanaz était si subite que Louise en était encore à refuser la réalité de ce décès. Elle ne se faisait pas à l'idée que cet homme si doux soit parti si vite. Comme un voleur. Pourtant c'est la mort qui leur avait volé les adieux, les derniers instants. C'était une terrible surprise.

« Où est-il ?

– Au premier. Maman s'occupe de trouver de quoi l'habiller. Philippe a pris son vélo pour prévenir ma tante Françoise à Caluire ; maman voudrait qu'elle vienne. Après il passera voir le père Villebonnet… »

Il fit une petite grimace ennuyée. Son père était un homme pieux et n'avait pas pu recevoir les derniers sacrements. Il ne savait pas ce qu'en dirait le curé.

« Je n'en reviens pas. Croyez-vous que je peux monter le voir ?

– Non, non. Attendez que ma mère redescende. Je dois empêcher les gens de monter avant qu'il ne soit présentable. »

Bien sûr, Louis Chanaz était mort en chemise de nuit. Sa femme souhaitait lui redonner sa dignité.

Louise posa son pain sur la table et resta un moment immobile à se demander ce qu'il convenait de faire. Puis elle décida de faire du café, de préparer de quoi boire. Si les choses se passaient comme au pays, les gens allaient venir visiter le défunt et la famille. Il faudrait les réchauffer ou les désaltérer, enfin il faudrait avoir quelque chose à leur offrir. En outre, lorsque Mme Chanaz descendrait, lorsque Philippe arriverait, il faudrait qu'ils se nourrissent pour pouvoir supporter l'épreuve du jour.

François lui jeta un regard étonné lorsqu'elle commença à s'affairer dans la souillarde.

« Je prépare le déjeuner. Lorsque madame redescendra, il faudra la convaincre de manger un peu, sinon elle ne tiendra pas. Vous aussi, d'ailleurs.

– Moi ? Ma pauvre Louise ! Je n'ai pas faim du tout. Je suis même écœuré. Je n'ai pas été très sage hier soir. Nous sommes rentrés tard. Ils étaient déjà couchés. J'aurais bien voulu lui dire… Mon pauvre papa ! Maintenant c'est trop tard… »

Il soupira et se remit à pleurer en silence.

Tandis qu'elle lavait la vaisselle de la veille, elle commençait à dresser la liste de ce qu'il y aurait à faire. Il fallait qu'elle prévienne

Marisa et ses parents au plus tôt, sans attendre l'envoi d'éventuels faire-part. À propos d'annonce, avaient-ils déjà décidé de quelque chose pour le magasin ? Elle s'interrompit.

« Monsieur François ?

– Mm ?

– Avez-vous pensé au magasin ? Faut-il prévoir une affichette ? Madame compte-t-elle ouvrir tout de même ? »

Elle n'osa pas lui demander s'il comptait se rendre à la banque.

« Je ne sais pas encore, mais vous avez raison, il va falloir y penser et prévenir les clients. Voyons. Où est le carnet de rendez-vous ? »

Elle alla le lui chercher et se remit à la vaisselle. Au fur et à mesure de sa réflexion, elle prenait la mesure des bouleversements qu'allait apporter la disparition de Louis Chanaz. Philippe allait se retrouver seul à l'atelier. Quelles seraient les ressources de sa mère ? Les revenus de son patrimoine immobilier seraient-elles suffisantes pour qu'elle continue à l'employer ? Elle se fit tout de même la remarque que les revenus de Mme Chanaz et des jumeaux devraient couvrir ses gages puisque, après tout, c'est pour les trois qu'elle travaillait. Elle ne devait pas trop se faire de souci pour son avenir. Voilà ce qu'elle pourrait dire à ses parents dans la lettre qu'elle leur enverrait dès qu'elle en aurait le temps. Il était inutile de les inquiéter davantage, ils avaient suffisamment de problèmes avec leur emménagement. Et dire que M. Chanaz n'avait que deux ans de plus que son père ! Cinquante-huit ans seulement, c'était encore un peu jeune pour mourir. Même si Louis Chanaz avait eu une bonne vie, la joie de voir rentrer ses fils indemnes de la Grande Guerre, il lui restait beaucoup de bonheurs à découvrir… Ne serait-ce que celui d'avoir un petit-fils… Hélas ! on ne choisit pas le moment où la camarde nous fauche.

Claudine Chanaz ne tarda pas à descendre. Elle s'était habillée à la hâte et avait endossé l'habituelle tenue de deuil qu'elle portait lors des obsèques auxquelles elle assistait à Saint-Denis. Louise l'avait vue de nombreuses fois vêtue ainsi mais elle n'avait jamais éprouvé l'apitoiement qui la saisit en la voyant.

« Ah ! madame ! Comme c'est terrible, ce qui arrive ! Pauvre monsieur ! »

Elle s'approcha, osant à peine tendre la main pour la poser furtivement sur le bras de sa patronne. Tandis qu'elle parlait, les larmes lui étaient montées aux yeux. Claudine Chanaz avait le visage dur.

« Je vous remercie de votre sollicitude, Louise. Mon pauvre mari n'aura décidément tenu aucune de ses promesses. Lorsqu'on dit : tel père, tel fils, il n'y a rien de moins vrai. On espère couler une vieillesse heureuse après une vie de labeur, et puis voilà… »

La remarque de Claudine Chanaz déconcerta Louise. Elle n'avait rien compris à son histoire de promesses. Peut-être avait-elle voulu dire que son époux avait trahi les espoirs qu'elle avait placés en lui ? Le pauvre homme n'était néanmoins pour rien dans sa propre mort… Tout à coup, elle réalisa ce qui lui avait donné cette sensation de vulnérabilité dans la silhouette de sa patronne : dans sa précipitation, cette dernière n'avait pas pris le temps de poser son chignon postiche et avait entortillé ses cheveux en une lamentable petite crotte sur le dessus de sa tête. Curieusement, la pitié que Louise avait éprouvée en la voyant arriver se dissipa rapidement. Finalement, elle avait été troublée par une apparence à peine différente et elle avait pris cela pour de l'émotion… Au retour de Philippe, la présence de Mme Chanaz l'empêcha de se montrer aussi chaleureuse qu'elle l'aurait souhaité. Elle dut se contenter de lui prendre la main et de la serrer longuement comme on le fait au cimetière lorsque l'on présente ses condoléances.

La journée passa rapidement. Elle ne fut qu'une succession de moments impromptus qui dilataient ou accéléraient le cours des heures. Visite du médecin, du prêtre. Élaboration du télégramme pour Luc. Mme Lacaze se présenta dans la matinée, résolue à soutenir sa sœur dans l'épreuve qu'elle avait elle-même traversée bien des années plus tôt. L'issue heureuse de son propre veuvage lui permettait de dédramatiser la situation et de se comporter d'une manière sereine qui tempérait la fébrilité ambiante. On choisit d'exposer le corps dans l'alcôve du premier et Louise put enfin aller se recueillir près de lui. Louis Chanaz avait, pour la première fois, la moustache bien lissée… Les funérailles furent prévues pour le surlendemain et l'on décida d'annuler les visites chez les clients, mis à part les dépannages d'urgence : on ne pouvait laisser quelqu'un sans chauffage dans la froidure de novembre. Le magasin resta ouvert. L'après-midi, Philippe déserta l'appartement, préférant travailler à l'atelier. On l'entendait limer et marteler à s'en abrutir. François se rendit à contrecœur à la banque mais on le laissa rapidement regagner son domicile. Il attendit la tombée du jour en rôdant dans l'appartement du rez-de-chaussée, déplaçant les objets ayant appartenu à son père. Si une connaissance se présentait, il l'accompagnait au premier où sa mère veillait le corps en compagnie de la tante Lacaze. Lorsqu'il redescendait, il ne manquait pas de proposer un verre de vin et accompagnait le visiteur. Peu avant l'heure du repas, il resta attablé devant le bureau du cagibi où était affiché le plan aux étoiles et il se mit à pleurer en silence tout en jouant avec les lunettes de son père, oubliées là. Il ne cachait pas sa peine et gémissait parfois comme un enfant. Louise s'approcha derrière lui, posa la main sur son épaule et serra pour lui témoigner sa sympathie. Il pencha la tête sur le côté et posa la joue sur sa main. La pression de la main de Louise semblait le calmer. Tous deux restèrent quelques instants immobiles jusqu'à ce que quelque chose, un bruit peut-être, rompe le charme. Il tourna les yeux vers elle et parut surpris. Il sourit tristement et dit à voix basse :

« Ah ! c'est vous, Louise ! Je croyais que c'était maman… »

Ils ne virent pas Claudine Chanaz arriver et sursautèrent lorsqu'elle dit d'une voix assez forte :

« Maintenant ça suffit, François ! Cesse de te laisser aller ! Réagis ! Tu vas aller prendre un peu ma relève auprès de ton père, le temps que je prépare le repas. »

Un peu abasourdi, et peut-être un peu abruti par le chagrin et le vin, François obtempéra sans ajouter un mot. Il avait à peine franchi la porte de l'allée que Claudine Chanaz éclata d'une colère froide.

« Dites-moi, ma petite, vous croyez peut-être que je ne vois pas vos manigances ? Si vous comptez jeter votre dévolu sur mon fils, vous faites fausse route. Moi vivante, jamais au grand jamais vous ne pourrez rejoindre notre famille ! »

Louise ne comprenait rien à cette colère subite. Elle se demandait ce que sa patronne avait pu découvrir en restant presque toute la journée au premier. Affolée, elle bredouilla :

« Mais madame, je ne comprends pas... »

Claudine Chanaz lui coupa la parole.

« C'est cela ! Faites la sainte-nitouche ! Je vous ai vu essayer de profiter de la faiblesse de cet idiot de François pour entamer vos petites manœuvres ! Mais vous en serez pour vos frais, croyez-moi ! Je m'en vais vous renvoyer dans votre trou, dont je n'aurais jamais dû vous tirer. Et je vous promets une lettre bien circonstanciée à l'attention du père Chevalier, ainsi que du curé de Frangy d'ailleurs, qu'ils n'aillent pas vous recommander à d'honnêtes gens, espèce d'intrigante, malhonnête que vous êtes ! »

La méprise de Mme Chanaz était totale. Elle avait seulement vu la tête de son fils posé sur la main de Louise et elle avait pris ce geste pour la preuve d'une intimité qui n'existait pas ! Elle allait la renvoyer en Savoie en ruinant sa réputation ! C'était injuste, immérité, et elle ne voyait pas comment se justifier.

« Madame, je vous jure que vous vous faites des idées !

– Taisez-vous ou je crois que je vais vous battre ! »

Louise insista, persuadée d'être aussitôt giflée.

« Sur la tête de mes parents ! M. François pensait qu'il s'agissait de vous, que vous le consoliez ! »

Claudine Chanaz éclata d'un rire forcé.

« Le consoler ! Ah ! vous êtes forte en inventions !

– Pourquoi ne la crois-tu pas ? »

Philippe s'avança sans que les deux femmes puissent savoir depuis combien de temps il était là à écouter.

« Tiens, te voilà, toi !

– Je ne vois plus rien à l'atelier depuis un moment. Je fumais une cigarette dans la cour avant de rentrer. J'ai tout vu. Lorsque François est sorti, j'ai failli monter avec lui… Bien m'en a pris de changer d'avis ! Louise, s'il vous plaît, allez vérifier que le poêle de la petite maison est allumé. Il fait un froid mortel, ce soir. »

Louise sortit précipitamment mais s'embusqua derrière la porte de l'allée pour écouter la suite.

« Tiens, tu la vouvoies aujourd'hui !

– Je crois que cette jeune fille mérite un peu plus d'égards que tu ne lui en témoignes !

– Ah oui ?

– Ma pauvre mère, la douleur ou la fatigue t'égare ! Je me demande ce que tu vas imaginer. Tu n'as même pas vu que ce pauvre François est malheureux comme les pierres. Il a bu tout l'après-midi, il est ivre. Je pense qu'il avait besoin d'un soutien que seule cette gamine a été en mesure de lui donner. Même moi, je n'ai pas essayé de le consoler… C'est vrai, il croyait que c'était la main de sa mère, là sur son épaule. Et toi, tu t'en vas imaginer je ne sais quoi… Tu serais prête à faire n'importe quoi, hein ! de crainte d'une mésalliance ! Tu l'as déjà fait d'ailleurs !

– Oh ! dis, ça va ! Tu n'es pas mort ! siffla-t-elle.

– Ce n'est pas grâce à toi, en tout cas ! »

Sa mère lui lança un regard où il crut lire de la haine.

« Je vais te dire une chose, ma chère mère ! Tu t'intéresses si peu à ton fils, au fond, sauf pour l'envoyer faire le gratte-papier pour ton prestige, que tu ne t'es pas aperçue qu'il fréquente quelqu'un depuis un certain temps. Et ce n'est pas la petite Louise !

– Comment ?

– Mais oui ! Tout ce temps qu'il passe chez Pellegrin, tu imagines que c'est pour les beaux yeux de Georges ? »

Claudine Chanaz perdait contenance. Elle devinait qu'elle avait fait fausse route.

« Il fréquente Madeleine Pellegrin ?

– Cela me fait suer de te le dire, ce n'était pas à moi de le faire, je suis même étonné qu'il ne se soit pas trouvé une âme bien-pensante pour te le dire, mais ton aveuglement a pris de telles proportions…

– Je ne pouvais pas savoir ! »

Il haussa les épaules avec un soupir de mépris.

« Certes ! Tu ne pouvais pas savoir, puisque tu ne t'intéresses pas vraiment à lui…

– Bon, ça va la leçon de morale ! Je me suis trompée. On ne va pas épiloguer là-dessus !

– Le plus triste, dans l'histoire, c'est qu'il est tout désolé de ne pas en avoir parlé à papa et que, désormais, il est trop tard. Il est persuadé que papa aurait été très content parce qu'il trouve que Madeleine te ressemble !

– Ah bon ! » laissa tomber Claudine Chanaz, visiblement embarrassée.

Philippe soupira, fatigué par la bataille. L'issue était proche.

« Comme tu dis : on ne va pas épiloguer. Je me charge d'expliquer à la gamine que tu as été abusée par la fatigue de cette journée. Elle est brave, je suis sûr qu'elle sera toute prête à le croire. Je lui dirai de faire comme si rien ne s'était passé, par égard pour ton deuil. Cela te va-t-il ?

– Mm… marmonna-t-elle à contrecœur.

– On oublie tout cela. J'ai l'impression que François ne s'est aperçu de rien. Allez ! je vais chercher Louise. Elle doit être aux cent coups. Tâche d'être naturelle ! »

Claudine Chanaz haussa les épaules. Il savait qu'il avait atteint son but. Les colères de sa mère se calmaient aussi rapidement qu'elles montaient. Louise était temporairement sauvée. Il avait dû vendre son frère, mais ce dernier avait fait la même chose en

1915, et sa petite dénonciation avait eu d'autres conséquences. Philippe avait agi pour la bonne cause.

Il rejoignit Louise avant qu'elle n'ait eu le temps de faire semblant de raviver le feu.

« Laisse tomber le poêle, Lalou ! Je m'en fiche bien ! Je l'ai calmée mais j'ai été obligé de lui dire que François sortait avec Madeleine. Cela ne peut plus durer. Tu ne peux pas rester à la merci d'un hasard. Je vais te trouver une place ailleurs qu'ici. En attendant nous devons être prudents, demoiselle !

– Cela vous ennuierait tant que je retourne au pays ? » demanda-t-elle en traversant la cour.

Il tenait la lourde porte de l'allée pour la laisser passer. Il s'inclina respectueusement en disant :

« Mais oui, Lalou ! Figurez-vous que je suis amoureux de vous… »

Elle frémit en passant devant lui mais il n'ébaucha aucun geste. Le vouvoiement avait créé la distance suffisante qui doit séparer le temps de la mort et celui de l'amour.

XXI

LOUISE PUT MESURER la notoriété de la famille Chanaz à la foule qui assista aux obsèques de Louis. On eût dit que tout le Plateau avait convergé vers Saint-Denis. L'affluence était encore plus forte que pour Pâques car certains libres-penseurs n'allaient pas jusqu'à boycotter les messes de funérailles. L'annonce du décès était parue dans *Le Nouvelliste*, organe conservateur, mais aussi dans *Le Progrès*, organe radical, qui couvraient à eux deux l'ensemble des relations amicales et professionnelles de la famille. L'église était pleine à craquer et la procession mit près de trois quarts d'heure pour rejoindre le cimetière.

Louis Chanaz allait reposer auprès de ses parents, de son frère, ainsi que d'une mystérieuse sœur Saint-Adelin née Chanaz qui, d'après les dates inscrites sur le monument, devait être une tante. Louise constata que le grand-père avait été le seul de la famille à vivre si longtemps ; aucun des autres n'avait atteint la soixantaine. Parmi les proches, elle aperçut un homme jeune dont le pantalon flottait autour d'une jambe de bois. François le dévisageait, le visage livide. Un vague air de famille avec le défunt lui donna à penser qu'il s'agissait du fameux cousin André Chanaz, celui que François avait tué nuit après nuit avant d'assassiner son jumeau. Au coup d'œil et au mouvement de tête que François lança à Philippe, elle comprit qu'elle avait deviné juste. Il écarquillait les yeux comme s'il avait vu un fantôme. Son frère dut le pousser assez fermement vers le cousin avant qu'ils ne s'embrassent et échangent quelques mots. Elle était trop loin pour suivre l'échange et souhaita seulement que leur rencontre purgerait les nuits de François de ses cauchemars. L'unijambiste salua rapidement sa tante avant de s'éclipser. Visiblement, la mésentente entre Claudine Chanaz et son défunt beau-frère avait laissé des traces.

Les Pellegrin figuraient parmi les commerçants qu'elle reconnut. Madeleine accompagnait sa mère et son frère ainsi qu'un homme brun et sec que Louise prit pour le père. Des bribes de conversation lui firent comprendre qu'il s'agissait en fait du fameux pianiste qui donnait des leçons à Madeleine, après en avoir donné à Claudine Chanaz. Elle l'entendit dire à sa patronne : « Quel drame ! Si peu de temps après le décès de votre cher Antoine… » Le reste de son discours de condoléances se perdit dans le brouhaha. Ce M. Böhm semblait bien connaître la famille. Le petit groupe conversa assez longuement avec la nouvelle veuve. Ainsi donc, malgré la révélation de Philippe à sa mère, c'est par le biais du piano que Madeleine avait choisi de faire sa présentation officielle. En apparaissant comme l'élève de M. Böhm, et pas seulement comme la fille d'anciens collègues commerçants, elle créait un rapprochement avec la mère de François. Louise admira l'habileté de la jeune femme ; il ne pouvait s'agir d'une simple coïncidence.

La boulangère et le boucher lui adressèrent un petit signe de tête pour montrer qu'ils l'avaient reconnue. La crémière l'ignora.

Elle quitta le cimetière assez vite car, après le pot de remerciement offert à la buvette la plus proche, les intimes étaient attendus au 50 *bis* pour un repas plus conséquent.

Luc était arrivé la veille, seul. Sa mère en avait été secrètement enchantée. À trente ans, après avoir perdu grands-pères, père et oncle, il était désormais l'homme le plus âgé de la famille Chanaz, en omettant l'oncle Lacaze, bien entendu. Il tint son rôle de doyen avec tout le sérieux souhaitable. Claudine Chanaz pouvait parader au bras de son aîné dont les activités ouvrières ou agricoles n'avaient pas entamé l'élégance. Lui seul pouvait symboliser le soutien dont rêve toute mère. François était trop fantaisiste, encore que pour l'heure il fût totalement abattu. Philippe était trop désinvolte. Il estimait d'ailleurs que sa mère n'avait besoin d'être soutenue que pour apitoyer le public. Pendant les quelques jours que Luc passa à la Croix-Rousse, il se comporta en maître de maison avec l'assurance que lui donnait son autonomie financière. Il était d'autant plus à l'aise qu'il n'avait pas à gérer les relations entre son épouse et sa mère, loin d'être apaisées. Clémence avait généreusement laissé sa belle-mère profiter de Luc pour adoucir son deuil. Claudine Chanaz se montra presque intéressée par les nouvelles qu'il donna de sa belle-famille.

Quelque temps auparavant, Luc avait accompagné Germaine, sa belle-sœur, sur les ruines de la ferme maternelle. Elle avait eu du mal à repérer les fondations de la cheminée au milieu des gravats. Seule la teinte des pierres lui avait donné l'indication qu'elle cherchait. Les murs, épais de plusieurs dizaines de centimètres, avaient été pulvérisés et, avec eux, la niche secrète où sa mère avait laissé caché un collier en or ciselé. Le bijou n'avait pas grande valeur mais il lui avait été offert pour ses fiançailles. Les époux Humbert avaient fait un mariage d'amour ; Germaine pensait que Francis était à la recherche du collier lorsqu'il avait disparu. À moins qu'il ne l'ait trouvé avant… Combien de temps regretterait-elle de lui en avoir parlé ?

Luc avait aussi contacté les parents de Francis. Il avait proposé de leur rendre visite, accompagné de la fiancée de leur fils et de l'enfant qui lui était né. Il avait été extrêmement désappointé par leur réponse. À les en croire, la perte de leur fils leur avait causé une douleur telle qu'ils préféraient ne pas la raviver en faisant la connaissance de ses amis, et même de cet enfant qui ne porterait jamais leur nom. « Ses parents ne le méritaient pas ! » avait été sa conclusion, puis il avait complété : « Ni lui ni le petit ! »

« Évidemment… » avait conclu Claudine Chanaz, arrangeante.

Chacun pouvait interpréter librement sa remarque. Par ailleurs, Luc se garda d'insister sur le devenir de la benjamine et chacun se douta qu'il n'avait plus rien à défendre. Francine restait donc « une fille à soldats ».

Luc repartit le lendemain de la visite chez le notaire dont Claudine Chanaz et ses fils rentrèrent assez peu diserts. Louise se demanda s'ils ne s'étaient pas disputés car ils se montraient distants et excessivement polis entre eux. Il lui sembla remarquer trois groupes d'intérêt : la veuve, l'aîné et les jumeaux. La dernière soirée manqua singulièrement de chaleur mais le temps de novembre n'était pas en cause.

Dans les jours qui suivirent, le malaise couva. La famille se replia sur elle-même pour digérer sa douleur. La disparition de Louis Chanaz avait des conséquences pratiques. Philippe se retrouvait seul à l'atelier, ce qui était une nouveauté désagréable. Son père lui-même n'avait connu cette situation qu'un court moment : entre le décès de son propre père et la démobilisation de François. En vérité, ce n'était pas tant le problème posé par la manipulation des grosses pièces qui le gênait mais cette solitude elle-même. Isolé de la rue par la profondeur de l'allée, il était hanté par l'absence de Louis et d'Antoine Chanaz dont les fantômes se confondaient avec ceux de ses camarades de combat. Louise tentait parfois de lui arracher un malheureux sourire, mais elle sentait bien que son humeur n'était pas au badinage. C'est avec soulagement qu'il partait en rendez-vous, surtout s'il devait s'y rendre à vélo. Curieusement, François regagnait l'atelier comme une bête blessée se réfugie dans sa tanière. Au lieu de traîner après la sortie du bureau, il rentrait rapidement, se changeait et venait s'asseoir sur l'un des tabourets pour finir ce que Philippe avait commencé. Dans le froid de la fin de journée, ils restaient à travailler tous deux, sans se dire grand-chose. La présence de l'autre, l'irremplaçable compagnon, leur tenait lieu de source de chaleur.

Claudine Chanaz achevait le tri des vêtements de son époux dont elle faisait des lots pour les familles nécessiteuses. L'organisation pratique du deuil est un dérivatif aux pensées moroses. Louise apporta chez le teinturier les pièces de garde-robe de sa patronne qui pouvaient être teintes en noir. Mme Chanaz délaissa quelques jours ses activités paroissiales. Elle restait au magasin dont certaines personnes poussaient la porte pour venir simplement saluer la mémoire de Louis Chanaz en échangeant quelques mots avec elle. Louise vaquait aux travaux du ménage, nettoyage, lessive, courses, préparation des repas, en se demandant ce qui allait advenir de cette lente maturation.

Les jumeaux Chanaz étaient confrontés à une autonomie soudaine qui brusquait leurs choix. Louise avait appris le contenu du testament grâce à François : elle s'était contentée de demander s'il pensait que sa mère allait la garder à son service et il avait tout déballé.

« N'ayez crainte, Louise ! Maman ne sera pas dans le besoin ! Que ce soit en usufruit ou en pleine propriété, mon père s'est débrouillé pour lui laisser tout l'immeuble ! Je me demande comment ils ont pu craindre quoi que ce soit de Luc ! Toujours est-il qu'elle continuera à percevoir l'ensemble des loyers, y compris pour le magasin et l'atelier ! Elle a même l'usufruit de Pologny grâce à mon grand-père, chose que nous ignorions.

– Vos cousins Chanaz n'ont droit à rien à Pologny ?

– Il leur avait légué la ferme et les terres. La maison était pour nous. Certes, nous sommes désormais nu-propriétaires mais cela nous donne juste le droit d'assurer les grosses réparations s'il en est besoin ! La seule chose qui nous appartienne en propre est le fonds de commerce. Ils n'ont heureusement pas opté pour la gérance ! Et si je dis nous, c'est grâce à Philippe : mon père avait stipulé qu'il faisait don du fonds à celui ou ceux de ses fils qui l'exploiteraient au moment de son décès. C'est un peu ce qu'a fait mon grand-père, d'ailleurs. Philippe a assuré que je travaillais encore avec lui, en plus de mon emploi à la Société lyonnaise, et qu'en conséquence le fonds devait nous revenir à tous les deux.

Je crois que Luc a un peu tiqué. En attendant, Pilou m'a sauvé la mise : s'il s'était tu, j'en étais quitte pour finir mes jours à détacher des coupons. Vous rendez-vous compte ? Grâce à lui j'ai peut-être échappé à l'hypertrophie de l'index ! »

L'ironie légère de François dissimulait mal son désintérêt pour le travail de bureau. Il avait le sentiment que cet emploi l'éloignait de la tradition familiale et faisait de lui au mieux une sorte de traître, au pire un bâtard. À cela venait s'ajouter le fait qu'il devait descendre à Lyon chaque jour. Or il sentait poindre en lui le même amour de la Croix-Rousse qu'avait éprouvé son père. Lorsqu'il se plantait devant le plan aux étoiles, l'envie lui prenait de reprendre le flambeau paternel et d'ajouter lui-même un nouvel astre à cette constellation. Ce décès cristallisa les sentiments diffus qui l'habitaient depuis des mois. En perdant son père, il devenait son héritier, mais ce n'est pas l'aspect matériel de cet héritage qui avait le plus d'importance. Il osa révéler à sa mère le fond de sa pensée à la fin du mois de novembre.

Il attendit la fin d'un repas au cours duquel sa mère leur avait annoncé une invitation des Lacaze à fêter Noël à Caluire. Elle leur avait fait part de sa gratitude à l'égard de sa sœur qui avait compris combien l'absence de Louis serait douloureuse au moment de cette fête familiale. Elle avait conclu que les liens familiaux étaient la seule vraie richesse.

« Maman, j'ai des projets très importants dont il faut que je te parle ! »

Un peu surprise, elle demanda :

« Veux-tu que nous montions ?

– Non, non. On est mieux ici. »

Il hésita un peu, ne sachant pas par quoi commencer. Sa mère l'encouragea.

« Eh bien ! je t'écoute, mon garçon !

– J'ai deux choses à te dire. La première ne sera pas vraiment une surprise pour toi, car je crois que tu es déjà au courant. Je sais que tu as des yeux partout ! »

Il lui adressa un petit sourire charmeur avant de poursuivre.

« Donc, je t'annonce que j'ai fait la connaissance de Madeleine Pellegrin. En réalité, je crois que je la connais depuis des années mais je veux dire que…

– Que tu la fréquentes personnellement, proposa sa mère.

– Oui. C'est cela, je la fréquente personnellement… Et, avec ton consentement, j'aimerais m'engager plus avant…

– Mm ?

– Je sais que tu connais bien sa famille. Tu as d'ailleurs longuement discuté avec sa mère lors des condoléances… »

Avant de poursuivre sa phrase, il testa la réaction de sa mère du regard. Avec le même sourire, il déclara :

« J'aimerais la demander en mariage ! »

Claudine Chanaz hésita entre le sourire et la grimace d'émotion. Elle soupira en hochant la tête.

« Ah ! François ! Je me doutais un peu que tu allais me parler de cela. J'ai remarqué que ton attitude a beaucoup changé depuis que ton père nous a quittés. En bien. Je t'avoue que je suis vraiment désolée qu'il ne soit pas à nos côtés ce soir. C'est une décision si importante dans la vie d'un homme ! Choisir celle qui l'accompagnera pendant toute son existence… C'est un choix si crucial que j'aurais aimé ne pas être la seule à en juger. En plus, ton père aurait été si heureux de ton désir de fonder une famille. Dire qu'il est parti sans avoir eu de petits-enfants ! »

À l'évidence, la révélation de François n'en était pas une et Claudine Chanaz l'accueillait favorablement. Ses yeux brillaient d'émotion. Elle poursuivit :

« Je me rappelle très bien notre conversation. Madeleine m'a fait l'effet d'une jeune fille bien élevée et sensible. Elle est ravissante, ce qui ne gâche rien, et je sais qu'elle aide bien sa mère au magasin. On m'a dit qu'elle était honnête et travailleuse. Vraiment, je ne vois pas d'objection à ce que tu la fréquentes. Toutefois, pour ce qui est de la demander en mariage, je souhaiterais que tu ne te précipites pas. Es-tu sûr de toi ? Je ne voudrais pas que la mort de ton père te rende trop sentimental et que la peine que tu éprouves te fasse souhaiter une union hâtive. Ce serait dommage, pour toi autant que pour cette jeune fille, de bâtir une union sur ce genre de malentendu. »

François était un peu déconcerté par les scrupules de sa mère, autant que par la facilité avec laquelle elle acceptait son mariage. Son attitude avec Luc lui avait fait craindre un minimum d'objections. Il assura :

« Tu sais, maman, je pensais vous parler depuis un certain temps déjà. Je n'imaginais pas qu'il aurait fallu me hâter, hélas ! Je ne crois pas que mon désir d'épouser Madeleine soit une fuite. N'est-ce pas Pilou ? Dis-le-lui que j'y pensais avant ! »

Philippe se contenta de hocher la tête. Il estimait qu'il n'avait pas à intervenir dans cette discussion. Lui aussi avait été surpris du bon accueil de sa mère à la demande de François. Il est vrai qu'elle faisait une grande différence entre Madeleine et la paysanne lorraine qu'avait épousé Luc. Il ne regrettait pas d'avoir vendu la mèche quelques jours plus tôt. Elle s'était habituée à l'idée, avait pu prendre des renseignements et son attention s'était détournée de Louise.

Quant à cette dernière, elle avait discrètement gagné la souillarde dès le commencement de la confession de François. Elle avait estimé qu'il valait mieux se soustraire à la vue de sa patronne pour lui éviter l'éclosion de pensées parasites. Elle préparait le café qui serait probablement suivi des griottes de la tante. Même si François ne s'attardait plus au comptoir des bistrots en rentrant du travail, il avait néanmoins besoin de son petit canon avant de se mettre au travail à l'atelier ; une aussi grande nouvelle que celle de ses noces prochaines était une bonne excuse pour sortir les fruits à l'eau-de-vie. Louise avait apprécié que sa mère se soucie du fondement de sa décision. Éviter un mariage basé sur un malentendu ! Cette sollicitude lui parut digne du romantisme passé de Claudine Servient. Une telle attention la réconciliait avec sa patronne. Malgré des mois passés à la côtoyer, Mme Chanaz gardait son mystère. Louise sentait qu'il lui manquait des clefs pour comprendre ce personnage. Elle pouvait faire preuve d'une grande droiture et gâchait cette qualité par des emportements qui la rendait odieuse. En avait-il toujours été ainsi ? Louis Chanaz n'avait peut-être pas su apprivoiser sa mégère ! Ou, comme on le dit au pays, l'églantine était devenue gratte-cul !

Claudine Chanaz réitéra son conseil de ne pas précipiter les choses. Elle proposa d'inviter Mme Pellegrin pour le café – « Entre dames ! spécifia-t-elle. Cela porte moins à conséquence. » Elle lui fit remarquer qu'en tout état de cause il faudrait respecter une période de deuil avant d'envisager un mariage. Un moment de silence suivit ses propos. Puis François dit d'une voix un peu hésitante :

« Maman, je dois te parler d'une autre chose importante.

– Ah ?

– Voilà ! Je pense démissionner avant la fin du mois. Je ferai mon préavis et je quitterai la banque à Noël.

– Comment ?

– Je ne supporte plus l'ambiance du bureau. Je n'ai pas osé t'en parler plus tôt car je sais combien tu t'es donné du mal pour m'obtenir cette place auprès de l'oncle Lacaze, mais il faut être honnête : je n'ai aucune disposition pour ce travail. Je m'ennuie. Il me faudrait suivre une formation car je n'ai pas le diplôme qui me permettrait de changer de grade. Je ne supporte pas mes collègues. Ils sont bornés, mesquins, lèche-culs, ils ont de petits horizons. Ces gens-là n'ont rien à voir avec l'oncle ; lui, c'est un seigneur dans cette affaire ; eux, ce sont des manants. J'ai conscience de te décevoir mais je préfère travailler comme papa et grand-père à l'atelier. En plus, Philippe est tout seul maintenant, ce n'est pas comme lorsque nous ignorions le départ de Luc. Nous ne serons pas trop de deux pour prendre la suite des Chanaz !

– As-tu bien réfléchi ? demanda sa mère sans chercher à masquer sa déception. Si tu démissionnes, tu ne pourras jamais revenir. Attends peut-être encore un peu. La place est sûre, elle te procure un revenu régulier : c'est un avantage appréciable, surtout si tu veux fonder un foyer. Tu devrais attendre de savoir ce qu'en pense Madeleine. Elle préfère peut-être avoir un époux plus présentable...

– Ah ! je ne crois pas ! Elle n'est pas chochotte. Son père et son frère ne sont pas bureaucrates que je sache ! Et je ne crois pas que ce qui était bon pour toi ne le soit pas pour elle.

– Comment ça ?

– Tu as épousé un fumiste, fils de fumiste. Ils avaient les ongles noirs et cela ne t'empêchait pas de jouer du piano !

– Oui, mais tout de même ! On n'est pas nécessairement obligé d'avoir les ongles noirs !

– Tu regrettes ?

– Pas du tout !

– Et si je me trompe, autant le savoir tout de suite. Ce serait qu'elle est plus intéressée par le prestige que par ma modeste personne ! Elle irait au-devant de graves déconvenues ! »

Claudine Chanaz poussa un petit soupir de dépit, se frotta le front du bout des doigts et haussa les épaules.

« Je suppose que tu as passé l'âge d'écouter ta mère... Enfin, fais ce que tu veux. Je ne peux pas te reprocher de vouloir prendre la suite de ton père !

– Oh ! ma petite maman ! s'exclama François sur un ton apitoyé. Je vois bien que tu es déçue ! »

Il s'était levé pour passer son bras sur les épaules de sa mère et poser sa joue contre la sienne.

« Bah ! n'en parlons plus ! » laissa-t-elle tomber.

Il l'embrassa sous le regard flegmatique de son jumeau. Mme Chanaz restait sans réaction. François commençait à perdre sa belle assurance.

« Maman ! supplia-t-il. Allez... »

Il serra tendrement ses bras autour d'elle. Elle ne réagit pas.

« Écoute, reprit-il d'un ton soumis, si tu tiens vraiment à ce que j'y reste... »

Claudine Chanaz et Philippe échangèrent un regard prolongé. Elle savait que François n'avait pas l'envergure nécessaire à la réussite professionnelle qu'elle avait souhaité pour lui. Philippe en aurait peut-être été capable, s'il l'avait désiré, mais il n'était pas manipulable. Il savait que si elle insistait son frère renoncerait probablement à démissionner, au moins temporairement. Elle comprit qu'il s'opposait à ce qu'elle le fasse. La détermination qu'elle lut dans ses yeux la dissuada d'essayer, même pour constater jusqu'où irait son pouvoir sur son fils. Elle se tourna enfin vers François et lui posa un baiser un peu forcé sur la joue.

« Allons ! mon pauvre François, l'ambition ne se commande pas ! Si tu penses que ce métier n'est pas fait pour toi… cela ne sert à rien de s'acharner ! Et puis comme on dit : “Il n'y a pas de sot métier, il n'y a que de sottes gens.”

– Merci, maman. »

François embrassa à nouveau sa mère qui lui passa la main dans les cheveux en souriant pensivement.

« Ce que tu ressembles à ton père, tout de même ! »

François regagna sa place, attendri par cette comparaison qu'il estimait flatteuse mais qui sonna plutôt, aux oreilles des autres, comme une condamnation. Louise servit le café. François prit les griottes dans le buffet.

Novembre passa, répandant dans les rues la senteur diffuse des fumées de charbon. L'odeur était plus présente au lever du jour sans que l'on puisse déterminer si le phénomène était dû à la remise en route des appareils de chauffage ou à la présence des brouillards matinaux qui maintenaient les fumées basses, à la manière d'un couvercle. Louise avait appris à la différencier de celle des poêles à bois. L'odeur du charbon était celle de la ville en hiver.

Les sœurs Rossillon ne se donnaient plus rendez-vous au parc. Les arbres avaient perdu leurs feuilles et ne dissimulaient plus les immeubles des collines. L'espace s'en trouvait diminué. Les bancs étaient humides. Les conifères avaient pris une teinte sombre qui les rendait tristes et parfois menaçants. Elles se retrouvaient plus volontiers chez Émilie ou tout simplement chez Louise, rue Hénon, où Marisa commençait à prendre ses marques. Un simple goûter autour d'un café au lait leur paraissait un intermède de pure gourmandise comme elles s'en accordaient rarement. Louise avait hâte que sa sœur s'installe avec elle. Elle languissait de la quiétude de la vie familiale qui avait déserté le 50 *bis*. Louis Chanaz ne parlait pas beaucoup ; il donnait rarement le ton d'une veillée, et c'est pourtant lui qui faisait le lien de sa famille. Depuis sa mort, Claudine Chanaz passait rarement la soirée avec ses fils. Elle se retirait au premier, renvoyant Louise rue Hénon sans que cette dernière n'ose imposer sa présence à l'appartement.

Début décembre, François présenta sa démission à la banque. Soulagé de savoir que la fin de son pensum était proche, il retrouva sa fantaisie et le chemin de la maison Pellegrin.

Marisa apporta sa malle chez Louise. Au restaurant, le neveu de M. Cinquin n'eut pas à expliquer longtemps ce qu'elle avait à faire. D'un ton bougon, elle lui fit remarquer qu'elle comprenait vite et qu'il ne devait pas confondre les Savoyards avec les crétins des Alpes !

Marisa partait travailler dans le milieu de la matinée, longtemps après le départ de Louise. Elle bénéficiait d'une petite pause dans l'après-midi et en profitait pour découvrir les commerces du Plateau. Elle retournait travailler en fin d'après-midi et revenait après la fin du service, le plus souvent après le retour de sa sœur. Il leur restait une ou deux heures à passer ensemble, à se raconter les anecdotes de la journée. Marisa se familiarisait avec la famille Chanaz et commençait à voir Claudine, François et Philippe par les yeux de Louise. Elle n'avait pas su quoi penser de la déclaration quelque peu théâtrale de Philippe, le soir de la mort de son père. Elle voulait y voir une marque de respect. Louise en fut rassurée car, depuis lors, une gêne était née entre elle et lui. Peut-être attendait-il une réponse ? Elle ne pouvait décemment pas lui déclarer son amour comme ça, entre deux portes, en cachette de sa mère ou devant son frère. Elle n'oserait jamais. Elle était bien obligée d'attendre que ce soit lui qui y revienne. Elle avait peur qu'il se méprenne ou qu'il se lasse. Sa sœur l'incita à la patience et lui fit remarquer qu'en ce moment il avait certainement plus besoin d'un soutien discret et attentif que d'une relation passionnée. L'évocation de la passion la fit rougir. Marisa avait raison : la passion aurait été bien indécente en de telles circonstances. Sa morale lui disait que la passion ne devait pas être ternie par la culpabilité. Elle l'imaginait plus éclatante au grand jour.

Le second objet de leurs préoccupations était l'installation de leurs parents au Pont-Fornant. Elles auraient aimé les aider dans leur déménagement mais cela leur était impossible. Heureusement, les Miège étaient là pour donner un coup de main. Les courriers échangés leur prenaient beaucoup de temps. Elles savaient que la petite ferme avait été bien entretenue car les précédents fermiers l'avaient quittée pour une exploitation plus importante. Y auraient-elles au moins une petite place pour leur rendre visite pendant leurs congés ? Elles avaient conscience que le logement de la rue Hénon leur tiendrait lieu de foyer tant que Louise pourrait y demeurer. Elles en étaient redevables à Philippe, et c'est pourquoi Marisa tenait tant à voir une marque de respect dans son vouvoiement !

XXII

LA NÊNE N'ALLAIT PAS BIEN. Comme un arbuste chétif transplanté à la mauvaise époque, elle n'avait pas supporté le déménagement et elle s'étiolait. Dans cet environnement, elle avait perdu tous ses repères. Faute de voir et même d'entendre correctement, elle se sentait perdue dans la nouvelle ferme et se cognait aux meubles. Elle ne sortait presque plus car elle butait sur le moindre obstacle des sentiers inconnus. Elle ne pourrait plus garder les bêtes en champ. Elle osait à peine se déplacer de peur de meurtrir son vieux corps. Ses bras et ses jambes étaient couverts de taches violacées causées par le moindre choc sur sa peau parcheminée. Recluse à la maison, elle se laissait envahir par les épisodes du passé et commençait à confondre ses souvenirs et la réalité. Son esprit devenait aussi brumeux que ce qu'elle distinguait du monde.

« Tu entends ? disait-elle en levant l'index. Les chasseurs !… »

Il n'y avait pas de chasseur. Seul le vent secouait le bosquet tout proche.

Nanette lui coupait la nourriture en petites bouchées. Elle tâtonnait dans son assiette pour piquer les morceaux du bout de sa fourchette. Elle avait l'illusion de pouvoir encore manger seule.

Il lui arrivait de murmurer des phrases échappant à tout contexte :

« Il va me rapporter des écrevisses ! »

La Nêne raffolait des écrevisses et le pépé Joset, en son temps, savait où les dénicher. Noël n'avait jamais réussi à connaître les bons coins...

Elle ne se plaignait pas et n'avait aucune exigence. Elle se laissait laver et habiller comme un bébé. Nanette prenait grand soin d'elle car elle avait compris que sa mère s'en allait doucement vers la fin. La petite Nêne, si fragile, si discrète, méritait toute la patience et la tendresse de sa fille au moment de ses derniers jours. Demain, il serait trop tard pour regretter d'avoir mesuré son temps...

Annette le savait bien ; sa mère avait perdu le goût de vivre. Elle l'avait entendu chuchoter :

« Mais qu'est-ce qu'il fait le bon Dieu ? Il m'a oubliée ? Il ferait bien de venir me ramasser ! Fuit ! »

La vieille dame avait fait le geste d'attraper une mouche. Nanette ne savait pas toujours quand sa mère s'adressait à elle ou aux personnages qui peuplaient ses pensées.

La Nêne n'avait guère d'appétit. La faim, la soif lui devenaient étrangères et elle se contenta bientôt d'une petite panade au lait qu'il fallut lui donner à la cuillère. Elle s'amaigrissait, ses poignets et les articulations de ses doigts étaient à présent aussi noueux qu'un vieux cep.

Il vint un moment où ses périodes de lucidité devinrent plus rares. Elle se laissait faire docilement mais semblait étrangère à la vie de la maisonnée. Sa seule inquiétude était de porter sa coiffe.

Et puis elle passa plus de temps dans son lit que dans le fauteuil paillé dont les bras la maintenaient assise.

Au début du mois de février 1921, Annette décida d'annoncer à ses filles sa disparition prochaine.

Lorsque Louise reçut la lettre de sa mère, elle s'en fut aussitôt demander à Mme Chanaz l'autorisation de quitter la Croix-Rousse samedi pour rentrer le lendemain.

« Vous avez encore une grand-mère ? s'étonna sa patronne. Elle doit être très âgée !

– Oui, madame. Elle a quatre-vingt-neuf ans. C'est la mère de ma mère.

– Elle est donc malade ?

– Je crois que non, mais ma mère pense qu'elle ne passera pas l'hiver. Elle se laisse mourir. J'aimerais la voir une dernière fois...

– Elle habite chez vous ?

– Oui. Elle a toujours vécu avec mes parents.

– Et vous êtes très proches, naturellement...

– Oui. C'est une personne très douce. Une gentille petite mémé... »

À l'évocation de la Nêne, Louise sentit l'émotion l'envahir et les larmes lui montèrent aux yeux.

« C'est d'accord. Allez-y samedi ! »

Après un moment de réflexion, Mme Chanaz ajouta :

« Décidément, vos parents n'ont guère de chance en ce moment. Après le départ de votre frère, l'abandon de leur ferme, votre grand-mère maintenant !... Ma pauvre Louise, assurez-les de toute ma sympathie ! »

Louise avait envoyé un mot pour prévenir de sa venue mais elle prit le train sans savoir si quelqu'un viendrait l'attendre à l'arrivée. En descendant de l'autocar à Frangy, elle chercha en vain un visage familier. Elle grimaça en songeant aux six kilomètres qui restaient à parcourir ; la nuit allait bientôt tomber...

Un grand gaillard s'approcha et demanda :

« Bonjour, mademoiselle. Vous êtes bien la Louise Rossillon ? »

Elle hocha la tête.

« Je suis Justin Magnin. Le Noël m'a demandé de vous prendre et de vous conduire là-haut. Venez donc ! »

Elle le suivit avec soulagement vers son véhicule qu'elle reconnut immédiatement :

« Mais c'est le char à bancs de papa !

– Tout juste. C'est moi qui l'ai racheté, après qu'il a vendu son cheval. Installez-vous donc où vous voulez ! »

Par habitude, elle monta devant, à côté de Magnin, et ramena frileusement les pointes du col de son manteau sous son menton. Ainsi donc son père avait vraiment renoncé à son cheval ! Ce renoncement-là avait un goût de capitulation qui faisait basculer Noël vers la pente descendante de la vieillesse. Magnin fit démarrer le cheval et ils prirent la route en silence. Louise allait enfin savoir comment étaient installés ses parents car elle n'était pas venue pour la Noël. Marisa avait été alitée par une forte fièvre au moment où elles comptaient profiter de deux jours de congé pour monter au pays et Louise n'avait pas eu le cœur de la laisser seule, dans cet état, à ce moment. Marisa n'avait eu qu'une pensée : elle avait eu la chance d'être malade sans être obligée de manquer une journée de travail ce qui, compte tenu de son embauche récente, aurait certainement fait mauvais effet.

Au bout d'un moment, l'homme demanda :

« Vous repartez demain, 'pas ?

– Oui, confirma-t-elle. Je suis juste venue voir ma mémé. Elle baisse…

– Elle est arrivée au bout de son chemin, 'pas ? C'est moi qui vous mènerai au car, demain. Votre sœur Marie-Rose n'a pas pu venir avec vous, donc ?

– Non. Elle aurait bien aimé mais elle vient juste de commencer dans une nouvelle place. Elle n'a pas osé demander. Elle espère avoir quelques jours pour Pâques, en espérant que la mémé tiendra le coup jusque-là…

– Elle est placée bonne, comme vous ?

– Non, elle est cuisinière dans un restaurant. »

Elle avait fait exprès de ne pas dire serveuse ou fille de salle. Les gens avaient tôt fait d'en tirer des conclusions hâtives. Elle ne connaissait pas assez ce Magnin pour lui donner plus de précisions. Elle savait juste qu'il tenait une ferme à Planaz et que son père l'avait connu lorsqu'il s'était renseigné sur celle qui lui avait finalement échappé. À ce qu'il en avait dit, il s'agissait d'un brave homme, mais cela n'en faisait pas un confesseur.

Lorsqu'ils dépassèrent les dernières maisons, elle vit que de la neige était tombée récemment : sur ce versant exposé au sud, elle n'avait pas encore fondu. La terre de la route était mouillée et les gravillons crissaient sous les cerclages des roues. Magnin encourageait son cheval d'un claquement de langue lorsque la pente devenait plus raide. Ils dépassèrent les vignes et elle put contempler le manteau neigeux encore intact sur les terres et les prés. La neige donnait déjà plus de luminosité que le jour déclinant. Devant la chapelle Saint-Jean, ils ne prirent pas la bifurcation vers Chaumontet, mais poursuivirent la route vers le Malpas, dont le nom sonnait comme un mauvais augure. Quand le véhicule s'engagea dans le défilé situé entre le Vuache et le mont Musiège, Louise eut la sensation de franchir une frontière. De l'autre côté commençait le bassin du Genevois. On quittait la commune de Chaumont pour entrer sur celle de Minzier dont Frangy n'était pas le chef-lieu. D'ailleurs, Minzier disposait de sa propre fruitière et, même pour le ramassage du lait, les habitudes de ses parents devraient changer. Elle se demanda jusqu'à quel point ils avaient délibérément choisi d'abandonner Frangy. Pour Noël, il ne s'agissait que d'un exil de plus, mais pour Nanette c'était un premier déracinement. Celui qui blesse l'âme et tue les vieilles dames…

« On arrive », avertit Magnin.

Elle regarda autour d'elle et constata avec stupéfaction qu'on n'apercevait plus les montagnes grises. Trop proche, le mont les dissimulait, d'autant que le hameau du Pont-Fornant était situé au fond d'une combe, le long du ruisseau Fornant, à l'endroit où un pont permettait de le traverser pour se rendre à Minzier. Dans la grisaille de l'hiver, les arbres dénudés étaient réduits à leur squelette. Aucune lumière n'égayait les fenêtres sombres des bâtiments qui paraissaient froids et déserts. L'endroit lui parut lugubre jusqu'à ce qu'elle distingue la fumée qui sortait de la cheminée. Un feu ronflait.

Magnin dirigea son cheval vers la plus petite ferme du hameau. On devait les guetter. Avant qu'il ne serre le frein, Séverine sortit au-devant de sa sœur. Elle avait beaucoup grandi et se pencha légèrement pour l'embrasser.

« Adieu, ma Louise ! dit-elle avec un grand sourire avant d'ajouter à voix basse : ce que tu es chic ! »

Elle détaillait le chapeau rond, le manteau à boutonnage asymétrique dont le col et les manches s'ornaient de larges revers, le sac à main rectangulaire. Louise portait toutefois les mêmes souliers montants que le jour de son départ. Séverine s'adressa à Magnin :

« Entrez, monsieur Magnin ! Le papa vous attend. »

L'homme ne se fit pas prier et suivit les sœurs.

La salle commune n'était pas très grande. Grâce à un petit fourneau noir, il y régnait une chaleur confortable. Leurs pas sonnèrent sur le plancher blanchi par des brossages réguliers. La fenêtre donnait au sud et laissait passer suffisamment de clarté pour que l'on puisse encore économiser la lampe. Noël venait d'apporter la provision de bois pour la soirée. Il salua Magnin et embrassa Louise en précisant que Nanette viendrait dès qu'elle en aurait fini avec les bêtes.

Louise découvrit alors le lit qui occupait l'angle de la pièce le plus proche du poêle. La Nêne y somnolait, la coiffe de travers, appuyée à deux oreillers et enveloppée de son châle. Tandis que son père réglait la course à Magnin après lui avoir servi un verre de vin, la jeune fille retira son chapeau qu'elle posa sur la table et déboutonna son manteau en s'approchant. Elle chuchota :

« Adieu, ma petite Nêne ! Tu dors ? »

La grand-mère entrouvrit les yeux sans chercher à voir. Louise haussa à peine la voix.

« Nêne ! c'est moi ! C'est la Louise ! J'arrive de Lyon. »

La Nêne tourna vers Louise un visage sans expression. Ses yeux s'étaient creusés. On distinguait parfaitement la cavité de ses orbites ; ses pommettes dessinaient deux angles aigus. Elle n'avait plus de joues, de dents, de sourcils ni de cils, juste sa peau fripée, sauf sur le front où elle luisait un peu. Louise eut la sensation que sa grand-mère avait fondu, comme les bonshommes de neige qui rapetissent et ne laissent un matin qu'un souvenir évanescent. Nanette avait raison : la Nêne était en train de disparaître. Louise se pencha et l'embrassa. Sa peau était douce et tiède.

« Nêne, c'est moi, Louise ! répéta-t-elle, plus fort.

– Hein ? C'est qui ?

– Louise ! articula-t-elle.

– Ah !... Louise... ça me fait bien plaisir... »

Son visage se plissa un peu plus pour sourire. Un semblant de dialogue s'ébaucha. Sans cesser de sourire, la Nêne posa trois fois de suite la même question : « Et ton travail, ça va ? » Louise ne sut pas si elle n'entendait pas la réponse ou si elle ne la comprenait pas. La jeune fille avait la sensation que sa véritable grand-mère s'était absentée du corps qui gisait dans ce lit. La silhouette lui était familière mais l'esprit lui était devenu étranger. Elle profita de l'arrivée de sa mère pour se lever et échapper au malaise qui la gagnait.

Annette alluma la lampe. Les filles aidèrent leur mère à préparer le repas tandis que Noël s'occupait à la construction d'un nouveau char miniature. Ils avaient trouvé une propriété certes petite, mais en bon état. Ils pouvaient disposer de moments de loisirs. Louise était rassurée. En arrivant, elle avait craint le pire mais son pessimisme s'était estompé. Son père gardait un visage grave ; ses cheveux et sa moustache avaient blanchi mais elle savait qu'en hiver son teint pâle lui donnait parfois l'air maladif. C'était un homme taciturne ; l'affaire n'avait rien arrangé mais le fait qu'il s'adonne à la réalisation de cette maquette était bon signe. Aux pires moments de décembre, il pouvait rester désœuvré des heures durant. Louise avait apporté un cervelas aux pistaches, gros saucisson frais, à cuire à l'eau accompagné de pommes de terre. Cette spécialité pouvait, en un rien de temps, transformer le souper de ses parents en dîner de fête. Elle avait aussi acheté une brioche en couronne pour le dessert. Louise ne pouvait pas se tromper : la nourriture constituait toujours un cadeau bienvenu. Du reste, maman Nanette ne laissait jamais partir ses filles sans deux ou trois crottins de chèvre.

Nanette donna la becquée à sa mère avant de passer à table. Enfin déchargés des tâches quotidiennes, ils pouvaient prendre leur temps et discuter.

Étienne avait quitté les cousins Revillard. Il s'entendait bien avec son patron et avait trouvé un petit logement à Bellegarde. Naturellement, Annette brûlait d'envie de s'y rendre mais se savait obligée de patienter. Un jour ou l'autre, elle aurait tout le temps... Elle confia qu'« après », elle envisageait de prendre un nouveau petit en nourrice. On l'avait demandée mais elle avait dû différer bien sûr !

« Voilà une bonne nouvelle ! » s'exclama Louise.

Rien n'était plus déroutant que l'idée qu'ils puissent se retrouver seuls tous les trois, alors que, pendant des années, la maison avait abrité huit ou neuf personnes dont une majorité d'enfants. Maman Nanette n'était elle-même que pourvue d'une nichée ! Elle ajouta :

« Nous en parlions avec Marisa. Elle se demandait à qui tu pouvais faire les gros yeux et les bisous ! Séverine commence à être grande. Au demeurant, elle me dépasse. Tu avais raison, elle nous mangera la soupe sur la tête !

– Et Marisa justement ? demanda Annette. Son travail ? Elle nous a écrit, mais...

– Écoute... elle est bien contente. Cinquin est très réglo. Elle nous rapporte souvent des restes, même du pain.

– Elle loge vraiment avec toi ?

– Bien sûr !

– Je ne comprends pas très bien comment tes patrons acceptent.

– C'est temporaire. Enfin, ce devait être très temporaire mais je me suis arrangée avec les fils Chanaz pour qu'elle puisse rester encore. Ils ne sont pas lésés puisque c'est mon logement qu'elle partage.

– Ils sont bien arrangeants ces messieurs !...

– Oh ! si tu les connaissais tu ne dirais pas “ces messieurs”. Ils sont très simples ! »

Noël s’étonna :

« Ils ne tiennent pas de leur mère, alors ?

– Non, pas vraiment. Tu as raison. Ils tiennent plutôt de leur père.

– Quelle histoire, au fait, cette attaque ! reprit Annette. Cela a dû être un rude coup pour la famille !

– Tu penses ! répondit Louise en évitant d’entrer dans les détails. D’ailleurs, je me demande si je ne devrais pas faire comme Marisa !

– C’est-à-dire ?

– Trouver un autre travail ! »

Maman Nanette lui jeta un regard inquiet.

« Mais Louise ! Qu’est-ce que tu racontes ? Tu viens de dire du bien des fils Chanaz qui vous logent, ta sœur et toi, et tu parles de chercher ailleurs !... »

Louise devait être prudente si elle voulait être sincère. Il ne fallait en aucun cas effrayer ses parents. Ils n’avaient pas besoin de cela.

« Attends que je t’explique, maman ! Rien n’est fait. Tiens ! et si je vous faisais un tilleul d’abord ? Où ranges-tu ta tisane ? »

Elle fit chauffer de l’eau, répartit de petits bols et coupa de la brioche en fines tranches avant de jeter une poignée de fleurs séchées dans la casserole et de se rasseoir. Noël avait apporté ses lamelles de bois ; Séverine montait les mailles d’un dos de gilet d’été.

« Je ne sais plus si je vous ai dit que M. François s’est fiancé !

– C’est lequel François, le banquier ou l’autre ? » demanda sa sœur.

Louise rit avant de préciser :

« C’est celui qui était banquier ! Il a démissionné : il se faisait trop suer dans son travail. Il a du mal à supporter les vêtements ajustés, les horaires raides, les mentalités étroites...

– Ah bon ! dit Annette en fronçant les sourcils. Je croyais que c'était l'autre qui était un peu anarchiste.

– Oh ! là, là ! maman Nanette ! Tu interprètes ! Philippe n'est pas anarchiste ! Il est juste un peu rebelle ou, en tout cas, très indépendant. Non, M. François s'ennuyait ferme dans cette banque. Il avait pris cette place par opportunité, grâce à son oncle, mais il a été tout heureux de la quitter.

– Il fait quoi maintenant ?

– Il est revenu travailler avec son frère. Philippe était bien content, finalement, sinon il prévoyait d'embaucher un apprenti.

– Et il ne fréquente pas, le Philippe ? »

Louise se leva pour servir l'infusion. Elle fit passer la boîte de sucre et évita de les regarder en répondant évasivement.

« Non, pas… non ! Madeleine, la fiancée de M. François, a juste un an de plus que moi. Elle habite un peu plus haut dans la Grande Rue. C'est une personne très agréable. Lorsqu'ils sont venus boire le café, je veux dire, avec ses parents, au premier, elle a même joué un morceau de piano. Elle n'a pas joué le morceau en entier parce qu'elle n'avait pas travaillé suffisamment la deuxième partie, a-t-elle dit. Ma patronne en était tout émue. C'est marrant, elle avait dit que son piano était désaccordé mais je n'ai rien remarqué… Quoique c'est peut-être pour ça que Madeleine n'a pas fini le morceau… Elle a juste prétendu ne pas connaître la fin…

– Elle fait quoi, cette Madeleine ? s'enquit Annette.

– Ben… rien. Elle aide sa mère à tenir le magasin. Son père est négociant en vins. Il est souvent absent : il va visiter ses vignerons, comme il dit. Il a expliqué qu'il allait voir les coopératives ou les vignerons indépendants pour faire ses choix. Il travaille sur le beaujolais mais aussi sur les côtes-du-rhône, juste en dessous d'Annonay. Il nous a confié qu'il ne ratait jamais une Saint-Vincent en terre de vignoble. Enfin, je dis nous… En tout cas, ça me faisait plaisir de l'écouter.

– C'est quelqu'un de leur milieu, quoi ! conclut Annette. Ta patronne doit être soulagée. Il n'a pas fait comme l'aîné, le Luc, 'pas ?

– Oui. C'est vrai, elle a l'air de bien apprécier Madeleine. D'ailleurs, elle est beaucoup moins énervée qu'avant la mort de monsieur. Cela a dû lui faire un choc !

– Tu m'étonnes, ironisa Séverine.

– Ça va la petite ! Je ne voulais pas parler de la surprise ! Tiens, j'avais oublié, je dois vous "assurer de toute sa sympathie" ! »

Annette remercia d'un signe de tête.

« Tu trouves que ce décès bouleverse son comportement ? proposa Noël sans cesser de façonner un essieu miniature.

– Bouleverser, c'est peut-être un bien grand mot. Mais... on dirait qu'elle change. »

Annette haussa les sourcils.

« Elle a perdu son mari ! Il y a de quoi être bouleversée tout de même !

– Je m'en doute, répondit Louise. Ce qui est curieux, c'est qu'elle est plus aimable ! En tout cas, les fiançailles de M. François lui font du bien. »

Elle but quelques gorgées de tilleul avant de se lancer.

« Mais ce mariage ne va peut-être pas arranger mes affaires... Les mariés s'installeront dans l'appartement ; c'est Madeleine qui s'occupera du ménage et du magasin. Madame n'aura plus trop besoin de moi. Une femme à la demi-journée devrait lui suffire... On en a beaucoup discuté avec Marisa, mentit-elle. Tu vois, maman, lorsque je suis partie pour Lyon, il y a presque deux ans maintenant, la situation des Chanaz était très différente ! Ils attendaient le retour des trois garçons et ils pensaient que la vie allait reprendre comme avant-guerre. Le grand-père était déjà mort mais... ils ne pouvaient pas imaginer que tout allait changer si vite. J'étais tout juste arrivée qu'ils apprennent que M. Luc quitte la Croix-Rousse. Voilà M. Chanaz qui disparaît et maintenant c'est M. François qui se fiance. Enfin, au moins ce n'est pas un drame... »

Elle finit son bol et se resservit une petite quantité.

« Qui en reveut ? » demanda-t-elle, la casserole à la main.

Annette approcha son bol. Louise la servit en retenant les fleurs de tilleul à l'aide de sa cuillère.

« Alors, voilà ! Philippe m'a proposé de me présenter au patron d'un atelier de soierie. Il paraît que ses affaires marchent bien ; il est spécialisé dans le tissu d'ameublement. L'atelier est derrière l'hôpital... »

La contrariété se peignit sur le visage de sa mère.

« ... Je pourrais garder la chambre de la rue Hénon.

– Mais enfin, explique-moi pourquoi les Chanaz te laisseraient occuper ce logement avec ta sœur si tu n'es plus leur bonne ! s'exclama Annette vivement.

– Mais maman, Philippe me l'a promis ! répondit-elle avec conviction.

– Promis, promis, tu parles ! C'est un papier qu'il faut ! Et il faut qu'il te dise le montant du loyer avant ! Et il n'est peut-être pas le seul à décider !

– Écoute, maman, je lui fais confiance. Il m'avait promis une place pour Marisa, il l'a fait. S'il me dit que je peux garder cette chambre, c'est que je peux. Pour le loyer, il m'a dit qu'il s'arrangerait pour que ça fasse moins que le quart de nos salaires... ou peut-être moins... »

Annette avait les lèvres pincées. On aurait dit Marisa. Elle prit une profonde inspiration avant de planter ses yeux dans ceux de sa fille.

« Louise, dis-moi pourquoi ce Philippe se donne tout ce mal ! »

Louise baissa les yeux. Il était temps d'être honnête.

« Il... il m'aime bien. »

Noël leva la tête pour regarder sa fille et se remit à l'ouvrage.

« Nous y voilà ! constata Annette en secouant la tête.

– J'ai seulement dit : il m'aime bien !

– Oui, on sait comment cela se passe ! Les fils de famille qui aiment bien la petite bonne jusqu'à ce qu'ils s'en lassent ! On ne mélange pas les torchons et les serviettes !

– Maman ! s'exclama Louise en prenant un ton indigné. Qui te parle de mélanger quoi que ce soit ! »

Elle soutint le regard de sa mère qui poussa un soupir de dépit. Louise en avait assez de défendre sans cesse son honneur aux yeux des autres, qu'il s'agisse de Mme Chanaz, Marisa ou sa mère. Elle en avait assez des fantômes de la famille Millon et de ses domestiques hantant leurs conversations. Elle avait haussé le ton mais elle avait envie de pleurer. Elle sentait sa gorge se nouer. Pourquoi était-il si difficile de faire partager la confiance qu'elle éprouvait pour lui ? Elle avala avant de poursuivre :

« Je veux bien lui demander un papier, si cela peut te rassurer. Mais crois-tu que cela changera quelque chose que Mme Chanaz me remercie ou que je démissionne ? Il me propose un arrangement, je prends ! C'est quand même lui qui a eu l'idée, non ? Ne crois-tu pas qu'il devine mieux sa mère que moi ? Qu'est-ce que je risque ? »

Le silence s'installa, troublé par le grincement du bois sous le couteau de Noël. Annette tambourina du bout des doigts.

« Que veux-tu que je te dise, ma fille ? Ta sœur va être majeure, mais pas toi. Pour autant, je ne peux pas t'obliger à attendre… »

Elle jeta un regard à Noël qui ne daigna pas prendre la parole.

« … Voilà deux ans que tu es partie, il est possible que tu estimes mieux que moi ce que tu as à faire. C'est vrai que Marisa est contente… Ah ! je ne sais plus…

– Je te promets de lui faire faire ce papier avant d'accepter la place. Je te l'ai dit : rien n'est fait ! »

Annette soupira.

« Fais au mieux !… Fais au mieux, ma grande ! » dit-elle, résignée.

Noël regarda sa fille qui crut déceler un léger sourire sous sa moustache. Il dit doucement :

« Si tu quittes ta place, il n'y aura plus ni torchon ni serviette, 'pas ? »

La question n'appelait pas de réponse.

La soirée se termina tranquillement et Louise s'en fut partager le lit de sa sœur après avoir aidé sa mère à préparer la Nêne pour la nuit.

Dans l'obscurité de la chambre, elle ne parvenait pas à trouver le sommeil. Elle faisait le parallèle entre la main de sa mère, tambourinant sur la table, et celle de Madeleine, caressant le piano. Après la première tasse de café, la jeune fille s'était levée et avait soulevé le couvercle qui dissimulait les touches.

« Puis-je l'entendre ? M. Böhm m'a dit qu'il avait un son extraordinaire pour un piano droit ! »

Claudine Chanaz, surprise, n'avait pas eu le temps de refuser. Madeleine avait pris place sur le tabouret et avait commencé à jouer un air lent, très doux, un peu nostalgique. Après quelques mesures, les yeux de Mme Chanaz s'étaient embués. Elle avait murmuré :

« Debussy !

– *Clair de lune* », avait précisé Madeleine.

François la regardait, tout enamouré. Au moment où elle attaquait des arpèges de la main gauche, elle s'était interrompue en disant qu'elle n'avait pas assez travaillé la seconde partie, qu'elle ne voulait pas leur imposer ses maladresses et que M. Böhm avait tout à fait raison pour le son du piano. Claudine Chanaz s'était excusée de la dissonance de certaines notes mais Madeleine avait protesté en disant qu'elles provenaient de ses doigts et non des touches… Louise n'avait pas entendu de fausse note. Elle avait déposé une assiette de biscuits sur le marbre de la table du salon et avait regardé les mains de Madeleine parcourir le clavier. Elles étaient étroites et blanches ; ses doigts étaient longs et ses ongles luisaient. Louise avait lessivé le plancher du rez-de-chaussée le matin même et avait gratté des rattes pour le repas. Elle avait fermé les poings en gardant les bras le long du corps pour que personne ne remarque ses doigts rougis, aux extrémités noircies par les épluchures. Bien entendu, Philippe l'avait vu faire ! Il était là aussi lorsque les Pellegrin étaient arrivés. Au « Bonjour, Louise ! » de Madeleine, elle avait dû répondre un « Bonjour, mademoiselle ! » en conformité avec le petit tablier blanc. L'invitée, entraînée au salon par le fiancé, avait eu la délicatesse d'être discrète.

Après leur départ, Philippe s'était débrouillé pour qu'ils restent en tête à tête un moment. Cette réception avait été un crève-cœur. Louise avait ressenti le fossé qui la séparait de Mlle Pellegrin, son talent et ses mains délicates. Elle ne voyait pas comment faire pour charmer Mme Chanaz comme Madeleine l'avait fait. Philippe lui avait pris la main comme pour l'observer, l'avait caressée du bout des doigts et y avait déposé un baiser. Comme elle ne la retirait pas, il avait dit :

« Tu sais, Lalou, ce que je t'ai dit l'autre fois, je le pense vraiment. Il faut que tu me dises. Est-ce que tu veux que je te trouve une autre place… pour que nous puissions nous voir… autrement. Est-ce que tu voudras sortir avec moi… sans y être obligée ? »

Elle avait sondé les yeux verts aux taches rousses et avait simplement hoché la tête. Il avait serré sa main entre les siennes. Il avait souri en inspirant largement.

« Je m'en occupe ! » avait-il soufflé avec soulagement.

C'est tout ce qu'il avait fait. Il était parti et elle savait que son départ n'avait rien d'un abandon.

Elle avait arraché l'assentiment de sa mère mais, dans le cas contraire, elle savait maintenant qu'elle serait passée outre.

XXIII

La Nêne ne passa pas l'hiver. Elle fut enterrée dans le petit cimetière de Vanzy, aux côtés du pépé Joset, en l'absence de deux de ses petites-filles. Les Miège, plus proches du cimetière, reçurent ceux qui avaient assisté aux obsèques. Étienne avait fait le déplacement depuis Bellegarde sur la journée.

Louise débuta à l'atelier de M. Lamy au début du mois de mars 1921. Elle était heureuse d'échapper à l'atmosphère de conspiration entretenue par les jumeaux pour persuader leur mère qu'elle pouvait se passer de ses services sans trop manquer à l'engagement moral qu'elle estimait avoir pris envers Noël Rossillon. Madeleine avait participé au complot en trouvant une femme susceptible de venir tous les matins entretenir le premier, la petite maison et s'occuper du linge. Il s'agissait d'une mère de famille, veuve de guerre, dont les enfants fréquentaient l'école libre. La personne parfaite, en somme. Louise s'étonnait d'une telle rouerie des jumeaux vis-à-vis de leur mère. Elle était à la fois choquée de leur capacité à dissimuler et amusée de la complicité qui les faisait surenchérir dans leurs manigances et qui, surtout, les rendait crédibles. Tout cela témoignait d'un long entraînement. Elle n'osait pas imaginer ce qu'ils avaient pu lui faire subir durant leur enfance et leur adolescence !

À ce propos, elle avait eu le fin mot de l'histoire du pensionnat que M. Chanaz avait évoquée au tout début de son séjour à la Croix-Rousse. À la suite de la loi du 7 juillet 1904, l'école des garçons avait dû fermer car elle était tenue par des religieux non sécularisés. Pour ceux qui refusaient catégoriquement d'envoyer leurs enfants à l'école laïque, des informations avaient couru sur les établissements susceptibles d'accueillir les élèves à l'étranger. Résolue à donner à ses fils une éducation hautement morale, Mme Chanaz avait inscrit les jumeaux dans un pensionnat religieux en Suisse, à Saint-Gingolph, petite ville frontalière. Elle les y avait emmenés en train. Antoine Chanaz les avait accompagnés car il comptait faire halte à Pologny, au retour, afin de régler quelques affaires avec son fermier. Les jumeaux étaient partis à contrecœur, convaincus d'être punis pour être exilés de la sorte. Ce sentiment était exacerbé par le fait que leur père n'avait pas été aussi catégorique sur la nécessité de leur faire poursuivre les études aussi loin. Les enfants catholiques ne pouvaient pas tous quitter le pays à cause de cette loi ! Les écoles publiques allaient recevoir suffisamment de rejetons de bonne famille pour apporter un peu de mixité dans les classes et diluer l'influence des « hussards de la République ». Hélas ! Antoine Chanaz partageait le point de vue de sa bru : il refusait de capituler… Il faut dire que la guerre entre les tenants de la laïcité et leurs opposants avait atteint un paroxysme : certaine association de libres-penseurs, ceux que les calotins nommaient « les Frères Trois-Points », tenait son banquet annuel le jour de vendredi saint ! Claudine Chanaz et son beau-père avaient laissé les garçons en les enjoignant de se tenir correctement pour faire honneur à leur famille. Antoine Chanaz leur avait glissé un billet chacun pour les faire patienter jusqu'à la prochaine sortie. Ils étaient rapidement repartis, sans doute aucun sur le bien-fondé de leur décision.

Lorsqu'ils étaient arrivés à la Croix-Rousse, trois jours plus tard, les jumeaux les y attendaient ! Les pauvres frères helvètes avaient eu le grand tort de séparer les garçons dans le dortoir, leur attribuant des places assez distantes. Or, depuis leur naissance, ils avaient dormi dans le même lit. Ils avaient protesté en pure perte ; François avait pleuré une partie de la nuit. Au matin, ils avaient décidé de fuir le rigorisme de leur pensionnat. Sans prendre la peine de s'encombrer de leurs valises, ils avaient utilisé les étrennes de leur grand-père pour se faire emmener à la gare et avaient repris le train dans l'autre sens, abusant les adultes par leur fausse candeur. Louis Chanaz avait dû venir les récupérer à la gare et régler le solde de leur voyage... L'école n'avait pas encore eu le temps de le prévenir de leur disparition. Les jumeaux n'étaient pas repartis en Suisse. Louis, attendri par leur détermination, avait plaidé leur cause. Leur mère, très contrariée par le défaut de surveillance, doutait du sérieux de l'établissement. Quelques semaines plus tard, l'école de Saint-Denis s'était mise en conformité avec la loi et avait été reprise par l'association familiale relevant de la loi de 1901. Les jumeaux avaient retrouvé leur classe sans enthousiasme. Leurs résultats scolaires avaient définitivement pâti de leur escapade. Ils formaient désormais une paire d'autant plus unie contre le monde des adultes et ses contraintes que leur évasion leur avait donné l'illusion de l'indépendance. Un simple échange de regard les retranchait de toute emprise de l'autorité ; à eux deux, ils se sentaient la force de résister à tout. Par chance, ils avaient trop bon fond pour être de véritables rebelles et ils avaient terminé leurs études primaires en assurant le minimum.

L'épopée avait toutefois révélé la force de conviction de leur équipe. Au cours des dernières semaines que Louise passa au service de Mme Chanaz, ils l'utilisèrent contre leur mère. Louise connaissait de longue date les talents de comédien de François et découvrit que Philippe n'avait rien à lui envier, dans un registre beaucoup plus sobre cependant. Non contents de la persuader qu'elle n'avait plus besoin de bonne, ils réussirent à lui donner suffisamment mauvaise conscience pour lui arracher sa bénédiction au maintien de Louise et sa sœur dans l'appartement de la rue Hénon, pour un loyer assez modique. Louise quitta donc le

50 *bis* en bons termes avec Mme Chanaz. Cette dernière était reconnaissante à ses fils de l'avoir aidée à trouver une compensation honnête à ce qu'elle considérait un peu comme un manquement à une parole donnée.

L'atelier de M. Lamy comptait une dizaine de métiers mécaniques modernes, financés grâce aux prêts gratuits de la Société pour le développement du tissage, émanation du conseil municipal, de la chambre de commerce, du conseil général du Rhône et de certains grands industriels de la soierie. La philanthropie de cet organisme était guidée par des préceptes moraux, certes, mais aussi économiques. Le déclin du tissage à bras risquait de mettre en péril l'activité économique en touchant les métiers connexes et, par effet de boule de neige, les intérêts des petits commerçants de la colline et ceux des propriétaires d'immeubles déjà affectés par l'urbanisation de la rive gauche du Rhône... La Société pour le développement du tissage œuvrait pour la réputation de la soierie lyonnaise et son prestige mondial !

Certains métiers tissaient en grande largeur. En effet, les étoffes destinées au mobilier ou aux tentures murales nécessitent une laize plus importante que celles destinées aux vêtements ou aux parapluies. Les années folles naissantes étaient à l'origine d'une révolution de la mode vestimentaire mais aussi de la décoration. Ces marchés étaient désormais porteurs et Lamy avait un carnet de commandes bien garni. Le personnel de l'atelier était essentiellement féminin. Louise fut mise en tandem avec une jeune femme, Nini, qui lui donna une formation sur le tas. Le travail consistait en une surveillance du métier. L'ouvrière intervenait lorsqu'un fil cassait, qu'il s'agisse d'un fil de chaîne ou de trame. Elle stoppait le métier, le débrayait pour permettre de renouer le fil sur l'envers du tissage et le relançait. Il en était de même pour remplacer la canette, située à l'intérieur de la navette, lorsqu'elle était vide. De l'attention, un peu de minutie et un minimum de propreté étaient les seules qualités requises. Les autres métiers de la soierie nécessitaient une formation plus importante. Les plus habiles étaient, sans conteste, l'ourdisseuse, qui préparait à l'avance tous les fils de chaîne, et la remetteuse, qui enfilait et tendait les fils de chaîne, préparés par l'ourdisseuse, dans les maillons des lisses qui les soulevaient selon l'armure à réaliser. Les travaux de réglage du métier, notamment du battant qui propulse la navette, étaient confiés au gareur, le mécanicien sur métier à tisser, rare figure masculine de l'atelier.

Les machines elles-mêmes étaient bien différentes des hauts métiers en bois des canuts dont les traverses étaient parfois sculptées. Le métal avait pris la place du bois et différents volants de réglage renforçaient l'aspect industriel de la production. Le bruit régulier du tissage rappelait celui des « bistanclaques » ; le *tempo* en était toutefois plus rapide. Lorsque tous les métiers de l'atelier fonctionnaient, il devenait difficile de s'entendre à moins de parler haut, et de près. La répétitivité sonore du tissage créait un effet hypnotique, pour ne pas dire abrutissant. Il fallut plusieurs jours à Louise pour s'y habituer et ne plus être gagnée par le mal de tête. Elle se mit même à rechercher les chansons et comptines qu'elle pouvait fredonner au rythme du métier qu'elle avait à surveiller. Si le dessin était très élaboré, cela tenait de la gageure ; s'il s'agissait de velours, tout le répertoire convenait !

Ce qui déconcerta Louise, durant sa première semaine chez Lamy, ce fut l'apprentissage de la solitude. Elle se rendait à l'atelier en descendant la Grande Rue jusqu'au carrefour de la Boucle qui marquait la limite avec Caluire et prenait le passage du Nord qui longeait l'hôpital pour rejoindre la rue Deleuvre. Quelques centaines de mètres plus loin, on quittait la ville pour entrer sur le territoire des maraîchers. En certains endroits, de hauts murs protégeaient les cultures de légumes de la bise, tout en réverbérant le rayonnement solaire. Les producteurs obtenaient ainsi des récoltes hâtives qui alimentaient notamment le marché de la Croix-Rousse. La flânerie n'était pas de mise à l'heure de l'ouverture ; les passants se hâtaient dans le petit jour humide, l'esprit encore embrumé de songes nocturnes. À la sortie, de petits groupes d'ouvrières allaient s'éparpillant, mais là encore les tâches ménagères les pressaient de regagner leur domicile. Louise mit plusieurs jours à s'apercevoir que Nini suivait le même trajet qu'elle jusqu'à la Boucle, mais elle n'osa pas lui imposer sa présence. La jeune femme l'impressionnait un peu. C'était une blonde aux yeux bleus insolents. Elle portait les cheveux courts avec une frange, une robe tube qui lui découvrait les mollets et ses lèvres gardaient parfois des traces de fard. Louise ne savait pas trop si Nini était une jeune femme à la mode ou si elle avait simplement mauvais genre ! Elle avait conscience de manquer de repères à ce sujet. En tout cas, elle s'était montrée très sympathique. Elle devait être mariée puisqu'elle portait une alliance.

Lorsque Louise rentrait de l'atelier à la mi-journée ou le soir, l'appartement était désert. Elle réalisa que, sans la présence de sa sœur, cette vie de jeune femme autonome aurait présenté des inconvénients qu'elle n'avait jamais envisagés. Elle bâclait son déjeuner, préférant attendre le retour de Marisa pour prendre un repas plus conséquent. Réveiller le poêle assoupi, salir la batterie de cuisine pour une seule personne lui semblait extravagant. Qui plus est, se trouver seule devant son assiette lui coupait l'appétit. Pour éviter de trop penser à Philippe qui déjeunait en famille à quelques pas de chez elle, elle faisait un peu de lessive ou quelques rangs de crochet en guettant au carillon de l'église le moment de retourner à l'atelier. Être ainsi séparée de lui était bien pénible. Elle en venait à se demander si elle avait bien fait de quitter sa place de bonne, lâcher la proie pour l'ombre... Pour un peu, elle aurait regretté les emportements de Claudine Chanaz !

Plusieurs fois elle se rendit jusqu'au 50 *bis*. Elle n'osa pas approcher jusqu'à la vitrine mais jeta un coup d'œil dans l'allée, dans l'espoir que la porte de la cour serait ouverte et qu'elle pourrait l'apercevoir. À moins qu'elle ne tombe par hasard sur lui au moment où il partirait en clientèle... Rien de tout cela ne se produisit et elle rebroussa chemin en se demandant s'il ne serait pas poli de rendre visite à Mme Chanaz au magasin pour lui présenter ses civilités. Après tout, elle avait passé deux ans chez elle ; la politesse voulait peut-être qu'elle donne de ses nouvelles…

Elle se raisonna. Il lui fallait prendre patience. Elle avait rendez-vous avec lui samedi soir ; il devait l'emmener à la *Brasserie du Parc*, cours Vitton, où un petit orchestre donnait un concert. Peut-être pouvait-on y danser ? Depuis longtemps déjà, il n'y avait pas eu d'invitation secrète. Une fois encore, Philippe lui avait dit de se rendre place du Commandant-Arnaud, où les voitures pouvaient attendre sans gêner la circulation. Et en toute discrétion…

Au retour de Marisa, elle cessait enfin de s'interroger. Sa sœur arrivait encore tout imprégnée d'odeurs de cuisine. Elles prenaient plaisir à se retrouver à table et à partager ce que Marisa avait pu rapporter de chez Cinquin après le service de midi. Elle utilisait un petit caquelon de fonte que Louise faisait réchauffer en l'attendant. Cinquin servait un bon échantillon de la cuisine populaire lyonnaise. La carte était courte, mais le plat principal changeait chaque jour. Ses clients du déjeuner n'étaient pas de fines gueules mais des affamés à qui il ne fallait pas en promettre. Au menu hebdomadaire figuraient notamment la soupe à l'oignon, le museau en sauce gribiche, la tripe, cuisinée sous le nom de tablier-de-sapeur, le gâteau de foie et ses quenelles de volaille à la sauce tomate, la poule au blanc. Les viandes rôties s'accompagnaient de gratin dauphinois ou de gratin de courge. Aux estomacs solides des convives convenaient des desserts tout aussi roboratifs : cervelle de canut, faite de fromage blanc parfumé à l'ail et aux fines herbes, et matefaims, crêpes épaisses à consommer salées ou sucrées. Dès que la saison le permettrait, Cinquin inscrirait au menu la salade de pissenlits aux lardons, qu'il appelait groins d'âne, mais que sa femme, originaire de la Loire, persistait à nommer dents-de-lion, et le traditionnel gratin de cardons à la moelle. En somme, le restaurant Cinquin ne servait pas autre chose que de la cuisine familiale.

Curieusement, Louise retrouvait dans ces plats le goût de la cuisine de sa mère car, même si Marisa se pliait aux recettes du restaurateur, elle y apportait sa touche. Le dosage du poivre, de la muscade, de l'ail ou de l'oignon, la proportion de vin blanc, de bouillon ou de crème, de beurre ou de saindoux, le degré de rôtissage des viandes en sauce trahissaient la patte de la cuisinière. Maman Nanette, en s'appliquant à relever le goût des plats les plus simples, avait éduqué leur palais. Marisa avait du talent ! Les clients louaient son savoir-faire sans la connaître car elle répugnait à sortir de sa cuisine. Elle craignait toujours la familiarité douteuse, le genou offert ou la fantaisiste demande en mariage. Cinquin l'avait compris et lui évitait la proximité des tablées trop échauffées. Il trouvait son compte dans le travail qu'elle abattait en cuisine et s'était accoutumé à son caractère. Au moins, s'il était un peu… rude, était-il constant ! Aidé de deux serveuses, il s'occupait de la salle tandis que sa femme se chargeait de la caisse. Un perroquet caractériel et bavard, plus protégé qu'enfermé dans sa cage, apportait une touche d'exotisme dans cet établissement fort traditionnel. La bestiole fascinait Marisa.

« Tu n'as qu'à venir m'attendre un soir, tu pourras le voir ! » avait-elle proposé.

Jusqu'à présent, Louise n'avait pas eu envie de faire le pied de grue, rue du Mail, à la nuit tombée, pour un perroquet. Elle aurait aimé y être invitée par Philippe ; elle aurait vu le volatile, il aurait goûté la cuisine de sa sœur et aurait été fier de l'avoir recommandée. Ce projet était encore un peu prématuré…

Samedi arriva enfin. Au fur et à mesure de l'avancée des heures, la fébrilité de Louise allait croissant. Ils allaient se retrouver. Ce n'était pas comme auparavant, lorsqu'ils quittaient le même lieu pour se rendre au même endroit, pris dans un même mouvement. Leur rencontre de ce soir aurait quelque chose de plus délibéré. D'ailleurs il avait dit : « Voudras-tu sortir avec moi sans y être obligée, pour que nous puissions nous voir autrement ? » En acquiesçant, elle avait levé le voile sur ses propres sentiments. Ce soir, tous deux sauraient à quoi s'en tenir ; il s'agissait d'autre chose que de passer le temps. Elle s'était engagée, du moins le pensait-elle, et ressentait une grande impatience mêlée d'inquiétude. Elle avait peur de le décevoir autant que d'être déçue. Ces quelques jours passés loin l'un de l'autre avaient-ils changé quelque chose ?

Elle se prépara seule dans l'appartement car Marisa travaillait le samedi soir, sans cesser de s'interroger. Sa sœur aurait au moins pu la rassurer sur sa coiffure, sa toilette. Encore que, en matière d'élégance, Marisa n'était peut-être pas la personne la plus avisée... La façon de s'habiller changeait, les robes raccourcissaient, les corsages tombaient droit sur les hanches, sans souligner la taille ni la poitrine, dessinant des silhouettes longilignes. Les chausseurs proposaient des escarpins à bride verticale qui amincissaient le pied et soulignaient sa cambrure. Et les femmes commençaient à couper leurs cheveux... Noël n'allait guère apprécier, lui qui aimait les chevelures abondantes ! En outre, les cheveux courts se devaient d'être lisses. Louise portait pratiquement les mêmes vêtements qu'à son arrivée deux ans plus tôt. Elle s'était simplement offert quelques accessoires, gants, sac et chapeau, et s'était fait faire un manteau chez la couturière de Mme Chanaz. Elle savait confectionner blouses et corsages. Les jupes n'étaient pas trop difficiles à réaliser mais elle n'avait pas le savoir-faire nécessaire pour se coudre un manteau ou une robe habillée. Ses seules chaussures correctes étaient celles dont elle était si fière lors de son voyage. Elle en avait pris grand soin, reprenant ses chaussons dès qu'elle rentrait chez Chanaz, mais elles commençaient tout de même à se déformer. En se regardant dans le petit miroir accroché au-dessus de l'évier, Louise ne se trouva pas très séduisante. Elle voyait une jeune fille soignée, proprette, sans le moindre artifice, fard ni bijou, rien. Naturelle jusqu'à la fadeur. Elle s'approcha du miroir pour ne plus voir que son visage. Elle arrangea, du bout des doigts, deux petites boucles en accroche-cœur sur sa tempe et murmura : « Miroir, ô miroir, dis-moi si je suis toujours la plus belle ! » Elle regarda son reflet dans les yeux, battit des cils, lui lança un regard langoureux en fermant à demi les paupières. Elle renversa légèrement la tête en arrière, sourit légèrement pour découvrir ses dents. Donnait-elle envie qu'on l'embrasse ? Elle baissa la tête, regarda le miroir en levant les yeux. Elle sourit à nouveau en lisant l'invite que traduisait son visage. Ses yeux sombres brillaient entre les cils noirs ; elle pinça les lèvres pour aviver leur couleur. S'il la voyait ainsi… Son cœur se mit à battre et une petite vague de pudeur vint lui rosir les joues.

À l'heure de partir, elle avait les mains moites et renonça à enfiler ses gants. Elle descendit l'escalier en sautillant, pressée de se retrouver dehors et de respirer une bouffée d'air frais. Elle sortit vivement de l'allée mais se figea en reconnaissant Philippe qui l'attendait à l'entrée du passage. Il était venu la chercher et s'était avancé aussi loin qu'un jeune homme bien élevé avait le droit de le faire pour ne pas nuire à la réputation de la jeune fille qu'il attendait. Lorsqu'il la vit, le sourire qui éclaira son visage balaya toutes les incertitudes de Louise. Passé le moment de surprise, elle faillit s'élancer et se jeter dans ses bras. Elle se força à ne pas courir pendant qu'il venait à sa rencontre et ils se retrouvèrent face à face, maladroits, ne sachant comment renouer le contact rompu par le départ de Louise du 50 *bis*. Il la dévisageait comme s'il ne l'avait pas vue depuis des mois et elle pensa au prince slave qui l'avait charmée au premier regard.

« Lalou ! tu m'as manqué ! » dit-il et, délivré par son aveu, il la prit dans ses bras et la serra contre lui. Elle se laissa envahir par son odeur et le sentit trembler avant qu'il ne relâche son étreinte et ne reprenne une distance plus respectueuse.

« Excuse-moi ! Je…

– Non, non ! Vous aussi, vous m'avez manqué !

– Tu peux me dire “tu”, maintenant ! Dis-moi “tu”, Lalou ! »

Elle lui sourit, sans penser aux minauderies du miroir, et corrigea :

« Toi aussi tu m'as manqué. J'ai essayé de te voir plusieurs fois, je suis venue jusqu'à l'allée, mais…

– Toi aussi ? Moi, je suis venu jusque chez Lamy jeudi, mais je ne t'ai pas vue sortir !

– Jeudi ? Ah oui ! je suis restée un peu plus tard, le métier a tourné jusqu'au bout des roquets, ce soir-là !

– C'est incroyable ! Nous nous sommes loupés toute la semaine, en somme ! »

Elle hocha la tête. Il la prit par le bras.

« ... Allez ! poursuivit-il, maintenant que je te tiens, je ne te lâche pas de la soirée. Viens, je t'emmène. »

Pour la première fois, c'est à son bras qu'elle traversa la Grande Rue et prit la rue Pailleron pour rejoindre le taxi.

On les installa à une table un peu en retrait, à l'écart des regards qui se tournaient vers l'estrade où prendraient place les musiciens. Philippe passa la commande et ils se mirent à échanger quelques banalités au sujet de la semaine qui s'était écoulée. Tout en la questionnant sur la vie de l'atelier, il s'agitait sur sa chaise, tripotait ses couverts et émiettait son pain. Au bout d'un moment, Louise finit par se demander ce qui le préoccupait de la sorte pour qu'il soit aussi nerveux.

« Qu'est-ce qui se passe, Philippe ? Tu as la grosse faim ou quoi ? »

Il rit comme un gamin pris en faute et secoua la tête.

« Non, ce n'est pas la faim. »

Il tapa du plat de la main sur la table pour s'encourager et avoua :

« C'est dingue ! J'ai fait quatre ans de guerre et devant toi je me sens tout intimidé. Tu me rends mon innocence, je redeviens un gone ! Qu'est-ce que je peux être bête ! Attends, j'ai là quelque chose ! »

Il porta la main à la poche intérieure de sa veste et en tira une petite boîte.

« Tiens, c'est pour toi ! »

Elle murmura « merci » en ouvrant lentement la boîte. Sur un fond de velours bleu foncé gisait une broche en or, en forme de barrette. Au centre, une fleur s'ornait de petites perles à l'éclat nacré. Louise contemplait le bijou avec stupéfaction. Il était beau. Il devait coûter cher !

« Tu l'aimes ?

– Bien sûr ! »

Comme elle restait immobile à tenir l'écrin, il le lui prit délicatement, saisit la broche et la disposa sur sa propre poitrine.

« Tu vois, tu peux la mettre ainsi, sur la poitrine, plus ou moins haut ; ou tu peux t'en servir pour maintenir un foulard... Tiens, essaye ! »

Elle déplaça la broche sur son corsage et demanda :

« Ici ? Comme cela, c'est bien ?

– Parfait ! C'est très joli, tu la portes très bien ! Agrafe-la ! »

Louise piqua la broche en s'y prenant à plusieurs reprises ; la barrette avait tendance à basculer vers le bas.

« C'est tout un savoir-faire ! » dit-elle pour s'excuser.

Elle parvint enfin à la fixer correctement, croisa les mains devant elle en bombant le torse, un sourire ravi aux lèvres. En ce moment précis, elle avait envie que tous les regards se tournent vers elle, la voient ainsi parée et admirent le cadeau qu'il venait de lui faire.

« Merci, Philippe ! Vraiment, c'est très très beau ! Je suis... je ne sais pas quoi dire...

– Ne dis rien, va ! Je vois bien qu'elle te plaît ! Tu sais, je voulais te l'offrir pour ton mensuelliversaire. En fait, pour l'anniversaire de notre première sortie aux Célestins, pour la *Périchole.* Tu t'en souviens ? »

Si elle s'en souvenait ! Elle se rappelait leur soirée, et aussi que cette date était celle du décès de M. Chanaz... C'est la raison pour laquelle il avait différé son cadeau. Elle ne voulut pas souligner cette malheureuse coïncidence : il ne fallait pas que la nostalgie vienne troubler cet instant ! Elle posa sa main sur celle de Philippe et dit avec un regard appuyé :

« Oui, je me souviens de *Je t'aime, brigand...* »

Elle fredonna le refrain mais son murmure fut interrompu par l'arrivée de la serveuse. Cette dernière se pressait pour que toutes les tables soient servies lorsque l'orchestre commencerait à jouer.

Le taxi les déposa à l'angle de la Grande Rue. Philippe la raccompagna jusqu'à l'entrée de son immeuble. La fenêtre de la cuisine était éclairée.

« Tiens, Marisa m'attend ! constata Louise.

– C'est agréable d'être attendu, n'est-ce pas ? Je me rappelle lorsque je suis rentré d'Orient... Quel accueil ! J'ai ouvert la porte de l'appartement... Tu me regardais en souriant comme si tu m'attendais, comme si tu me connaissais depuis longtemps. Cela me faisait plaisir, et en même temps j'étais ennuyé de ne pas te reconnaître, je me demandais qui tu pouvais être. J'essayais d'imaginer qui pouvait avoir changé à ce point depuis mon départ !... »

Elle serra son bras plus fort. Il faisait sombre, la lumière des réverbères ne pénétrait pas la petite impasse. Elle hésita un peu avant de répondre :

« C'est pourtant la vérité ! Je t'attendais !... Je crois que je t'attendais depuis... toujours ! »

Il murmura juste « ma Lalou ! » avant de lui donner ce baiser qu'elle espérait depuis des mois.

Cinquième partie

LA LONGUE CONQUÊTE

XXIV

LES PELLEGRIN AVAIENT DÉCIDÉ d'organiser une partie de campagne. Georges venait d'acheter une automobile. Il avait souhaité l'étrenner avec son ami François et, à force d'imaginer ensemble ce qui serait le plus agréable pour profiter du véhicule, ils avaient opté pour un dimanche de pêche sur les bords de Saône, au nord de Lyon. La présence de Madeleine s'était imposée comme une évidence mais risquait de créer un déséquilibre. Les fiancés étaient à un mois de leurs noces, mais ne dit-on pas : à trois, le diable s'y met ? Ils avaient proposé à Philippe de se joindre à eux et, au final, Louise vint compléter l'équipe.

Depuis leur soirée à la *Brasserie du Parc*, Philippe venait la chercher tous les samedis pour une sortie en ville. En revanche, elle le voyait rarement le dimanche car il avait repris ses randonnées à bicyclette. Elle se trouva donc enchantée de la proposition. Marisa, qui n'était pas invitée, n'aurait qu'à rendre visite à Milie. Louise avait parfois un peu honte de sortir aussi souvent alors que sa sœur menait une vie de recluse en dehors de son travail chez Cinquin. Elle avait pourtant commencé à se lier d'amitié avec les serveuses du restaurant qui étaient également célibataires. Elle connaissait les noms de certains habitués et en appréciaient quelques-uns. Cela n'avait toutefois pas encore débouché sur une sortie. Tant pis ! Louise n'avait pas l'intention de jouer les demoiselles de compagnie.

Ils devaient se retrouver sur la petite place, après la messe. Madeleine et Georges s'occupaient du boire et du manger ; les jumeaux furent chargés d'apporter le pain. Louise envisageait cette sortie avec un peu d'appréhension et beaucoup de curiosité. Elle se demandait si ce déjeuner sur l'herbe ressemblerait aux casse-croûte que l'on partage en champ au moment des foins, de la moisson ou des vendanges.

Elle déchanta un peu lorsqu'elle comprit que Philippe les retrouverait sur la route. Il n'avait pas renoncé à sa virée ; il partirait de bon matin et les attendrait devant l'église de Fontaines-sur-Saône. Louise allait devoir faire le trajet avec des personnes qu'elle connaissait à peine ou, du moins, qui l'impressionnaient encore. De ce fait, elle se trouva assaillie de doutes. Qu'allait-elle pouvoir leur dire dans la voiture ? Comment ne pas détonner parmi ces jeunes gens aisés ? Elle était étrangère à ce petit groupe d'amis et Croix-Roussiens de longue date et voilà que son ambassadeur lui faisait faux bond ! Il avait eu la mauvaise foi de lui assurer qu'il prenait son vélo pour qu'il y ait plus de place à l'arrière de l'auto et que les demoiselles profitent mieux de la course. Elle aurait préféré se serrer un peu pour qu'il puisse trouver place à côté d'elle !

C'est donc avec une pointe d'anxiété qu'elle se rendit sur la place au jour dit. Le soleil de mai était également au rendez-vous. Un vent léger balayait la place en poussant devant lui les bourres des platanes. Les grands arbres se paraient de jeunes feuilles tomenteuses dont la couleur incertaine n'avait pas encore viré au vert. François n'était pas encore arrivé ; Madeleine attendait dans la voiture et Georges essayait de caser seaux et panier de provisions, et surtout trois cannes à pêche qui finirent par trouver place en travers de la banquette arrière. Louise tendit la main à Georges en se présentant. Elle connaissait le jeune homme de vue depuis l'enterrement de M. Chanaz mais n'avait jamais eu l'occasion de lui parler. Il avait l'allure élégante, le teint clair et la haute taille de sa sœur avec, toutefois, un début d'embonpoint. En sus d'être la noiraude du groupe, Louise allait décidément faire figure de nabote. Le jeune homme la salua cordialement. Madeleine sortit du véhicule et l'embrassa avec simplicité avant de dire :

« Philippe a bien fait de partir à vélo. Ces maudites cannes prennent toute la place !

– Ne l'écoutez pas, Louise. Il reste bien assez de place, mais ma sœur est plutôt du genre pécheresse que pêcheuse, hélas ! Ce doit être le nom qui veut ça !

– Dis donc, saint Georges ! Tu sais ce qu'elle te dit la pécheresse ? On va voir ce que tu terrasses avec tes gaules à la noix !

– Oui, on verra ! En attendant, Mlle Madeleine aime bien la petite friture !

– C'est possible, mais on aurait tout aussi bien pu aller la manger au restaurant !

– Ah ! le pragmatisme féminin ! Et que fais-tu du plaisir de la pêche ?

– Tu parles ! Je sais surtout que c'est maman et moi qui la préparerons ta pêche, ce soir !

– C'est sûr, si on pouvait les pêcher tout frits… Je te promets qu'on ne prendra que des petits : il n'y aura même pas besoin de les vider ! »

L'arrivée de François, encombré de deux miches et d'un sac, coupa court aux chamailleries. Madeleine se moqua gentiment :

« Tu as pris de quoi nourrir un régiment ! C'est qui l'ogre ? »

François regarda les pains avec un doute soudain. Il les confia à Georges avant de répondre :

« C'est moi, pardi ! Si je n'ai pas au moins une miche, c'est toi que je vais dévorer toute crue. »

Il fit mine de se jeter sur elle ; elle s'échappa en riant.

« Allons ! allons ! les tourtereaux ! On embarque, annonça Georges. Je vous rappelle que le repas est prévu au bord de l'eau, pas au milieu de la place ! François, tu montes à côté de moi ; mademoiselle Louise, prenez place derrière le chauffeur ! »

Georges quitta la Croix-Rousse par le carrefour de la Boucle et prit la grande route qui traversait le Plateau en évitant le bourg de Caluire. Au passage, François indiqua à Madeleine la direction de la propriété des Lacaze. D'autres maisons bourgeoises avaient été bâties sur cette commune qui pouvait donner l'illusion de vivre à la campagne en restant proche des facilités de la ville. On les reconnaissait aux grands cèdres verts qui étalaient leurs branches au-delà des murs d'enceinte. Cet arbre était une sorte d'emblème, la marque d'une aisance revendiquée, peut-être du fait de l'envergure de sa ramure à maturité. Il était le contrepoint du lilas qui fleurissait les jardinets les plus humbles. De Caluire, il était encore possible d'aller à la Croix-Rousse à pied. Et si les propriétaires utilisaient volontiers la voiture, les domestiques pouvaient s'y rendre par leurs propres moyens. À l'extrémité du Plateau, de l'autre côté de la route, s'élevait le fort de Montessuy qui dominait le Rhône. Les cultures maraîchères de plein champ occupaient tout l'espace vacant. Les rangées de salades pommées succédaient aux lignes raides de poireaux. Des carrés de fanes vert franc désignaient les raves, ces navets violets tout ronds qui avaient la préférence des cuisinières. Et les petites pousses naines trahissaient la présence des radis, ces radis dont Philippe raffolait. Louise ne pouvait contempler la campagne sans nommer les cultures. Où d'autres ne voyaient que des lignes ou des à-plats de couleurs, elle distinguait les rangs de haricots, le champ de colza. Là où certains croyaient longer un pré bien dru, elle aurait reconnu le vert-jaune du blé en herbe ou le vert-gris du seigle, voire le vert-bleu de l'avoine. Elle ne pouvait s'empêcher de lire dans les champs la somme du travail accompli : les radis et les carottes se sèment dans des terres souples, amendées en sable pour empêcher la racine de fourcher. Le maraîchage demande beaucoup de soins. Maman Nanette aurait fait une très bonne maraîchère ; elle accordait la même attention aux plantations de son jardin qu'aux petits dont elle avait la charge !

Les autres étaient indifférents au paysage. Ils parlaient surtout de la voiture. Ou plutôt de ce que Georges comptait en faire. Et dire que Louise avait cru qu'il se l'était offerte pour son bon plaisir ! Était-elle donc si naïve pour avoir imaginé qu'il puisse faire un achat aussi dispendieux pour de simples promenades ? Pour elle, les Pellegrin autant que les Chanaz étaient des gens riches si elle les comparait à ses parents, qui ne possédaient même pas leur propre toit. Elle avait un peu de mal à estimer jusqu'où allait cette fortune. Elle avait remarqué que, chez Chanaz, l'aisance n'allait pas jusqu'au gaspillage. Toutefois, un épisode récent la faisait s'interroger. François et Madeleine avaient commandé du mobilier chez Cadoux : Mme Chanaz allait monter sa salle à manger au premier. Le buffet aux têtes de lion prendrait place à côté du piano ; on resserrerait le salon pour installer la table. Louise doutait pourtant que Claudine Chanaz souhaite lancer des invitations à déjeuner de son côté. Où se trouvait donc la limite entre le nécessaire et le superflu ? Louise n'envisageait même pas que les fiancés aient pu trouver ce mobilier trop laid pour l'avoir sous les yeux à longueur de temps... Les lignes actuelles étaient géométriques, les bois clairs. Les bobines et torsades de chêne sombre se trouvaient reléguées au rang des vieilleries.

Après bien des hésitations, Georges avait décidé qu'il prendrait la relève de son père. Depuis son retour, il s'était laissé vivre, avec la bénédiction de sa mère, essayant de rattraper le temps de la jeunesse perdue. Il avait entraîné François dans tout ce que le Plateau comptait de débits de boisson, puis il avait pris l'envie de visiter le pays, loin de la ligne de front, de Paris à la Riviera, en passant par Dinard, Vichy et Arcachon. Ses échappées avaient eu le mérite de calmer sa soif d'évasion autant que les élancements causés par une ancienne blessure. Il était prêt à rentrer dans le rang. L'automobile allait lui permettre de visiter plus aisément les caves.

Le monde viticole changeait. Des tendances profondes étaient en train de naître. Georges avait remarqué une somme de détails qui avaient échappé à son père, trop soumis à sa routine. De tout temps, de nombreux paysans avaient cultivé une petite vigne pour leur usage personnel, se satisfaisant d'une infâme piquette pour subsister en autarcie. Grâce au développement du chemin de fer, certains faisaient venir de la vendange du midi de la France mais persistaient à faire leur vin eux-mêmes. Depuis la guerre, ces usages se perdaient. Par ailleurs, on notait un début d'exode des familles de petits vignerons vers les villes sans que l'on puisse déterminer la part de responsabilité des quatre années de combat : ceps mal entretenus, décès des chefs de famille ou mauvais rapport des vignes… Le vin de soif se vendait moins bien. Les gens devenaient plus difficiles. Le vin demeurait toutefois une denrée de base, d'autant que les efforts du gouvernement pour lutter contre l'alcoolisme, notamment par le truchement des maîtres d'école, en avaient fait paradoxalement une boisson « hygiénique », contrairement aux alcools industriels. Georges sentait qu'il allait devoir aller au-devant des besoins de ses clients, en leur dénichant de bons petits produits à un tarif acceptable. Le mieux serait de se rendre sur place, goûter les productions individuelles ou celles des coopératives qui fleurissaient depuis le début du siècle, sans se contenter des habituels fournisseurs de son père.

Cachée dans le dos de Georges, Louise ne disait rien. Elle pouvait penser qu'ils avaient oublié son existence jusqu'à ce que François remarque :

« Mais au fait, Louise, votre père est vigneron, là-haut ! Est-ce qu'il fait son vin ? »

Georges et Madeleine tendirent l'oreille.

« Non, répondit-elle précipitamment. Il a une petite vigne mais il ne vinifie pas lui-même. Il apporte sa production à la coopérative qui est bien équipée et qui peut mélanger les cépages. Lui, toute sa vigne est plantée de molette.

– De la molette ? Drôle de nom ! s'exclama Madeleine. C'est du rouge ou du blanc ?

– Du blanc ! Les grains sont tendres à maturité, c'est peut-être pour cela qu'on l'appelle molette. En fait, la molette ne donne pas un très bon vin. Il n'est pas assez aromatique malgré un bon taux d'alcool. On la mélange souvent avec de l'altesse, surtout pour faire du mousseux.

– Le mousseux de Savoie est excellent, par contre ! » déclara Georges en connaisseur.

Louise se demanda s'il était sincère ou s'il cherchait à lui faire plaisir.

« C'est notre champagne ! constata-t-elle.

– C'est le nôtre aussi, plaisanta François en donnant un coup de coude au conducteur.

– Mais il y a tant de différence entre la molette et l'altesse ? s'étonna Madeleine.

– L'altesse donne beaucoup moins que la molette. Sa peau est plus épaisse mais sa chair est fondante. Elle mûrit un peu plus tard. Il y a même des vignerons qui la laissent presque se confire sur pied pour en tirer un vin liquoreux. Il paraît que c'est divin mais je n'en ai jamais goûté.

– Ah ! c'est ce que l'on appelle les vendanges tardives, commenta Georges. On attend que le raisin pourrisse…

– C'est dégoûtant ! » s'exclama Madeleine en faisant la moue.

C'était pour éviter ce genre de réaction que Louise s'était gardée de donner cette précision.

« Mais non ! corrigea son frère. Il s'agit de pourriture "noble", d'un champignon tout à fait spécial. Tiens, le fameux sauternes, c'est comme ça qu'il est fait !

– Tu veux dire qu'on a laissé pourrir les grappes ?

– Oui ! »

Madeleine grimaça. François lui adressa un sourire et remarqua :

« Ma toute belle ! Le saint-marcellin, la rigotte, le bleu de Bresse… c'est bien de la moisissure qu'il y a dessus, ou dedans !

– Le chèvre aussi ! » renchérit Louise.

Madeleine balança la tête avant de reconnaître :

« C'est vrai ! Vous avez raison. Bon. Il ne reste plus qu'à goûter, en somme !

– À la bonne heure ! Voilà encore un bon moment en perspective ! » conclut Georges.

Ils suivaient maintenant la route qui longe la Saône et conduit à Neuville. Sur l'autre rive se dressait le mont d'Or et ses hameaux aux maisons de pierre dorée. François s'interrogea :

« Il me semble pourtant bien qu'il y a aussi du rouge en Savoie !

– Oui, oui ! répondit Louise, heureuse qu'il lui témoigne de l'attention. Nous avons la mondeuse noire. C'est une vigne vigoureuse, qui débourre tard…

– Débourre ?

– … Dont les bourgeons éclatent tard, ce qui la protège des gelées tardives. Elle produit de grosses grappes juteuses, sucrées mais un peu âpres. Elle donne un vin parfumé, très costaud, qui se bonifie en vieillissant.

– Ah, ah ! c'est signe que c'est un bon vin ! déclara le professionnel.

– Il y a d'autres cépages, surtout sur les grosses exploitations, mais ces trois-là sont vraiment de chez nous. Pourtant, c'est surtout nos blancs qui sont connus. Ils ont toujours trouvé de bons débouchés en Suisse. Il paraît que c'est un peu moins vrai maintenant…

– C'est vraiment étrange, avoua Madeleine. Je pensais toujours à la Savoie comme un pays de montagnes à cause des Alpes, de la Suisse, du mont Blanc. Je ne pensais pas qu'il pouvait y avoir de la vigne !

– Chez nous, l'altitude n'est pas très importante : les coteaux doivent se situer autour des 500 mètres d'altitude… Frangy, le chef-lieu, est à 325 mètres et Chaumont, où j'habite… je veux dire où habitaient mes parents, est à environ 600 mètres.

– Ça fait quoi ? Je ne me rends pas compte…

– Je crois que le Plateau de la Croix-Rousse se situe à peu près à 250 mètres, précisa François.

– Ah ! d'accord ! Effectivement, ce n'est pas très haut. Et pourquoi parles-tu du "chef-lieu", Louise ? »

La question surprit Louise, et pas seulement à cause du tutoiement. En effet, pour parler de Frangy, on disait « le chef-lieu » mais ce n'était probablement pas seulement pour des raisons administratives. Elle réfléchit un peu avant de répondre :

« D'une part Frangy est, de fait, le chef-lieu de canton. C'est aussi le seul bourg un peu important : on y trouve les magasins, la fruitière, l'hôtel, le bureau de Poste… Les communes alentour sont très petites. Chaumont, par exemple, ne compte que 400 habitants environ, en incluant les hameaux ; Vanzy et Chessenaz sont encore moins peuplées. On dit “je vais au chef-lieu” comme on dirait ici “je vais en ville”.

– Ah ! Frangy est une ville ! »

Louise sourit.

« Non, pas vraiment. Il y a juste un bon millier d'habitants… si l'on compare à la Croix-Rousse…

– On est combien à la Croix-Rousse ? Qui le sait ?

– Un peu plus de 45 000 pour le quatrième arrondissement, il me semble, répondit François. Le chiffre ne bouge plus beaucoup. La paroisse se tient au courant de l'évolution de la population, ne serait-ce que pour la distribution des enveloppes du denier du culte !

– Ta mère s'en occupe toujours ? demanda Madeleine.

– Pour sûr ! Il n'y a pas tant de volontaires… Et puis il vaut mieux qu'elle poursuive ses activités malgré le décès de papa. Elle est encore jeune, elle a de l'énergie à revendre !

– Tu as raison, d'autant que bientôt c'est moi qui tiendrai le magasin… »

Comme François ne répondait pas, les yeux fixés sur la route, elle insista :

« Tu m'as bien dit que c'est moi qui tiendrai le magasin !

– Bien entendu ! Mais tu peux avoir intérêt à ce qu'elle te remplace de temps en temps, si tu veux poursuivre tes cours de piano, aller voir ta maman… ou que sais-je… »

Madeleine fronça les sourcils.

« D'accord pour qu'elle me remplace de temps en temps, seulement si c'est moi qui le décide !… Mm… il me faudra être très diplomate !

– Oh ! je te fais confiance, répliqua François. La diplomatie est l'une de tes qualités cardinales, contrairement à ma mère…

– Tu peux le dire, renchérit Georges, elle est sacrément finaude, la frangine ! »

Louise, elle-même si susceptible, envia Madeleine de posséder cette qualité. Elle admirait cette souplesse, cette capacité à deviner l'autre qui permet de choisir le mot, l'attitude qui fera tomber ses défenses. Évidemment, elle pensait surtout à Mme Chanaz, à la somme de diplomatie dont elle aurait à faire preuve pour s'attirer ses bonnes grâces. Madeleine pourrait être une alliée stratégique pour assurer sa conquête… Louise avait de la facilité à apprendre. Les détails géographiques, agronomiques ou démographiques sur la Savoie s'étaient imprimés sans difficulté dans sa mémoire, comme tant d'autres informations qu'avait pu lui donner M. Laplace, si exigeant pour les élèves qu'il présentait au certificat. Mieux, elle actualisait ses connaissances au cours des conversations avec ceux qu'elle rencontrait en se rendant chez ses parents. Hélas ! ce savoir ne lui était d'aucune utilité dans ses rapports avec son ancienne patronne. Madeleine ne connaissait presque rien sur sa propre commune, et ne s'y intéressait vraisemblablement que fort peu, mais elle savait comment se comporter avec elle. Louise, campée dans sa franchise rustique, l'ignorait.

Ils étaient arrivés à Fontaines. Georges roula jusqu'à l'église tandis que Louise et François cherchaient à apercevoir Philippe. Il s'était arrêté sous un tilleul, un pied négligemment posé sur la pédale, et semblait attendre sans hâte le passage du temps. En voyant arriver la voiture, il pédala dans leur direction et s'arrêta du côté du conducteur.

« Salut Jojo ! Vous avez fait vite, je n'ai guère attendu ! »

Il serra la main de Georges par la fenêtre et caressa celle de Louise, posée sur le dossier avant.

« Bonjour ma Lalou, bonjour Mado !

– Tu veux boire un coup avant d'y aller ? s'enquit François.

– Non, non ! Allons-y ! Je me rafraîchirai plus tard. Je vous suis, mais pas de trop près : je n'ai pas envie de respirer la poussière soulevée par cet engin ! Belle machine ! »

Il se mit à suivre la voiture qui ne tarda pas à s'engager sur une route longeant la berge. Louise se retournait souvent pour le voir pédaler. Sa position en appui sur le guidon faisait ressortir la ligne de ses épaules. Son maillot découvrait ses avant-bras et sa culotte s'arrêtait au-dessus du genou. Le moindre de ses mouvements faisait saillir les muscles de ses jambes ; sa peau avait déjà pris une teinte dorée ; une mèche plus claire balayait son front. Louise se surprit à penser qu'il était décidément un magnifique spécimen du genre masculin !

« On arrive ! annonça le chauffeur. Après ce virage, il y a un petit coin tranquille avec des arbres tout près de la berge. On va être comme des pachas ! »

Georges gara sa voiture à l'ombre d'un peuplier sur le tronc duquel Philippe appuya son vélo. Tandis que les trois autres déballaient ce qui était dans la voiture, Louise s'approcha de lui. Il se contenta d'un léger baiser du bout des lèvres et expliqua :

« Je dois faire un brin de toilette : je sens le renard ! François m'a apporté de quoi me changer, je ne voudrais pas indisposer le voisinage ! »

Il fouilla dans le sac qu'avait apporté son frère, trouva une boîte à savon, prit un maillot de rechange et s'approcha de la rive. Georges venait de mettre quatre bouteilles à rafraîchir dans un creux de la berge. Lorsqu'il le vit arriver, il prévint :

« Hé ! le sportif ! Ne t'en va pas troubler l'eau avec ton savon ! Les poissons n'aiment pas les bulles, quoi qu'on en dise ! Ce n'est pas ce genre d'appât qui les attire ! »

Philippe s'arrêta à peine et le regarda avec un sourire amusé avant de répondre avec sérieux :

« Que Votre Majesté ne se mette pas en colère, mais plutôt qu'elle considère que je vais me savonnant dans le courant plus de vingt pas au-dessous d'elle et que, par conséquent, en aucune façon je ne puis troubler… son bouillon. »

Louise et François éclatèrent de rire en reconnaissant la fable. Georges, affairé à préparer ses lignes, avait écouté distraitement.

« Qu'est-ce qu'il me chante ? »

Sa sœur répondit sur un ton accablé :

« Il n'a même pas reconnu *Le Loup et l'Agneau* ! Les récitations n'ont jamais été son fort… Philippe dit qu'il va en aval pour ne pas troubler ton eau !

– Même ! insista Georges. Sérieusement, Philippe, tu es encore trop près ! Va plus loin : le savon descend mais les poissons remontent !

– Bien sûr que je vais plus loin ! Tu ne crois tout de même pas que je vais me dévêtir comme ça, devant ces demoiselles ! Je ne voudrais ni offenser leur pudeur ni leur donner des idées ! Elles pourraient être éblouies par Apollon émergeant des flots !

– Non mais écoutez-le, ce putois ! plaisanta François. Arrête ton char, Apollon ! Imagines-tu un instant que les demoiselles s'intéressent à un type couvert de sueur et de poussière ?

– J'ai comme un doute à vrai dire ! Je vais me rafraîchir quelque peu avant que vous ne sonniez le déjeuner ! »

Il s'éloigna et retira son maillot avant de disparaître derrière des arbrisseaux. Son dos était encore blanc comme le marbre.

François et Madeleine surveillaient deux gaules ; Georges avait tenu à expliquer les rudiments de la pêche à Louise qui avait fait semblant de se montrer intéressée. Il avait embroché un mince ver rouge au bout de son hameçon et refermé la boîte où grouillaient une multitude de ses congénères, rouges autant que blancs. Par bonheur, aucun ne ressemblait à ces gros asticots qui rongent les charognes ou, du moins, elle n'en avait pas vu. Il suffisait d'attendre que le bouchon s'enfonce pour ramener un poisson frétillant qui prendrait place dans le seau rempli d'eau. Georges avait promis qu'il le décrocherait. Il ne se passa pas une minute avant que la ligne de Louise ne se courbe de façon inattendue. Elle s'exclama :

« J'ai une touche ! Il tire drôlement ce poisson, je ne croyais pas que de si petits poissons étaient si forts. » Georges jeta un coup d'œil blasé à sa ligne, mais s'approcha aussitôt, les sens en alerte.

« Ce n'est pas de la friture, ce que tu as pris. C'est un gros ! Il va casser ma ligne ! Attends, je vais m'en occuper ! »

Il lui prit la canne et, avec des gestes prudents, ramena la prise près de la berge. Il expliqua qu'il devait noyer le poisson pour pouvoir le sortir de l'eau sans qu'il se débatte et ne brise son matériel. Il s'agissait, grosso modo, de l'éloigner du courant et de l'empêcher de nager de sorte que l'eau ne passe plus par ses ouïes et qu'il s'asphyxie. La petite joute commença et s'acheva bientôt au profit du pêcheur. Les spectateurs avaient pu remarquer le sérieux de l'homme, l'application qu'il avait mise dans ses mouvements pour mener à bien la capture, et son sourire satisfait lorsqu'il avait sorti de l'eau le gardon inerte. Ils venaient d'assister à une démonstration du plaisir de la pêche ! Georges décrocha le poisson et le jeta dans le seau, s'étonnant encore de la prise de Louise qu'il attribuait à la chance des débutants. Il tempéra la fierté de la jeune fille en précisant que les gros gardons étaient pleins d'arêtes et que la majeure partie du plaisir consistait précisément à les sortir de l'eau. Il accrocha un autre ver et lui tendit la ligne. Elle prétendit que c'était maintenant à son tour d'essayer de battre le record et il ne se fit pas prier. Philippe revenait.

Il avait les pieds nus et tenait ses affaires sales à la main. Son vêtement collait un peu à son torse car il n'avait pas pris la peine de se sécher correctement. Une raie approximative disciplinait ses cheveux humides. Des gouttelettes luisaient dans ses sourcils. Il sourit. Son léger hâle faisait ressortir la blancheur de ses dents. Louise se raisonna pour ne pas l'embrasser devant les autres. Elle se contenta d'essuyer du bout des doigts les traces d'eau sur son visage. Il la prit par l'épaule et s'autorisa un chaste baiser sur sa tempe. Il murmura :

« Tu sens bon !

– Toi aussi !

– Tu crois ? J'ai fait comme j'ai pu pour ne pas polluer le garde-manger. Alors ? J'ai compris que tu avais fait une grosse prise !

– Tu parles ! La prise s'est faite toute seule ! Ce devait être un suicidaire ! Attends ! je vais aller chercher tes chaussettes sèches. Elles sont restées dans le sac à côté de la voiture.

– Je viens avec toi ! »

Après quelques pas, il demanda :

« Le trajet s'est-il bien passé ? Est-ce qu'ils ont été gentils avec toi ?

– Oui, oui ! Ils étaient tous très gentils... Vraiment... Autant François que les Pellegrin. D'ailleurs, François a toujours été très gentil avec moi.

– C'est bien. Tu sais, ils savent pour nous.

– Ils savent ! répéta-t-elle, moqueuse. Et que savent-ils donc ? »

Il lui prit les mains et la regarda avec douceur.

« Ils savent que nous nous aimons...

– Mm...

– Ils savent que je souhaite que tu deviennes ma femme...

– Pardon ?

– Ils savent que je souhaite que tu deviennes ma femme... »

La joie gonflait dans la poitrine de Louise comme une voile poussée par le vent.

« C'est bien ce que j'avais compris ! Ils savent une chose que je ne sais pas !

– Que tu ne sais pas ?

– Oui ! Ils savent que tu souhaites que je devienne ta femme, et moi je ne le sais pas ! »

Il était déconcerté.

« Mais...

– Alors dis-le-moi ! Dis-moi : je souhaite...

– Je souhaite…

– Je souhaite que tu deviennes… »

Il avait compris.

« Je souhaite que tu deviennes ma femme. Lalou, veux-tu m'épouser ? »

Elle lui sauta dans les bras et resta serrée contre lui en répondant.

« Oui, je veux me marier avec toi, vivre avec toi. Je veux rester toujours avec toi. »

Une voix masculine lança, du côté de la rivière :

« Hé ! ho ! les amoureux, on se tient bien ! C'est l'heure de passer à table.

– L'heure de passer à nappe, tu veux dire, corrigea Madeleine.

– Heu… je ne sais pas comment il faut dire… À la soupe ! C'est l'heure du rata ! »

Louise et Philippe rejoignirent les autres en se tenant par la main. François et les Pellegrin échangèrent des regards entendus devant leurs mines ravies.

Madeleine avait étalé une nappe à carreaux sous l'ombre mobile de jeunes saules. Elle n'avait pas osé s'installer plus en retrait de la berge, où s'élevaient des arbres plus protecteurs, car son frère tenait à surveiller ses lignes en mangeant. Elle avait disposé du saucisson, du pâté et du fromage sur de petites assiettes, à côté du pain de François. Deux pots de confiture, penchés l'un vers l'autre par les irrégularités du sol, semblaient se dire des secrets. Georges avait sorti les bouteilles de l'eau et remplissait de petits verres en précisant qu'il s'agissait d'un beaujolais qu'il avait déniché chez un certain Petit, au nord de Villefranche-sur-Saône, près d'un patelin nommé Blaceret. C'était le genre de vin qu'il souhaitait ajouter à son inventaire.

Louise n'écoutait pas vraiment ce qu'il racontait. Enfin Philippe s'était déclaré ! Lorsqu'il lui avait offert la broche, elle avait cru que le moment était venu. Mais il avait choisi cette journée au bord de l'eau pour lui demander de l'épouser sans avoir l'air de le faire exprès ! Cet homme était déconcertant ! Elle avait rêvé d'un moment plein d'émotion, voire de solennité, et il avait saisi une occasion au vol, pieds nus et tout mouillé, comme si la question n'avait qu'une toute petite importance ! Elle lui en voulait un peu d'avoir traité l'instant avec autant de désinvolture. Puis elle l'imagina en gants blancs, compassé, lui demander de devenir sa femme avec une mine de sacristain. C'était trop éloigné de cette fantaisie qu'elle aimait ! Au diable les conventions ! Cette déclaration lui ressemblait : le fond y était, à défaut de la forme ! Elle se demandait avec une pointe d'inquiétude s'il en avait parlé à sa mère. Elle était passée la voir au magasin, se confiant à l'adage lyonnais : « On fait toujours plaisir aux gens en leur rendant visite ; si ce n'est pas en arrivant, c'est en partant. » Elle avait pris des nouvelles de sa santé, avait exprimé toute sa reconnaissance pour l'aide que la famille lui avait apportée. Mme Chanaz s'était montrée parfaitement aimable, comme elle l'était toujours lorsqu'elle portait son masque de commerçante, mais Louise n'avait pas décelé de chaleur particulière dans sa voix, ni plus qu'un intérêt poli pour sa nouvelle situation. Elle savait que son ancienne patronne avait été flattée qu'elle lui fasse cette visite de politesse, mais elle n'avait pas eu le sentiment qu'elle ait été particulièrement ravie. Mais peut-être se faisait-elle des idées ; Claudine Chanaz n'était pas une personne très expansive…

Le repas se déroula dans une bonne humeur inversement proportionnelle au niveau du beaujolais dans les bouteilles de Georges. Malgré les fréquentes escapades de ce dernier pour décrocher un poisson, la conversation était très animée. Après un commentaire désabusé de la récente occupation de la Ruhr par les troupes franco-belges, en représailles contre la rupture par l'Allemagne des négociations sur le montant des réparations de guerre, elle s'était rapidement orientée vers le sport. Le tennis tout d'abord : Suzanne Lenglen allait-elle remporter une troisième fois le tournoi de Wimbledon ? La boxe, ensuite : l'exploit du champion du monde Georges Carpentier serait-il réitéré cette année ? Le vélo, enfin : quelles seraient les chances de l'équipe française cette année, lors du Tour, face à la sempiternelle suprématie belge ? Louise s'intéressa de nouveau à la conversation quand Philippe expliqua le parcours qu'il avait fait le matin même. Lorsque Georges proposa de venir reprendre les cannes à pêche, Madeleine se défaussa en arguant qu'elle devait ranger les reliefs du repas et, avec un clin d'œil, demanda l'assistance de Louise.

Les jumeaux regagnèrent sans grand enthousiasme le bord de l'eau en faisant remarquer à leur ami que le soleil commençait à cogner et qu'il serait peut-être judicieux de déplacer les cannes. Celui-ci prétendait que les poissons ne mordent pas à l'ombre. Ils finirent par trouver un compromis : ils repérèrent un arbuste, non loin du bord, qui permettait de s'abriter à condition de couper quelques branches basses. Ils s'installèrent tous les trois ; Philippe se roula une cigarette et François ne tarda pas à somnoler. Georges surveillait stoïquement les bouchons.

Madeleine attendit que les hommes se fussent éloignés et, l'œil brillant, lui posa la main sur le bras :

« Alors, Louise ? Est-ce qu'il s'est décidé ? Est-ce qu'il t'a demandé ?

– Décidé ? répéta Louise, surprise.

– Allez ! on est tous au courant. Depuis le temps qu'il en parle à son frère !

– Ah bon ? Il en parle à François !

– Évidemment ! Son jumeau ! Tiens, sans te commander, peux-tu m'aider à plier la nappe ? »

Tout en l'aidant à ranger, Louise sourit avant de répondre en rougissant un peu :

« Ben oui ! Il m'a demandé de l'épouser.

– Depuis le temps qu'il hésite ! Plusieurs mois déjà. Mais pas à cause de toi ! Il attendait à cause de sa mère.

– Tu crois qu'il lui en a parlé ? demanda Louise pleine d'espoir.

– Je ne crois pas. Pas encore. Il a préféré prendre du courage ! C'est vrai qu'elle a été tellement vache avec lui... »

Louise, déçue, ne disait rien. Madeleine avait tout remis dans les paniers. Elle s'assit et tendit la main vers Louise pour l'inviter à faire de même.

« François m'a tout raconté. Sais-tu qu'elle a exigé qu'il soit versé dans l'infanterie à cause d'une histoire sans lendemain avec une fille de militaire ? Il venait d'être mobilisé, il avait juste vingt ans. Cette liaison n'aurait pas résisté à la guerre, tu penses, quatre ans... Je ne sais pas si tu es au courant... »

Madeleine avait eu une tardive hésitation.

« Un peu », répondit Louise sans s'attarder.

Madeleine n'attendait qu'un petit encouragement pour poursuivre son histoire.

« Telle que je la connais, elle a dû avoir peur de l'accident, si tu vois ce que je veux dire. »

Louise fit une moue d'ignorance. Elle était avide d'entendre tout ce que Madeleine pourrait lui raconter sur Claudine Chanaz. Madeleine poursuivit sa confidence.

« Elle devait craindre qu'ils fassent une bêtise... Tu vois le genre : l'étreinte amoureuse avant le départ du soldat. Bref ! Et qu'ensuite il soit obligé de réparer, de l'épouser. C'est une femme qui a le sens des responsabilités ; elle a peur que ses fils se fassent avoir ! C'est tout le contraire du genre "Rangez vos poules : je sors mes coqs !"

– C'est tout à son honneur ! remarqua Louise, histoire de dire quelque chose.

– Ouais, en attendant il est parti en première ligne... Enfin, il en est revenu mais il n'a plus confiance en elle. Il craint le mauvais coup. Je pense que c'est la raison pour laquelle il tergiverse. Il va peut-être attendre que notre mariage ait été célébré. Préparer des noces, ça cause toujours du souci. Quand tout sera passé, et bien passé j'espère, elle sera plus détendue. En plus, Philippe aussi sera rassuré lorsque je serai là à demeure. En somme, j'essuierai les plâtres ! »

Elle rit avant d'ajouter :

« Il verra bien que sa mère n'est pas systématiquement contre le mariage de ses fils ! »

Louise était sceptique. Elle poussa un soupir avant de reconnaître :

« Je crois qu'il ne sait pas s'y prendre aussi bien que François !

– Probablement… François est tellement gentil qu'il s'entend bien avec tout le monde. Il sait prendre sa mère par les sentiments…

– Et puis… »

Louise revoyait la scène au soir du décès de M. Chanaz ainsi que la première visite des Pellegrin, au moment des fiançailles.

« Et puis c'est pareil pour moi ! reprit-elle. Je n'ai pas ton aisance, ton talent…

– Mon talent ? s'étonna Madeleine.

– J'ai vu comme tu l'as charmée en jouant ce morceau sur son piano prétendument désaccordé. »

Madeleine eut un sourire coquin.

« Ah ! c'est vrai ! Je l'ai eue ! Mais j'avais une botte secrète !

– Une botte secrète ? »

Décidément, cette jeune fille avait bien des atouts ! Madeleine hocha la tête d'un air entendu et prit une mine de conspiratrice.

« C'est mon professeur de piano qui me l'a soufflée : il lui a donné des cours au tout début de sa carrière et c'est lui qui m'a dit qu'elle adorait Debussy. Le compositeur du morceau que j'ai joué. Un contemporain.

– Je me souviens ! C'était magnifique ! Madame était tout émue !… »

« Madame » lui avait échappé. Madeleine ne releva pas. Un peu gênée, Louise reprit :

« Félicitations ! Bien joué ! À ce moment, elle a été définitivement conquise ! »

Madeleine se trémoussa avant de demander subitement :

« Louise ! Tu peux garder un secret ? »

Interloquée, Louise répondit :

« Bien sûr !

– Je veux dire un vrai secret, entre femmes.

– Oui…

– Il ne faudra rien dire aux jumeaux !

– Oui, répondit-elle avec sérieux, se demandant quelle sorte de révélation Madeleine allait faire.

– Tu promets ?

– Oui ! » répondit-elle fermement.

Madeleine prit une profonde inspiration et regarda du côté des hommes. La fatigue de la course, le beaujolais ou la chaleur du premier soleil avait eu raison des jumeaux. Ils dormaient tous les deux tandis que le frère de Madeleine s'occupait toujours aussi consciencieusement de sa future friture.

« Quand M. Böhm a su que je fréquentais François, il s'est montré tout gêné. Ce n'est qu'au bout d'un certain temps que j'ai fait le rapprochement avec ce qu'il m'avait dit au sujet d'une de ses anciennes élèves, dont il ne m'avait jamais dit le nom. Il s'agissait d'une jeune femme, récemment mariée, qui avait déjà pris des cours dans son enfance et souhaitait retrouver ou améliorer son jeu… Elle comptait sur lui pour lui faire découvrir de nouveaux auteurs, d'une veine sentimentale, impressionniste… Il avait été très surpris du fait que son beau-père assistait souvent aux séances, notamment lorsqu'il proposait de nouveaux morceaux. Ils choisissaient ensemble ce qu'elle allait travailler, et il était là aussi, lorsqu'elle, ou ils, estimait que son interprétation était correcte. M. Böhm était persuadé que cet homme éprouvait une passion non pas pour la musique, mais pour sa belle-fille… Et, selon lui, cette passion était partagée… »

De surprise, Louise resta bouche bée. Madeleine le regarda et dit en riant :

« Ferme la bouche, tu vas avaler une mouche ! »

Louise ferma la bouche. Pour une révélation, voilà qui dépassait ce qu'elle aurait pu imaginer ! Après quelques secondes de silence, elle osa une question.

« Pensait-il que… qu'ils avaient succombé à cette passion réciproque ?

– Il n'a jamais été très précis, mais j'ai cru comprendre qu'il s'agissait d'une passion toute platonique, qu'ils sublimaient dans la musique. C'est pourquoi ils choisissaient les morceaux ensemble. Lorsqu'elle jouait, leurs cœurs vibraient à l'unisson ! »

Louise avait du mal à imaginer Claudine Chanaz figurant dans ce tableau romantique. Madeleine renchérit :

« Et c'est pour ça qu'elle ne veut plus jouer de piano depuis sa mort.

– Tu crois ?

– C'est sûr ! C'est aussi la raison pour laquelle j'ai demandé à M. Böhm de m'apprendre un morceau qu'elle avait aimé, pour lui faire plaisir. Ça a drôlement bien marché, non ?

– Si ! reconnut Louise.

– Tu vois, c'est une preuve ! affirma Madeleine. Mais que tout cela reste entre nous. Je doute que l'histoire plaise aux jumeaux. Ils aimaient beaucoup leur grand-père, mais ils aimaient beaucoup leur père aussi. Même s'il ne s'est rien passé entre Claudine et Antoine Chanaz, Louis est un peu le dindon de la farce. Qu'il se soit aperçu de quelque chose ou non. »

Louise se remémora l'adoration de Louis Chanaz pour son père. Cet homme ne s'était probablement douté de rien. Quoique… Jusqu'où va se nicher l'admiration ?

Sous le petit arbuste, on commençait à s'agiter.

« Ouh ! mon tout beau se réveille ! » s'écria Madeleine qui se leva aussitôt.

Elle se tourna vers Louise et posa l'index sur ses lèvres, avant de rejoindre François d'un pas léger.

XXV

LOUISE ÉTAIT REVENUE de la partie de campagne dans un état d'excitation qui confinait à l'euphorie. Elle n'avait pas accompagné les jumeaux chez Pellegrin pour déguster la fameuse friture : les présentations officielles n'avaient pas été faites. Entre le moment où Georges l'avait déposée devant chez elle et le retour de Marisa, elle avait prit un peu de recul vis-à-vis des épisodes de la journée et son exaltation avait fait place à une réelle satisfaction.

Elle mesurait le chemin parcouru depuis deux ans. La petite Savoyarde, tout juste pourvue de son certificat d'études et de nombreux rêves d'avenir radieux, était pratiquement fiancée à un fils de famille prospère, petit notable de son quartier-village, et de surcroît beau garçon. Elle aurait été malhonnête de prétendre que seul le charme de Philippe l'avait séduite. Certes, elle l'avait aimé au premier regard mais, déjà, elle savait qu'il serait aimable au-delà de son allure de prince russe. En aurait-il été de même s'il n'avait été qu'un journalier sans le sou ? Ces hommes qui passent de ferme en ferme, en quête d'embauche à la journée, étaient parfois de belles personnes mais on ne fait pas sa vie avec quelqu'un qui peine à gagner la sienne. Et la désinvolture de Philippe, loin d'être une qualité qui gommait leur différence de milieu, aurait été un défaut propre à faire douter de sa capacité à réussir… Elle n'avait aucune idée des revenus que les frères

Chanaz retiraient de leur affaire mais il y avait l'immeuble du 50 *bis*, celui où elle vivait, d'autres biens à la Croix-Rousse ou à Vaise dont elle avait entendu parler et la propriété de Pologny... Mme Chanaz avait la mainmise sur le patrimoine mais il viendrait un jour où ses fils accéderaient à l'héritage. La part de Philippe le mettrait définitivement à l'abri du besoin, quelle que soit la prospérité de l'affaire. Et elle avec ! Mieux encore : elle pourrait peut-être aider ses parents ! Philippe avait bon cœur ; en cas de besoin, il n'abandonnerait pas les parents de sa femme.

Elle avait eu de la chance d'être embauchée chez Chanaz, plutôt que chez Guinchay, comme Marisa ! Le hasard, la bonne fortune avaient voulu qu'elle rencontre cet homme et l'amour avait fait le reste. À la fin de la journée de pêche, avant de reprendre sa bicyclette pour rentrer, il lui avait confié :

« J'envie mon frère. Dans un mois, il pourra vivre avec Madeleine tous les jours que le bon Dieu fait ! Je languis de pouvoir en faire autant !

– Ce ne sera peut-être pas si lointain, avait-elle suggéré.

– J'espère », avait-il répondu après un instant d'hésitation.

Elle finissait par se demander si, en dépit de son attitude crâne, Philippe ne craignait pas plus sa mère qu'il ne voulait l'admettre.

Lorsque Marisa rentra, c'est avec une certaine impatience que Louise lui apprit que Philippe Chanaz l'avait demandée en mariage. Elle tricha un peu en lui racontant la scène et dit seulement qu'il l'avait entraînée à l'écart des autres, après les avoir rejoints et s'être changé. Elle lui fit part de la curiosité bienveillante de Madeleine mais, fidèle à sa promesse, elle tint secrets les soupçons qui portaient sur Claudine Chanaz et son beau-père. D'ailleurs, plus elle songeait à cette histoire, moins elle savait ce qu'il fallait en conclure... Marisa, la voix troublée par l'émotion, se leva pour la féliciter et l'embrassa. Puis elle posa la question pratique :

« Et quand est-ce qu'il monte au pays voir les parents ? »

La coutume voulait, tant qu'il s'agissait de jeunes gens, que le prétendant demande officiellement la main de sa belle à son père, avant que les deux familles ne se rencontrent pour régler les détails du mariage, dont le contrat éventuel. Louise réussissait à se figurer l'entrevue de Philippe avec Noël mais son imagination se cabrait devant le face-à-face entre ses parents et Mme Chanaz. Marisa fit valoir que le futur entretien se ferait en présence de Philippe puisque M. Chanaz n'était plus de ce monde.

Marisa s'était laissé apprivoiser par le jeune homme. Il ne mettait pas à profit le fait d'être le propriétaire des lieux. Il respectait leur intimité, préférant attendre Louise à l'entrée de l'immeuble. Tant et si bien qu'elle ne s'était toujours pas mise en quête d'un logement. Pourtant, elle savait qu'il complétait la somme que Louise glissait dans l'enveloppe qu'elle déposait chaque mois au 50 *bis* pour régler son loyer. En somme, elle vivait à ses crochets. Elle était désormais convaincue de la sincérité de Philippe, étant donné le peu d'avantages qu'il retirait de la situation. Elle lui reprochait toujours un peu son exubérance, car sa nature s'accommodait mieux de personnes plus réservées, mais c'est peut-être pourquoi elle ne jalousait pas sa cadette de se marier avant elle. Elle, qui avait été la fille aînée à qui avait si souvent échu la responsabilité d'aider sa mère dans les travaux du ménage et les soins à donner aux petits, n'était pas pressée de convoler. La vie de célibataire, et ses libertés, lui convenait très bien.

Soir après soir, elles échafaudaient de nouveaux projets pour la noce : choix du lieu, du restaurant, du menu. Si la noce se faisait en Savoie, on déjeunerait chez Thévenet où pourraient loger les invités des Chanaz. Si elle se faisait à la Croix-Rousse, on pourrait aller chez Cinquin et ce serait plus économique car un certain nombre de cousins savoyards ne feraient pas le déplacement… Et la tenue ? Louise savait que Madeleine se faisait coudre une robe blanche tout spécialement pour son mariage. Et elle avait parlé d'un voile de tulle… À l'évidence, les moyens des Rossillon ne permettraient pas de tels fastes !

Ces élucubrations ne durèrent que quelques jours car, avant la fin de la semaine, Philippe vint attendre Louise à la sortie de l'atelier de soierie. À son expression, elle comprit immédiatement que quelque chose n'allait pas et devina trop bien de quoi il s'agissait :

« Tu lui as parlé, n'est-ce pas ? Elle n'est pas d'accord !

– Même pas ! Je n'ai même pas eu le temps de lui parler ! »

Il la prit par le bras et l'emmena dans la direction opposée au passage du Nord. Il serrait les mâchoires et marchait à grands pas, trop vite pour Louise qui devait presque courir à ses côtés.

« Tu vas trop vite ! Explique-moi ! »

Il reprit ses esprits et ralentit l'allure.

« Pardon ! Excuse-moi, ma Lalou, je suis tout retourné !

– Qu'est-ce qu'elle a dit ?

– Elle m'a traité de salaud !

– De salaud ? » répéta Louise avec consternation.

Philippe soupira.

« J'ai été stupide d'attendre ! J'aurais dû lui parler dès lundi matin ! Mais voilà ! Quelqu'un lui a raconté notre partie de pêche de dimanche. Je ne sais pas qui. C'est peut-être la mère Pellegrin ou n'importe qui, qui vous aura vu partir en voiture ou qui t'aura vu descendre… peu importe ! Elle était folle de rage. Elle a dit qu'on s'était bien fichus d'elle, François et moi. Parce qu'il en a pris pour son grade aussi : elle lui a demandé comment il avait pu obliger sa fiancée à se commettre avec la poule de son frère ! »

Louise se raidit sous l'insulte !

« Pardon, ma chérie ! Je n'aurais pas dû te le dire comme ça. »

Il serra plus fort son bras.

« Je ne savais pas quoi répondre. D'ailleurs, elle ne m'en laissait pas le temps. Elle m'a accusé d'avoir tout manigancé pour t'installer dans l'appartement de la rue Hénon… et elle n'avait pas tort. Elle a dit que c'était infâme de l'avoir manipulée de la sorte et qu'il lui était odieux de penser que les gens puissent croire qu'elle avait donné sa bénédiction et qu'elle passe soit pour une dinde, soit pour une débauchée… »

Abasourdie, Louise demanda d'une petite voix :

« Mais pourquoi une débauchée ?

– C'est ses idées... En tout cas, je lui ai dit que tu n'étais pas ma “poule”. Elle a dit : “Quoi d'autre alors ? Ta ‘fiancé' ?” J'ai répondu : “Pourquoi pas ?” Alors là, elle est devenue blême et elle s'est mise à hurler : “Tu serais bien capable de faire ça rien que pour me faire enrager ! Si tu épouses cette fille, je te renie !” »

Il ne disait plus rien. Elle demanda timidement :

« Et alors ? »

Il eut un soupir de dépit.

« Alors rien. J'avais envie de l'étrangler. Je suis parti ! »

Louise n'osa plus rien dire ; la situation ne pouvait pas être pire. On pouvait dire que ces deux-là s'ingéniaient à envenimer le moindre de leurs échanges. Était-il possible qu'ils fussent réellement mère et fils ? On aurait plutôt dit une marâtre et son beau-fils. Pour la première fois, elle en voulut à Philippe de sa maladresse. Mais comment lui en vouloir longtemps, sa mère était tellement déstabilisante ; elle en avait fait l'expérience...

En marchant au hasard, ils étaient arrivés non loin du cimetière. Se laissant guider par la pente, ils se dirigèrent vers l'entrée.

« Je crois qu'elle est jalouse, dit Louise.

– Jalouse ? s'étonna Philippe. Parce qu'elle est veuve ? Tu sais, je n'ai jamais eu l'impression que l'amour que lui portait mon père était vraiment payé de retour... Enfin, cela ne me regarde pas... »

Louise se prit à penser que les informations de Madeleine avaient un fond de vérité.

« Non, ce n'est pas du tout ce que je voulais dire ! Elle est jalouse de l'amour que ses fils portent à d'autres femmes qu'elle.

– Tu crois ? » dit-il, dubitatif.

L'affirmation de Louise cheminait dans ses pensées.

« Après tout, c'est possible... sauf pour François ! affirma-t-il.

– Mais si ! Sauf que l'amour de François pour Madeleine est un hommage à ta mère ! Elle lui ressemble ; elle joue du piano comme elle... elle aime la même musique... »

Elle faillit lui dire comment la jeune fille avait choisi le fameux morceau mais se ravisa, de peur d'en dire trop.

« ... Ta mère peut se revoir jeune fille en Madeleine, mais pas en moi ni en Clémence !

– En Clémence ? Tu ne l'as jamais vue !

– Si ! C'est moi qui ai retrouvé les photographies de ton frère au cinquième ! C'est plutôt à moi qu'elle ressemble.

– Ah non ! s'écria-t-il. Tu es beaucoup plus jolie ! Et puis, elle a au moins dix ans de plus que toi ! »

Louise sourit, flattée. Elle insista pourtant :

« Je voulais parler de son genre. Elle ne ressemble pas plus que moi à ta mère, tandis que Madeleine a un peu la même allure.

– Mm... si tu veux. Vu comme cela, peut-être... Luc et moi serions attirés par des femmes si différentes qu'elle se sentirait reniée ? Et du coup, c'est elle qui veut me renier... Ma Lalou, j'avoue que je ne sais pas quoi faire ; François me conseille la patience... Lui, il sait attendre avec le sourire, tandis que moi... »

Ils étaient devant la tombe des Chanaz. *Louis Chanaz 1862-1920* se détachait en lettres d'or scintillant au-dessous des noms et des dates des autres défunts de la famille qui avaient viré au bronze éteint. Un mort encore tout neuf...

Philippe joignit les mains et se recueillit un moment. Louise récita un *Pater* en souvenir du brave homme qu'elle avait connu. Elle n'en revenait toujours pas de son départ si furtif. M. Chanaz allait leur faire défaut. Philippe se signa et, comme s'il lisait dans ses pensées, il dit :

« Mon pauvre papa va bien nous manquer ! C'est grâce à lui que tout a pu se dérouler si bien pour Luc ! Tu te rappelles ?

– Oui. Il avait été tellement ému par ses souvenirs du front... »

Philippe hocha la tête pensivement. Lui n'avait toujours rien raconté.

Il reprit le bras de Louise et ils se mirent à déambuler dans les allées du cimetière. Il parlait sur un ton monocorde.

« Oui, François me conseille d'attendre que l'idée fasse son chemin. Mais combien de temps lui faudra-t-il ? Elle a parfois des rancunes tenaces… Je me demande si elle ne veut pas me faire payer une histoire ancienne… Je devrais peut-être en parler au père Villebonnet. Remarque, je connais déjà son avis : prendre patience… Les enfants doivent respect et obéissance aux parents ! *Ad vitam æternam* ! *Et secula seculorum* ! On ne peut passer outre… D'autant que ma mère est une paroissienne exemplaire ! Il va dire que nous sommes jeunes ! Qu'est-ce que quelques années pour ces vieux ?… Moi, je sais que la vie est fragile… Je n'ai pas envie d'attendre ! »

Ses mots résonnaient étrangement au milieu des tombeaux. Des moineaux voletaient, à peine dérangés par leur passage. Il passa son bras autour des épaules de Louise et la serra contre lui avant de reprendre leur marche lente.

« Je pense que je devrais tout de même aller voir tes parents, pour leur expliquer la situation. Qu'en dis-tu ? »

Il venait d'allumer une petite lueur d'espoir. Contre toute raison, Louise se mit à croire que ses parents pourraient donner un conseil qui les tirerait de cette impasse. Ils avaient beaucoup vu, beaucoup vécu. Leur expérience, leur sagesse seraient certainement un recours. Et puis, pour les gens du pays, Philippe serait venu. Il aurait fait sa demande, même s'il devait s'agir de longues fiançailles ; personne n'en connaîtrait les détails. L'honneur, la respectabilité seraient saufs s'il s'engageait aux yeux de tous.

« J'en dis que c'est une excellente idée ! Tu ne peux pas savoir à quel point cela me fait plaisir.

– Bon. Tu viendras avec moi, nous irons en train. S'il faut demander un samedi à ton patron, veux-tu que je le fasse ? »

Elle fit non de la tête. Elle était capable de faire cela seule.

Ils quittèrent le cimetière et regagnèrent la rue Hénon en mettant au point les détails de leur premier voyage à deux.

Louise tint à écrire à ses parents pour préparer la venue de Philippe. Elle demanda conseil à Marisa, plus accoutumée aux échanges épistolaires. Pendant qu'elles rédigeaient le brouillon de la lettre, Marisa lui avoua qu'elle était également d'avis d'attendre que Mme Chanaz revienne sur sa position. Il lui semblait que ses préventions tomberaient avec le temps pour peu que ses rapports avec Philippe se normalisent. Elle était d'avis que le mariage de François, plus conforme à ses vœux, rendrait secondaire le choix de son dernier fils. Mais il fallait donc attendre que cette union se concrétise. Et si, par bonheur, l'arrivée d'un enfant ne tardait pas, elle aurait tôt fait d'oublier la scène, comme elle avait oublié celle des pignoufs d'Andilly. Ce serait gâcher la fête que de se marier sans le consentement de la mère. Maman Nanette en serait peinée…

Ils se rendirent en Savoie après le mariage de François et le petit voyage que les jeunes époux se virent offrir par Georges Pellegrin qui les accompagna à Vichy. Claudine Chanaz avait tenu le magasin pendant que Philippe assurait les interventions en clientèle. Il avait fait de gros efforts pour se montrer un fils respectueux pendant les quelques jours qu'ils avaient passés en tête à tête, notamment au moment des repas. Elle n'avait fait aucune allusion à leur dispute et s'était contentée d'évoquer des anecdotes de la vie du Plateau.

C'est donc assez confiants qu'ils prirent le train pour Seyssel.

Ils étaient familiers de ce trajet qu'ils avaient fait maintes fois, chacun de leur côté, et qui les réunissaient dans une proximité proche de l'intimité. Ils se tenaient assis sur la même banquette, si près que leurs jambes se touchaient, et chacun pouvait sentir la chaleur de l'autre à travers ses vêtements. Ni le restaurant ni le théâtre n'avaient permis un tel contact et les pas codifiés de la danse éloignaient autant qu'ils rapprochaient leurs corps au rythme directif de la musique. Tous deux appréciaient cette immobilité forcée et poursuivaient une conversation anodine sur les pays qu'ils traversaient, comme pour donner le change à d'éventuels spectateurs. Philippe était déjà venu jusqu'à Ambérieux à bicyclette et se faisait fort de se rendre de la Croix-Rousse à Seyssel dans le même temps que mettrait Louise par le train. Alors qu'elle se rendrait aux Brotteaux, il aurait déjà atteint les limites du département du Rhône, et si le train devait le rattraper dans la plaine de la Dombes il mettrait à profit les arrêts en gare et le changement à Culoz pour conserver ou restaurer son avance. Il traçait sa route en pensée au fur et à mesure de leur voyage et s'amusait à compter le nombre de passages à niveau qui matérialisaient le croisement des rails et de son trajet virtuel. Ils imaginaient déjà une équipée future lors d'un séjour en Savoie de plus longue durée. À l'arrivée en gare de Seyssel, ils reprirent leurs distances en savourant d'avance le voyage de retour.

Lorsque l'autocar de Frangy bifurqua à gauche après le pont sur le Rhône, Philippe déclara :

« Pour aller à Pologny, on tourne de l'autre côté. Je t'y emmènerai un jour ! Tu verras, ce n'est pas extraordinaire mais c'est vraiment très agréable. Le jardin est très fleuri. Il y a du seringat et toutes sortes de rosiers que mon grand-père a fait planter. Le fermier les soigne comme la prunelle de ses yeux. Sa femme et lui s'occupent de l'entretien et je suis pote avec l'un des fils. C'est d'ailleurs lui qui m'a confié qu'ils appelaient ma mère “la Marquise ”. Mais chut ! c'est un secret. Au fait, c'est bien à Pologny qu'elle a rencontré tes parents ?

– Mon père seulement ! Il était venu tout seul.

– Ah ! il n'y a donc que lui qui la connaît…

– Autant que je me souvienne, il devait l'amener à Chaumontet pour que nous fassions connaissance, mais elle a changé d'avis. Ce n'est pas très loin mais c'était à la mauvaise saison et mon père n'avait qu'une voiture découverte. Il l'a vendue depuis, lorsqu'ils ont quitté Chaumontet. Je lui ai écrit de nous réserver M. Magnin ; c'est un fermier qui fait le taxi sur le canton.

–Tes parents habitent si loin de Frangy ?

– Il doit y avoir un peu plus de six kilomètres ! Et pratiquement tout à la montée. En changeant de ferme, ils se sont éloignés de deux ou trois kilomètres. Maintenant ça paraît très loin…

– Ils s'y sont faits ?

– Je pense. De toute façon, ils n'ont guère le choix. Tu sais, pour mon père, ce n'est qu'une halte de plus. Il a quitté la région de Chambéry à l'âge de vingt-huit ans et, d'Annecy à Frangy, il a changé cinq fois de foyer, sans compter sa période de service militaire près de Grenoble.

– Une caserne n'est pas un foyer !

– Je sais, mais lorsqu'il parle de cette période j'ai le sentiment qu'il y était très heureux. Il dit que seul le premier déracinement est douloureux. Si on le surmonte, on peut facilement s'habituer à vivre ailleurs. Jusqu'à un certain âge, j'imagine, parce que ma petite grand-mère ne l'a pas supporté…

– Et toi, ma Lalou ?

– Lorsque nous avons quitté Mons, qui avait été la ferme de mes grands-parents, je me rappelle que j'étais à la fois très triste de perdre mes repères, mais aussi très excitée car la nouvelle ferme était plus confortable. Je n'ai pas regretté longtemps mes petits camarades car nous étions si nombreux à la maison que nous jouions beaucoup entre nous. J'ai regretté la tour, ou plutôt la ruine de la tour. Je te la montrerai en passant. C'était notre terrain de jeu privilégié, à la fois notre château, notre cabane, notre repaire… On jouait aussi à rouler dans l'herbe, dans la pente, et on se relevait tout étourdi… Mais tu sais comment sont les enfants, la nostalgie ne dure pas, la nouveauté est bien plus passionnante. Quand j'ai quitté Chaumontet pour la Croix-Rousse, je n'ai pas réalisé tout de suite que ce serait définitif. Pourtant, je savais que mes parents se mettraient à la recherche d'une nouvelle ferme. Je crois que j'avais besoin de penser que notre maison resterait un refuge si les choses ne se passaient pas bien. Et puis, finalement, ils sont partis et je ne reviendrai pas.

– T'arrive-t-il de le regretter ?

– Non ! répondit-elle sans hésitation. Lorsque je reviens au pays, j'adore revoir ma montagne bleue, le Grand Colombier, là. Elle m'apaise… »

Elle désigna le relief qui s'élevait sur la gauche de la route. Ils arrivaient au confluent du Rhône et du torrent des Usses.

« Lorsque la route grimpe au-dessus de Frangy, que je traverse les vignes, j'éprouve une sensation rassurante. C'est un paysage si familier, jamais hostile ! J'en ai apprivoisé chaque détail... J'ai eu une enfance heureuse et le paysage est imprégné de ce bonheur. Si j'y avais souffert, je crois qu'il me ferait horreur. Néanmoins, je sais qu'on ne vit pas en se contentant de contempler les endroits où l'on a vécu aux jours heureux. On y fait provision de pensées positives, on y puise des forces pour aller plus loin. Je ne regrette pas d'être partie car c'est ailleurs que je t'ai connu. Le seul endroit où je souhaite vivre, c'est celui où tu seras ! »

En passant près de Mons, Louise lui montra la tour, le hameau où se trouvait la ferme, le petit village de Chessenaz blotti sur le coteau orienté au midi. Le car s'engagea sur le quai. Elle lui désigna la maison de la tante Miège, heureuse de pouvoir lui présenter l'ensemble des lieux de son enfance avec une telle facilité. À son grand plaisir, il se retournait, se levait ou se courbait pour mieux voir, comme s'il voulait tout connaître avant de rencontrer ses parents. Il s'étonna :

« Tu n'as jamais passé dix ans au même endroit ! Tu te sens d'où ? »

Louise haussa les épaules ; aucun village, aucun hameau n'était véritablement le sien.

« Disons que je suis une fille de la vallée des Usses ! »

À Frangy, Louise repéra tout de suite le char à bancs de Magnin. Ils achevèrent leur voyage sur le siège arrière. Louise chuchota à Philippe les dernières étapes de sa vie en Savoie : la chapelle Saint-Jean, le Château, Chaumont et la direction de Chaumontet, le Malpas. En moins d'une demi-heure, elle lui avait résumé ses seize premières années et s'étonnait d'avoir vécu sur un territoire aussi réduit. Sa mère n'en avait pas bougé ; le triangle Bellegarde - Annecy - La Ravoire dessinait les points extrêmes de son exploration du monde... Aurait-elle aimé connaître la Chine du cousin Revillard, l'Allemagne et le Maroc qu'avaient découverts Étienne, la Grèce, l'Ukraine ou la grande Russie où avait combattu Philippe ? Voir la Méditerranée ? Aurait-elle aimé voyager avant de « vivre entre ses parents le reste de son âge » ? Louise ne lui avait jamais posé la question.

De nombreux prés avaient été fauchés ; les andains vert-de-gris séchaient en répandant leur fragrance sucrée. Sur certains, les foins avaient été ramassés et sur d'autres s'élevaient quelques meules. La campagne était déserte car les paysans respectaient en général le repos dominical, *a fortiori* le matin. Seuls quelques pâtres animaient la vallée. Le seul travail toléré était le pansage des bêtes et, dans le même ordre d'idées, la préparation des repas !

Lorsque Magnin les déposa devant la ferme, Noël et Annette les attendaient dehors. Ils avaient gardé leurs habits du dimanche en rentrant de la messe, ce qui leur donnait, aux yeux de Louise, une allure un peu empruntée. Maman Nanette surtout tenait les deux mains serrées sur son ventre et ne bougea pas jusqu'à ce que Louise l'embrasse et lui présente Philippe. Elle lui tendit la main et dit « Bonjour monsieur Chanaz ! » sur le ton qu'elle employait pour parler à M. Millon, et reprit aussitôt sa position étriquée. Noël se comporta avec plus de naturel et sourit même en posant sa main gauche sur l'épaule de Philippe. Mais lui aussi avait dit « monsieur ».

Ils furent invités à entrer se désaltérer. Au moment où Louise passa devant sa mère, celle-ci lui glissa :

« Mais qu'il est donc grand ! »

La jeune femme sourit avec soulagement à l'idée que c'était peut-être la taille de Philippe qui l'avait tellement impressionnée. À côté de lui, maman Nanette avait l'air d'un échantillon de femme ; qu'en aurait-il été de la Nêne ?

Pendant qu'ils étaient attablés, Louise remarqua que sa mère observait les moindres gestes de Philippe. Les deux hommes avaient entamé une conversation consensuelle sur les plaisirs de la route, à cheval ou à vélo, en voiture ou en train. Ils avaient rapidement découvert le sujet qui allait les rapprocher et leur permettre d'être du même avis avant toute discussion sérieuse sur un sujet plus délicat. Ils s'apprivoisaient. Louise se plaisait à leur trouver des points communs : leur taille plus élancée que celle des hommes de leur génération, leur teint hâlé, pour ne pas dire bruni, leurs yeux clairs.

Les verres étaient vides ; Noël remplit celui de Philippe et le sien, et jeta un regard entendu à sa femme. Annette se leva et prétendit qu'il était temps d'aller chercher Séverine qui avait emmené les bêtes paître sur les communaux. Elle demanda à Louise de l'accompagner.

Le cœur de Louise battit plus fort quand elle comprit que son père avait choisi de parler à Philippe seul à seul. Elle en ressentit bientôt un lâche soulagement.

Elles s'en furent donc à la rencontre de Séverine qui avait dû les guetter et qui poussait les chèvres et les deux vaches devant elle, en direction de la ferme.

« Adieu, grande sœur ! » dit-elle.

Elle l'embrassa sur la joue en s'écartant exagérément pour que leurs vêtements ne se touchent pas. Et se tourna vers sa mère.

« Maman, est-ce que je pourrai remettre ma belle robe pour le déjeuner ? Je dois faire honneur au fiancé de Louise ! »

Elle regarda à nouveau sa sœur avec admiration.

« Alors ça y est ? Tu vas devenir Mme Chanaz ! »

Une exclamation de surprise échappa à Louise qui n'avait jamais pensé la chose en ces termes. Elle se passa la main sur les cheveux avec un rire gêné.

« C'est pourtant vrai, si je me marie, je vais m'appeler Mme Chanaz ! Comme l'autre.

– Eh bien ! tu vois, elle n'était pas si allergique aux paysans finalement ! »

Le sourire de Louise disparut tout à fait.

« En vérité, elle n'est pas vraiment d'accord pour que Philippe m'épouse…

– Quoi ? s'exclama Annette. Vous venez dans son dos ! »

Ses yeux étaient pleins d'incrédulité et de reproche. La voix de Louise se mit à trembler.

« Mais maman ! je t'ai pourtant expliqué dans ma lettre...

– Je pensais qu'elle n'était pas satisfaite, mais pas qu'elle n'était pas d'accord. Je croyais que son fils avait obtenu un consentement !

– Ben non... »

Les larmes aux yeux, Louise relata les événements et expliqua que Philippe avait souhaité les rencontrer pour qu'ils n'aient pas de doute sur ses intentions. Il voulait l'épouser en dépit de l'opposition de sa mère et de ses menaces. Il avait temporisé sur les conseils de son frère avec l'espoir que d'ici peu elle changerait d'avis.

« Il braverait sa mère ? demanda Annette, apitoyée.

– Faut croire », réussit à souffler Louise.

Séverine avait tendrement enlacé sa sœur, oubliant les précautions prises un moment plus tôt. Annette soupira et dit :

« Ma fille, je ne sais pas si tu te rends bien compte ! Si vous vous mariez contre son avis, Mme Chanaz va s'évertuer à pourrir ton existence. Telle que tu me l'as décrite, elle va au bout de ses convictions. Elle est connue et reconnue à la Croix-Rousse. Les gens se rangeront de son côté.

– Mais Philippe est connu aussi, et aimé !

– Et c'est de lui que les gens ont besoin, c'est vrai. Mais imagine une vie brouillée avec ta belle-mère. Au lieu de te rendre service, elle te donnera un coup de pied en vache... Et tes enfants, ce seront ses petits-enfants ; elle les montera contre toi. D'autant qu'il lui sera facile de les acheter avec les sous qu'elle a !... »

Louise poussa un soupir de découragement.

« Que faut-il faire, alors ? »

Annette hocha la tête avec accablement. Elle resta un moment silencieuse avant de répondre.

« Je ne veux pas préjuger de ce que ton père et monsieur... Philippe Chanaz, se reprit-elle, vont se dire... Quant à moi, je pense qu'il faut vraiment attendre. Tu n'as pas dix-neuf ans... Tu as bien le temps...

– Philippe en a vingt-six !

– C'est jeune ! Regarde à quel âge nous nous sommes mariés, ton père et moi !

– Tu as bien été obligée d'attendre celui qui voudrait bien s'occuper de tes parents ! J'imagine qu'il n'y avait pas foule ! »

Elle n'avait pas terminé sa phrase qu'elle avait déjà honte de l'avoir dite ! Maman Nanette l'avait fait sortir de ses gonds à lui prôner la patience, à lui dresser ce tableau apocalyptique de ses futures relations avec sa belle-mère, puisque c'était bien le mot qui convenait.

« Je te demande pardon, maman ! Ce n'est pas ce que je voulais dire. Je trouve que vous vous êtes grandis en vous occupant aussi bien du pépé Joset et de la Nêne. D'ailleurs, je suis sûre qu'en cas de problème Philippe serait tout prêt à vous aider…

– C'est ça, essaie de te rattraper ! Ne t'engage pas pour les autres, ma fille ! D'ailleurs, j'espère bien que ton père et moi ne serons une charge pour personne !

– Maman, il faut que tu comprennes que Philippe a vécu des moments très difficiles pendant la guerre. Bien plus terribles qu'Étienne. Il aspire simplement à travailler et à vivre heureux, chez lui, entouré de gens qui l'aiment. Sa mère ne l'aime pas. Ses frères sont mariés ; lui, il est tout seul.

– Louise, tu ne peux pas dire cela ! Dis qu'ils ne se supportent pas mais ne dis jamais que sa mère ne l'aime pas ! Surtout à lui ! Une telle chose ne peut et ne doit pas exister ! »

Louise admira le grand cœur de maman Nanette qui refusait d'admettre qu'une mère puisse ne pas aimer son enfant, quoi qu'il ait fait… mais maman Nanette ne connaissait pas Claudine Chanaz !

« Cet homme m'a fait très bon effet, reconnut Annette. Visiblement, il tient à toi. Toutefois, de mauvaises relations avec quelqu'un de sa famille, et notamment avec sa mère, peuvent à long terme avoir un effet dévastateur sur votre couple. Je t'ai dit ce que j'avais à dire ; après, il s'agit de ta vie… »

Louise acquiesça en silence, résolue à agir selon ce qu'aurait décidé Philippe, quoi que puisse en penser sa mère. Elle avait espéré un soutien, elle avait récolté des mises en garde ! Son père serait peut-être plus compréhensif...

Après avoir abreuvé les bêtes, Séverine se chargea de la traite de la mi-journée. Afin de favoriser la lactation, on trayait les bêtes trois fois par jour. La Mène passait chercher la traite des vaches chaque soir au pèse-lait, Annette confectionnait ses fromages de chèvre chaque matin. En attendant, Noël résuma la conversation qu'il avait eue avec Philippe tandis qu'Annette faisait chauffer le repas qu'elle avait préparé de bon matin.

Louise avait espéré de ses parents un conseil tout autre que celui qu'était en train de donner son père et qui s'accordait en tout point avec ce qu'avait dit sa mère. Elle avait été naïve de croire qu'ils pourraient lui pondre une solution toute faite.

Noël parlait de patience mais aussi de détermination. C'est à cette aune que Claudine Chanaz jaugeait son monde.

« Mme Chanaz aime qu'on lui résiste, assura-t-il. Elle méprise les faibles, les faux-fuyants. Montrez-vous aussi déterminés qu'elle et trouvez une excuse pour lui permettre de revenir sur sa décision sans paraître se déjuger. Je pense que votre jumeau et son épouse pourront vous aider... »

Noël conclut la conversation en annonçant qu'il fallait fêter ces fiançailles morganatiques. Louise se demanda où il avait pêché ce mot et ce qu'il voulait dire.

Le déjeuner débuta dans une ambiance faussement joyeuse. On faisait seulement semblant de se réjouir. Le repas fut néanmoins apprécié car maman Nanette avait bien fait les choses. Elle avait préparé des asperges accompagnées d'œufs mimosa. Elle avait fait rôtir du cabri à la coquelle. Le jus, juste caramélisé, collait légèrement aux lèvres. Louise se délectait de ce mets rare que sa mère cuisinait généralement pour Pâques. Elle l'avait accompagné d'une jardinière de légumes qu'elle avait certainement cultivés elle-même. On se partagea deux crottins de chèvre bien blancs. Au dessert, un gâteau de Savoie vint compléter une petite portion de fraises, les premières de la saison. On déboucha une bouteille de mousseux avant le café. La conversation allait bon train entre Philippe et Noël, habituellement peu loquace. Ils étaient repartis sur les routes ensoleillées ou pluvieuses et, de halte en bivouac, avaient évoqué les rencontres et les compagnons d'armes qui enrichissent l'existence. Les parents de Louise avaient accepté Philippe. Séverine, vêtue de sa robe des dimanches, était conquise. Elle allait sur ses seize ans ; elle devenait une belle jeune femme à l'abord réservé. Louise regretta de n'avoir pas eu l'occasion de passer un moment seule avec elle. Elles avaient été très proches ; elle avait désormais la sensation que sa sœur lui échappait. Elle se sentit gagnée par la mélancolie. Cette fête sonnait faux ; ce n'était qu'un pis-aller. Elle était extrêmement déçue et se doutait qu'il devait en être de même pour ses parents. Elle ne savait pas ce qu'en pensait Philippe. Il avait l'air heureux.

Ce voyage lui avait au moins apporté une certitude : tant pis si Claudine Chanaz le reniait, elle le prendrait même déshérité ! Et s'il passait outre à son interdiction, elle l'épouserait en dépit de l'avis de ses parents.

Magnin vint les chercher dans l'après-midi. La parenthèse se refermait. Louise savait que le premier geste de ses parents après leur départ serait de remettre leurs habits de tous les jours ! Son père se rendrait peut-être jusqu'à ses prés, dont elle ignorait la localisation, pour estimer le séchage du foin. Cette année, son dos ne le faisait pas souffrir, ou il n'en avait rien laissé paraître.

Le soleil commençait à descendre vers l'ouest et désertait le versant du Grand Colombier qui leur faisait face tandis qu'ils prenaient la route de Frangy. La montagne prenait cette nuance bleu foncé que Louise aimait tant. Dans les vignes, les grappes de raisin commençaient à se former.

« Il est beau ton pays, remarqua Philippe. Et j'ai l'impression que tes parents m'aiment bien. En tout cas, ils m'ont drôlement bien accueilli. Ton père est un fin observateur ; il a très bien cerné ma mère. Quant à maman Nanette, quelle cuisinière ! Marisa a de qui tenir ! Décidément, je ne regrette pas d'être venu ! »

Il était optimiste ; il n'avait pas senti la retenue qui avait pesé sur le repas, qui avait empêché les bons mots d'éclore, les éclats de rire de fuser. Voilà qui donnait une piètre idée des réunions de la famille Chanaz-Lacaze ! Pauvre Philippe !

Ils reprirent place sur la même banquette dans le train qui les ramenait à Lyon. Ils se tinrent serrés l'un contre l'autre comme des petits oiseaux qui luttent contre un vent contraire.

Assis près de la fenêtre, Philippe s'était de nouveau échappé en pensée sur les chemins qu'il pourrait parcourir à bicyclette. Cette faculté d'évasion était une force qui le libérait de ses préoccupations. Louise, quant à elle, ruminait les conseils de son père. « Mme Chanaz aime qu'on lui résiste… trouvez-lui une excuse… » Une idée commençait à germer… Une idée pas très honnête…

Les paroles de Madeleine lui trottaient dans la tête… « Elle devait craindre qu'il fasse une bêtise… et soit obligé de réparer… d'épouser… elle a le sens des responsabilités… » Louise commençait à entrevoir quel genre d'excuse elle allait fournir à Claudine Chanaz !

Cette femme était prisonnière des conventions qui l'avaient peut-être empêchée de vivre sa passion, et elle pensait que ces chaînes paralyseraient son fils de la même manière. Louise allait mettre à profit son sens de l'honneur. Elle se fichait royalement du qu'en-dira-t-on. C'était bien la solution : elle allait devenir la maîtresse de Philippe ! Elle n'avait pas peur. Tôt ou tard, elle tomberait enceinte et Claudine Chanaz ne pourrait plus refuser que son fils l'épouse. Elle l'aurait, son excuse, et pourrait s'offrir le luxe de le leur reprocher !

Elle n'éprouvait pas de honte vis-à-vis du Ciel. Louise estimait que le bon Dieu était de son côté en dépit de la position très modératrice du père Villebonnet. Tiens, au jeu des prières, on verrait bien qui serait la gagnante !

Elle se pelotonna contre le grand corps de son amoureux qui abandonna un instant sa rêverie pour déposer un baiser à la racine de ses cheveux. Elle fit semblant de s'endormir pour rester blottie contre lui sans que les autres voyageurs se formalisent de son indécence.

XXVI

TENDRE UN PIÈGE À MARI n'est pas chose facile. Surtout si la proie est un homme respectueux. Pendant plusieurs semaines, le projet de Louise resta lettre morte. Elle ne voyait pas comment créer les conditions de l'intimité destinée à le faire succomber. La Croix-Rousse ne recelait guère de fenil où fauter dans le confort ! Il ne s'agissait pas non plus de galvauder ce moment si crucial où elle se donnerait pour la première fois. Il convenait qu'il ait au moins l'impression d'en avoir eu l'initiative. Toutefois, même si la concrétisation se faisait attendre, l'idée aidait Louise à patienter faute de voir advenir un revirement de Claudine Chanaz.

La vie suivait son cours sans changement notable pour les sœurs Rossillon. Marisa avait fini par se lier d'amitié avec l'une des serveuses de chez Cinquin, aînée d'une nombreuse famille qui, tout comme elle, aspirait à l'indépendance plutôt qu'au mariage. À l'atelier, la saison des toiles de parapluie battait toujours son plein. Le tissage vivait à contretemps de la commercialisation. Les rouleaux de soie en 45 centimètres de large devaient être livrés bien avant l'automne de sorte que les fabricants aient le temps de monter le tissu sur la structure pour la mauvaise saison. Même si, à Lyon comme ailleurs, la pluie tombe toute l'année, la vente des parapluies obéissait à une certaine saisonnalité. D'autant que le noir qui en avait été la teinte essentielle commençait à laisser place à la couleur, ce qui faisait de l'objet un accessoire de mode. Marisa avait prévu de passer la semaine de l'Assomption chez ses parents comme elle le faisait depuis de nombreuses années. Elle avait toujours obtenu des congés à ce moment et avait négocié quelques jours avec Cinquin, bien que le restaurant restât ouvert en août. Louise pensait pouvoir l'accompagner mais attendait de savoir ce que déciderait Philippe. Mme Chanaz passerait, quant à elle, tout le mois à Pologny…

Au 50 *bis*, le mariage de François avait peu à peu bouleversé le mode de vie des Chanaz. L'arrivée de Madeleine avait chassé définitivement Claudine Chanaz de l'appartement du rez-de-chaussée. Jusqu'alors elle y prenait le déjeuner et le dîner en compagnie des jumeaux, puisqu'elle y préparait le repas. Elle comprit rapidement que Madeleine entendait disposer de la salle à l'usage unique de son ménage. Pour bien signifier son indépendance, cette dernière invita sa mère sans prévenir ou emmena François déjeuner chez ses parents au débotté, de manière que sa belle-mère renonce à prévoir les repas. Elle finit par proposer à celle-ci de partager leur déjeuner chaque mardi. Mme Pellegrin était en général seule ce jour-là, et Madeleine trouvait plus agréable que les deux dames partagent leur compagnie. Chaque mardi, Philippe était également convié. Les autres jours, il prenait ses repas au premier, avec sa mère. Après un mois, cette dernière lui fit remarquer que le fait de coucher dans la petite maison ne se justifiait plus. L'appartement du premier disposait d'une grande alcôve ouvrant sur le couloir, contrairement à la petite alcôve à laquelle on accédait par la chambre principale. Elle fit valoir que l'entretien et le chauffage de la petite maison entraînaient des dépenses superflues ; l'espace dévolu à la lingerie devenait inutile, d'autant que le volume du linge à laver et repasser s'était considérablement restreint puisqu'ils n'étaient plus que deux ! Le petit logement, indépendant, trouverait facilement preneur en dépit de la proximité bruyante de l'atelier. Un loyer supplémentaire serait bienvenu puisqu'elle ne touchait plus rien du magasin et devait notamment entretenir la maison de campagne. Elle pointa la frénésie de dépenses qui, selon elle, tenaillait le jeune couple. Après les meubles de salle à manger, Madeleine parlait d'acheter une chambre à coucher nantie d'une armoire à glace et pressait François de passer son brevet de conduite. D'ici à ce qu'elle veuille lui faire acheter une auto… Claudine Chanaz savait que les meubles avaient été achetés à tempérament. Elle connaissait trop bien les Cadoux pour ignorer cet arrangement. Elle réprouvait l'usage du crédit et craignait que François ne sache pas mettre le holà aux envies de sa jeune épouse.

« Le problème, expliqua-t-elle à Philippe, ce n'est pas les moyens, mais les besoins ! Certaines femmes ont des besoins incommensurables ! C'est à l'homme d'y mettre une limite. »

Fidèle à son objectif d'amadouer sa mère, Philippe se gardait de la contredire. Il voyait pourtant que sa suggestion de venir habiter au premier n'allait pas dans le sens d'une prochaine mise en ménage. Il préféra ne pas la braquer à ce propos. Au final, il lui était indifférent de dormir ici ou ailleurs. Louise n'était jamais revenue à la petite maison. Trop de risques de faire des rencontres inopportunes… Il approuvait sa mère de vouloir mettre le logement en location et partageait un peu sa méfiance à l'égard des projets d'investissement de son frère. Ces temps derniers, François avait la main un peu lourde quand il prélevait sa part des recettes. Après avoir réglé les factures des fournisseurs, Philippe n'avait pas grand-chose à mettre dans son porte-monnaie. Il ne s'en formalisait pas outre mesure car il ne doutait pas de l'équité de son jumeau. Lorsque viendrait son tour, François se serrerait la ceinture. À moins que Madeleine…

« Madeleine ne connaît pas la valeur de l'argent, déclara-t-il. Elle n'a jamais manqué de rien ; elle n'a jamais travaillé, elle a juste tenu compagnie à sa mère au magasin. Elle n'a pas de raison d'être économe… »

Il aurait aimé souligner combien Louise saurait gérer un budget, être prévoyante, Louise adepte, comme Marisa, de l'économie.

« … Je suis sûr qu'elle ne connaît même pas la Caisse d'épargne ! »

Curieusement, sa mère faisait la sourde oreille à toute allusion à son ancienne bonne. Elle se comportait comme si Louise n'existait plus. Elle ne voulait rien savoir des sorties de son fils le samedi soir et l'encourageait presque à s'inscrire aux courses cyclistes locales.

Louise enrageait à chacune des tentatives de Mme Chanaz de reprendre son fils en main. Elle avait trouvé dérisoire le fait de l'avoir rapatrié au premier. Louise était persuadée que la véritable raison n'était pas la location de l'appartement. Elle voulait empêcher son fils de recevoir quelqu'un clandestinement ! Claudine Chanaz avait été, pendant des années, le cœur adulé d'une famille nombreuse. Elle était désormais veuve, seule dans le bel appartement qu'elle avait choisi ; elle jetait son dévolu sur le fils qui lui restait, même s'il n'était pas le plus souple. Louise était convaincue qu'elle allait déployer des trésors de séduction pour se l'attacher. Pour le moment, ses manigances n'avaient pas d'effet sur Philippe mais qui sait si, à la longue…

Pour l'Assomption, Louise accompagna Marisa au Pont-Fornant. Séverine leur prêta son lit pour aller dormir dans celui de la Nêne, trop contente que ses grandes sœurs viennent apporter leur vitalité dans la petite ferme. Elles participèrent aux travaux de saison avec un brin de nonchalance. Elles étaient trois pour aider leur père ; Annette n'avait pas besoin de les accompagner et consacrait son temps à la cuisine et aux soins du potager. Elle avait pris le pli de descendre deux fois par semaine à Frangy pour déposer un panier de légumes chez Jeantet en plus de ses fromages de chèvre. Sous l'impulsion de sa propre fille, le cafetier avait aménagé un local réservé à l'épicerie au lieu de se contenter d'empiler les produits derrière son comptoir ou dans son arrière-salle. Sa clientèle embrassait du regard l'ensemble de ses marchandises et cédait plus facilement à la tentation d'acheter. Les ménagères appréciaient de ne plus côtoyer les soiffards du bistrot et les quelques légumes vendus par Jeantet faisaient l'affaire des cuisinières qui ne cultivaient pas de jardin et évitaient ainsi une halte de plus en faisant leurs commissions. Louise put enfin renouer le dialogue avec sa cadette. Elle lui parla longuement de sa vie à Lyon, des moments un peu difficiles qu'elle y avait connus à son arrivée. Elle lui raconta le début de son histoire d'amour alors qu'elle avait à peine un an de plus que Séverine à présent. Elle lui parla aussi des rues et des magasins et, en voyant briller l'envie dans ses yeux, lui promit de l'inviter quelques jours à la Croix-Rousse dès que les travaux de la ferme lui en laisseraient le temps, et avec l'autorisation de maman Nanette, évidemment. Elle paierait le voyage. Mise en confiance, Séverine lui avoua sa tristesse d'avoir quitté Chaumontet pour la commune de Minzier où elle avait du mal à se faire des amis puisqu'elle n'avait plus l'âge d'aller en classe. Elle lui fit part de sa résignation quant à la décision de ses parents de la garder avec eux, dans la mesure où son placement n'était plus indispensable. En outre, elle devinait qu'elle serait leur bâton de vieillesse. Heureusement, ils étaient moins sévères qu'ils ne l'avaient été avec les aînés. Sa mère l'accompagnait aux fêtes patronales de Frangy ou de Chaumont et l'attendait le temps qu'il fallait pour rentrer avec elle, comme si ce qui était arrivé à Juliette constituait une menace. Enfin, elle évoqua sa tendre amitié pour Jean Reverdy, qui avait été son camarade de classe. Le garçon allait sur ses dix-huit ans et vivait à Vovray, le hameau blotti entre le pied du Vuache et les Daines. Ces deux solitaires se comprenaient à mi-mot. Séverine osa dire à sa sœur qu'elle le trouvait beau.

Les Chanaz, quant à eux, s'étaient éparpillés. Claudine Chanaz était partie pour Pologny mais les jumeaux avaient été invités par Luc à Andilly. La seule nouvelle notable qu'ils en rapportèrent n'était pas celle que l'on attendait. Grâce à des camarades d'usine, Luc avait retrouvé la trace d'Octave Lapize, le grand champion qui avait gagné le Tour de France en 1910, dont on savait seulement qu'il avait fait partie des innombrables victimes de la Grande Guerre. « Le Frisé » avait été abattu à bord de son avion de chasse au-dessus du bois de Mort-Mare, non loin de Flirey, en 1917. Il avait été temporairement inhumé au cimetière militaire de Toul, avant d'être transféré dans sa région d'origine. Louise apprécia à sa juste valeur l'intérêt de cette information… Elle admettait que le grand champion faisait cruellement défaut à la compétition qui, une fois de plus, avait été remportée par les Belges, mais elle ne se sentait guère concernée par le détail de sa fin. Deux choses l'intéressaient : Clémence allait-elle devenir mère ? Luc respectait-il son vœu de planter des fruitiers ? Philippe répondit par la négative à la première question et par l'affirmative à la seconde. Luc leur avait montré ses nouvelles terres qu'il bordait systématiquement de mirabelliers lorsque la parcelle était large et propice à la culture, ou qu'il convertissait en verger dans le cas contraire. Il avait apporté un soin tout particulier à sa première haie arboricole. Il avait planté ses arbres par groupe de trois scions qu'il avait étroitement entrelacés. Comme ses invités s'étonnaient de cette fantaisie, il avait prétendu avoir voulu favoriser la mise à fruit par une pollinisation croisée, puis avoir abandonné cette technique trop délicate à mettre en œuvre. Les citadins avaient gobé l'explication. Louise n'y crut pas un instant. Les insectes et le vent se chargent de véhiculer le pollen sans qu'il soit utile de mêler les arbres ; au contraire, les fruitiers ont besoin d'un minimum d'espace entre eux pour prospérer et ne pas se transmettre d'éventuelles maladies. Par ailleurs, la pollinisation croisée est surtout intéressante lorsqu'elle concerne des variétés différentes. L'explication de Luc ne tenait pas. Pour Louise, qui se remémorait le courrier où Luc avait évoqué son intention de planter des pruniers, il ne pouvait s'agir que d'un symbole. Il avait tressé les jeunes arbres en hommage aux existences liées et séparées par la guerre. « La floraison immaculée… » Elle se rappelait les mots de la lettre. Les trois arbres représentaient-ils l'ami Francis, Clémence et lui-même ou cette trinité évoquait-elle le pluriel en général, contrairement à l'unicité ou à la paire, trop duale ? Elle s'étonna intérieurement que personne n'y ait pensé. Luc lui-même avait fourni une excuse et la présence de Madeleine avait peut-être empêché les anciens combattants d'évoquer leurs vieilles blessures…

Luc était celui qu'elle avait côtoyé le moins longtemps. Cependant, elle avait le sentiment de le comprendre aussi bien que les autres membres de la famille. Elle avait vécu deux ans avec eux ; elle connaissait tout de leur intimité : ce qu'ils aimaient manger ou boire, s'ils défaisaient leur lit en dormant quand leur sommeil se peuplait de cauchemars, l'odeur de leur peau imprégnée dans le linge, de leurs cheveux sur les brosses, les chapeaux ou le chignon postiche, le timbre de leur voix au gré de leurs humeurs. Sur chacun elle savait un détail ignoré des autres membres de la famille. Elle aimait Philippe de toute son âme ; elle aimait aussi François pour sa gentillesse et Luc pour sa profondeur. Et pourtant elle demeurait à la porte, simple spectatrice rejetée hors du cercle familial pour la simple raison qu'elle était domestique, à moins que ce fût tout bonnement parce que Claudine Chanaz en avait décidé ainsi.

Cette situation lui devenait intolérable. Elle en était réduite à guetter leur vie par le trou de la serrure ! Si elle voulait qu'il en soit autrement, il lui fallait agir !

L'occasion propice se présenta un samedi de septembre. Après son service, Marisa allait se rendre au cinéma paroissial en compagnie de son amie Mariette, la serveuse de Cinquin. On programmait *Le Kid*, un film d'un fantaisiste américain, Charlie Chaplin, qui savait marier le rire et l'émotion. Elle rentrerait tard dans la soirée. Philippe devait emmener Louise dîner en ville. Le cœur battant, elle mit au point la trame de son piège. Elle dénoua ses cheveux et défit le premier bouton de son corsage. À l'heure du rendez-vous, lorsqu'elle vit Philippe arriver dans l'impasse, elle se pencha par la fenêtre et lui fit signe de monter.

« Viens, je voudrais te montrer quelque chose ! » dit-elle en essayant de ne pas parler trop fort.

Pendant qu'il montait, elle arrangea ses cheveux sur ses épaules et vérifia son visage dans le petit miroir. Elle avait laissé son nécessaire de couture sur la table ainsi que son couvre-lit enfin terminé. Il frappa ; elle lui ouvrit la porte et fit semblant de couper rapidement un dernier fil sur son ouvrage avant de ranger les ciseaux dans leur boîte.

« Excuse-moi, mon chéri, je ne suis pas tout à fait prête, je viens de finir de coudre tous les morceaux !

– Ce n'est pas grave », assura-t-il.

Il se tenait embarrassé au milieu de la pièce, ne sachant pas s'il fallait s'asseoir ou non, visiblement troublé de la trouver les cheveux défaits.

« Regarde ! poursuivit-elle d'un ton guilleret en étalant le couvre-lit. Tu reconnais ? »

Il jeta y un coup d'œil hésitant.

« Pas vraiment… C'est toi qui as fait ça ?

– Mais oui ! Tu ne te rappelles pas ? Au parc ! Tu avais lavé un carré qui était tombé par terre dans le lac ! D'ailleurs, ce doit être celui-là ! »

Elle désignait de l'index un point indéterminé.

« Ah ! en effet, je me souviens ! Jamais je n'aurais imaginé un tel résultat ! C'est très beau !

– Je suis vraiment contente ! J'ai hâte de voir l'effet qu'il donne sur mon lit ! »

Elle ajouta, charmeuse :

« Puisque tu es là, tu vas m'aider à l'installer ! »

Elle prit le couvre-lit sur son bras et s'approcha de Philippe.

« Je n'ai même pas pris le temps de te dire bonjour ! Pardon mon grand n'amour ! »

Elle se haussa sur la pointe des pieds et lui posa un baiser léger sur les lèvres. Puis elle resta un instant à le regarder dans les yeux, avant de l'enlacer et de l'embrasser longuement, sans crainte du voisinage. Il répondit à son étreinte par un baiser plus avide mais elle sentait qu'il gardait une certaine retenue.

Elle se détacha de lui et porta la main à ses cheveux.

« Mon chignon s'est tout défait, mes cheveux sont incoiffables, je me demande si je ne devrais pas les faire couper. Qu'en penses-tu ? »

Elle posa le couvre-lit sur le dossier d'une chaise et releva ses cheveux à demi, pour figurer une coupe courte. Ses bras levés faisaient saillir sa poitrine sous le corsage. Philippe était désorienté.

« Ben… j'aime beaucoup lorsque tu portes les cheveux longs ; j'aimais bien la natte que tu portais quand tu es arrivée de Savoie. Tu as vraiment de beaux cheveux ! Ce serait dommage…

– Ils me tiennent chaud, ils sont épais, touche ! »

Il passa une main maladroite sur sa chevelure et l'attira vers lui pour un autre baiser.

À nouveau elle s'éloigna. Ce petit jeu commençait à lui donner chaud. Elle reprit le couvre-lit et passa dans la chambre.

« Viens, on va le mettre correctement. Avec la couverture bordeaux en dessous, ce devrait être parfait ! »

Ils passèrent de part et d'autre du lit pour le mettre en place. Louise veilla à ce que l'alignement des carreaux coïncide avec le bord du lit.

« Attends, je vais arranger ton côté ! »

Elle se glissa près de lui en lissant le dessus du lit.

« Pousse-toi, allez ! Laisse-moi faire. Alors, qu'en dis-tu ?

– Eh bien !… c'est très joli ! Cela donne un aspect douillet, soigné… C'est très féminin ! »

Elle s'approcha tout près.

« Merci du coup de main, cher monsieur ! Vous méritez un baiser ! »

Ils s'enlacèrent à nouveau. Elle se serrait contre lui de manière un peu impudique. Leurs baisers devenaient plus ardents, leur souffle court. Philippe eut un sursaut et la repoussa doucement. Il dit à regret :

« Sois sage, Lalou ! »

Elle lui adressa un regard mutin et le reprit dans ses bras. Il la repoussa plus doucement encore, par devoir, peut-être…

« Lalou, sois sérieuse ! Ou sinon… gare à toi ! »

Elle sourit franchement, baissa le visage en levant les yeux vers lui et dit à voix basse :

« Mais je suis très sérieuse, mon chéri d'amour. On va voir qui rira le premier ! »

Elle se mit à le chatouiller. Il cherchait à lui immobiliser les bras en riant, mais elle se tortillait pour lui échapper et l'attaquait de nouveau. Il finit par se prendre au jeu et se mit à faire comme elle. Leurs contacts se firent plus étroits, le jeu devenait une excuse pour se tenir au plus près, mais ils sentaient trop bien qu'ils cherchaient autre chose. Ils basculèrent sur le lit dans les éclats de rire mais déjà les caresses remplaçaient les chatouilles. Le rire se tut et la chambre ne résonna plus que de leur souffle.

Lorsqu'il devint évident qu'elle avait atteint son but, Louise se sentit envahie d'une bouffée d'angoisse. Et si elle s'était trompée ? S'il lui en voulait de s'être laissée faire ? Si elle devenait l'une de ces filles perdues que l'on plaint et que l'on méprise ? Maman Nanette l'avait assez mise en garde ! Il était désormais trop tard, elle avait fait son choix ! Piètre expérience que cette première fois initiée dans la gaîté et achevée dans le doute…

Elle fut rassurée. Il était tendre, ému et reconnaissant. Un peu honteux peut-être… Il n'y avait pas de quoi. Il n'avait pas démérité et avait parfaitement su se maîtriser ! S'il devait à l'avenir conserver un tel contrôle de lui-même, le piège de Louise aurait du mal à se refermer… Elle frémit en pensant aux couples de Luc et François. S'ils avaient les mêmes pratiques, il n'était pas étonnant que la progéniture se fasse attendre ! Elle était un peu contrariée car elle n'était pas en quête d'une liaison exempte de risque. Elle reporta à plus tard la résolution de ce contretemps et s'abandonna au plaisir rassurant de somnoler blottie au creux des bras de l'homme qu'elle aimait.

Lorsqu'ils sortirent, plus tard dans la soirée, décidés à calmer la fringale qui leur était venue, Louise avait rebâti son chignon et boutonné son corsage jusqu'au dernier bouton. Pourtant, il lui semblait que ce qui venait de se produire devait se lire sur son visage. Elle avait la sensation que chaque personne qui les croisait devinait qu'ils ne formaient pas un couple innocent. Elle trouvait même que Philippe ne lui tenait pas le bras de la même façon. Elle en éprouvait autant de gêne que de fierté bravache et levait haut le menton en marchant sur les trottoirs de la Croix-Rousse.

Contrairement à ce que Louise avait cru, leur liaison ne bouleversa pas leur vie. Ils continuaient à se voir le samedi, et volaient parfois quelques instants d'intimité lorsqu'ils étaient certains de ne pas voir surgir Marisa. Philippe était confiant. Sa mère ne s'était plus emportée au sujet de Louise, tout au plus avait-elle remarqué : « Tu la fréquentes encore ? » lorsqu'elle avait compris pour qui il avait acheté deux places pour aller voir *La Belle Hélène* aux Célestins. Il était convaincu qu'elle ne tarderait pas à se faire une raison. Louise était plus dubitative ; Claudine Chanaz n'était peut-être plus en colère mais elle la traitait par le mépris...

L'automne arriva, escorté par les forains qui installaient leurs manèges sur la place et le boulevard de la Croix-Rousse. L'affluence des badauds ne se démentait pas au grand bonheur des marchands de marrons et de vin blanc doux. Les habitants du Plateau faisaient provision de bonne humeur à l'approche de la mauvaise saison. Lorsque les forains démontèrent leurs stands au bout de trois semaines, ils laissèrent place aux brumes qui montaient de la Presqu'île, où les eaux de la Saône, grosses des pluies d'automne, les avaient déposées. Ces brumes étaient le pâle souvenir des brouillards qui envahissaient Lyon avant l'assèchement des marais des Échets, en Dombes, entrepris près d'un siècle plus tôt. Elles restaient toutefois suspectes de véhiculer les miasmes porteurs des pires maladies qui hantaient encore l'inconscient collectif. Les citadins, ignorant la chaleur des veillées, se repliaient chez eux. Le froid chasserait l'humidité et les vieilles craintes et rendrait à la ville sa lumière aiguisée par la bise.

Le 8 décembre, à la tombée de la nuit, les fenêtres s'ornèrent de fragiles lumignons, témoignages de la piété des Lyonnais. Ils rendaient grâce à la Vierge Marie, principal intercesseur auprès du bon Dieu comme l'était saint François en Savoie. Certains la remerciaient encore d'avoir épargné à la ville l'épidémie de peste de 1643, d'autres l'invasion prussienne en 1870, la plupart l'exaucement d'un vœu plus personnel. Les petites bougies, placées dans des verres, égayaient la nuit froide de leur lueur tremblotante. Les illuminations tiendraient peut-être jusqu'au petit matin pour peu qu'une main fidèle et reconnaissante rallume la flammèche soufflée par un vent jaloux. Une soixantaine d'années auparavant, en 1852, avait eu lieu la cérémonie d'inauguration d'une statue en bronze de la Vierge sur le clocher de l'église de Fourvière. Cette cérémonie aurait dû avoir lieu deux mois plus tôt mais un véritable déluge avait alors fait déborder la Saône et différé la fête. Au 8 décembre, de nouveaux orages violents avaient éclaté, faisant redouter une autre annulation, mais la pluie avait miraculeusement cessé en fin de journée. Spontanément, les habitants avaient allumé des « lignes de feu » à leurs fenêtres, les marchands avaient illuminé leurs baraques, leurs voitures, les églises leurs clochers, et toute la ville était descendue dans les rues pour partager un moment de communion joyeuse et attendrie. Depuis lors, chaque année au 8 décembre, on commémorait ce moment, sans rapport avec la fête de l'Immaculée Conception dont la création était postérieure. Le geste d'allumer des bougies aux fenêtres allait toutefois au-delà d'un geste de foi catholique. Il s'ancrait dans la certitude que la ferveur d'une communauté humaine peut mettre l'individu à l'abri de la fureur des éléments ou des hommes. En plaçant pour la première fois des bougies à ses fenêtres, Louise demanda bien entendu à Marie de lui accorder d'être épouse et mère. Elle sortit et se rendit jusqu'à la Grande Rue en levant les yeux vers les alignements lumineux. Par curiosité, elle prit la traboule qui permettait d'arriver près de chez Cinquin, sans devoir faire le tour par la rue du Chariot-d'Or. L'allée du 44 se prolongeait au-delà de la courette intérieure et débouchait rue du Mail. Les fenêtres des appartements donnant sur la cour étaient illuminées comme celle de la Grande Rue et donnait à l'endroit une atmosphère douce et paisible, en dépit d'un relent de pipi de chat. Il était trop tôt pour aller chercher Marisa ; elle se contenta donc d'un petit tour jusqu'à la place avant de rentrer. En arrivant devant l'allée du 2 rue Hénon, lorsqu'elle vit les fenêtres de son propre appartement illuminées, elle sourit avec le sentiment d'être véritablement chez elle, ici, à la Croix-Rousse.

Au mois de janvier 1922 se produisit l'incident qui sonna le départ de Marisa. C'était un samedi soir glacial. La neige, tombée quelques jours plus tôt, n'avait pas fondu et encombrait les caniveaux où les riverains l'avaient accumulée en dégageant leur portion de trottoir. La température n'était guère propice à la promenade, d'autant que la bise balayait les rues désertées. Lorsque Philippe était monté chez Louise, ils n'avaient pas eu envie de redescendre affronter l'hiver. C'était dans ces moments que leur envie de vivre ensemble au grand jour était la plus forte. Courir la ville pour manger ou se distraire leur semblait sans intérêt à côté du plaisir d'être simplement ensemble. Le poêle dispensait sa chaleur douillette jusque dans la chambre que Louise avait pourvue de doubles rideaux. Ils prirent le temps d'un moment câlin avant que Louise ne décide d'improviser un repas. Elle était occupée à retourner un matefaim dans la poêle quand Marisa rentra du restaurant. Ils l'entendirent ronchonner sur le palier lorsqu'elle ne parvint pas à ouvrir la porte : ils l'avaient fermée à clef et avaient laissé la clef dans la serrure. Ils échangèrent un regard embarrassé et Louise alla ouvrir en s'étonnant de ce retour prématuré.

« Il n'y avait pas un chat ce soir, expliqua sa sœur. Sale temps pour… »

Marisa s'interrompit en voyant Philippe attablé.

« … sortir ! conclut Louise jouant de l'à-propos de sa remarque.

– Bonsoir, mam'zelle ! » lança Philippe en se levant.

Marisa était réellement surprise de le voir installé chez elle ; elle retira son manteau et s'assit en bout de table.

« Qu'est-ce que vous faites ?

– Tu vois bien, répondit Louise, on va manger !

– Ici ? Maintenant ?

– Oui ! Finalement, nous n'avons pas eu envie de sortir. Tu as raison, il fait trop mauvais. Tu veux un matefaim ?

– Grand Dieu, non ! J'ai mangé là-bas... »

Marisa regardait Philippe tartiner sa crêpe de confiture de prune, comme si elle ne l'avait jamais vu manger et, de fait, elle ne l'avait jamais vu manger !

Le petit repas s'éternisait. Philippe et Louise multipliaient les sujets de conversation pour le plaisir de prolonger la soirée. Marisa bâillait sur sa chaise. Elle se leva soudain et se dirigea lentement vers la chambre de sa sœur, avec l'idée probable d'aller se reposer sur le lit en attendant de pouvoir aller se coucher dans le sien. Elle entrouvrit la porte et, semblant se raviser, la repoussa et alla s'asseoir lourdement sur son lit. Les amoureux échangèrent de nouveau un regard confus et Philippe se leva en déclarant qu'il était temps pour lui de prendre congé.

Après son départ, Louise se mit à débarrasser la table. Marisa ne bougeait pas et regardait faire sa sœur avec sévérité. Au bout d'un moment, elle se décida :

« Qu'est-ce que tu as fait, Louise ? »

Louise frissonna. Ainsi donc, Marisa avait eu le temps de voir le lit en bataille puisqu'ils n'avaient pas pris le temps de le faire avant de passer à table. Si elle était rentrée à l'heure habituelle, elle n'y aurait vu que du feu. Tandis que maintenant, elle sommait sa sœur de s'expliquer... Louise haussa les épaules.

« Mais à quoi tu penses, ma pauvre sœur ? insista Marisa en haussant le ton. Je me demande si tu te rends compte ! Quand maman... »

Louise lui coupa la parole.

« Dis, ça va ! Tes leçons de morale à deux sous, tu te les gardes ! Je fais ce qui me chante, je suis chez moi ! »

De surprise, Marisa ouvrait et refermait la bouche comme un poisson hors de l'eau. Louise bouillait.

« J'en ai assez des bien-pensants comme la mère Chameau, qui ne me trouve pas assez bien pour son fils ! Ou comme toi, qui nous juges mais qui acceptes volontiers la modicité du loyer qu'il exige pour que tu puisses vivre ici ! Qu'est-ce que tu crois ? Oui, je suis sa maîtresse ! Et je te signale que tu n'es pas obligée d'aller le rapporter aux parents ! Qu'ont-ils à gagner à savoir ? Garde ta fleur et fiche-moi la paix ! »

Marisa était un peu penaude. Elle essaya de disculper sa sœur.

« Il t'a obligée ? hasarda-t-elle.

– Pas du tout ! Si tu veux le savoir, c'est moi qui ai eu l'idée ! »

Marisa eut un sursaut scandalisé.

« Parfaitement ! insista Louise exaspérée par la face ronde et sourcilleuse de sa sœur. Je vais te dire une bonne chose ! Il voulait m'épouser et tout le monde nous a dit d'attendre, attendre le bon vouloir de la mère Chanaz qui n'espère qu'une chose : que j'abandonne ! Ou qu'il se lasse et trouve une brave gourde mieux née, toute prête à lui donner l'amour dont il a besoin ! Eh bien ! c'est moi qui donne ! Il ne cherche pas plus loin et sa mère en sera pour ses frais ! Et si tu veux apporter ton renfort à ce chameau, tu dégages ! »

Louise n'avait pas voulu menacer sa sœur mais son exaspération lui avait fait outrepasser sa pensée. Elle regrettait déjà.

« Non mais ! » ajouta-t-elle, bien décidée à ne pas se désavouer.

Elle vit sur le visage de Marisa une crispation qui prouvait qu'elle était blessée. Ses beaux yeux sombres brillaient exagérément. Elle demanda, radoucie :

« Tu n'es pas de son côté, quand même ?

– Bien sûr que non, répondit sa sœur d'une petite voix. Mais tu n'aurais peut-être pas dû…

– C'est trop tard, lâcha-t-elle. Et je ne regrette rien ! En plus, je compte bien continuer à prendre des acomptes… »

Marisa avait fait une grimace et n'avait plus rien dit.

Au moment de se coucher, quand elles s'étaient souhaité une bonne nuit, elle avait encore déploré :

« C'est tout de même dommage pour ta nuit de noces…

– Pff ! cela n'a aucune importance. Le jour de nos noces, nous fêterons une autre victoire ! »

Louise ne sut jamais si Marisa avait tenu sa langue. Après cette soirée, cette dernière se mit à la recherche d'un logement. Louise faillit l'en dissuader, craignant à la fois la dépense supplémentaire pour sa sœur et la solitude pour toutes les deux. Mais il fallait bien en arriver là ! Au mois de mars, Marisa emménagea au deuxième étage d'un petit immeuble de la rue du Chariot-d'Or, dans une grande pièce claire avec une chambre en mezzanine.

Ce fut l'occasion d'adresser une invitation officielle aux parents à venir à Lyon. Maman Nanette et Séverine débarquèrent à la gare des Brotteaux le samedi saint, en ayant laissé à Noël la charge des bêtes et du jardin. Louise redécouvrit sur le visage de sa sœur les émotions qui l'avaient assaillie à son arrivée trois ans plus tôt. Elles passèrent deux jours à arpenter la ville, sans omettre de rendre visite à la fidèle Émilie, et suivirent la messe de Pâques à Fourvière. Elles dormirent chez Louise où Philippe passa les saluer, sans s'imposer, le samedi avant leur départ pour la séance de cinéma. Elles repartirent le lundi. Séverine était éblouie par son séjour, maman Nanette exténuée.

Après le départ de Marisa, il arriva que Philippe s'endorme chez Louise et y passe la nuit. Réveillé au petit matin, il se hâtait de regagner le 50 *bis* avant le lever de sa mère. Enhardi par la facilité avec laquelle son escapade était passée inaperçue, il se mit à découcher régulièrement et à passer ses nuits dans le lit de Louise. Un matin pourtant – était-il rentré trop tardivement ou s'était-elle levée un peu plus tôt ? –, il tomba sur elle dans le couloir. Comme il cherchait en bafouillant une excuse plausible, elle lui lança : « Tais-toi donc ! Je ne veux rien savoir. » Ne rien savoir. Voilà qui résumait sa pensée. Il était évident que la position de Claudine Chanez n'avait pas évolué d'un iota.

Louise était heureuse de partager avec lui ces moments volés mais elle craignait qu'il ne s'en satisfasse. Elle voulait plus. Elle voulait les vivre au grand jour mais elle n'osait pas lui parler de l'idée qu'elle avait eue pour faire plier sa mère.

Elle avait fini par faire plus ample connaissance avec Nini, l'ouvrière qui l'avait formée. À force de suivre le même chemin de retour, elles avaient sympathisé. Nini l'avait même invitée à partager son petit repas de midi car son mari ne rentrait pas toujours pour le déjeuner. Comme Marisa n'était plus là pour apporter les restes du restaurant, Louise accepta avec plaisir en promettant de lui rendre la pareille. Les deux jeunes femmes en arrivèrent aux confidences. Avant de se marier, Nini avait vécu plusieurs années « à la colle » avec celui qui était devenu son mari. Elle comprenait très bien les inquiétudes de sa camarade, même si elle n'avait pas eu à subir l'opposition d'une belle-mère. Bébert était un anticlérical qui mûrissait en devenant socialiste. De guerre lasse, il avait accepté un mariage civil ! Louise lui avait dit que la moralité de Mme Chanaz lui laissait espérer qu'une grossesse la contraindrait à accepter leur union. Nini avait déclaré : « Et quand bien même elle ne voudrait pas ! Il n'y a rien de plus beau que d'avoir un enfant de l'homme qu'on aime ! » Sans réfléchir, Louise lui demanda pourquoi ils n'en avaient pas et Nini répondit un peu tristement : « J'ai fait une bêtise quand j'avais seize ans ; maintenant, je ne peux plus. » Elle avait ajouté avec dérision : « Tu vois, les anticalotins portent aussi leur croix ! »

L'encouragement de la jeune femme incita Louise à parler à Philippe. Elle prit des chemins détournés, évoqua tout d'abord ses frères qui tardaient à avoir une descendance ou la tante Lacaze qui n'avait jamais eu d'enfant de ses deux maris. Philippe n'avait pas l'air concerné par la conversation jusqu'à ce qu'elle dise franchement :

« Moi, j'aimerais bien avoir un enfant !

– Moi aussi, répondit-il simplement.

– Mais pourquoi prends-tu des précautions ? »

Un peu surpris il demanda :

« Tu veux dire… que tu veux un enfant maintenant ?

– Oui ! Nous avons à peu près l'âge de tes parents quand ils se sont mariés.

– Nous avons encore le temps, et nous ne sommes pas mariés…

– Justement mon chéri ! Ta mère est trop fière pour changer d'avis. Nous ne l'aurons pas à l'usure ; il faut la mettre devant le fait accompli !

– Tu crois ? »

Son éducation religieuse le faisait hésiter devant ce dernier interdit.

« Oui. Je suis persuadée qu'elle ne dira pas non, surtout si tu prends la peine d'aller voir le curé et que tu lui avoues que… pour "expier" ta faute, tu es prêt à régulariser. »

Philippe ne semblait pas enthousiasmé par sa proposition.

« Un enfant, maintenant… François continue à se servir gaillardement dans la caisse… et puis c'en sera fini des sorties…

– S'il ne s'agit que des sorties, Marisa pourra tout de même nous dépanner de temps en temps, ou Madeleine, ou ta mère peut-être ! »

Il fit la moue. Louise se demanda soudain si cette situation bâtarde ne lui convenait pas finalement. Elle était déçue et commençait à se sentir irritée.

« Écoute, Philippe ! Tu ne peux pas te promener dans la vie comme un voyageur sans étoile pour qui toutes les routes sont bonnes ! Tu ne peux pas me considérer comme le toutou docile qui te suit même si tu tournes en rond ! Voilà plus d'un an que tu es monté à Frangy voir mes parents et rien n'a changé. J'ai besoin de savoir que nous allons quelque part ! »

Il restait sans réaction, un peu abasourdi. Elle réalisa qu'il avait accepté de suivre les conseils, d'endurer cette situation et elle le lui reprochait !

« Oh ! mon chéri ! Excuse-moi ! Je sais que ce n'est pas facile pour toi non plus. Mais j'en ai assez ! Tant pis si elle te renie, tant pis si c'est dur financièrement. Je ne serai pas exigeante comme Madeleine ; je continuerai à travailler. Au besoin, nous confierons le petit à maman Nanette. Elle s'en occupera bien, peut-être mieux que moi ! »

Elle commençait à avoir des sanglots dans la voix. Il la prit contre lui en riant gentiment.

« Allons ! Lalou ! ce n'est pas si dramatique. Me renier ce n'est pas tout à fait me déshériter. D'ailleurs, elle n'a pas tous les droits. Allez ! cesse de pleurer ! »

Il la berça entre ses bras comme une petite fille en lui bécotant la joue.

« Au fond, tu n'as pas tort. Je me suis laissé endormir par le train-train. Je croyais que la situation te convenait, que tu préférais écouter tes parents ; faire un mariage bien conventionnel, où les deux familles sont heureuses d'unir leurs rejetons. En vrai, tu sais bien que cela m'est égal ! Tu me disputes pour que je te fasse un bébé. Qu'à cela ne tienne ! Je vais t'en faire une ribambelle, si tu veux.

– Pas trop quand même ! » protesta-t-elle d'une voix mal assurée.

Il éclata de rire. Il riait de si bon cœur qu'elle se sentit soulagée et se laissa gagner par l'hilarité. Lorsqu'ils se furent calmés, Philippe lui demanda avec sérieux :

« Es-tu sûre que c'est bien cela que tu veux ? Tu veux un enfant avant que nous soyons mariés ? Tu ne préfères pas que nous nous mariions d'abord ?

– Oui ! Non ! se reprit-elle. Je ne souhaite pas l'avoir en dehors du mariage, j'espère seulement que lorsqu'il sera en route ta mère changera d'avis et que nous aurons droit à une vrai noce ! Pas une noce honteuse ! Une noce avec tout le monde ! Tes frères, ta tante, tout le monde ! Sinon, ils ne viendront pas !

– Alors, marché conclu ! »

Les mois qui suivirent, Louise découvrit avec consternation qu'il en est des hommes comme de la nature : les graines semées manquent parfois à lever. Chaque lune, elle voyait revenir la preuve de l'échec, tant et si bien qu'elle finissait par penser que les prières de Claudine Chanaz étaient plus efficaces que les siennes. Le 8 décembre 1922, jour des Illuminations, elle alla déposer un cierge à Notre-Dame-de-Fourvière avant de s'apercevoir qu'elle avait été enfin exaucée. Le médecin lui apprit la bonne nouvelle avec un visage catastrophé : « Mademoiselle, je crains d'avoir à vous confirmer que… » Elle rentra chez elle en chantonnant et lorsque Philippe arriva, elle annonça :

« Cette fois, c'est sûr ! Le docteur me l'a confirmé ! Le petit devrait naître au mois d'août. »

Philippe poussa un cri de joie en faisant un tour complet sur une jambe. Puis il lui prit les mains pour les embrasser.

« Lalou ! tu vas être maman ! Et moi, papa ! J'avais l'impression que ça n'arriverait jamais ! J'ai presque cru à la malédiction des frères Chanaz ! C'est merveilleux ! »

Il la serra dans ses bras et, soudain devenu sérieux, il remarqua :

« Si ce petit doit s'appeler Chanaz, il faut faire les choses vite ! Tu ne vois pas qu'il m'arrive quelque chose avant que nous soyons mariés !

– Ne parle pas de malheur !

– Mais Lalou, un père de famille doit tout prévoir pour assurer la sûreté de sa famille. »

XXVII

ILS DÉCIDÈRENT DE CONFIER la petite à maman Nanette. « La petite » : c'est ainsi qu'ils la nommaient le plus souvent, au lieu de dire « Simone », comme si ce nourrisson ne pouvait porter le nom d'adulte qu'ils avaient choisi. Leur fille avait un peu plus de trois mois et ils n'avaient pas trouvé de nourrice qui les satisfasse, d'autant qu'Annette s'était portée volontaire dès qu'elle avait su que Louise continuerait à travailler. D'ailleurs, le rôle des grands-mères était précisément de s'occuper des petits pour décharger les mères actives. C'est du moins ainsi qu'on le concevait en campagne car, à la Croix-Rousse, il en allait tout autrement… La grand-mère Chanaz avait catégoriquement refusé de s'en occuper.

Louise s'y attendait. Ses relations avec celle qui était devenue sa belle-mère n'avaient guère changé en dépit d'un mariage auquel elle avait consenti du bout des lèvres. « Assume ! » est le seul commentaire qu'elle avait fait à son fils lorsqu'il lui avait annoncé sa décision d'épouser celle qui portait son enfant. Elle n'avait même pas pris le temps de l'écouter évoquer sa conversation-confession avec le curé de Saint-Denis ; elle avait tourné les talons et était partie. Louise n'avait obtenu qu'une victoire à la Pyrrhus.

Claudine Chanaz avait presque réussi à lui gâcher sa fête de mariage. En vérité, la plupart des convives n'avaient pas fait attention à ses remarques et elle avait sauvé son image de femme digne et élégante, faisant contre mauvaise fortune bon cœur. Tous savaient plus ou moins ce que signifiaient les longues fiançailles des époux ; certains devinaient ce que dissimulait la tunique blanche de Louise, dont les manches trois quarts et le col s'ornaient de pointes de satin crème. Louise n'avait pas opté pour la robe et le voile blancs, non seulement par souci d'économie, mais parce que la symbolique le lui interdisait. Elle s'était fait faire une jupe noire mi-longue, ornée de trois bandes de satin, et cette tunique, vaguement dans l'air du temps, qui cachait l'épaississement de sa taille.

Le repas avait eu lieu dans une petite auberge située à Caluire, au bout de la rue Coste qui faisait suite à la Grande Rue. Le cortège avait pu s'y rendre à pied à partir de Saint-Denis. La tablée était peu nombreuse ; il n'y avait aucun enfant. Du côté de la famille Chanaz, outre les frères du marié et leur épouse, seuls le cousin unijambiste et les Lacaze étaient présents. L'oncle Cyprien était devenu un vieillard maigrichon à la démarche hésitante, soutenu par son épouse aux rondeurs encore solides. Seules ses moustaches d'un autre siècle rappelaient le meneur d'hommes qu'il avait été. Le cousin Chanaz, célibataire, avait été installé le plus loin possible de « madame mère » qui avait eu droit à la place d'honneur près des mariés. Du côté Rossillon, Étienne n'avait pas fait le voyage, contrairement à la sœur d'Annette, Léonie Miège, qui pour la première fois avait déserté le quai des Usses pour Lyon. La véritable surprise avait été la venue de l'oncle Jules et de sa femme qu'Annette avait demandé à Louise d'inviter. Le couple n'avait, certes, pas fait baisser la moyenne d'âge du groupe mais il avait contribué à son équilibre : n'étaient-ils pas citadins, propriétaires et rentiers ?

À la fin du repas, Marisa avait demandé le silence et la tante Léonie avait chanté *Le Temps des cerises*. Elle avait une belle voix vibrante et chantait juste. On la sollicitait souvent lors des repas de fête pour initier le tour de chant. Les Chanaz parurent un peu surpris ; ils ne pratiquaient peut-être pas cette coutume. Les autres femmes Rossillon prirent sa succession avec des chansons traditionnelles dont tous les convives pouvaient reprendre le refrain en chœur. Quelqu'un réclama « la mariée ! », et on se mit à scander son nom en tapant dans les mains. Louise, intimidée, se leva en cherchant ce qui restait au répertoire et choisit un chant dont elle aimait la mélodie :

Voici la Noël, le temps des veillées,
Tous les fiancés vont à l'assemblée.

Va, mon ami, va ! La lune se lève
Va, mon ami, va ! La lune s'en va...

Elle allait entamer le quatrième couplet lorsque Claudine Chanaz remarqua à mi-voix sur un ton excédé : « Elle la connaît toute ? » Sa belle-mère n'avait pas parlé très fort et sa réflexion n'avait pas dû être audible à plus de un mètre à la ronde ; personne ne sembla l'avoir remarquée. Philippe n'était pas à sa place ; il s'était levé un moment plus tôt pour aller parler à Luc. S'il avait été là, elle n'aurait sûrement pas osé cette perfidie. Louise sentit le chagrin et l'humiliation lui serrer la gorge ; elle prétendit ne pas se rappeler la fin de la chanson et se rassit en souriant bravement sous les applaudissements des convives. François se leva à son tour et entonna *La Madelon* à la grande satisfaction des autres hommes et de son épouse qui, les mains sur les hanches, se trémoussait sur sa chaise en cadence. François se mettait en scène à son habitude et était le point de mire de toute la salle ; personne ne remarqua que Louise luttait pour ne pas pleurer. Après avoir chanté, il emprunta la pipe du cousin Chanaz et se lança dans une imitation d'Édouard Herriot, le tonitruant maire de Lyon. Cela laissa à Louise le temps de se calmer avant que Philippe ne revienne s'asseoir. « Tu as l'air tout chose ! Tu te sens fatiguée ? » remarqua-t-il, faisant allusion à son état. Il l'embrassa tendrement sur la joue et s'assit en lui prenant la main. Du coin de l'œil, Louise remarqua que Claudine Chanaz s'empressait de regarder ailleurs. Vint le tour de Clémence. Elle prétendait, en souriant, ne connaître que des chansons en dialecte mosellan en dehors de *En passant par la Lorraine.* On la lui réclama donc. Quand Louise vit le sourire ironique de sa belle-mère au « avec mes sabots », sa peine s'envola en laissant place à un sentiment libérateur qui tenait autant à la colère qu'au mépris. Cette femme était décidément trop méchante ou trop bête ! Elle restait claquemurée dans ses rancunes, ses *a priori.* Qu'elle y reste jusqu'à l'étouffement !

Lorsqu'ils quittèrent l'auberge à la fin de l'après-midi, Françoise Lacaze prit congé de Louise en l'embrassant de bon cœur sur les deux joues. En la prenant par les épaules, elle lui dit :

« Ma petite Louise, je vous souhaite beaucoup de bonheur ! Avec vous, Philippe devient un homme civilisé ! Nous avons passé un très bon moment. J'ai juste regretté que vous ayez oublié la fin de votre chanson... »

Elle resta quelques secondes à sourire sans rien dire avant de reprendre le bras de son vieux mari pour s'en retourner chez eux à petits pas. Elle avait voulu s'assurer que Louise comprenne bien le message.

En quelques mots, Françoise Lacaze avait sauvé la fête.

Philippe était tout simplement venu s'installer chez elle au 2 rue Hénon. Il avait très peu d'affaires personnelles ; sa bicyclette et son matériel de cyclisme étaient restés à l'atelier. Il avait tenu à acheter l'armoire à glace qui faisait tellement envie à sa belle-sœur, remettant à plus tard de plus amples investissements mobiliers qui n'auraient pas tenu dans le petit logement. Un peintre vint, au printemps, repeindre la cuisine et tapisser la chambre. Après la Saint-Jean, la température atteignit des valeurs caniculaires. Le soleil rôtissait le mur de l'église Saint-Denis qui faisait face aux fenêtres de l'appartement. Longtemps après son coucher, l'édifice réverbérait sa chaleur qui restait confinée dans l'espace mal ventilé de l'impasse. En dépit des fenêtres ouvertes, Philippe et Louise avaient du mal à trouver le sommeil et traquaient la moindre trace de fraîcheur dans la rugosité du drap de lin. Dès la mi-juillet, Mme Chanaz avait émigré à Pologny, emportant dans ses bagages sa sœur et son beau-frère. Cyprien Lacaze était devenu un vieux monsieur qui ne pouvait plus se passer de sa femme. C'est pourquoi il l'avait, pour la première fois, accompagnée dans le havre tempéré qu'était la maison savoyarde. Philippe avait regretté que sa mère n'ait pas proposé à Louise de les accompagner ; sa grossesse rendait la chaleur plus difficile à supporter.

« Tu plaisantes ! s'était-elle écriée. Qu'est-ce que je ferai là-bas toute seule ? Imagine seulement que le petit arrive sans crier gare ! Ah non ! je préfère mariner ici avec toi ! En plus, ta tante est une dame charmante mais... elle ne connaît rien de l'enfantement. Ce n'est pas comme si c'était ma mère...

– Tu voudrais peut-être aller à Frangy ?

– Au Pont-Fornant ? corrigea-t-elle. Non plus ! Je préfère rester avec toi. Je veux que notre enfant soit un petit Croix-Roussien !

Simone naquit au début du mois d'août. Ses parents avaient glissé un berceau entre l'armoire et le mur de leur chambre. Louise, qui avait bien supporté sa grossesse, avait presque travaillé jusqu'au terme. La loi lui autorisait huit semaines d'absence et elle comptait sur ce délai pour prendre une décision définitive. Elle ne souhaitait pas cesser de travailler, elle ne s'imaginait pas rester enfermée entre quatre murs pour s'occuper d'un nourrisson. Au pays, la maternité ne cloîtrait pas les femmes chez elles. Il se trouvait souvent une aïeule ou un aîné pour veiller sur le petit, mais la mère pouvait aussi vaquer à ses occupations, de l'étable au jardin, en revenant de temps en temps pour donner un coup d'œil au berceau. Et il n'était pas interdit d'emmener un petit en champ et de l'installer à l'ombre pour qu'il puisse y dormir tandis que ses parents travaillaient. Ici, elle n'avait le choix qu'entre confier l'enfant ou rester enfermée à attendre qu'il grandisse...

Pour le baptême, Claudine Chanaz consentit à revenir deux jours de Pologny malgré la chaleur étouffante de Lyon. Elle n'avait pas pu s'en dispenser puisqu'elle était la marraine. Tout aussi traditionnellement, Noël avait été choisi comme parrain. Les Rossillon avaient donc fait également le déplacement mais Noël était rentré dès le lendemain poursuivre les travaux de la moisson. Annette avait promis de passer quelques jours à la Croix-Rousse afin d'aider sa fille à se familiariser avec les soins à donner à son premier-né. Dès son arrivée, elle avait pris la petite dans ses bras avec des gestes assurés et l'avait bercée doucement en la dévisageant.

« Elle est brune mais elle ne te ressemble pas ! D'ailleurs, elle ne ressemble à personne de chez nous ; elle aura pris du côté de son père ! »

Philippe avait protesté en disant que la petite était aussi jolie que sa maman, mais Nanette avait secoué la tête.

« J'ai l'habitude, allez ! C'est une petite Chanaz ! Votre mère ne lui a-t-elle pas trouvé de ressemblance avec votre papa ? Je ne l'ai pas connu... Rassurez-vous, cela ne l'empêchera pas d'être jolie ! D'ailleurs, ma mère disait que, lorsque la mère est amoureuse, son enfant ressemble à son mari. Si ce mimi ressemblait à Louise, ce ne serait pas bon signe pour vous, Philippe ! »

Ils jouèrent au jeu des ressemblances mais ne surent pas découvrir les traits d'adulte dans la petite figure d'un bébé d'une semaine.

Lorsque Claudine Chanaz découvrit sa petite-fille vêtue de la longue robe blanche de baptême, peu avant la cérémonie, elle ne chercha pas à la prendre dans ses bras. Elle s'approcha avec le même regard scrutateur qu'Annette et une expression de surprise fugace agrandit ses yeux. Elle avança une main prudente et caressa le petit visage du bout de l'index. Il était trop tôt encore pour que l'enfant cherche l'origine de ce contact. Elle retira sa main et conclut :

« Il a les joues bien rebondies, ce petit pierrot ! »

Claudine Chanaz avait le secret des réflexions énigmatiques. Louise et sa mère se demandèrent longtemps ce qu'elle avait voulu dire. La remarque ne leur avait pas paru vraiment péjorative car Mme Chanaz savait être cinglante. Avait-elle voulu souligner la rondeur du visage de Simone, sa bonne santé apparente ? S'agissait-il simplement d'une amabilité maladroite ? La marraine dut néanmoins porter sa petite-fille pendant les prières du baptême et elle s'acquitta de la tâche avec raideur. Elle parut soulagée de rendre l'enfant à sa mère, d'autant qu'elle avait commencé à pleurnicher lorsque le prêtre lui avait versé l'eau trop froide sur la tête.

Le repas avait eu lieu au rez-de-chaussée du 50 *bis* ; Madeleine avait gentiment proposé à Louise de lui prêter les lieux car les invités ne tenaient pas rue Hénon. En dépit de la présence de sa mère, Louise avait été très troublée de préparer le repas sur le fourneau qu'elle avait si souvent astiqué lorsqu'elle était la bonne de la maison. Luc et Clémence n'étaient pas venus ; ils avaient envoyé un ensemble à bouillie en argenterie, gravé aux initiales de leur nièce. Les lettres entrelacées formaient le même chiffre que celui de Claudine Servient ; Louise en fut presque contrariée car elle n'avait jamais fait ce rapprochement. La lettre qui accompagnait le cadeau faisait allusion à une hospitalisation de Clémence pour des troubles féminins, heureusement traités avec succès.

C'est avec soulagement que Louise regagna son petit appartement à l'issue de la fête. Recevoir si peu de temps après un accouchement occasionnait une grande fatigue, mais le curé était intransigeant sur le délai à respecter pour baptiser les nouveau-nés. La maman avait tout juste le temps de relever de couches. Louise éprouvait un troublant vague à l'âme depuis la naissance de sa fille. Elle avait pourtant vraiment désiré cet enfant. Elle attribuait ce malaise à la chaleur. Comme la plupart des nourrissons, Simone se réveillait la nuit et, probablement stimulée par la fraîcheur relative, réclamait de la compagnie alors qu'elle passait ses journées à dormir, écrasée par la chaleur. Après deux semaines de ce train, les parents étaient exténués. La canicule ne se calmait pas et Philippe était seul à l'atelier pendant les congés de son frère. Louise commençait à douter de ses capacités à être une bonne mère, tant elle était déçue par l'écart entre la réalité et ce qu'elle avait imaginé de la maternité. Nanette essayait de la rassurer en expliquant que bientôt le bébé ferait ses nuits et qu'elle devait considérer le premier mois de l'enfant comme un dixième mois de grossesse. « Ce n'est qu'après un mois qu'il commence vraiment à te regarder », disait-elle. Louise avait l'impression que cela n'arriverait jamais et regrettait le temps béni où, légère et libre, elle allait à sa guise. Sans oser vraiment se l'avouer, elle reprochait surtout à son enfant de s'interposer entre Philippe et elle. Il était un papa attendri et patient. Il avait même confié qu'il était ravi d'avoir une fille. « Tu sais bien que les garçons sont de mauvais sujets qui tiennent tête à leur père et font pleurer leur mère. Ils sont juste bons à devenir soldats ! Ma quinette n'ira jamais faire la guerre ! » Sa première attention en rentrant était pour la petite : avait-elle bien tété, bien dormi ? Louise oubliait qu'à son réveil sa première attention était toujours pour sa femme !

Troublée par la mélancolie de sa fille, Annette avait repoussé son retour en Savoie. Elle eut l'idée de proposer à Louise un séjour à Beauchastel, chez l'oncle Jules qui les avaient cordialement invités lors du mariage. Louise n'était plus en mesure de savoir ce qu'elle devait faire mais céda à la proposition devant l'insistance de Philippe. En quelques jours, les détails furent mis au point et Philippe accompagna « ses trois femmes » jusqu'à la petite ville ardéchoise. Il n'y faisait pas moins chaud qu'à Lyon mais le fleuve qui bordait la ville amenait un souffle d'air frais à la tombée de la nuit. La tante installa Louise et la petite dans une chambre orientée au nord, de sorte que Philippe repartit le lendemain rasséréné, persuadé de retrouver d'ici peu une épouse reposée et une fille réglée sur le soleil.

Louise se sentit abandonnée. Elle l'avait vu repartir soulagé, probablement heureux. Il échappait à cette petite chose qui perturbait ses nuits et empêchait sa mère de s'occuper de lui aussi bien qu'auparavant. Louise allait pouvoir se consacrer à sa fonction nourricière et elle se demandait comment Nanette avait réussi à s'occuper de deux petits à la fois. Pour la première fois, elle s'interrogea sur les rapports entre ses parents et suspecta sa mère d'avoir, par son tempérament si maternel, cantonné Noël dans une fonction d'accompagnateur. Il était resté un errant dans l'âme, faute d'avoir été la pierre angulaire de leur couple. Ce modèle ne lui convenait pas mais elle n'avait pas le choix : elle devait payer le prix d'un mariage conforme aux conventions. « Tu l'as voulu, tu l'as ! » La formule trottait dans sa tête. Elle avait voulu cette grossesse, ce mariage, mais peut-être pas cet enfant... Elle en voulait terriblement à sa belle-mère d'avoir été la cause de cette stratégie ; elle s'en voulait tout autant de s'être soumise aux convenances jusqu'à avoir choisi la mère Chameau pour marraine, faute d'avoir osé le proposer à Clémence, par exemple !

L'oncle et la tante Rossillon, si habitués à servir les autres, étaient aux petits soins avec Louise. Ils menaient une vie paisible, tout organisée autour de l'entretien de leur maison et de leur jardin potager. Chez eux, on ne pouvait pas manquer de se reposer ! Et pourtant, lorsque, quelques jours après son arrivée, elle fit irruption dans la cuisine à 7 heures du matin, elle y trouva sa mère déjà occupée à cuisiner. Armée d'une écumoire, Annette surveillait la cuisson des abricots qu'elle avait mis à macérer au sucre la veille. Le feu léchait le fond de la bassine de cuivre encastrée dans l'orifice circulaire du poêle. Dans le tablier usé qui enserrait ses formes lourdes, avec les cheveux soigneusement rassemblés dans le petit chignon bas, maman Nanette paraissait intemporelle. Et tellement rassurante.

« Déjà aux fourneaux ! » remarqua Louise en guise de bonjour.

Nanette détourna un instant les yeux du sirop bouillonnant pour embrasser sa fille.

« Déjà levée ! répliqua-t-elle.

– Eh oui ! je me sens reposée. La petite a dû dormir ses huit heures ! Elle s'est réveillée vers 6 heures ; elle a tété comme une goulue… Il m'avait semblé entendre du bruit alors je suis venue voir.

– Tu me connais, je suis comme les poules ! Je me lève avec le soleil !… »

Ce n'était pas le cas de leurs hôtes qui observaient un rythme plus citadin, indépendant des saisons.

« … Je me suis dit qu'il valait mieux que je termine ces confitures tant qu'il ne fait pas trop chaud. Tatan Génie sera contente ; elle pourra s'occuper des haricots ! »

Elle attendit que Louise ait prit son déjeuner pour annoncer :

« Je pense repartir demain ou après-demain… »

À son regard, maman Nanette comprit à quel point sa fille était désemparée.

« Ne t'inquiète pas, ma petite rate ! Maintenant que Monette fait ses nuits, tu vas récupérer très vite. Tu as de la chance, elle a à peine quatre semaines ; certains enfants ne les font qu'au bout d'un mois et demi, quand ce n'est pas plus ! Il est vrai qu'elle profite bien ; elle doit approcher les dix livres ! Tu vas pouvoir la démailloter pendant la journée… C'est vraiment une belle petite ! Mais il faut vraiment que je rentre, ton père et ta sœur font tout le travail !

– Est-ce que tu reviendras ? demanda Louise au bord des larmes.

– Pas dans l'immédiat, je présume, répondit Annette navrée. À moins que tu n'aies un problème, bien sûr… Mais tu n'as plus besoin de moi à présent… Ma petite biche, il faut que tu aies confiance : être maman est la chose la plus naturelle qui soit. Regarde autour de toi : tous ceux que tu vois ont une mère. Cela ne nécessite pas de disposition particulière, sinon les bêtes feraient comment ? Dès que tu seras un peu mieux reposée, tout te semblera si simple… »

Tout en parlant, Annette écumait soigneusement sa confiture. Les pots ébouillantés s'alignaient, renversés, sur un torchon propre. Le parfum des fruits imprégnait la cuisine. Louise écoutait à peine ; elle regardait faire sa mère et se sentait redevenir enfant malgré la pression de la montée de lait dans sa poitrine. Elle demanda soudain :

« Maman ? Si besoin est, acceptes-tu de me la garder, de me la prendre en nourrice, au pays ?

– Naturellement ! Non seulement je suis nourrice mais je suis sa grand-mère ! Je te l'ai déjà dit d'ailleurs. Tu te rappelles, lorsque nous sommes arrivés avec le papa ? Ce n'était pas une parole en l'air !... Bon, c'est cuit ! Fais-moi passer les noyaux, veux-tu ! »

Louise lui apporta l'assiette d'amandes émondées. Annette les versa dans la bassine et reprit :

« J'ai bien vu que ton mari s'inquiète des rentrées de son affaire, mais tu devrais le laisser se débrouiller avec ça, plutôt que de vouloir compenser en restant en soierie. Je ne suis pas sûre que cela vaille la peine de te séparer de ta petite. C'est un problème qu'il lui faudra régler tôt ou tard avec son frère.

– Il m'a parlé d'un projet où il faudrait peut-être être deux ; il devait fouiller un peu plus cette semaine, je ne sais pas si cela aboutira...

– Je la prendrai volontiers mais réfléchis bien ! Tu ne la verras guère... et les enfants s'attachent à ceux qui s'en occupent...

– Elle peut s'attacher à toi, tu es ma mère ! Je sais bien que tu ne voudras pas me la prendre !

– Ce serait probablement mieux de lui trouver quelqu'un de ton quartier... quelqu'un de compétent, bien sûr. Fais attention à ce qu'elle s'y connaisse bien, pour les proportions du biberon, par exemple...

– Les proportions ? Tu les connais, toi ?

– Heureusement ! Il faut mettre six cuillerées à café d'eau par biberon, et un sucre par décilitre. Et il faut faire bien bouillir le lait, pas seulement le laisser monter. Si la nourrice peut avoir du lait de chèvre, c'est encore mieux ! »

Devant la mine perplexe de sa fille, elle précisa :

« Les chèvres n'attrapent pas la tuberculose !

– Ah ! et tu crois qu'on peut trouver du lait de chèvre pour un bébé à la Croix-Rousse ?

– Eh bien !... je n'en ai aucune idée, reconnut Annette, ennuyée d'avoir fait une suggestion aussi inconséquente.

– Tu vois !... »

Annette commençait à envisager plus sérieusement la garde de Simone.

« Ce qu'il y a de bien, c'est que Jeantet s'est fait installer le téléphone... Comme j'y descends deux fois par semaine, tu pourras facilement me laisser un message... et inversement. Ton beau-frère l'a, le téléphone ?

– Non... pas encore... mais je pourrais aller au bureau de Poste !

– Eh bien voilà ! Ce que c'est que le progrès tout de même ! Le train, l'autocar, le téléphone... On ne se quitte plus vraiment comme avant ! 'Pas ? »

Annette repartie, Louise passa encore une semaine à se morfondre malgré la gentillesse de ses hôtes. Comme ces derniers n'avaient pas non plus le téléphone, elle écrivait une lettre quotidienne à Philippe et guettait l'arrivée du facteur en pestant parfois contre l'insouciance de son mari qui ne comprenait pas à quel point elle attendait ses missives.

Les premières pluies de la fin d'été firent chuter la température et elle put enfin regagner la Croix-Rousse.

Philippe vint la chercher à Beauchastel. Il restait théoriquement une semaine avant qu'elle ne retourne chez Lamy et elle ne s'était pas préoccupée de la nourrice. Pendant le voyage de retour, en train, il lui expliqua qu'elle n'aurait pas besoin de reprendre le travail : il avait décidé de se lancer. Le risque n'était pas très important car la valeur du pas-de-porte était ridicule. Il s'agissait d'un tout petit local situé passage des Imprimeurs. Cette étroite ruelle de la Presqu'île reliait la rue Mercière au quai Saint-Antoine, sans permettre le passage des voitures. Elle débouchait à côté de la maison natale du célèbre phycisien Ampère, devant le marché qui se tenait quotidiennement sur le quai de la Saône. De minuscules échoppes, de moins de trois mètres de profondeur, la bordaient de part et d'autre, ce qui lui valait le nom d'usage d'« Allée Marchande ». L'Allée Marchande avait une particularité : elle était en quelque sorte une annexe du marché car la plupart des commerces en observaient les horaires et fermaient autour de 13 heures. Parmi les plus caractéristiques se trouvait un sabotier dont la clientèle se comptait vraisemblablement plus parmi les maraîchers et les paysans venus vendre leurs produits que parmi leurs clients. Philippe avait été intéressé par un débit de boissons dont le propriétaire avait lui-même bu le fonds ! Quelques coups de pinceau étaient indispensables mais l'endroit ne nécessitait guère plus d'aménagements. La clientèle était essentiellement constituée de forains venant se réchauffer ou se rafraîchir. Ils s'autorisaient une pause après l'installation de leur stand et avant l'arrivée massive des ménagères, ou après avoir fait leurs affaires et avant de regagner leur campagne. Il était donc indispensable d'arriver au petit matin, à 6 heures et demie au plus tard. En se fournissant auprès de Georges Pellegrin, Philippe se faisait fort de faire la culbute sur chaque verre de vin vendu. Il lui restait ensuite tout l'après-midi pour épauler François.

Louise avait eu un peu de mal à comprendre pourquoi ce demi-travail l'intéressait. Il avait dû avouer ce que lui-même avait mis longtemps à reconnaître : François buvait trop. La détestable habitude qui l'avait gagné à la guerre avait pris des proportions qui empoisonnaient son quotidien. La matinée se passait correctement, il travaillait en général à la fabrication ou à la réparation des pièces à l'atelier, en s'autorisant parfois un petit verre de vin. Les choses commençaient à se gâter dans l'après-midi, plus ou moins tôt selon ce qu'il buvait à table ou dans les bistrots, s'il se rendait en clientèle. Il oubliait les horaires, les adresses, devenait maladroit ou imprudent. Les pièces, les outils s'échappaient de ses mains. Il ne se rappelait pas ce qu'il avait promis aux clients… Philippe estimait que tant qu'il serait à ses côtés François resterait à l'abri de ses mauvais penchants. La buvette de l'Allée Marchande allait apporter un peu d'aisance et compenser la part minorée de Philippe sur les bénéfices de l'affaire, minoration que ne justifiait pas, à son avis, la présence de Madeleine au magasin… Madeleine s'était arrogé la place, en en délogeant sa belle-mère. Philippe n'y avait rien trouvé à redire jusqu'au moment d'envisager que Louise continue à travailler en soierie alors qu'elle venait d'avoir un bébé. D'autant que Louise était probablement aussi qualifiée que sa belle-sœur pour cet emploi ! Le hasard avait voulu que François rentre du front avant son jumeau et s'installe dans l'appartement fraîchement libéré par les parents. C'était la raison essentielle de cet état de choses. Ah ! qu'il aurait été confortable que les rôles fussent inversés ! Louise au magasin, Philippe à l'atelier ; la petite bien en sûreté, entre les deux, à l'appartement… Si François était resté à la banque, peut-être… Il n'était pas possible de faire machine arrière.

Philippe ouvrit la buvette début octobre 1923. En quelques jours, son petit comptoir devint, ou redevint, le lieu de rendez-vous matutinal des maraîchers et autres commerçants du marché du quai Saint-Antoine. Le caractère direct de Philippe convenait à ces hommes simples et durs à la tâche, qui s'étaient levés encore plus tôt que lui pour véhiculer leurs marchandises jusqu'au centre de Lyon. Très rapidement, il s'aperçut qu'il manquait quelque chose pour faire le bonheur de ses clients : la plupart auraient bien pris un petit « casse-croûte ». Certains apportaient d'ailleurs de quoi tenir jusqu'à midi et mangeaient en prenant leur verre. Il y avait là une idée à creuser.

Rue Hénon, Louise se levait en même temps que Philippe pour lui préparer son petit déjeuner et profiter de quelques instants de complicité matinale. Sa matinée suffisait largement aux soins du ménage et à la préparation du repas que Philippe avalait rapidement avant de rejoindre son frère. Il avait parfois le temps d'une petite sieste qui le remettait en forme pour l'après-midi. Quand venait le soir, Louise attendait son retour avec impatience. Lui seul la connectait au monde extérieur. Les après-midi lui paraissaient interminables si Marisa ne venait pas lui rendre visite après son service. Elle n'avait pas d'amie à aller visiter puisque la seule connaissance qu'elle s'était faite, Nini, travaillait à l'atelier. D'ailleurs, quand bien même aurait-elle eu des amies, les siestes de la petite lui auraient interdit toute sortie. Elle qui avait toujours eu une vie active, en campagne ou en ville, entourée de sa famille ou de ses camarades d'atelier, se trouvait bien seule à ne plus fréquenter que les commençants et ce bébé qui passait le plus clair de l'après-midi à dormir et manquait singulièrement de conversation. Cet enfant ne remplissait pas son existence et elle n'avait pas le sentiment de lui apporter plus qu'une autre personne aurait pu le faire. Aussi, quand Philippe lui parla des casse-croûte de ses clients, s'enthousiasma-t-elle pour le projet. Elle s'imaginait préparer des assiettes de charcuterie, agrémentées de cornichons au vinaigre préparés par sa mère, trancher le pain frais acheté chez le boulanger voisin en faisant sauter les miettes dorées. Pourquoi ne pas proposer tomme, rigotte ou saint-marcellin. Et s'il était possible de faire chauffer une marmite, la soupe à l'oignon serait certainement appréciée, surtout par temps froid. On ne ferait pas gratiner le fromage, on le laisserait seulement fondre dans le bouillon brûlant et napper le pain trempé. Elle n'avait pas d'effort à faire pour imaginer de quoi avaient besoin ces paysans venus vendre leurs produits en ville. Elle n'avait qu'à se remémorer les matinées en Savoie en saison de gros travaux. Le premier café était vite avalé avant d'entreprendre les tâches quotidiennes comme la première traite et le nettoyage de l'étable. Avant de partir labourer, faucher, faner ou vendanger au loin, on prenait le temps de se caler l'estomac correctement pour endurer le froid ou la fatigue jusqu'à midi. C'était de cela qu'ils avaient besoin.

Philippe ne pouvait pas y arriver tout seul ; il s'en était rapidement rendu compte. Louise n'hésita pas ; elle se mit aussitôt à chercher activement une personne susceptible de garder Simone dans la matinée. La petite dans les bras, elle fit le tour des commerçants du Plateau en quête d'une adresse ; elle se rendit à la cure pour qu'on lui recommande quelqu'un. Elle s'en fut même au 50 *bis* interroger Madeleine et monta au premier pour en parler à sa belle-mère. Sous l'excuse de lui amener sa petite-fille, elle lui demanda si elle avait entendu parler d'une nourrice de confiance qui pourrait garder l'enfant de bon matin pour qu'elle puisse accompagner Philippe à l'Allée Marchande et l'aider à développer le chiffre d'affaires. Claudine Chanaz ne quittait pas Simone des yeux mais, malgré la fascination que l'enfant semblait lui inspirer, elle se défaussa. Non, elle ne connaissait personne et Louise aurait sûrement du mal à trouver quelqu'un qui prenne l'enfant de si bonne heure. En prenant son courage à deux mains, Louise suggéra que, dans la mesure où la plupart des activités paroissiales se tenaient l'après-midi, peut-être… Mme Chanaz lui coupa la parole sans lui laisser le temps de formuler une demande.

« Ma pauvre ! s'exclama-t-elle. S'occuper d'un enfant si petit, tout juste tiré du lit ! J'en suis bien incapable, et plus encore d'une fillette… Ah ! là, là ! Il y a un âge pour tout… On ne peut pas être et avoir été ! »

Mme Chanaz avait des arguments irrévocables…

Louise rendit visite à deux candidates dont elle trouva le foyer trop petit, trop inconfortable, trop sombre ou trop mal tenu. Lorsqu'elle en fit le compte-rendu à Philippe, il éclata de rire et ajouta que, vraisemblablement, ces femmes battaient les enfants et les nourrissaient de pain et d'eau !

« Allons ! Lalou, tu sais bien que seule maman Nanette peut s'occuper correctement de la petite !

– Tu te moques ! Crois-tu que c'est facile de confier son enfant à une étrangère ? En plus celles qui accepteraient de la prendre de bon matin sont celles qui en ont le plus besoin… si tu vois ce que je veux dire… les plus… pauvres, en somme !

– Cesse de te martyriser avec ça ! Ta mère sera très contente de prendre Monette. On lui donnera une petite pension…

– Comment ?

– … On peut bien lui donner une partie de ce que nous aurions donné à la nourrice pour son entretien ! »

Elle s'empressa d'acquiescer, honteuse de ne pas y avoir pensé la première. Philippe poursuivit :

« Nous monterons la voir régulièrement, disons…

– Une fois par mois ?

– Une fois par mois ! Si tu penses que cela convient : c'est toi la mère. »

Un sourire ravi éclairait ses yeux verts.

« Je pense à une chose, Lalou… Toi, tu prendras le train ; moi, je prendrai la bicyclette… »

Devant son expression réprobatrice, il ajouta précipitamment :

« … jusqu'à Seyssel ! Après je monterai dans l'autocar avec toi ! »

Louise emmena sa fille au Pont-Fornant pour le 11 novembre. Marisa l'avait accompagnée pour l'aider à transporter l'ensemble des petites affaires de Simone, et notamment la voiture d'enfant que lui avait offerte la tante Lacaze. Nanette avait préparé sa venue, nettoyé et ciré le berceau familial dont elle avait refait la doublure. Elle avait fait provision de tétines et de biberons neufs. Elle était à pied d'œuvre pour s'occuper de son nouveau petit. Les récoltes étaient rentrées ; Noël se chargeait seul des labours. La nouvelle grand-mère pourrait consacrer beaucoup de temps à cette petite-fille qu'ils attendaient avec impatience. Dès leur arrivée, Simone devint le centre d'attention de toute la famille ; on s'extasia sur sa bonne mine, sa vigueur, son sourire facile. Ses premiers cheveux étaient tombés et les remplaçants avaient une couleur moins sombre qui adoucissait son visage, mais Nanette était formelle : c'était bien une petite Chanaz. Dès le premier repas, c'est elle qui s'occupa de l'enfant afin que cette dernière soit bien familiarisée avec sa nouvelle nourrice avant que sa mère ne reparte. C'était le premier biberon de Simone ; son sevrage aurait pu attendre encore un peu. Louise avait un peu de remords : elle avait encore beaucoup de lait et avait dû restreindre de manière draconienne toute nourriture liquide. En regardant sa mère donner le premier biberon, elle ressentait un mélange de tristesse et de soulagement. C'est maintenant que le lien physique privilégié avec son enfant se rompait. Toutefois, ce lien était aussi une chaîne qui, à chaque instant depuis la naissance, lui rappelait qu'elle ne s'appartenait plus. Elle allait sortir de cet esclavage consenti et elle en était profondément satisfaite.

Un jour sur deux, un nouveau biberon prit la place d'une tétée. À la fin d'une semaine, Simone était sevrée ; Louise pouvait rentrer. La nostalgie la gagna au moment de partir et, se souvenant de son propre départ pour Lyon presque cinq ans auparavant, elle détacha son foulard et le roula en boule entre l'oreiller de sa fille et le bord du berceau. L'enfant dormait en poussant de légers soupirs ; ses longs cils traçaient une ombre sur ses joues. Louise se pencha pour sentir l'odeur de son bébé et posa un baiser sur son poing fermé en prenant garde à ne pas le réveiller. Maman Nanette chuchota : Magnin attendait dehors.

Durant le voyage de retour, maintenant si familier, la vision de la petite fille endormie dans son berceau s'estompa peu à peu. Louise ne pensa plus qu'aux journées qui l'attendaient à Lyon. Elle était impatiente de descendre à l'Allée Marchande en même temps que Philippe, au lieu de le laisser partir seul. Elle imaginait déjà toutes les améliorations qu'elle pourrait apporter au commerce. Marisa allait l'aider à dresser une liste de recettes rapides et simples. Il faudrait caser deux petites tables sur le côté du comptoir, trois s'il y avait assez de place, et faire l'acquisition d'un peu de vaisselle… quelque chose d'ordinaire. Elle aurait ensuite tout l'après-midi pour s'acquitter des tâches ménagères et, le soir venu, elle pourrait encore profiter de cette vie de jeune couple dont elle avait été dépossédée.

XXVIII

Elle aimait par-dessus tout descendre en ville au petit matin. Ils marchaient côte à côte en silence, d'un pas rapide. Les rues encore désertes renvoyaient l'écho de leur marche. Elle entendait le souffle de Philippe et l'air apportait parfois une bouffée de son eau de Cologne. Ils étaient comme deux conquérants investissant la ville endormie. En été, les trilles des hirondelles déchiraient le silence. Leur salut joyeux rappelait à Louise les fermes de son enfance où l'on disait que les nids des oiseaux bâtisseurs portent bonheur. C'est pourquoi on ne les détruisait jamais, quel que soit l'endroit où ils étaient construits, hangar, grange ou étable, même s'il fallait attendre le retour des adultes, à la nuit tombante, pour refermer la porte. En hiver, les lumières trahissaient la vie assoupie. Du Plateau, la Presqu'île n'apparaissait pas comme un désert obscur, mais comme une ruche qui ne tarderait guère à sortir de son hibernation. Louise se berçait parfois de l'illusion que les réverbères ne scintillaient que pour eux, pour leur signifier que le monde leur appartenait. Jamais la sensation de vivre n'était aussi forte qu'à ce moment.

La petite buvette des débuts avait prospéré et il aurait fallu pousser les murs pour réussir à augmenter le chiffre d'affaires. Philippe avait remplacé le fourneau vétuste par un petit poêle cylindrique et installé un réchaud à gaz qui alliait gain de place et praticité. Ces appareils commençaient à se démocratiser et constituaient une menace naissante pour l'activité des frères Chanaz. L'équipement de la maison connaissait une évolution matérialisée par la création du Salon des arts ménagers en 1923. Il était à craindre qu'à terme les ménagères s'équipent de cuisinières modernes et ne cantonnent les poêles au chauffage, du moins sur le Plateau où le réseau d'adduction du gaz avait été installé concomitamment à celui de l'eau. Il restait heureusement les nouvelles constructions de Caluire à équiper et toutes les anciennes installations à entretenir.

Louise et Philippe accumulaient les économies, moins par atavisme que faute d'avoir le temps de faire des dépenses ! Ils s'étaient toutefois laissé séduire par *La Veuve joyeuse* et avaient éprouvé le grand frisson sur les « montagnes russes » du Luna Park. Ce grand parc d'attraction, installé en 1924 place Jean-Macé, sur la rive gauche du Rhône, reléguait les manèges de la vogue au rang de distractions enfantines. Néanmoins, les sorties se faisaient rares. La double journée de travail de Philippe était harassante et avait eu raison de ses prétentions à se rendre en Savoie à vélo. D'ailleurs, les visites au Pont-Fornant n'avaient jamais eu la cadence mensuelle qu'ils avaient envisagée. Simone grandissait loin de ses parents.

Le temps, qui avait été si riche en bouleversements durant les premières années à la Croix-Rousse, filait désormais aussi vite qu'un prisonnier ayant rompu ses entraves. Les semaines, les mois passaient sans qu'un événement notable ne laisse une trace digne d'un souvenir. Luc et François n'avaient toujours pas d'enfant, ni Marisa de fiancé. Claudine Chanaz n'avait pas tenté de rapprochement familial et, pour des raisons fort différentes, il en était de même d'Étienne. Ce dernier vivait toujours à Bellegarde ; il s'autorisait de brèves visites chez ses parents mais on ne lui connaissait pas de relation féminine. Louise prenait conscience de la fuite des jours lorsqu'elle redécouvrait sa fille.

Il serait inexact de dire qu'elle ne la voyait pas grandir car c'est précisément le contraire qui se produisait. Les mamans qui côtoient leur enfant quotidiennement connaissent le détail le plus infime de leurs progrès mais ne s'aperçoivent pas de leur transformation au jour le jour. À chacune de ses visites, Louise était surprise de retrouver Monette grandie, assise, pourvue d'une dent, puis de plusieurs, de boucles de cheveux surprenantes... Elle pouvait juxtaposer dans sa mémoire tous les aspects de l'enfant qui constituaient une ribambelle de petites Monette différentes ! Elle la voyait aussi bien telle une bûche, emmaillotée dans son berceau, puis s'agrippant aux doigts de Noël pour s'asseoir, ou encore tentant de ramper, et enfin s'élançant à quatre pattes à la suite du chat. Elle gardait un souvenir précis du jour où la petite, âgée de huit ou neuf mois, avait pleuré lorsqu'elle l'avait prise et avait tendu les bras vers Nanette. Elle avait ressenti l'attitude de l'enfant comme une condamnation. Elle l'avait reposée, le cœur lourd et avait conclu :

« Elle m'en veut !

– Pas du tout ! avait répondu Nanette. C'est simplement qu'elle commence à reconnaître son monde et...

– Je n'en fais pas partie !

– Et elle n'a pas l'habitude de te voir ! Elle commence à se rappeler les gens, mais elle a une petite mémoire ; la prochaine fois, elle te reconnaîtra !

– Tu ne lui montres pas ma photo ? »

Les parents de Louise disposaient de deux photos du mariage, dont l'une la représentait seule, accoudée à une sellette sur un fond de voilages brodés. Nanette se mit à rire.

« Mais enfin ! Elle est trop petite pour comprendre ce qu'est une photo ! Tu lui prêtes des pensées d'adulte ! Ce n'est qu'un nourrisson qui raisonne comme une petite bête. Tiens ! elle ne se reconnaît pas dans un miroir. Laisse-lui le temps... »

Nanette l'avait rassurée mais Louise gardait un doute au plus profond d'elle-même. Ce doute venait parfois la tarabuster lorsque, après une journée trop banale, elle s'interrogeait sur le bien-fondé de ses choix. Le plus souvent, ses états d'âme disparaissaient à l'arrivée de son mari.

Évidemment, maman Nanette avait raison et la petite fille reconnut bientôt ses parents. Il faut dire qu'ils s'appliquaient à faire de leur venue une véritable fête. Philippe donnait à l'enfant une petite gourmandise, le plus souvent une sucette, tandis que Louise lui apportait un vêtement qu'elle avait tricoté à Lyon ou une paire de chaussures. Nanette mettait soigneusement de côté ce qui était devenu trop petit, pour en faire profiter une future sœur ou cousine, car elle espérait bien que ses autres enfants fonderaient à leur tour une famille. Séverine avait avoué à ses parents que Jean Reverdy attendait la fin de son service militaire pour venir la demander en mariage. Les Rossillon avaient apprécié son choix.

Monette fit ses premiers pas, balbutia ses premiers mots. Au printemps 1925, lorsque Magnin les déposa devant la ferme, elle se tenait dans l'encadrement de la porte. Elle avait entendu le bruit de la voiture et venait voir qui pouvaient être les arrivants. Louise laissa Philippe s'occuper de la valise et s'approcha de sa fille. Elle s'accroupit et demanda avec douceur :

« Bonjour, ma Monette ! Alors, tu me reconnais ? »

La fillette souriait, les yeux plissés de malice. Elle tendit l'index qu'elle agita de gauche à droite.

« Pas tatan Ma'isa, dit-elle. Non, non. C'est moman ! »

Louise sentit des larmes d'émotion lui monter aux yeux. Elle prit sa fille dans ses bras et l'embrassa en entrant dans la salle. Nanette était occupée à préparer le repas.

« Maman ! elle parle ! Elle m'a dit que je n'étais pas tatan Marisa ! »

La petite se tortillait ; Louise comprit qu'elle voulait descendre et la reposa. Monette trottina vers le buffet et désigna la photographie.

« Moman ! insista-t-elle triomphalement.

– Oui ma petite rate, c'est maman », confirma Nanette.

Philippe venait d'arriver à son tour. Louise, ravie, lui raconta la scène. Il enleva l'enfant qui resta calmement dans ses bras, visiblement heureuse d'être à la hauteur de toutes ces grandes personnes qui semblaient avoir tant de choses à se dire.

« C'est qu'elle est drôlement maligne ! assura Nanette. La dernière fois que ta sœur est venue, elle a cru la reconnaître sur la photo. Tu sais, depuis l'autre fois, je la lui montre souvent ; je lui dis : "Maman va venir" ou "c'est maman qui a tricoté la veste". Elle regardait cette photo et elle a dit : "Tatan Marisa ?" C'était si mignon de voir sa petite figure toute sérieuse ; on sentait bien que quelque chose la tracassait ! C'est là que je lui ai dit : "Non, ce n'est pas tatan Marisa, c'est maman ! Maman, elle vient avec papa !"

– Papa ! répéta la fillette.

– Oui, papa ! confirma la grand-mère. Je vous ai raconté le coup de *Minuit chrétien* ?

– Non », répondit Philippe en couvrant la voix de Louise qui disait « oui ».

Nanette, aux anges, raconta de nouveau l'épisode :

« C'était à la messe de la Noël. Je l'avais amenée pour que nous puissions tous participer, elle est tellement sage. Et donc, on a chanté le *Minuit chrétien.* Vous savez, Philippe :

« *Minuit chrétien, c'est l'heure solennelle*
« *Où l'homme Dieu descendit jusqu'à nous...*

« Et le refrain dit :

« *Noël, Noël,*
« *Voici le rédempteur,*
« *Noël, Noël...*

« Et c'est là que la petite a crié : "Parrain, parrain !" Vous vous rendez compte ! À dix-huit mois ! »

Nanette ne se lassait pas de raconter l'histoire, Philippe de l'entendre. Monette savait qu'on parlait d'elle et affichait un sourire satisfait tout en farfouillant dans la poche de poitrine de son père.

« Mais qu'est-ce qu'elle grabotte, cette fouaise ? » dit-il.

La fillette lui lança un regard plein d'assurance et trouva ce qu'elle cherchait : elle extirpa la sucette et la porta aussitôt à la bouche.

« Et le mot magique ? » demanda le père.

La petite lança un « me'ci » complice. Philippe la posa au sol, soudain interloqué. Il regardait sa fille avec attention, s'accroupit et lui cacha le bas du visage de la main, en ne laissant apparaître que ses yeux. En se relevant, il déclara :

« C'est incroyable ! Ça faisait un moment que je me demandais à qui elle me faisait penser et... Vous aviez raison, maman Nanette ! Elle ressemble à mon grand-père Chanaz lorsque j'étais petit. Ce regard... l'assurance qui charme... c'est ça ! C'est extraordinaire ! Ce n'est pas vraiment la couleur, c'est l'expression ! Ah ! ma petite Monette ! Comme c'est curieux, la vie ! »

La personnalité de Monette s'affirmait et chaque visite apportait un peu plus de plaisir aux parents. Pour autant, ils n'osaient pas l'emmener avec eux durant les quelques jours de congés qu'ils prenaient pendant l'été. Ils n'étaient pas prêts à l'arracher à sa « Maminette » et à son « Parrain », en sachant que le temps d'un retour définitif n'était pas venu.

Séverine se fiança à l'automne 1925. Marisa assura que les fiançailles de sa cadette ne lui causaient aucune jalousie. Elle avait coiffé Sainte-Catherine et, à cette occasion, avait reçu une première série de cartes, brodées de magnifiques bonnets, de la part de toutes ses amies. « Ce bonnet cache pour vous, dans ses plis, le meilleur des époux », disait une légende, mais Marisa prétendait ne pas être pressée de se mettre la corde au cou. Maman Nanette avait vingt-huit ans lors de son mariage. Voilà qui semblait un âge convenable, Séverine avait juste vingt ans ! Elle était bien jeune pour prendre une décision aussi définitive et aller s'enfermer chez les autres ! Jean Reverdy serait le seul successeur de ses parents pour la ferme de Vovray. C'est donc à Vovray, chez ses beaux-parents, que Séverine irait s'installer. Annette et Noël allaient se retrouver seuls. Le bâton de vieillesse changeait de main ! Noël avait soixante ans. La vie passée à se faire cahoter sur les routes de Savoie, éreinter par le travail de la terre, tanner par le soleil ou les intempéries, commençait à avoir raison de sa résistance. Son dos était raide, ses gestes se faisaient plus lents et la fatigue était devenue une compagne quotidienne. Les Rossillon avaient économisé, sou par sou, leur vie durant avec l'espoir qu'au seuil de leur vieillesse ils pourraient enfin vivre chez eux. Ils se donnèrent au moins une année encore pour trouver la maison où ils finiraient leurs jours ; Séverine promit à son père de l'aider autant qu'elle le pourrait.

Le mariage eut lieu l'année suivante. Les Rossillon avaient trouvé leur point de chute. À défaut d'être la maison de leurs rêves, faute de s'être autorisés à rêver, la petite propriété répondait à toutes leurs exigences. Il s'agissait d'une maison mitoyenne sise dans le bourg de Frangy, rue Basse. Un petit escalier extérieur conduisait à la salle principale située au premier étage, le rez-de-chaussée faisant office d'entrepôt. Une seconde pièce occupait l'arrière de la maison et l'escalier intérieur desservait deux chambres au deuxième étage. Le bâtiment n'était pas très large, coincé entre deux maisons assez semblables. Un jardin s'étendait en longueur derrière la maison. Dans le fond du jardin, on avait édifié un poulailler et des clapiers maçonnés. L'atout essentiel de cette propriété résidait en fait dans un second jardin indépendant, beaucoup plus grand, situé un peu plus loin au bout de la rue Basse, dans la vallée alluviale des Usses. Le terrain était bien plat, la terre en était fertile et facile à travailler, l'eau assez accessible. C'est probablement l'existence du grand jardin qui emporta leur décision. Il allait permettre de poursuivre la production des légumes qu'Annette fournissait à Jeantet et de continuer à en percevoir les revenus.

L'emménagement eut lieu en novembre 1926. Louise et Philippe montèrent à Frangy pour aider les parents car Séverine devait commencer à faire attention : elle attendait un heureux événement. Monette, âgée de trois ans, s'appropriait les lieux en regrettant d'avoir perdu sa copine Marguerite, une chèvre « partie en pension chez tatan Nine » en compagnie de certaines autres bêtes. Il restait heureusement la lapine Boule de neige dont les yeux rouges la fascinaient. Dès la belle saison, le jardin clos de l'arrière constituerait un terrain de jeu idéal.

C'est un garçon, Christophe, qui naquit chez les Reverdy en 1927. Il vint bien vite faire des séjours prolongés chez Maminette au grand plaisir de Monette qui, du haut de ses quatre ans, pouvait jouer à la grande sœur, à défaut de jouer à la maman. Ses parents le confiaient à sa grand-mère Rossillon à chaque période de gros travaux. Nanette en concevait une grande fierté. Elle se sentait très honorée de la confiance que lui témoignait Jean en lui confiant son fils, alors que sa propre mère vivait encore avec eux, même en sachant que cette dernière avait la vue obscurcie par la cataracte. Monette attendait avec impatience que ce petit enfant grandisse pour jouer avec elle ; certaine de l'amour que lui portaient ses grands-parents, elle ignorait la jalousie.

Lorsque la fillette atteindrait ses six ans viendrait le temps de l'école. Il ne serait alors plus question de la laisser à Frangy. On avait évoqué son retour chez Chanaz, lors d'un des dîners de famille arrangés par Madeleine. Louise, qui n'avait connu que l'école publique, et gratuite, n'avait pas envisagé autre chose pour sa fille. Les Chanaz penchaient plutôt pour l'école religieuse de Saint-Denis, malgré les souvenirs mitigés qu'elle avait laissé aux jumeaux. À leur époque, l'école reproduisait le clivage entre les familles de canuts et les familles de commerçants et autres professions plus lucratives. Il s'agissait autant d'un clivage social que politique. Quelque trente ans plus tard, la situation n'avait guère évolué. Claudine Chanaz, fervente partisane de l'école libre, fit valoir tout l'intérêt des cours d'étude dirigée, ainsi que celui du patronage, le jeudi, auquel n'avaient pas accès les enfants de la laïque. Confrontée à l'indécision des jeunes parents qui se souciaient peu de choisir dans l'instant, elle s'engagea à régler elle-même tous les frais de scolarité de Simone, en ajoutant que ni Louis ni Antoine Chanaz n'auraient accepté qu'il en fût autrement. L'école de Saint-Denis avait en outre l'avantage capital d'être située rue Hénon, en face de l'église. Simone aurait, au plus, une rue à traverser.

Le retour de Monette à la Croix-Rousse sonnait la fin de l'épisode de l'Allée Marchande : Louise ne pourrait plus quitter son foyer dès l'aube pour accompagner son mari. Ils estimaient d'ailleurs qu'ils étaient allés au bout de l'expérience et qu'ils pouvaient désormais s'attaquer à une affaire un peu plus importante. Ils décidèrent de se mettre à la recherche d'un fonds de débit de boissons avec restauration, si possible à la Croix-Rousse. Ils étaient résolus à prendre le temps nécessaire pour vendre leur affaire actuelle à de bonnes conditions et trouver l'emplacement convenable pour leur projet. Ce changement d'activité leur parut constituer le moment idéal pour concevoir un autre enfant. Le retour de Monette allait restaurer leur vie familiale ; à tout prendre, autant accueillir le frère ou la sœur à qui Louise pourrait enfin consacrer un peu de temps. Le restaurant devrait donc disposer d'un logement où caser cette famille. Celui de la rue Hénon ne mettrait pas longtemps à trouver un locataire : Marisa s'était déjà déclarée intéressée.

La buvette trouva rapidement preneur, mais le restaurant était plus difficile à trouver qu'ils n'auraient cru. Ils réalisèrent que certaines affaires, trop importantes, nécessitaient la présence permanente de deux personnes alors que Philippe souhaitait continuer à pouvoir travailler avec son frère aux heures creuses de l'après-midi. Quelques établissements réalisaient une grande partie de leur chiffre d'affaires en restauration le soir. Or ils préféraient se cantonner au repas de midi avec une carte simple améliorée d'un plat du jour.

Ils dénichèrent l'affaire idéale au printemps 1929, pratiquement au moment où Louise tomba enceinte. Ils imputèrent leur bonne fortune à la bienveillance divine car le café qu'ils achetèrent ne se serait jamais trouvé à vendre sans le décès accidentel de son propriétaire.

Le *Café de la Boucle* était judicieusement placé au carrefour de la Grande Rue, de la rue Coste, de la rue de Margnolles et de la Montée de la Boucle, à la limite de la Croix-Rousse et de Caluire, à quelques dizaines de mètres de la salle des fêtes et, surtout, tout près de l'entrée principale de l'hôpital de la Croix-Rousse. La salle, aux dimensions modestes, disposait de deux façades consécutives vitrées. Elle était pourvue d'un comptoir en zinc de facture soignée. La cuisine avait besoin d'être rénovée ; elle donnait sur l'allée de l'immeuble par laquelle on accédait à la cave et à un petit appartement, réaménagé en trois chambres avec un cabinet de toilette. Par coïncidence, c'est à l'étage supérieur qu'habitait Nini, la camarade de tissage de Louise. Du côté de la rue de Margnolles, le café était bordé d'un jardinet où trois pistes de longue avaient été aménagées. Le précédent propriétaire ne servait pas de repas mais il existait une clientèle potentielle pour une activité de restauration légère. L'hôpital à lui seul drainait des patients de plusieurs départements limitrophes. Sans même tenir compte du personnel, les visiteurs, les ambulanciers auraient toujours besoin de se restaurer, soit à leur arrivée, soit avant de repartir vers leurs lointaines destinations.

Après avoir conclu l'achat avec des héritiers soucieux de se débarrasser au plus vite d'une affaire commerciale sans gérant, Philippe et Louise décidèrent d'entreprendre des travaux d'embellissement et d'améliorer l'équipement de la cuisine en achetant un placard frigorifique. Ils firent aussi installer une ligne téléphonique.

En août 1929, Nanette ramena sa petite-fille à Lyon. L'enfant allait connaître le même déchirement que les petits paysans mis en pension lors de la rentrée scolaire du fait de l'éloignement de leur domicile. Certes, Monette venait habiter chez ses propres parents mais, au long de sa petite enfance, elle les avait moins fréquentés que sa tante Séverine. Même si elle aimait beaucoup ces gens prompts à distribuer des cadeaux à chacune de leurs visites, même si elle avait conscience de la particularité qui la liait à eux, c'est pour Maminette et Parrain qu'elle éprouvait l'attachement viscéral, la confiance absolue que l'on réserve en général à ses père et mère. Sans aller jusqu'à deviner l'ampleur du bouleversement qu'allait vivre la petite, Louise connaissait, pour l'avoir vécue, la douleur de quitter à la fois son foyer et son pays natal. Aussi fut-il décidé que Nanette passerait deux ou trois semaines à Lyon pour laisser à Monette le temps de se familiariser avec les personnes et les lieux, et lui éviter de se sentir abandonnée lors de son départ. Sans qu'il ne le fût dit, cette préparation à la séparation vaudrait aussi pour la grand-mère…

Lorsqu'elles arrivèrent à la Croix-Rousse, le *Café de la Boucle* avait rouvert ses portes. Un petit cercle d'habitués commençait à se former, tant pour le petit noir ou le petit blanc du matin que pour le plat du jour du déjeuner. Monette fut immédiatement séduite par la salle lumineuse, préservée des regards des passants par de légers voilages tendus à mi-fenêtre sur des tringles en laiton qu'elle prit pour de l'or. Son émerveillement ne connut plus de bornes lorsqu'elle découvrit que la barre qui joignait les pieds des tables et les protections de ces pieds étaient faites du même métal rutilant. Le *Café de la Boucle* n'était rien de moins qu'un palais dont elle serait la princesse.

Dès son retour de Pologny, Mme Chanaz fit savoir à son fils qu'elle avait hâte de voir Simone et de la présenter à ses amies. Elle lui demanda de la lui amener en venant à l'atelier le jeudi suivant mais, le jour dit, Philippe oublia l'enfant. Louise s'en aperçut rapidement mais pas assez vite pour espérer rattraper son mari. Elle hésita un moment entre confier le café une petite heure à sa mère ou fermer tout bonnement. Le creux d'activité du début d'après-midi lui aurait permis de s'absenter pour accompagner Monette chez sa grand-mère Chanaz et d'y demeurer le temps qu'elles fassent connaissance. Toutefois, comme elle n'avait aucune envie d'être confrontée aux dames patronnesses qu'elle avait si souvent servies par le passé, elle demanda à sa mère d'accompagner la fillette au 50 *bis*. Elle espérait peut-être, en provoquant cette réunion entre grands-mères, susciter une normalisation des relations familiales.

À leur retour, elle remarqua simultanément le visage radieux de Monette dont les poches étaient gonflées de gâteaux secs et celui bien moins enjoué de sa mère, en dépit des efforts qu'elle faisait pour paraître satisfaite de sa visite.

« Maman, maman ! regarde tout ce qu'elle m'a donné, la dame ! Euh… je veux dire grand-mère Claudine… »

Monette déballait le contenu de ses poches sur l'une des tables de la salle. Louise reconnut les petits-fours du meilleur pâtissier de la Place ; sa belle-mère n'avait pas lésiné pour assurer le succès de sa réunion. Cela prouvait pour le moins qu'elle attachait une certaine importance à la venue de sa petite-fille. Avec un sourire de satisfaction, elle demanda :

« Elle a été bien gentille avec toi, alors ?

– Oh oui ! Et les autres dames aussi : elles me faisaient plein de sourires. Elles disaient : "Ah ! ces yeux !…" Ils ont quoi mes yeux, maman ? »

Louise savait désormais ce que ces vieilles Croix-Roussiennes voyaient dans le regard de sa fille ; elle ne jugea pas opportun de le lui expliquer.

« Elles trouvent que tu as de très beaux yeux ; elles trouvent qu'on peut y lire la gentillesse et la franchise.

– Ah bon ? s'étonna l'enfant.

– Certainement », affirma Louise, persuadée que la fillette apprécierait le compliment.

Monette parut hésiter ; elle regarda Maminette qui fronça brièvement les sourcils. Ses lèvres se serrèrent, ses yeux s'arrondirent, tout son visage trahit un dilemme intérieur.

« Eh bien ! ma quinette, qu'est-ce qui te tracasse ? » interrogea Louise, un peu étonnée.

Après un dernier coup d'œil à sa grand-mère, Monette déclara :

« La dame... je veux dire grand-mère Claudine, la maman de mon papa, elle a mis Maminette au piquet. Et pourtant elle n'avait rien fait !

– Quoi ?

– Oui ! Maminette ne voulait pas que je te le dise, mais quand même, elle avait rien fait... Et elle l'a privée de gâteau ! »

Effarée, Louise regarda sa mère qui soupira en dodelinant de la tête, visiblement contrariée par la révélation de la petite. Elle sentit monter la colère mais l'arrivée d'un client l'empêcha de tirer l'affaire au clair dans l'instant. Tandis qu'elle s'approchait de la table où il avait pris place, elle entendit sa mère reprocher à Monette d'exagérer, en plus de faire le rapporte-paquet.

Elle connaissait cet homme : il s'agissait d'un ambulancier qui transportait des malades de la région d'Annemasse. En d'autres circonstances, elle aurait été ravie de lui demander des nouvelles du pays ; là, c'est avec résignation qu'elle accueillit son « salut, la Savoie ! » habituel. Trop heureuse de la diversion, Nanette se chargea de faire durer la conversation. D'autres clients commençaient à arriver et Louise dut prendre son mal en patience. L'histoire de Monette paraissait trop abracadabrante pour être vraie, et pourtant maman Nanette n'avait pas dénié...

Ce n'est qu'en fin de journée, à l'heure où les bons pères de famille regagnent leur domicile pour mettre les pieds sous la table, qu'elle put trouver le temps de glisser à sa mère :

« Qu'est-ce que c'est que cette histoire de piquet ? »

Comme cette dernière s'apprêtait visiblement à lui conter une fable avec la mine qu'elle réservait aux gamins qu'elle gardait, Louise mit les mains sur les hanches, la fixa dans les yeux et insista :

« Maman, tu me dis ce qui s'est passé avec ma belle-mère ou je demande à la petite de le faire. Et n'essaye pas de m'embobiner ! Je crois que je suis assez grande pour savoir ce qu'elle t'a fait ! »

Nanette soupira, ennuyée :

« Elle ne m'a rien fait ! Monette voit ça avec les yeux d'une gamine de six ans.

– Elle ne t'a pas mise au piquet ?

– Mais non, allons !

– Alors ? »

Elle fit semblant de chercher sa fille du regard. L'enfant jouait à ranger consciencieusement les chaises devant les tables. Nanette haussa les épaules et se décida.

« Lorsque nous sommes entrées au premier, la gamine était très intimidée, et je dois avouer que moi aussi. Mme Chanaz nous a conduites dans son salon où il y avait déjà trois dames qui nous ont carrément dévisagées.

– Hum ? fit Louise en guise d'encouragement.

– Il y avait là une grosse femme à l'air bonasse, une petite grignette toute en dents et une élégante à la bouche en cul-de-poule...

– Je vois ! La mère Cotivet et Mmes Mermet et Lebrun, les amies de toujours...

– Il ne me semble pas que c'était ce nom, Cotivet...

– Je plaisante, la mère Cotivet est une figure du théâtre de Guignol. Elle m'y fait penser, son vrai nom est... ah ! ça m'échappe ! Bref ! Et donc...

– Donc... Monette était très intimidée, et pourtant ce n'est pas son genre, crois-moi ! C'est probablement parce que je lui avais trop répété de se tenir bien pour faire honneur à son papa et à sa maman, ainsi qu'à moi... Enfin bref, comme tu dis ! Toujours est-il qu'elle n'osait pas avancer vers ces dames qui finissaient leur café. Elles devaient en avoir eu assez d'attendre Philippe... La Monette s'accrochait à ma jupe et me regardait en se demandant quoi faire. Ta belle-mère l'a appelée gentiment en lui tendant l'assiette de petits gâteaux, les trois autres dames lui disaient aussi d'approcher. Monette regardait un coup les gâteaux et un coup moi, si bien que Mme Chanaz a fini par me demander de regarder par la fenêtre. Très poliment. Je me suis éloignée de deux pas et Monette n'a plus vu que l'assiette. La glace était rompue !

– Tu l'as fait ! s'exclama Louise, outrée.

– Quoi ?

– Tu as regardé par la fenêtre ? »

Maman Nanette confirma, penaude :

« Ben oui... il fallait bien ! La gamine ne voulait pas me lâcher...

– Mais maman ! Ce chameau n'avait qu'à te faire asseoir à côté d'elle ! »

Nanette haussa les sourcils et constata :

« Elle n'a pas dû y penser...

– Ce n'est pas possible ! Tu parles d'une excuse ! Elle t'a traitée comme une domestique et tu n'as rien dit ! Tu l'as laissée faire, tu t'es gentiment retournée... Moi, je serais partie avec la gosse ! Tu es trop bonne ! Et bon et bête... »

Elle n'osa pas ajouter « commencent par la même lettre ». Nanette attendit un moment avant de demander calmement :

« Et après ?

– Après quoi ?

– Si j'étais partie avec Monette en claquant la porte, crois-tu que cela aurait simplifié sa vie ?

– La vie de qui ?

– Celle de Monette, naturellement ! Je me fiche de celle de la mère Chanaz comme d'une guigne ! »

Nanette avait parlé plus fort. Elle reprit un ton plus calme.

« Mme Chanaz est sa grand-mère, tout comme moi, que cela te plaise ou non. La gamine devra la fréquenter aussi longtemps que le bon Dieu le voudra. Inutile de compliquer leurs relations dès le premier jour pour un peu d'amour-propre ! D'ailleurs, je te précise qu'elle s'est montrée très gentille avec la petite ; elle l'a littéralement gavée !

– Elle l'achetait, tu veux dire !

– Peut-être ! En tout cas, Monette était ravie. Ta belle-mère a beaucoup de retard à rattraper avec sa petite-fille. Il m'a semblé qu'elle était toute prête à l'accueillir comme… comme une vraie grand-mère !

– C'est ça ! Monette, pardon, Simone, est sa vraie petite-fille, la seule, je te le rappelle, mais Madeleine est son unique vraie belle-fille. Les deux autres sont des paysannes ou des domestiques, ainsi que leur famille respective. Et dire qu'il lui suffisait de te faire asseoir parmi les Dames zélatrices ! »

La colère de Louise se nourrissait de regrets amers. Nanette sourit avant de demander :

« Tu sais ce que je pense ? Je crois que Mme Chanaz s'est vengée ! Elle a commis une mesquinerie qui la rapetisse. Lorsqu'elle s'en rendra compte, elle aura tellement honte… Je n'échangerais pas ma place pour la sienne !

– Vengée ? Vengée de qui ?

– Si ! C'est ce que je pense. Depuis six ans, je lui ai pris cette petite ; cet après-midi, elle me l'a un peu fait payer ! »

Louise fit une grimace méprisante.

« Si c'est vrai, elle est encore plus minable que ce que je croyais.

– Ce n'est pas minable, c'est humain !

– Alors, il a des progrès à faire, l'humain ! Et dire que je suis en train de lui pondre un autre petit-enfant ! Ah ! cela me navre !

– Allons ! ma fille ! Tu ne le fais pas pour elle ! »

Quoi qu'en dise Nanette, Louise trouvait de plus en plus étouffant ce lien que constituait Monette entre elle et Claudine Chanaz, lien que le bébé à venir allait renforcer. Elle ne pouvait accepter que cette femme s'approprie ses enfants en rejetant la famille Rossillon. La joie d'être grand-mère, la jalousie ou l'indifférence, rien n'excusait le comportement qu'elle avait eu tantôt. En plus, la mère Chameau avait instillé des idées perverses dans l'esprit de la petite : une grand-mère pouvait en mettre une autre au piquet, la priver, et l'injustice rester impunie ! Voilà qui cadrait mal avec la morale que l'on tâchait d'enseigner aux enfants !

Philippe rentra tard ce soir-là. Son frère et lui avaient fini de monter un gros fourneau sur Sathonay. François avait un peu abusé de l'hospitalité de la maîtresse de maison et la pause-café pousse-café s'était éternisée. Le travail avait traîné en longueur et, pour couronner le tout, en rentrant à la Croix-Rousse, ils étaient tombés sur un pote de François qui fêtait sa chance à la tombola des Gueules cassées. Philippe avait fini par l'arracher au comptoir pour le ramener chez lui. Ils n'avaient pas été bien accueillis ; Madeleine avait même reproché à Philippe de ne pas avoir su tempérer son frère. Malgré la tendresse qu'elle éprouvait pour son mari, elle commençait à supporter de plus en plus mal son penchant pour la bouteille. D'ailleurs, tout portait à croire que lorsqu'il rentrait dans cet état elle désertait le lit conjugal. Philippe ne donnait pas tort à sa belle-sœur, pourtant il n'allait jamais jusqu'à condamner son jumeau et il faisait son possible pour arranger les choses. Louise pensa, une fois de plus, qu'il portait sa gémellité comme une croix. Elle jugea que le moment était mal venu pour l'impliquer dans un nouveau conflit.

Au dîner, Monette apporta le restant des petits-fours dressé sur une assiette. À ses explications, Philippe comprit vaguement que sa mère ne s'était pas bien comportée avec Maminette. Il poussa un soupir de découragement et demanda à Louise si elle souhaitait qu'il aille lui dire deux mots. Elle contempla les cernes qui soulignaient ses yeux. Ses traits tirés trahissaient la fatigue autant que l'abandon de son grand corps sur la chaise. Non, elle n'allait pas envoyer son bel amour à la bataille ! Cette fois, c'est elle qui devait aller mater la mégère du 50 *bis*.

« Je n'en aurai pas pour longtemps, dit-elle soudain. Je m'en vais avoir une explication avec madame ! »

Elle défit son tablier et sortit sans même prendre la peine de vérifier sa coiffure ou de passer une veste. La soirée d'août était tiède. Elle traversa le carrefour d'un pas décidé et se mit à remonter la Grande Rue en ruminant les reproches qu'elle adressait en secret à sa belle-mère depuis si longtemps. Elle allait lui dire ses quatre vérités ! Elle allait pointer sa morgue, son manque de cœur. La marquise allait tomber de son piédestal !

La pente de la rue commençait à avoir raison de l'allure vive de la jeune femme dont la grossesse alourdissait déjà le pas. Arrivée à la rue Hénon, sa colère avait décru et laissait place au regret de constater le gâchis qu'avaient constitué tous ces moments perdus qui auraient dû être autant de moments de bonheur.

Lorsqu'elle gravit la dernière volée de marches avant de sonner à la porte de l'appartement du premier, Louise éprouvait surtout de l'amertume, de la rancune et une grande tristesse.

« Louise ! » s'exclama Claudine Chanaz en entrebâillant la porte. Louise poussa le battant et avança jusqu'à la cuisine. Au bord de l'évier, deux couverts et une assiette retournée attestaient que Mme Chanaz s'était contentée d'un petit repas froid, des restes probablement, qu'elle avait mangé toute seule. Ce repas de solitaire contrastait vivement avec les tablées que Louise avait connues dans son enfance, et même, de manière moins criante, avec celle qu'elle venait de quitter. Louise regarda la femme qui se tenait devant elle. Elle avait dû commencer à se préparer pour se mettre au lit car son sempiternel chignon avait été refait à la hâte. À soixante et un ans, elle avait encore belle allure. Elle était toujours svelte, ses cheveux grisonnaient à peine, mais ce n'est plus l'image de la jeunesse qui émanait d'elle, c'était plutôt celle du dessèchement ; le corps de Claudine Chanaz reflétait le dessèchement de son cœur ! Louise ne savait plus ce qui, de la pitié ou du mépris, l'emportait en cet instant. Elles étaient toutes deux plantées dans le couloir, gênées de se trouver face à face sans motif officiel.

« Il est bien tard ! » remarqua Mme Chanaz.

La remarque eut le mérite de fouetter l'amour-propre de la jeune femme qui serra les poings en se raidissant.

« Oui ! Je sais. Mais ce que j'ai à vous dire ne saurait attendre demain, j'ai déjà eu du mal à me retenir jusqu'à maintenant !

Tantôt, vous vous êtes comportée de manière innommable avec ma mère !

– Mais comment... »

Louise ignora la tentative de commentaire.

« Insupportable, devrais-je dire, et pourtant je crois avoir tout supporté de vous ! Votre indifférence, vos sarcasmes ! Je ne suis peut-être pas issue d'une famille aussi prestigieuse que la vôtre, il n'existe pas de rue à mon nom, mais mes parents sont des gens honnêtes et travailleurs. Ils ne méritent pas le mépris dont vous les accablez ! »

Mme Chanaz restait interdite, la main posée sur la poitrine. Elle essaya de dire quelque chose mais Louise ne lui laissa pas la parole.

« Vous avez traité ma mère d'une façon que les Millon, ses employeurs de Frangy, auraient jugée indigne !

– C'est que Simone...

– Vous traitez moins bien vos fils Luc et Philippe que le dernier des misérables de votre paroisse qui, lui, a droit à votre commisération ! Et je ne parle pas de leurs femmes qui n'ont pas eu le bon goût d'apprendre le piano. Le certificat n'a pas de valeur face à Debussy, 'pas ? Quoi que je puisse faire, je ne serai jamais que le ventre qui vous a donné une petite-fille. Et encore ! Simone a la chance de ressembler aux Chanaz ! Un rien de Rossillon vous en aurait dégoûtée ! »

L'habituelle superbe de Claudine Chanaz avait complètement disparu. Elle faisait partie de ceux que la colère des autres tétanise. Elle s'entendait à exercer son pouvoir sur les faibles mais l'assurance d'autrui la faisait plier.

« Mais non ! protesta-t-elle.

– Mais si ! insista Louise. Je sais très bien que ma fille ressemble à quelqu'un que vous avez aimé ou qui vous a aimé ! Seulement voilà : elle a été élevée depuis six ans par ma mère et, un jour, c'est les pignoufs que vous verrez surgir dans ses gestes ou dans son accent ! Et que serez-vous bien capable de lui dire ce jour-là ? Irez-vous jusqu'à la mettre au piquet devant une fenêtre ? Je ne laisserai pas mon enfant subir votre mépris des petites gens ! Elle ne viendra plus ici. Si vous voulez nous voir, vous n'aurez qu'à descendre la rue, le *Café de la Boucle* est tout au bout ! Mais si vous avez peur de vous mêler à la populace, restez donc ici, toute seule ! »

Louise pointa vers sa belle-mère un index accusateur avant de reprendre :

« Vous faites le vide autour de vous ! Luc a fui la Croix-Rousse ; Philippe travaille comme un nègre pour payer les traites du café et aider son frère et vous ne voyez en lui qu'un anarchiste sans ambition ! Quant à François… je ne sais même pas si vous avez remarqué ce qui se passe en bas !

– Qu'est-ce qu'il a, François ? » demanda Claudine Chanaz avec sincérité.

Louise soupira, gagnée par la lassitude.

« Ce n'est pas possible ! Sauf votre respect, vous avez de la peau de saucisson devant les yeux ! Vous vivez dans votre monde et vous attendez des autres qu'ils fassent l'effort de se soumettre à vos codes. Votre prochain n'existe que s'il est référencé par le père Villebonnet ! Vous vous dévouez pour la paroisse mais vous ignorez votre propre famille ! Descendez de votre autel, les saints y sont tout seuls ! »

Claudine Chanaz la fixait, bouche bée, ses yeux gris-vert agrandis par la stupeur et l'incompréhension. Louise n'attendit pas que sa belle-mère se reprenne car sa colère l'avait quittée et elle craignait maintenant d'être moins vaillante. Tout était dit ; il était inutile de prolonger le face-à-face. Elle quitta l'appartement sans se retourner. Elle allait sortir de l'allée lorsqu'elle entendit la porte du premier se refermer doucement. Claudine Chanaz était-elle encore sous le coup de ses paroles ?

Elle éprouvait un intense soulagement en descendant la Grande Rue. Enfin libérée, elle était secouée de petits tremblements qu'elle aurait pu imputer au rire autant qu'aux larmes. Elle avait tourné la page. Désormais, Claudine Chanaz ne porterait plus son empreinte sur sa vie. Mais l'absence n'est pas l'oubli…

XXIX

FRANÇOISE NAQUIT au mois de janvier 1930. On lui donna François Chanaz pour parrain et Marisa pour marraine. Cette dernière venait de rompre avec le premier galant sérieux qu'on lui eût connu. Ce vieux garçon aimable et soigné aurait pourtant fait un bon époux mais Marisa n'avait pas pu supporter sa mère. Il était le fils unique d'une veuve qui le tenait sous sa coupe, et il ne pouvait se résigner à vivre loin d'elle. À trente ans, Marisa n'entendait pas être régie par une autre loi que la sienne. Cette décision fut le point de départ de ce qu'elle appela « sa nouvelle vie ». Cinquin avait décidé de passer la main à son neveu, l'homme que Marisa avait remplacé lorsqu'elle avait été embauchée. Elle n'avait guère apprécié, alors, le paternalisme proche de la condescendance dont il avait fait preuve en la formant. Elle décida donc d'abandonner la restauration. Elle aspirait désormais à des horaires plus réguliers, et surtout plus conformes à ceux de la majeure partie des gens. Elle espérait ainsi pouvoir faire d'autres rencontres car, malgré son expérience décevante, elle n'avait pas perdu l'espoir de trouver le compagnon de toute une vie. Elle se rendit donc disponible au moment de la naissance du second enfant de sa sœur et prit plaisir à l'assister et à la remplacer en cuisine. Ce fut elle qui organisa le repas de baptême qui eut lieu dans la salle du café, exceptionnellement fermé pour l'occasion.

Louise et Philippe en avaient profité pour fêter, avec un peu de retard, l'inauguration de leur établissement. Ils avaient invité beaucoup plus de monde que lors du baptême de Simone. Pour la première fois, Étienne répondit présent et arriva seul de Bellegarde. On savait qu'il vivait avec « quelqu'un », mais on ignorait pourquoi il ne souhaitait pas officialiser cette liaison. Séverine et Jean Reverdy prirent le train en même temps que Noël et Maminette, accompagnés de la fidèle tante Léonie. En revanche, l'oncle et la tante de Beauchastel déclinèrent l'invitation. La distance, l'âge – ils approchaient les quatre-vingts ans – et la mauvaise saison étaient autant d'obstacles à leur venue. Philippe accepta d'inviter Marcel Lacraz, le frère de lait de Louise, qui s'était marié avec la fille de son dernier patron, un garagiste, dont il devait reprendre l'affaire. Ils s'étaient retrouvés un peu par hasard ; hommes et femmes avaient sympathisé autour de parties de « coinche », la belote contrée lyonnaise, âprement disputées. Les Rossillon se réjouissaient de le rencontrer de nouveau. Luc et Clémence étaient venus également, au grand bonheur de Louise. Ils logeaient chez la tante Lacaze, désormais veuve pour la seconde fois. Philippe avait invité sa mère, pour ne pas lui donner l'occasion de se plaindre, et on décida de la placer en bout de table, en compagnie de sa sœur, de Madeleine et de François, puisqu'ils étaient les seuls dont elle semblait trouver le commerce agréable…

Curieusement, le jour du baptême, Claudine Chanaz se trouva clouée au lit par la grippe. Madeleine, qui était passée la chercher avant la messe, assurait qu'il ne s'agissait pas d'une maladie diplomatique… Chacun s'arrangea fort bien de cette absence. À la fin du repas, Louise fit porter deux parts de dessert chez Nini et une au 50 *bis*. Elle ne pouvait se résoudre à agir comme si sa belle-mère n'existait pas et ne pouvait décemment pas faire moins pour elle que pour une voisine.

On avait de nouveau séparé les tables et plusieurs groupes s'étaient formés selon les sujets de discussion ou l'envie de battre les cartes. Le temps n'était pas propice aux parties de boules, la salle vibrait du brouhaha des conversations. Louise venait de donner la tétée à Françoise ; elle s'attabla devant une tasse d'infusion de tilleul que lui avait préparée sa mère. Clémence vint s'asseoir à côté d'elle. Bien qu'elle ait tout juste atteint la quarantaine, elle avait beaucoup vieilli depuis leur dernière rencontre. L'opération qu'elle avait subie au moment de la naissance de Monette avait entraîné un retour d'âge prématuré. Elle s'était épaissie et deux ailes de cheveux gris encadraient son visage, accentuant la douceur de ses traits.

« Alors Louise ? Pas trop fatiguée ? Tu as du courage de nous recevoir si près de tes couches !

– Je suis bien entourée, tu sais ! Ma sœur Marisa m'aide beaucoup et puis la petite est très facile. C'est un bébé très calme...

– Je t'envie ! dit Clémence avec une pointe de regret dans la voix. Moi, je n'en aurai jamais. J'ai eu un épaississement de la matrice, il a fallu tout enlever... Je faisais des hémorragies... Ça m'ennuie surtout pour Luc ; il aurait tant aimé avoir un petit...

– Heureusement que vous avez votre neveu, le filleul de Luc ! René, c'est ça ?

– Jean-René ! Il a onze ans maintenant.

– Déjà !

– Oui ! Il va passer le certificat cette année ; il est bon élève !

– Il habite toujours avec vous ?

– C'est un peu compliqué... Quand ma sœur s'est mariée, il y a six ans, elle a voulu le reprendre avec elle. À la naissance de son deuxième, Jean-René a commencé à avoir des problèmes avec son beau-père : le bonhomme faisait trop de différences entre lui et son fils. Il voyait Jean-René comme un grand, il est devenu dur avec lui... Ma sœur s'occupait beaucoup du petit, elle était tellement heureuse d'avoir cet enfant avec un papa. Pour Jean-René, la naissance avait été plus... moins... enfin...

– Elle ne pouvait pas se réjouir tout à fait, c'est ça ?

– Forcément, étant donné sa situation, à l'époque... Nous lui avons proposé de le reprendre mais à Ménil-la-Tour, où elle vit, l'école est plus grande. Il y a un bon maître pour les garçons ; il les mène tous au certificat… à part les innocents. Alors on a décidé qu'il resterait en pension chez sa mère et qu'il viendrait chez nous le dimanche et pendant les vacances. Je crois que nous avons bien fait. Luc aime énormément ce petit et le gamin le considère comme son père, mais il fallait faire passer les études avant tout : Francis était instituteur. Nous avons agi comme l'aurait fait son père. Probablement. L'an prochain, il ira au lycée à Toul. Et puis après, on verra bien… En tout cas, Luc est décidé à l'aider tant qu'il le faudra s'il est doué pour les études.

– Ah ! s'exclama Louise, surprise. Il est drôlement généreux !

– Dame ! les mirabelles commencent à rendre. D'ailleurs, il a apporté une de ses premières bouteilles et il l'a ouverte pour le café pendant que tu n'étais pas là. Veux-tu goûter ? »

Devant la mine réprobatrice de Louise qui allaitait sa fille, elle se dépêcha d'ajouter :

« Sur un sucre, bien sûr !

– Allons-y pour un sucre ! » concéda Louise, complice.

Clémence alla chercher la bouteille et fit couler un peu d'alcool sur un sucre au-dessus de sa tasse à café. Elle tendit la cuillère à Louise.

« Tiens, goûte ! »

Le sucre s'écrasa sur la langue de Louise qui eut un peu de mal à en distinguer la note fruitée tant la saveur était incendiaire.

« Mm ! apprécia-t-elle néanmoins. C'est bien meilleur que le marc !

– Pour un connaisseur, c'est une évidence ! Les pruniers de Luc sont bien exposés ; il a pris beaucoup de soin en les plantant. Les récoltes seront abondantes, la goutte devrait être bonne. Nous pensons que d'ici deux ou trois ans tout au plus il pourra quitter l'usine.

– Ah bon ! Il prendrait ce risque ? »

Pour Louise qui connaissait trop bien les aléas de l'agriculture, quitter une place assurant un revenu régulier pour se soumettre aux caprices du temps constituait vraiment une prise de risque.

« C'est un risque mais c'est aussi beaucoup de fatigue. Tu sais ce que c'est de faire double journée, je crois que c'est aussi le cas de Philippe... »

Louise hocha la tête.

« ... En plus, Toul est à quinze kilomètres et il s'y rend le plus souvent à bicyclette, quoique maintenant il existe une ligne d'autocar jusqu'à Ménil. La vérité, c'est que Luc n'aime pas trop le travail à l'usine. Depuis quelque temps, les conversations se sont beaucoup politisées et je ne crois pas que les idées ambiantes soient tout à fait les siennes... Ce qu'il préfère, c'est être son propre patron, sur ses terres, par tous les temps. Et on peut dire qu'il les a bien méritées ses terres ! Il les a lui-même modelées ! »

Luc en paysan, sur les terres qu'il avait conquises sur les champs de bataille : c'était une image qui ne réjouirait guère Claudine Chanaz, elle qui n'avait eu de cesse de lui prédire un échec ! Louise remarqua :

« Et dire que sa mère considère cela comme un renversement de l'évolution !

– Qu'est-ce que tu veux dire ?

– Antoine Chanaz a quitté la Savoie pour la ville ; il a marié son fils à la descendante d'une illustre famille, et son petit-fils redevient...

– Quelle illustre famille ? Tu plaisantes !

– Les Servient ! Une rue... »

Clémence éclata de rire, laissant Louise déconcertée.

« Ne me dis pas que tu n'es pas au courant ! »

Comme Louise ne répondait pas, Clémence se rapprocha et souffla :

« Claudine Servient descend des Servient par la main gauche ! Je suis surprise que ton mari ne t'en ait pas parlé !

– Il n'est peut-être pas au courant, s'empressa-t-elle de répondre. Avec François, ils ont toujours vécu dans leur monde, alors...

– C'est possible, après tout. Luc ne l'a découvert qu'en venant demander des copies d'état-civil pour notre mariage. Par curiosité, il a un peu fouillé dans les archives… C'est curieux qu'il n'en ait jamais parlé à ses frères.

– Il a peut-être estimé que ceux qui cherchaient à savoir sauraient trouver… »

Clémence approuva. Louise remarqua :

« Mais Mme Chanaz s'appelait pourtant bien Servient !

– Oui. Son père a régularisé tardivement, probablement après le décès de sa femme “officielle”. Il était déjà assez âgé. Le même jour, il a épousé la mère et reconnu les trois enfants dont l'aîné avait déjà dix ou onze ans, je ne me rappelle plus exactement. »

Louise n'en revenait pas. Claudine Chanaz n'était pas issue de la bourgeoisie comme elle l'avait cru depuis toujours. Sa mère avait été la maîtresse d'un négociant aisé qui avait installé sa famille naturelle hors des murs de la bonne ville de Lyon, sur les lieux où il faisait ses affaires en somme. Louise soupçonnait une histoire d'amour puisqu'il avait épousé sa maîtresse, reconnu ses enfants et en avait fait ses héritiers. L'histoire ne disait pas s'il avait eu d'autres descendants… Claudine Chanaz ne pouvait pas l'ignorer ; elle devait avoir autour de quatre ans lorsqu'elle avait pris le nom de son père…

« Finalement, il s'agit d'une histoire qui finit bien ! conclut Louise.

– Effectivement ! Mais cela ne vaut pas le droit de prendre des grands airs… Maintenant que tu le sais, tu ne te laisseras plus impressionner !

– On peut dire qu'elle m'en a imposé au début. Depuis un certain temps, c'est terminé ! Vois : nous avons fait notre vie sans elle ! »

Du geste, elle désignait la salle toute vibrante de la gaîté des conversations. Luc et François avaient réussi à faire parler Jean Reverdy qui commentait la mirabelle, avec plus de mimiques que de phrases ! Étienne, Philippe, Marcel et Noël jouaient à la manille. Les femmes commençaient à débarrasser le couvert, mis à part Nanette à qui Monette confiait ses secrets d'école. Louise et Clémence se levèrent.

Tout en participant au rangement de la vaisselle, Louise réfléchissait à ce que lui avait confié sa belle-sœur. Elle avait toujours pensé que l'hostilité de Claudine Chanaz à son égard et, dans une moindre mesure, à l'égard de Clémence était due à son milieu d'origine. Elle aurait pour fondement le rejet de la mésalliance. À la lumière des dernières révélations, Louise entrevoyait une autre explication. La mère de Claudine avait vécu une histoire d'amour qui s'était heureusement terminée alors qu'elle-même avait souffert d'une passion contrariée. Par devoir, par sens moral ou par manque d'audace, ils n'avaient pas succombé. C'était peut-être la raison pour laquelle elle en voulait à ses deux brus. Pour elles, ses fils avaient osé braver l'autorité parentale, tourner le dos à une vie tracée et choisir une nouvelle existence. Plutôt que d'incriminer ses enfants, c'est à elles qu'elle attribuait la responsabilité de ce choix. Leur couple était l'exemple permanent de ce qu'elle n'avait peut-être pas osé faire…

Claudine Chanaz n'avait pas simulé. Elle dut rester alitée une huitaine de jours au cours desquels Louise évita de lui rendre visite. Toutefois, elle lui fit apporter quotidiennement une portion du plat du jour par Philippe lorsqu'il rejoignait l'atelier. Ce fut sa façon d'apporter sa contribution : elle ne pouvait pas risquer la contagion, moins pour elle que pour son bébé.

Avec cet enfant, Louise se sentait enfin devenue mère ; c'en était fini des inquiétudes, des incertitudes qui l'avaient assaillie lors de la naissance de Monette. La vie paraissait toute simple, rythmée par les tétées, l'horaire de l'école, le flux et le reflux de la clientèle et les repas partagés en famille. Grâce à l'aide de Marisa, Louise pouvait réellement profiter de son nourrisson. Elle savait maintenant combien les enfants grandissent vite.

Françoise était une brunette au petit nez. À la couleur bleu foncé de ses yeux, on savait qu'ils seraient sombres comme ceux de sa mère. D'ailleurs, Nanette avait souri en la voyant : cette fois, il s'agissait d'une petite Rossillon. Elle n'avait pas contredit Philippe lorsqu'il avait prétendu qu'elle ressemblait à Louise. Françoise était calme, elle prenait bien ; elle était même un peu vorace et avait tendance à régurgiter malgré les précautions. Monette s'y entendait pour tapoter patiemment le dos du bébé appuyé contre sa poitrine, jusqu'à l'obtention d'un renvoi sonore qu'elle accueillait d'un « rote Charlotte ! » réjoui. La petite fille découvrait que certains comportements pouvaient être particulièrement bien accueillis de la part d'un tout-petit et franchement proscrit dès lors que l'on atteignait l'âge de raison !

Françoise avait fêté son premier mois lorsque ces régurgitations se muèrent en vomissements qui devinrent inquiétants. Ils commencèrent à se produire de façon systématique, une vingtaine de minutes après la tétée, de manière assez explosive. On suspecta un problème digestif passager car la petite n'avait pas perdu l'appétit. Mais après un jour ou deux, il devint patent qu'elle n'assimilait plus rien. Le médecin des Chanaz vint examiner l'enfant, lui palpa l'abdomen, lui pinça légèrement la peau du ventre. Les parents consternés remarquèrent la trace de peau flétrie, le creux que la fontanelle formait sur le crâne, les cernes sous les yeux. La petite fille qui, quelques jours plus tôt, criait de faim était devenue somnolente, atone.

Le médecin ne leur laissa guère d'espoir. L'enfant était atteinte d'un épaississement du muscle qui ferme l'estomac et cette anomalie ne se réduisait presque jamais spontanément. Leur fille allait mourir sans plus souffrir, faute de pouvoir manger ni boire. L'inconscience précéderait une défaillance des reins ou du cœur.

Révulsés par cette annonce, Louise et Philippe tinrent à emmener Françoise à l'hôpital pendant que Marisa gardait Monette à la maison en essayant de la préparer au pire. Le diagnostic fut confirmé et on leur expliqua que, dans l'état actuel des connaissances, il n'était pas possible d'opérer un enfant aussi petit, faute de pouvoir l'anesthésier.

Ils renoncèrent à comprendre ce qu'ils avaient pu faire pour mériter un tel malheur et pourquoi le sort était tombé sur leur petite fille. Leur rage s'épuisa et ils durent se résigner à laisser s'éteindre la petite flamme.

Louise n'était pas la première mère à perdre son enfant. L'une de ses cousines, du côté Revillard, avait vu sa fille emportée à l'âge de deux ans, juste avant la guerre et la mobilisation de son mari. Les permissions puis le retour de ce dernier n'avaient fait qu'aviver sa peine. « Notre petit ange aurait eu aujourd'hui trois ans », « Il ne manque que notre petit ange à notre bonheur » : tels étaient les termes des cartes qu'elle avait envoyées à Marisa dans les années qui avaient suivi, cartes que Marisa conservait dans sa collection... Il avait fallu cinq ans pour qu'elle soit de nouveau enceinte. Et pourtant, à elle aussi, on avait dû dire : « Vous êtes jeune, vous en aurez d'autres ! Elle était si petite, elle est avec les anges ! Faites-en vite un autre, c'est le mieux ! » Médecin, curé, voisins et proches, tous s'entendaient à relativiser la perte d'un nourrisson. Et pourtant, la petite Françoise commençait à rendre les sourires ; elle occupait déjà sa place dans la famille. Ce n'était pas tout à fait rien ! Elle ne s'était pas effacée, elle était morte. Il allait falloir lui donner une sépulture.

Dès l'annonce du décès de Françoise, Claudine Chanaz proposa le caveau familial à Philippe. Dans un premier temps, Louise trouva saugrenue l'idée d'enterrer sa fille à la Croix-Rousse. Elle suspecta sa belle-mère de vouloir s'approprier ce deuil pour gagner la compassion de ses connaissances. Elle se raisonna : Claudine Chanaz n'avait besoin d'apitoyer personne. Depuis la grande scène, toutes deux faisaient semblant d'avoir oublié l'épisode. À bien y réfléchir, la proposition paraissait sans arrière-pensée. C'était peut-être, en quelque sorte, une main tendue... Puis l'évidence s'imposa : où la mettre, sinon ici ? En Savoie, les Rossillon n'avaient de tombe ni à Frangy ni à Chaumont. La Nêne et le pépé Joset reposaient à Vanzy mais la petite ne les avait même pas connus et Vanzy était trop éloigné de la rue Basse.

Françoise y serait bien seule. Sa place était bien ici, près de ses parents, dans ce quartier devenu familier, entre la rue Hénon et l'atelier de soierie. Philippe avait dit : « Elle sera avec mon père et mon grand-père ! » Louise s'était sentie un peu égoïste d'avoir pensé à la Savoie car l'enfant était aussi celui de Philippe. Même s'il ne semblait pas éprouver autant de peine qu'elle, qui sait si le décès de cette innocente ne remuait pas en lui le souvenir douloureux d'autres morts, peut-être plus éprouvantes, au champ d'honneur ?

Sous le nom de Louis Chanaz, on inscrivit : *Françoise Marie Chanaz – 1930 – 40 jours.* Claudine Chanaz offrit une statue d'ange en marbre blanc qui désigna à tout jamais au passant la présence d'un enfant dans le tombeau.

Rapidement, le chagrin dû à la disparition de sa fille se mua en angoisse de voir replonger son mari dans ses souvenirs de guerre. Louise se mit à craindre de le voir repartir passer des journées entières à pédaler comme un fou sur les routes de la région pour échapper à ses cauchemars, comme son jumeau se réfugiait dans l'alcool dès le déclin du soleil.

Cette préoccupation lui permit de surmonter son deuil. Elle fit en sorte de lui rendre la vie de famille aussi agréable que par le passé, veillant à ne pas trop l'importuner par les soucis de gestion du café. Aux repas, elle incitait Monette à raconter ses petits exploits scolaires au grand plaisir de la gamine, trop heureuse de profiter d'un auditoire aussi attentif. Elle faisait l'effort de ne pas se fâcher avec Marisa, dont le caractère n'était pas facile ; elle avait encore tellement besoin d'elle.

Elle écouta ce qu'avait dit sa mère lors des obsèques : « Fais-en un autre, le plus vite possible, il faut la remplacer ! » Elle s'appliqua à faire en sorte que ce bébé de remplacement puisse être conçu, même si certains soirs le corps devait se forcer un peu pour l'exercice. La fatigue a parfois raison de l'envie.

Les mois passant, la vie au *Café de la Boucle* se mit à ressembler à une certaine idée du bonheur. Marisa trouva de l'embauche chez Lamy, dans l'atelier même où Louise avait travaillé. Elle prenait généralement ses repas au café et continuait d'aider Louise, reportant à plus tard son projet de dénicher un mari.

Dans l'été, on apprit que Séverine attendait un autre enfant et, deux mois plus tard, Louise annonça qu'elle aussi était enceinte. Avec la certitude que le futur bébé viendrait balayer les mauvais moments, elle se mit à couver.

Louise était convaincue qu'elle attendait un garçon. Elle prenait beaucoup plus de poids que pour ses grossesses précédentes, alors qu'elle n'avait même pas repris sa silhouette d'avant Françoise. L'idée de mettre au monde un héritier Chanaz lui plaisait assez mais, dans son for intérieur, c'est une autre petite fille qu'elle désirait. Monette était très inquiète. Elle voulait savoir si le bébé pouvait avoir la même malformation que sa petite sœur et faisait parfois des cauchemars qui la réveillaient en larmes au milieu de la nuit. Philippe demanda à un infirmier de l'hôpital, qui venait parfois prendre un pot avec quelques collègues, de la rassurer. L'homme en blouse blanche accepta de jouer les grands docteurs et expliqua à la petite fille combien cette « sténose » était rare et qu'il n'y avait aucun risque qu'un tel drame se reproduise.

Au mois d'avril 1931, Louise perdit les eaux alors qu'elle n'en était qu'à son septième mois de grossesse. Elle savait très bien que c'était le signe annonciateur d'un accouchement imminent. Philippe se rendit chez la sage-femme de la place de la Croix-Rousse mais cette dernière était déjà chez une autre parturiente. Sans plus attendre, il commanda une voiture pour conduire Louise à la clinique de la rue Bournes.

Louise accoucha sans difficulté d'un bébé maigre, à la tête de tortue renfrognée. Lorsque la sœur annonça « C'est une fille ! », elle faillit lui dire qu'elle se trompait. Le travail se calma tandis que le nouveau-né recevait les premiers soins. C'est alors qu'on s'aperçut que le ventre de l'accouchée présentait encore un renflement important tout en haut de l'abdomen.

« Il y en a un autre ! » déclara la sœur.

À nouveau, Louise eut envie de lui dire qu'elle se trompait : elle aurait dû accoucher d'un garçon ; elle n'allait pas, en plus, avoir des jumeaux, alors que sa propre belle-mère « n'aurait pas souhaité cela à sa pire ennemie ».

Bien sûr, la sage-femme ne se trompait pas.

« Poussez, madame ! Allez ! » ordonna la sœur.

Les contractions s'étaient calmées, Louise avait plutôt envie de dormir.

« C'est qu'il faut qu'il descende, ce paresseux ! »

Déterminée, la sœur mit un genou sur le lit et poussa, à deux mains, de toutes ses forces, vers la sortie la bosse que faisait le second bébé. Louise poussa un cri guttural qui alerta Philippe dans le couloir. La violente poussée avait arraché le jumeau au nid qu'il ne voulait pas quitter. Quelques minutes plus tard, c'est une seconde fille qui vit le jour.

« Le papa est très content, annonça la sœur qui avait prévenu Philippe. Il reviendra vous voir tout à l'heure. Tout s'est bien passé, on s'occupe de vos petites. Elles sont un peu prématurées mais elles se portent bien. On les a mises en couveuse ; on vous les apportera dans quelque temps. »

Louise ne pensait qu'à Philippe dans son couloir.

« Je n'en doute pas ! Deux filles pour un garçon, il doit être ravi ! » ironisa-t-elle avant de s'abandonner à la somnolence.

Lorsqu'une autre infirmière lui amena ses filles dans sa chambre, Louise était impatiente de découvrir leur visage. Elle n'avait pas pu distinguer les traits des petites choses couvertes d'un enduit blanchâtre qui étaient sorties de son ventre. Les fillettes lui parurent minuscules, non pas parce qu'elles étaient nées avant terme, mais parce qu'elle les comparait inévitablement à l'enfant de 40 jours qu'elle avait perdu. Elles avaient un joli teint abricot dû, selon la sœur infirmière, à un ictère du nourrisson carabiné ! La première-née avait néanmoins le teint plus clair, les cheveux plus clairsemés que la seconde fillette que Louise découvrit avec ravissement. Ce bébé présentait une ressemblance frappante avec Françoise. Louise ne put s'empêcher d'y voir une intervention divine, comme si le Ciel avait voulu se faire pardonner une erreur ou une faute ! C'est cette petite que l'on appellerait Françoise ; ce serait elle la remplaçante ! Louise aimait déjà ce visage ovale, ce petit bout de nez ; ils lui étaient familiers. L'autre fillette était plus surprenante. Le visage carré, les pommettes dessinées lui donnaient un air asiatique accentué par la jaunisse. Louise s'amusa à y reconnaître un souvenir rapporté par Philippe de sa guerre en Orient ! Ils n'avaient pas prévu de prénom pour ce petit Tartare !

Philippe arriva avec un bouquet de renoncules et un sachet de pâtes de fruits. Il l'embrassa avec tendresse, posa ses présents sur le drap.

« Tiens, ma Lalou ! Les fleurs, c'est de moi ; les bonbons, c'est de la part de ma mère ! »

Il frappa dans ses mains.

« Bon, par quoi je commence ?

– Par t'asseoir, peut-être ?

– Pourquoi pas ? »

Il approcha un siège, s'assit et lui prit la main.

« Je suis passé à la pouponnière. Tu m'as donné deux magnifiques petites filles ! Une blonde et une brune, cela nous en fait chacun une !

– Tu ne regrettes pas le garçon ?

– Bien sûr que non ! Je te l'ai déjà dit : les garçons sont de mauvais sujets, juste bons à faire pleurer leur mère !

– Et ton nom ?

– Pff ! mes frères n'ont qu'à s'y mettre ! Au fait, Jean Reverdy a téléphoné : ta sœur a eu une fille, hier. Lorsque je lui ai répondu que tu en avais eu deux, il a cru que je plaisantais ; il s'est presque fâché et il a fallu que Marisa le lui confirme. En plus, il m'appelait pour me demander d'être parrain…

– Ils l'appellent comment ?

– Josette ! Et nous, on va choisir quoi pour nos filles ?

– Françoise…

– Pour la brunette, n'est-ce pas ? C'est drôle, je trouve qu'elle lui ressemble… un peu…

– Moi aussi ! »

L'exclamation de Louise résonna dans la pièce. Elle proposa :

« On pourrait reprendre François pour parrain et Marisa pour marraine. Pour l'autre, on aura qu'à prendre Luc et… Séverine !

– Impeccable ! On l'appelle comment, le blondinou ? »

Louise fit une moue d'ignorance. Philippe dit en souriant :

« J'aimerais bien Solange… »

L'espace d'un instant, Louise pensa à Gabrielle, au nom d'archange, et sentit poindre la jalousie. Se pouvait-il qu'il y pense encore ? Comme elle ne répondait pas, il poursuivit :

« Céleste ?

– Non, c'est vieux !

– Juliette ? J'aime bien Juliette aussi ! »

La petite ne pouvait en aucun cas s'appeler Juliette, comme Juliette Millon ! Elle fronça les sourcils. Il hésita :

« Clémence… c'est joli Clémence, c'est doux !

– Oh ben… quand même, pas Clémence ! »

Philippe était à court d'idées. Découragé, il récita :

« Mm… Il y a tous les noms en "ine" : Jacqueline, Jeannine, Marceline, mais ça fait un peu… Claudine. Les noms en "ette" : Colette, Odette, Yvette, Paulette, Pierrette, Claudette, mais il y a déjà Monette !… Solange, c'est Monette qui en avait eu l'idée…

– Ah ! alors va pour Solange ! Monette sera contente, et puis c'est original !

– Bien, j'irai déclarer Solange et Françoise Chanaz, nées le 27 avril 1931, et ma mère ira leur ouvrir un compte à la Caisse d'épargne.

– Ta mère veut faire ça ? »

Philippe hocha la tête en souriant.

« Qui l'eût cru ? Lorsque je lui ai appris que tu avais des jumelles, elle a fait une tête !... Et elle a dit : “La pauvre ! Je sais ce que c'est et je ne s...”

– ... souhaiterais pas ça à ma pire ennemie ! termina Louise.

– Comment le sais-tu ?

– Je commence à la connaître, la mère Chanaz ! conclut-elle en riant.

– Elle a un peu raison, la mère Chanaz ! J'ai vu le docteur, Lalou. Les petites pèsent dans les cinq livres ; il ne s'inquiète donc pas trop pour leur développement. Toutefois, elles ont du mal à atteindre leur température, ce qui est normal pour des prématurées. Il a dit que ton travail pour les deux mois à venir, c'était de faire du lait ! Il ne veut pas que tu travailles. Tu dois te consacrer exclusivement aux petites. Je me demande s'il ne vaudrait pas mieux que tu fasses comme avec Monette, que tu ailles chez le tonton de Beauchastel ou chez ta mère... Moi, je me débrouillerai au café, un peu avec Marisa, un peu tout seul. Après tout, mon frère peut aussi se prendre en charge pour une fois ! »

C'était reparti ! Les enfants allaient une nouvelle fois l'éloigner de lui. Elle tenta de résister.

« L'oncle et la tante sont trop vieux maintenant ; j'en aurais quatre à materner. Quant à ma mère, elle doit déjà être chez Séverine, à s'occuper des hommes et de Christophe ; tu sais que la mère Reverdy est quasi aveugle ! »

Il la regarda avec un grand sérieux.

« Lalou ! il ne s'agit pas d'un conseil en l'air. Tu n'as pas le choix. Je sais très bien que, si tu restes à la Croix-Rousse, tu ne pourras pas t'empêcher de te lever tôt pour préparer mon déjeuner et celui de Monette. Tu voudras contrôler ses devoirs. Tu ne supporteras pas le moindre mouton sur le plancher du café, la moindre trace de doigt sur les vitres, le moindre verre oublié sur une table, la moindre tache de gras sur une serviette ! Il faudra que les lits soient faits, le linge repassé !

– Je te promets de ne pas être maniaque !

– Tintin ! Je te connais ! Même si je trouve quelqu'un pour t'aider, ce sera insuffisant. Je me rappelle dans quel état tu étais pour Monette. Cette fois, il y en a deux. À huit ou neuf tétées par jour, multiplié par deux, ça fait combien d'heures, sans compter les changes ? Ma Lalou, ce n'est que deux mois. Il faut que ces deux petites filles aient toutes leurs chances, ne crois-tu pas ?

– Mais si ! Bien sûr ! »

Les larmes lui vinrent aux yeux. Elle était prête à faire ce qu'on lui dirait pour ne pas revivre le calvaire de l'an dernier. Elle demanda d'une petite voix :

« Mais comment va-t-on faire si je ne peux aller ni à Beauchastel ni à Frangy ?

– Ne t'inquiète pas, ma Lalou ! Il n'y a pas de problème, il n'y a que des solutions ! Toi, tu commences à faire du lait, comme dit le docteur. Moi, je me mets en chasse d'une jeune fille pour t'aider – ça, ce n'est pas ce qui manque – et je vois s'il y a une possibilité d'hébergement chez ta mère... ou chez ma tante Lacaze, tiens ! Caluire n'est pas trop loin, ce serait peut-être une possibilité ! »

Oui, Caluire était peut-être la bonne idée. Elle sourit avec l'espoir qu'il allait, une fois encore, résoudre au mieux cette difficulté. Elle lui avait toujours fait confiance.

XXX

ELLES VOYAGEAIENT avec une seule valise dans le train qui les conduisait à Seyssel. Philippe avait fait emporter la majeure partie des bagages la veille pour qu'elles les trouvent à leur arrivée. C'était toute une expédition que de prévoir un séjour de huit semaines. Il avait fallu réunir à la hâte un trousseau pour deux bébés du même âge ; ce qui restait de leurs sœurs précédentes ne suffisait pas. Louise portait Solange et avait confié Françoise à Monique, une nièce de Nini, qui allait jouer le rôle de la bonne d'enfants pendant leur séjour. Cette gamine de quatorze ans était l'aînée d'une fratrie de six et avait acquis une certaine expérience des tout-petits. Elle trouvait Françoise « plus mignonne ». Louise avait donc jugé préférable qu'elle s'en occupe ; Monique n'en serait que plus attentionnée.

Les jumelles étaient emmitouflées comme en plein hiver. Leur visage dépassait à peine d'un amas de langes et de couvertures. On avait prévu un biberon pour la route mais Louise avait profité d'une portion de trajet sans arrêt pour donner une tétée en toute discrétion, le dos tourné à la porte. Elle avait hâte d'arriver, de boire, de se reposer. Elle avait le sentiment de passer tout son temps à nourrir, laver, habiller les petites. Cette Monique était vraiment épatante ! Quel soulagement de pouvoir s'occuper pleinement d'une des deux jumelles sans avoir mauvaise conscience d'abandonner la seconde. Si l'une prenait le sein, Monique faisait patienter l'autre et la tétée n'était plus un marathon du nourrissage, accompli sous les vagissements.

En passant par Ambérieux, Louise avait eu une pensée pour la grosse dame qui lui avait fait miroiter le parc de la Tête d'Or, lors de son tout premier voyage. Comment s'appelait-elle ? Grandet ou Lagrange… Le parc de la Tête d'Or, les monts d'Or, la rue du Chariot-d'Or, autant de noms qui laissaient croire que Lyon était un pays de cocagne… La petite paysanne de Savoie avait décroché la timbale !

À Culoz, elle se demanda si la fille institutrice de Mme Granchose avait refait sa vie. Treize ans après la fin de la guerre, le monde avait bien changé. Les poilus tombés pour la Patrie ne le reconnaîtraient pas. Que diraient-ils, entre autres, de ces femmes aux cheveux et aux robes courtes, de ces autos qui sillonnaient les routes, des autocars, du téléphone, de cette liberté qui accompagnait les années folles. D'aucuns disaient que les années de prospérité touchaient à leur fin et que la crise née aux États-Unis ne manquerait pas de débarquer en Europe. Pour le moment, la stabilité du franc leur donnait tort, et Louise se moquait des pronostics de comptoir. Il y aurait toujours des gens pour avoir faim et soif ! En revanche, beaucoup de ménagères s'équipaient de réchaud à gaz et François refusait de se lancer dans une diversification. Philippe jugeait qu'il était de trop sur l'affaire, d'autant que Madeleine lui avait fait savoir qu'elle était également de cet avis ! Il avait donc décidé de laisser tomber la fumisterie lorsque Louise serait rétablie et en état de reprendre sa place au café. Verdol recrutait de nouveau. Le fabricant avait créé une division de fabrication de mobilier en métal. Philippe avait l'expérience nécessaire et la famille était déjà honorablement connue dans l'entreprise. Il serait salarié et bénéficierait même de plusieurs journées de congés payés. Comme Louise s'inquiétait de savoir si son frère n'allait pas se laisser sombrer en restant seul, Philippe avoua :

« Ma Lalou, je crois que j'ai tout essayé ! J'en suis à me demander s'il ne profite pas de moi pour se laisser aller. Je suis son garde-fou. Il sait que je lui sauverai toujours la mise. Je crois qu'en fait je ne lui rends pas service. Et il y a sa bonne femme qui a toujours un truc à me reprocher. Alors, j'essaye autre chose ! »

À la gare de Seyssel, elles n'attendirent pas longtemps ; une voiture à cheval s'arrêta, un homme en descendit en retirant sa casquette.

« Madame Louise ? »

Avant qu'elle n'ait eu le temps de répondre, il ajouta :

« Je vous ai reconnue aux jumelles. C'est un signe distinctif chez vous ! Venez donc, ma femme vous attend ! Vos bagages sont bien arrivés.

– Bonjour, monsieur Christin », répondit Louise en lui tendant la main.

L'homme s'essuya sur le revers de sa veste et lui tendit à son tour sa main calleuse. Il ressemblait en tout point à celui que Philippe avait décrit : un paysan bien charpenté, au poil gris et aux yeux vairons. Ce détail était en fait peu visible car le bonhomme avait de petits yeux où le marron et le gris se confondaient en une même couleur indistincte ! Lorsqu'il était plus jeune, il devait avoir un regard fascinant qui avait frappé Philippe encore enfant.

Louise et Monique s'installèrent derrière, sous la capote relevée, leurs petits paquets précautionneusement serrés contre elles.

L'attelage traversa le pont sur le Rhône et tourna à droite, là où Louise avait l'habitude de tourner à gauche. Christin prit la direction de Pologny.

C'était lui le fermier des Chanaz. C'est avec ses enfants que Philippe avait joué lorsqu'il venait en vacances en Savoie. C'est sa femme qui allait tenir la maison, cuisiner et se charger du linge pour Louise pendant ces deux mois, comme elle l'avait fait chaque été pour Antoine et Louis Chanaz.

Louise était pratiquement décidée à passer quelque temps à Caluire puisque Nanette était la seule à pouvoir aider Séverine au moment où commençaient les travaux agricoles. Et Claudine Chanaz avait proposé à son fils de lui prêter Pologny. Elle n'avait pas attendu qu'il le lui demande car il n'y aurait même pas pensé. Elle avait dit :

« Je sais que Louise a besoin de beaucoup de repos pour pouvoir se consacrer à ses jumelles. Je ne te propose pas de l'emmener à Pologny car, comme tu le sais, je n'ai guère de penchant pour les nourrissons. En revanche, je mets ma maison à sa disposition et je demanderai aux Christin de faire pour elle comme pour moi. Trouve-lui une bonne d'enfants et je te donne les clefs ! »

Il avait répondu : « Tu peux me donner la clef, j'ai trouvé la bonne ! » Un peu surprise, elle avait été chercher la clef dans le tiroir du buffet et la lui avait tendue. C'est alors qu'il lui avait quand même dit : « Merci, maman ! Je te remercie pour Louise. »

Philippe avait été tellement surpris que leur échange était resté gravé dans sa tête et qu'il avait pu le répéter, mot pour mot, à Louise qui n'en était toujours pas revenue.

Christin conduisit son cheval par les rues de Seyssel et quitta le bourg en direction d'un hameau sur les premières hauteurs. Bientôt une grosse maison carrée, en pierres soigneusement jointoyées, se dressa en surplomb de la route. La bâtisse n'était pas très élégante mais elle paraissait grande et solide. Christin la contourna, passa devant une ferme qui devait être la sienne et arrêta son cheval devant la maison. Un escalier évasé, aux rampes de pierre, conduisait à un perron abrité par une marquise. C'était l'unique ornement de la construction dont les autres éléments architecturaux ne présentaient aucune recherche. La maison d'Antoine Chanaz était robuste, accueillante et dépourvue de tape-à-l'œil. Il l'avait peut-être fait construire pour affirmer sa réussite, mais en aucun cas pour impressionner le voisinage. Elle plut aussitôt à Louise.

Christin aida Louise à descendre en prenant Solange dans ses bras. Au même moment, sa femme sortit de la maison et descendit à leur rencontre. Elle avait l'allure et le visage avenant de la tante Léonie. Louise pensa qu'il serait facile de s'entendre avec elle.

« Voilà ! J'ai allumé le feu ; les berceaux et les lits sont faits ! Bienvenue au pays, madame Chanaz ! »

Pendant une fraction de seconde, Louise pensa qu'elle s'adressait à sa belle-mère et elle se retourna, avant de sourire de sa méprise. Elle était Mme Chanaz ! Mme Christin avait pris Solange des bras de son mari.

« Son papa ne peut pas la renier, celle-là ! 'pas ? C'est quoi son petit nom ?

– Solange ! L'autre, dans les bras de Monique, c'est Françoise !

– Allez ! ma belle mam'zelle Solange, on rentre vite se mettre à l'abri ! »

La fermière regagna la maison, suivie de Monique. Christin reprit place sur son siège et fit démarrer le cheval.

Louise finit de monter l'escalier avec lenteur. Elle s'accordait un moment de calme et de solitude avant de retrouver sa nichée. Elle s'arrêta un moment sur le perron pour contempler le panorama. D'ici, elle voyait la masse bleue du Grand Colombier. Cette montagne avait longtemps constitué son point de repère. Sa compagnie familière lui était toujours agréable mais ne lui apportait plus l'apaisement d'antan. Mme Christin avait dit « Bienvenue au pays » en saluant la Savoyarde. À une époque, c'est d'ailleurs ainsi qu'elle se serait définie : une Savoyarde, une fille de la vallée des Usses. Et maintenant ? On ne renie pas plus ses origines que l'on renie son père ou sa mère puisqu'on ne les choisit pas. Si elle devait se présenter à présent, que dirait-elle ? Elle ferma les yeux, respira l'air chargé des parfums de la terre fraîchement labourée et murmura pour elle-même :

« Je suis Louise, la femme de Philippe Chanaz. J'ai trois filles et ma maison est à Lyon, sur le plateau de la Croix-Rousse où vit mon cœur et où sera mon tombeau. »

Table des matières